KB163234

제브데트 씨와 아들들 1

Cevdet Bey ve Oğulları

CEVDET BEY VE OĞULLARI
by Orhan Pamuk

세계문학전집 295

제브데트 씨와 아들들 1

Cevdet Bey ve Oğulları

오르한 파묵

이난아 옮김

민음사

차례

2권 차례

1부
프롤로그

1
아침

"잠옷의 팔도, 등도……. 교실도……. 시트도……. 아, 아, 아, 침대도 전부 젖었어! 그래, 모든 게 다 젖어 있었고, 나는 잠에서 깨어났어!"

제브데트 씨는 침대 속에서 이렇게 중얼거리며 옆으로 몸을 돌려 누웠다가, 꿈을 기억해 내고 두려워졌다. 그는 꿈속에서, 쿨라의 초등학교에서 선생님 앞에 앉아 있었다. 그는 젖은 베개에서 머리를 들고 일어났다.

"그래, 우린 선생님 앞에 앉아 있었어. 학교가 전부 무릎까지 물에 잠겨 있었어. 왜 잠겨 있었을까?"

그는 이렇게 혼잣말을 했다. 지붕이 새고 있었다. 지붕에서 흘러내린 짠 물이 이마와 가슴으로 떨어졌고, 방 전체로 퍼져 나갔다. 선생님은 막대기로 그를 가리키며 교실에 있는 학생들에게 이렇게 말했다.

"이 모든 게 저 제브데트 때문이야!"

선생님이 막대기로 자신을 가리키던 장면, 반 친구들 모두가 자신을 비난과 경멸의 시선으로 바라보던 장면, 자신보다 두 살 많은 형마저 다른 사람들보다 훨씬 더 자신을 경멸하던 장면이 떠오르자 소름이 끼쳤다. 하지만 눈 하나 깜짝하지 않고 반 학생 전체를 매질하고, 따귀를 때려 한 소년을 기절시킨 선생님은, 어쩐 일인지 그의 앞으로는 오지도 않았을뿐더러, 지붕이 새는 원인이라던 그는 벌하지 않았다. '나는 모두와 다른 사람이었고, 혼자였어. 그들은 나를 무시했어. 하지만 그 누구도 내게 다가와 나를 건드릴 용기를 내지는 못했지. 물은 학교 전체를 채우고 있었어!'

끔찍한 꿈은 순식간에 흥겹고 멋진 순간으로 바뀌었다.

'난 달라. 혼자였고, 사람들은 나를 벌하지 않았어.'

한번은 자신이 학교 지붕에 올라가 기와를 깬 걸 기억해 내고 잠자리에서 일어난 적이 있었다.

'내가 기와를 깼어. 그때가 몇 살이었더라? 일곱 살 때였지. 난 이제 서른일곱 살이고, 약혼도 했고, 곧 결혼도 할 거야.'

그는 약혼녀를 떠올리며 흥분했다.

'그래, 난 곧 결혼할 거야, 그다음에는……. 아, 아직도 꾸물거리고 있다니! 늦었어!'

그는 몇 시쯤인지 알아보려고 창 쪽으로 뛰어가서 커튼 사이로 내다보았다. 밖은 이상한 빛과 안개로 덮여 있었다. 해가 떠 있었다. 잠시 후에는 자신의 이 오래된 습관에 화를 내며 돌아가서 시계를 봤다. 알라투르카* 12시 반.

"이런, 이런, 늦으면 안 돼!"

그는 이렇게 중얼거리며 화장실로 뛰어갔다.

씻고 나니 기분이 한층 좋아졌다. 면도를 하며 다시 꿈을 생각했다. 잠시 후 쉬크뤼 파샤**의 저택에 가야 한다는 걸 떠올리고 새로 산 깨끗한 바지와 재킷, 칼라에 풀을 먹인 셔츠를 입고 점잖다고 생각되는 넥타이를 맸다. 그러고는 약혼식 전에 각을 잡아 놓은 페스***를 머리에 얹었다. 작은 탁상용 거울을 들여다보며 자신이 원하는 모습이라고 생각했다. 하지만 그래도 마음속에는 어떤 슬픔이 일었다. 이 멋진 의상과 약혼녀의 저택으로 가야 해서 당황스러워하는 모습에 무언가 우스꽝스러운 점이 있는 것 같았다. 이 사소하고 해로울 것 없는 슬픈 감정에 젖어 커튼을 열었다. 안개가 세흐자데바쉬 사원의 첨탑을 덮고 있었지만 돔 지붕은 숨기지 못했다. 덩굴식물로 덮인 옆 정원의 정자는 여느 때보다 푸르렀다.

'오늘은 무척 더울 것 같군!'

정자 밑에서 고양이 한 마리가 한껏 느긋하게 몸을 핥고 있었다. 제브데트 씨는 뭔가 떠올리고는 창밖으로 몸을 내밀어 바라보았다. 사륜마차가 집 앞에 와 있었다. 말들이 꼬리를 흔들고 있었다. 제브데트 씨를 기다리는 마부는 문 앞에서 담배를 피우고 있었다. 제브데트 씨는 담뱃갑, 라이터, 지갑 그리고 한 번 더 봤던 시계를 주머니에 넣고 방에서 나왔다.

---

* 해가 질 때를 12시로 맞췄던 옛 터키 시간 체계.
** 오스만제국 당시의 문무 고위 관리를 부르던 칭호.
*** 장식 술이 달린 원통형의 챙 없는 붉은색 모자.

여느 때처럼 소리를 내며 계단을 내려갔다. 여느 때처럼 그 소리를 들은 젤리하 부인이 계단 앞에서 미소를 지으며 그를 맞이했고, 아침 식사가 준비됐다고 했다. 제브데트 씨는 짐짓 퉁명스럽게 말했다.

"시간 없어요, 젤리하 부인, 곧장 나갑니다!"

"아무것도 안 먹고 나가다니 될 말이니?"

노파는 걱정스럽게 말했다. 그녀는 제브데트 씨에게 단호한 표정을 지어 보이고 부엌으로 뛰어갔다.

제브데트 씨는 그녀의 뒷모습을 착잡한 심정으로 바라보았지만 밖으로 나가지는 않았다. 결혼한 다음에 그녀에게서 어떻게 벗어날까 생각했다. 그는 아주 먼 친척인 저 노파와 이 집에서 모자처럼 살았다. 구 년 전 이 집을 구입했을 때, 그녀보다 가까운 친척이 하세키에 있었음에도 불구하고 자신의 삶에 간섭을 덜 할 거라는 생각에 그녀를 집에 들였던 것이다. 사고무친에다 가난한 그녀는 집안일을 하고 요리를 하고 정리정돈을 하는 대가로, 방이 네 개 있는 이 작은 목조 가옥의 1층에 살고 있었다. 제브데트 씨는 그 자리에 서서, 그녀가 완전히 정착한 1층을 바라보며 '무슨 말로 내 곁을 떠나게 하지?' 하고 생각했다. 결혼을 하고도 그녀를 데려갈 수는 없었다. 그가 계획한 결혼 생활에는 이 여자의 자리가 없었다. 그가 계획한 결혼 생활에선 집안일을 하는 사람들과는 주인과 하인의 관계가 되어야 한다고 생각했기에, 여기서처럼 모자 같은 관계는 맞지 않는다는 느낌이 들었던 것이다. 아마 젤리하 부인도 이걸 알았기 때문인지, 제브데트 씨가 곧 결혼해 할리치의 다

른 쪽으로 이사하면 이 집이 팔릴 것을 알았기 때문인지, 최근
에는 더 꼼꼼하고 열심히 일을 했다. 그녀는 접시를 손에 들고
부엌에서 뛰어왔다.

"커피 한 잔 끓여 주고 싶은데, 애, 지금 바로……."

"시간이 없어요. 전혀 없다고요!"

제브데트 씨는 이렇게 말하며 하루가 시작되는 것만큼이나
쾌활하게, 접시 위에 놓인 체리 잼을 바른 빵을 미소를 지으며
집어 들었다. 여인에게 감사하다는 말을 하며 다시 한 번 미소
를 지어 보였다. 문을 나서면서는 자신이 애정 때문이 아니라,
그녀를 두고 가야 하는 것 때문에 가슴 아파서 미소를 지었다
는 걸 깨닫고 마음이 불편했다. 무슨 말이든 해야 할 것 같아
그는 돌아섰다.

"저녁에 늦을지도 몰라요."

그러나 양심의 짐은 가벼워지지 않았다.

마차를 향해 걸어갈 때 또다시 꿈이 떠올랐다.

"난 달라, 난 그런 사람이야, 아무도 나를 벌하지 않아!"

이렇게 중얼거리자 조금이나마 마음이 편해졌다. 하지만
마부를 보자 좋았던 기분이 순식간에 가시는 느낌이었다. 마
부가 손님들의 사생활을 잘 안다는 듯이 '아, 요 녀석, 난 네가
하루 종일 어디에 가는지, 무엇을 하는지, 속으로 무슨 생각을
하는지 다 알지!' 하는 시선으로 자신을 훑어보았기 때문이
다. 제브데트 씨는 그에게도 쾌활하게 미소를 지어 보이며 안
부를 물었다. 시르케지에 있는 사업장으로 가자고 하며 마차
에 앉았고, 잼을 바른 빵을 베어 물었다.

마차가 흔들거리며 외파의 목조 가옥들 사이로 나섰다. 제브데트 씨는 이 마을에서는 상대적으로 화려해 보이는 사륜마차가 약혼식과 결혼식 때 필요할 거라고 생각해서 석 달 전에 세를 냈다. 두 달 전, 쉬크뤼 파샤가 자신의 딸을 그에게 주기로 했다는 걸 알고는 바로 이런 화려한 마차를 빌려 주는 페리쾨이의 마구간으로 가서 흥정을 했고, 석 달간 사용하기로 합의했다. 자신이 데려올 파샤 딸의 집에 평범한 마차를 타고 가기는 싫었다. 마부와 마구간 비용을 합치면 꽤 비싼 이 마차를 구입하는 건 타산에 맞지 않았다. 무척이나 좋아하는 체리 잼을 바른 빵을 먹으며 그는 생각했다. '하지만 이 마차를 석 달 이상 빌리는 건 바보짓이야! 비용이 너무 비싸! 그 값을 주느니 차라리 사고 말지. 하지만 구입을 하면 사업장 운영에 필요한 지출을 할 수 없게 돼. 어쩌지? 결혼 때문에 너무 비싼 값을 치르게 생겼군. 하지만 결혼은 해야 돼.' 결혼을, 오랜 세월 동안 꿈꿔 왔던 새로운 삶, 구입할 집, 꾸려 나갈 가족, 두 번 얼굴을 본 약혼녀를 떠올리자 기분이 나아졌다. 이런 화려하고 비싼 마차를 빌리는 사람을 무시하는 사람들도 있다는 게 머리를 스쳐 지나갔지만 기분이 좋아서 신경 쓰지 않았다. 잼을 바른 빵을 한 입 더 베어 물었다. '그런 데 신경 썼다면 상인이 되지 않았을 거야! 그런 것을 두려워하고 저어하기 때문에 모슬렘은 상업을 할 엄두를 못 내는 거지…… . 난 신경 안 써! 그런데 아내가 마차를 원하면 어쩌지?' 약혼녀와 미래의 삶을 생각하자 다시 기분이 좋아졌다. 두 번 보았던 그 여자 니갼을 '아내'라고 부를 수 있다는 게 마음에 들었다. 그는 비탈길을 내려가는 마차와 함께 가볍게 흔들렸다. "사업장과 회사의 타산에 영향을 미치지 않으면 마차도 한 대 사지 뭐!" 그는 이렇게 중얼거리고는 남은 빵 조각을 입에 넣었다. 그런 후 더 이상 먹을 게 없어진 손을 슬프게 바라보는 아이처럼 손가락을 쳐다봤다. '이 결혼이 내 손에 있는 걸 다 가져가 버릴 것 같군.' 그는 이렇게 생각하자 울적해졌다.

마차가 바브알리 비탈길에서 아래로 내려가 골목으로 접어들었다. 안개는 걷혔고, 이상한 빛 대신 여느 때처럼 반짝이는 빛이 자리 잡았다. 제브데트 씨는 여름 햇살이 벌써 달궈 놓은 마차 안에서 후덥지근한 더위를 느꼈다.

'오늘은 아주 덥겠군! 오늘 뭘 하지? 사업장에서 일을 빨리 끝마쳐야 해. 형을 보러 갈 수도 있어!'

그는 베이올루의 셋방에 아파 누워 있는 형을 생각하자 기분이 착잡해졌다.

'그런 다음엔 푸아트와 점심 약속이 있지, 셀라니크에서 왔다고 했나……. 오후에는 니샨타쉬에 있는 쉬크뤼 파샤의 저택에 가야겠어!'

그는 약혼녀를 세 번째로 볼 생각에 마음이 들떴다.

'그런 다음에는 중개인이 물색해 놓은 그 집을 한 번 더 살펴봐야지.'

그는 결혼을 한 다음에 니샨타쉬나 쉬실리에 집을 구입할 생각이었다.

'그러곤 다시 사업장으로 돌아가야지. 안타깝지만 오늘은 사업장에서 오래 머물 수 없겠군. 오늘이 무슨 요일이더라?

월요일이군!'

그는 손가락으로 계산을 해 봤다. 누군가 사흘 전 금요 셀람륵*에서 압뒬하미트**에게 폭탄을 던졌다. 그는 이보다 이 주 전 금요일에 약혼을 했다.

'약혼한 게 십칠 일 전이군!'

마차가 그의 사업장 앞에서 멈췄다. 사업장을 보자 마차의 흔들림과 졸린 상태에서는 머릿속에서 불꽃으로만 반짝이던 계산이 활활 타오르기 시작했다.

'페인트 주문서를 안 썼어. 고장 난 램프는 누구에게 팔 수 있을까? 에스키나즈가 오늘도 빚을 안 갚으면 그에게 이렇게 말해야지…….'

그는 사업장 문턱을 넘고 있었다.

'자비로우신 신이시여. 에스키나즈에게 200리라를 더 달라고 해 보고, 그러겠다고 하면 기한을 한 달 뒤로 연기해 줘야겠어…….'

그는 한 직원에게 고개를 살짝 끄덕여 대강 인사를 하고, 부지런하고 탐욕스럽지 않아 마음에 드는 다른 직원에게는 미소를 지어 보였다. 그런 후 대강 인사를 했던 뺀질이를 쳐다보며 말했다.

"애, 내 커피 좀 주문해! 이 돈으로 포아차***도 사 오고!"

매일 아침 그랬듯이 그는 빠르고 신경질적인 걸음으로 뒤쪽

---

* 오스만제국 술탄이 금요 예배를 드리러 사원에 갈 때 행했던 의식.
** 오스만제국의 34대 술탄.(재위 1876~1909)
*** 치즈와 간 고기를 넣어 만든 짭짤한 빵.

책상으로 가서 앉았다. 뭔가 불평거리를 찾는 사람처럼 좌우를 둘러봤다. 잠시 후 여느 아침처럼 《모니퇴르 도리앙》 신문이 책상 위에 놓여 있는 걸 보자 마음이 편해졌다. 늘 그랬듯이 먼저 날짜를 봤다. 24 Juillet* 1905년 — 1321년 7월 11일**, 월요일. 그런 후 제목들을 훑어봤다. 폭탄 사건과 관련된 최근 뉴스를 읽었다. 러일전쟁에 관한 기사도 읽었지만 관심은 없었다. 즉시 페이지를 넘겨 증권 거래 관련 기사를 보기 시작했다. 거기서 그를 흥분시키는 소식을 한두 가지 접했다. 그런 후 관심을 끄는 광고를 읽었다. 철강 상인 디미트리가 창고를 팔고 있었다. 상황이 어려운 게 분명했다. 자신처럼 전기와 철물 사업을 하는 파나요트도 새로운 물건을 소개하고 있었다. 제브데트 씨도 광고를 내야겠다고 결심했다가 잠시 후 단념했다. 오데옹에서 새로 상연하기 시작한 극단의 광고를 읽자 형이 떠올라 깜짝 놀랐다. 중환자인 형의 애인이 아르메니아인 배우였기 때문이다. 제브데트 씨는 형을 잊으려고 밖에서 사 온 포아차를 먹고 커피를 마셨다. 그런 후 천천히 논설을 읽기 시작했다. 이 신문을 읽을 때마다 그랬지만, 모르는 프랑스어가 나오자 후회가 됐다. 프랑스어를 읽을 때마다, 이 언어를 배우려고 얼마나 노력했는지와, 개인 교사에게 지불한 돈, 개인 교사와 함께 읽었던 책에 나오는 가족, 간결한 문장으로 서술한 멋진 프랑스인 가족과 집에서 느끼던 그리움이 떠올랐다. 이런

---

* '7월.'(프랑스어)
** 1905년은 서력, 1321년은 이슬람력 기준이다.

것들이 떠오르자, 특히 그 프랑스인 가족의 일상과 비슷한 삶을 꾸릴 거라 생각하자, 그날 처음 피우는 담배로 인해 뿌옇게 된 이성이 되살아나 기분이 좋아졌다. 논설을 절반 정도 읽었을 때 시간을 많이 허비했다는 생각이 들었다. 다른 상인들이 다 구독하고, 상업계를 잘 반영하며, 프랑스어를 배우는 데 유용해서 읽는《모니퇴르 도리앙》을 한쪽에 내려놓고 일어섰다. 포아차를 다 먹었고, 커피도 다 마셨고, 담배도 피웠으며, 신문을 읽는 데도 시간을 할애했다. 이제는 일에 열중하는 데 필요한 긴장감과 힘, 균형감이 느껴졌다. 머릿속에서는 사업에 대한 계산이 이른 아침처럼 약하지도, 열정적이지도, 조금 전처럼 활활 타오르지도 않았다. 계산과 고민이, 여느 상인의 머릿속에서 타오르는 모습 그대로 침착하지만 힘 있게, 통제하에 놓인 불처럼 타고 있었다. '그래, 지금 제일 먼저 해야 할 일은 사득과 함께 계산을 한 번 더 점검하는 거야.'

사득은 회사의 젊은 회계원이었다. 제브데트 씨보다 열 살 아래였지만 벌써 제브데트 씨와 동년배처럼 보였다. 제브데트 씨는 사업장의 중이층(中二層)으로 올라가 그와 한동안 얘기를 나누었다. 목요일까지 들어올 돈과 갚을 빚 사이에 약간 차이가 있어서 에스키나즈에게 가서 빚을 갚으라고 말하기로 했다.

잠시 후 그는 아래층에 있는 직원들에게로 내려갔다. 거기서 사업장 책임자라 할 수 있는 중년의 알바니아인과 한동안 얘기를 나눴다. 그에게 페인트 통과 램프와 잡동사니로 가득한 탁자를 가리켜 보이며, 손님들은 정돈되어 있는 진열대를 좋아한다고 했다. 하지만 알바니아인 직원은 그의 말을 이해하지 못했고, 지금 이대로가 더 효율적이라는 걸 증명하려고 애를 썼다. 제브데트 씨는 그의 뒤로 가서 사람들에게 꾸짖는 듯한 시선을 던지며 직접 여기저기를 정돈했다. 그러고는 모범을 보여 주려는 듯 손님을 쳐다봤다. 이런 겸손한 행동이 직원들에게 존경과 부끄러운 감정을 불러일으키는 걸 보고는 자리로 돌아갔다.

사업장 전체가 한눈에 보이는 책상에 앉아 페인트 주문서를 쓰기로 했다. 주문서를 서둘러 노련하게 절반쯤 쓰다가 이제 이런 일은 곧 고용할 비서에게 넘겨줘야겠다고 생각했다. 하지만 새로운 비서를 고용하는 건 새로운 지출의 문이 열린다는 의미였다.

'게다가 결혼에 이렇게 많은 돈을 쏟아붓고 있는 상황에서 말이지!'

이때 사업장에서 이백 걸음쯤 떨어진 곳에 있는 창고의 수위가 들어왔다. 새로 들여온 커다란 램프 상자를 짐꾼들이 창고 안으로 들이지 못하고 있으며, 그들이 뭔가 깨지나 않을지 걱정이 된다고 했다. 제브데트 씨는 답답한 마음으로 자리에서 일어났다. 잠시 서성거리다가, 상자를 일일이 다 열어 물건을 꺼내라고 지시했다. 램프는 기차에 실어 아나톨리아로 배송할 것이어서 아주 몹쓸 조치였다. 하지만 다른 방법이 없었다. 제브데트 씨는 창고 수위를 내보내고, 주문서를 완성하고, 돈 문제를 고민했다. 고장 난 램프를 누구에게 팔지 생각했다. 이 문제는 머리가 좋고, 돈독한 우정을 나누고 있는, 믿을 만한 상인인 푸아트 씨에게 물어볼 수 있을 것 같았다. 잠시 후 다급하게 시계를 보니 2시 반이 가까워지고 있었다. 그는 에스키나즈에게 가기 위해 사업장에서 나왔다.

2
모슬렘과 상인

사업장에서 나오자, 하루의 첫 난관을 극복했다는 생각에, 이를 해결하기 위해 그리 많은 힘을 쓰지 않았다는 생각에, 모든 것이 여느 때처럼 잘 돌아가고 있다는 생각에 기분이 좋았다. 나무 밑에서 다른 마부들과 잡담을 하고 있는 마부의 눈에 띄지 않게 술탄아흐메트 쪽으로 걸어갔다. 에스키나즈의 사업장은 여기서 육백 걸음쯤 떨어진 곳에 있었다. 그에게 무슨 말을 할지, 빚 갚을 날짜를 연기해 주는 대신 그에게 요구할 추가 금액을 어떻게 설명할지 계획했다. 이런 계획을 짜면서 한편으로는 시르케지의 다른 상인들과 지인들에게 인사를 건넸다. 그를 본 상인들은 그들 사이에 들어온 이 모슬렘을 놀라움과 관심을 가지고 지켜보고 있다는 의미로 미소를 지었다. 그들의 눈길은 제브데트 씨에게 '페스를 쓴 이 상인이 우리 사이로 들어올지 두고 보자고! 우린 너의 용기와 단호함이 마음에 들어!'라고 말하고 있었다. 제브데트 씨도 그들에게 '나에 대해 무슨 생각을 하는지, 나 자신이 어떤 사람인지 난 아주 잘 알고 있어!' 하는 시선으로 인사를 했다. 에스키나즈의 사업장까지 서너 걸음 남았을 때, 유대인과 그리스인이 대부분인 그 상인들 중 하나가 사업장 안에서 소리쳤다.

"오, 조명 상인 제브데트 씨, 오늘 아주 멋진데요!"

"저야 항상 멋지죠!"

제브데트 씨노 자신이 농남을 할 줄 알고 좋아한다는 걸 보여 주려고 이렇게 대꾸했다. 하지만 멋지게 차려입은 데는 특별한 이유가 있다는 걸 떠올리고 얼굴을 붉혔다.

건축자재와 가정용품을 파는 에스키나즈의 사업장에 들어가자마자 흐트러지고 격의 없는 분위기와 신난 직원들의 모습에 사장이 없다는 걸 깨닫고 기분이 상했다. 직원 하나가 안개 때문에 섬을 오가는 배가 연착되었다고 했다. 제브데트 씨는 에스키나즈가 여름에는 뷔윅아다 섬에서 지낸다는 걸 기억해 냈다. 갑자기 우울해졌다. 이 유대인과 그리스인, 아르메니아인 상인들 사이에서 아주 외로운 기분이 들었다.

그는 왔던 길이 아니라, 대로를 따라 자신의 사업장으로 가기로 마음먹었다. 복잡하고 생동감 넘치는 거리가 우울함을 없애 줄 거라고 믿었다. 그는 걸어가면서 '기분이 상했어, 그들 사이에서 나는 혼자야! 나처럼 부유한 상인인 모슬렘이 몇이나 되지? 시르케지와 마흐무트파샤를 통틀어 셀라니크 사람들이 주류인 저 골목 안에 직물상과 푸아트가 새로 연 상점, 그리고 에템 페르테브의 약국이 있을 뿐이야. 이들 중 가장 부유한 사람은 나야. 그들 속에서 난 혼자야.' 하고 생각했다. 더위와 두꺼운 옷 때문에 땀이 흘렀다. 그는 꿈을 떠올렸다. '꿈 속에서도 난 그랬어, 모두들 한통속이었고 나만 혼자였어. 내이마에서는 땀이 흐르고 있었고.' 그는 주머니를 뒤졌다. 아침에 손수건을 챙겨 오는 걸 잊었다는 것을 깨달았다. '결혼한후에는 부인이 이런 것들을 잘 챙겨 주겠지.' 그는 이렇게 생각했지만 결혼과 자신이 계획하는 가족생활도 그 순간은 위로가 되지 않았다. '이렇게 모두와 다른 사람이 되기 위해 내가 뭘 했지? 난 아주 열심히 일했어. 다른 건 아무것도 생각하지 않고 내 사업장과 사업 확장을 목표로 열심히 일했어!' 모퉁이에 시럽 가게가 보여서 기뻤다. '결국엔 이룰 수 있었지…….' 체리 시럽을 한 잔 주문해서 마셨다. 마음이 약간 편해진 듯했다. 그는 자신의 고민이 모두 끔찍한 여름 더위 때문이라고 결론 내렸다. 잠시 후 누군가 자신을 부르는 소리가 들렸다.

"이야, 제브데트, 잘 지냈어?"

형의 군의학교 친구인 의사 타륵이었다. 형의 친구들이 늘 그랬듯이 처음엔 누스레트와 닮은 제브데트를 보고 반가워하다가 나중엔 앞에 있는 사람이 다른 사람이라는 걸 알고는 얼굴을 찌푸렸다. 제브데트에게 형의 안부와 그의 병이 다 나았는지를 물었다. 형에 대해 여러 가지를 물어보고 대답을 들은후에는 경멸하듯 웃는다는 걸 감추려고 하지도 않고 말했다.

"그럼, 넌 뭐 하니? 아직도 장사하나, 장사…….."

그는 인사를 하는 둥 마는 둥 하고는 시르케지의 인파 속으로 파묻혔다.

'장사, 나는 장사를 하지!' 제브데트 씨는 이렇게 생각했다. 그는 사업장을 향해 걸어갔다. '그럼 뭘 해야 되는데? 형처럼 군의관이 될 수는 없었잖아.'

그는 어린 시절과 청소년 시절을 떠올렸다. 그의 아버지는 쿨라의 하급 관리였다. 오늘 꿈에 나왔던 초등학교를 거기서 다녔다. 그 후 아버지는 승진해서 악히사르로 갔다. 철도를 끼고 있는 꽤 부유한 마을이었다. 제브데트는 거기서 중학교를 다녔다. 여름에는 악히사르 주변에 있는 씨 없는 포도 밭, 무화과나무 밭을 혼자서 돌아다니곤 했다. 교사들은 제브데트도, 그의 형인 누스레트도 아주 똑똑한 아이라고 말하곤 했다. 아버지 오스만 씨는 아이들이 엄마를 닮아 똑똑하다고 했다. 어느 날, 아주 영리하며, 아버지가 매우 사랑했던 어머니가 병에 걸렸다. 아버지는 아내를 입원시키기 위해 이스탄불로 전근을 신청했지만 받아들여지지 않았다. 그래서 아버지는 사직을 하고 이스탄불로 와서, 어머니를 입원시키고 자신은 하세키에 장작 가게를 열었다. 일 년 후, 누스레트는 군의학교에 입학했고, 여섯 달 뒤에는 어머니가 아니라 아버지가 갑자기 돌아가셔서, 장작 가게와 항상 아팠던 어머니를 돌보는 일을 제브데트가 떠맡게 되었다. 제브데트는 스무 살 때까지 하세키에서 장작 파는 일과 목재업을 했고, 그다음엔 창고를 악사라이로 옮겼다. 스물다섯 살에 악사라이에 작은 철물상을 열었고, 다시 몇 년 후에는 시르케지로 옮겼다. 그해에 어머니가 돌아가셨고, 누스레트는 자신에게 남겨진 것을 모두 제브데트에게 주고 파리로 도망쳤으며, 다음 해 제브데트는 하세키에 있는 친척들과 관계를 모두 끊고 외파에 있는 집을 구입했다.

'형처럼 의사가 될 수는 없었잖아!' 제브데트는 다시 생각했다. '내게는 장사의 길이 보였어. 그 길에서 안간힘을 썼고, 아무도 용기 내지 않았던 일을 해냈어. 겁을 냈다면 아직도 하세키에 있는 작은 장작 가게 주인으로 남았겠지!' 하세키와 거기 사는 친척과 친지를 떠올리자 마음이 답답해졌다. '난 그들에게서 도망쳤어. 그들과 함께하면서 사업을 할 수는 없었어.'

멀리 그의 사업장이 보였다. 사륜마차는 나무 밑으로 들어가 있었다. '내 사업장!' 그의 가장 큰 성공은 장작 장사를 하다가 이 사업장을 열었던 것이 아니라, 오 년 전에 시작한 조명 사업이라고 생각했다. 그가 이스탄불 시와 시르케티 하이리예*가 사용하는 램프를 독점 수주하는 특혜를 받은 후, 실업계에서는 그를 '조명 상인 제브데트 씨!'라고 부르기 시작했다. 이 성공을 떠올리자 기분이 좋아졌다. 조명 사업에 손을 댄 후에 그는 사업장과 회사를 네 배로 확장했다. 시청에 있는 모든 사람에게 뇌물을 줬다. 약간 꺼림칙한 기억이지만, 이 일은 그의 성공에 그늘을 드리우지 않았다. 제브데트 씨는 꿈을 떠올리고 기분이 좋아졌다.

"뭐 어때. 아무도 나를 벌하지 않는데……."

아침에 계단 앞에서 자신을 바라보던 젤리하 부인을 떠올

---

* 1851년부터 1944년까지 보스포루스에서 선박 운행 사업을 했던 회사.

렸다.

"어쩌겠어, 어쩌겠냐고, 이게 인생인걸."

그는 이렇게 혼잣말을 했다. 항상 자신을 보호해 주는 보이지 않는 갑옷을 입고 있는 듯 편안하고, 패배하지 않을 것 같은 느낌이 들었다. 사업장 위에 쓰여 있는 글을 쳐다보았다.

> 제브데트 씨와
> 이들들
> 수입 - 수출 - 철물

아들들이 없으니 아직 수출은 시작하지 않았지만 언젠가 수출도 하고 아들도 낳을 것이다. 문턱을 넘으면서 '에스키나즈한테 돈을 못 받았군. 사득과 계산 얘기를 다시 나눠 봐야지. 그리고 고장 난 램프를 어떻게 할지도 생각해야겠어……. 몇 시지? 이런, 시간이 없잖아! 창고에 가서 어떻게 돌아가고 있는지 봐야겠어. 지금 전부 깨먹고 있을지도 몰라……. 이 아이는 누구지, 뭘 원하지?' 하고 생각했다.

어린 소년이 손에 들고 있던 봉투를 내밀며 말했다.

"마드무아젤 추하즈얀이 이걸 보냈어요."

'마드무아젤 추하즈얀?'

처음에는 누구인지 기억하지 못했다. 이상하고 애매한 기분이 들고 부끄러워 얼굴이 상기되었다. 아이에게 팁을 줬다. 그런 다음 그 여자가 형의 아르메니아인 애인이라는 걸 기억해 내고는 마음이 급해졌다. 그는 봉투를 열고 읽기 시작했다.

"제브데트 씨, 당신의 형인 누스레트 씨가 아주 아픕니다. 어젯밤에는 정신을 잃었어요. 오늘 아침에 잠시 정신이 든 것 같았다가 다시 아주 혼란스러운 상태입니다. 급히 오셔서 만나 보신다면 그가 좋아할 거예요. 그리고 제가 이 편지를 썼다는 건 그에게 말하지 말아 주세요."

'형이 아주 아프다고, 아주 아프다고! 어머니도 자주 그랬지만 돌아가시진 않았어.' 제브데트 씨는 이렇게 생각하며 봉투를 주머니에 넣었다. '나한테서 돈을 뜯어내려는 거야…….하지만 그런 데 쓸 시간은 없지!'

대답을 기다리며 그의 얼굴을 바라보는 아이를 보자 갑자기 부끄러워졌다. '정말로 상태가 안 좋을지도 몰라. 아, 내가무슨 생각을 하고 있지! 도대체 어떤 인간이 돼 버린 거야?' 그는 사업장 안을 신경질적으로 오갔다. '내 형이 죽어 가고있어.'

그는 아이에게 팁을 더 주며 돌려보냈다. 그는 다급하게 알바니아인 직원과 회계원 사득과 얘기를 나누었다. 그는 의미 없는말을 했고, 그들도 그가 당황하고 있다는 것을 알아차렸다. '형이 죽어 가고 있어!' 자신이 전혀 예상 밖으로 다급해한다는걸 스스로도 알 수 있었다.

"침착해야 돼!"

그는 이렇게 혼잣말을 하며 마차에 올라탔다. 마부에게 베이올루로 가자고 했다. 제브데트 씨는 마차가 출발한 후에야조금이나마 진정할 수 있었다.

'어쩌면 죽지 않을지도 몰라. 경미한 발작일 수도 있어. 돌

아가신 어머니도 그랬잖아? 그래, 난 당황하고 있어, 형 말고는 가까운 사람이 없으니까! 아무도 없어!'

에스키나즈의 사업장에서 돌아올 때 휩싸였던 감정을 다시 느끼지 않으려면 다른 생각을 해야겠다 싶어 창밖을 내다보았다.

마차는 갈라타 다리 앞에서 멈췄다. 마부는 다리 통행료를 내고 있었다. 할리치 만 모퉁이의 레모네이드 장수는 여느 때처럼 그 장소에서 소리치고 있었다. 그 옆에 있는 청과물 가게의 복숭아에는 파리들이 날아와 앉았다. 멀리 카슴파샤 조선소 앞으로는 폐선, 옆으로 누운 요트, 녹슨 부표 들이 보였다. 마차가 다시 움직였다. 아침 안개는 걷혔고, 다리 위 하늘은 청명했고, 구름 몇 점만이 떠 있었다. 제브데트 씨도 아는, 측면에 외륜이 달린 배 수훌레트가 할리치 만에서 마르마라 해로 나가고 있었다. 다리 중간에서 커다란 모자를 쓴 몸집이 우람한 남자와 얼굴을 가리지 않은 여자가 바다를 바라보고 있었다. 세일러복을 입은 아이들이 양쪽에서 그들의 손을 잡고 있었다. '바로 저런 가족이야!' 제브데트 씨는 생각했다. 앞쪽에 있는 기둥 밑에서 페스를 쓰고 서 있던 남자 둘도 그 가족을 바라보고 있었다. '바로 저런 가족!' 장대에 짐을 건 짐꾼들이 페스를 쓰고 넥타이를 맨 남자들 옆을 뛰어 지나갔다. 역시 제브데트 씨가 아는 배 사힐벤트가 다리 쪽으로 다가왔다. 아이들이 철제 난간에 기댄 채 배를 보고 있었다. 이스탄불에 처음 왔던 시절에는 제브데트 씨도 여기 와서 바다와 다리, 이상한 혼란스러움, 오가는 자동차를 바라보았었다. 그때는 시르케지 부두가 만들어지기 전이었다. '그 당시……. 이십 년 전!' 제브데트 씨는 이렇게 생각하며 이곳에 형과 처음 왔던 때를 떠올렸고 다시 두려워졌다.

아르메니아인 여자에게서 온 편지를 주머니에서 꺼내 주의 깊게 다시 읽었다. 그녀는 자신이 이 편지를 쓴 걸 누스레트에게 말하지 말아 달라고 했다. 형을 아주 사랑하는 이 여자가, 여전히 이런 사소한 걸 걱정하고 있다면, 그러니까 상황은 그리 나쁘지 않을 듯했다. 조금 전에 이 편지가 돈을 뜯어내기 위한 술수라고 생각했던 게 떠올라 부끄러워졌다.

'그렇다면 왜 형에게 말하지 말라고 하지? 형이 나에게 소식을 전하는 걸 반대했기 때문이겠지!'

형은 제브데트 씨의 삶과 생각을 좋아하지 않았고, 그를 경멸했다. 제브데트 씨를 경멸했음에도 불구하고 그에게서 돈을 받았고, 이런 이유로 동생을 만나고 싶어 하지 않았다. 그를 볼 때마다 의기소침해하면서도 늘 더 심한 말을 하고 모욕을 주어 기를 죽이려고 안간힘을 썼다. 제브데트 씨는 그렇게 느꼈고, 마주 앉아 있는 것이 두 사람 모두에게 불편하다는 걸 아주 잘 알았기 때문에 형을 잘 찾아가지 않았다. 만나서도 그와 잠시 얘기를 나누며, 도무지 나아질 기미가 없는 그 병에서 벗어나려면 입원을 해야 한다고 말하는 게 고작이었다. 병원은 사람들을 무덤으로 데려가려고 만들어진 것일 뿐이고, 그건 의사인 자신이 아주 잘 안다는 게 형의 말이었다. 그들 사이에 잠시 침묵이 흐르다가, 제브데트 씨는 봉투에 넣은 돈을 한구석에 놓고 나오곤 했다. 제브데트 씨는 아르메니아인 여자에게서 온 편지를 한 번 더 읽은 후 돌아가신 어머니의 병과 형의 병을 비교하기 시작했다.

형도 돌아가신 어머니가 걸렸던 폐결핵을 앓고 있었다. 좋아졌다 나빠졌다를 반복하던 어머니의 병은 오래 지속되었다. 형의 병세가 처음 드러난 것은 삼 년 전 파리에서였다. 그의 어머니는 앓는 내내 주절거렸고, 모든 것에 대해 불평했고, 주위 사람들을 불행하게 만들었다. 형도 그랬다. 어머니는 몸이 가냘팠다. 형 역시 너무 말라서 파리에서 돌아온 그를 봤을 때 제브데트 씨는 무서울 정도였다. 어머니는 의사들의 충고를 잘 들었고, 그들이 하는 말을 죄다 이행했다. 하지만 형은 의사들을 조롱했다. 그 역시 의사였기 때문이다. 게다가 알코올중독자였고, 모든 것에 반발하는 나쁜 성격이었다. "그래, 건강을 조심하지 않은 거야!" 제브데트 씨는 중얼거렸다. 그런 후 자신이 형을 사랑하니, 그가 자신을 얼마나 경멸하고 얼마나 책망하든 그에게 화를 내지 못한다는 걸 깨달았다. 그는 어린 시절을 떠올렸다. 형과 친구들과 함께 호두 맞히기, 축구, 사방치기를 하고 놀았다. 흐드렐레즈에서는 들판에 나가 양고기와 헬와*를 먹곤 했다. 여자애들은 두 팀으로 나뉘어 신부 데려오기를 했고, 노래를 불렀다. 악히사르 주변에는 포도밭과 정원이 있었다. "옛날!" 제브데트 씨는 중얼거렸다. 마차는 튀넬로 가서 갈라타사라이를 향해 가고 있었다. 그러다 갑자기 안경사 베르두의 가게 앞에 멈췄다. 제브데트 씨는 몸을

---

* 참깨 등 다양한 곡류와 꿀을 섞어 만든 터키 고유의 단 과자.

내밀고 밖을 내다봤다. 앞에서 랜도 마차 한 대가 옆으로 돈 채 길을 막고 있었다. 그는 답답해서 주위를 둘러보고, 간판을 읽고, 사람들을 구경했다.

유명한 이발사 페트로의 이발소에서 모자를 쓴 사람이 나오고 있었다. 기독교도 여자 둘이 술탄 후계자 레샤트 에펜디의 재단사라는 보테의 진열장을 들여다보고 있었다. 은 제품과 크리스털 제품을 파는 드퀴지의 진열장은 반짝반짝 빛이 났다. 위쪽에는 르봉 제과점이 있었다. 제브데트 씨는 드미트로코폴로 청과물상의 간판을 보자, 아침에 느꼈던 외로움에 다시 휩싸였다. 그는 마음을 가라앉히기 위해 어린 시절과 악히사르의 정원을 떠올리고 싶었다.

'나는 그들과 함께할 수 없고, 다른 사람들과도 함께할 수 없어!'

마차가 다시 움직이기 시작했다.

'형이 괜찮으면 얼마나 좋을까. 나를 경멸하지 않으면…….내가 오늘 왜 이러지?' 이번에는 오늘 하루가 나쁘고 끔찍하다고 생각하며 꿈을 떠올렸다. 꿈속에서 자신을 가장 좋지 않게 보고 가장 경멸한 사람은 형이었다. '왜 나를 경멸하지? 그가 청년 튀르크*이기 때문이야!'

제브데트 씨의 형 누스레트는 첫 번째 파리 여행에서 청년 튀르크를 알게 되었다. 누스레트는 중위 계급으로 군의학교를 마치고 이 년 동안 하이다르파샤 병원에서 인턴 생활을 했

---

* 압뒬하미트 2세의 정치에 반대하여 자유와 입헌정치를 주장한 세력.

고, 그 후 몇 년 동안 아나톨리아와 팔레스타인에 있는 군 병원에서 일하다가, 아마도 무척 공격적이고 호전적이었기 때문이었겠지만, 이곳저곳으로 전출되었고, 제브데트 씨가 악사라이에서 철물점을 열었던 그해에 이스탄불로 발령을 받았으며, 하세키에 사는 친지들이 주변에서 물색해 준 처녀와 결혼했다. 이 년 후에는 이 여자와 배 속에 있는 아이를 뒤로하고 파리로 갔다. 가족, 친지들 그리고 제브데트 씨가 지금은 완전히 관계를 끊은 사람들 말로는, 늘 집에서 읽던 이상한 잡지와 신문 때문에 형이 떠난 거라고 했다. 누스레트는 이 잡지들과, 역사가 무라트 씨가 프랑스혁명에 대해 입에 침이 마르도록 설명했던 《미잔》 신문을 몇 시간이나 읽곤 했다는 것이다. 누스레트는 이 여행에 분명한 목표가 있다고 했다. 의학 교육을 계속 받아 수술 전문의가 되고 싶다고 했다. 제브데트 씨는 형이 닭을 잡을 때조차 흥분한다는 걸 알았기에 그가 이 여행을 감행한 이유는 조바심 때문이라고 생각했다. 역시 조바심 때문에 파리에서 사 년을 살다가 귀국했으며, 아내와 이혼을 했고, 술을 마시기 시작했으며, 파디샤에 맞섰고, 다시 파리로 갔으며, 청년 튀르크와 같이 있으면서 알코올중독 증세가 눈에 띄게 심해졌고, 돈도 없고 직장도 없고 배가 고팠기 때문에 이스탄불로 돌아왔다고 제브데트 씨는 생각했다. 이런 생각을 하면서도, 그래도 형의 어떤 면은 자신보다 월등하다고 생각했다. 사람들이 그를 더 사랑스럽고, 다정하고, 믿을 만하게 본다는 것도 알았다. 형을 그렇게 보는 이유는 그가 책임과 의무를 지지 않았기 때문이라고 제브데트 씨는 해석했다. 그러나 제브데트 씨는 자신과 자신의 삶에 관련된 것에 한해서지만, 책임 지는 걸 주저하지 않는 견실한 사람이었다. 이런 생각을 하자 약간 부끄러웠지만 곧 생각을 고쳐먹었다.

'내 인생에는 책임감과 목적 그리고 목표가 있어! 하지만 그에게는 자만심만 남아 있고, 소란을 피우고 싸우는 걸 좋아하지!'

3
청년 튀르크

마차가 사보이 호텔이 있는 좁은 골목으로 들어섰다. 몇 분 정도 더 가서 오래된 2층짜리 석조 가옥 앞에서 멈췄다. 셋방 주인 여자가 문을 열어 주었다. 그녀는 조심스럽게 옆으로 비켜서더니 곁눈질로 문 앞에 서 있는 마차를 쳐다봤다. 그런 후 기회를 놓치지 않고, 그의 뒤를 따라 달려와 형에 대해 험담을 늘어놓기 시작했다. 형이 시끄럽게 소란을 피워서 셋방에 머무는 손님들을 불편하게 만들고, 병에 걸렸으면서도 부도덕한 행동을 일삼는다고 했다. 제브데트 씨는 손님을 셋방에서 내쫓겠다고 겁을 주는 여자에게 답답한 듯 고개를 저어 보이며 계단을 올라갔다.

'그러니까 별일 없는 거군!'

그는 석조 계단을 바삐 올라갔고, 방문을 두드렸다. 마지막으로 온 게 이 주 전, 약혼식 후라는 걸 떠올렸다.

그가 예상했던 대로 문은 아르메니아인 여자가 열어 주었다. 제브데트 씨는 그녀를 볼 때면 언제나 그랬던 것처럼 얼굴을 약간 붉혔다. 그러고는 얼굴이 붉어진 것을 감추려고 뭔가 잊었다가 기억해 냈다는 듯이, 얼떨떨하고 생각에 잠긴 듯이 안으로 들어갔다.

"형은 어때요?"

그는 이렇게 물으면서 베개에 등을 대고 침대에 누워 있는 누스레트를 보고는 '별일 없는 것 같네!'라고 생각했다.

"이야, 너야? 어쩐 일이야?"

제브데트 씨는 형의 목소리로 그의 건강을 점쳐 보려 하면서 미소를 지었다. 그런 후 그의 곁으로 가서 그를 안고 뺨을 그의 얼굴로 가져갔다.

"폐결핵 환자한테는 입을 맞추면 안 돼!"

형은 이렇게 말했지만 자신의 뺨에 입을 맞추도록 놔두었다. 마치 자선이라도 베푸는 듯한 행동이었다.

"잘 지냈어?"

제브데트 씨는 이렇게 묻고 옆에 있는 의자에 앉았다. 형은 대답 대신 다시 이렇게 물었다.

"어떻게 여기 올 생각을 한 거야?"

그러고는 의심스러운 시선으로 애인을 쳐다봤다.

"마리, 혹시 당신이 부른 거야?"

"내가 왜 불러? 알아서 왔겠지!"

그녀는 달콤하고 리듬감 있게 말했다.

"형, 꼭 누가 불러야 형을 찾아와?"

형 앞에서면 늘 느끼던 죄책감에 또다시 휩싸이는 걸 느끼며 제브데트 씨는 얼굴을 붉혔다.

"어때, 형? 병세는 어때?"

"당신이 불렀지? 얘가 자꾸 내 병세를 묻네. 왜 묻는 거야?"

누스레트는 화를 내며 아르메니아인 여자를 쳐다봤다.

"누스레트!"

그녀는 낮은 한숨을 토하며, 그를 진정시키려고 의자에서 일어나 그의 곁으로 갔다. 시트를 덮어 주면서 제브데트 씨를 보며 말했다.

"형님은 안 좋아요. 어젯밤에는 아주 나빴어요. 실신을 했죠……. 지금은 조금 나아졌어요. 하지만 좋아졌다고 판단하지는 마요!"

"아냐, 아냐, 난 아무렇지도 않아!"

누스레트는 이렇게 소리쳤다. 그런 후 무슨 말인가를 더 하려고 했지만 숨이 찬 듯 입을 다물었다. 그가 할 수 있는 유일한 것, 그러니까 경멸하고 비난하는 시선으로 주위를 둘러봤다.

"의사 안 불렀어요?"

"의사 필요 없어! 나보다 나은 의사가 어디 있다고! 의사는 인류의 적이야!"

제브데트 씨는 마리에게 물었지만 형이 대답처럼 중얼거렸다. 마리는 '이 상황에서 내가 뭘 할 수 있겠어요?'라는 듯 제브데트 씨를 쳐다봤다.

제브데트 씨는 '그래, 의사를 부르는 건 내 몫이지!' 하고 생각했다. 그는 마리와 눈이 마주친 것 때문에 부끄러웠다. 그녀가 아름답지는 않지만 귀엽다고 생각했다. 알코올중독에다, 병들고, 돈도 없는 형이 어떻게 이런 여자와 관계를 맺게 되었는지 궁금했다. 그는 방을 둘러봤다. 탁자 위에 대야, 접시, 컵이 놓여 있었다. 아마도 자주 사용하고 씻는 것들이겠지. 한구석에는 새로 빨아 다림질을 한 시트와 셔츠가 놓여 있었다. 물건과 벽, 창문이 모두 깨끗하게 반짝거렸다. 방은 환자의 방이라기보다는 이제 막 청소하고 손님 맞을 준비를 마친 어느 부잣집의 방 같았다. 제브데트 씨는 청소를 하고 잘 정리한 집의 방과 물건 속에서 한 여성과 아이들과 함께 사는 바람이 마음속에서 일어나는 것을 깨달으며 한 번 더 아르메니아인 여자를 바라봤고, 다시 얼굴을 붉혔다. 그런 후 형을 쳐다봤다. 누스레트는 천천히 힘겹게 숨을 쉬고 있었다. 제브데트 씨는 형과 이 여자가 방을 꽉 채우고 있으며, 자신은 여분이라고 생각했다. 잠시 후 다시 아르메니아인 여자를 보며, 자신은 인생에서 한 번도 이런 여자, 아니, 어떤 여자의 사랑도 얻지 못했다고 생각했다. 그때 형이 물었다.

"지야를 본 적 있어?"

지야는 형의 아홉 살짜리 아들이었다. 누스레트는 그 아이를 하세키에 있는 친척 집에 맡겨 놓았다.

"아니!"

제브데트 씨는 놀라며 대답했다. 그가 하세키에는 전혀 가지 않는다는 걸 형도 알고 있었다. 하세키와 두 형제의 관계는, 제브데트 씨의 집에서 집안일을 하도록 외파에 있는 집으로 데려온 젤리하 부인만이 연결하고 있었다. 최근에 그녀에게서 지야와 관련된 소식을 들은 적은 없었다.

"지야를 시골에, 그 아이 어머니 곁으로 보낼까 생각했어. 하지만, 아니! 여기 있어야 돼. 바보들 틈이기는 하지만 도시에 사는 게 나아, 그렇지?"

누스레트가 한참 숨을 가다듬고 이렇게 덧붙였다.

"우리 둘 다 하세키에 있는 친척들을 떠났어. 하지만 이유는 달랐지. 나는 그들에게 짐이 되지 않기 위해서였고, 너는 그들이 짐이 될까 봐서였지!"

그는 다시 숨을 쉬고, 안정을 취하려고 잠시 말을 멈췄다. 그런 뒤 그의 얼굴에는, 제브데트 씨가 익히 알고 있는 비난조의 표정이 나타났다.

"지난번에 올 때 사륜마차를 타고 왔잖아! 그거 네 마차야?"

"아니, 빌렸어!"

"이제는 길 가는 마차를 세워서 빌리니?"

"아니, 석 달 동안 빌렸어."

제브데트 씨는 부끄러워하며 대답했다.

"아, 과시용으로 말이지! 레딩고트나 넥타이를 빌리는 것처럼 마차를 빌렸단 말이지?"

그는 마리를 보며 미소 지었다. 제브데트 씨는 자신이 가치 없고 저질스러운 사람이 된 기분이 들었다.

"오늘 무척 멋진걸!"

누스레트는 입가에 여전히 경멸하는 듯한 미소를 지으며 말했다. 그러고는 제브데트 씨의 대답을 기다리지 않고 마리에게 물었다.

"재가 파샤의 딸과 약혼했다고 당신한테 말했던가?"

그런 뒤에 동생을 보며 물었다.

"어때, 좋은 여자야?"

"응, 좋은 사람이야."

"어떻게 알아? 몇 번이나 봤는데?"

제브데트 씨는 목덜미와 이마에서 땀이 흐르는 걸 느끼고 자리에서 일어났다. 주머니를 뒤지다가 손수건을 안 가져왔다는 걸 기억해 냈다. 그는 자리에 앉으며 "두 번."이라고 대답했다.

"두 번이라고? 두 번을 만나고 좋은 사람이라는 걸 알았다고? 그녀가 좋은 사람이라는 건 어떻게 알았는데? 무슨 얘기를 했어?"

"그냥 얘기했지."

"뭐, 부끄러워할 것 없어! 그녀와 얘기를 나누지 못한 게 네 잘못은 아니니까. 그건 나쁜 전통과 이곳의 더럽고 한심하고 형편없는 삶의 결과니까. 내가 하는 말 이해했어? 이 세계가 어떤지 이해했어? 넌 이해 못했어, 이해 못했다고. 그런데도 고개는 끄덕이는구나. 너에게도 똑같은 일이 일어날 수 있어! 아냐……. 넌 그런 사람이 아냐! 너도 가족이 있어야지……. 하지만 그런 여자는 널 사랑할 수 없어!"

둘은 함께 마리를 쳐다봤다. 제브데트 씨는 형 앞에 앉아 있는 한 이 부끄러움과 땀에서 벗어나지 못하리라는 것을 알았다.

"그렇게 얼굴까지 빨개지면서 기분 상해할 것 없어."

누스레트는 이렇게 말하고는 다시 마리를 가리키며 덧붙
였다.

"너 저 여자 좋아하지. 저 여자를 흠모하지, 그렇지?"

"누스레트, 제발!"

마리는 이렇게 말했지만 조금도 부끄러워하는 것 같지는
않았다. 오히려 편안하고 자랑스러워하는 기색이었다.

"그는 당신을 좋아해. 벌써 당신을 흠모하고 있다니까!"

누스레트는 이렇게 말하며 마리에게 미소를 지어 보였다.

"왜냐하면 당신이 유럽적이라고 생각하거든. 내 동생은 유
럽에서 온 건 뭐든 열광해. 한 가지만 빼놓고⋯⋯."

그는 잠시 생각하더니 찾고 있던 단어를 생각해 냈다.

"레볼루시옹!"

그러고는 동생을 쳐다봤다.

"넌 레볼루시옹이 무슨 말인지 아니? 혁명은? 피가 철철 흐
르는 교수대가 있는 레볼루시옹은? 하긴 네가 이런 걸 어떻게
알겠어! 네가 알고 좋아하는 건 한 가지뿐이니⋯⋯."

그는 말을 마무리 짓지 않았다. 어쩌면 대놓고 말하고 싶어
하지 않았을지도 모른다. 그저 손으로 '돈' 세는 시늉을 해 보
였을 뿐이다.

제브데트 씨는 견딜 수 없었다. 꿈보다 더 나빴다. 그는 의
자에서 일어났다. 형을 향해 휘청거리듯 두 걸음 다가가 힘들
게 입을 뗐다.

"형, 나는 형을 좋아해. 형, 우리는 왜 이럴까?"

아주 오랜만에 일어난 일이었다. 그는 부끄러웠다. 그는 미

소를 지으며 마리를 바라보았다. '내가 왜 그랬지? 아, 하느님, 땀이 정말 많이 나네!' 그는 꿈보다 더 나쁘고 생각했다.

갑자기 누스레트의 몸이 앞으로 꺾였다. 그런 후 다시 뒤로 젖혀지고 머리가 베개로 떨어졌다. 또다시 몸이 앞으로 꺾이면서 격렬하게 기침을 하기 시작했다. 목과 폐에서 가르릉거리는 끔찍한 소리가 났다. 제브데트 씨는 아무것도 하지 못하고 두려움과 수치심을 느끼며 형이 몸부림치는 걸 바라보았다. 그러다 뭔가를 해야겠다는 생각이 들었다. 마리가 달려와 누스레트 옆에 앉아 그의 어깨를 잡았다. 제브데트 씨는 창문을 열려고 했다. 이즈음 형이 진정되었다. 제브데트 씨가 창문을 열려고 안간힘을 쓰는 걸 보고 누스레트가 말했다.

"안 돼, 열지 마! 바깥의 더러움이 들어오는 게 싫어. 바깥의 더럽고 초라하고 속된 공기, 그 역겨운 독재의 어둠이 들어오지 못하게 해. 우린 여기서 잘 지내고 있어."

그는 정신이 나간 듯 으르렁거렸다.

"아무도 창문을 열어선 안 돼! 이곳은 내 나라이니, 그곳 프랑스에서 그랬던 것처럼 어둠에서 벗어날 때까지, 압뒬하미트가 무너질 때까지, 모든 것이 밝고 깨끗하고 고결하고 좋아질 때까지 아무도 창문을 열어선 안 돼……."

그는 갑자기 다시 기침 발작을 일으키며 몸을 떨기 시작했다. 제브데트 씨는 뭔가를 해야 한다는 생각이 들어 형의 뒤에 있는 베개를 툭툭 치며 정돈했다. 바닥으로 떨어진 시트의 가장자리를 들어 올렸다. 이때 마리의 머리가 다급히 그에게 다가왔다.

"의사요……. 제발 의사를 불러와요! 나는 못해요, 그가 원하지 않거든요!"

"예!"

제브데트 씨는 중얼거렸다. 그런 후 여전히 콜록거리는 형과 눈이 마주치지 않도록 급히 밖으로 나갔다. 문을 닫자마자 뒤에서 형이 소리치는 게 들렸다.

"걔 갔어? 의사한테 갔어? 이 상황에서 의사가 뭘 할 수 있나고 그래! 의사는 필요 없어!"

4
약국

제브데트 씨는 거리로 나가자마자 '형은 죽을 거야! 오늘 아니면 내일, 분명 며칠 안에 죽을 거야!' 하고 생각했다. 이 생각이 두려워 자신을 진정시키고 싶었다. '어쩌면 아무 일도 일어나지 않을지 몰라. 어머니도 그랬잖아.' 마부는 이번에도 담배를 피우며 마부다운 시선으로 그를 주시했다. '하지만 형은 자신이 죽을 걸 알아. 죽을 걸 아니까 저런 끔찍한 소릴 하는 거야!' 그는 방 안에서 일어난 부끄러운 장면을 기억하고 싶지 않아서 '그래, 지금 의사를 찾아야 해!' 하고 생각했다. 골목길에서 대로로 나갔다. '가장 가까운 약국이 어디 있더라? 쿤죽 약국이 있지. 저기 클로나리디스 약국도 있구나!'

튀넬에서 탁심으로 뻗어 있는 유명한 거리는 그 더위에도 무척 붐볐다. 만약 늦으면 형이 죽을 것 같아서, 이 죽음을 자신의 책임으로 돌릴 것 같아서, 두려움 속에 걸음을 재촉했다.

마음 같아선 달리고 싶었지만, 그렇게 서둘러 봐야 소용없다고 생각하며 사람들과 부딪쳐 가며 걸었다. 항상 침착하고 규칙적으로 사는 사람들은, 이 더위 속에 좌우로 어깨를 치며 이렇게 서둘러 걸어가는 무례한 남자와 몸이 닿지 않으려고 길 가로 물러나며, 께느른한 호기심을 품고 제브데트 씨의 얼굴을 쳐다봤다.

약국에는 약사 마트코비치와 뚱뚱한 조수가 있었다.

"의사 선생님 계십니까?"

"선생님은 바빠요!"

약사는 손으로 뒤쪽 칸막이벽을 가리켰다.

"하지만 기다릴 수가 없습니다!"

제브데트 씨는 이렇게 말하며, 한쪽에 놓인 의자에 앉아 기다리는 환자들은 신경도 쓰지 않고 급히 문을 열고 진찰실로 들어갔다.

안에는 아이를 데려온 여자와 의사가 있었다. 의사는 아이의 입안에 압설자를 넣고 있었다. 갑자기 문이 열리자 얼굴을 찡그렸고, 들고 있던 압설자를 아이의 입에서 꺼냈다.

"밖에서 기다려요!"

"의사 선생님, 아주 중요한 일입니다!"

"기다리라고 했지 않습니까!"

의사는 압설자를 다시 아이의 입에 넣으며 여자에게 프랑스어로 뭔가 말했다.

"상태가 아주 나쁩니다."

제브데트 씨는 이렇게 중얼거렸지만 의사와 아이를 보고

있으니 형이 죽지 않을 것 같았다. 그러나 그는 여기서 기다리고 싶지 않았다.

"상태가 아주 나쁩니다!"

"알겠소, 지금 갈 테니 좀 기다려요!"

제브데트 씨는 밖으로 나갔다. 문 앞에 있는 의자에, 의사를 기다리는 환자들 옆에 앉으려다가 그만두었다. 그는 약국 안을 서성거렸다. 그러다 한쪽으로 물러나 신경질적으로 담배를 피우기 시작했다. 약사는 계산대 뒤에서 손에 든 종이를 보면서 가루를 섞었고, 조수는 작은 저울로 뭔가를 재고 있었다. 약사는 섞은 가루를 병에 넣어 모자 쓴 남자에게 건네주었다. 이때 몸집이 크고, 배가 나오고, 쾌활한 표정의 남자가 약국으로 들어와 샴페인이 있냐고 물었다. 약사는 그를 알아보고는 미소를 짓더니 병들이 놓여 있는 구석을 가리켰다. 샴페인 병이 탑처럼 쌓여 있었다. 그 탑 옆에는 생수 병으로 쌓은 탑이 하나 더 있었다. 시간과 돈이 있는 사람 특유의 편안함을 보이며, 뚱뚱한 남자는 병들의 라벨을 읽으면서 고르기 시작했다. 에비앙, 비텔, 비시, 아폴리나리스. 제브데트 씨는 갑자기, 저 멀리 프랑스에서 온 이 물들, 술들, 탁자 위에 있는 토블레 초콜릿들을, 오늘 안개 때문에 늦은 에스키나즈도 마시고 먹을 거라는 생각을 했다.

'그리고 그 저택에 사는 파샤들도 이런 것들을 먹고 마시고 있어! 나는 뭘 하고 있지? 나는 일을 하고, 결혼을 할 거야. 형은 아프지만 죽을 것 같지는 않아, 건강하던걸. 아르메니아인 여자. 나는 장사 때문에 사랑에 할애할 시간도 없었어. 기다리는 건 정말 지루한 일이군! 저 유리 위에 뭐라고 쓰여 있지? 난 거꾸로도 읽을 수 있어. 외국 약, 의학……. 또 오스만 의학.'

웃는 얼굴을 한 통통한 남자는 병을 고르고는, 하인을 보내 가져가겠다고 했다.

'집에 가서 저걸 마시겠지. 모두 함께 먹고 마시고 웃겠지……. 나도 결혼하고 나면……. 에템 페르테브 원기 회복 시럽, 크림 페르테브. 의사 선생은 아직도 일이 안 끝났나? 문이 열리면 곧장 들어가서……. 아트킨손 화장수……. 카트란 하크 에크렘 기침 시럽. 흰야디 야노시 설사약……. 어렸을 때 설사가 나서 죽는 줄 알았던 적이 있지. 아무도 내가 죽을 거라고 생각하지는 않았어. 죽었더라면! 아냐! 아, 문이 열렸군!'

제브데트 씨는 여자와 아이를 밀치며 단숨에 안으로 들어 갔다. 그러고는 스스로도 믿지 않으면서 이렇게 말했다.

"환자 상태가 아주 안 좋습니다. 죽을 수도 있으니 제발 서둘러 주세요!"

"누가 죽는다는 거요? 어디서요?"

의사는 구석에 있는 세면대에서 손을 씻으며 물었다.

"저기요, 아주 가까워요, 셋방에서요! 지금 가서 보면 알아요, 바로 저기예요!"

"환자가 올 순 없소?"

의사는 이렇게 말하면서 믿을 수 없을 정도로 하얗고 깨끗한 수건으로 천천히 손을 닦았다.

"올 수가 없습니다. 죽어 가는걸요. 어쩌면 안 죽을 수도 있겠지만요. 두 걸음만 가면 됩니다! 당장 가요, 지체하지 말고!"

"알겠소, 알겠소."

의사는 이렇게 투덜거리더니 "가방 좀 가져갑시다!"라고 했다.

의사는 문 앞에 서서, 기다리는 사람들에게 곧 오겠다고 말하고, 제브데트 씨의 뒤를 따라 거리로 나섰다. 그런 후 환자가 어디가 아픈지 물었다. 제브데트 씨는 기침 발작에 대해 설명한 후에 달리 할 말을 찾지 못해 형이 폐결핵을 앓고 있다고 했다. 의사는 속았다 싶은 표정을 지었지만, 곧 분노를 가라앉혔다. 어쩌면 잠시나마 진찰실에서 벗어나게 된 걸 기뻐하는 것 같기도 했다. 그는 걸어가면서 진열장을 살피고 사람들을 구경했다. 그런 후에는 가게에서 담배를 샀고, 폐결핵은 순식간에 사람을 죽이지는 않는다고, 전에도 자기 환자가 다 죽어 가다가 살아난 적이 있다고 설명해 주었다. 그런 와중에도 지나가는 여자들을 주의 깊게 관찰하고, 제브데트 씨에게 무슨 일을 하는지도 물었다. 상업에 종사한다고 하자 놀라워했다. 막 골목길로 들어섰을 때, 의사는 모퉁이에서 우연히 친구를 만났다. 의사는 그를 껴안으며 제브데트 씨에게는 이탈리아어로 들리는 언어로 열심히 얘기를 하기 시작했다. 제브데트 씨는 시계를 봤다. 3시 15분이 지나고 있었다.

잠시 후 그들은 셋방 안으로 들어갔다. 의사가 덥다고 불평할 때 마리가 방문을 열었다.

"의사는 필요 없으니 문 닫아……. 방으로 어둠이 들어오지 못하게 해!"

누스레트였다.

의사는 마리의 뒤를 따라 안으로 들어갔다. 주절대는 환자를 곁눈질로 쳐다봤다. 가방을 바닥에 내려놓으며 마리 쪽을 바라보더니 그녀를 주의 깊게 관찰했고, 감격스러운 목소리로 말했다.

"Je vous reconnais*, 마드무아젤 추하즈얀!"

그는 전혀 예상치 못하게 여자의 손등에 입을 맞추고, 머리를 천천히 들면서 이번에는 터키어로 말했다.

"「행복한 가족」에서의 당신 역할에 반했습니다!"

"이 사람 누구야? 무슨 일이야?"

누스레트가 물었다. 그런 후 의사가 미소를 지으며 자기 쪽으로 다가오자 "의사가 아니라 광대를 데려왔군!" 하고 말했다. 하지만 의사는 신경 쓰지 않고 미소를 지었다.

"어디가 불편한가요?"

"난 죽어 가고 있소. 폐결핵이오."

"죽어 간다는 걸 어떻게 확신합니까?"

의사는 이렇게 말하며 누스레트 옆에 앉았다.

"확신하죠. 나도 의사니까! 진찰할 필요도 없소. 이 단계의 폐결핵은 의사가 환자를 보는 순간 첫눈에 알아채죠. 이 얼굴을 좀 보시오. 볼이 쏙 들어가 사라졌소. 당신은 민간 의학교

---

* '당신이 누구인지 압니다.'(프랑스어)

출신이오?"

"그러니까 우리는 동료인 셈이군요!"

의사는 너그러운 미소를 지었다. 그러나 누스레트는 고함을 질렀다.

"민간 의학교든 군의학교든, 영리한 사람은 혁명가가 되고 바보는 의사가 되지!"

"나는 내가 영리하다고 주장한 적이 없습니다!"

그래도 의사는 역시 너그럽게 말했다. 그러고는 자신의 아량을 알아줄 유일한 사람이 마리라고 여겼는지 그녀를 바라보며 미소를 지었다.

"당신 뭐야, 유대인이야?"

"이탈리아인입니다!"

그는 이렇게 대답한 후 머리를 누스레트의 몸에 가까이 대고 셔츠의 단추를 잡았다.

"좀 봐도 될까요?"

"잠깐, 잠깐만! 뭐야 이게! 만지지 마!"

누스레트가 소리를 질렀다. 하지만 잠시 후 마리가 화를 내자 목소리를 낮췄다.

"알았어, 알았어, 신경질 내지 마, 신경질 내지 마. 하지만 난 알아, 아무 소용없다는 걸!"

그러고는 갑자기 제브데트 씨를 바라보았다.

"너한테 부탁할 게 있어……. 이리 와 봐……. 약속해 줄 거지? 아들이 보고 싶어. 걔를 좀 데려와!"

"하세키에서 말이야?"

"그래, 하세키에서. 하세키에 가서 지야를 데려와. 거기 이모 집에 살고 있으니까, 우리와 어떻게 친척이 되는지는 모르지만, 제이넵 부인을 찾아가서 아이를 데려와!"

"지금 말이야?"

"그래, 지금. 당장! 알아, 네가 거기 가고 싶어 하지 않는 거. 부끄러운 거지. 하지만 가. 네가 그렇게 해 줬으면 해. 의사도 데려왔으니 그 일도 해 줘. 마지막으로 내 아들을……."

이때 가방에서 청진기를 꺼내던 의사가 이렇게 말했다.

"대단하군요, 죽을 기미는 전혀 없는데요! 폐가 아주 건강해요!"

"됐어요, 됐어, 의사들이 상투적으로 하는 말은 나한테 하지 마시오. 할 일이나 하고 돈이나 받아요. 이 사람한테 돈을 줘, 제브데트. 너한테 다른 건 바라지 않을 테니!"

제브데트 씨는 문을 향해 걸어가다가 멈춰 서서 낡은 곁탁자 위 깨진 재떨이 옆에 금화 두 개를 놓았다. 돈을 놓는 걸 마리가 봤다는 걸 알고는 기뻤다.

"서둘러, 서두르란 말이야. 저 거만한 과시용 마차가 그나마라도 쓸모 있게……."

5
옛날에 살았던 마을

제브데트 씨는 죄책감을 느끼며 계단을 내려갔다. 마부에게 하세키에 가자고 하며 마차에 올랐다. 땀을 흘리며 담배를 한 대 더 피웠다. 마차가 출발했고, 부드럽게 움직이는 바퀴 위에서 달콤하게 흔들리며 창밖으로 풍경이 흐르기 시작하자, 담배 때문인지 약간 정신이 들었다.

"모든 게 왜 이렇지? 나는 왜 이렇지?"

아침부터 지금까지 일어난 일들이 하나하나 눈앞에 떠올랐다. 형이 죽을지 어떨지를 생각했다. 그의 어머니도 마지막 날까지 생사를 넘나들었지만, 마지막 주에는 돌변해서 아주 건강이 좋아졌다고 하더니, 갑자기 돌아가셨다. 하지만 형은 여전히 눈에 거슬리는 행동을 했다. 그 부끄러운 말을 떠올리며 얼굴을 붉혔다. 형은 약혼녀를 몇 번이나 만났냐고 물으면서, 마리를 보고 웃었던 것이다. 빌린 마차에 대해서도 그런 태도였다. 어쩌면 지금도 내 뒤에서 웃고 있는지 모른다. 그 아르메니아인 여자도 형과 함께 웃을까?

'그래, 어쩌면 사랑스럽고 흥미로운 여자일지 몰라. 하지만 난 그녀에게 절대 반하지 않았어! 어떻게 그런 말을 할까? 얼굴도 두껍지! 난 그 여자를 흠모할 수 없어. 어쨌든 그녀는 곱게 자란 여자가 아니라 연극배우잖아……. 매일 밤 수백 개의 눈이 그녀를 바라보고 있어. 의사가 그녀의 손등에 입을 맞추는 거 봤지? 어떻게 그럴 수 있을까? 어떻게 몸을 숙이고, 여자의 손등에 입을 맞추고, 그런 후 여느 때처럼 침착하고 쾌활하게 행동할 수 있는 거지? 그들이 우리와 같지 않기 때문이야. 그들은 기독교도라고!'

그는 자신이 형의 생각을 모두 이해하고 그를 사랑하면서도 왜 이런 감정을 표현하지 못하는지를 생각했다. '시간이 없기 때문이지! 사업 때문에 다른 일에 시간을 낼 수가 없어.' 그는 형의 말을 떠올렸다. '형은 파리로 떠난 뒤 여기 것은 아무것도 좋아하지 않게 됐어.'

마차가 목조 다리를 지나갔고, 바퀴 때문에 다리의 나무 바닥이 삐걱거렸다. 제브데트 씨는 다리에서 보이는 옛 이스탄불, 돔 지붕, 잠잠하고 생기 없는 할리치 만을 바라보았다.

'형은 여기를 좋아하지 않아! 여기에 있는 건 모두 형편없다고 생각하며 무시해! 나 또한 경멸하지. 하지만 난 형을 이해해.'

그는 다리의 다른 편에 있는 간판을 읽었다. '가장 좋은 여송연과 담배, 전매청 상품들. 연초상 안젤리디스.' 그는 담배를 한 대 더 피우며 다시 생각의 구름 속으로 잠겨들었다.

마차 창문 밖으로 베야즈트 사원, 하르비예 네자레티 퀼리
예시*를 보니 어린 시절이 떠올라 즐거워졌다. 옛날에 형과 함
께 놀러 오곤 했던 곳이다. 라마단 기간에는 사원 안마당에서
전시회가 열려 북적거렸고, 중요한 사람들은 여기서 다 볼 수
있었다. 제브데트 씨는 여기서 처음으로 외지르**를 봤다.

'상공부 외지르인 아흐메트 페흐미 파샤였지, 아마? 몇 년
전이더라? 십팔 년이나 십구 년 전쯤 될 거야. 누스레트 형이
군의학교에 입학했을 때니까. 그리고 아버지가 돌아가시기
전이었지.'

그 시절을 떠올리자 기분이 우울해졌다. 그는 아버지와 함
께 일하고, 장작을 패고, 목재를 쌓는 일에 지쳐서 저녁을 먹
은 후에는 곧장 곯아떨어지곤 했다. '하지만 난 육체노동이나
하는 바보 같은 사람이 되고 싶지 않았어! 공부를 하고 부자
가 되고 싶었어.' 그는 당시를 떠올려도 그리워지지 않는 게
기뻤다. '하지만 당시는 서로를 사랑했어. 사람들은 나를 좋아
했지. 난 그들에게서 도망쳤고!' 이제 자신이 도망쳤던 사람
들에게로 가야 한다는 생각을 하자 두려워졌다. '어쩌면 날 알
아보지 못할지도 몰라. 알아보면 얼마나 경멸할까. 하지만, 아
냐! 내 옷과 이 마차에 마음을 뺏길걸! 거기선 얼마나 지루한
일들이 생길지…….' 그는 부끄러워하며 잠시 후 일어날 일들

---

* 오스만제국에서 국방부 건물로 쓰였던 건물.
** 오스만제국의 관직으로 현재의 장관에 해당한다.

을 그려 봤다. '그들은 내 등 뒤에서, 알에서 나온 병아리가 자신이 들어 있던 껍데기를 마음에 들어 하지 않는다고들 하겠지, 배은망덕하다고들 하겠지. 왜 이렇게 됐지? 모든 게 왜 이렇게 됐을까?'

마차가 재무부 앞을 지나갔다. 맞은편에는 환전상과 고리대금업자 사무실이 있었다. 어려운 상황에 놓인 월급쟁이들이 이런 사무실로 와서 자신의 봉급을 담보로 아주 적은 돈을 받아 가곤 했다. 제브데트 씨는 환전상과 고리대금업자의 벌이가 부당하고 무자비하다고 생각했다. 그는 갑자기 '이 모든 게 돈 때문이야! 그래서 내 곁에 아무도 없는 거야! 모든 게 다 돈 때문이야! 그들은 모슬렘이 이렇게 장사를 하는 걸 경멸해!' 하고 생각했다. 그래도 여전히 잠시 후 하세키에서 일어날 수치스러운 장면을 생각하며 땀을 흘렸다.

마차가 악사라이를 지난 후 왼쪽으로 돌았다. 잠시 후 골목길로 들어갔지만 하세키까지는 아직 더 가야 했다. 제브데트 씨는 골목길을 보며 생각했다.

'항상 똑같군, 항상 똑같아. 아무것도 변한 게 없어. 저 벽, 페인트가 벗겨진 창문, 이끼 낀 기와. 아무것도 변한 게 없어. 이백 년 동안 여기서 어떻게 살았던지 간에 이들은 앞으로도 그렇게 살 거야……. 돈을 벌겠다는 생각이 없어! 새로운 게 없어! 그들의 삶에는 그런 게 없어, 그러니까, 그래, 야심이 없어, 야심이! 저 더러운 것들 좀 봐. 아무도 저 두엄 더미를 치울 생각이 없군. 찻집에 앉아 지나가는 사람들만 쳐다보고 있지!'

엔타리*를 입고 찻집 앞에 있는 플라티너스 나무 밑에 앉아 있는 남자들을 바라보았다. 앉아 있는 그들도 현란한 마차 안에 탄 사람을 쳐다봤다. 제브데트 씨는 그들과 눈을 마주치며 천천히 그들 앞을 지나갔다. 그런 후 화가 나서 투덜거렸다.

"당신들 뭘 보는 거요? 뭐 볼 게 있다고? 마차 한 대가 지나가고, 거기 앉아 있는 남자를 그냥 쳐다보고들 있냐고. 아, 모든 게 죽었어! 형 말이 옳아. 나는 엔타리를 입은 게으른 사람이 아니라 상인이니까, 나도 옳아!"

마차는 마을에 가까워지고 있었다. 제브데트 씨는 중간에 있는 창문을 열고 마부에게 두 골목을 지나 왼쪽으로 돌아야 한다고 말했다. 그런 후 정원에서 얘기를 나누는 아이들의 대화를 들었다.

한 아이가 말했다.

"……하면 네가 이렇게 지는 거야!"

그러자 다른 아이가 말했다.

"얼간이의 호두는 내가 다 땄어!"

'우리는 옛날에 그냥 호두를 가지고 즐겁게 놀았는데, 얘들은 마치 도박처럼 상대가 가지고 있는 호두를 따는 모양이야……. 좋아, 좋아! 최소한 새롭긴 하군.'

제브데트 씨는 이렇게 생각했지만, 자신의 생각이 부끄러웠다. 마차가 골목으로 접어들자 그는 두려움을 느끼며 집들을 둘러보기 시작했다. 모든 집을 알아볼 수 있었다. 다시 한

---

* 중동 남성들이 입는 헐렁한 옷.

번 변한 게 아무것도 없다고 생각했다. 제이넵 부인의 집 앞에서 마부에게 멈추라고 말했다.

제브데트 씨는 마차에서 내렸다. 주위를 둘러봤다. 그들 가족이 처음 이스탄불에 왔을 때 바로 이 옆집에서 살았다. 십 년 동안 살았던 그 집을 그는 보고 싶지 않았다. 제이넵 부인 집의 대문을 열었다. 대문에 달려 있는 오래된 종이 울렸다. '니샨타쉬의 그 집을 사면 나도 이런 종을 달아야지!' 그는 생각했다. 정원은 예전 그대로였다. 자두나무도 여전히 맥없고 가냘팠다. 그는 문을 두드리고 기다렸다.

문을 열어 준 사람은 제이넵 부인이었다. 그녀는 제브데트 씨가 자신을 소개하기도 전에 그를 껴안았다.

"아, 얘야, 제브데트, 어쩐 일이냐?"

제브데트 씨는 부끄러운 마음에 땀을 흘리면서 그녀의 손등에 입을 맞췄다. 잊고 있던 어린 시절의 향기, 물건들, 벌레, 수놓인 테이블보가 기억나는 듯했다.

"자, 들어와, 신발도 벗고, 아주 멋진 사람이 됐구나. 갑자기 무슨 바람이 불었니?"

"아주머니, 형이 아파요…….''

"아, 이를 어째."

제브데트 씨는 그녀가 속으로는 음흉하게 조롱할 거라는 의심이 들었다. 그는 신발을 벗고, 그녀가 가리킨 곳에 앉아 안절부절못하며 이렇게 말했다.

"오래 있을 수가 없어요…….''

"형이 지야를 보고 싶어 하니?"

"예!"

"상태가 많이 안 좋은 거야?"

"예! 안 좋아요!"

"지야를 데려간단 말이지! 하긴 달리 무슨 볼일이 있어 이 곳에 왔겠니?"

"아, 아주머니, 시간이 나지 않았어요! 하지만 늘 아주머니를 생각했답니다. 그저 여유가 없었죠!"

"그럼, 잠깐만, 애를 불러야겠구나!"

그녀는 이렇게 말하고 나갔다.

'괜히 걱정했네. 그녀는 날 사랑하는 마음으로 맞이해 줬어. 그래, 그들은 사람을 사랑할 줄 알아. 하지만 어쩌겠어, 나는 사업을 하는데. 이것 역시 이해해 줬어. 내가 과민하게 생각했던 거야! 몇 시지! 아, 푸아트 씨와의 식사 약속에 늦을 것 같은데!'

잠시 후에 그녀는 컵과 쟁반을 들고 들어왔다.

"체리 시럽이다! 너 체리 좋아하잖아……."

제브데트 씨는 부끄러워 얼굴을 붉히며 할 말을 찾다가 겨우 고맙다고 했다.

"아이를 부르러 보냈으니 곧 올 거야. 그런데 걔 아빠는 정말 상태가 안 좋은 거니?"

제브데트 씨는 고개를 끄덕였다. 잠시 정적이 흘렀다.

"네 일은 잘돼 가고?"

"안 좋죠, 안 좋아요!"

제브데트 씨는 불만스러운 태도로 대답했다. 그런 후 갑자기 반지 낀 손을 주머니에 넣었다.

"어쩌겠니, 좋아지겠지. 어차피 모든 게 나쁘게 흘러가는구나. 신께서 우리의 마지막은 좋게 하시겠지!"

그들은 다시 아무 말도 하지 않았다.

잠시 후, 제브데트 씨는 형이 지야를 기다린다고 하며 자리에서 일어났다. 그녀는 아이가 왜 아직 안 오는지 걱정하며 창문 쪽으로 갔다.

"아, 저기 와 있구나! 근데 쟤를 다시 데려다 줘야 해. 언제 데려올 거니?"

제브데트 씨는 아버지를 만나게 해 준 후 아이를 데려오겠다고 약속했다. 어쩌면 아이는 며칠 아버지 곁에 머물 수도 있을 것이다. 아주머니는 너그럽게 수긍하면서도 불신도 표시하여 제브데트 씨에게 상처를 주었다. 그들은 함께 밖으로 나갔다. 제브데트 씨는 오래된 정원에서 새로운 걸 보았다. 닭장이 있었다. 닭 한 마리가 닭장 지붕 위를 돌아다니고 있었다.

종이 다시 딸랑거렸고, 제브데트 씨는 다시 어린 시절을 떠올렸다. 사륜마차 주위에 모인 아이들이 뒤돌아 그들을 쳐다봤다. 제브데트 씨는 그중 하나를 알아볼 것 같았다.

"애, 지야, 누가 왔는지 봐! 제브데트 삼촌이 왔어. 알아보겠니?"

아주머니의 말에 아이가 앞으로 한 걸음 다가왔다. 잘 차려입은 삼촌이 두려운 모양이었다. 제브데트 씨와 제이넵 아주머니를 번갈아 쳐다보며 두려운 듯 몇 걸음을 더 옮겼다.

제브데트 씨가 그 아이를 마지막으로 본 건 육 년 전 희생절 때였다. 그때는 서너 살쯤으로 보였다. 그는 아이의 볼을 어루만졌다. 아이에게 잘 보이려고 애를 쓰며 말을 건넸다.

"얘, 잘 지냈니? 날 알아보겠어?"

아이는 두려운 듯 고개를 끄덕였다.

"지야, 삼촌이 구경을 시켜 주고 다시 데려다 준다는구나! 돌아다녀 보고 싶니?"

"마차로요?"

아이는 이렇게 묻고 돌아서서 사륜마차를 쳐다봤다. 친구 하나가 마부에게 뭔가 묻고 있었다.

"그럼, 마차로! 삼촌이 마차로 구경을 시켜 줄 거야! 삼촌 마차를 타고 돌아다니고 싶어?"

제브데트 씨는 곁눈질로 마부를 쳐다봤지만, 마부는 못 들은 것 같았다.

"예!"

"그럼 가서 옷 갈아입고 와. 그 차림으로는 마차에 탈 수 없으니까."

아이는 뛰어서 집으로 갔다.

"지야 자식 마차를 타는구나!"

한 아이가 이렇게 소리쳤다. 아주머니는 제브데트 씨를 보며 말했다.

"그 애를 거기 두지 말고 데려와, 알겠지!"

마차 주위에 모여 있던 아이들 중 하나가 바퀴에 바짝 붙어 스프링을 주의 깊게 바라보더니, 곁으로 다가온 다른 아이에게 말했다.

"저 스프링 좀 봐, 철 스프링이야! 아주 잘 튀어 오르는 거
야!"

햇볕이 좁은 골목을 뜨겁게 내리쬐고 있었다. 말 꼬리는 끊
임없이 파리를 쫓고 있었다. 한 노인이 창살이 없는 창문에서
마차를 내다보고 있었다. 가벼운 바람이 불어 골목에 먼지가
일었다. 모두 익숙한 듯 입을 막고 눈은 가늘게 떴다. 잠시 후
바람이 멈추자 모두 입을 막고 있던 손을 내렸다.

"걔는 아직도 파디샤를 반대한다니?"

"지금은 많이 아파요."

아주머니의 질문에 제브데트 씨는 이렇게 대답하며 얼굴을
찡그렸다.

아이가 집에서 뛰어나왔다. 제브데트 씨는 아주머니 손등
에 입을 맞췄다. 아주머니는 지야의 팔을 잡고 제브데트 씨를
곁눈질로 보며 말했다.

"개구쟁이 짓 하면 안 돼, 알겠지? 삼촌이 다시 여기로 데려
다 줄 거야."

제브데트 씨는 아이의 손을 잡고 함께 마차에 올랐다. 아이
들이 마차 주위를 둘러쌌다.

"지야가 간다! 지야가 간다!"

어떤 아이가 말했다. 마차가 움직였다. 아이는 보이지 않을
때까지 창문으로 아주머니를 내다봤다. 그런 후 몸을 돌려 약
간 겁먹은 얼굴로 제브데트 씨를 관찰하기 시작했다. 안전하
다고 느꼈는지 조심스럽게 의자 끝에 앉았다. 그러고는 한순
간도 허비하지 않고 마차 여행을 즐기고 싶은 듯 창밖을 바라

보기 시작했다.

제브데트 씨는 아이와 무슨 말이든 하고 싶었지만, 아이가 당황하는 걸 보고 할 말을 뒤로 미뤘다. 악사라이쯤 와서 아이에게 사원과 이곳저곳을 일러 주었다. 베야즈트를 지날 때 라마단 때 여기 온 적이 있느냐고 물었다. 하지만 지야는 그의 말보다는 풍경에 집중하고 있었다.

다리를 지날 때 제브데트 씨는 시계를 들여다보았다. 6시가 가까워진 걸 알고 놀랐다. 푸아트 씨와 6시 반에 세르클도르얀 클럽에서 만나기로 약속했기 때문이었다. 지야에게 아버지가 아프다고 말해 주고 싶었지만 결국 말하지 못했다. 아이의 눈길에는 제브데트 씨를 걱정하게 하는 뭔가가 있었다. 그것이 무엇인지는 이해할 수 없었다. 잠시 '이 짜증나는 일이 끝나고 빨리 저 아이를 아버지에게 데려다 주면 좋을 텐데!' 하고 생각하고 나서, 사업상의 계산과 고민, 계획 등에 관해 생각에 잠겼다.

마차가 셋방 앞에 멈춘 후에야 이제는 지야에게 아버지가 아주 많이 아프다는 걸 말해야겠다고 느꼈다. 그는 계단을 오르면서 급히 말했다.

"네 아버지가 얼마 전에 여행에서 돌아왔어. 지금은 아파. 우린 마차를 타고 왔고 이제는 병문안을 할 거야. 아버지가 널 보고 싶어 해. 아버지 곁에 아주머니 한 분이 있어! 아버지는 아파서 누워 있어서 그 아주머니가 아버지를 돌본단다. 이제 그들을 만날 거야. 겁낼 것 없어! 그래, 제이넵 아주머니에게는 오늘 저녁이나 내일 돌아가자."

마리가 방문을 열었다. 미소를 지으며 지야에게 인사를 하고 몸을 숙여 아이의 볼에 입을 맞췄다. 그런 후 손가락을 입술로 가져가 '쉿' 하는 신호를 했다.

"아버지는 지금 자고 있어!"

지야는 겁을 먹고 제브데트 씨를 따라 안으로 들어갔다. 누스레트는 등을 돌린 채 잠들어 있었다. 지야는 두려워하며 담요 밑에 있는 몸을 바라보았다. 그런 후 깰까 봐 두려운 듯 손짓해 준 곳으로 가서 앉았다.

마리는 제브데트 씨 옆으로 다가와 속삭였다.

"의사는 상태가 아주 안 좋다고 했어요. 약을 줬어요. 통증과 증세를 좀 완화시켜 줄 주사도 놓고 갔어요. 처음엔 안 맞겠다고 하더니, 결국 맞고 저렇게 잠들었어요."

"그렇다면 이만 가 보겠습니다. 저녁에 다시 들르죠."

제브데트 씨도 속삭이는 목소리로 말했다.

"그렇게 해요. 정말 고마워요! 참, 이걸 잊어버렸네요. 누군가 파디샤에게 폭탄을 던졌다는 건 말하지 마세요. 그걸 알면 흥분할 거고, 열이 나서 상태가 나빠질 거예요."

그녀는 이렇게 말한 후 제브데트 씨가 나가는 걸 기다리지 않고 지야 곁으로 가서 아이와 앉아 얘기를 나누기 시작했다.

제브데트 씨는 마리가 아이와 대화하는 게 아니라, 동등한 사람과 하듯 지야와 진지하게 대화하는 걸 보았다. 그는 그녀를 흠모하게 될까 두려워 '그녀는 연극배우잖아! 가족하고는 거리가 먼 사람이야!' 하고 생각했다. 그는 밖으로 나갔다.

6

점심 식사

제브데트 씨는 거리로 나가 곧장 마부에게 갔다. 역한 냄새가 나는 담배를 피우는 마부에게 7시 반*에 세르클도르얀 클럽 앞으로 자신을 데리러 오라고 했다. 6시 15분이 지나고 있었다.

푸아트 씨와는 6시 반에 만나기로 했다. 제브데트 씨는 자신이 회원으로 가입하지 않은 클럽에 아무렇지도 않게 들어가는 게 거리껴서 잠시 밖에서 시간을 보내기로 했다. 그는 대로를 걸었다. 알레포 시장에 갔다. 와르예테 극장의 광고를 봤다. 유럽에서 온 오페레타 극단의 공연을 여기서 관람한 적이 있는데 끔찍하게 지루했다. 사람들이 시간을 보내는 방식에 놀라워하며 진열장, 걸어가는 사람들, 자동차를 바라봤다. 그는 담배를

---

* 여기서도 시간은 '알라투르카' 기준으로 표시된다.

피웠다. 점심을 먹고 8시에 테시비키예에 있는 쉬크뤼 파샤의 저택에 가기로 마음먹었다. 잠시 후 푸아트 씨를 만났다.

제브데트 씨와 푸아트 씨는 동갑이었고 둘 다 상인이었다. 이 점 때문에 그들은 가까워졌다. 모슬렘에다 성공한 상인이라는 것에 동질감 비슷한 감정이 느껴져서, 만나자마자 서로 관심을 가졌던 것이다. 또한 둘 다 미혼이었고, 철물 사업을 하고 있었으며, 마르고 키가 컸다. 하지만 제브데트 씨가 생각하기에 그들의 비슷한 점과 동질감 비슷한 감정은 여기까지였다. 푸아트 씨는 대대로 상업을 하는 집안 출신이었기 때문이다. 모슬렘으로 개종한 셀라니크 출신의 유대인 집안이었다. 셀라니크에서 발이 넓고 프리메이슨 회원이기도 했다. 이스탄불에는 사업장을 열려고 왔다가 제브데트 씨와 알게 되었다. 그 후 이 년 동안 가족과 사업장이 있는 셀라니크에서 이스탄불로 올 때마다 제브데트 씨에게 연락을 했고, 함께 이 클럽으로 와서 점심 식사를 했다. 식사를 하면서 그동안 서로 했던 일과 삶에 대해 이야기를 나누고, 동업이나 결혼 계획 같은 것을 함께 검토하고, 이런저런 일에 대해선 즐겁게 잡담을 했다. 푸아트 씨와의 우정은, 그가 도저히 들어갈 수 없었던 이스탄불의 부유한 사람들과 특별한 사람들의 사회, 그가 주위만 맴돌았던 저명인사들의 사회를 알게 해 주었고, 그 사회에 파고들 기회 또한 가져다주었기에 아주 유용하고 유익했다. 이 클럽에 한 번 오기만 해도 제브데트 씨가 몇 달 동안 신문에서 읽고 가십에 귀를 기울여 알게 되는 것들보다 몇 배나 많은 정보를 얻을 수 있었다. 제브데트 씨는 이곳에서, 벨벳,

금박 입힌 안락의자, 카펫, 크리스털 샹들리에 속에서, 그가 일상을 보내던 사회와, 이해할 수 없을 정도로 달라지는 가격과 물건의 비밀을 한순간에 파악할 수 있을 것만 같았다.

그들은 클럽으로 들어가 계단을 올라갔다. 여느 때와 같은 안락의자, 카펫, 이제는 잊힌 파샤들, 대사들, 금박 테두리의 거울들, 크리스털들. 유대인 상인들, 레반트인들, 샹들리에와 비단 커튼, 항상 예의 바르게 대기하고 있는 웨이터들 사이를 지나, 그들이 항상 앉던 가장자리 테이블로 가서 앉았다. 제브데트 씨는 매번 그랬던 것처럼, 클럽 입구에서 가장자리까지 오는 도중에 흥분을 했고, 희망을 가졌고, 기가 죽지 않으려고 고개를 똑바로 쳐들었고, 복잡한 생각을 하며 얼굴을 붉혔다. 푸아트 씨도 매번 그랬던 것처럼 친구의 얼굴에 나타난 이 홍조를 미소를 머금고 바라보았다. 그는 친구에게 약혼식 얘기를 해 보라고 했다.

"자네에게 설명했던 대로야. 고맙게도 네딤 파샤가 도와줬어. 모든 게 그분 덕분이지. 그분이 아니었으면 이 일은 성사되지 못했을 거야. 결혼식도 그분 저택에서 치를 거야."

"네딤 파샤를 어디서 알게 됐어?"

"어느 날 내 사업장에 오셨어. 내가 아는 유일한 파샤지. 알다시피 우리 가족 중에는 그런 사람이 없잖아. 네딤 파샤는 고맙게도 내가 마음에 들었나 봐. 그분이 아니었으면 그 처녀도 못 만났을 거야! 날 알잖아. 쉬크뤼 파샤한테 내게 어울리는 딸이 있다는 걸 어떻게 알았겠어? 그런 사람들을 아는 친지조차 없는걸!"

제브데트 씨는 기가 죽어 연민을 기대하는 어린 동생 같은 태도로 고개를 숙였다. 이때 웨이터가 다가와 메뉴판을 그들에게 내밀었다. 푸아트 씨는 웨이터 앞에서 제브데트 씨를 보호해 주는 형처럼 물었다.

"뭐 먹을까?"

제브데트 씨는 여기 올 때마다 자신의 취향과 작은 기쁨을 발견하며 행복을 느꼈다. 메뉴판에 있는 음식은 대부분 한 번씩 맛보았고, 자신에게도, 여기 있는 다른 사람들처럼, 좋아하거나, 아주 좋아하거나, 좋아하지 않거나, 그저 그런 음식이 있다는 걸 알게 되었다. 습관적으로 먹는 음식이 생겼다는 흥분에 싸여, 우선 제일 좋아하는 소스가 들어간 고기 요리, 가지와 고기를 올리브유로 요리한 음식을 주문했고, 모험을 해 보자는 생각에 후식으로는 초콜릿 푸딩을 먹기로 했다.

웨이터가 물러간 다음, 푸아트 씨는 앞쪽 창 옆의 테이블에 앉아 있는 사람들을 가리켰다. 뚱뚱한 남자는 갈립 파샤이고, 중간에 있는 마르고 안경 낀 사람은 통역관이며, 얼굴이 흰 사람은 아나톨리아 철도 국장 후구에닌이었다. 제브데트 씨는 머리에 깊이 새기려고 애쓰며 그들을 쳐다봤다. 그런 후 잠시 이런저런 얘기를 나누었다. 푸아트 씨는 자신의 사업 얘기를 했다. 자신들의 동업 계획에 대해서도 멋진 추억인 듯이 얘기했다. 웨이터가 음식을 가져왔다. 푸아트 씨는 쾌활하게 자신이 먹었던 음식의 특징을 언급했다. 그는 어머니가 만든 만두를 아주 좋아했다. 그는 그 만두를 어떻게 만드는지 기억하고 있었고, 선생 같은 태도로, 하지만 겸손하고 다정하게 제브데트 씨에게 설명했다. 그런 후 눈썹을 추켜올리며 물었다.

"오늘 기분이 별로인 것 같은데?"

"형이 많이 아파!"

"그래! 어디가?"

"폐결핵이야, 상태가 안 좋아. 곧 죽을지도 몰라."

"정말 유감이군. 자네 형도 그들 중 하나지? 형이 파리에서 돌아왔다고 했잖아. 어쨌든……. 아프다니 안된 일이지만, 형이 그들 중 하나라는 걸 자랑스럽게 생각해야 돼!"

제브데트 씨는 형이 그들 중 하나라는 걸 푸아트 씨에게 말한 적이 없었다. 그는 미심쩍은 표정으로 친구를 쳐다봤다.

"두려워할 것 없어. 나를 두려워하는 거야? 머리가 돌아가는 사람이라면 누구든지 알아. 자네 형은 파리에 가서 십 년을 살았고, 군의학교 출신이 아닌가? 게다가 공격적이고 호전적이고……. 이런 사람이 청년 튀르크가 아니면 뭐겠어? 자네야말로 그런 형을 둔 걸 자랑스러워하는 법을 배워야 해!"

"많이 아파, 겁이 날 정도야!"

제브데트 씨는 다시 이렇게 말했다. 그는 친구의 말에 놀랐던 것이다.

"그를 위해 마음 아파하지 말고 이해를 해 봐!"

"그를 이해해. 오늘 든 생각인데, 그를 이해하지만 이 마음을 그에게 보여 줄 수가 없어."

푸아트 씨의 말에 제브데트 씨는 의심스러운 마음으로 대답했다.

"그래, 자네가 발 담그고 있는 삶은 그 마음을 형에게 보여 주기 어려울 정도로 험하지. 하지만 둘 다 마음을 넓게 먹고 조금 더 관대해지면 서로 잘 이해하게 될 거야. 자네 형제는 서로를 보완해 줄 수 있는 사람들이니까. 그런데 지금 보니 자네는 이해를 못한 것 같군! 내가 설명해 주지. 자네 형과 그런 사람들이 뭘 원하는 줄 아나? 그건 바로 기본법이 시행되고, 의회가 열리고, 폭정이 끝나고, 자유가 오고, 이런 일들을 위해 필요하다면 압될하미트를 폐위시키는 거야. 자네는 이런 생각을 꺼리고 있어! 왠지 아나? 왜냐하면 이해할 수도 없고, 끔찍하기 때문이지. 왜냐하면 자네는 이런 것들의 이점을 보지 못하기 때문이지. 왜냐하면 자네는 정보원을 두려워하고 자신이 곤란하게 될까 염려하기 때문이지!"

"난 정치엔 전혀 관심 없어. 상인인 내게 정치가 어떤 이득이 되는지도 이해할 수 없고!"

"알아, 알아, 그런 건 나도 알아. 내 말 들어 봐. 그들이 원하는 자유가 오면 자네에게 어떤 피해가 있지?"

그는 흥분했지만 약간은 염려스러운 기색으로 이렇게 덧붙였다.

"전혀! 어떤 피해도 없을 거야!"

"난 정치가 어떤 이득을 줄지 모르겠어!"

"물론 그렇게 생각한다면 모든 걸 해결할 수 있겠지. 하지만 그렇지 않아. 인생이 어디 그런가? 그렇지 않아. 자네는 형을 이해한다고 하지만 사실은 이해하지 못하고 있어. 그가 뭘 원하지? 자유 같은 거지……. 자네도 그걸 생각해 봐. 내가 자네에게 뭔가 하려는 건 아니야. 생각을 해 봐! 생각을 하면 이해할 수 있어! 절대 끔찍한 게 아냐. 그리고 도대체 우리가 무엇 때문에 살고 있겠나? 그저 사업을 하고 돈을 벌기 위해서? 아냐! 가족, 집, 아이들……. 이런 걸 위해서잖아! 자유가 없는 곳에서는 이런 것에도 제한이 따라. 모든 게 그곳 유럽처럼 자유로워서 나쁠 게 없잖아? 우리 여자들은 노예와 같고, 라마단 때 금식을 하지 않으면 소송을 당해……. 아냐, 최악 중에서도 가장 최악은 이런 진부한 규정과 전통 때문에, 자네와 나 같은 모슬렘들이 아니라 아르메니아인들, 유대인들, 그리스인들만 상업을 한다는 거지. 봐, 나도 전적으로 모슬렘이라고는 볼 수 없어. 자네는 혼자야!"

"그래, 그건 맞아. 하지만 그렇다고 내가 그런 데 관심을 가질 필요까진 없어. 나는 술탄을 반대할 수 없어!"

"누가 반대하라고 했나? 자네는 나라가 잘되는 걸 바라지? 좋아, 그렇다면 약간의 개혁도 마뜩지 않나?"

"그런 일의 장점을 모르겠단 말이야……. 안다고 해도 달라질 게 뭐 있어?"

"어떻게 장점을 모른단 말이야? 그러니까 이곳, 이 나라, 이 땅의 모든 게 좋고 완벽하단 말이야? 모든 게 있는 그대로 계속되었으면 해? 그걸 말하는 건가, 제브데트?"

"그런 말이 아냐!"

"그럼 무슨 말인가? 이봐, 이곳 상황은 나빠. 이곳에는 자유가 없어, 정부 상황도 나빠, 모든 게 부패했어, 이런 건 알지, 그렇지? 이런 건 안다고 하니……. 이봐, 이 접시들 가져가요. 자네가 이런 건 안다고 하니, 우리가 약간은 진보, 그들, 그 유럽과 닮는 걸 찬성하는 입장인 거야! 하지만 우리가 여기 앉아 저 속물들과 함께 음식을 먹는 건 그런 게 아냐. 춤을 추고, 프랑스어로 말하고, 모자를 쓰는 것도 절대 아냐! 그건 자유를 찬성한다는 입장이지……. 어떻게 생각해?"

"상인인 내가 그런 일에 간섭할 필요는 없다는 거야, 내 말은!"

제브데트 씨는 미소를 지었다.

"아, 아, 영락없이 계산 빠른 장사꾼이군! 자넨 정말 꽉 막혔어! 이해하지만 이해하지 않는 척하는군. 좋아, 제브데트, 자네에게 인생은 돈을 벌고 가족을 이루는 건가?"

"그게 어디 사소한 일인가!"

제브데트 씨는 자신이 이룰 가족을 떠올리며 다시 한 번 미소 지었다. 푸아트 씨도 자신을 억누르지 못하고 미소를 지었다.

"정말 단호하군! 자네가 놀라울 뿐이야. 하지만 자네가 지금 잘못하고 있는 게 있는데, 나중에 내가 경고하지 않았다고 하진 말게."

"그게 뭔데?"

제브데트 씨는 눈썹을 추켜올리며 물었다. 푸아트 씨는 제브데트 씨가 흥분하며 대답을 기다리는 걸 즐기며 천천히 담배에 불을 붙였다.

"자네는 결혼을 너무 빨리 하는 것 같아!"

"그거야, 내가 잘못하고 있다는 게! 그렇지 않아, 오히려 난 늦었어!"

"늦었다고 생각하는데 그건 잘못된 판단이야. 조금 더 기다렸어야 했어. 조금 더 기다리면 더 나은 결혼을 할 수 있었을 거야. 조금 더 기다리고, 저 청년 튀르크를 이해해 봐, 나중에 더 좋을 거야!"

"난 자네가 두려워. 자네도 청년 튀르크가 다 됐군. 말끝마 다 그 사람들이 나오니 말이야!"

제브데트 씨는 웃으며 말했다.

"더 웃어 보게. 하지만 자넨 지금 서두르고 있어. 내 말 잘 들 어 봐. 압뒬하미트는 곧 퇴위되거나 죽을 거야. 그 후에……."

그는 후식 접시를 가져오는 웨이터를 기다리며 잠시 입을 다물었다가 말을 이었다.

"그 후엔 청년 튀르크의 중요성이 더 커질 거야. 그들이 정 권을 잡을 거야. 그렇게 의심스러운 시선으로 보지 마. 진심이 야. 이건 모두가 아는 사실이야."

"자네에게 그런 계산이 있다는 건 처음 알았군."

"참 나, 제브데트, 자네는 이런 문제에선 항상 나보다 빠르 지 않았나, 그런데 모르는군. 안다면 얼마나 좋을까! 안다면 자네가 싸게 팔렸다는 것도 알 텐데! 쉬크뤼 파샤의 상황이 어 떤 줄 아나? 난 알고 있어, 자네를 위해 조사를 좀 해 봤지. 쉬 크뤼 파샤의 재정 상태는 아주 나빠. 땅을 팔았고, 참르자에 있는 저택도 팔려고 구입자를 찾고 있더군. 마차 한 대도 팔았 고. 지위도 그리 전도양양하지 않아. 자네는 좋은 가문을 찾았 다고 기뻐하고 있지만, 사실 이득을 본 건 그쪽이야."

"이 일은 한 번도 비즈니스로 생각한 적 없어!"

"알았어, 알았어, 화내지 말고……. 하지만 최소한 실상을 알고는 있게. 형을 이해한다고 하지만, 이해하지 못하잖는가!"

"자네는 나를 정치에 끌어들이려고 하는군. 자네는 모르겠지만 난 정치에 관심 없어. 정치와 상업은 다른 일이야. 내 인생에 정치적인 꿈은 없었어. 나는 그게 옳다고 보지 않아!"

"그 '모 아니면 도'라는 사고방식은 여전하군! 넓게 보고 융통성 있는 사람이 되는 걸 가르쳐 주지 못할 것 같아. 자네는 삶에 두 가지 방식이 있다고 보는군. 뭔가를 거부하거나 수용하거나. 중간은 없지! 자네 형도 그래. 그도 거부했지. 내가 잘못 이해하지 않았다면, 자네 형은 거부하는 정도를 넘어서, 종국에는 사는 것도 거부할 지경이야. 농담이라고 생각하지? 하지만 사실이야. 그게 자네 형제들의 성격이야. 자네도 장사와 가족만 알지, 나머지는 전혀 신경 쓰지 않고, 거부하고 있어. 하지만 그래서는 안 돼. 항상 세 번째 길이 있는 법이야."

그는 포크와 나이프를 접시 가장자리에 놓았다.

"바로 절충이지. 자네도 자네 형도 이걸 배워야 해. 자네 형제는 정말 닮아도 너무 닮았는데 그걸 알지 못할 뿐이야!"

"자네가 하는 말을 이해할 수 없군. 이 말을 한 번 더 해야겠네. 나는 쉬크뤼 파샤가 돈이 있는지 없는지를 보고 결혼하는 게 아냐!"

제브데트 씨는 조금 전에 한 말을 수정할 필요가 있다는 생각이 들어 이렇게 말했다.

"하지만 그래도 파샤의 딸을 선호한다는 데는 변함이 없지! 그런 눈으로 보진 말게. 그건 창피한 일이 아냐. 그게 맞는 거지. 자네는 좋은 가정에서 잘 교육받은 여자를 원하잖아. 이런 여자는 파샤의 집이나 궁전을 출입하는 가문에서만 찾을 수 있고. 그들도 돈이 있는 사람을 원하니까 자네가 적당하다고 생각했던 거지."

"난 그렇게 생각하지 않네! 나는……."

친구가 한 말을 수백 번이나 생각했지만, 자신은 한 번도 솔직하게 말하지는 않았다는 걸 깨달았다.

"내 생각은……. 좋은 가정이 있었으면 하고, 사업도 잘되었으면 해. 좋은 부인, 아이들……. 내 목표는 바로 이런 거야!"

"또 그 말이군. 그런 건 정치에 걸림돌이 되는 게 아니야. 게다가 정치라는 게 뭔가? 좀 생각해 보게."

"난 자네가 두려워. 나를 음모에 가담시키려는 거야? 그런 일은 친구들하고나 해! 난 그런 일은 모르네!"

"자네는 정말 아주 교활하군, 정말."

제브데트 씨가 이제 신물이 난다는 듯 말하자 푸아트 씨는 신경질적으로 웃으며 대꾸했다.

"난 자네에게 이런 말을 하는 거야. 좀 더 융통성을 가져 보라고. 모 아니면 도라는 사고방식을 바꾸라고. 인생은 작은 타협들의 연속이라는 걸 받아들이란 말이야. 가족과 사업장? 다른 건 없어? 다른 게 없다면 인생은 아주 협소하고 지루하고 재미없다는 얘기야. 그런 사고방식을 바꿔 봐. 좀 더 트인 사람이 돼 봐. 내가 하고 싶은 말은 그거야. 똑같은 말을 자네 형에게도 하고 싶군. 그를 알지 못하지만, 그도 모든 걸 극단으로 끌고 간 게 분명해.”

“아, 내 형에게 내가 느꼈던 게 바로 그거야. 자네가 극단이
라고 하는 거. 그러니까 한번 어떤 걸 결정하면 그 길만을 가
는 거. 형은 결정을 내렸고, 뭔가를 하려고 해. 난 그걸 이해
해! 존중한다고. 하지만 안타깝게도 그걸 형에게 설명할 수가
없어.”

제브데트는 화를 내며 덧붙였다.

“형한테 내 마음을 설명할 수가 없어. 난 시간이 없거든.”

“그것 봐. 자네 형제는 인생을 살고 있는 게 아냐. 둘 다 똑
같아. 자네도, 자네 형도, 화내지 말게, 하지만 그래.”

푸아트 씨는 양손을 눈 옆으로 가져가 눈가리개처럼 만들
었다.

“자네 형제는 이 사이로 보이는 것 말고 다른 건 못 보고 있
어. 인생이 이런 건가? 인생이 뭔가? 살아가고 지켜보고 그렇
게 보내는 것……. 인생은 형형색색이야! 그래, 자네 생각에는
뭔가?”

“쓸데없는 질문이야. 난 내 인생에 만족해.”

제브데트 씨는 단호한 태도로 말했다.

“아, 생각하는 것조차 두려워하는군!”

“아냐, 그럼 말하지.”

제브데트 씨는 이렇게 말하고 잠시 생각했다.

“인생은 잘 사는 거야.”

하지만 이렇게 말하자마자 푸아트 씨의 말이 맞는다는 걸
깨닫고, 다시 화를 내며 덧붙였다.

"아냐, 아냐! 난 모르겠어. 한 번도 생각한 적이 없어. 그런 질문은 허튼소리라고 생각해. 그리고 부탁인데 다시는 그런 얘기 꺼내지 않았으면 하네. 셀라니크에 있는 군인에 대해서도 듣고 싶지 않아. 부탁인데 날 그런 일에 끌어들이지 마. 자네가 말한 건 이 순간부터 다 잊을 거야!"

"이봐, 제브데트, 자넨 정말 엄격하고 전형적인 터키식이군!"

그는 이렇게 말하고 웃었다. 그러고는 웨이터를 보고 "계산서를 가져오게!"라고 했다. 그리고 조금 전과 같은 미소를 지으며 제브데트 씨에게 말했다.

"자네는 아주 엄격하고 전형적인 터키식이야. 하지만 그래도 난 자네와 친구로 지내는 게 아주 좋아!"

제브데트 씨도 미소를 지어 보였다. 끔찍하고 지루한 생각과 질문으로 돌아가지 않을 것 같아 마음이 편해졌다. 그들은 함께하는 이 식사를 번갈아 가며 계산했다. 이번에는 푸아트 씨가 낼 차례였다. 그들은 계산을 한 후 자리에서 일어났다. 계단으로 내려가는데 누군가 소리쳤다.

"아이고, 조명업자 제브데트 씨, 안녕하신가요! 이런 데는 어쩐 일이죠?"

제브데트 씨가 시르케지에서 알고 지내는 연초 상인 모셰였다. 제브데트 씨는 미소를 지으려고 애를 썼다.

"혹시 당신이 폭탄을 던졌나요, 제브데트 씨?"

모셰는 농담을 좋아하는 사람이었다. 이번에는 푸아트 씨를 보며 말했다.

"아니면 당신인가요? 그런데 정말 여기는 웬일이에요?"

그는 이렇게 말한 후 폭소를 터뜨렸다. 제브데트 씨도 그 말이 아주 즐겁고 사려 깊은 농담인 듯 큰 소리로 웃었다. '내가 어쩐 일로 여기 왔냐고?' 그는 계단을 내려왔다. 자신이 힘없고 여리고 우스운 사람처럼 느껴졌다. 그는 푸아트 씨와 헤어졌다. 마부는 입구에서 기다리고 있었다. 둥글고 텅 빈 태양이 머리 위에서 작열하고 있었다.

"내가 어디 있는 거지? 휴, 지독하게 덥군!"

그는 이렇게 중얼거리며 마부에게 테시비키예로 가자고 했다. 그는 마차에 탔다. 또다시 마차 안의 더위가 그를 덮쳐 왔다. 그는 마차와 함께 흔들리기 시작했다.

7

파샤 저택에서

마차와 함께 흔들리면서, 점심 식사 후 낮잠을 못 잘 거라는 생각에 울적해하며 제브데트 씨는 자기 자신에 대해 생각했다.

'난 인생을 생각하고 있어. 내게 인생은 뭐지? 푸아트는 이걸 물었어. 나는 그에게 그런 질문은 허튼소리라고 했어. 그래, 쓸데없는 질문이야. 난 생각하고 싶지 않아! 인생이 뭐냐니! 그는 그런 걸 어디서 배웠을까? 책이나 유럽, 음모를 꾸미는 사람들에게서 배웠겠지! 인생이 뭐냐고? 정말 쓸데없는 질문이야! 난 그렇게 생각하고 그냥 웃을 거야. 하하하. 모셰가 어떻게 웃었지? 그의 농담도 재미없어. 제브데트, 혹시 당신이 폭탄을 던졌나요? 아니, 난 기와를 깼고, 기와가 깨지자 지붕이 샜고, 모두들 나를 적의 어린 시선으로 쳐다봤어. 교실은 물이 무릎까지 차올랐고. 난 땀이 났어! 아주 끔찍한 꿈이었지. 그 끔찍한 꿈에서 깼을 때 오늘 일진이 이럴 거라는 걸 예

상했어야 하는데. 오늘! 몇 시지? 8시가 가까워지고 있어. 쉬크뤼 파샤가 벌써 기다리기 시작했겠군.'

쉬크뤼 파샤가 오늘 제브데트 씨를 부른 것은 미래 계획을 들어 보기 위해서였다. 그의 사업장으로 보낸 하인이 전한 바에 따르면 그랬다. 하지만 제브데트 씨는 파샤가 잡담을 하기 위해, 그저 심심해서 자신을 불렀다는 걸 감지했다. 쉬크뤼 파샤를 떠올리자, 어쩔 수 없이 푸아트 씨의 말이 생각났다.

'그가 땅을 팔았고, 저택도 팔려고 내놨다는 건 알고 있었어. 하지만 마차까지 판 건 몰랐군! 마차를 팔았다는 건 정말 상황이 안 좋다는 뜻인데. 아냐! 추접스러운 생각이야! 난 니걍을 원할 뿐이야, 다른 건 생각해 본 적도 없어.' 니걍을 떠올리자 기분이 좋아졌다. '그래, 난 그녀를 두 번 봤어!' 그는 다시 그 끔찍한 장면을 떠올렸다. '난 그녀를 두 번 봤고, 좋은 사람이라는 걸 알아봤어. 그게 뭐가 잘못된 거야? 알아볼 수 없단 말이야? 얘기도 나누었는데……'

그는 쉬크뤼 파샤 저택의 남성 구역에서 밖을 내다보다가 니걍을 처음 보았다. 그리고 그 저택에서 약혼식이라는 광대놀음을 할 때 얘기를 나눠 보았다. 제브데트 씨가 "잘 지내십니까?"라고 물었고, 니걍은 "예, 저는 잘 지냅니다. 당신은 어떠신지요?"라고 물었다. 그녀는 성숙하고 나이 든 여성처럼 침착하고 신중해 보이려고 애를 썼고, 얼굴이 붉어질 것 같자 자존심이 허락하지 않는 듯 금세 자리를 떴다. 거만한 티가 좀 났지만 좋은 사람 같았다. 제브데트 씨는 그날 본 그 처자를, 자신이 계획하고 있는 집과 가정의 삶 속에 배치했다. 니걍은 아주 아름답지는 않았지만 그의 계획 속 장소들을 채워 주었고, 제브데트 씨는 그것이 무엇보다도 중요하다는 걸 알고 있었다.

후덥지근한 정오의 더위와 점심 식사의 영향으로 마차 안에서 졸음이 밀려오자 클럽에서 커피를 마시지 않은 것이 아쉬웠다. 담배에 불을 붙이고 파샤와 나눌 이야기를 생각해 봤다. 마차가 하르비예 병영 앞에서 니샨타쉬로 접어들었다.

'그래, 파샤에게 이 근처에 집을 살 거라고 말해야지!'

이렇게 생각했지만 곧 저버리게 될 늙은 젤리하 부인, 하세키, 제이넵 아주머니 그리고 지야가 떠올랐다. 밑에서 자신을 쳐다보던 아이의 눈길이 생각나자 초조해졌다.

'그 아이에게는 이상한 데가 있어. 그 나이에 벌써 음흉하고 계산적인 것 같아. 이상하게 쳐다보는 눈길 때문인지 몰라도 심문당하는 느낌이 들어!'

마차는 니샨타쉬 광장을 돌고 있었다. 제브데트 씨는 창밖으로 맞은편에 있는 석조 가옥을 주의 깊게 쳐다보았다. 그는 이 집을 한 번 둘러보고 마음에 들어 자신의 계획에 적당하다고 결정을 내렸다. 쉬크뤼 파샤 저택에서 돌아오는 길에 한 번 더 둘러볼 생각이었다. 집 앞과 정원에 있는 보리수나무와 밤나무를 보며 '멋진 곳이야!'라고 생각했고, 미래의 행복한 가정을 다시 떠올리며 기운을 냈다. 테시비키예 사원 앞을 지날 때는 흥분이 되었다. 자신이 입은 옷이 좋다고도 생각했다. 마차에서 내리기 전에는 심장이 빠르게 뛰는 걸 느꼈다.

마차에서 내리면서, 이곳에 올 때마다 느꼈던 죄책감에 또 다시 휩싸였다. 저택 앞마당은 한적했다. 제브데트 씨가 저택의 남성 구역 앞에 도착할 때까지, 작은 대리석 분수 가장자리에서 물을 마시는 참새 한 마리 말고는 그 넓은 정원에 아무 움직임이 없었다. 동그란 놋쇠 손잡이로 손을 뻗으려 하는데 문이 저절로 열렸고, 그 앞에 서 있던 하인이 파샤가 위에서 기다린다고 말했다. 제브데트 씨는 바닥이 삐걱거리지 않도록 조심하며 계단을 올라갔다. 층계참에서도 하인이 파샤가 기다린다고 한 번 더 전했다. "가족!" 제브데트 씨는 중얼거렸다. 현관 한구석에 있는 커다란 괘종이 달린 벽시계가 똑딱거리는 것 말고 다른 소리는 들리지 않았다. "시계 같은 가족!" 그는 넓은 방으로 들어갔지만, 물건 외에는 아무것도 보이지 않았다.

그는 좌우를 둘러봤다. 의자, 긴 의자, 안락의자, 샹들리에가 보였다. 방은 꽤 서늘했다. 그는 물건들 사이를 걸었다. 벽에 걸려 있는 그림을 보았고, 다른 사람들 집에서 이런 걸 보면서 흥분을 느낀다고 생각했다. 고양이 발을 닮은 다리가 달린 금박 안락의자를 바라보았다. 한구석에는 자개로 장식된 함이 놓여 있었다. 그 함이 어떤 용도일지 생각하다가, 의자 위에 같은 종류의 자개 장식이 놓여 있는 게 보여 주위를 둘러봤다. 안락의자에도 긴 의자에도 자개 장식품이 있었다. 그러다 심장이 멈출 것같이 놀랐다. 긴 의자에 누군가 누워 있었던 것이다. 그는 그 사람을 알아보았다. 쉬크뤼 파샤였다. 그는 아무 생각 없이 그렇게 멈춰 서 있었다. 잠시 후에야 밖으로 나가야겠다는 생각이 들었다. 그는 문 앞에서 잠시 기다렸다.

시계가 똑딱거렸다. 그는 용기를 내서 다시 안으로 들어가 파샤와 약간 떨어진 채 온 힘을 다해 기침을 했다.

"아, 그렇지, 우리 사위!"

파샤는 제브데트 씨를 보고 이렇게 중얼거리며 일어났다.

"이리 오게, 이리 와, 자고 있던 게 아니라 그냥 잠시 눈을 붙이려 했을 뿐이야!"

"주무셨습니까, 파샤 어른?"

제브데트 씨는 이렇게 말하며 노인에게 다가갔다.

"사실을 말하면 이런 건 자는 게 아니라 곯아떨어지는 거라고들 하지! 점심을 약간 많이 먹은 것 같네."

그는 제브데트 씨가 그의 손으로 몸을 굽히는 것을 보고는 "아냐, 아냐, 그러지 말게."라고 했지만 거부하지는 않았다.

"자네 손에 입을 맞추는 사람이 많기를 바라네. 참, 왜 점심 식사 때 오지 않았나?"

"초대를 받았는지 몰랐습니다, 파샤 어른."

"뭐라고, 베키르가 말 안 했나?"

파샤가 화를 내는 게 인위적인 걸 보고 제브데트 씨를 식사에 초대하지 않았던 걸 그가 기억해 냈다는 사실을 눈치챘다.

"그를 나무라야겠군. 자네가 식사를 놓쳤으니 말이야! 하지만 뭐 어떤가! 담소를 나누고 싶은 마음이 있다면 커피는 핑계일 뿐이야!"

그는 별 의미 없다는 듯 손짓을 해 보이며 말했다.

"참, 커피 마시겠나, 아니면 코냑은 어떤가? 아냐, 커피와 리큐어를 같이 마시지, 어때? 왜 앉지 않고 서 있나?"

파샤는 기지개를 켜며 하품을 했다.

"아, 아무래도 점심때 과식한 것 같아!"

그는 하인을 불러 커피와 리큐어를 가져오라고 한 후 제브데트 씨에게 말했다.

"정말 덥지, 그렇지 않나?"

"예, 덥습니다!"

"이 더위에 밖에 나가는 건 좋은 생각이 아니야. 난 외출하지 않아! 그런데 자네는 오늘 뭘 했나?"

제브데트 씨는 형의 병세를 그리 심각하지 않게 말했으며, 클럽에서의 식사는 과장해서 말했고, 하세키에 간 것에 대해서는 전혀 언급하지 않으면서, 오전에 한 일들을 설명했다.

"브라보! 난 자네가 맘에 들어! 자네는 젊으니 활동적이어야 해!"

그는 이렇게 칭찬과 충고를 동시에 하면서 어린아이 같은 표정으로 물었다.

"자네 지금 몇 살인가?"

"서른일곱입니다!"

"내가 자네 나이 때, 그러니까 자네보다 네다섯 살 많았을 때, 신께 감사하게도, 고위직까지 올라갔지. 하지만 그때는 시대가 달랐어. 지금은 더 많이 분투해야 하고, 더 많이 일해야 하지. 게다가 나는 운이 좋았어……. 그런데 내가 왜 이런 걸 자네에게 설명하고 있는 거지?"

그는 좀 전과 같이 아이처럼 미소를 짓고는 턱수염 끝을 긁었다.

"여기 내 옆으로 오게. 거기 앉아 있으니 자네 얼굴을 볼 수가 없어."

제브데트 씨는 땀을 흘리며 파샤 곁으로, 조금 전에 그가 졸고 있던 긴 의자 끝으로 옮겨 앉았다. 하인이 커피와 작은 크리스털 잔에 따른 리큐어를 가져왔다.

"자네 딸기 리큐어 좋아했던가?"

파샤는 이렇게 묻고, 방에서 나가는 하인의 등에 대고 "리큐어 더 가져와, 아니면 그냥 병째 가져오든지!"라고 소리치고는 리큐어를 단숨에 들이켰다. 그런 후 무슨 얘기든 해서 자신을 즐겁게 해 달라는 듯이 제브데트 씨를 쳐다봤다.

"달리 하는 건 없고?"

"사업장 일로 정신없이 바쁩니다, 파샤 어른."

제브데트 씨는 왠지 죄책감을 느끼며 대답했다.

"아, 사업장……. 사업장, 그렇지! 자네는 누구와 만나나, 친구는 누군가?"

"상인들입니다……. 전에 말씀드렸던 푸아트 씨!"

"그 푸아트 씨는 셀라니크 출신인가?"

"예, 어르신……."

"흠. 그는 뭐라고 하나? 그 폭탄 사건에 대해 뭐라고 하던가?"

"아무것도 모르던데요, 어르신. 우리는 그 문제에 대해 얘기를 나누지 않았습니다!"

"얘기를 나누지 않았다고, 그는 모르고 있나?"

"얘기를 나누지 않았습니다, 파샤 어른!"

"얘기를 나누지 않았다면서 그가 모른다는 건 어떻게 알았나?"

파샤는 제브데트 씨가 놀라는 걸 보며 폭소를 터뜨렸다. 자신의 영리함이 자랑스러워 터지는 폭소가 분명했다. 그는 스스로를 칭찬하는 의미로, 리큐어 잔을 단숨에 비웠다. 예비 사위가 놀란 표정을 짓는 게 우스워 다시 폭소를 터뜨리고 제브데트 씨의 등을 두드렸다.

"브라보, 브라보, 난 자네가 마음에 들어. 자네는 절도 있고 조심성이 있어. 그래야지!"

제브데트 씨는 얼굴이 상기되었다.

"그래야 돼. 자네의 절도 있는 태도가 아주 마음에 들어. 상인은 그래야지! 자네는 모슬렘 상인이야. 그 무엇보다 어려운 일이야! 브라보, 자넨 성공한 셈이야. 옛날에는 무신자나 부도덕한 사람이나 부패한 공무원이 돈을 벌었지. 지금은 자네 같은 사람의 시대야. 자네는 근면하고 조심성 있고, 도에 넘치는 짓은 하지 않지."

그는 다시 미소를 지으며 다 비운 리큐어 잔을 바라보았다.

"이 잔은 정말 작아. 마셨는지 안 마셨는지도 모르겠네! 그래, 자네는 정도를 넘지 않아. 그게 아주 중요해! 우리 나라 사람들은 모두 일을 과도하게 끌고 가는 습관이 있으니까. 그리고 입단속을 할 줄 알아야 해. 이건 상업 분야만큼이나 정치에서도 중요해."

그는 잔을 다시 채우고 단숨에 들이켰다.

"그래, 입단속! 이렇게 마셨으니 자네에게 해 줄 말이 있네.

내 인생은 입단속을 잘못해서 허사가 되고 말았어. 내 말해 주지."

파샤는 갑자기 흥분을 하더니 자세를 고쳐 앉았다. 잔을 다시 채우고 설명을 시작했다.

"지금은 작고하신 뤼시튀 파샤의 비호하에 나는 장관이 되었어…… 그러니까 와크프* 장관. 장관직을 수행한 지 여섯 달도 되지 않아 알리 수아비 사건이 일어났어. 사건이 일어난 걸 알고, 사드라잠**과 함께 바브알리에서 급히 입궁했지. 나도 술탄의 면전에 나갔다네. 술탄이 사드라잠과 얘기를 나눴고, 나는 내 생각을 말하지 않고 듣고만 있었어. 술탄께서는 그놈들 목적이 우리를 퇴위시키는 것인 모양인데, 장관들도 이 일에 연루된 것 같다고 하셨다네. 그건 잘못된 생각이었어! 잘못된 거면 잘못된 거지 나와 무슨 관계가 있겠나! 아냐, 나는 침묵하지 못하고 젊은 혈기로 나서고 말았어. 술탄님, 그 일에 장관들이 연루되었다면 이런 식으로 되었겠습니까? 그러니까 서너 명만으로 거사를 감행할 수 있습니까? 술탄께서는 나를 두려워했지. 나의 반응에 겁이 나셨던 거야. 나이 어린 술탄은 어떻게 전복될까, 이 일이 어떻게 이루어지나, 이것을 생각하고, 이것을 알아보고, 이것이 위험하다고 생각하셨던 거야. 사드라잠은 즉시 해임되었고, 새로 내각이 구성되었지. 우리에게는 임무가 주어지지 않았어! 그 후 이십칠 년이 지났네. 우

---

* 이슬람 세계에서 주로 종교적 목적으로 토지나 재산을 기증하여 사회복지를 위해 활용하는 제도이자 기구.
** 오스만제국의 관직으로 현재의 총리에 해당한다.

리에게는 여전히 임무가 주어지지 않고 있어. 나는 이십칠 년간 에르주룸과 코니아에서 주지사를 지냈네. 파리에서 대사를 지냈고, 계속 기다렸네만 임무를 주지 않았어. 왜냐고? 입을 잘못 놀렸기 때문이지.”

그는 갑자기 폭소를 터뜨렸지만 다시 슬픔에 잠겼다.

“우리 술탄을 위해 그렇게 봉사를 했는데도 말이야.”

그는 잠시 아무 말도 하지 않았다. 그런 후 물었다.

“그러니까 그 폭탄 사건에 대해 사람들이 뭐라 하는지 모른단 말이지?”

“모릅니다!”

“다행이군! 안다 하더라도 아무에게도 말하지 말게. 자네는 내 사위가 될 사람이야. 난 자네를 좋아해. 마음에 들어. 자네에게 충고 하나 하지. 누구도 믿지 말게. 특히 공공연하게 떠들어 대는 사람은 절대 믿지 마. 지금은 상황이 아주 요상하니까. 나이 어린 사람들은 혁명가가 되었어. 알아, 자네는 신중한 사람이니 휩쓸리지 않겠지. 하지만 그래도 조심하게! 어딘가에서 뭔가를 보고 듣는다면 결국 자네도 전염시키려 할 거야. 자네를 끌어들이지 못하도록 하게! 나쁜 의도를 품고 자네를 죄악의 구렁텅이에 빠뜨리려 하는 사람이 있으면, 어른에게 가서 상황을 설명하게. 지금 내 작은아들에게 그런 짓을 하려는 사람들이 있어! 내 작은아들은 그런 일을 하고 싶어 하는 모양이야. 그 애는 지금 군의학교에서 공부한다네. 목요일과 금요일에는 학교 친구들을 저택에 불러서 방에서 두문불출하며 담배를 피우지. 몇 시간 동안이나 소곤소곤 얘기를 나누더군. 내가 갑자기 들어가면 입을 다물고. 특히 그들 중 둘은 무척 적의 어린 시선으로 날 바라보곤 해. 청년들, 열의에 불타는 사람들, 흥분한 사람들을 이해하는 마음으로 대해야 해. 하지만 모두가 그렇게 대한다고 생각하나? 내 아들은 아주 순진하다네. 악행이나 음모 같은 건 모르는 애야. 하지만 누가 그런 데 가치를 두겠나? 나도 그 아이에게 무슨 일이 생기지 않고 오해도 받지 않도록 상황을 써서 궁중에 알리고 있지. 이 애는 순진해서 생각할 줄을 모르니, 곤란한 지경에 처할 수도 있잖은가! 그렇지 않나?"

"예, 파샤 어른!"

"그런데 아직도 잔을 다 비우지 못했군! 얼른 마시게, 한 잔 더 따라 줄 테니. 그렇다네, 내 작은아들은 그렇게 순진하지. 숨길 필요도 없지만, 내 아들들의 어미는 정말 미인이네만 약간 둔한 편이지. 그런데 내 딸들의 어미는 영리하다네. 그녀가 이 저택을 다 관리하고 있어. 내 작은아들은 순진하다니까. 자네한테만 얘기하네만 내 마음은 큰아들에게 가 있지. 그 아이는 사리분별을 할 줄 하는 사람이 될 거야. 제 아비를 닮았거든! 번역원에서 하급 공무원으로 일하지만 인생을 어떻게 살아야 하는지는 알지! 그래서 나는 그 아이를 좋아한다네! 즐길 줄 아는 아이야! 참르자로, 캬으트하네로 놀러 다닌다네. 베이올루도 가고……. 알고 지내는 사람도 아주 많아. 모든 사람들을 알고, 모든 사람들이 그 아이를 알고 좋아하지. 하지만 격의 있는 태도로 사람들을 대할 뿐, 정도를 넘지는 않지. 공직에서 승진하려면 근면과 실력만큼이나, 어쩌면 그보다 많이, 주변 사람들과의 관계가 중요하다는 걸 잊지 말게! 그 아이를 보면 자꾸만 내 젊은 시절이 떠올라! 내 아들이 어떤 파샤의 비호하에 들어가게 될까? 절대적으로 필요한 일이야. 사업에서는 독립적인 성격이 허용되지만, 정치에서는, 특히 이 정부에서는 절대 불가능한 일이지! 난 이제 끝났어. 삼십 년 동안 날 찾지 않았으니, 앞으로도 절대 찾지 않을 걸세. 최소한 그 아이를 비호해 줄 파샤가 능력 있는 사람이라면 좋겠는데!"

그는 큰 소리로 웃으며 잔을 다시 채웠다.

"능력 없는 파샤 밑에 들어갔다가는 고생만 하고 실력도 발휘할 수 없으니까. 그 아이는 삶을 아주 사랑하는데 말이야!"

그는 무언가를 떠올리고는 진지해졌다.

"그 아이 소유의 마차가 한 대 있었는데, 자기 취향에 맞게 꾸몄지. 똑같은 두 마리가 아니라 야생마 한 마리와 검은 말 한 마리가 끄는 마차였네. 그런데 안타깝게도 유지비가 너무 많이 들어 내가 팔아 버렸어. 이것도 말해 주지. 이 집은 유지비가 아주 많이 들어. 니걄은 이런 분위기 속에서 자랐으니 자네가 조심해야 할 걸세. 그 마차도 팔았고, 참르자에 있는 저택도 팔 걸세……. 내가 무슨 말을 하는지 이해하겠나?"

"이해합니다, 어르신!"

이에 파샤는 웃으며 말했다.

"브라보! 나도 이해한다네! 우리의 시대는 가고 있어. 그 대단한 압뒬하미트에게 폭탄을 던졌어. 청년들은 혁명가들이고. 아무도 이런 상황을 달가워하지 않아. 압뒬하미트에게 폭탄을 던질 거라고 누가 생각이나 했겠나? 그도 결국 전복되어 폐위될 걸세. 나를 이십칠 년 동안 찾지 않으셨어. 하지만 내 말하건대, 난 은혜를 모르는 사람은 아니야, 그가 통치하던 시절에 잘나갔으니까. 장관과 파샤, 그리 중요하지 않을지도 모르지만 주지사와 대사도 지냈으니까. 내 딸들과 아들들 문제를 지나치게 걱정하지는 않네. 주지사 시절에 에르주룸에 싼 토지를 구입했어. 그 토지를 하인 하나가 가꾸면서 경작물을 자신도 먹고 우리에게도 보내 준다네. 하지만 그것도 어느 날 손에서 떠날 수 있어. 이 저택의 유지비를 당해 낼 재간이 없으니 말이야! 참, 자네가 마음에 든다고 말했던가? 니간의 미래에 대해서는 전혀 걱정하지 않는다네!"

"감사합니다, 파샤 어른!"

제브데트 씨는 얼굴을 붉혔다.

"정말 예의 바른 사람이군! 그런데 아직도 잔을 다 비우지 못했군! 자넨 너무 신중해, 너무 신중하단 말이야!"

파샤는 머리를 저었다. 제브데트 씨는 부끄러워하며 잔에 있던 술을 들이켜 비웠다. 리큐어는 달고 끈적했다.

"브라보! 그 정도 마시는 걸로는 아무 일 없어! 잔을 주게, 한 잔 더 채워 주지. 자신을 편히 내맡겨 보게! 자네가 나를 존경해서 내 앞에서 마시지 않는다는 걸 알아, 마음에 들어! 하지만 이 과정을 지났으니 이제 우린 친구가 됐네! 자넨 어떻게 즐기나, 짓궂은 짓은 하나, 뭘 하면 즐겁나?"

"시간이 있어야지요, 파샤 어른!"

"그런 말 말고, 부끄러워하지 말게!"

"정말입니다, 파샤 어른. 전에는 셰흐자데파샤 거리에 갔는데, 지금은 그것도 못하고 있습니다."

"하지만 지금은 웃고 있잖은가! 그건 짓궂은 짓을 하는 사람의 웃음이야, 난 알지."

파샤는 또 고개를 좌우로 저으며 말했다. 제브데트 씨는 처음으로 자신이 파샤를 무시한다고, 그를 조금 덜 존경할 거라고 느껴져 두려웠다.

"아무 말도 못하는군! 왜 그러나? 그것 역시 과한 거야. 그러면 안 되지. 난 운 좋게도 삶을 즐겼네. 세상의 맛을 충분히 봤지. 하지만 자네는? 아냐, 아냐, 자네도 뭔가 하고 있을 거야, 하지만……."

파샤는 제브데트 씨의 얼굴이 굳어지는 걸 보고는 눈을 찡그렸다.

"알겠네, 알겠어, 이 얘긴 그만하지! 자네하고는 이런 농담도 못하겠군. 그렇지 않아도 나만 계속 말을 하고, 자네는 듣기만 했어. 어차피 자네가 말을 하지 않을 바에야, 타울라*나하지! 주사위는 잘 던지나?"

"글쎄요!"

제브데트 씨는 여전히 경직된 시선으로 얼굴을 찌푸리며 대답했다. 그들은 타울라를 하기 시작했다.

---

* 터키 등지에서 하는 보드게임으로 서양에서는 백개먼으로 불린다.

8

시간과 가족 그리고 인생에 관하여

제브데트 씨는 타울라를 좋아하지 않았다. 마르스*로 연달아 두 번 졌다. '형은 숨이 넘어가는데 나는 여기서 타울라나 하고 있군!' 그러다 주사위가 좋게 나와 그가 몇 번 이기자 파샤가 흥분했다. 잠시 후엔 제브데트 씨가 지기 시작했다. 파샤가 잠시 밖으로 나갔을 때 제브데트 씨는 시계를 봤다가 알라투르카 시간으로 11시가 된 걸 확인하고 놀랐다. 제시간에 사업장으로 갈 수 없다는 생각에 화가 났다. 파샤의 타울라 취미와 수다가 역겹게 느껴졌다. 그사이 파샤는 자신이 대사로 갔을 당시 파리에서 봤던 극장, 서기관의 배은망덕한 행위, 콘니아에 지어 준 식수대, 몇 번의 난봉 짓, 와크프 장관이었을 때 거절했던 뇌물에 대해 이야기했다. 제브데트 씨가 진 게임이

---

* 타울라에서 상대가 칩을 모으기 전에 모든 칩을 모아 끝내는 것을 말한다.

끝날 무렵 하인이 들어와 파샤에게 다가갔다.

"부인께서 쉬실리에 사는 나이메 부인 댁에 가시는데 마차를 쓰고 싶다고 하십니다."

"타고 가라고 하게, 이 더위에 내가 그 마차를 타고 어딜 가겠나?"

파샤는 이렇게 말한 후 자리에서 일어났다.

"잠깐! 몇 시에 귀가한다고 하던가? 이 시간에 외출한다니 말이 돼? 너무 늦었어. 가서 넷 시에 귀가할 건지 물어봐. 어쩌면 내가 클럽에 갈지도 모르니까."

그는 이렇게 말하고는 의자에 앉았다. 제브데트 씨에게 잘 보이려는 듯 미소를 지었다. 그런 후 연달아 운 좋게 더블식스*를 던졌지만 폭소를 터뜨리지는 않았다. 그는 타울라를 그만두고 다시 자리에서 일어나면서 혼잣말을 했다.

"클럽에나 갈까? 가서 잡담이나 나눌까?"

그러고는 제브데트 씨를 바라보며 물었다.

"자넨 어떤가? 저녁때 나와 함께 클럽에 가겠나?"

"무슨 말씀을요, 파샤 어른! 그곳에 가면 저는 어르신의 짐이 될 겁니다."

제브데트 씨는 순간적으로 파샤가 정말로 자신을 클럽에 초대했다고 생각했고, 자신이 파샤를 즐겁게 해 주지 못했다는 걸 깨달았다.

"그게 무슨 말인가, 짐이라니!"

---

* 타울라에서 두 주사위 모두 6이 나오는 것.

파샤는 이렇게 말했지만 그냥 하는 말이었다. 그런 후 슬픈 듯이 말했다.

"나 같은 사람은 이 나이가 되면 아무것도 하지 않기 위해 살지. 하루를 어떻게 보낼까 생각하지 않는다네. 추억만으로도 충분하지! 하지만 그 추억들을 누군가에게 말해야만 한다네, 그렇지 않나? 난 유럽을 경험했어. 그곳 사람들은 앉아서 글을 쓰지. 글은 책이 되고, 신문에 연재도 되지. 하지만 이곳은 어떤가? 한 자라도 쓰기만 하면 예민한 문제를 거론해 곤경에 빠지지. 더 좋은 걸 가지려다가 손안에 있던 것도 잃어버리지. 하하. 여기엔 자유가 없네, 자유가. 청년 튀르크 만세!"

그는 마지막 문장은 낮은 목소리로 말했다.

"만세, 나의 순진한 작은아들! 흠! 그렇다면 자네 생각엔 인생에서 뭘 해야 하나? 아냐, 아냐, 지금은 이런 걸 이해할 수 없을 거야! 게다가 그렇게 책을 많이 읽은 사람 같지도 않고! 기분 상한 건 아니지?"

"그럴 리가요, 파샤 어른!"

제브데트 씨는 이렇게 대답하며 땀을 흘렸다.

"알아, 알아, 자네는 아주 정중한 사람이야, 알다마다!"

파샤는 약간 화가 난 것 같았다. 비틀거리며 방 안을 서성거렸다.

"내가 술에 취했다고 생각하나? 이런 모습의 파샤를 본 적이 없지, 그렇지 않나? 어차피 자네가 가까이서 본 파샤가 몇이나 있겠으며 몇 명과 대화를 나눠 봤겠나? 그런데 자네 네딤 파샤를 어떻게 알게 됐나?"

"제 사업장에 오신 적이 있습니다!"

제브데트 씨는 중얼거렸다. 파샤는 방 한가운데서 멈춰 섰다. 바퀴벌레라도 보듯 제브데트 씨를 바라보며 속삭이듯 말했다.

"상인! 내 딸을 상인에게 줄 거라고는 한 번도 생각해 보지 않았네. 그런데 난 지금 뻔히 알면서도 기쁜 마음으로 주고 있네. 난 자네를 인정해, 오해하지 말게. 만약 내 입에서 무례한 말이 나왔다면 그건 자네를 가깝게 여기기 때문이야!"

그는 마치 잊어버린 기도문이라도 떠올리려는 듯 안간힘을 썼다.

"우리는 왜 이렇게 되었을까? 이 모든 일의 원인은 무엇이지? 왜 폭탄을 던지지? 우린 모두 술탄에게 적대적이야!"

그는 더 이상 서 있을 수 없었는지 혹은 절망 때문인지 긴 의자에 털썩 주저앉았다. 그리고 제브데트 씨를 바라보며 투덜거렸다.

"자네가 마음에 들어! 나와 비슷한 게 마음에 들어!"

제브데트 씨는 미소를 지으려고, 이 상황을 아무렇지도 않게 받아들이려고 애를 쓰며 파샤를 바라보았다. 무슨 말이든 해야 한다는 건 알았지만 무슨 말을 어떻게 해야 할지 몰라 땀만 흘리고 있었다.

하인이 들어왔다.

"부인께서 나이메 부인 댁에 잠시 들르신다고 합니다. 따님들도 데리고 가신다고요. 곧 돌아오신답니다!"

"알았어, 알았어, 빨리 가라고 해! 하지만 늦지 말라고 해.

안 그러면 후회할 거라고!"

파샤는 이렇게 소리 질렀다. 하인은 술 취한 파샤의 행동과 격의 없는 모습에 익숙한지 "어르신, 차를 가져올까요?"라고 물으며, 하인이 아니라 이해심 많은 친구처럼 미소를 지어 보였다.

"가져와! 왜 그러고 있어! 먼저 커피도 가져와. 자네도 커피 마실 텐가?"

"아닙니다, 파샤 어른, 저는 이제 일어나야 합니다. 어르신을 불편하게 하고 싶지 않습니다!"

"뭐라고? 가는 건가? 안 되지, 그렇게 호락호락 가게 놔두지 않겠네! 잠깐만! 혹시 내 말에 기분이 상한 건가?"

제브데트 씨는 대답하지 않고 앞만 쳐다보았다.

"거기 그대로 앉아 있게! 난 자네가 마음에 들어. 니걈을 원한 사람이 자네가 처음이 아니란 걸 잊지 말게!"

파샤는 자리에서 일어나 가만히 서 있는 하인을 나무랐다.

"뭘 하고 있어! 커피 두 잔을 약간 달게 타서 가져와!"

그러고는 제브데트 씨에게 말했다.

"약간 달게 마시지, 그렇지?"

그는 또다시 방 안을 서성거리기 시작했다.

"내가 좀 많이 마신 것 같네. 오늘 하루에 약간의 즐거움을 더하려 했을 뿐이야. 마차를 기다렸다가 자네와 클럽에 가고 싶은걸. 그들이 어디 간다고 했지? 나이메 부인 집이었지. 거기 가서 뭘 하려는 거지? 하하하, 히히히 웃겠지. 차를 마시며 이런저런 얘기를 하고 남들에 대한 소식을 나누겠지. 책을 읽

고, 읽었던 걸 얘기하고, 옷 얘기를 하겠지……. 프랑스인 여
자 재단사가 왔다더군. 저택마다 돌아다니며 옷을 만들어 준
다지. 아침에 마누라가 내 의중을 떠보며 집에 부르고 싶어 하
더라고. 그녀와 프랑스어로 얘기를 나누고, 대사 시절을 추
억하고, 딸애들은 시를 읽겠지……. 난 아내와 딸들의 섬세하
고 정중한 프랑스 스타일에 익숙해지지가 않아. 때로 생각하
지. '내 두 번째 부인이 조금만 더 아름답고 조금만 더 바보라
면 얼마나 좋을까'. 세 번째 부인을 얻을까? 하지만 안 될 일
이야. 이 저택의 즐거운 분위기가 사라질 거야. 싸움과 혼란이
시작되겠지. 지금 이대로가 좋아. 지금 아내는 영리해. 딸들도
그렇고. 그들은 내가 가끔 무례하다고 여기지. 지금 아는 것
들을 어디서 배웠는지, 파리로 자신들을 데려간 사람이 누구
인지는 생각하지도 않아. 피아노를 원하기에 사 주었네. 피아
노를 치며 즐거워하고, 책을 읽고, 농담을 주고받고, 원숭이처
럼 흉내를 내지. 이해는 안 되지만 허락한다네. 게다가, 난 겉
으로만 화난 척하는 거야, 사실 나도 그런 걸 좋아해! 난 그렇
네. 맞아. 나도 좋아하지. 그래, 왜냐하면 집 안은 즐겁고 활기
있어야 하니까. 무덤 같은 집을 무엇에 쓰겠나? 게다가 그들
에게는 이런 유럽식 세간이 필요해. 우리는 가서 그 사람들이
무엇을 성취했는지 봤지. 우리는 늘 같은 곳에서 풀을 뜯고 있
어. 커다란 공장, 역, 호텔……. 일하는 것도 알고, 즐기는 것도
알더군. 나조차 이 나이에 클럽에 가지 않나? 클럽! 우리에게
도 공장이 필요해. 그런데 누가 만들지? 자네 같은 상인들이
지……. 휴, 그런데 그게 어디 있나? 자네들이 하는 일이라곤

사고파는 것뿐이지……. 철도도 건설되었어. 솜과 연초를 기차에 싣고, 램프와 옷감을 기차에서 내리고, 호주머니를 채우게……. 하지만 난 그래도 자네를 좋아하네. 니간을 자네에게 주게 되어 마음이 편해."

파샤는 방 안을 거닐다가 문득 창문 앞에서 멈춰 섰다.

"보게, 마차가 왔어. 이제 마차에들 타겠지."

그는 함께 난봉 짓을 하는 친구와 얘기를 나누는 것처럼 미소를 지었다.

"약혼녀를 보고 싶으면 이리 오게!"

제브데트 씨는 자리에서 일어나 약혼녀를 보고 싶었지만 부끄러웠다.

"보고 싶지 않은가? 그러고 싶지만 부끄러운 거겠지. 내 잘못이야. 내가 왜 그 아이를 이리로 부르지 않았지? 여기 온다고 뭐가 잘못되는 것도 아닌데 말이야. 내가 그렇게 보수적인가? 게다가 그 아이는 다른 사람들과 합석을 하고 식사도 하는데 말이야. 자네를 식사에 초대했으면 좋았을걸! 베키르에게 말했는데 그가 잊어버렸어. 이리 오게, 와서 봐, 지금 마차에 탈 테니……."

제브데트 씨는 부끄러워하며, 기분 좋은 농담이라도 들은 듯 미소를 지으며 자리에서 일어났다. 술에 취한 것처럼 비틀거리며 창 쪽으로 걸어갔다.

"그렇게 해야지! 약혼녀를 보고 싶지 않은 사람이 어디 있겠어? 그 애가 어떤 사람인지 알고 있나? 내가 말해 주지. 우리 딸 니간은 똑똑한 아이야. 분별력도 있고. 하지만 자네가 봤다시피 세상에서 가장 아름다운 여자는 아니야. 예의 바르고 우아하고 섬세하지. 하지만 우리끼리 하는 얘기지만, 딸들 중에서 내가 가장 사랑한다고는 할 수 없네. 튀르칸이 더 사랑스럽지. 쉬크란은 날 닮았어. 니간은 외향적이고 자신이 뭘 원하는지 알지. 그 아이는 찻잔과 도자기를 아주 좋아하니 찻잔 같은 작은 선물로도 즐겁게 해 줄 수 있네. 마차를 타고 돌아다니는 것도 좋아해. 세상을 많이 여행하지는 않았어. 많이 알지도 적게 알지도 않아. 책과 시를 읽지. 프랑스 소설을 읽지만 그렇다고 독서를 아주 좋아하는 건 아냐. 그저 시간을 보내기 위해서 읽는 것뿐이지. 우리 술탄께서 추리소설을 듣는 것처럼 그렇게 읽는다고 할 수 있어! 서구식 삶을 좋아하지만 도를 넘지는 않아. 이 문제에 대해서는 자네에게 맞출 걸세. 지금 가진 것으로 만족하는 아이라고 할 수는 없지만 그렇다고 탐욕스럽지도 않아. 어차피 우리는 그 아이의 존재를 몰랐어. 이 저택에 뭐가 있든지 좋은 건 다 배우고, 나쁜 것도 보았지. 나쁜 것에 익숙해졌는지는 모르겠네. 참, 그 아이는 쉬지 않고 눈을 깜박이는 나쁜 버릇이 있어. 아, 지금 나가는군."

마차와 하렘 사이에는 플라타너스 나무가 그늘을 드리우고 바닥에 돌이 깔린 공간이 있었다. 제브데트 씨는 먼저 하얀 옷을 입은 키가 큰 여성을 보았다. 파샤의 폭소에 그녀가 니간의 어머니라는 걸 알았다. 잠시 후 자기들끼리 얘기를 나누고 좌우를 둘러보며 딸들이 한 명씩 모습을 드러냈다. '그녀들은 내가 이곳 저택에 있는지 모르고 있어!' 제브데트 씨는 생각했다. 또다시 죄책감 비슷한 감정에 휩싸이는 기분이었다. 딸들은 활달하고 유쾌해 보였다. 제브데트 씨는 누가 니간인지 알 수 없었다. 그는 "한 가족!" 하고 중얼거렸다. 시계가 똑딱거리는 소리가 들리는 듯했다. 그는 더욱더 깊게 죄책감에 빠졌다. "저들 중 하나야!" 그는 이렇게 말하고 두려워하며 되뇌었다. "한 가족." 그는 자기 계획 속의 가족에 그림자처럼 가볍고 가냘픈 여자 중 한 명을 배치했다. 심장이 빠르게 뛰는 걸 깨닫자 부끄러웠다. "난 뭔가?" 그는 중얼거렸다. 파샤는 여전히 말을 계속했지만 그는 듣지 않았다. 그는 땀을 흘리며 축축한 손과 자기 자신을 역겨워하며 아래를 바라보았다. 저곳에, 아래에, 나무 밑에, 자신이 오랜 세월 동안 기다리고 상상했던 것이 서 있고, 움직이고, 웃고 있었다. 아, 얼마나 멀고, 얼마나 불명확했던가! 그는 그녀를 이성으로, 오로지 이성으로만 감지할 수 있었고, 그가 필요로 하는 곳에 배치했다. 감정이 아니었다. 감정은 양심처럼 무겁고, 움직이기 어려운 것이었다. 땀을 흘릴수록 그의 피에 더러움과 죄가 채워졌다. 그는 더 이상 보고 싶지 않았다. 파샤의 부스럭거리는 소리와 움직임이 멈췄으면 싶었다. "형이 죽어 가고 있어!" 그는 중얼거렸다. 꿈이 다시 생각났다. 멀고 불명확했던 것이 확실해졌고, 이해되었다. "난 모든 것을 생각했어!" 그는 또 이렇게 중얼거렸다. 자신의 사업장과 에스키나즈를 떠올렸다. 두려웠다. 마부는 마차의 문을 열어 놓고 있었다.

갑자기 정원에서 소리가 들려왔다. 제브데트 씨는 멀리서 나는 바퀴 소리를 들었다. 말 한 마리가 히힝거렸다.

파샤가 소리쳤다.

"아, 세이피 파샤가 왔군. 아, 세이피, 고마워."

도착한 마차에서 등이 약간 굽고, 키가 크고, 수염이 검은 남자가 급히 내렸다. 그는 다른 마차에 타는 사람들을 보며, 자신감 있게 턱을 올리고 머리를 뒤로 젖혔다. 그러자 예상치 않았던 일이 일어났다. 딸들이 한 명씩 파샤에게 다가가 그의 손등에 입을 맞추기 시작한 것이다.

"브라보! 우리 애들이 하는 행동 보고 있나? 저 녀석이 바로 사네 약혼녀야!"

제브데트 씨는 땀이 났다. 조금 전에도 명확했던 그것이 이제는 멀고 불확실하게 느껴졌다. 그녀는 세이피 파샤의 손등에 입을 맞추고 있었다. 제브데트 씨는 그녀를 알아보려면 머리를 쓰고 애도 써야 한다는 걸 깨달았다.

"그녀는 무엇인가? 무엇을 원하는가? 어떻게?"

제브데트 씨는 겁에 질려 이렇게 중얼거렸다. 그것과, 꿈틀거리고, 몸을 숙여 파샤의 손등에 입을 맞추는 것과 한평생을 보낼 생각을 했다.

"어쩌면……. 어쩌면……."

그는 걱정하며 이렇게 중얼거렸다. 그런 후 온 힘을 다해 저기 그 움직이는 것을, 자신의 계획 속에 배치해 보려고 애를 썼다.

"세이피는 정말 의리 있는 친구야."

쉬크뤼 파샤가 말했고 딸들은 그 순간 마차에 올랐다. 제브데트 씨는 멀어지는 마차를 바라보았다.

하인이 안으로 들어와 말했다.

"세이퍼 파샤님이 오셨습니다!"

"알아, 알아, 안으로 모시게!"

이렇게 말하고 쉬크뤼 파샤는 제브데트 씨를 쳐다보았다.

"세이퍼도 내가 돌봐 주었던 사람이네. 그런데 나보다 영리하더군. 술탄께서 자신을 좋아하게 만들었지. 나와 같이⋯⋯. 런던에서 대사직을 수행했지. 그런데 자네는 생각에 빠져 있군! 하하하! 참, 그런데 그 아이 봤나? 그녀를 보고 말았군! 세이퍼는 정말 좋은 친구야. 내가 오늘 좀 우울하고 대화할 사람이 필요하다는 걸 어떻게 알았지?"

두 파샤는 문 앞에서 껴안았다. 세이퍼 파샤는 거만한 면이 있는 사람이었다. '난 상인이야!' 제브데트 씨는 생각했다.

"장차 내 사위가 될 이 사람과 안면이 있나?"

쉬크뤼 파샤는 이렇게 말하며 제브데트 씨를 그에게 소개했다.

그들은 다 함께 자리에 앉았다. 하인이 커피를 가져왔다. 세이퍼 파샤는 곁눈으로 제브데트 씨를 훑어보았고, 제브데트 씨는 의자에서 몸을 움직였고, 쉬크뤼 파샤는 무슨 말인가를 하고 있었다. 그때 갑자기 세이퍼 파샤가 물었다.

"자네는 무슨 일을 하고 있나?"

"저는 상인입니다, 어르신!"

"상인⋯⋯. 그렇군. 상인⋯⋯."

파샤는 이렇게 중얼거린 후, 다시 집주인에게 시선을 돌리며 그의 말을 듣고 있다는 표시를 했다. 쉬크뤼 파샤는 손님을 칭찬하면서, 진정한 친구의 수가 줄어들어서 원하는 대화는 아주 소수의 사람들하고만 나눌 수 있다고 했다. 이제는 사위도 자신의 친구로 생각한다는 말로 끝을 맺었지만, 진심이라기보다는 뭔가 미안해하는 모습이었다.

세이피 파샤가 갑자기 물었다.

"Quels livres lisez-vous mon enfant?*"

제브데트 씨는 당황하며 생각했고, 흥분했지만 즉시 또박또박 대답했다.

"Monsieur, je lis Balzac, Musset, Paul Bourget et……**"

세이피 파샤는 제브데트 씨의 말을 끊었다.

"프랑스어는 그 정도면 아주 훌륭하네. 회화 연습을 하면 더 유창해질 걸세."

그런 후 다시 집주인 쪽을 향하고는, 최근 정치 소식에 대해 말하기 시작했다. 뭔가 설명할 때는 등이 더 튀어나오고 턱수염이 셔츠에 닿는 세이피 파샤를, 그의 말에 즐겁게 귀를 기울이는 쉬크뤼 파샤를 제브데트 씨는 바라보았다. 니걈이 이 두 파샤 중 하나의 딸이며, 조금 전에 다른 한 파샤의 손등에 입을 맞췄다는 걸 떠올리자 마음이 불편해졌다. 그는 잠시 '그러면 안 되는 거였어. 뭔가 추해. 내가 더 나은 사람이야.' 하고 생각했다. 그러고는 니걈이 마차에 타는 모습을 떠올렸다. 그녀가 자신에게 어울린다는 생각이 들자 진정한 승리감에 휩싸여 흥분했다. '그래, 맞아, 나는 그들보다 나은 사람이야. 내

---

* '자넨 무슨 책을 읽나?'(프랑스어)
** '어르신, 저는 발자크, 뮈세, 폴 부르제 그리고……'(프랑스어)

가 앞서 가고 있어. 내가 더 청렴해!' 그는 문득 이 방에서 자신을 겁주고, 다가갈 수 없어 보였던 물건들이 모두 우습고 부패했다는 생각이 들어 기분이 좋아졌다. 얼마나 기분이 좋고 흥분을 했던지, 이 느낌이 오염될까 두려울 정도였다. '당장 일어나 나가야지, 지금 당장!' 그때 하인이 차 쟁반을 들고 들어왔다.

"크루아상도 가져오지 그랬나!"

쉬크뤼 파샤는 하인에게 이렇게 말하고 손님의 무릎을 가볍게 치면서 "자넨 정말 얘기를 아주 맛있게 하는군!" 하고 말했다. 세이피 파샤는 얼굴을 찡그렸다. 그런 후 제브데트 씨를 향해 물었다.

"자네는 어디 사나?"

"니샨타쉬에 살 겁니다!"

"아니, 지금 어디 사느냐고 물었네⋯⋯."

"외파에 삽니다!"

파샤는 투덜거리듯이 물었지만 생각 외로 화를 내지 않아 제브데트 씨는 기뻤다. '니간과 니샨타쉬에 있는 그 집에 살아야지!' 가능한 한 빨리 차를 마시고 이 저택에서 나가고 싶었다.

차를 마시면서, 세이피 파샤는 폭탄 투척 사건과 관련된 소문을 언급했다. 술탄은 수사관들이 일을 주의 깊게 처리하지 못했다며 잡티예* 기관장과 조사 심리 위원회에게 경고했고,

----

* 오스만제국의 치안 담당 기관.

총리 대신 페리트 파샤가 세이피 파샤의 측근에게 오늘 증거를 찾았다고 보고했다는 것이다. 즉, 폭탄을 설치했던 자동차의 등록번호를 확인했다고 했다. 사건 현장에서 누가 용감하게 행동했고, 누가 겁쟁이처럼 행동했는지도 설명하기 시작했다. 두 파샤는 겁쟁이처럼 행동한 사람들에 대해 유쾌하게 언급하며 즐거워했다. 그러다 대화 주제가 어려운 상황에 빠진 페힘 파샤와 그의 내연녀 마거릿으로 옮겨졌다. 쉬크뤼 파샤는 즐거움을 배가시키기 위해 하인에게 코냑을 가져오라고 시켰다. 하인은 윗부분이 좁고 몸통이 넓은 잔에 코냑을 담아 왔다. 파샤들은 압뒬하미트의 용기, 셰이휠이슬람*인 제말레틴 에펜디의 행운, 폭발로 죽은 스물아홉 명의 불운에 대해 이야기하기 시작했다. 폭발 당시 누가 어떻게 겁을 집어먹었는지 설명하며 즐거워했다. 그러다 세이피 파샤는 자신이 런던 대사였을 때 경험한 사건에 대해 설명했다.

"어느 날 일등 서기관 타흐신의 서명이 들어간 암호가 대사관으로 왔습니다. '머리와 모든 깃털이 하얗고, 말하는 재능이 있는 앵무새를 한 마리 사서 당장 보내기를……' 암호로 쓰인 명령을 받고는 야단이 났지요. 당장 런던 동물원장에게 전화를 했습니다. 제가 알아본 바로는 새의 이름이 달랐지요. 저는 이등 서기관에게 '답변을 쓰게! 머리 윗부분이 하얗고, 깃털이 하얗고, 말하는 재능이 있는 앵무새는 없습니다. 설명해 준

---

* 최고 뮈프티(이슬람 성법 해설자). 오스만제국 치하에서 일하던 이슬람 종교학자들의 우두머리.

새는 앵무새가 아니라 카카토아입니다.'라고 했지요. 그러자 이등 서기관은 '아마 차이를 모를 겁니다. 카카토아를 사서 보냅시다!'라고 하더군요. 저는 분노를 참을 수 없었습니다. 그래서 서기관에게 '모르면 배우라고 하면 되지! 내가 한 말을 암호 전보로 보내.' 하고 말했지요."

그때 제브데트 씨가 자리에서 일어났다.

"전 이만 가 보겠습니다, 파샤 어른!"

"잠깐만, 잠깐만, 이 이야기를 들어 보게!"

쉬크뤼 파샤가 이렇게 말했다. 하지만 잠시 후 제브데트 씨의 찡그린 얼굴을 보고 기분이 상해 자리에서 일어났다.

"또 오게, 또 와. 결혼식 전에 자네를 더 보고 싶네!"

제브데트 씨는 니걔을 생각했다. 그는 세이피 파샤와 급히 악수를 한 후 손을 놓고는 방에서 나왔다. 그의 뒤를 따라오는 쉬크뤼 파샤의 손등에 입을 맞추려다 시계가 똑딱거리는 소리를 듣고 비틀거렸다. 파샤의 손등에 입을 맞추지는 않았다. 그저 미소만 지어 보였다. 계단을 내려왔다. 아이와즈가 문을 열었다. 드넓고 깨끗한 하늘과 반짝거리는 태양을 느끼자 기분이 상쾌해졌다. 부드럽고 신선한 바람이 불어왔다.

9
니샨타쉬의 석조 가옥

태양은 더 이상 정원을 달구지 않고, 서산으로 넘어가고 있었다. 제브데트 씨는 시계를 봤다. 알라투르카 시간으로 12시. '오늘은 시간을 허비했어.' 하고 생각했지만 답답하지는 않았다. 언제부터인가 느끼지 못했던 마음의 평온을 느꼈기 때문이다. 이전에는 알지 못했지만 오랜 세월 동안 안고 있었던 상쾌하고 건강한 힘을 인지했기 때문이다. 그는 이 힘이 무엇에서 기인하고 어떻게 나왔는지는 생각하고 싶지 않았다. 단지 이 건강한 힘과 기운 빠진 태양, 한동안 담배를 피우지 않아 입과 온몸에 퍼진 깨끗함을 느끼며 돌길을 걸었다. 조금 전에 니간이 걸었던 그 길이었다. '그녀는 내게 어울리는 여자야. 그게 느껴져!' 제브데트 씨는 이렇게 생각하며 자신을 기다리는 마차에 올랐다. 마부에게 니샨타쉬 모퉁이에서 내릴 거라고 말했다.

자신이 니간을 사랑할 거라는 예감이 들었다. 예전부터 그녀를 사랑하고 싶다고 많이 생각했다. 니간이 지금은 자신을 사랑하지 않는다는 것도 알고 있었다. 하지만 조금 전에 보았던 그 활발한 모습에서, 그녀의 가족이 특이하고 자신과는 동떨어진 오래된 가문이라고 하더라도, 남편을 사랑하도록 키워졌다는 걸 알 수 있었다. 그는 다시 한 번 자신이 옳다는 생각에 흥분했으며, 눈시울이 젖을 것 같아 두려웠다.

"난 살아 있어!"

그는 이렇게 중얼거렸다.

마차가 테시비키예 사원 앞을 지났다. 사원 마당에 커다란 플라타너스 나무들이 서 있었다. 노인 한 사람이 조심스럽게 천천히 마당에서 거리로 나오고 있었다. 거리 양편에는 보리수나무와 밤나무가 늘어서 있었다. 한 저택의 뒷마당에는 빨래가 널려 있었다. 두 아이가 정원에서 얘기를 나누고 있었다. 정원에는 보리수나무에 매달린 그네가 저 혼자 흔들리고 있었다.

마차가 니샨타쉬 모퉁이에서 멈추고 제브데트 씨는 내렸다. 부드럽고 선선한 바람이 재킷 자락을 흔들었다. 석조 가옥 앞과 정원에는 보리수나무와 밤나무가 서 있었다. 키가 작은 어린 나무였다. 나무들 위로 집의 그림자가 드리워졌고, 잎사귀들이 바람에 사각거렸다. 제브데트 씨는 대문으로 들어가면서 다시 한 번 자신이 그동안 본 집들 중에서 가장 좋은 집이라는 생각을 했다. 대문과 현관문을 연결하는 자갈 깔린 길 옆으로는 장미 묘목과 꽃들이 잘 손질되어 있었다. 초인종을 누르고 기다렸지만 아무도 대답하는 이가 없었다. 그는 돌아서서 정원을 거닐다가 한 아이와 마주쳤다. 아이는 사람을 불러오겠다며 달려갔다. 잠시 후 키가 작고 손이 큰 남자가 다가왔다. 나이가 들어 보이는 이 남자를 지난번에 왔을 때 본 적이 있었다. 정원사였다.

"집을 둘러보고 싶으신가요?"

"연락을 못 받았습니까?"

"받았습니다. 마담은 섬에 계십니다."

"압니다! 제가 늦게 온 건 아니죠?"

"아침에는 마담이 여기 계셨습니다."

정원사는 주머니에서 열쇠를 꺼내 문을 열었다. 제브데트 씨는 안으로 들어갔다. 아이가 뒤를 따라왔다.

정원사는 아이에게 "너는 여기서 우리를 기다려라!"라고 말한 후 문을 닫았다.

베니션 블라인드가 닫혀 있었기 때문에 집 안은 약간 어두웠다. 하지만 제브데트 씨는 문 앞에 있는 거울에서 자신의 모습을 보았다. 가늘고 긴 몸은 활기에 차 있었고, 동그란 얼굴은 쾌활해 보였다. 그는 계단 쪽으로 걸어갔다. 돌계단은 꽤 넓은 홀로 통하고 있었다. 홀로 열리는 문을 통해 안으로 들어갔다. 제브데트 씨는 전에도 둘러본 적이 있지만 거실의 물건들에 또다시 감탄하며 구경했다. 금박을 칠한 의자들, 모서리와 가장자리가 자개로 되어 있는 굴곡진 안락의자들 사이에는 부서진 탁자와 작은 곁탁자가 있었다. 거실로 이어진 방에는 피아노와 피아노 의자 그리고 낡은 의자 하나가 있었다. 나무로 된 바닥은 지저분했다. 벽에는 수염이 나고 모자를 쓴 추한 노인의 사진들이 걸려 있었다. 천장은 높지 않았다. 천장 가장자리에는 월계수 잎과 장미꽃을 연상시키는 석고 세공 사이로 통통한 천사들이 날아다녔다. 모든 물건 위에는 먼지가 쌓여 있었다. 곁탁자 위에는 깨진 촛대가 놓여 있었다. 나무 재떨이의 가장자리에는 탄 흔적이 있었다. 키 큰 램프의 윗부분은 옆으로 약간 기울어 있었다. 더럽고 무질서한 방 한쪽에 천으로 꼼꼼하게 덮어 놓은 안락의자가 있었다. 그는 물건들 하나하나를 다 구별할 수는 없었지만 이 모든 것들 사이에 자신의 삶과 계획을 끼워 넣을 수는 있었다.

"정말 어수선하군요!"

"남편이 죽자 마담은 여길 팔기로 했답니다. 섬에 남자 친구가 있다고 하더군요!"

제브데트 씨가 자신의 의견을 묻고 있다는 걸 깨달은 정원사는 이렇게 대답했다.

"아니, 집을 어쩌면 이렇게 방치할 수 있답니까?"

제브데트 씨는 이렇게 말했지만 자기도 왜 이런 말을 했는지 알 수 없었다.

그들은 넓고 짧은 복도를 지나 뒤쪽으로 갔다. 방이 두 개 있었다. 둘 다 비어 있었다. 바닥에는 종잇조각, 부서진 함과 상자가 흩어져 있었다. 벽에는 역시 수염이 나고 모자를 쓴 노인이 얼굴을 찡그리고 있었다. 이 방들은 아이나 손님이 사용하면 되겠다고 제브데트 씨는 생각했다.

좁고 어두운 계단을 통해 올라가 보니 위층도 아래층과 같은 구조였다. 제브데트 씨가 이 주 전에 둘러보았을 때는 이 정도로 어수선하게 방치되어 있지는 않았었다. 물건들이 정돈되어 있는 집을 보고는 자신의 계획에 맞게 상상하기 어려웠다. 하지만 지금은 빈 방을 둘러보면서 자신이 상상하는 대로 꾸밀 수 있었다.

뒤쪽 큰 방에는 커다란 침대가 흐트러진 채로 있었다. 시트, 담요, 이인용 긴 베개가 보였다. 제브데트 씨는 쉬크뤼 파샤 저택의 창밖으로 바라봤던 것을 떠올리는 게 두려웠다. 일순, 모든 것이 엉망진창이 되어 버릴 것 같아서, 더럽혀질까 두려워하던 것들이 오물과 피로 뒤범벅이 될 것 같아서 소름이 끼쳤다. 크고 넓은 침대와 이인용 베개를 보며 자신의 계획이나 삶과 관련된 것은 아무것도 생각하고 싶지 않았다. 시트의 굴곡, 얼룩진 침대 커버, 향기 나는 가운을 보지 않으려고 머리를 들었다. 벽에는 젊은 부부의 사진이 걸려 있었다.

"무슈는 돌아가셨습니다. 좋은 사람은 아니었지만, 정원을 사랑하셨죠. 고이 잠드시길! 마담은 지금 유산을 맘껏 쓰고 있어요. 미국에 간다고들 하더군요!"

정원사는 무시하는 듯한 태도로 사진을 보며 말했다. 제브데트 씨도 이 일에 대해서는 약간 알고 있었다. 집주인 유대인에 대해 시르케지에서 조사를 좀 했던 것이다. 정원사는 담배 연기를 사진 쪽으로 내뿜으며 "무슈는 상인이었답니다!"라고 말했다.

옆방은 잠겨 있었다. 정원사는 마담이 그 방에 귀중한 물건을 보관해 놓는다고 했다. 뒤에 방이 하나 더 있었다. 베니션

블라인드가 열려 있어 정원에서 평온하고 잔잔한 빛이 들어
왔다. 제브데트 씨는 여기다 서재를 만들고 책상도 하나 들여
놓기로 했다.

그들은 제일 아래층으로 내려갔다. 제브데트 씨는 작은 창
문이 달린 작은 방에서 요리사나 하인들이 자면 되겠다고 생
각했다. 아래층에 있는 화장실도 위층처럼 서양식이었다. 제
브데트 씨는 아래층에 있는 건 동양식으로 바꾸기로 마음먹
었다. 그는 빨래방으로 사용할 방으로 들어갔다. 옆에는 넓은
부엌이 있었다. 부엌은 뒤뜰로 연결되어 있었지만 문이 단단
히 닫히고 또 잠겨 있었다. 제브데트 씨는 베니션 블라인드 사
이로 뒤뜰을 내다보았다. 조용해 보였다. 정원사는 앞문으로
나가서 그리로 갈 수 있다고 했다. 문으로 나가면서 제브데트
씨는 곁눈질로 다시 한 번 거울을 쳐다봤다. 모든 것이 그가
계획했던 대로였다.

아이가 밖에서 기다리고 있었다. 함께 뒤뜰로 갔다. 뒤뜰에
도 밤나무와 보리수나무가 있었다. 정원 한가운데 있는 밤나
무 밑에 의자가 두 개 놓여 있었다. 집과 하늘을 감싸 안을 듯
커다란 팔을 벌리고 있는 나무, 유쾌하게 사각거리는 가지들,
사원 첨탑의 몸통을 연상시키는 넓은 나무 기둥 옆에서 의자
들은 아주 작고 가냘퍼 보였다. 나무처럼, 정원에서도 모든 것
이 선선한 저녁 바람 속에서 움직이고 있었다. 꽃들이 꿈틀거
렸고, 잎사귀들이 이리저리 돌아갔고, 풀과 나무가 앞뒤로 흔
들렸다. 제브데트 씨는 잠시 둘러보다 집 뒤쪽으로 갔다. 저택
후면을 뒤덮은 담쟁이덩굴에도 햇빛이 비치고 있었다. 그는

나무 밑에 앉았다. 맞은편 의자에는 정원사가 앉았다. 제브데트 씨는 주머니에서 담뱃갑을 꺼내 정원사에게 내밀었다.

"정원이 아주 잘 손질돼 있네요!"

"전 이 정원을 아주 좋아합니다!"

정원사는 이렇게 말했지만 부끄러워하는 것 같았다. 제브데트 씨도 담뱃불을 붙였다. 그들은 함께 하르비예 쪽으로 지는 해를 바라보았다. 아이는 정원을 돌아다니고 있었다.

"집을 사실 건가요?"

"가격이 맞으면요!"

"흥정을 해 보면 됩니다, 그렇고말고요, 마담이 당장 팔고 싶어 하니까요!"

"좋아요. 여길 사는 게 좋겠죠, 그렇죠?"

"사세요, 아주 멋진 곳입니다!"

그들은 함께 웃었다. 제브데트 씨는 갑자기 정원사가 친근하게 느껴져 '사야지!' 하고 생각했다. 자신이 보이지 않는 갑옷을 입은 것처럼 느껴졌다. '선선한 바람이 정말 좋군!' 해는 인간에게 슬픔이 아니라 우정과 형제애를 불러일으키며 지고 있었다.

"아, 니샨타쉬는 멋진 곳이군요!"

"그럼요! 전 이곳에서 태어났고, 이곳에서 죽을 겁니다. 이 근처는 옛날에 밭이었습니다. 저의 아버지는 밭지기였지요. 백 년 전에는 이 근처에 채소밭, 딸기 밭, 무화과 밭이 있었다고 합니다. 술탄들은 맞은편 기슭에서 화살을 쏘고, 기념으로 돌로 과녁을 만들어 세웠지요.* 나중에 술탄 메지트**가 할례식을 했고요. 제가 막 태어났을 때였다고 합니다. 아버지는 밭을 일궜지요. 나중에는 저 아래 모퉁이에 있는 궁전 두 채가 지어졌고요. 그런 후에 사원도 지었는데 그건 저도 기억합니다. 그런 다음에는 밭이 없어지고 그 자리에 저택이 세워지면서, 지금은 밭이 거의 남아 있지 않죠. 전에는 저는 밭도 일궜습니다. 저택이 들어서자 정원에 관심을 갖게 됐지요. 제가 어느 집 정원을 돌봐 주었는데, 주인이 마음에 들어 했고, 손님으로 온 사람도 좋아하게 됐고, 이곳 정원사가 누군지 물었고, 저라고 대답하자 저를 불러 자기 정원도 가꿔 달라고들 했죠. 요청이 너무 많아 다 못할 지경이었죠. 그러자 다른 정원사들이 왔습니다……. 우리는 저택들의…….”

정원사가 흥분하며 말했지만 제브데트 씨는 그가 아니라 그의 다리 밑을 돌아다니는 개미를 보고 있었다. 그의 다리 사이로 가늘고 긴 개미 행렬이 지나갔다. 그 길은 구불거리며 밤나무 옆에 있는 어떤 구멍으로 이어졌다. 그 구멍에서 정원의 다른 쪽으로 퍼져 가는 행렬이 나왔다. 한 곳에선 개미 두 마리가 호박씨 껍질을 나르고 있었다. 제브데트 씨는 고개를 들어 호박씨를 먹고 있는 정원사의 아들을 바라보았다. 아이는 나무 사이를 돌아다니고 있었다.

“제 아이를 정원사로 만들 겁니다. 아이는 정원과 나무와 흙을 좋아합니다. 학교에는 다니지 않았어요. 이 일을 하도록

---

* 술탄들이 화살을 겨냥해 쏜 돌(타쉬)로 만든 과녁(니샨)에서 ‘니샨타쉬’라는 지명이 유래했다.
** 오스만제국 31대 술탄 압뒬메지트.(재위 1839~1861)

해야죠."

"이름이 뭔가요?"

"아지즈예요!"

제브데트 씨는 다시 개미들을 바라보았다. 그러다 어렸을 때처럼 개미 한 마리가 구멍까지 가는 걸 눈으로 따라가 보았다.

"이런 저택들이 지어지자 정원에 대한 관심도 더 커졌죠. 부자들이 이곳에 정착하기 시작했고요. 목조 저택이 더 크게 지어졌어요. 저택에는 커다란 헛간도 지어졌고, 그 헛간에는 자동차를 두세 대 넣었답니다. 운전사, 요리사, 하인, 가정부도 늘어났죠. 파샤와 관료 들의 뒤를 이어 유대인, 아르메니아인 그리고 상인들이 이리로 왔죠. 그들은 돌과 콘크리트로 된 저택을 지었어요. 나무가 잘려 나가고, 묘목은 뽑혀 버리고, 길이 열리고, 밭은 남지 않게 되었죠. 그런 후, 그러니까, 우리 술탄께서 목조 사원을 석조로 다시 짓도록 했죠. 이게 육 년 전 일입니다. 아시다시피 누군가 그에게 폭탄을 던졌죠. 여기까지 그 폭음이 들려왔다니까요."

개미 두 마리가 제브데트 씨의 다리 앞에 멈춰서 자기들끼리 무슨 말을 나누고 있었다. 세 번째 개미가 그들 옆을 지나면서 멈춰 섰다. 서둘러 무슨 말을 하더니, 다리로 친구들을 한 번 툭 치고는 개미집으로 달려갔다. 제브데트 씨는, 해가 지기 전에는 이 정원이 뛰고 얘기하고 무언가를 나르는 개미로 가득하다고 생각했다. 그런 후 베이올루 거리, 자신의 사업장 그리고 형을 떠올렸다. 고개를 들었다. 구름 한 점이 메카 방향으로 서둘러 흘러가고 있었다.

"이 석조 가옥도 새것입니다. 아주 튼튼하죠! 이 건물이 지어질 때 봤거든요. 아르메니아인 석공들이 일했답니다. 십장도 아르메니아인이었고요. 가엾게도 무슈는 돌아가셨습니다. 좋은 사람은 아니었지만 정원을 사랑했지요. 마담이 모든 걸 팔아 치우고 있습니다. 자식이 없으니 전부 이리저리 흩어지고 있죠. 자식이 없으면 이렇게 돼요. 뿌리가 없어지죠. 땅에 뿌리를 내리고 살아야 하는데 말입니다. 저 나무처럼……."

이런 일을 많이 겪어서가 아니라, 그저 자조적으로 정원사는 말했다.

해가 나무와 저택 뒤로 기울었다. 제브데트 씨는 자리에서 일어났다. 선선하고 가벼운 바람을 만끽하며 '여기서 살아야겠다!'라고 생각했다.

문 앞에서 정원사가 말했다.

"정원을 생각해서라도 여길 사세요. 정원이 아주 아름답잖아요."

"늘 이렇게 바람이 부나요?"

"저녁 무렵에는 항상 불지요!"

제브데트 씨는 마차를 향해 걸어갔다. 잠이 들어 버린 마부를 깨웠다.

10
환자의 바람

해가 지고 날이 어두워지기 시작했다. 하지만 제브데트 씨가 매일 이 시간이면 느꼈던 울적하고 답답한 기분은 들지 않았다. 그는 매일 이 시간에 사업장을 닫은 후 시르케지에서 에미뇌뉘까지 걸었고, 답답해서 가슴이 타는 걸 어떻게 풀지 몰라 일상생활의 좁은 벽에 머리를 들이받곤 했던 것이다. 하지만 지금은 하루를 막 시작하는 것처럼 건강하고 힘차게 느껴졌다. 그의 신경은, 그저 저녁만이 아니라, 그날 하루의 고민을 긴장하지 않고 마주할 만큼 풀려 있었다. 담배를 피우고 싶은 생각마저 들지 않았다.

마부에게 베이올루로, 형에게로 갈 거라고 했다. 해가 졌기 때문에 이제 마차 안은 푹푹 찌지 않았고 편안하게 흔들거릴 뿐이었다. '왜 이토록 편안하게 느껴지는 걸까? 내가 옳다는 걸 알기 때문이지.' 그는 선선한 바람이 무척 마음에 들었다. 그 니샨타쉬의 정원에서 오래오래 앉아 있어야지. 거기서 살아야지……. 하지만 형은 죽어 간다! 형을 떠올리자 처음으로 다급해졌고 두려움에 휩싸였다. 얼마 지나지 않아 그가 죽을 거라고 확신했다. 전에는 추악하고, 부당하고, 자신을 철저히 홀로 남게 할 거라고 생각해서 두렵기만 했던 죽음이 이제는 마치 삶처럼 자연스럽게 보였다.

'안타까운 것은, 내가 이렇게 편안하고, 계획했던 삶에 이렇게 가까워진 날에 형은 죽음에 그렇게 가까워졌다는 거야. 하지만 그게 내 죄는 아니지! 이건 그가 그리고 내가 선택한, 우리가 해 왔던 일들의 결과일 뿐이야.'

마차가 베이올루로 들어가고 있었다. 그는 어스름 속에서 거리를 걷는 사람들을 바라보았다. 모든 것을 당연하게 받아들이기는 했지만 형의 죽음은 슬플 것 같았다.

마차가 멈추고, 셋방 여주인이 얼굴을 찌푸리며 손님에 대해 불평하는 걸 들은 후, 제브데트 씨는 '형의 마지막 나날을 어떻게 하면 행복하게 해 줄 수 있을까?' 하고 생각했다. 지금까지 여기 와서 한 번도 느끼지 못했던 편안한 마음으로 셋방이 있는 집의 돌계단을 올라갔다. 그는 문을 두드리며 생각했다. '형에게 그의 생각이 맞는다고 해 줘야지. 믿을까? 그가 옳다고 말해 줘야겠어.' 하지만 문이 열리고 마리의 다급한 표정을 마주하자 자신이 생각한 것을 하나도 말하지 못하리라는 것을 알았다. 침대에 누워 있는 환자가 아니라, 화가 난 주인이 꾸짖는 듯한 형의 목소리가 들렸고, 그가 왜 그런지 깨달았다. 자신도 형도 평생 동안 서로를 무시했던 것이다.

"뭘 그렇게 봐? 죽은 사람을 쳐다보는 눈빛이구나. 난 아직 안 죽었어! 오히려 상태가 아주 좋다고!"

"그렇게 보지 않았어!"

방의 불빛에 눈이 익숙해진 후 제브데트 씨는 대답했다. 그런 다음 방구석 어둠 속에서 장난감 인형처럼 꼼짝 않고 조용히 앉아 있는 지야를 보고 흠칫 놀랐다.

'저 아이를 집으로 데려다 주겠다고 약속했는데!'

"여기 앉지그래!"

누스레트가 말했다. 제브데트 씨는 침대 맡에 있는 의자에 앉았다.

"좀 어때?"

"어떻겠어? 곧 죽을 텐데!"

"아냐, 그렇지 않아, 회복될 거야!"

"나도 그렇게 말하고 있어요. 그런데 계속 이렇게 나쁜 얘기만 한다니까요!"

마리가 끼어들었다. 그녀는 가스램프를 켜고 있었다.

누스레트는 손아귀로 턱을 감싸 쥐었다. 엄지와 검지 사이로 푹 들어간 뺨을 더 들어가게 밀면서 말했다.

"얼굴이 이런 폐결핵 환자는 일주일 안에 다 죽어!"

"그러지 마!"

"무섭지, 그렇지? 무섭지?"

누스레트는 이렇게 말하며 뺨을 더욱더 푹 들어가도록 밀었다.

"죽는 게 무섭지, 그렇지? 왜냐하면 넌 살아 있으니까, 파샤의 딸과 결혼할 거고 건강하니까!"

"그러지 말라니까!"

"이러니까 어때? 아버지가 무서워, 말해 봐! 히히……. 난
귀신이다! 마녀가 왔다, 하하하!"

누스레트는 이번에는 아들을 보며 말했다. 아이는 웃어야
할지 울어야 할지 어쩔 줄 몰라했다. 가장 슬퍼야 할 사람이 유
쾌하게 농담을 하고 있었으니 말이다. 아이는 미소를 지었다.

"아, 제발 부탁이니, 얼굴 좀 끔찍하게 만들지 마!"

갑자기 마리가 소리치자 지야는 아버지의 쾌활함이 가짜라
는 걸 깨닫고 얼굴을 찡그렸다. 곧 울 것 같았다. 누스레트는
그걸 눈치채고 얼굴에서 손을 떼고 귀 뒤로 가져갔다.

"봐, 봐, 귀가 튀어나왔어!"

아들이 웃지 않자, 이번에는 엄지를 귓불에 대고 볼을 향해
손을 펼쳤다.

"하얄레 하얄레*, 잔이 와인으로 채워지길!"

그는 아들을 재미있게 해 줄 수 없다는 걸 알았다.

"마리, 아이를 데리고 모퉁이에 있는 무할레비** 가게에 가
는 게 어때! 내 아들은 타욱괴으쉬***를 좋아해. 타욱괴으쉬를
먹으며 얘기해. 난 제브데트와 얘기 좀 나눌 테니."

"피곤하니까 말은 많이 하지 마!"

"알았어, 알았어!"

---

* '하얄레 하얄레'는 노래의 후렴구이다.
** 우유와 쌀가루로 만든 단 푸딩.
*** 닭 가슴살과 쌀가루로 만든 푸딩.

마리가 지야의 손을 잡고 아이의 머리를 쓰다듬었다. 제브데트 씨는 이 여자에게 있는 무언가가 니간에게도 있었으면 싶었지만, 그게 뭔지는 정확히 알 수 없었다. 그들이 방을 나갈 때 누스레트는 기침을 하기 시작했다. 닫히지 않던 문은 기침이 멈추자 조용히 당겨졌다.

　"그 램프를 이쪽으로 좀 가져와 봐, 네 얼굴을 가까이서 보게. 너한테 부탁할 게 있어, 아이에 관한 거야……."

　제브데트 씨는 일어나 탁자 위에 놓여 있는 가스램프를 들고, 침대와 그가 앉아 있는 의자 사이 곁탁자 위에 올려놓았다. 위에서 내리비치는 빛에 누스레트의 얼굴은 더 마르고 더 끔찍하게 보였다.

　"지야는 어디서 잘 거야?"

　"모퉁이에 있는 호텔에서 마리와 잘 거야……. 여기 아버지 시체 옆에서 그 아이를 재울 거라고 생각하는 건 아니겠지?"

　"왜 항상 죽는 얘길 하는 거야?"

　제브데트 씨는 애써 자신을 억누르면서 물었다.

　"참 나! 그만둬! 의학에 대해서 날 속일 수 있을 것 같아? 절대 속일 수 없지! 누가 압뒬하미트에게 폭탄을 던졌다는 걸 알았어! 마리와 다퉜지. 왜 그걸 나한테 숨겼어?"

　"형이 괜히 흥분하는 게 싫었어……."

　"그러니까 내가 흥분하는 걸 원치 않는단 말이지! 날 너처럼 흥분도 안 하고 영혼도 없는 사람으로 만들려는 거야?"

　"말해야 한다는 생각도 안 들었어. 형이 아는 줄 알았고. 게다가 그 소란 통에 어떻게 그런 걸 기억해 낼 수가 있겠어!"

여느 때처럼 형 앞에서 죄책감을 느끼고 있다는 걸 문득 깨달았다. 평생 동안 그랬듯이 그에게 또 변명을 늘어놓고 있었다.

'내가 그를 무시하고 있는 걸까? 그는 죽어 가고 나는 살아 있어. 그러니까 내가 옳아, 내가 이겼어!'

"말을 안 하네! 무슨 생각을 해?"

"아무것도 생각 안 해!"

"내 말에 화났니? 너를 증오해서가 아니라 널 생각해서 하는 말이라는 건 물론 알겠지. 너의 삶 같은 것……. 때로 이해해……. 하지만 너 같은 사람들은 나 같은 사람들을 이해 못해. 외부에 있는 사람들은 아무도 이해 못해. 우리는 불행해. 넌 이해 못하지, 아니, 듣지도 않는군. 무슨 생각을 하고 있는 거야? 또 사업이야? 오늘은 뭘 했는데?"

"상인 푸아트 씨와 식사했어."

그런 다음 자신이 하려고 했던 말들, 형의 생각이 옳고 그 생각들이 이길 거라고 말할 수 있게 되자 기뻐하며 설명했다.

"그도 셀라니크의 운동에 대해 언급했어. 압뒬하미트에 저항하는……. 난 그 사람을 이해했어. 뭔가 해야 한다고 하던데 그의 말이 옳아……."

"아! 그들! 그들은 아무것도 못해. 그들은 파리와는 아무 관련이 없어. 그들은 사상도, 제대로 된 결정력도 없는 무식한 사람들이야. 그들로는 아무것도 안 돼. 그들은 술탄제가 아니라 압뒬하미트를 반대하는 사람들이야. 월급이 적다고 생각하는 군인들……. 나 같은 소수의 사람 말고는 모두 압뒬하미트를 반대하지만 아무도 술탄제는 생각하지 않아. 게다가 압뒬하미트가 돈주머니만 살짝 보여 주면, 한자리를 내주면, 의회를 열 것처럼만 하면, 모두 자진해서 뛰어갈 거야. 그 대단한 미잔즈 무라트도 머리를 조아리며 돌아갔어. 결단력도 없고 뭘 원하는지도 모르는 군인들이 성공할 거라고? 그들로는 아무것도 안 돼!"

제브데트 씨는 자기가 말하려 한 것들이 이해할 수 없는 곳으로 이끌려 가자 속이 상했다.

"물론 난 그들을 몰라!"

"당연히 모르지! 네가 뭘 알겠어! 돈 말고 다른 데 관심이나 가져 봤어야 알지!"

둘은 아무 말도 하지 않았다. 제브데트 씨는 형을 동정하고 그에게 관용을 베풀 기회가 한 번 더 생겨서 기뻤다. 하지만 죄책감 때문에 그렇게 할 수 없다는 걸 알았다. 그가 말하고 싶었던 것들은 이제 아주 멀리 사라져 버렸고 의미도 없는 것 같았다. 니샨타쉬에 있는 저택의 정원에서 느꼈던 상쾌함도 저 멀리 사라졌다.

'난 그곳에서 살 거야!'

"너한테 바라는 게 있다고 했지!"

누스레트는 이렇게 말하며 제브데트 씨를 바라보았다.

"너한테 지야 일로 부탁할 게 있어. 내가 죽은 후에……."

"또 죽는 얘기군!"

"그따위 말은 집어치워. 지야를 위해 너한테 원하는 건 이거야. 내가 죽은 후에 지야를 네가 데리고 있었으면 해!"

"내가 데리고 있으라고?"

"그러니까 너하고 같이 살았으면 해! 네 집이 그 아이의 집이 되었으면 좋겠다고!"

"그럼 하세키는? 그 애 엄마는, 다른 사람들은?"

"아이가 그들 곁에 있는 건 원하지 않아! 그들과 함께 살면 바보 멍청이가 될 거야. 그들처럼 둔하고, 활발하지도 않고, 가지고 있는 작은 것에 만족하고, 나태한 사람이 돼 버릴 거야. 무슨 말인지 알겠어?"

"지야에게 내 집은 언제나 열려 있을 거야!"

"그런 말이 아니야. 그가 원하는 때에 네 집에 손님으로 오가는 걸 말하는 게 아니야. 네 옆에서 살았으면 한다고. 내가 원하는 건 바로 그거야! 하세키로는 다시 돌아가지 않고, 그 애 엄마도 절대 만나지 않았으면 좋겠다고! 그들은……."

"하지만 난 제이넵 아주머니에게 아이를 데려다 주겠다고 약속했는걸."

"왜? 무엇 때문에 그런 약속을 했지?"

"아이를 데려오라고 신신당부했거든. 형이 이런 말을 할 줄 알았던 것처럼……."

"알았던 것 같다고! 그 애가 사랑스러우니까 데리고 살고 싶은 거야, 자기 자식이 없으니까. 그 애를 예뻐해 주고 귀여워해 주면서 결국에는 자기들처럼 바보로 만들 거야! 자신의 터무니없는 믿음과 나태함, 그 초라한 세계를 아이에게도 불어넣겠지. 안 돼! 난 내 아들이 그렇게 크는 건 원하지 않아! 난 내 아들이……."

그는 갑자기 기침 발작을 일으켰다. 제브데트 씨는 곁탁자 위에 있는 가래 뱉는 그릇을 내밀었다. 형은 처음에는 그릇을 거부하는 손짓을 하다가 갑자기 잡아채더니 가래를 뱉었다.

"보는 것처럼 난 상태가 아주 안 좋아! 며칠 안 남았어, 난 알아! 지금 내가 하고 싶은 건 지야의 미래를 안전하게 확보하는 것뿐이야. 네 곁에서 산다면 그렇게 될 거야! 하지만 하세키에 있는 친척들이나 시골에 있는 그 애 엄마 옆에 산다면 그들처럼 신을 믿고, 말도 안 되는 거짓말을 정말이라고 생각하고, 그들처럼 나태해질 거고, 세상을 이해하지도 못할 거야. 벌써부터 그 애를 자기들과 비슷하게 만들어 버렸어! 오전에 아이가 나한테 천국, 천사, 마녀 얘기를 하더라. 그런 걸 믿고 있어. 내가 조금 전에 마녀 흉내를 낸 건 이해하지도 못했어. 나는 내 아들이 그렇게 되는 게 싫어, 알겠어, 제브데트? 내 아들이 거짓말을 믿지 않았으면 해. 내 아들이 이성의 빛과 자기 자신을 믿었으면 한다고…… 이성의 명징함을…… 그 애 이름을 괜히 지야*라고 지은 게 아냐!"

그는 잠시 침묵하다가 다시 중얼거렸다.

"제브데트, 네가 지야를 데리고 살지 않으면 난 편히 눈을 감을 수 없을 거야!"

"계속 그렇게 죽는다고 하는 건 옳지 않아!"

제브데트 씨는 자신이 옳지 않다고 생각하는 게 실은 그것이 아니라는 걸 깨닫고 화가 났다.

"나한테 약속해 줘. 약속해 달라고!"

---

* '빛'이라는 의미.

누스레트가 고함을 질렀다.

"약속할게."

제브데트 씨는 이렇게 대답하고 그 순간 자신이 꼭 해야 하는 일이 그것인 듯, 곁탁자에 놓여 있는 페스를 집어 장식 술을 정돈하기 시작했다.

"그래, 약속하는 거지, 그렇지?"

"그런다고 했잖아!"

그는 장식 술을 눈앞으로 가져가 손톱으로 빗어 내렸다.

"제브데트, 부탁이야, 이해해 줘! 난 아들에게 한 번도 의무를 다하지 못했어. 난 그 애를 하세키에 맡기고 잊어버리려고 했어. 지금은 뭔가 해야 한다는 걸 알지만 이미 늦었지. 나한테 약속하는 거지, 그렇지? 제발 그 페스 좀 내려놔, 얼굴 좀 보자!"

제브데트 씨는 페스를 곁탁자 위에 올려놓았다. 따가울 정도로 적나라한 불빛 때문에 눈이 아팠다.

"사바하틴 왕자라고 들어 본 적 있어?"

누스레트는 이렇게 묻고는 말을 이어 갔다.

"뭐 어쨌든. 그는 지금 파리에 있어. 그도 청년 튀르크로 간주할 수 있어. 다른 왕자들처럼 그도 바보 멍청이지만 어떤 생각을 갖고 있지…….."

그는 손으로 방 한구석에 있는 책을 가리켰다.

"아니면 여느 사람들처럼, 다른 사람에게서 도용한 생각일지 모르지만, 난 그게 옳다고 봐. 드몰랭*에 의하면 영국인이 우월한 건 개인과 인간이 그 나라에서 더 자유롭기 때문이야.

우리 나라엔 그런 게 없지. 우리에게는 그렇게 자유롭고, 이성을 쓸 줄 알고, 적극적인 사람이 없어! 우리는 노예처럼 복종하도록, 공동체 속에 녹아들도록, 두려워하도록 키워지고 있어. 교육이라고 해야 교사의 매, 어머니와 아주머니의 터무니없는 위협…… 종교, 두려움, 어두운 사고, 정형화…… 결국 복종하는 것 말고 다른 건 배우지 못해. 아무도 자신의 노력으로, 사회에 대항하면서 출세할 수 없어. 모두 복종하며, 누군가의 비호 아래 들어가 종노릇을 하며 출세하지. 아무도 혼자 생각하지 않아. 생각하는 걸 두려워하지…… 기껏해야 자신의 이익을 위해 복종하지. 드몰랭에 의하면 이 사람들은 중앙 집권 국가에서…… 내 말 듣고 있는 거야? 나는 내 아들이 그들처럼……."

그는 갑자기 다시 기침 발작을 일으키며 몸을 격하게 흔들었다. 그릇에 가래를 뱉은 후에야 편안해졌다.

"내가 무슨 말을 하고 싶은지 이해했어? 넌 스스로 뭔가 해낸 사람이야. 그러니 잘 이해할 수 있을 거야."

"형은 지금 너무 무리하고 있어!"

"무슨 동문서답이야? 넌 날 이해할 수 있어, 이 문제에 한해서지만……."

제브데트 씨는 이 기회를 놓치지 않았다.

"형 생각이 맞아. 난 형을 이해해. 난 항상 형이 옳다고 생각했지만 안타깝게도 그걸 형에게 보여 줄 수가 없었어!"

---

* 1852~1907. 프랑스의 교육가.

"웃기지 마!"

누스레트는 이렇게 대꾸하고 손가락으로 돈 세는 시늉을 했다.

"넌 이것 말고 다른 건 이해하지 못해! 내가 계몽이나 빛을 말할 때, 너의 이성은 반짝이는 돈밖에 떠올리지 못하지. 하지만 너의 그런 점이, 돈 이외의 것엔 가치를 두지 않는 점이 좋아. 그게 널 합리적으로 만드니까. 넌 이해 못해. 하지만 넌 약속했어! 바로 그런 이유 때문에 난 내 아들이 상인의 집에서 자라길 바라는 거야. 상인의 집에서, 게다가 너처럼 빈손에서 시작한 상인의 집에서는 모든 게 계산에서 나오지. 계산이 있는 곳에는 이성이 있어, 두려움이 아니라."

"내 가족은 그런 계산 속에서 살지 않을 거야!"

제브데트 씨는 화가 난 척하면서 이렇게 말했다. 하지만 곧 후회했다.

"알아, 알아. 네가 무슨 생각을 하는지 알아. 내게 어떻게 보이고 싶은지도, 내 말을 이해하지 못한다는 것도 알아. 어찌 됐든 그 애는 네가 키우는 게 나아! 그 애는 너에게 개인주의 자가 되는 걸 배울 거야! 물론 아이를 때려서는 안 돼! 자유롭게 내버려 둬! 아이가 원하는 걸 하도록 말이야. 스스로, 자신의 이성으로 뭐든 할 수 있다는 걸 알아야 해. 이성을 신뢰하도록 말이야. 아이에게 작은 방을 줘, 거기서 살게. 종노릇을 하지 않고도 살 수 있다는 걸, 하세키에서 배운 게 거짓이라는 걸, 그런 추한 것들, 즉 종교와 신의 말은 무지를 은밀하게 키우는 데 이용된다는 걸 배울 거야. 배울 수 있을까? 아, 모르겠어, 내 눈으로 보고 싶어, 죽고 싶지 않아, 살아서 모든 게 결국 어디에 이르는지 보고 싶어. 음식도 더 많이 먹고, 담배도 피우고 싶어!"

"배고파?"

"그래, 양 갈비 좀 가져와! 아침에 의사가 양 갈비를 먹으라고 했어. 고기, 우유, 계란, 양 갈비……."

그는 폭소를 터뜨렸다.

"난 숙어 가고 있어. 어머니도 폐결핵으로 돌아가셨지! 아니, 왜 일어나, 앉아!"

"고기 달라고 했잖아?"

"고기? 하지만 입맛이 없어! 아냐, 먹어야 해. 지금 고기를 먹으면 내가 살 수 있을까? 하지만 아냐, 의학교에서 배웠어. 이 단계에 오면……."

그는 손을 옆으로 펼쳤다.

"이 단계에 오면 끝나……. 끝난다고."

그는 제브데트 씨의 팔을 잡았다.

"아무도 이해하지 못해. 넌 여기 앉아 있지만, 집에 가는 것, 파샤의 딸, 계산, 술수를 생각하고 있지. 너도 죽는다는 걸 잊지 마! 하지만 지금은 살아 있을 거야. 게다가 넌 여전히 날 무시하고 있어."

그는 동생의 팔을 놔주었다.

"나도 널 무시해, 알아? 나도 널 경멸한다고. 너는 영혼이 없어! 바보 같은 것들 때문에 살고 있지. 돈, 가족생활, 바보 같은 사소한 일상 그리고 사업상의 고민……. 너에겐 영혼이 없어! 누가 문을 두드리는 것 같은데…….”

제브데트 씨는 자리에서 일어나 문을 열었다. 마리와 지야
였다.

“타욱괴으쉬 먹었어. 무할레비도 먹었고.”

마리가 말했다.

“맛있었어?”

누스레트가 물었다. 지야는 그가 자기에게 묻는다는 걸 알
고 미소를 지었다.

“맛있었니, 아들아? 그래, 맛있었구나! 이제 마리 아주머니
가 모퉁이에 있는 호텔로 널 데려갈 거야. 호텔이 뭔지 아니?
널 데려가서 침대에 눕혀 줄 테니 자거라. 이제 혼자 자야 해,
그렇지, 넌 다 컸으니 무섭지 않을 거야! 혹시 무섭니? 어둠이
무섭진 않지, 그렇지? 대답해 봐……. 아버지한테 대답하라고
했잖아!”

그는 갑자기 화를 냈다.

“마리, 데려가서 재워!”

그러고는 지야를 보며 말했다.

“가서 자렴, 이제 누가 뭘 물으면 대답하는 것 좀 배워!”

“우리 가서 잘게. 난 나중에 올게!”

마리는 지야의 손을 잡았고 말했다. 누스레트는 마지막 희
망을 품고 지야에게 물었다.

“지야, 너 이제 뭘 할 거지?”

하지만 아이에게서 아무 대답도 듣지 못하자 신경질적으로
웃었다.

"지야, 내 아들아, 넌 어찌할 테냐? 지야가 무엇이냐? 빛! 빛은 무얼 하지? 자, 빨리 데려가, 자라고 해. 옆에 조금 앉아 있어 줘, 램프는 끄지 말고. 애를 자기들과 비슷하게 키워 버렸어. 어둠을 무서워해. 무섭니, 아들아? 너한테 말하잖아, 혀를 삼켜 버렸니?"

그는 하얀 혀를 내밀었다.

"혀? 혀를 삼켰냐고? 애들은 한번 겁을 집어먹으면 말을 안 하지! 자, 어서 가서 편히 자거라."

11
영리한 사람과 아둔한 사람

마리와 지야가 나가자마자 누스레트는 끔찍하게 가르랑대고 기침을 해 댔다.

"바보! 아, 바보 같은 아들!"

그는 이렇게 소리를 지르고 한 번 더 기침을 했다. 그런 후 제브데트 씨를 보며 말했다.

"그 아이를 바보로 만들어 버렸어. 바보에 겁쟁이로! 어떻게 그렇게 빨리? 역겹고 터무니없는 믿음으로, 두려움으로, 어쩌면 몽둥이로 그렇게 만들었지도 몰라!"

"아냐, 걔는 그렇지 않아!"

"아니라고? 사람을 어떻게 쳐다보는지 봤잖아? 눈을 아래로 깔면서 겁쟁이 같은 시선으로 보잖아! 그 애를 데리고 살 거지, 그렇지? 넌 약속했어!"

"응!"

"다시 한 번 약속해. 편히 갈 수 있도록 한 번 더 말해 줘."

"약속할게!"

제브데트 씨는 이렇게 말하고 손이 다시 페스의 장식 술로 뻗자 화를 내며 주머니에 찔러 넣었다.

'손수건을 갖고 오는 걸 잊었어!'

"좋아, 넌 약속했어. 약속을 해 버렸다고. 널 믿어……."

잠시 정적이 흘렀다. 계단에서 발소리가 났다. 누군가 휘파람을 불며 문 앞을 지나갔다.

"아, 휘파람을 불고 있어! 그는 살아 있구나! 나도 살고 싶어. 불공평해! 다른 사람들이 뭘 하는지 보고 싶어. 한 달 동안 이 방 밖으로 나가지 않았어! 왜 휘파람을 불지? 바보라서 그래! 이 추하고 끔찍한 세상에선 바보들만 행복할 수 있어……. 바보들……. 난 모든 걸 알 만큼 똑똑하지만 죽어 가고 있지. 그런 눈으로 날 보지 마! 두려운 눈으로 보고 있잖아. 내가 혐오스럽지, 그렇지?"

"형, 나는 형을 존경해!"

"아냐, 날 존경해 주길 바라지 않아! 넌 행복하니까! 넌 바보가 아닐지도 모르지만, 삶에 만족하고 있어! 영혼이 없으니까! 영혼이 없는 사람만이 그 우스운 옷차림, 문 앞에 서 있는 저 마차 그리고 파샤의 딸을 원하지!"

"난 한 번도 형처럼 분노를 느낀 적이 없어!"

"무슨 말을 하는 거야! 자, 우리 밖으로 나가자. 사람들을 구경하자! 그들은 뭘 하고 있지? 그 멍청하고 사소한 일상 속에서 그들을 보고 싶어. 지금 뭘 하고들 있을까? 아무것도 모르고, 아무것도 이해하지 못하면서도 휘파람을 불며 행복하게 살고 있어. 라마단 기간에는 금식을 하고, 저녁에는 커피를 마시며 수다를 떨고 휘파람을 불겠지. 기억나니, 쿨라의 이웃집 여자 말이야. 그녀는 '휘파람 불지 마, 휘파람은 나쁜 거니까.'라고 말하곤 했지."

"뱀을 무서워했던 것 같아."

제브데트 씨는 이렇게 말하며 웃었다. 그녀가 떠올라 기분이 풀어졌던 것이다.

"그녀는 뭐든 다 무서워했어. 하지만 나보다 훨씬 행복하게 살았지. 어쩌면 지금도 살아 있을걸! 나를 무서워했고 혐오했고 걱정했지. 어쩌면 기도를 해 주었는지도 몰라⋯⋯. 게으른 사람! 아, 게으른 사람들⋯⋯. 혁명! 넌 이게 뭔지 알아? 레볼루시옹이 필요해, 하지만 아무도 몰라⋯⋯. 아무도 그들에게 가르쳐 주지 않았으니까⋯⋯."

그는 한동안 아무 말도 하지 않았다. 기침을 했다. 그런 후 고함을 다시 질렀다.

"아, 난 그들에게 도움을 주고 싶어. 그들이 밝은 세상에서 살았으면 해. 그래서 난 그들처럼 될 수 없어! 그들과는 멀리 떨어져 이곳에서 혼자 기독교도 여자와 함께 죽음을 기다리고 있어. 아냐! 난 살고 싶고 보고 싶어! 보고 싶어, 사람들을, 어떤 일이 일어나는지, 모든 걸 보고 싶어! 앞으로 어떻게 될 것 같아? 누가 폭탄을 던졌대? 하긴 네가 그런 걸 어떻게 알겠어!"

"그래, 난 그런 거 몰라!"

"물론, 모르겠지."

누스레트는 거친 시선으로 노려보려 했으나 동생에게는 안쓰럽게만 보였다.

그들은 다시 아무 말도 하지 않았다. 제브데트 씨는 조금 전에 얘기했던 여자를 생각하기 시작했다. 그녀는 뱀을 무서워했고, 휘파람을 부는 사람을 보면 화를 냈고, 자주 잼을 끓였다. 정원에 무화과나무와 자두나무가 있는 집에서 살았다. 항상 잼을 끓였던지, 어린 제브데트는 그 집에 갈 때마다 잼을 끓이는 그녀를 보았다. 그 집에는 묘한 습기와 달콤한 냄새가 배어 있었다. 그래서 그 여자는 항상 잼을 바른 빵 조각과 함께 떠올랐다. 그는 잼이 발린 빵, 아침에 젤리하 부인이 만들어 준 빵, 잼 병들, 쉬크뤼 파샤가 아침 식사로 무엇을 먹었는지 등 다른 생각을 했다. 이런 생각을 했기 때문에, 이 방에 있는 죽음과 절망의 두려움에서 벗어났기 때문에, 램프가 눈을 따갑게 할 때는 형의 얼굴을 보지 않아도 되었기 때문에 그는 편안해졌다. 형이 몸을 일으켜 발을 침대 밑으로 늘어뜨렸다.

"내 슬리퍼 어디 있어?"

"어딜 가려고?"

"화장실에……. 할 일이 있어……. 면도할 거야……. 뭘 그리 꼬치꼬치 물어? 금방 올게. 이제 네 도움은 필요 없어. 그 누구한테도 도움을 받고 싶지 않아!"

그는 문을 열었다.

"사람들과 세상을 한번 봐야겠어! 아냐, 아냐, 넌 앉아 있어. 곧 올게."

제브데트 씨는 형이 화장실에 갔다고 생각하며 앉아 있었다. 방 안을 서성거렸다. 시계를 봤다. 3시가 가까워지고 있었다. '마부에게 가라고 해야겠군. 기다리지 말라고 해야지.' 하지만 귀찮았다. '내가 뭐하러 집에 안 가고 있지? 무슨 일이 있지도 않을 텐데.' 그는 이렇게 생각했지만, 그래도 뭔가 기다리는 것처럼 의자에 앉아 신경질적으로 다리를 떨기 시작했다.

잠시 후 다급하게 문이 열리더니 누스레트가 들어와 소리쳤다.

"아, 제브데트, 죽음은 아주 끔찍한 거야, 죽음이 싫어, 난 죽고 싶지 않아! 사람들은 저 아래 앉아서 수다를 떨고, 차를 마시고, 담배를 피우고 있어……. 난 죽고 싶지 않아."

그는 비틀거리며 동생에게 걸어왔다.

"침대에 누워. 서 있지 말고, 그렇게 소리도 지르지 마!"

그는 이렇게 말하며 형을 안았다. 누스레트는 신음했다.

"난 울고 있어!"

"자, 침대에 눕혀 줄 테니 이쪽으로 와……."

누스레트는 도움이 필요없다는 걸 보여 주려고 혼자서 침대로 몸을 던졌다.

"그들은 살고 있어……. 앞으로도 살아가겠지. 그것도 바보같이……. 수다를 떨면서……. 다 들었어. 그들이 무슨 말을 했는지 아니? 한 사람이 제일가는 무할레비를 어디서 먹었는지 말하니까, 그 옆 사람이 위스퀴다르선 아주 싸다는 거야. 더 들으려고 했지만 바보 같고 가련해서 혐오스러울 지경이었어……. 하품을 하고, 담배를 피우고, 공허한 수다를 떨면서 살고 있어. 나를 봐, 울고 있잖아……. 아, 왜 내가 이렇게 돼야 하지?"

그는 부끄러워하며 시트를 이마까지 끌어당겼다. 잠시 후 다시 시트를 내리며 말했다.

"어쩌면 난 회복될지도 몰라. 파리에 가서, 도중에 그만둬 버린 그곳에서 모든 걸 계속할 거야!"

그는 갑자기 다시 기침을 했다. 이번에는 더 아득하고 나쁘게 느껴졌다. '그래, 형은 죽어 가고 있어. 아주 끔찍해!' 형이 자신의 상황을 처음으로 파악했다는 생각이 들었다. 자신을 그의 처지에 놓고, 모든 걸 그의 입장에서 생각해 보았다. 자신의 고민, 아침에 사업장에서 처리한 일들, 사고팔던 물건들, 좋은 가격으로 팔기 위해 썼던 편지들, 자신이 한 말들, 평생 해 온 작은 계산과 계획, 그런 것들이 모두 추하게 보였다. 이런 생각을 잊어버리려고 '난 니갼과 함께 니샨타쉬에서 살 거야! 선선하고 바람이 부는 정원에서, 저택의 방들에서…….' 하고 생각했다.

누스레트가 고함을 질렀다.

"내가 왜 그렇게 많이 마셨지? 전부 술 때문이야! 술을 그렇게 좋아하지 않았다면 여기서 이렇게 돼지진 않을 텐데!"

"그래, 형은 쓸데없이 술을 많이 마셨어!"

이렇게 말하자마자 추하다는 생각이 들었던 모든 과거가, 전에 생각했던 것처럼 정당하게 보여서 마음이 편안해졌다. 순간적으로 모든 게 추하게 느껴지는 게 얼마나 두려웠던지, 그런 감정을 끄집어낸 형에게 화가 났다.

"그러니까, 내가 쓸데없이 마셨다는 거지! 물론 마셨어. 술만이 나를 저지할 수 있었으니까. 내 머리는 너처럼 작은 계산이 아니라 혐오와 분노로 가득해. 넌 이해할 수 없겠지! 분노가 뭔지 알아? 난 분노를 느꼈어. 내게 가장 가치 있는 게 그거였어. 혐오하고 증오했어, 전부 붕괴되길 바랐어. 무엇보다 중요한 건, 그 분노가 사라지지 않기를 바랐다는 거야. 그리고 해냈지! 넌 선망하고 열망했지. 네가 선망하는 것에 이르기 위해 이해하려고 노력했지. 난 이해하고 싶지 않았어! 이해하는 사람은 분노하지 않아! 하지만 난……."

그는 갑자기 입을 다물었다. 베개에서 머리를 들었다.

"하지만 난 바보 천치야. 이 상황에서조차 자부심을 느낄 만한 걸 찾고 있어! 자만심만 가득한 바보! 그래서 바보처럼 죽어 가고 있지! 영리한 사람들은 무슨 방법이든 찾아내 살아 가지……. 바보들은 죽고……. 아냐, 난 살 거야! 내가 회복될 거라고 생각해?"

"물론 회복될 거야! 그러니 형을 지치게 하는 짓은 이제 그만해. 자라고!"

"그래, 그래, 난 회복될 거야. 한 달 동안 철저하게 치료를 받고. 영양분 많은 음식……. 너한테 또 돈을 달라고 할 거야. 하지만 믿어, 빚은 전부 다 갚을 테니. 이 문제에 대해 내가 아주 예민하다는 걸 알아줬으면 해. 파리에서 돈을 보낼게. 거기서 좋은 일을 찾을 수 있을 거야. 유명한 외과 의사 블량쇼가 나한테 뭐라고 했는지 알아? '당신은 외과 의사로서는 필요 이상으로 침착하군요.'라고 했어. 꼭 일을 찾아 줄 거야.

그런 후에 다시 운동에 동참할 거야. 최근 육 개월 동안 사람들의 잘못을 이해하게 됐어. 내가 첫 번째로 할 일은, 아흐메트 르자에게 이렇게 말하는 거야. '사바하틴은 트로이의 목마다!' 너 트로이의 목마 이야기 알아? 모르는구나! 여태 트로이의 목마가 뭔지도 모르다니! 누구도, 아무것도 몰라! 그들은 나를 이상하게 생각해. 나 역시 그들이 나태하다고 생각해. 여기선 아무도 없어. 하지만 파리에는 트로이의 목마 이야기를 아는 사람들이 가득하지. 유럽 사람들과 대화하는 게 때로 얼마나 희열을 가져다주는지는 말로 다 설명이 안 돼! 물론 여기 사는 꼴불견 선교사들과 은행가들을 말하는 건 아니지. 진정한 유럽인들 말이야. 볼테르, 루소, 당통*……. 레볼루시옹……."

그는 갑자기 행진곡을 부르기 시작했다. 제브데트 씨는 이제 질려 버릴 것 같았다.

"형, 그만 좀 해, 지치지도 않아?"

"조용히 해, 존경심을 가지고 들어 봐!"

누스레트는 숨을 가쁘게 몰아쉬었다. 굴러가는 바위처럼 시작되었다가, 구부러지고 휘어지고 당겨졌다가 튕겨 나가는 행진곡이 방을 채웠다.

제브데트 씨는 처음에는 그 노래가 마음에 들어 형이 가르랑거리는 목소리로 부르는 프랑스어 가사를 해독해 보려고 했다.

---

* 1759~1794. 프랑스의 혁명 지도자.

"이게 바로 「라마르세예즈」야. 프랑스혁명의 위대한 행진곡. 영광스러운 「라마르세예즈」! 네가 이곳에서 언제 이 노래를 들어 보겠어? 넌 리퍼블리크가 무슨 의미인지 알아? 물론 모르겠지. 솀세틴 사미*는 겁이 나서 프랑스-오스만어 사전에 이 말의 뜻을 쓰지 못했어. 리퍼블리크는 우리에게 필요한 통치 형태야. 그게 프랑스에 있지. 바로 이 행진곡을 부르며 그걸 세웠어. 한번 들어 봐, Allons enfants de la……**"

갑자기 문이 열렸다. 마리였다.

"무슨 일이야? 제발, 누스레트, 조용히 해! 이렇게 애원할게!"

"당신은 간섭하지 마. 어차피 난 곧 죽을 거야. 이 노래를 부르며 죽을래."

"목소리가 저 아래까지 다 들려. 이 셋방에서도 쫓겨나고 싶어?"

그녀는 제브데트 씨를 돌아보며 말했다.

"제발 당신도 무슨 말 좀 해 봐요!"

"저도 지금 행동은 옳지 않다고 했습니다."

"여기서 나를 이해하는 사람은 아무도 없어!"

누스레트는 화난 표정으로 마리를 바라보았다. 그녀는 지야를 재웠다고, 아이가 처음에는 무서워하다가 결국 잠이 들었다고 했다. 그 아이가 사랑스럽고 마음에 드는 모양이었다.

---

* 1850~1904. 오스만제국 시대의 소설가, 사전 편찬자.
** '나가자 형제여……'(프랑스어)

"그들이 그 애를 바보로 만들었어!"

누스레트는 이렇게 말하고 잠시 생각했다.

"어차피 그 애 엄마도 그랬어. 유럽에서는 여성들이 선거권과 평등권을 원하는데 어떻게 생각하느냐고 물어봤지. 그녀는 '당신이 알겠지요.'라고 했어. 그래서 난 그녀를 친정으로 보냈지! 여기선 어떤 여자와 결혼해야 하는지 알 수가 없어."

그는 마리를 보며 미소 지었다.

"기독교도 여자와 결혼해야 해."

그러고는 제브데트에게 말했다.

"모슬렘 여자와도 결혼할 수 있다고 생각하는 거야? 하지만 파샤의 딸은 잘못된 선택이야! 혁명이 일어나 파샤와 혈족들의 피를 흘려야 하니까. 그런 혁명이 일어날까? 그걸로 충분해!"

"그래요, 당신, 이제 자면 좋을 것 같아요."

"자고 싶지 않아. 며칠 만에 처음으로 피로가 느껴지지 않아. 어젯밤엔 내가 죽을 거라고 생각했지. 아주 흔한 증상이야. 환자가 첫 발작을 넘기면 약간 좋아지는 듯하지. 두 번째 때는 며칠 안에 끝나. 기력 없이 누워만 있지. 잠들기도 하고, 열에 들떠서 몸부림을 치지, 그런 후……."

그는 다시 기침을 했다. 하지만 이번에는 오래가지 않았다.

"그런 후 난 죽을 거야. 지금은 말하고 싶어! 그래, 얘기하자, 얘기하자고! 무엇에 대해 얘기할까? 마리, 나에 대해 어떻게 생각하는지 말해. 그런 후 제브데트에 대해……. 아냐, 아냐, 그런데 왜 아무 말도 하지 않아? 술을 마시고 싶어! 몸이 아주 건강해진 느낌이야! 아직도 아래에선 수다를 떨고 있을까? 가서 한번 봐야지. 수다를 떨고 있으면 나도 그들에게 맞는 주제를 찾아야지⋯⋯. 예를 들면 류머티즘 같은 주제도 좋아. 아니면 옛날엔 물가가 더 쌌다는 것⋯⋯. 잠깐! 레볼루시옹에 대해 말하고 싶어. 여기서 필요한 게 그거야! 유혈 혁명! 교수대를 어디에 설치하지? 술탄 아흐메트 광장! 교수대는 몇 날 며칠 분주하게 쓰이겠지. 술탄들, 왕자들, 파샤들, 그리고 파샤의 핏줄들, 그들에게 아부한 사람들의 피가 철철 흐를 거야. 피바다는 시르케지에서 바다로 흘러가겠지⋯⋯."

"형, 이제 그만해!"

제브데트 씨는 이렇게 말하며 자리에서 일어났다.

"왜? 화나니? 넌 상인이야. 널 건드리는 사람은 없어. 이런 일이 있어야만 이 나라에 광명이 비칠 거야. 다른 방식으로는 이 암흑에서 벗어날 수 없어. 앉아서 내 말 들어 봐. 내가 무슨 말을 하고 있었지? 그래, 교수대. 타협이란 절대 있을 수 없어! 모든 걸 가장 깊은 곳에서, 뿌리째 뽑아서 던져 버려야 해. 타협은 있을 수 없어!"

갑자기 앞으로 굽어져 있던 그의 몸이 뒤로 젖혀지고, 머리가 베개에 닿았다.

"하지만 난 알아, 그런 일은 없을 거야. 안타까워! 그런 일을 하지 못해서! 그런 일을 하지 못해서! 내가 설명해 주지. 석달 전, 몸져눕기 전에 테브피크 피크레트*가 사는 아쉬얀에 갔

---

* 1867~1915. 터키의 시인, 교육자, 출판인.

어. 로버트 칼리지에서 강의를 하고 있다더군. 기다리고 있으
니 그가 왔어. 그의 시를 무척 좋아한다고, 그야말로 새로운
나믁 케말*이라고 말해 줬지. 그는 나를 의심스러운 눈길로 쳐
다봤어. 지금 생각하면 부끄러운 찬사를 한 셈이지. 유럽의 상
황에 대해서도 설명했어. 투쟁이 더 힘을 받기 위해서는 여기
서 뭘 해야 하는지, 내 생각을 말해 줬어. 그는 나에게 왜 유럽
에서 돌아왔는지 물었어. 처음에는 나를 경찰로 생각했나 봐.
나는 신경 쓰시 않았어. 나는 신이 나서 그의 시를 읊었어. 나
믁 케말의 시도 읊었어. 술도 조금 마신 상태였지……. 나는
비탈길을 올라가느라 피곤했고, 머리가 어지러웠어. 그래서
그렇게 흥분하고 말았지. 그는 나를 이해하지 못했어. 내게 집
을 구경시켜 주고, 그 집의 설계를 자기가 했다고 자랑했지.
자신이 그린 그림도 보여 주더군. 그래, 혁명가 시인이 모든
걸 그만두고 그림을 그리고 있었어. 낙엽이 있는 가을 풍경화
를 그렸더군. 접시 안에 과일이 놓여 있었어. 사과 두 알과 오
렌지 한 알을 접시에 올려놓고 그림을 그렸더군. 혁명가가 이
런 일을 할까? 혁명가 시인이 하루 종일 접시에 놓인 오렌지
한 알과 사과 두 알을 바라보며 그림을 그리려고 애를 쓸까?
어떤 혁명가가 다른 혁명가에게 그런 걸 보여 줄까? 난 그에
게 이렇게 말했지. 왜 이런 걸 하십니까, 시를 더 많이 써요, 소
리치고 고함을 질러요, 모두가 당신 말을 듣도록! 소리쳐요!
여러분 일어나요, 깨어나요, 깨어나요. 전제정치 타도!"

---

* 1840~1888. 터키의 작가, 터키 민족주의 운동의 선구자.

"제발, 이제 그만 조용히 해!"

마리가 말했다.

"그는 나를 무시했어. 아마 내 입에서 나는 술 냄새를 맡았겠지. 그는 수업이 있다고 했어. 하지만 그래도 성의는 표시했지. 작은 시집을 주더군. 자기 책이 아니라 프랑스 시인의 책을 선물한 거야. 내가 경찰이 아니라는 걸 알고는 나를 기쁘게 하고 싶었던 거지. 그는 시집의 표지를 칭찬하고 그 시인을 흠모한다고 하더군. 내가 조사해 봤지. 그 시인의 이름은 프랑수아 코페*였고, 드레퓌스 사건에서 계몽에 반대하는 적들과 같은 그룹에 있었고, 저질스럽고 나태한 혁명의 적이었어…….
마리, 그 책 어디 있어? 저기 서랍에 있는데 가져와, 찢어 버릴 테니!"

"이제 그만해!"

제브데트 씨는 갑자기, 오후에 니샨타쉬에서 느꼈지만 어디서 왔는지는 알 수 없는 힘이, 그의 내부에서 꿈틀거리는 걸 느끼며 자리에서 일어났다. 그는 단호하고 격한 분노가 가짜가 아니라는 데에 스스로 놀라며 소리쳤다.

"이제 그만 자, 형. 아니면 의사를 부를 테야."

"그 이탈리아인 의사를 불러, 그와 얘기하게. 이성의 빛은 이탈리아에서 처음 발했어. 그곳은 광명의 조국이야. 알았어, 알았어! 잘게. 너도 그만 가 봐! 언제 올 거야?"

"내일 올게."

---

* 1842~1908. 프랑스의 시인이자 소설가.

제브데트 씨는 이렇게 말했다가 '그런데 나는 할 일이 너무 많아. 모레 온다고 할걸.' 하고 생각했다. 형에게 화가 나서 자신의 일이며 질서가 이 불쾌한 분위기 속에 있는 무언가 때문에, 왜 그런지는 모르겠지만, 뒤죽박죽되는 게 두려웠고 점점 더 화가 났다. '오늘 하루가 헛되이 지나갔어!' 이제 이 생각 때문에 마음이 답답했다. 그는 방 안을 서성거렸다.

"왜 서성거리는 거야? 뭘 그렇게 생각해?"

누스레트는 이렇게 묻고는 다시 뭔가 설명하기 시작했다. 그러나 제브데트 씨는 형의 말을 듣지 않았다. 마리가 그를 따라 문까지 왔다. 그는 그녀에게 내일 오겠다고 말했다.

"예, 제발 와 주세요. 그이는 당신을 보면 신이 나고, 정신이 밝아지고, 좋아져요."

그녀는 제브데트 씨의 눈길을 피하며 덧붙였다.

"어쩌면 당신은 조금 짜증이 날지도 모르지만……. 아이도 당신을 보고 싶어 해요. 잠들기 전에 '우리 마차 타고 놀러 가나요?'라고 물었답니다!"

"예, 그 애를 마차에 태워 구경시켜 주겠습니다!"

제브데트 씨는 이렇게 말하며 웃었다.

12
밤과 인생

제브데트 씨는 계단을 내려오면서 램프 불빛이 비추는 아래쪽 탁자에서 수다를 떨고 있는 사람들을 보았다. 그들이 자신을 보고 입을 다물었기 때문에 제일가는 무할레비에 대해 얘기했는지, 위스퀴다르에서 싸게 파는 가게에 대해 얘기했는지, 아니면 류머티즘에 대해 얘기했는지 알 수 없었다. 밤 속으로 들어가자 건물 안과 환자가 있는 방이 얼마나 덥고 공기가 탁했는지 느껴져 기분이 상쾌했다. 니샨타쉬에서처럼 선선한 바람이 불어왔다. 하늘은 흐렸다. 그는 천천히 마차를 향해 걸어갔다. 마차의 부드러운 의자에 앉아 자고 있는 마부를 깨웠다. 마부가 정신 차리기를 기다리며 담배에 불을 붙였다. 여느 때처럼 마차가 튕겨 나가며, 자신감 있고 단호하게 흔들리며 출발하자 창문을 열었다.

'그는 죽어 가고 나는 살아 있어!'

그는 이렇게 생각했다. 죄책감도 기쁨도 느껴지지 않아 마음이 편했다. 오늘 하루를 떠올리며 미소를 지었다. 그런 후긴 팔을 창밖으로 내밀 듯 기지개를 켜고 하품을 했다. 턱이끝까지 벌어진 순간 목에서 평온하고 긴장 풀린 신음 소리가흘러나왔다.

'아, 이제 집에 돌아가는구나! 내 집으로, 깨끗한 시트가 깔린 깨끗한 내 침대로!'

그는 머리를 뒤로 한껏 젖혔다. 눈꺼풀이 닫혔지만 완전히눈을 감지는 않았다. 여기저기서 흘러나오는 창백한 빛 속에서, 불확실한 윤곽이지만, 날벌레들이 가끔 보이는 가로등이,서둘러 걸어가는 사람들이, 세상이 창밖 너머로 흘러가고 있었다. 머리를 뒤로 기대고, 떠오르는 것들에 자신의 영혼을 더하지 않고, 절대 입을 다물지 않는 겁쟁이 같고, 성급하고, 초조하고, 교활한 이성의 수다를 무시하고, 한쪽 창문으로 들어와 다른 쪽 창문으로 나가는 바람을 몸으로 느끼며, 한동안 꼼짝하지 않았다. 가끔, 오후에 떠올랐던 그 단어를 다시 떠올리며 "난 살아 있어!" 하고 중얼거렸다. 마차가 비탈길을 내려갔고, 다른 마차들 옆을 지나갔고, 말발굽이 네모난 돌이 깔린길을 때렸다. 바퀴가 나무판자 위에서 삐걱거리자 다리에 이른 것을 알았다.

다리를 지날 때, 마르마라 쪽에서 불어오는 바람 때문에 창문의 작은 커튼이 물결쳤다. 제브데트 씨는 왼쪽 창문에 기대어 바람을 깊이 들이마셨다. 바다 냄새가 났다. 밤 속, 저 멀리어딘가에 희미한 분홍빛이 나타났다. 남서풍이 오고 있는 것이다. 다리에 묶여 있는 배가 천천히 흔들거렸다. 다리 통과세를 받는 매표원의 담배 끝이 바람이 불자 더 빨개졌다.

'오늘 하루도 끝났어!'

제브데트 씨는 이렇게 생각했다. 이스탄불 구시가지에도, 돌아본 신시가지에도 불빛은 없었다.

안개로 시작하고, 땡볕으로 타올랐던 하루를 떠올리자, 마음의 평온이 사라지는 것 같았다. 담배를 한 대 더 피우려고 성냥을 켰지만, 불을 붙이지 못했다. 창문을 닫지 않고 두 번 더 시도했고, 세 번째에야 담배에 불을 붙일 수 있었다.

'난 악몽을 꿨지. 하루가 좋지 않게 시작될 게 뻔했어. 에스키나즈를 못 찾았어. 아이가 편지를 가지고 왔고. 돈을 뜯어내려는 술수라고 의심했어. 하지만 그런 생각을 하다니 부끄러운 일이야!'

그런 후 파샤가 짜증나는 사람이 아니라 우정과 대화를 좋아하는 자상한 사람이라고 결론을 내렸다. 파샤가 타울라를 하며 들려준 짓궂은 이야기를 생각하며 웃었다. 그런 이야기를 들을 때마다 일었던 혐오감과 갈망 대신, 애정이 생겨났다. 몸을 굽히고 마리의 손등에 입을 맞춘 의사의 행동에는, 기독교도다운 행동이라는 걸 알면서도, 그래도 마음에 드는 뭔가가 있었다.

'약국에서 샴페인과 미네랄워터를 사던 그 뚱뚱한 남자도 마음에 들어. 그들처럼 해야 돼. 즐거워해야 하고, 웃어야 하고, 먹고 마셔야 해……. 이제는 나도 그렇게 할 거야. 하지만 사업과 회사에도 신경을 써야 하지. 어떻게 하면 둘 다 잘할 수 있을까? 삶이 두 개라면 좋을 텐데……. 하나의 삶은 사업 장에서, 다른 하나의 삶은 집에서 보낼 수 있게.'

먼 곳에서 천둥소리가 들려왔다.

'단어들, 단어들…….'

바람에 날린 작은 커튼 한쪽이 마차 안으로 들어왔고, 다른 한쪽은 밖으로 나가 흔들렸다.

'단어들이 날아다니고 커튼이 날아다니고 있어. 난 살아 있어. 남서풍이 불어. 내일은 바닷물이 높아지고 배는 바다로 못 나갈 거야. 아, 그러면 에스키나즈도 섬에 발이 묶일 텐데……. 이런 게 바로 기분이 언짢아지는 사업상 고민이지……. 회계원 사득은 '사장님 오늘은 빚을 받아야 합니다.'라고 할 것이다. 가련한 사득! 나는 상인이야……. 푸아트도 물었지, 쉬크뤼 파샤도. 인생이란 무엇인가. 나는 푸아트에게 그건 쓸데없는 질문이라고 했어. 쓸데없지, 쓸데없고말고. 왜 이런 질문을 하는 거지? 책을 읽는 사람들, 머리가 혼란스러운 사람들이나 하는 질문이야! 제이넵 아주머니가 그런 걸 물은 적이 있나? 그녀는 살아 있고, 나도 살아 있어. 이제 집에 가서 잠을 자고, 아침에는 일어나고, 일을 하고, 결혼을 하고, 음식을 먹고, 담배를 피우고, 웃어야지. 이런 걸 아주 많이 할 거야. 그런 후 저세상으로 갈 거야. 저세상에 가기 전의 날들 중 하루를 오늘 끝냈어. 나는 꿈을 꿨어! 아침에는 기분이 좋지 않았어. 기독교도와 유대인 상인들 사이에서 혼자라고 생각했어. 지금은 이걸 생각하고 싶지 않아……. 지금은 뭘 원하지? 잠! 젤리하 부인이 잠자리를 준비해 놨을 거야. 아, 그 여자!'

개들이 짖었다.

'어렸을 때는 개가 무서웠어. 어렸을 때 정원에 나가곤 했어. 형과 놀았지. 흐드렐레즈에서……. 왜 이렇게 자주 흐드렐레즈가 생각날까?'

아직 불을 끄지 않은 어느 집 창문에서 가냘픈 빛이 퍼져 나왔다.

'아마 내가 판 램프일 거야. 내가 판 램프 아래 사람들이 앉아 있어. 뭘 하는 걸까? 수다를 떨고 있겠지. 누가 남서풍이 분다고 하면, 다른 누구는 화분이 떨어지지 않게 창문가에서 내리라고 하고, 보리수 차를 마시고, 시럽을 마시고, 하품을 할 거야.'

그도 기지개를 켜며 하품을 했다.

'형은 이런 것들을 무시해. 왜 그러지? 자기가 아주 가치 있는 사고를 한다고 생각하는 거야. 어쩌면 그가 맞을지도 모르고 그의 생각이 옳을 수도 있어. 자기가 옳다고 생각하고, 다른 누구도 생각하거나 느끼지 못한 걸 느꼈다며 사람들을 무시하고, 자기 자신만 중요하다고 여겨. 하지만 그럴 가치가 있을까? 아!'

그는 한 번 더 기지개를 켜고 하품을 했다. 마차는 그가 사는 마을로 들어서고 있었다.

'인간에게는 두 개의 삶과 두 개의 영혼이 있어야 해. 하나의 삶으로는 사업을 하고, 다른 삶으로는 즐겨야 해! 이 둘을 서로 섞지 않고 살아야 해! 이 둘은 서로를 도와줘야 하고, 서로 걸림돌이 돼서는 안 돼. 그래, 그래야만 해! 내 인생도 이렇

게 돼야 해! 나는 살아갈 거야!'

그는 한 번 더 한껏 기지개를 켜고 하품을 했다. 그러고는 스스로도 놀랄 정도로 상쾌하게 마차에서 내렸다.

"오늘 나 때문에 피곤했죠?"

마부는 하루 종일 이 말을 기다렸다는 듯 미소를 지었다.

"내일 아침에도 같은 시간에 와요, 알았죠?"

"예!"

마차가 출발했다. 떨리는 불빛이 모퉁이로 사라질 때까지 제브데트 씨는 마차의 뒷모습을 바라보았다. 집으로 들어갔다. 1층에서 희미한 불빛을 보았다. '아직 자지 않는군!'

"누구세요? 제브데트, 너니?"

"저예요, 접니다!"

제브데트 씨는 이렇게 말하고 계단을 올라갔다.

"잠깐만, 배고프니? 밥 먹었어?"

"안 먹었어요!"

하지만 제브데트 씨는 이렇게 말한 걸 후회했다.

"이쪽으로 오너라, 너 먹으라고 휜캬르베엔디*를 했어. 여기서 널 기다리다 잠들었구나!"

젤리하 부인이 램프를 들고 흔들거리며 부엌에서 나왔다.

"주무시지 그랬어요! 왜 기다리셨어요?"

"그냥 기다렸지! 식사가 준비됐어, 자, 이리 오렴!"

그녀는 미소를 지어 보였다. 제브데트 씨는 한편으로 휜캬

---

* 가지 퓌레 위에 양고기와 치즈를 올린 음식.

르베엔디에서, 다른 한편으로는 이 여자에게서 벗어나는 게 어렵겠다고 생각하며 부엌으로 들어갔다.

'서로 뒤섞이고 있어. 두 가지 삶을 어떻게 분리하지?'

그녀는 제브데트 씨에게 봉사하는 게 즐거운 듯 말을 시작했다.

"앉아라, 앉아! 그래, 어떠니? 피곤한가 보구나! 오늘 얼마나 많은 일을 했겠니? 오늘 마을에서 무슨 일이 일어났는지 아니? 무스타파 에펜디가 정오 기도에서 돌아오는 길에 말이야, 알지, 그 우물 근처에 사는 무스타파 에펜디, 사원에서 돌아오는 길이었는데 말이야, 모퉁이에서 거시기와 우연히 만났다지 뭐니……. 돌마*도 먹을래? 하나만? 살리흐하고 우연히 만났대. 살리흐의 손을 보니……. 비가 몰려오는 거지, 그렇지? 그의 손을 봤더니 커다란 열쇠가 있더라는구나……. 무스타파 에펜디가 물었단다, 그 열쇠는……."

---

* 포도나무 잎, 양배추 잎, 피망 등 채소 안에 양념한 쌀을 넣어 만든 음식.

2부

1
젊은 파티흐*, 이스탄불에 오다

"이후로 우리에게 유럽은 그 어떤 것이 될 겁니다. 그 어떤 것. 그 어떤…… 어떤 목표! 더 정확히 말하면 어떤 모델."

사이트 씨는 기차 식당 칸과 함께 흔들리며 빠르게 말을 이어 갔다.

"이제 우린 자존심을 한쪽으로 밀어 놔야 합니다. 나는 항상 이렇게 말하지요. 총과 기계가 내는 소리가 우리의 칼이 쩔렁거리는 소리를 누른 지는 아주 오래됐습니다. 이제 국가는 과거의 국가가 아니고, 세계도 과거의 세계가 아닙니다! 20세기 중반이 얼마 남지 않았습니다. 1936년 2월……. 1950년이 얼마나 남았습니까? 마셔요, 마십시다, 자존심은 밀어 두고

---

* '정복자'라는 의미로, 콘스탄티노플(현 이스탄불)을 정복한 술탄 메흐메트를 칭한다.

공화국과 유럽을 우리 마음속에서 소화시킵시다……. 그런데 당신은 전혀 마시질 않는군요!"

외메르는 뭔가 말을 하려고 했지만 '1936년 2월……. 난 지금 이스탄불로 돌아가고 있어…….'라는 생각만 맴돌았다.

"아닙니다, 아니에요, 말하지 마세요, 당신을 이해합니다. 아마도 당신을 기다리는 사람이 있는 모양이군요. 생각에 잠겨 있는 걸 보니. 이해합니다, 이해하고말고요!"

사이트 씨가 자상한 아저씨 같은 미소를 지었다.

"저를 기다리는 사람은 없습니다!"

외메르는 와인 잔을 사이트 씨가 들고 있는 병 쪽으로 내밀었다.

"맞습니다, 저는 안 마셨습니다. 하지만 이제는 마실 겁니다!"

"여성들도 마시라고 하지요. 우린 아직 터키에 도착하지 않았으니까……."

문화와 시간, 변화하는 삶 그리고 터키, 이렇게 한밤중에 기차를 타고 다가가는 사랑하는 그리고 슬픈 나라에 관한 농담이었다. 그는 한동안 이런 것들을 언급하며 농담을 했고, 웃었다. 사이트 씨는 거기 있는 사람들과 함께 웃다가 아내에게도 농담을 했다. 아티예 부인은 외국에서만 술을 맘 편히 마실 수 있었다. 사이트 씨의 여동생 귈레르도 오빠에게 농담을 했다. 사이트 씨도 프랑스에 갈 때마다 와인과 라크*에 대한 생각을

---

* 터키에서 '국민 음료'라 불리는 증류주로, 주로 물에 희석해 마신다.

바꾸었다.

"라크에 대해선 논쟁할 수 없지! 라크는 남자 술이거든!"

사이트 씨는 여동생의 농담에 화가 난 척하며 외메르를 보고 말했다. 그러나 이 말에는 아무도 웃지 않았다. 사이트 씨는 외메르와 공유하는 뭔가가 있다는 듯, 자기가 남자라는 점에 희열을 느끼는 걸 만족한다는 듯 홀로 미소를 지었다.

외메르는 어제 이곳 식당차에서 이들을 알게 되었다. 그는 사이트 씨에게 실례지만 빈자리가 없으니 합석하겠다고 했다. 그들은 예의를 차려 인사를 하고는 파리에 갔던 이유를 말해 주었다. 사이트 씨는 매년 아내와 함께 유럽에 가는 게 습관처럼 되어 있었고, 올해는 이혼한 여동생도 데려갔다고 했다. 외메르는 런던에서 돌아오는 길에 파리에 들렀다고 했다. 그는 지난 사 년 동안 런던에서 토목공학을 공부했다.

"하지만 우리는 여권(女權) 문제에 있어서는 많은 유럽 국가들보다 앞서 있어요."

아티예 부인이 말했다.

"맞아, 그건 중요한 거야! 바로 공화국이 그렇지."

사이트 씨는 얼굴에 어울리지 않는 장난꾸러기 같은 표정으로 덧붙였다.

"하지만 결국 세계 어디에서도 여자들의 임무는 똑같아."

잠시 정적이 흘렀다. 아티예 부인은 남편의 세련되지 못한 남성성이 부끄러운 듯 말했다.

"사이트 씨는 그렇게 생각해요."

하지만 이런 종류의 분노는 아티예 부인에게 어울리지 않왔다. 그녀는 갑자기 눈을 반짝이더니 가방에서 사진을 몇 장 꺼내 미소를 지으며 외메르에게 내밀었다.

"보세요, 이게 바로 나의 달콤한 임무랍니다!"

외메르는 그녀가 내민 사진을 봤다. 세일러복을 입은 아이였다. 한 손은 의자에 얹고, 다른 손으로는 인사를 하고 있었다.

그는 그저 지나가는 말로 물어봤다.

"몇 살인가요?"

"일주일 후에 네 살이 될 거예요. 1932년에 태어났어요!"

'나는 사 년 동안 외국에 나가 있었지.' 외메르는 이렇게 생각했다. 기차가 소리를 냈고, 몸이 흔들렸다. '사 년 동안 터키에는 발걸음도 하지 않았어. 난 유럽으로 도망쳤어. 박사 과정을 밟으려고 하다가 엔지니어 석사 학위로 만족했어. 여기저기를 여행하고, 나 자신에 대해서도 좀 생각하며, 부모님께서 물려주신 돈을 쓰고 살았어……. 이제 귀국하고 있어. 지금, 1936년 2월에 귀국을 해서 이모가 기대하는 대로 인생에 뛰어들 거야.'

"지금 이 사진은 아이가 한 살 때 찍은 거예요. 테시비키예에 있는 우리 집으로 사진사를 불렀지요!"

아이는 엄마 품에 안겨 있었다. 사이트 씨는 몸을 약간 앞으로 숙인 채 아티예 부인의 어깨를 잡고 있었다. 남편이라기보다는 여동생을 보호하려는 오빠 같았다. 세 번째는 사진관에서 찍은 사진 같았다. 부부의 얼굴에 어색한 미소가 어려 있었다. 행복했던 건지, 이렇게 해야 한다고 생각했던 건지 알 수 없었다. 품에 안겨 있는 아이는 울 것 같은 표정이었다.

외메르는 무슨 말이든 해야 한다는 생각이 들었다.

"아이가 사랑스럽군요."

"모두들 그렇게 말해요."

아티예 부인은 흥분하며 말했다. 그런 후 외메르가 돌려준 사진을 기쁜 표정으로 들여다보기 시작했다. 사이트 씨도 부인 쪽으로 얼굴을 가까이 들이밀고 바라보았다. 부부는 외메르가 '사랑스럽다.'라고 했던 사진을 찾는 것 같았다. '나는 왜 이스탄불로 돌아가는 걸까? 여자, 아이, 행복한 가족, 많이 벌어야 하는 돈……. 이런 것들 때문인가?' 아직은 터키로 들어가지 않았지만, 벌써부터 우울함과 행복한 가족의 냄새를 맡은 것 같았다. 그는 술을 들이켰다.

"저는 더 마시겠습니다."

"마셔요, 마시세요! 젊잖아요, 지금 안 마시면 언제 마시겠어요?"

사이트 씨는 이렇게 말하며 웃었다. 그는 해마다 유럽 여행을 다녀오는 가장이었다. 아내가 젊다는 걸 자랑스러워했고, 아이의 사진을 행복하게 바라보았고, 수입업자였으며, 자신이 파샤의 아들이라는 걸 가끔 상기하며 슬퍼했다. 외메르는 '나는 다른 걸 할 거야! 이런 건 모두 제치고 추월할 거야. 모든 걸 뒤흔들고 깨부수고 손에 넣을 거야!'라고 생각했다.

다시 조용해졌다. 퀼레르가 말했다.

"오빠는 유럽에 대해 말하고 있었잖아요."

"아 그렇지, 말하고 있었지, 그렇지? 유럽과 우리를……. 돌아가신 나의 아버지가 파샤였다는 얘기는 했죠, 그렇죠? 제브데트 씨에게, 그의 아들이 당신 친구라고요, 그에게 니걈 부인을 소개해 준 사람이 돌아가신 나의 아버지와 어머니였습니다. 결혼식도 우리 저택에서 했지요. 그런 다음에는 우리가 저택을 시대에 맞게 완전히 개조하고 꾸몄답니다."

"이십 년이나 삼십 년 후에 우리는 어떻게 될까요?"

아티예 부인은 이렇게 말하고, 한숨을 쉬며 외메르를 바라보았다. '내가 자신들을 즐겁게 해 주고, 흥미로운 이야기를 늘려주길 기대하고 있어!' 외메르는 이렇게 생각하며 자신을 흔들리는 기차와 술에 내맡기기로 했다.

"한 병 더 달라고 할까요?"

"물론이죠, 주문합시다!"

사이트 씨는 인생에 자신을 과감하게 내던진 젊은이를 대견하다는 듯 바라보았고, 아마도 자신을, 자신의 과거를, 흘러간 세월을 떠올리며 울적해하는 것 같았다.

웨이터가 새 병을 가지고 왔다.

외메르는 자신이 술을 많이 마시던 시절을 떠올렸다. 아버지가 돌아가신 후에 술을 마시기 시작했고, 어머니가 돌아가신 후에는 술에 익숙해졌다. 이스탄불의 공과대학에서 공부할 때는 아침까지도 마셨고, 베이올루에 있는 유흥가에 빠졌으며, 술에 취한 채 학교에 간 적도 많았다. 공과대학을 졸업한 다음에는 '바깥세상도 좀 봐야지!'라고 생각했다. 친구들도 그를 부추겼다.

"넌 돈도 있고, 시간도 있고, 마음 쓸 사람도 없어. 계속 이 쓰레기장만 뒤지고 있을 거야? 가서 돌아다니며 둘러보고, 즐기고, 공부도 좀 하면 되잖아!

그는 영국에 가서 친구들이 말했던 것들을 했다. 어떤 여자에게 빠지기도 했고, 결혼해서 그곳에서 정착할까 하는 생각도 했다. 웨이터가 가져온 와인 병을 보며 '우리도 좋은 것을 만들고 있어!' 하고 생각했다. 터키로 돌아가 오래된 쓰레기장이나 뒤질 생각을 하니 후회가 밀려들었다. 하지만 기뻤다. 터키는 자신의 쓰레기장이고, 그의 열정에 걸맞았다. 하지만 유럽이 이미 장악했다. 외메르는 병의 상표를 보면서 '어쩌면 유치한 생각인지도 모르지만 거기서 사는 게 두려워! 거기서는 하늘이 총알처럼 느껴져. 터키에서는 모든 게 달라. 새롭고, 나에게 맞게 준비돼 있어…….' 하고 생각했다.

"아, 정말 잘 마시는군요, 따라잡을 수가 없겠는걸!"

"아, 예, 그런가요? 갑자기 술이 좋아졌어요!"

외메르는 부끄러워하며 대답했다.

"하지만 술을 마시니 기분이 언짢아졌는지 말을 하지 않네요. 자, 조금 전에 무슨 생각을 했는지 우리에게 말해 봐요……. 빨리요!"

아티예 부인의 말에 사이트 씨는 '이 청년 좀 가만히 놔둬!' 하는 시선으로 아내를 바라보았다. 그러고는 외메르를 보며 미소 지었다. '말하고 싶으면 해요. 그러고 싶지 않으면 그대로 간직하고요.' 하는 태도를 보이려 했지만, 그의 얼굴은 다른 말을 하고 있었다. 마치 '지금 진짜로 무슨 생각을 하는 거요?'라고 말하는 것 같았다.

"저 자신을 생각하고 있습니다!"

"아, 그래요? 자신에 대해 뭘 생각했어요?"

아티예 부인이 물었다.

"저는 많은 걸 하고 싶습니다! 많은 걸 하게 될 거라고 생각합니다!"

"물론 그러겠죠. 당신은 젊으니까!"

사이트 씨가 대꾸했다.

"아니요, 그런 의미가 아닙니다. 저는 다른 걸 생각하고 있습니다. 많은 걸 하게 될 거라고 생각합니다. 하지만 그것들은……. 그것들은 아주 색다른 것이 될 겁니다."

얼굴이 달아오르는 것 같았다.

"이해할 것도 같군요!"

"설명을 잘 못하겠네요."

"한번 설명해 봐요!"

아티예 부인은 조금 전 무슨 생각을 하는지 물었을 때처럼 놀리듯이 말했다.

식탁에 앉은 후로, 전에도 식사 때마다 들여다봤던 메뉴를 책을 읽듯이 주의 깊게 읽고 있던 사이트 씨의 여동생 귈레르 부인은 메뉴에서 머리를 들고 외메르를 쳐다보았다.

"당신에게, 당신에게는 야심이 있습니까, 사이트 씨?"

"뭐라고요?"

외메르의 질문에 사이트 씨는 미소를 지으며 눈썹을 추켜올렸다.

"당신에게 야심이 있냐고요? 야망 말입니다!"

"나한테 그런 게 있던가?"

사이트 씨는 뭔가를 기억해 내려는 듯 아내를 바라보았다.

"아니요, 아니요, 사이트는 아무것도 고집하지 않아요. 순한 양 같은 사람이에요!"

아티예 부인은 당황한 것 같았다. 웃으려고 했던 것 같은데 외메르를 보고는 겁에 질린 표정을 지었다. 그녀는 교양 있는 여자였고 험담하는 것도 꺼려했다.

"다행히도 야심이 없습니다! 나는 작은 즐거움과 작은 고민이 있는 이 삶에 만족합니다."

이번에는 모두 함께 웃었다.

"다행히 제게는 야망이 있습니다. 작은 즐거움이나 작은 고민으로는 만족이 되지 않습니다!"

외메르는 이렇게 말했고, 퀼레르가 다시 자신을 바라보고 있는 걸 보았다. 갑자기 미안한 마음이 들었지만 자기 의견을 더 피력하고 싶었다.

"저는 많은 일을 하고 싶습니다. 적은 것으로 만족하고 싶지 않습니다. 이해하시겠습니까? 저의 야망은 어떤 구체적인 데 대한 것이 아닙니다! 모든 것에 대한 야망입니다. 모든 것……. 삶을, 내 앞에 나타나는 모든 걸 손에 넣고 싶습니다!"

"젊음, 젊음……."

아티예 부인이 중얼거렸다.

"손에 넣고 싶은 게 뭔가요?"

사이트 씨가 물었다.

"모든 것이죠."

그는 별로 먹고 싶진 않았지만 사이트 씨가 건네는 치즈 접시를 받아 들었다.

"프랑스인들은 과일을 먹기 전에 이 치즈를 먹는답니다. 냄새가 고약하죠, 그렇지 않아요? 하지만 이 냄새에 한번 익숙해지면……."

"여보, 외메르 씨가 말하고 있잖아요."

"그래, 그래, 그의 말을 듣고 있잖소!"

"제가 너무 많이 마신 것 같군요!"

외메르는 세 사람 모두 자신의 말에 귀를 기울이는 걸 보고는 이렇게 말했다.

"아, 무슨 말이에요, 정말 흥미로운 얘기인걸요!"

"아내는 재미있는 얘기 듣는 걸 아주 좋아한답니다!"

사이트 씨가 말했다. 그러고는 화살이 과녁을 찾지 못했다 싶었는지 서둘러 덧붙였다.

"아내는 유쾌하고 재미있는 이야기와 화려한 것을 좋아하는 사람입니다. 제발 계속 얘기해요!"

"저도 호기심이 많습니다. 모든 것에 호기심이 있습니다. 모든 것을 원합니다. 조금 전에 물으셨죠. 저는 모든 걸 손에 넣고 싶습니다. 아름다운 여성, 돈과 명예, 영광, 유명세. 이런 것들을 주저 없이, 끔찍이도 원합니다."

외메르는 흥분하며 말을 이었다. 사이트 씨는 아내와 여동생을 보호하려는 듯 그들을 바라보며 말했다.

"조심해, 고기의 소스가 아주 매워! 이 양념을 알지……."

외메르는 얼굴이 새빨개졌다. 그리고 이렇게 생각했다.

'허영, 흥분, 여자들에게 영향을 미치고 싶어 하는 심

리……. 나는 절대 철들지 않을 거야. 스물여섯 살이나 먹었는데도.'

갑자기 아티예 부인이 나섰다.

"아, 당신을 이해할 것 같아요! 당신은 현대판 라스티냐크군요. 발자크의 『고리오 영감』에 나오잖아요, 그러니까…… 그런 사람이군요……. 파티흐……. 그렇죠, 터키식으로 하면요, 그렇지 않나요?"

"얼굴이 빨개졌네요! 라디에이터를 너무 세게 트는 것 같군요. 한 병 더 달라고 할까요?"

사이트 씨는 호의적인 태도로, 조금 전처럼 자상하게 미소지었다.

"그러죠!"

"그래요, 그래요, 파티흐, 라스티냐크!"

아티예 부인은 자신의 발견에 흥분하며 중얼거렸다.

"터키어가 낫군요. 저는 정복을 선택했습니다!"

"정말 멋지군요! 자, 같이 사진 찍어요. 사이트, 여기서 사진이 나올까요?"

아티예 부인이 흥분하며 말했다.

"이 불빛 밑에서는 안 나와! 카메라 가지고 있어?"

"하지만 당신은 별로 터키인 같지 않군요!"

갑자기 퀼레르가 외메르를 보며 말했다.

"자, 자, 그런 말은 그만둬. 이제 내가 말 좀 할게요. 거북이와 여우가 어느 날 숲에서 우연히 만납니다. 여우는……."

사이트 씨는 잘 정돈된 얇은 콧수염을 기르고 있었다. 이야기를 할 때는 그 얇고 짙은 선도 윗입술과 함께 위아래로 움직였다. '우린 웃을 준비가 돼 있어!' 외메르는 생각했다. 사이트 씨의 이야기가 끝나자 모두 함께 웃었다.

"컵을 헷갈린 얼떨떨한 하인 이야기도 해 봐요."

아티예 부인의 말에 사이트 씨는 한 번 더 웃은 다음 이야기를 시작했다. 그의 아내도 그처럼 이야기를 할 때 몸을 꿈틀거렸다. 식당차는 여전히 사람들로 가득했다. 앞쪽 테이블에서 노인 넷이 폭소를 터뜨리며 술잔을 기울이고 있었다. 그중 한 명의 길고 하얀 수염이 웃을 때마다 넥타이에 닿았고, 조끼에 있는 시계 줄이 반짝거렸다. 다른 테이블의 모자 쓴 여자는 품에서 잠든 아이에게 입을 맞추며 웃었다. '나도 많이 웃던 시절이 있었지!' 외메르는 공과대학에 다닐 때 하루 종일 조롱만 하며 보냈다. 무히틴과 레피크와 함께 포커를 쳤고, 모든 걸 비웃었다. 과거를 떠올리자 짜증이 났다. 게다가 술기운도 사라져 갔고, 기분도 울적해졌다. 그는 사이트 씨가 하는 이야기나 들어야겠다고 생각했다.

1시쯤 되자 식당차에 사람들이 드물어졌다. 웨이터가 흔들거리며 다가와 달콤한 목소리로 말했다.

"잠시 후면 문을 닫습니다. 곧 에드리네로 들어갑니다. 여권 점검을 위해 객실로……."

"물론, 물론입니다, 지금 일어납니다."

사이트 씨가 말했다.

긴 정적이 흘렀다. 여자들은 가방을 들었다. 사이트 씨는 계산을 했다. 아티예 부인은 창밖을 내다봤다. '이게 바로 우울

이야. 터키에 이르렀다는 이유로 즐거운 기분이 사라지는 거.'
테이블에서 일어나자 외로움을 느꼈다. '그들이 날 객실로 부
를지도 몰라. 거기서 얘기를 계속하면 되지!' 그들 뒤를 따라
걸으면서 '그럼 어때? 나는 파티흐야, 라스티냐크야……. 술
이 과했는지도 모르겠지만 술은 내게…….' 하고 생각했다.

"내일 아침에 봐요!"

이렇게 말한 사람은 아티예 부인이었다. 그들 중 제일 배려
심 있는 사람이 그녀인 것 같았다. 외메르는 사소한 외로움이
나 우울에는 신경 쓰지 않을 정도로 자신이 야심에 차 있다고
생각했다.

다음 날 아침 기차가 시르케지로 진입할 때에야 그들을 볼
수 있었다. 그들은 창밖으로 몸을 내밀고 흥분한 듯 좌우를 둘
러보고 있었다. 외메르는 그들의 객실로 들어가 일일이 악수
를 했다. 서로를 위로하는 말을 건넸다. 사이트 씨도 자상하게
말했다.

"어젯밤 당신 생각을 했어요! 당신이 옳소. 야심을 가져요.
우리 나라에는 그런 게 별로 없으니까!"

외메르는 '당신도 참! 내 잡담을 듣고서도 그렇게 좋은 말
씀을 하시다니!'라는 손짓을 해 보였다. 그의 이 손짓을 보고,
곁눈으로 플랫폼에 마중 나온 사람들을 쳐다보던 아티예 부
인과 퀼레르가 미소를 지었다. 둘 다 모자를 쓰고 있었다. 챙
이 넓은 모자는 눈이 부셨다. 아티예 부인은 눈 깜짝할 사이에
외메르의 사진을 찍었다. 외메르는 마음이 진정되지 않는다
며 객실에서 나왔다.

가방을 받은 후 세관을 향해 걸어가면서 그들을 한 번 더 쳐다봤다. 그녀들의 모자가 객차 창문에서 플랫폼 쪽으로 과일처럼 뻗어 나와 있었다. 아티예 부인은 흥미롭고 사랑스러운 이 젊은이에게 손을 흔들었다. 사이트 씨는 이스탄불에서 만나고 싶다고 한 번 더 말했다. 그의 목소리가 플랫폼의 소음 속으로 흩어지자 외메르는 왠지 마음이 찡했다. 세관에 들어가다 마중 나온 사람들 사이에서 어젯밤 보았던 사진 속 세일러복 소년을 발견했다. 아이는 불만스러운 표정의 유모 품에 안겨 기차를 향해 공허하게 손을 흔들고 있었다. 외메르는 '난 모든 걸 뛰어넘을 거야.' 하고 생각했다.

세관 건물로 들어가는 순간 이곳이 터키라는 걸 절감했다. 한동안 느끼지 못했고, 추억마저 겨우 기억해 냈던 이상한 애정이 마음속에서 솟아났다. 손에 든 가방을 검사하는 직원을 눈으로 찾아보았다. 그러다 한 늙은 남자 앞에 늘어선 줄에 서서 기다리기 시작했다. 긴 프렌치 코트를 입은 멋진 남자가 그의 어깨를 치며 그 앞에 섰다. 늙은 남자는 여기서 기다리는 건 헛수고라고, 검사는 저기 있는 저 친구가 하고 있다고 했다. 그 직원 앞의 줄로 들어갈 때 밀치고 당기는 상황이 벌어졌다. 안에 있는 사무실에서 누군가 귀청이 떨어질 듯 고함을 질렀다. 순서를 기다리던 모자 쓴 남자가 왜 쓸데없이 사람들을 피곤하게 하느냐고 했다. 외메르 차례가 오자 세관원 옆으로 늙은 직원이 다가와 말했다.

"이 젊은이는 그냥 통과시켜! 별거 없을 거야!"

"알았어, 알았다고!"

직원은 꾸짖듯이 대꾸하며 가방을 열지도 않고 통과시켜 주었다. 그런데 어디선가 뛰어온 짐꾼이 외메르의 손에 들린 가방을 잡아챘다. 몇 초 후 그는 시르케지로 나왔다.

모퉁이에 멈춘 전차에서 사람들이 내리고 있었다. 뒤에선 마차가 기다리고 있었고, 마부는 담배를 피우고 있었다. 짐꾼 넷이 바브알리 쪽으로 커다란 드럼통을 운반하고 있었다. 청소부는 돌이 깔린 인도 가장자리에 앉은 거지와 이야기를 나누고 있었다. 멋지게 차려입은 신사가 손에 우산을 든 채 카라쾨이 쪽으로 걸어가고 있었다. 마차 한 대가 식당으로 커다란 양철통을 배달하고 있었다. 택시 운전사가 택시에서 신문을 읽고 있었다. 한 여인이 아이의 손을 잡고 신발 가게 진열장을 들여다보고 있었다. 하늘은 노랗고 새털처럼 가벼워 보였다. 습한 날이었다.

짐꾼은 멍하니 서 있는 외메르를 보며 물었다.

"어느 쪽으로 갈까요?"

"카라쾨이로 갑시다."

그는 걸어서 다리를 건너기로 했다. 그들은 우산을 든 잘 차려입은 남자 뒤를 따라 걷기 시작했다. '나는 파티흐야!' 이렇게 생각하자 마음이 가벼워지는 느낌이었다. 하늘은 오랜만에 그를 짓누르지 않았다.

2
명절 식사

니갼 부인은 수놓인 테이블보에 팔꿈치를 대고 턱 아래로 두 손을 모은 채, 자기 앞에 있는 접시를 보며 생각에 잠겨 있었다.

'금박 장식이 있는 접시를 꺼낸 건 잘한 일이야! 몇 년 동안 쓰지 않고 장식장에 들어 있었어. 오후에는, 할머니가 내 혼수로 물려준 파란색 장미꽃 무늬가 들어간 찻잔으로 차를 마셔야지. 그것과 세트인 잔 두 개는 안타깝게도 깨져 버렸지. 은기 세트를 꺼내서 광을 내라고 시켰어야 하는데. 이런 날이 아니면 언제 은기 세트를 쓰겠어? 빨리 써야 돼!'

이 테이블보도 지난 희생절 때 꺼낸 것이다. 그것도 혼수였으니, 그러니까 삼십 년 동안 고이고이 보관해 둔 것이다. 니갼 부인은 함과 서랍, 장식장, 상자에 보관해 둔 걸 전부 써 버리고 싶다는 이상한 마음이 생겨나는 걸 느꼈다.

'모조리 다 써 버리는 게, 식탁보에 얼룩이 생기고 점점 해지는 게, 접시와 잔은 깨지고 포크와 나이프는 잃어버리는 게 보고 싶은 것 같아! 결혼한 지 삼십 년이 됐어. 예순 번이 넘는 명절을 제브데트와 함께 보냈어. 올해는 1936년 희생절이야. 남편, 건장한 두 아들과 딸, 사랑스러운 두 며느리, 어린 두 손주, 우린 모두 함께 살고 있어.'

그들은 니샨타쉬에 있는 집에서, 모퉁이에 있는 그 유명한 과녁 돌과 보리수나무가 내다보이는 창문 앞 식탁에 모두 함께 앉아, 요리사가 점심을 내오기를 기다렸다. 니걍 부인은 날씨가 흐리고 비가 와서 켜 놓은 커다란 샹들리에 주위로 온기가 퍼지는 걸 느꼈다. 잠시 후면 요리사 누리가 명절이면 늘 그랬듯이 커다란 '서비스 접시'를 양손으로 잡고 발끝으로 걸으며 식당으로 들어올 것이다. 모두가 그걸 기다리고 있었다. 모두들 요리사가 이번에도 발끝으로 걸을지 궁금해하는 것 같았다.

"봤어요? 양의 위에서 커다란 돌멩이가 나왔어요. 이만한 게요!"

니걍 부인의 작은아들 레피크는 식탁 위에 작은 동그라미를 그렸다.

니걍 부인은 '작은아들은 모든 것에 호기심을 보이지. 나한테서 물려받은 기질이야.' 하고 생각했다. 그러고는 대답하는 큰아들 오스만을 쳐다봤다.

"그래, 숫양의 위에서 나왔지, 그렇지?"

그들은 오늘 아침 뒤뜰에서 잡은 양 이야기를 하고 있었다.

니갼 부인은 명절 때마다 새끼 양 두 마리와 숫양을 잡는 것이 자신에게 어떤 힘을 준다고 생각하며 빠르게 눈을 깜박였다.

"아니, 음식은 어떻게 된 거야?"

제브데트 씨는 여느 때처럼 조바심을 냈다.

니갼 부인은 옆에 앉은 남편이 검버섯 핀 손으로 포크를 쥐고 있는 걸 보고 '또 샐러드 윗부분만 먹겠구나!' 싶어 기분이 언짢아졌다. 그러다 누나와 얘기를 나누는 손자 제밀을 쳐다봤다. 여섯 살인 제밀은 여덟 살인 랄레에게 숫양을 죽일 때 그것이 떨던 모습을 설명하면서 누나는 무서워서 쳐다보지 못했다고 놀렸다. 니갼 부인은 손주들이 건강하고 사랑스럽다고 생각했다. 딸 아이셰는 여느 때처럼 조용하고 우울해 보였다.

요리사 누리가 커다란 접시를 들고 부엌에서 나왔다. 그가 부엌에서 나오는 걸 다른 사람들보다 먼저 본 니갼 부인은 동화를 들려주는 행복한 여자처럼 모두 준비됐다고 알려 주었다. 그리고 요리사 누리의 발을 보지 않고도, 그의 몸이 흔들리는 것만 보고도 그가 발끝으로 걷는다는 걸 알게 되었다. 그녀는 눈을 깜박이며, 그가 식탁 위에 접시를 내려놓는 걸 쳐다봤다. 잠시 정적이 흘렀다. 그러다 다시 분위기는 쾌활해졌고, 모두 가운데에 놓인 접시를 바라보았다.

금박으로 장식된 접시에는 콩이 섞인 밥으로 만든 작은 탑과 잘게 조각낸 고기가 놓여 있었다. 그날 잡은 희생양의 고기는 아니었다. 구 년 전, 이런 희생절 식사 후에 제브데트 씨가, 그날 아침에 리큐어를 많이 마셨기 때문이기도 했지만, 아래층에 있는 동양식 화장실에서 구토를 한 뒤로 막 잡은 고기를 바로 식탁으로 가져오는 일은 없어졌다. 제브데트 씨는 리큐어 탓이 아니라 막 잡은 양고기 탓이라고 했고, 듣기 안 좋은 말도 덧붙였다. 그녀는 다음 날 파샤인 아버지의 집에 혼자 가서 여형제, 그러니까 튀르칸과 쉬크란을 껴안고 울었다. 막 잡은 양고기는 제브데트 씨의 말처럼 '메스꺼운 냄새와 진한 맛'이 있었다. 니간 부인은 이런 결정을 내린 것이 기뻤다. 그녀는 큰 수저를 들고 며느리들을 쳐다보았다. 두 며느리는 바로 맞은편에 나란히 앉아 있었다. 니간 부인은 기분이 좋아 잠시 생각에 잠겼다가 들고 있던 큰 수저를 작은며느리 페리한에게 내밀었다.

"이번엔 네가 음식을 나눠 줘 보렴."

아주 드문 일이었다. 페리한은 얼굴을 붉히며 니간 부인의 손에 들린 수저를 바라보았고, 제브데트 씨는 여느 때처럼 누구보다 먼저 접시를 내밀었다. 곧 식사가 시작될 것이기 때문에 모두들 행복하게 웃고 있었다. 니간 부인은 흥분했다. 작은며느리를 보며 '정말 아름다운 아이야! 머리를 저렇게 올린 건 감각이 있다는 뜻이지. 목소리는 생쥐처럼 가냘프지만 뭐, 어때. 레피크도 자신의 삶에 만족하고 있어. 나도 제브데트와 이 집에 처음 왔을 때 그랬지. 감사하게도 지금도 그렇고. 그땐 새 가재도구를 찾아다녔지. 새 집에서, 새 물건들 사이에서 사는 건 기분 좋은 일이야.'라고 생각했다.

"샐러드 접시는 없는 거야?"

제브데트 씨가 투덜거렸다.

'아, 샐러드 접시를 안 놓았구나! 나도 몰랐지 뭐야!' 니간 부인은 당장 하인에게 말했다. 그런 후 곁눈질로 남편의 접시를 쳐다봤다. 수북하게 담긴 걸 보니 화가 났다.

'식사 후 졸음이 오고, 속도 거북할 텐데!'

그녀는 흰 머리칼로 뒤덮인 제브데트 씨의 머리와 가늘고 긴 코가 접시로 향하는 걸 바라보았다. 잠시 후엔 마음이 애정 충만해지는 걸 느끼면서 음식을 먹기 시작했다. 몇 입 먹은 후에야 큰아들 오스만이 뭔가를 설명하고 있다는 걸 깨달았다.

"유럽에서 전쟁이 나려면……."

니간 부인은 큰아들과 그에게 대답하는 작은아들을 한동안 바라보았다. 전쟁 이야기가 나올 때마다 외로움이 닥쳐와 불쾌해졌다. 삼사 년마다 한 번씩 전쟁이 터지고, 남자들의 세계는 분명하고 넘을 수 없는 선으로 자신의 세계와 분리되었다. 게다가 남자들의 논쟁이 늘 같듯이 전쟁도 똑같았다.

'이젠 이해할 수가 없어. 다른 얘길 좀 하면 안 되나!'

두 아들은 어머니의 바람에는 별로 신경을 쓰지 않고 논쟁을 계속했다. 오스만은 자신이 하는 얘기를 자기 자신을 포함하여 누구도 관심 갖지 않는다는 걸 안다는 듯한 태도였다. 그의 목소리나 눈길도 '어쩌겠어, 가끔은 이런 게 필요해!'라고 하는 것 같았다. 형처럼 재킷을 입고 넥타이를 맨 레피크도 짧게 대답을 하면서 좌우를 둘러보고, 가끔 농담도 하며, 이런 논쟁을 하게 되어 미안하다는 듯 행동했다. 하지만 어찌되었든 결국 진지한 남자들의 논쟁이었다. 니간 부인은 이런 논쟁을 하나도 좋아하지 않았으며, 이런 논쟁을 할 때마다 자신도 다른 사람들도 하고 싶은 말을 할 수 없다고 생각했다. 이런 얘기가 나올 때마다 남자들은 더 남자 같아지고 여자들은 꿔다 놓은 보릿자루 같아졌다. '하지만 나는 보고 있고 생각도 한다고!' 잠시 후 남편도 대화에 끼어드는 것을 알아챘다.

"그렇다면, 네르민, 넌 이 문제에 대해 어떻게 생각하니?"

제브데트 씨는 이제 음식에 대한 흥분이 가신 것 같았다. 그는 며느리들을 비꼬며 놀려 주는 걸 좋아했다. 큰며느리 네르민은 놀라서 얼굴을 붉히며 남편을 쳐다본 다음 뭔가 말을 하기 시작했다. 하지만 제브데트 씨는 듣지도 않고 "브라보, 고기가 아주 맛있군!" 하고 말했다.

네르민은 입을 다물었다. 잠시 정적이 흘렀다.

니간 부인도 "예, 좋군요!" 하고 말했다.

다시 한 번 정적이 흘렀다. 그러다 다시 포크와 나이프 소리, 낮은 웃음소리, 말소리, 쨍그랑거리는 소리가 시작되었다. 이런 날이면 늘 그렇듯 이런저런 얘기들이 나왔고, 니간 부인은 눈을 깜박이며 즐거운 명절 분위기를 호흡했다. 그리고 '내가 또 눈을 깜박이기 시작했군!' 하고 생각했다.

두 번째 음식인 올리브유로 요리한 강낭콩이 나오기까지, 그들은 잠시 더 전쟁, 독일의 근황, 얼마 전 유럽에서 돌아온 레피크의 친구 외메르, 오스만베이에 문을 연 제과점, 시에서 운행할 마치카-튀넬 구간 전차에 관한 얘기를 했다. 에미네 부인이 올리브유로 요리한 강낭콩을 식탁 한가운데에 놓았는데, 그때 니간 부인은 딸 아이셰의 접시를 보고 신경이 예민해졌다. 또 아무것도 먹지 않았던 것이다.

"그 접시에 있는 거 다 먹어!"

"하지만 엄마, 이것들은……. 이 음식들은 기름져요!"

"아냐, 고기는 괜찮아! 다른 사람은 어떻게 먹겠어?"

니갼 부인은 옆에 앉은 딸의 접시를 자기 앞으로 끌어당겨 고기에 붙어 있는 기름을 떼어 내고, 접시에 흩어진 밥알을 한데로 모으기 시작했다. '항상 이렇단 말이야! 이 아이 때문에 오늘 하루도 엉망이 될 거야!' 그녀는 접시를 딸 앞으로 밀어주면서 이제 정말 지겹다고 생각했다. '낳아 주고, 십육 년 동안 금이야 옥이야 키워 주며 모든 걸 다 해 줬는데 결국에는 허약하고 활기 없고 부루퉁한 아이가 되었단 말이야!' 이런 생각이 들어 그녀는 딸을 나무랐다.

"다른 사람들은 고기를 어떻게 먹겠냐고?"

"여보, 놔둬. 간섭하지 말고 하고 싶은 대로 하게 해. 오늘은 명절이잖아?"

제브데트 씨가 끼어들었다. 그는 저녁에 집에 돌아오면 제일 먼저 딸에게 입을 맞추는 아버지였다. 딸에게 사랑받는 법은 알지만, 그게 어떤 결과를 초래하는지는 생각하지 않는 무책임한 아버지! 니갼 부인은 남편에게 그저 얼굴을 한번 찡그려 보일 뿐이었다. 이 표정이 '나는 애를 교육시키는데 당신은 애 버릇을 버리는군요.'라는 의미라는 건 모두 알고 있었다. 니갼 부인은 '내가 없었으면 얘는 피아노도 못 배웠을 거야!' 하고 생각하며 말했다.

"강낭콩 요리도 페리한이 나눠 줘 봐라!"

그들은 요리를 먹으며 강낭콩에 대해, 어젯밤에 내려서 정원 구석에 쌓인 눈에 대해, 작년 이맘때, 그러니까 3월 초에는 날씨가 이렇지 않았던 것에 대해, 제브데트 씨가 테시비키예 사원에서 아침 기도를 하다 감기에 걸린 것에 대해 얘기를 나누었다. 니꺈 부인은 아직도 비워지지 않은 아이셰의 접시를 보며 '이번에도 나는 하고 싶은 말을 못했어! 그런데 내가 하고 싶은 말이 뭐지?' 하고 생각했다. 그녀는 자신이 원하는 게 정확히 뭔지 몰랐다. 마음속으로 '쾌활함'이라는 생각이 들었지만 그들은 어차피 쾌활했다. 명절이었으니 당연한 일이었다. '돌아가신 엄마가 그랬던 것처럼!' 돌아가신 어머니는 테시비키예 저택의 하렘에서 안락의자에 앉아, 눈을 깜박이며 "니꺈, 뭐 좀 먹고 싶구나. 그런데 그게 뭔지 모르겠어, 얘야!" 라고 말하곤 했다.

에미네 부인은 요리사 누리가 개발한 오렌지가 들어간 카다이프*를 식탁에 올리고 있었다. '식사도 이제 끝나는구나!' 오랫동안 기다려 왔던 명절 식사가 끝나가고 있었다. 오늘도 끝나고, 명절도 끝나고, 다른 날들이 기다리고 있었다. 그 날들이 끝나는 것도 슬퍼하게 될 것이다. 작은 섬광처럼 흘러가 버리는 시간, 거역할 수 없는 물줄기 같은 인생이었다. 오렌지가 들어간 후식은 아주 맛있었고, 그 위에 얹힌 크림도 아주 신선했다. 오늘 저녁 식사도 그러할 것이다. 니꺈 부인은 장식장과 함에 보관해 둔 식기 세트를 꺼내 쓰는 걸 다시 한번 생각하며 오렌지가 들어간 카다이프를 맛있게 먹었다.

---

* 빵을 꿀에 절인 터키 전통 후식.

여느 때처럼 식탁에서 맨 먼저 일어난 사람은 제브데트 씨였다. 이어 레피크도 일어서자 니간 부인은 접시에 한 입 남은 후식과 크림을 보면서 '다 끝났어! 그래도 식탁에서 모두 함께 일어나는 법을 배운다면 훨씬 좋지 않을까?' 하고 생각했다. 이제 와 제브데트 씨에게 뭔가를 가르친다는 건 무리겠지만 레피크라면 배울 수 있을 것이다. 아직 스물여섯 살이니까. 니간 부인은 페리한도 식탁에서 일어나는 걸 보고 '왜 내가 제일 마지막에 일어나야 하지?' 하고 생각했다. 그녀는 가볍고 부드럽게 의자에서 일어나 제브데트 씨를 향해 걸어갔다. 제브데트 씨는 창문 앞에 있는 안락의자에 앉아 머리를 뒤로 젖히고 눈을 가늘게 뜨고 있었다. '자려는 건가?' 잠과 싸우는 제브데트 씨의 눈과 하얀 머리카락을 보니, 그에게 애정을 품고 있으면서도 화를 내고 싶었다.

'그는 자고 말 거야! 자면 안 되는데. 오후에 푸아트 씨 가족이 올 텐데.'

식탁과 명절 음식은 뒤편에 있었다. 접시를 정리하는 소리가 들려왔고, 그녀는 제브데트 씨에게 다가가며 생각했다.

'오후에는 푸른 장미 무늬가 있는 찻잔으로 차를 마셔야겠어!'

3
오후

제브데트 씨는 니간 부인이 불만스러운 표정으로 자기에게 다가오는 걸 보았다. 그녀에게 말을 하듯 '여기서 잠시 눈을 붙일게! 자는 건 아니야! 잠시 눈만 붙일 거야. 눈만 좀 감고, 가만히 앉아 있을 거라고. 어쩌면 잠깐 잘 수도 있고…….' 하고 생각했다. 그는 늘 앉는 안락의자에서, 명절 식사를 하고 가장 달콤한 시간을 보내고 있었다. 하지만 완전하고 만족스러운 오수를 즐기지는 못할 것 같아서 뭔가 부족한 느낌이 들었다. 그는 스스로를 위로하며 '조금 있다 담배를 피워야지!' 하고 생각했다. 그는 하루에 세 개비만 허락된 담배의 냄새를, 불을 붙이는 성냥의 소리를 떠올렸다. 잠시 후 자신이 눈을 감았다는 것을 깨달았다. 소리와 냄새 그리고 따스함만 느껴졌기 때문이다.

식탁, 식탁과 부엌으로 향하는 좁고 낮은 계단으로 이어지는 문, 안쪽의 방, 계단, 정원, 나무들, 거리에서 들어와 방을 다 채우고 창문을 떨리게 하고 크리스털을 울리는 소리는 익히 알고 있었고, 역시 익숙한 소리와 함께 들려왔다. 네르민이 아이들과 얘기하는 소리, 에미네 부인의 슬리퍼가 나무 바닥을 스치는 소리, 요리사 누리가 부엌 수도꼭지를 열고 잠그는 소리, 식사 후에 물을 마시곤 하는 아이셰가 주전자에서 물을 따르는 소리, 레피크가 신문을 넘기는 소리, 전차가 모퉁이로 서서히 다가오는 소리를 들었다. '아, 잘 수가 없어! 푸아트가 올 거야! 푸아트와 앉아 얘기를 나누고, 옛날 일을 떠올려야지……. 과거를……. 이 집을……. 이곳에 채운 내 가족의 역사를……. 난 그 역사를 잘 알지. 이 집은 1905년에 샀어. 결혼을 했고, 누군가 압뒬하미트에게 폭탄을 던졌고, 그 후엔 입헌 공화정, 잘된 거지. 옆에 있던 정원도 샀어. 전쟁 때 설탕 사업으로 돈을 벌어 잘 정돈했고 회사도 확장했어. 오스만이 결혼하고 싶어 해서 우리는 위층으로 옮겼고. 공화국 선포 사 년 후에……. 그리고 손주들이 태어났어. 지금 석탄을 넣고 있는 난로는 육 년 전에 샀지. 난 이 모든 것들의 역사를 알아, 내가 다 만들었으니까. 마치카로 가는 전차가 몇 년에 운행을 시작했더라? 뚜껑이 열리는 저 크리스털 설탕 통은 니얀이 혼수로 가져왔지! 그들은 지금 무슨 얘길 하고 있지?' 제브데트 씨는 생각했다.

"자, 위층으로 올라가서 자렴!" 네르민의 목소리.

"사탕 먹기로 했잖아요!" 손자의 대답.

"지금 어르신의 커피를 끓이고 있어요. 도련님은요?" 가정부 에미네 부인의 말.

"쉿! 시끄럽게 하지 마요!"

니간 부인이 속삭이듯 말했다. 누군가 발끝으로 걷고 있었다.

"곧장 방으로 갈 거야?" 이건 페리한의 목소리다.

"위층에서 놀지 말고 곧장 자거라!" 오스만의 말이다.

"경비들이 왔습니다. 기다리고 있어요." 이건 요리사 누리의 말이다.

"푸아트 아저씨 가족이 오면 아래로 내려와. 지금은 얌전히 자고!"

"메브루레 아주머니 댁에는 모레 갈 거다. 내일은 쉬크란 이모 댁에 갈 거고!"

'이거야, 바로 이거야! 전부 이걸 위한 거였어. 편안하고 따스한 느낌, 타닥거리는 난로, 귀를 어루만지는 소리들, 시계처럼 돌아가는 가정…….' 집은 언제나 잠처럼 드넓고 끌려드는 곳이었다. 제브데트 씨는 얼마 가지 않는 정적에 귀를 기울이며 '지금 저들은 내 존재를 잘 알고 있어!' 하고 생각했다. 자고 싶어도 잘 수 없다는 것도 깨달았다. 그는 음식을 너무 많이 먹었고, 담배를 피우고 싶었으나, 잠시 후면 커피가 나올 것이다. 그들이 바라보고, 존경을 표하고, 그 주위에서 돌아다니도록 눈을 감고 몸을 내맡긴 것 같은 느낌이었다.

'그들은 돌아다니고, 하품을 하고, 얘기를 나누고, 사탕을 먹고, 곁눈질로 안락의자에 앉아 있는 나를 보고 있어……. 그러다 잠을 자고, 친지들을 찾아가겠지……. 아……. 내일 니간과 함께 오래된 파샤 저택에 가고 싶지 않아. 파샤 아들들도

보고 싶지 않아……. 하지만 지금은 생각하지 말자. 지금은 저 움직임과 냄새와 소리에 집중해야지…….'

"커피 왔어요!"

"제브데트 씨, 커피요!"

나중에야 이 말을 알아들었다. 눈을 떴다. 눈이 부셨지만 곧 적응이 되었다. 에미네 부인이 앞에 서 있었다. 그녀는 옆에 있는 곁탁자 위에 커피를 내려놓았다. '담배를 피워야지!' 제 브데트 씨는 생각했다. 아침에 놓아둔 야카 담뱃갑과 성냥을 곁탁자 위에서 집어 들었다. 담배는 가장 큰 즐거움이었다.

주치의인 이자크는 하루에 세 개비 이상은 피우지 말라고 했다. 육 개월 전 의사는 제브데트 씨의 건강이 아주 나쁘다고 했지만 그는 그렇게 많은 주의를 기울일 필요가 없는 가벼운 심장 발작이라고 생각했다. 담배를 완전히 금지하려 했던 의 사는 제브데트 씨의 간곡한 부탁에 결국 하루 세 개비를 허락 했다. 제브데트 씨는 아침, 점심, 저녁 식사 후에 한 대씩 피웠 다. 니간 부인은 담뱃갑에 남아 있는 담배 개비를 세 놓았다. 제브데트 씨는 처음 몇 번은 속임수를 쓰려고 했지만 들키고 말았다. 니간 부인은 법석을 떨며 울었다. 지금은 그날의 두 번째 담배를 피우고 있었다. '담배를 줄였지만 아무것도 변한 게 없어! 계단을 오르고 나면 여전히 상태가 좋지 않아, 숨이 막힐 때도 있고. 공포 속에서 살고 있어!' 그는 잠을 잘 수 없 어서 다시 따분함을 느꼈다.

담배를 다 피우자 중간층에 있는 커다란 괘종시계가 2시를 알리는 소리가 들렸다. 니간 부인이 푸아트 씨 가족이 늦는다고 했다.

"곧 올 거야…… 곧 올 거야……."

제브데트 씨가 말했다.

긴 정적이 흘렀다. 모퉁이로 전차가 지나갔다. 레피크는 신문을 접고 아내와 함께 위층으로 올라갔다. 에미네 부인이 와서 빈 잔을 가지고 갔다. 니걔 부인은 창밖을 바라보고 있었다. 제브데트 씨는 다시 눈이 감길 것 같은 기분이 들었다. 잠시 후 대문에 달려 있는 종이 짤랑거렸다.

"왔어요!"

니걔 부인이 일어났다.

제브데트 씨도 자신의 행동을 하나하나 생각해 보며 아내를 따라 거울이 있는 홀로 천천히 내려갔다. 니걔 부인이 현관문을 열 때 제브데트 씨는 두꺼운 틀에 넣은 전신 거울로 자신을 비춰 보았다.

그의 몸은 달콤한 옛 노래처럼 친근해 보였다. 넥타이는 삐뚤어졌고, 바지는 축 늘어졌으며, 머리카락은 헝클어졌고, 얼굴과 재킷에 주름이 있었다. 그는 큰 손을 머리카락 속으로 넣어 어루만지듯 다듬었다. 예순아홉의 나이에도 눈은 여전히 반짝거렸다. '등이 약간 굽고 키가 작아진 것 같지만, 다른 건 문제 없어!' 거리에서 그를 만난 사람들은 웃으며 다정하게 바라보았다. 그런 게 중요했다. 그는 볼품없거나 거부감을 주는 사람이 아니었다. 그는 기분이 좋아진 걸 느끼면서 문으로 걸어갔다. 푸아트 씨가 아내와 아들과 함께 빠른 걸음으로 계단을 향해 걸어오는 걸 보니 가슴이 뛰었다.

"신수가 훤하군, 정말 훤해!"

제브데트 씨는 이렇게 말하며 그들을 향해 두 걸음 다가갔다. 그는 푸아트 씨를 껴안았다. 레일라 부인과는 악수를 했고, 손등에 입을 맞추는 렘지의 머리를 쓰다듬었다. 젊은이의 풍성한 머리칼을 쓰다듬으니 우울해졌다. 이제 늙었다는 생각이 들었던 것이다.

손님을 맞는 의식은 오래 계속되지 않았다. 여자들도 서로 포옹을 하고 몸을 가볍게 앞으로 숙이며 볼에 입을 맞췄다. 아직도 제브데트 씨는 입을 맞추는 게 어색했다. 여자들도 어색해하는 것 같았다. 입을 맞춘 후 서로를 바라보며 '해야 하니까 했어. 우리가 입을 맞출 때 어떻게 보일까?' 하고 생각하는 것 같았다.

거실로 들어가자 분위기가 유쾌해졌다. 제브데트 씨는 푸아트 씨를 다정하게 바라보며 "명절, 또다시 지내는 명절!" 하고 중얼거렸다. 니갼 부인과 레일라 부인은 추운 날씨에 대해 얘기했다. 레일라 부인은 쉬실리에 있는 아버지 집에서 여기까지 걸어왔다며, 건강한 몸짓으로 어깨를 뒤로 젖혔다. 제브데트 씨는 자신이 잠을 못 잤다는 걸 생각했다. 잠시 후 니갼 부인도 아침에 양을 잡을 때 추웠다고 했다. 제브데트 씨는 사원이 아주 추웠다고 했다. 그는 여전히 명절 예배에 나갔던 것이다. 레일라 부인은 아버지 건강이 별로 좋지 않다고 했다. 제브데트 씨가 무스타파 씨의 어디가 불편한지 묻자, 푸아트 씨는 신장이 좋지 않다고 대답했다. 니갼 부인은 메브루레 아주머니의 남편도 신장에 문제가 있다고 말하며 츠르츠르에

갔다고 대답했다. 렘지가 아주 빨리 자랐고, 키도 갑자기 컸다는 말도 덧붙였다. 레일라 부인은 아들이 부쩍 키가 컸을 뿐만 아니라 이도 썩었다고 했다. 그러는 사이 니걘 부인은 에미네 부인을 통해 위층에 있는 아들들과 며느리들, 딸에게 내려오라고 전했다.

'모두 잠들었을 거야! 손님은 신경 쓰지 않아! 우린 이제 늙었어!' 제브데트 씨는 생각했다. 위층에서 아들들과 며느리들, 손주들이 반가워하며 내려오고, 흩어 놓은 병아리콩처럼 거실에서 손님들과 포옹을 하자, 제브데트 씨는 다시 한 번 같은 생각을 하며 울적해했다. '졸음이 쏟아지는군…….. 모두 건강하고 활기가 넘쳐…….' 커피가 잠을 쫓지 못했다고 느끼며 사람들이 나누는 이야기를 들어야겠다고 생각했다.

레일라 부인은 아들 렘지에 관해 얘기했고, 아이와 집 주인들을 둘러보며 아이가 요즘 말을 안 듣는다고 했다. 그녀는 말을 하면서 미소를 지었고, 통통한 그 아이도 이런 말에 익숙한 듯 가볍게 다리를 떨며 웃었기 때문에 다들 웃었다. 니걘 부인도 레일라의 말에 즐겁게 대꾸했고, 자기 아들들 얘기를 꺼내며 그 나이 때 아이들은 약간 거칠다고 덧붙였으며, 다른 사람들도 즐겁게 귀를 기울였다. 니걘 부인은 에미네 부인에게 아이셰를 부르라고 했다. 레일라는 아이셰를 한동안 못 봤다고 말했다. 이번에는 니걘 부인이 불평할 차례였고, 모두들 인내심을 가지고 이해하며 이야기를 들어주었으며, 레일라는 아이셰를 사랑한다고 하며 그녀를 칭찬해 주었다. 그런 다음 한동안은 얼마 전 모든 신문에 자세히 실렸던 쉬시하네 전차 사고로 네 명이 사망한 사건을 얘기했다. 니간 부인은 차가 우러 났는지 물었다. 모두 놀라며 시계를 봤다. 그러고는 시간이 아 주 빨리 간다는 얘기를 했다. 제브데트 씨는 푸아트 씨와 공유 하는 추억을 다시 얘기할 기회라고 생각하며 친구를 쳐다봤 다. 하지만 그가 다른 데 몰두해 있다는 걸 알게 되었다. 오스 만과 푸아트 씨는 명절과 어울리지 않게 진지한 얘기를 나누 고 있었다.

'날 빼고 싶은 거야!' 세브데트 씨가 푸아트 씨와 합작해서 세웠던 수출입 회사와 관련된 얘기를 하고 있다는 걸 알 수 있 었다. 입헌 공화정 이후, 푸아트 씨가 셀라니크에서 이스탄불 로 이사 와서 세운 회사가 터키 공화국이 설립된 후에는 잘되 지 않다가, 최근 다시 힘을 얻는 징조가 보였다. 유럽에서 경 제를 공부하고 온 웬 속물이 그 회사의 윗자리에 앉아 있었 다. 오스만은 그를 내보내고 곧장 자기 회사와 합병해야 한다 고 주장하고 있었다. 제브데트 씨는 오스만의 생각이 옳지 않 고, 나아가 그 회사는 중요하지도 않다고 말했다. 푸아트 씨는 여느 때처럼, 자기에게 이로운 새로운 시도를 좋게 평가했다. '날 소외시키고 있어, 난 늙었어. 푸아트도 내 또래야. 하지만 그는 결혼을 늦게 했어, 입헌 공화정 이후에 결혼했지. 잘한 거야.' 제브데트 씨는 곁눈질로 레일라 부인을 쳐다봤다. '게 다가 나처럼 지치도록 일하지도 않았어. 소처럼 건강해!' 그 는 다른 생각을 하기로 했다. 쓴 약을 먹은 것 같은 입맛을 잊 어버리려고 억지로 다른 생각을 했다.

그런 후 머리를 들어 위를 쳐다봤다. 이 집을 사기 전에 집

안을 둘러볼 때 그의 관심을 끌었던 구석의 석고 돋을새김에 시선을 고정시켰다. 월계수 잎, 크고 작은 장미 사이로 통통한 천사들이 날고 있었다. '나는 유럽식 가족을 만들고 싶었어, 그런데 모두 터키식이 됐어!' 그는 죽은 형이 했던 농담을 떠올리며 웃었다.

"유럽식이 되고 싶은 사람은 결국 터키식이 되는데, 이것도 터키만의 고유한 특성이지!"

그는 천사에서 인간들에게로 시선을 돌렸다. 그들은 얘기를 나누고 있었다. 푸아트 씨가 설명을 했고 오스만은 고개를 끄덕거렸다. 그들을 못마땅하게 바라보며 그들의 친근함이 마음에 안 든다는 티를 내고 싶었다. '가정과 사업을 구별하는 걸 배워야 할 텐데.' 그는 시선을 다시 위로 올렸다. 천사 하나가 자신을 보며 미소 짓는 것 같았다. 그는 다시 현실 세계로 시선을 돌렸다. '여전히 얘기를 나누고 있군! 아침에는 존경한다며 내 손등에 입을 맞추었지만 이제는 아무도 나한테 신경 쓰지 않아.'

자개 세트와 피아노가 놓여 있는 방에서 음악 소리가 들려왔다. 아이셰가 조금 전 그 방에 들어가던 게 떠올랐다. 음악은 가냘프고 균형도 맞지 않았고 건조했다. 아무 말소리도 묻히지 않았다.

'니간도 한때 피아노를 쳤지. 처음 들었을 때는 너무 좋아서 사람들에게 자랑했지. 하지만 한 번도 저 떵동거리는 피아노 소리에 마음이 훈훈해진 적은 없어.'

에미네 부인이 차를 가져왔다.

니갼 부인은 차를 마시며 푸른 장미 무늬의 자기 잔은 돌아가신 외할머니의 선물이라고 말했다. 명절 때마다, 그리고 다른 날에도 자주 하던 얘기였다. 하지만 모두 그 이야기에 관심을 갖고 귀를 기울여 주었다. 레일라 부인은 자기 어머니가 물려준 설탕 통에 관한 추억을 얘기했다. 페리한도 대화에 끼어들며 그녀가 얘기한 은 설탕 통이 자기 어머니에게도 있다고 했다. 니갼 부인은 딸에게 작은 뵈렉*을 더 먹으라고 했다. 요리사 누리가 뵈렉을 어떻게 만들었는지 그녀가 얘기하고 있을 때 누리가 오더니 우편배달부에게 팁을 줬다고 하며 제브데트 씨에게 봉투 두 개를 내밀었다.

제브데트 씨는 첫 번째 봉투 위에 있는 필체를 즉시 알아보았다. 회사의 회계원 사득은 명절 때마다 터키 항공 재단의 축하 카드를 보내곤 했다. 제브데트 씨는 봉투를 열어 구름 사이로 길을 여는 비행기 사진을 봤다.

"늘 똑같군!"

그는 이렇게 말하면서 한숨을 쉬었지만 우울해하지는 않았다.

"유감스러울 건 없어! 그냥 나이가 들었을 뿐이야!"

그는 이렇게 중얼거리며 다른 봉투를 천천히, 별 걱정 없이 열었다. 그러나 자신과 가족들에게 존경을 표한다는 말 아래에 해 놓은 사인이 기억나 불안했다.

"이 사람은 누구지? 누구였더라?"

---

* 치즈나 계란, 각 채소, 고기 등이 든 얇은 페이스트리를 튀기거나 구운 음식.

그는 이렇게 되뇌다가 "지야 으슥츠. 그렇지, 지야 으슥츠!" 하고 중얼거렸다.

이 년 전, 성(姓)을 붙이라는 법령이 선포되었을 때* 그도 같은 성을 갖게 되었다. 그는 손에 든 종이가 안 보인다는 듯 머리를 앞뒤로 움직이며 글자를 알아보려고 애쓰는 시늉을 했다.

'내가 보내서 갔지, 군인이 되었어! 그래, 군인!'

지야 으슥츠는 군인이었다. 하지만 좋은 기억은 아니었다. 제브데트 씨는 종이를 봉투에 넣었다.

'그토록 세월이 흐른 후에 어떻게 갑자기 우리를 기억해 냈지?'

이번에는 뭔가를 생각할 때처럼 머리를 좌우로 흔들기 시작했다. 그는 다른 생각을 하기로, 이 터무니없는 걸 무시하기로 마음먹었다.

"누구한테 온 축하 카드야?"

"의리** 있는 친구들한테!"

푸아트 씨가 묻자 제브데트 씨는 얼굴을 찡그리며 대답했다.

"아, 외파의 아는 사람들?"

"아니, 아니! 내가 이제 외파엔 관심 없다는 거 자네도 알잖나!"

제브데트 씨는 터무니없는 말장난에 화를 내며 얼굴을 찡그렸다. 그러다 즐거운 대화거리가 생각나 얼굴을 폈다.

---

* 1934년에 모든 터키인이 성(姓)을 쓰도록 하는 법이 제정되었다.

** '외파'는 '의리'라는 뜻이다.

"헤이벨리 섬에 있는 집의 공사가 다 끝나 가!"

새로운 주제는 아니었지만 대화거리는 되었다.

"이달 말에 지붕이 올라갈 거야……. 우린 봄에 가 볼 거고. 물론 당신들도 와야지! 새로 배를 운행한다니까! 다리에서 두 시간 걸린다는군."

"아주 잘됐군!"

"그렇지. 이렇게 해서 여름 집 문제도 해결했어!"

제브데트 씨가 말했다. 그는 니갼 부인을 한 번 쳐다봤다. 그런 후 쑥스러워하며 창밖 니샨타쉬 광장을 바라봤다.

날이 어두워질 무렵 대문의 종이 한 번 더 딸랑거렸다. 그런 다음 거울이 걸려 있는 홀과 계단에서 비명 소리와 고함 소리가 들려왔다. 손주 하나가 폭소를 터뜨렸다.

잠시 후 건장하고 어깨가 넓고 잘생긴 젊은이가 들어왔다.

"내가 제일 먼저 외메르 씨를 알아봤어요!"

문 사이로 내다보던 요리사가 말했다.

제브데트 씨는 이 활달한 젊은이를 보며 '외메르라고? 내가 어떻게 못 알아봤지?' 하고 생각했다. 입을 맞추도록 손을 내밀고 젊은이의 반짝이는 눈을 보며 다시 한 번 놀랐다. 다른 사람들과 악수를 하고, 명절 축하 인사를 나누도록 기다렸다. 그런 후 젊음과 건강이 흘러넘치는 청년이 가까이 앉기를 바라며 바로 옆에 있는 의자를 권했다.

"이리 와, 와서 말해 주렴! 그곳에서 뭘 했니? 이젠 뭘 할 거니? 그곳은 어때, 말해 봐."

"이제 시와스-에르주룸 구간에서 일할 생각입니다!"

"그 먼 시와스에서?"

제브데트 씨는 이렇게 물으며 고개를 끄덕였다.

"브라보, 브라보! 그렇다면 유럽에서는 뭘 했지? 그곳은 어땠어, 말해 봐, 좀 들어 보자."

외메르는 그곳에서 무슨 공부를 했고, 어떤 도시에 살았으며, 일상생활은 어땠는지 설명하기 시작했다. 하지만 잠시 후 제브데트 씨는 자신이 그의 말을 듣지 않고 있다는 걸 깨달았다. 제브데트 씨의 관심을 끄는 건 그가 설명하는 것들이 아니라, 그가 거실에 퍼뜨린 활기와 젊음이었다. 사람들은 유럽에서 돌아와 유럽에 대해 설명하는, 건강하고 영리한 젊은이의 말에 귀를 기울이고 있었다. 그가 하는 말이 아니라 방을 채운 그의 젊음에 매료된 것 같았다. 사람들은 그를 보면서 자기에게는 없지만 외메르에게는 풍족한, 알 수 없는 어떤 가치를 끄집어내려고 하는 것 같았다. 그 비밀스러운 가치를 찾아 끄집어낸 후 자신들도 그걸 쓰고 싶어 하는 것 같았다. 제브데트 씨는 한참 후에 "젊은이들…… 젊은이들은 뭔가 달라……." 하고 중얼거렸다. '저 아이가 조금 전에 내 손등에 입을 맞췄어. 하지만 다른 사람들처럼, 오래된 장식품이나 존경을 표하지 않으면 깨져 버릴 물건처럼 나를 보지는 않았어. 어디서 배운 걸까? 그곳에서 배웠을까?' 그는 깊고 깊은 한숨을 내쉬었다.

자신도 니간 부인과 그곳에 한 번 간 적이 있었다. 결혼하고 이 년째에 유럽을 여행했다. 베를린에서 한동안 머물렀지만 다시는 가지 않았다. 그가 하는 모든 일이 해외 무역이었지만 제브데트 씨는 그곳에 가는 게 낭비라고 생각했다. 만약 돈을 쓴다면 회사나 헤이벨리 섬에 있는 집처럼 영구적인 것에 써야 한다고 생각했다. 지금 처음으로 이런 믿음이 흔들린다는 생각이 들었지만, 오래 지속되지는 않았다. 이런 추억의 부스러기와 새로운 생각은 그의 마음속에 공허하고 불필요한 피로감만을 주었기 때문이다.

"자고 싶어!"

그는 조용히 투덜거렸다. 그런 후 다시 외메르의 말을 들어 보려 했다. 하지만 그도 이제는 즐거운 얘기를 하고 있지 않다. 그는 니걈 부인에게 이모와 이모부 얘기를 했고, 기차에서 사이트 씨를 봤다고 했으며, 니걈 부인은 자기 결혼식을 그 집에서 했다고 했다. 여자들은 조금 전 자신들이 발견했던 비밀스러운 가치를 다시 찾지 못하리란 것을 깨닫고는 그 마법을 죽이기 위해 외메르에게 평범한 걸 묻고, 그를 자신과 닮게 만들려고 하는 것 같았다.

차가 다시 나왔을 때, 외메르와 레피크는 위층으로 올라간다며 일어났다. 제브데트 씨는 자신을 홀로 남겨 둔 것이, 이 거실에 퍼졌던 건강하고 활달한 젊음을 가져가 버린 것이 섭섭했다. 그는 외메르의 뒷모습을 보며 '나를 어떻게 생각할까?' 하고 생각했다. 중간층에 있는 똑딱거리는 시계가 6시를 알리자 새삼 피로가 밀려왔다. 그는 아침에 일찍 일어났으며, 그 옛날 악히사르에서 갖게 된 습관에 따라 명절 예배를 위해 테시비키예 사원에 갔고, 거기서 추위에 떨었으며, 정오 무렵 리큐어를 마셨고, 점심 식사를 과하게 했고, 낮잠은 못 잤고, 명절 대화에도 끼지 않았으며, 사람들의 말과 자기 마음속 말을 들었다. 지금은 명절 오후였고, 부족한 건 없었다. 습기처럼 달라붙는 무겁고 불쾌한 느낌이 있을 뿐이었다.

'지금 원하는 건 오로지 잠을 자는 거야!'

턱을 밑으로 떨어뜨리고 입술은 벌리지 않은 채 달콤하게 하품을 하자, 눈에서 눈물이 찔끔 솟았다.

4
옛 친구들

그들은 위층 서재로 갔다. 외메르는 사 년 동안 잊고 지내던 뭔가를 찾으려는 듯 세심하게 방을 살폈다.

"그래, 네가 두고 간 것들이 어떤 것 같아?"

레피크가 물었다.

"사무실에 갔을 때는 네 아버지를 못 뵈었는데, 많이 늙으셨네!"

"그래, 최근에 너무 빨리 변하셨어!"

"사 년 전에는 아주 활동적이고 건강하셨는데!"

외메르는 이렇게 말하고 몸을 굽히고 등을 불룩하게 했다.

"이렇게 되셨던걸. 말씀도 천천히 하시고."

"안 좋아, 안 좋아!"

"그래, 나도 마음이 아파."

외메르는 이렇게 말하고 미닫이로 되어 있는 책장으로 다가가며 "책들, 책들……."이라고 중얼거렸다. 머리를 숙이고 꽂혀 있는 책을 살펴보기 시작했다.

"모두 읽는 책이야?"

"사 놓기만 하고 읽지는 않아! 읽으려고 애는 쓰는데 잘 안 돼. 담배 피울래?"

"결혼해서 그럴 거야."

레피크는 대화 주제를 바꾸고 싶어서 "열고 싶으면 반대쪽을 밀면 돼!" 하고 말했다. 그러고는 친구 곁으로 가서 서재의 미닫이 유리문 하나를 밀었다. 외메르는 선반에서 책 한 권을 집어 책상으로 갔다.

"무히틴은 읽겠지! 시인이 되는 일은 어떻게 됐대?"

"곧 올 텐데! 저녁 먹고 갈 거지?"

"아니, 아야즈파샤에 가야 돼. 친척에게 가겠다고 약속했거든. 아마 너도 알 거야. 마니사 국회의원 무흐타르 라친!"

"너하고 어떻게 친척이 되는데?"

"그게 좀 복잡해! 어머니가 그의 죽은 부인의 배다른 형제였는지, 아니면 그의 부인과 친척이었는지, 지금은 잘 기억이 안 나."

"넌 죄다 잊었구나!"

레피크는 화가 나고 불쾌하다는 듯 이렇게 말했다.

"그게 무슨 말이야! 그냥 그 친척 관계를 기억 못하는 것뿐이야. 다른 건 잊지 않았어."

"그럼 이런 걸 어떻게 생각해?"

"예를 들면, 이 방에 있는 건 똑같아! 별로 변한 게 없어. 모두 똑같아! 이 집 역시 다른 명절 때처럼 왁자지껄해."

외메르는 방을 둘러보며 이렇게 말하고는 미소를 지으며 덧붙였다.

"더 왁자지껄한걸! 가족 수가 늘었잖아!"

레피크는 뭔가 떠오른 듯 미소를 짓다가 얼굴을 붉혔다.

"그래, 나 결혼했어!"

"잘했어!"

레피크는 그의 말에 신경 쓰지 않고 불평하듯 말했다.

"보다시피 난 결혼했어. 아내도 아름답고 우리는 서로 사랑해. 난 사무실에 출근해서 엔지니어 일 대신에 아버지 옆에서 사업을 하지. 사 놓은 책은 읽지 못해. 결혼도 했어. 사 년 동안 내가 한 일이 바로 이런 거야! 하지만 불평은 안 해!"

"불평을 왜 해?"

외메르는 이렇게 대꾸하고는 앞에 놓인 책을 곁눈질로 살펴본 다음 다시 책장에 꽂았다.

"나도 책 읽는 데 쓸 시간이 없어. 전에는 좀 읽었는데. 지금은 다들 어떻게 읽는지 모르겠어. 내 마음은 활활 타오르고 있어. 나는 마음껏 살아 볼 거야. 많은 걸 할 거야."

그는 방 안을 서성이며 되뇌었다.

"많은 걸 할 거라고!"

"결정 내렸어? 철도 건설 사업을 할 거야?"

"응! 아니면……. 아래층에서 내가 말했지? 아직 결정한 건 아냐. 하지만 내 결정은 그리 중요하지 않아. 중요한 건 지금 내 마음속에서 뭔가를 하고 싶다는 욕구가 갈수록 커진다는 거야. 무슨 말인지 알겠어? 난 많은 걸 하고 싶어. 모든 걸 시도해서 성공하는 것, 모든 걸 가지는 것…… 담배 한 개비만 줘…… 무슨 말인지 알겠어?"

"아주 잘 알지!"

레피크는 흥분한 친구에게 맞장구를 쳐 주었다. 외메르는 창문 앞에 섰다.

"저 정원을 봐. 하나도 변한 게 없잖아. 저 밤나무, 보리수나무는 사 년 전 그대로야. 나는 모든 게 휙휙, 빨리빨리 변하고, 모든 게 빠르게 돌아갔으면 좋겠어. 아냐, 내가 원하는 건 정확히 그런 게 아냐. 내가 원하는 건 이런 것들이 내 것이 되는 거야. 이런 것들에 내 발자국을 남기고, 이런 것들을 뒤집어엎고 싶어……"

그는 다시 방 안을 서성거렸다.

레피크는 그의 말을 듣고 흥분했으며, 그가 염려스러운 행동을 할 것 같아서 "그래, 그래!" 하고 대꾸할 뿐이었다.

갑자기 문이 열렸다. 에미네 부인이 차 쟁반을 들고 들어왔다.

"젊은이들, 차를 가져왔어요. 외메르 씨, 당신을 보자마자 알아봤어요. 하나도 안 변했군요. 차에 레몬을 넣었어요. 기억력 좋죠!"

"정말 대단하군요!"

"거봐요, 또 날 보고 웃네요! 정말 하나도 안 변했어요. 우리도 그냥 이래요, 뭐."

에미네 부인은 빈 쟁반을 들고 나가려다가 레피크를 쳐다봤다.

"변한 거라곤, 작은도련님이 결혼했다는 거죠……. 뵈렉 좀 가져올까요?"

"됐어요!"

레피크는 부끄러운 듯 외메르를 쳐다봤다. 문이 닫히자 그는 이렇게 말했다.

"결혼에 대해 너한테 이런 말을 해 주고 싶어. 난 페리한을 아주……. 아주 좋아해. 너한테도 결혼하라고 말하고 싶었는데 그만둘게. 결혼하라는 말도 결혼하지 말라는 말도 하고 싶지 않아!"

"왜?"

"몰라, 몰라!"

레피크는 다급하게 얼버무렸다. 그러나 결혼에 불만이 있는 사람처럼 보일까 봐 이렇게 덧붙였다.

"너한테는 그렇게 말했지만, 모르겠어. 결혼이 어때야 할까? 그래……. 더 토론해 볼 수 있겠지……. 하지만 오늘은 안 돼, 그렇지 않아? 이런 소란스러운 분위기에서는 아무 얘기도 할 수가 없어……. 명절은 늘 이러니까! 저녁 식사를 하고 가면 밤에 얘기를 나눌 수 있을 텐데. 알아, 그냥 갈 거라는 거!"

그는 신경질적으로 손가락을 꺾기 시작했다. 외메르는 미소를 지었다.

"이해해! 너도 날 이해하지?"

"물론, 물론이지……. 그런 건 나중에 얘기하자. 옛날처럼 아래층에 세마외르*를 놓고, 무히틴도 올 거야, 아침까지 얘기하자!"

"근데, 왜 아직 안 오는 거야?"

그때 갑자기 문이 열렸다. 오스만이 미소를 지으며 들어왔다.

"안녕, 젊은이들, 안녕!"

그는 그들보다 몇 살 많을 뿐이었지만 이렇게 아버지같이 구는 걸 좋아했다.

"너희들 다시 만나니 또 옛날처럼 여기서 따로 노는구나. 포커 없어, 포커?"

그는 카드를 나눠 주는 시늉을 했다.

"그건 벌써 사 년 전이야!"

오스만은 이 말이 아주 우습다는 듯 폭소를 터뜨렸다.

"사 년 전에 했던 걸 지금은 왜 못해?"

"그럼요! 또 할 수 있죠."

외메르는 이렇게 말하며 예전 농담을 상기시키려는 듯 덧붙였다.

"우리는 사 년 동안 여기서 포커 게임을 했고, 형의 어머니는 아래층에 앉아 계셨죠. 우린 엔지니어가 되었는데, 어머니는 아무것도 된 게 없네요!"

이 말은 니걀 부인이 늘 하던 오래된 농담이었지만, 오스만은 처음 듣는다는 듯 폭소를 터뜨렸다. 그런 후 외메르의 등을 한 대 쳤다. 예상 밖의 행동이었지만 친근하게 느껴졌다.

"그래, 사 년 동안 친 포커…… 숫자 7이 쓰여 있는 카드는 빼고, 세 명이서 치곤 했잖아! 참, 그런데 삼총사 중 하나는 어

---

* 차 끓이는 주전자.

디 있는 거야?"

"무히틴도 온다고 했다는데요. 나도 그놈을 아직 한 번밖에 못 만났어요!"

"물론 저녁은 먹고 갈 거지? 뭐라고? 말도 안 돼! 알았어, 알았어, 그럼 얘기나 좀 더 해 봐. 런던에선 뭘 했어? 그곳은 우리보다 아주 많이 앞서 있지, 그렇지?"

"굉장히 앞서 있죠!"

"그래, 하지만 우리 나라에서도 뭔가 진행되고 있지. 터키를 어떻게 생각해? 발전된 게 보여, 발전 말이야?"

그때 문이 열리고, 여느 때처럼 거칠고 신경질적으로 무히틴이 들어왔다. 그는 오스만을 알아보지 못한 듯 한 번 쓱 훑어봤다.

"아, 삼총사 중 세 번째가 도착했구먼! 지금 막 네 얘기를 했는데!"

"무슨 말을 했는데요?"

오스만과 그리 친하지 않은 무히틴은 그의 이런 흥분된 행동에 놀란 모양이었다. 그는 조롱하는 듯한 미소를 지었다.

"네 얘기를 하고 있었어. 옛날에 포커를 치고 놀았던 얘기 말이야."

레피크가 대신 대답했다.

무히틴은 오스만과 악수를 했다. 그런 후 레피크와 외메르를 보며 "잘 지냈어?" 하고 물었다. 그는 구석에 있는 안락의자에 앉으며 옆에 놓인 신문을 집어 들고 뒤적이기 시작했다.

"난 그럼 이제 젊은이들끼리 있도록 해 줘야겠지."

오스만은 이렇게 말하고 문을 열고 나가려다가 문득 멈춰 서더니 무히틴에게 물었다.

"시집은 어떻게 돼 가?"

"잘돼 가요, 잘돼 가고 있어요."

무히틴이 투덜거리며 대답했다.

"그래, 젊은이들끼리 있도록 해 줘야지. 그들은 엔지니어가 되었는데 우리 엄마는 아무것도 되지 못하다니."

오스만은 한 번 더 크게 웃고는 문을 살며시 닫았다.

"왜 그렇게 찡그리고 있어?"

외메르가 무히틴에게 물었다. 무히틴은 머리로 문을 가리켰다.

"내가 저 사람 안 좋아하는 거 알잖아? 잊었어?"

그는 이렇게 말하고는 레피크를 쳐다봤다.

"내가 네 형을 안 좋아한다고 해서 기분 나쁜 건 아니지?"

"물론 아냐!"

"참, 나에 대해 무슨 얘길 했어?"

"별거 아냐! 옛날 농담이지, 뭐."

외메르가 대답했다. 잠시 침묵이 흘렀다. 아무도 먼저 말을 꺼내고 싶지 않았던 것이다. 아래층에서 들려오는 소리와 문 앞에 있는 시계가 똑딱거리는 소리뿐이었다.

"이 집 식구들의 쾌활함도……."

무히틴은 이렇게 말하며 의자에서 일어나 안경을 벗더니 손수건으로 닦기 시작했다. 외메르가 그를 바라보았다.

"왜, 좋지 않아?"

"글쎄, 판단할 수가 없어. 이런 걸 좋아해야 하는 거야, 혐오해야 하는 거야?"

"널 이해해!"

외메르는 미소를 지으며 무히틴에게 다가가더니 그의 어깨에 손을 올려놓았다. 무히틴보다 키가 훨씬 컸기 때문에 활달한 형이 동생을 안타깝게 바라보는 모습 같았다.

"외메르가 잠시 자기 얘길 했거든!"

레피크가 말했다. 무히틴은 안락의자에 앉으면서 안경을 꼈다.

"넌 뭐라고 했는데?"

"그런 얘긴 다음에 하자!"

외메르가 말을 끊었다.

"좋아, 어차피 나도 오래 있을건 아니니까. 베이올루에 잠깐 나가 봐야 해서……. 약속이 있거든. 널 좀 보려고 왔어!"

"아직도 베이올루야?"

외메르가 물었지만 무히틴은 예상과 달리 웃지 않았다. 부끄러워하지도 않고 뻔뻔하지도 않았다. 그는 얼굴을 찡그리며 노려봤다.

갑자기 문이 열렸다. 에미네 부인이 또 쟁반을 들고 들어왔다. 쟁반에는 찻잔 세 개가 놓여 있었다. 그녀는 무히틴을 보며 야단치듯이 "아까 보고서도 곧장 여기로 도망쳐 왔지!"하고 말했다. 하지만 레피크가 인상을 쓰고 있는 걸 보고는 다른 말은 하지 않고 빈 잔을 들고 나갔다.

"아래층에 들르지 않고 곧장 왔어. 손님들이 있더라고……."

무히틴은 변명하듯 말했다.

"나갈 때 함께 가 보자!"

외메르의 말이 끝나자 다시 침묵이 흘렀다. 아래층에서 소리가 들려왔다.

"조금 전에 무슨 얘기 했어?"

"내 계획과 생각에 대해서. 쟤는 결혼 얘기를 했고. 또……."

"그래, 그래, 바로 그런 얘길 했어."

레피크가 이렇게 말했다. 하지만 결혼이라는 말에 이번에는 고민도 없고 걱정도 없이 즐겁고 편안하게 미소를 지었다. 무히틴은 레피크를 가리키며 말했다.

"결혼이 얘를 아주 얌전하게 만들었어!"

"쟤는 늘 얌전했지!"

"맞아, 맞아, 그것도 지나치게!"

무히틴은 이렇게 말하며 외메르와 함께 폭소를 터뜨렸다. 레피크도 함께 웃었지만 희미하게나마 죄책감 같은 게 느껴졌다. 잠시 후 무히틴이 길에서 우연히 만난 학창 시절 친구 얘기를 꺼냈다. 그 친구는 다른 사람들에게 조롱을 당하는 재미로 사는 사람 같았다. 공대에 다닐 때의 추억을 떠올리자 그들은 신이 나기 시작했다.

외메르는 조금 전 무히틴이 뒤적이던 신문을 펼쳤다.

"이것 좀 봐! '변호사 제납 소라르의 자동차가 어제 탁심 광장에서 전차와 충돌했다. 피해는 크지 않았다. 인명 피해는 없었다!'"

그가 신문에서 고개를 들었다.

"이게 바로 터키야! 영국 신문에는 이런 기사가……."

"너도 터키를 시골로 생각하는 사람이 됐니? 최근에 전차 사고가 자주 있어서 나온 기사야!"

갑자기 무히틴이 끼어들었다.

"시골이 아니라 정복당하지 않은 처녀지로 보고 있지!"

레피크도 거들었다.

"말도 안 돼! 도대체 무슨 말을 하는 거야!"

외메르가 중얼거렸다.

"자, 가자, 너도 나가는 길이었지, 그렇지?"

그들은 계단을 내려가다 페리한을 만났다. 레피크는 페리한의 얼굴이 붉어지고, 친구들도 부끄러운 표정을 짓는 걸 보았다.

푸아트 씨 가족은 가고 없었다. 여느 때처럼 늘 같은 안락의자에 앉아 있던 제브데트 씨는 젊은이들을 보고 반가워했다. 무히틴이 그의 손등에 입을 맞추자 좋아했다. 앉으라고 하도 권유를 하는 바람에 그들은 자리에 앉았다.

"지금 어디들 가는 거냐? 놀러 나가니?"

"애들은 가고 전 집에 있을 거예요."

레피크가 대답했다.

"물론 넌 집에 있어야지. 이제 결혼했으니까. 너희는 어디 가니? 베이올루로 나가는 사람 없어?"

"가끔 나가요!"

무히틴이 대답했다.

"야, 요 녀석! 하지만 선을 넘진 말거라……. 난 젊었을 때 전혀 못 놀았어. 지금에 와서 좀 놀았더라면, 좀 즐겼더라면 하고 생각하지. 하지만 가족과 일이 중요해, 그렇지 않니? 넌 지금 어디서 일하지?"

"건설 회사에서 일합니다."

"훌륭하구나!"

그러고는 외메르를 쳐다봤다.

"너도 시간 끌지 말고 빨리 직장을 잡아. 여기는 유럽 같지 않아. 이곳은 달라."

"압니다, 어르신!"

외메르는 이렇게 대답하고 자리에서 일어나 제브데트 씨의 손을 향해 몸을 숙였다. 제브데트 씨는 그들이 자기 손등에 입을 맞추도록 하면서 말했다.

"여기서 빨리 벗어나려 하는구나! 나한테 배울 게 아주 많을 텐데, 아직 많은데 말이야!"

"정말 잘들 생겼지요!"

니갼 부인은 이렇게 말하며 한숨을 쉬었다. 하지만 무히틴에게는 해당되지 않는 말이라 생각됐는지 "아주 젊고!" 하고 덧붙였다.

"날을 정해서 식사하러 오려무나. 약속해, 알았지?"

오스만은 다시 그 옛날 농담을 떠올렸는지 혼자 웃었다.

방에서 나갈 때 어린 손자가 외메르에게 안기며 "눈 깜짝하면 여기 있고, 눈 깜짝하면 문 뒤에 있는 거, 그건 뭘까요?" 하고 물었다.

"레몬? 아니면 피클 통?"

외메르는 이렇게 말하며 미소를 지었다.

레피크는 계단 앞에 서 있다가 위층에서 내려오는 페리한을 보았다. 그는 아내가 자신의 친구들과 한 번 더 인사할 수밖에 없는 상황을 만들고 싶지 않아, 자기도 모르게 친구들이 아내를 볼 수 없는 위치에 섰다.

'내가 왜 그랬지?'

그는 이렇게 생각하며 대문까지 친구들과 함께 걸었다. 언제 저녁에 여기서 만나 얘기를 나누자는 약속을 받아냈다. 그러곤 그들이 니샨타쉬 광장의 인파들에 뒤섞일 때까지 바라보았다.

"내 청춘과 대학 시절을 저들과 함께 보냈어!"

그는 이렇게 중얼거렸다.

몸을 돌려 집으로 걸어갔다. 이틀 전에 내린 눈이 아직 녹지 않아, 정원 구석과 나뭇가지 위에 남아 있었다. 살을 에는 차가운 바람이 불었다. 나뭇가지에서 눈송이가 떨어졌다. 레피크는 서둘러 따뜻한 집 안으로 들어갔다. 난로 옆으로 가서 몸을 덥히며 대화에 끼어들었다.

5
한 집 더

아야즈파샤의 아파트 문을 열어 준 가정부는 외메르에게
사람들이 식사를 함께하려고 기다리고 있다고 전했다. 그는
외투를 건넨 후, 불이 환하게 밝혀진 거실로 들어섰다. 외메르
는 전에 한 번 본 적이 있는 국회의원 무흐타르 씨, 나즐르(그
녀의 어린 시절이 기억났다.), 국회의원의 여동생 제밀레 부인과
명절 인사를 주고받았다. 그런 후 무흐타르 씨가 소개해 준 어
떤 국회의원과도 인사를 나누면서 준비된 식탁에 앉았다. 그
가 식탁에 앉자, 얼굴을 찡그린 가정부가 음식을 가져왔고, 그
들은 이런저런 대화를 나누기 시작했다.

외메르는 제밀레 부인을 만나러 이곳에 왔다. 유산 문제가
복잡하게 얽혀 그들이 공동 소유하고 있는 위스퀴다르의 집
에서 나오는 월세를 받으러 왔던 것이다. 아침에 이런 목적으
로 전화를 걸었고, 국회의원이 전화를 받아 저녁 식사를 함께

하자고 했다. 하지만 저녁 식사에 초대한 국회의원은 그에게 별로 신경 쓰지 않았고, 다른 국회의원과 최근 정치계의 뒷얘기를 나누고 있었다. 외메르는 그를 독차지하게 된 걸 흡족해하는 제밀레 부인과 얘기를 나누었다. 제밀레 부인은 쉰 살이 넘었으나 결혼한 적이 없는 쾌활한 여성이었다. 그녀는 그들이 공통으로 알고 있는 사람들과 친척들에 대해 얘기를 나누었다.

"알레브루 이모 댁은 참르자로 이사했어. 사브리 이모부는 은퇴했지. 그가 요즘 뭘 하는지 아니? 옛날 돈을 수집한단다! 처음엔 그냥 취미로 시작했다가 이젠 완전히 빠져들었대. 지금은 매일 카팔르차르쉬*로 간다는구나. 에렌쾨이에 있는 땅을 팔았어. 계속 은화를 샀거든. 알레브루 이모는 속상해 죽으려 하지만 어쩌겠니? 알레브루 이모 기억나지, 그렇지?"

외메르는 한편으로는 제밀레 부인의 말을 들었고, 다른 한편으로는 국회의원들 대화에 귀를 기울이면서, 가끔 곁눈으로 나즐르를 보았다.

"물론 기억하죠!"

"당연히 기억할 테지."

제밀레 부인은 이렇게 말하며 나즐르를 바라보았다.

"기억 못하겠지만, 너도 우리와 함께 어느 해 봄에 으흘라무르로 갔단다. 그 들판에 놀러 간 거야, 요즘 말로 피크닉이지. 알레브루 이모는 외메르를 아주 예뻐했어……. 지금도 좋

---

* 이스탄불에 있는 큰 시장으로 '그랜드 바자르'라고도 한다.

아하잖아……. 근데 참, 너는 안부도 전하지 않더구나. 왜 연락 안 했니, 응? 넌 어른들 생각을 안 해. 널 보면 얼마나 좋아할지 알기나 하니?"

"시간이 없었는걸요!"

"시간이 없다고! 참, 그런데 내가 무슨 말을 하고 있었지?"

제밀레 부인은 올리브유로 요리한 음식이 나올 때까지 친척들 얘기를 했고, 국회의원들은 정치 얘기를 계속했다. 음식이 차려지자 무흐타르 씨는 외메르에게 말했다.

"영국에 있었다고 들었네만, 그렇지 않은가?"

그는 이렇게 말한 후 국회의원 친구를 쳐다봤다. '이 흥미로운 젊은이를 함께 관찰해 봅시다!'라는 눈길 같았다.

"영국에서 살았다니, 그곳은 어떤가?"

"좋습니다!"

"그러니까 정치 상황은? 이탈리아-에티오피아 전쟁에 대해 뭐라고들 하나?"

"저는 정치에 별 관심이 없습니다!"

"아, 젊은 세대는 바로 이렇다니까! 내 딸도 그래!"

"아버지, 전 필요한 만큼은 관심 있게 보고 있어요."

"그래, 마음에 드는구나!"

국회의원은 이렇게 말하고, 그 말을 지우려는 듯 머리를 저었다. 그런 후 다시 외메르에게 물었다.

"그렇다면 그들은 우리를 어떻게 생각하나?"

"누구를 말씀하시는지요?"

"아, 자네 아직 터키에 적응을 못했군! 우리를, 터키를, 우리 나라를 말하는 거지."

"여전히 페스를 쓰고, 하렘이 있고, 히잡을 두른 나라로 보죠⋯⋯."

"그렇단 말이지⋯⋯. 쯧쯧! 하지만 우리는 많은 걸 이루었는데!"

국회의원은 부당한 처우를 당한 듯 투덜거렸다.

"우린 중요하게 생각하지 않아도 실제로는 아주 중요한 일이지. 우리는 좋아졌네. 우리가 훨씬 좋아졌다는 걸 온 세상에 알려야 해!"

"하지만 세상은 병들었네, 친구!"

무흐타르 씨가 친구에게 대꾸했다.

"전쟁이 일어날까?"

외메르에게는 이렇게 물었다. 하지만 그에게서 대답을 기다리는 것 같지는 않았다. 그의 대답을 중요하게 여기는 것 같지도 않았다.

두 국회의원은 전쟁 가능성, 스페인의 상황, 에티오피아에서 일어난 전쟁 얘기에 몰두했다. 제밀레 부인은 '아, 저 끝나지 않는 전쟁 이야기!' 하는 표정을 지었다. 외메르와 나즐르는 처음으로 얘기를 나누기 시작했다.

외메르는 나즐르에게 대학에서 뭘 전공했는지 물었다. 그녀가 문학을 전공했다고 했을 때, 그 대학에서 공부한 친척을 기억해 냈다. 하지만 친가 쪽 친척이었기 때문에 나즐르는 모른다고 했다. 짧은 대화가 오간 후 그들은 부끄러운 일이라도 한 것처럼 얼굴을 붉혔다. 나즐르는 외메르의 얼굴이 붉어진 걸 보고 더 얼굴을 붉혔다. 외메르에게는 그렇게 느껴졌다.

식사가 끝날 무렵 잿빛 고양이가 방으로 들어왔다. 나즐르는 고양이를 불러 품에 안고 쓰다듬었고, 제밀레 부인은 화를 냈다. 그녀는 '딸'이라고 부르던 조카에게 아무것도 못 배웠다고, 고양이 털이 얼마나 해로운지에 아느냐고 했다. 고양이 털이 폐로 들어가는 바람에 목숨을 잃은 어느 부자 얘기를 가슴 아파하며 들려주었다. 외메르도 그사이에 나즐르를 주의 깊게 관찰했다.

아름다운 얼굴은 아니었지만 못생긴 것도 아니었다. 이마는 넓고 눈은 컸으며, 코는 그녀 아버지처럼 작았고, 입도 재미있게 생겼다. 얼굴은 항상 뭔가 떠오른 듯한 표정이었다. 그녀가 식탁에서 일어나 팔짱을 끼자 외메르는 자신이 그녀를 주시하고 있었다는 것을, 긴 의자 한쪽에 앉는 이 여자의 존재가 자신을 불안하게 한다는 것을 깨달았다. 나즐르가 그렇게 팔짱을 끼고 앉아 있을 때, 외메르는 자신이 선망했던 초등학교 선생님과, 어린 시절 어머니를 찾아왔던 아주 아름다운 독일 여자를 떠올렸다. 그 선생님도, 남편이 장군인 고상한 독일 여자도 무척 영리했고, 두 사람 모두 지금 나즐르처럼 팔짱을 끼곤 했다.

커피가 나오기 전에 제밀레 부인은 봉투 한 개와 계약서 사본을 가져와 흔들며, 세를 준 집과 세 든 사람에 대해 외메르에게 설명했다. 그가 다른 데 신경을 쓰며 듣지 않는데도 그녀는 자기 마음이 편해질 때까지 이 문제에 대해 다 설명하고 나서 봉투를 건네주었다. 외메르는 그녀의 말을 들으면서, 의자에 앉아 고양이를 쓰다듬는 나즐르를 보지 않으려고, 제밀레 부인의 말을 주의 깊게 듣는 것처럼 보이지 않으려고, 국회의 원들의 말에 귀를 기울였다. 무흐타르 씨는 친구에게 이스메트 파샤*와 관련된 추억이 별로 중요하지 않다는 듯 얘기했다.

무흐타르 씨는 지금 정권을 잡고 있는 이스메트 파샤 정부를 칭찬하기 시작했다. 가장 격하게 칭찬하는 부분에서는 외메르를 바라보았다. 마치 '이 정부가 어떤 정부인지를 영국 친구들에게 설명해 주게나!' 하는 듯한 시선이었다. 얼굴엔 억울한 표정이 어려 있었다. 그는 흥분하며 물었다.

"그렇다면 자네는 어떻게 생각하나?"

"무엇에 관해서요?"

"혁명에 대해서, 터키에 대해서, 우리에 관해서!"

"예, 그들 의견에 동감합니다!"

외메르는 이렇게 대답하고 웃으며 나즐르를 바라보았다. 바보 같은 행동이라는 생각이 들었다. 무흐타르 씨가 화가 난 듯한 태도로 재킷의 팔을 잡아당겼다.

"그러니까, 누구 의견에 동감한다는 건가?"

무흐타르 씨는 이렇게 물으며 무시하듯 덧붙였다.

"뭐 어쨌든! 자넨 이제 뭘 할 건가?"

"돈을 벌 겁니다. 시와스-에르주름 철도 구간에서 일할 겁니다."

* 1884~1973. 군인 출신으로 터키 공화국 최초의 총리(재임 1924~1937)와 2대 대통령(재임 1938~1950)을 지냈다.

"그러니까 먼저 혁명을 위해 봉사하겠다는 거군! 그 철도는 아주 중요하지. 동부가 들끓고 있어. 지금 건설되는 철도는 터키를 통합할 거고, 혁명을 동부로 전파할 거야. 자네는 먼저, 그러니까, 혁명에 봉사하겠다는 거군! 그렇게 말하지 그랬나……. 돈은 나중 문제지."

그는 나즐르를 바라보며 자신이 옳다는 걸 인정해 달라는 눈길로 "그렇지 않니?" 하고 물었다.

"오늘은 자네 날이군그래, 무흐타르!"

다른 국회의원이 말했다.

"내 말이 틀린가?"

무흐타르 씨는 그를 보며 물었다. 그러고는 조금 전 흥분해서 일어났던 의자로 돌아가 앉으며 대화를 이어 갔다.

외메르는 약간 놀랐다. 나즐르와 그녀 품에 안긴 고양이를 보며, 조금 전에 한 말을 생각하며 그녀의 동의를 기대했다. 잠시 후 자신이 멍하니 그녀를 쳐다본 걸 깨닫고는 부끄러워했다. 이즈음 제밀레 부인이 분위기를 부드럽게 하려고 추억 하나를 끄집어냈다.

"유럽에서 선전포고가 있던 해였지. 작고하신 너의 어머니, 너의 아버지, 테브피크 삼촌 그리고 나, 우리 모두 함께 베이올루에, 아니, 아니, 튀넬에 새로 개업한 식당에 갔어. 식당은 멋졌단다. 어차피 그 당시 우리 같은 여자들이 출입할 수 있는 장소는 별로 없었어. 네가 개구쟁이 짓을 하면서 네 엄마를 귀찮게 하기에 내가 널 좀 안아 보겠다고 품에 안고 얼렀어. 그날 난 실크로 된 새 옷을 입고 있었지. 넌, 그 악동은, 새 옷 위에, 그러니까, 쉬를 해 버렸지 뭐니? 한편으로는 네 어머니가 안타까워할까 봐 너를 품에 안고 그 위를 가렸고, 다른 한편으로는……."

그녀는 킥킥 웃기 시작했다. 외메르도 웃기 시작했다. 곁눈으로 나즐르를 바라보았다. 그녀가 끔찍한 이야기를 들은 듯 얼굴을 찡그리자 이 얘기를 꺼낸 제밀레 부인에게 화가 났다. 그러다 그는 갑자기 뭔가 떠오른 표정으로 자리에서 일어났다.

"전 이제 가 봐야겠습니다!"

예상대로 사람들은 더 있다 가라고 했지만, 결국 그를 따라나왔다. 국회의원이 그를 배웅하고 거실로 돌아가다가 말했다.

"혁명을 잊지 마! 어떤 경우에도 혁명을 잊지 말게! 정부를 먼저 생각하고, 그다음에 자신의 꿈을 생각해! 그렇지 않나? 이모와 이모부에게 안부 전해 주게!"

제밀레 부인도 바크르쾨이에 사는 이모와 이모부에게 안부를 전했다.

"또 오너라. 안 오면 섭섭할 거야. 오늘은 어차피 이것 때문에 온 거니까!"

그녀는 외메르의 손에 들려 있는 봉투를 가리켰다. 그런 다음 후회가 됐는지 "아냐, 아냐, 농담이야!" 하고 말했다.

외메르는 그녀에게 뭐라고 대답했지만, 자신의 관심이 문 앞에 서서 품 안의 고양이를 쓰다듬는 나즐르에게 쏠려 있다는 걸 알고 있었다. 그는 문득 '난 파티흐가 될 텐데!' 하고 생각했다. 그는 나즐르와 악수를 하고 고양이의 이마를 쓰다듬어 주었다. 계단을 내려가면서 다시 한 번 '그래, 난 파티흐가 될 거야!' 하고 생각했다. 제밀레 부인은 추우니까 외투를 입으라고 큰 소리로 말했다. 밖에선 차가운 바람이 불었다. 귀뮈시쉬위 병원 앞에 군용차가 멈춰 서 있었다. 사병 둘이 세 번째 사병을 부축하고 계단을 오르고 있었다. 외메르는 택시를 타고 바크르쾨이로 가자고 했다.

가는 길에 오늘 보낸 긴 하루를 생각했다. 아침에 이모와 이모부와 함께 앉아 양을 희생시키는 의식을 봤고, 점심은 어떤 친척 집에서 먹었으며, 오후에는 레피크를 만났다. 명절을 축하하는 이스탄불에는, 대가족들 사이에는, 따스하고 넓은 거실에는, 거리를 두고 조심해야 할 것들이 있었다. 하루를 돌아볼수록 뭔가 깨부수고, 뭔지 알 수 없는 질서를 뒤집어엎고 싶은 욕구가 마음속에서 일어났다.

'이 게으르고 느리고 안일한 만족에, 열정 없는 가족생활에 나를 내맡기지는 않을 거야. 그 대신 뭘 해야 하지?'

그는 기지개를 켜며 하품을 했다.

6

인생에서 뭘 해야 하지

그들은 저녁 식사 자리에 함께해 요리사 누리가 만든 이즈미르식 쾨프테*를 먹고 가족들의 대화에 끼어들어 모두를 즐겁게 해 주었다. 그런 후 서재로 올라가 잡담을 했지만 자신들이 진짜 원하는 얘기는 나누지 못했다. 레피크는 진정한 대화는, 모두 잠이 든 후, 텅 빈 거실로 내려가면 시작될 거라고 생각했다. 옛날에도 그렇게 하곤 했다. 모두 잠든 후, 오랫동안 포커를 치다가 아래층으로 내려가, 세마외르를 놓고 이야기를 나누곤 했던 것이다. 한번은 무히틴이 이 비슷한 게 19세기 러시아 지식인과 푸시킨의 삶에 관한 책에 나온다고 얘기했다.

똑딱거리던 문 앞의 시계가 종을 치기 시작했다. 외메르는 기지개를 켜느라 허공으로 올라간 손목시계를 보려고 머리를

---

* 다진 고기에 양념과 채소를 섞어 굽거나 튀긴 터키 전통 요리.

앞으로 뻗으며 하품을 했다. 그런 후 뒤적이던 책으로 얼굴을 돌렸다. 무히틴이 트럼펫을 연주하듯 안락의자 팔걸이를 손가락으로 누르고 있는데, 계단에서 발소리가 들려왔다. 그러나 다시 시곗바늘 소리만 들려왔다.

"자, 아래층으로 내려가자!"

레피크의 말에 그들은 소리를 내지 않으려고 조심하면서 아래층으로 내려갔다. 레피크는 중간 문으로, 좁은 계단을 지나 부엌으로 내려갔다. 누리가 세마외르를 준비해 놓은 걸 보자 기분이 좋아졌다. 커다란 쟁반과 보글거리는 주전자를 가지고 거실로 올라갔다. 무히틴은 제브데트 씨가 늘 앉아 있던 의자에 앉았다.

외메르는 물건들을 관찰하며 방 안을 서성거렸다. 담배를 든 채 자개로 된 물건과 피아노가 있는 방에서 나오면서 "이 집에선 아무것도 변하지 않아!" 하고 중얼거렸다. 그러다 세마외르를 보더니 흥분해서 "절대 너한테 뭐라고 한다고는 생각지 마!"라고 했다.

레피크는 세마외르가 그동안 달아오르지 않던 대화를 갑자기, 원하던 대로 끓어오르게 만든 것 같아 미소를 지었다.

"그러니까, 그렇게 생각하는구나. 넌 무슨 생각해?"

"내가 이 집을 별로 좋아하지 않는다는 거 알잖아!"

무히틴이 대답하자 레피크는 모든 게 원하는 대로 됐음을 확신했다. 그는 미소를 지었다.

"그래, 네가 이 집을 좋아하지 않는다는 건 알아!"

그러고는 다른 뜻으로 받아들일까 싶어 덧붙였다.

"어차피 넌 시 말고는 좋아하는 게 없잖아!"

"여자, 유흥 그리고 똑똑한 걸 좋아해!"

"자기가 똑똑하다는 걸 과시하는 것도 좋아하지. 네 책은 언제 출판돼?"

외메르가 맞은편에 앉으면서 물었다.

"넌 항상 그것만 물어보더라. 곧……. 기다리는 중이야!"

"그거 말곤 뭘 하는데?"

"엔지니어로 일하지. 사무실에서 시간을 많이 보내. 피로에 절어 집으로 돌아오지. 가끔 베이올루에 나가고. 베쉭타시의 술집에도 아는 사람들이 있어! 집에서 시를 쓰고. 이것만으로도 충분해!"

"나도 내게 충분한 뭔가를 찾을 수 있을까?"

외메르가 갑자기 이렇게 물었다.

"무히틴은 시인이자 엔지니어야! 기억나? 넌 한때 도스토예프스키를 너 자신에 비유하기도 했잖아. 그도 엔지니어라면서……."

레피크가 말했다.

"아냐, 사실 쟤는 도스토예프스키처럼 약간은 악마적인 데가 있어서 그렇게 비유했을 거야!"

외메르의 말에 무히틴이 웃었다. 사람들이 자신에 대해 말하는 게, 자신의 특징에 대해 논쟁하는 걸 좋아했다. 레피크는 그를 더 즐겁게 해 주고 싶었다.

"그리고 무히틴, 넌 장님이 될 거라고 말하곤 했잖아! 물론, 제일 강조한 건 서른 살에 좋은 시인이 되어 있지 않으면 자살

한다고 했던 거지!"

"그래, 그땐 입에서 나오는 대로 말했어. 하지만 믿어 줘, 시인이 되고 싶다거나 자살하겠다는 말은 모두 진심이야!"

"세상에, 쯧쯧!"

외메르가 이렇게 말하며 웃었다. 무히틴은 '안 믿어도 돼!' 하는 시선으로 그를 바라보았다. 그러고는 자기 주장을 증명할 필요가 없을 정도로 확신한다는 듯 "그래, 웃으려면 웃어!" 하고 말했다.

레피크는 모든 게 잘돼 가는 것 같아 기뻤다. 진열장에서 잔을 꺼내고, 설탕 통을 접시에 올려놓고, 차가 얼마나 우러났는지 살폈다. 모든 게 완벽하길 바랐다.

"술도 가져오지그래!"

"우리 집엔 술 없는데! 아버지가 마시는 딸기 리큐어는 있어. 명절 때만 조금 드시거든……."

"그럼, 관둬!"

외메르는 이렇게 말하고 무히틴에게 물었다.

"넌 술 마셔?"

"가끔."

"언젠가 우리 집에 온 적 있지. 9월이었나, 아마 그렇지? 많이 취해 있었어!"

레피크가 말했다.

"마셔야지, 마셔야 하고말고!"

외메르가 말했다.

"왜?"

"마셔야 해, 왜냐하면 술은……!"하고 말하면서 레피크를 보며 "차 향기가 정말 좋은데!"라고 한 후 다시 무히틴에게 "왜냐하면 술은 좋은 거니까!"하고 말했다.

"차는 각자 따라 마셔!"

레피크가 말했다.

"왜 좋은 건데?"

"좋아, 말할게!"

외메르가 대답했다. 그의 얼굴에는 '날 원망하지 마!' 하는 표정이 어려 있었다.

"술은 일상 너머로 우릴 데려가기 때문이지! 피상적인 걸 넘어서는 데 도움이 돼!"

그는 흥분하며 자리에서 일어났다.

"평범하고 단순한 삶이 끔찍하다는 걸 느끼게 만들어 주지!"

"야, 너 대단한걸! 좀 앉아 봐!"

무히틴이 말했다.

"쟤가 저렇다고 전에 얘기했잖아!"

레피크가 끼어들었다.

"그래, 난 대단한 놈이야! 유럽에서 많은 걸 배웠어. 다시 여기서 나태한 사람으로 살아갈 순 없어. 적은 것으로 만족하지 않을 테야. 유럽에서 배웠어……. 내겐 인생이 있고, 결국엔 모두 죽는다는 걸 배웠어!"

"예전엔 그걸 몰랐단 말이야?"

무히틴은 이렇게 말하며 웃었다. 식탁을 향해 걸어가던 외메르가 갑자기 멈춰 섰다.

"난 이런 걸 배웠어. 네가 이해하지 않고 조롱했던 것들이 무슨 의미인지를. 이 삶에서 뭔가 해야 해. 이 삶을 채워야 해. 모든 걸 넘어서서 앞서 나가야 해……. 뭔가를 해야 해. 그리고 내가 한 일들을 다른 사람에게 알려야 해……. 난 평범한 삶을 원하지 않아!"

"하지만 조금 전엔 내게 '세상에, 쯧쯧.'이라고 하지 않았어?"

"맞아, 하지만 오해하지 마. 시인이 되려고 그렇게까지 할 가치가 있어? 난 그렇게 생각했기 때문에……."

"그러니까 가치가 없다는 거지!"

무히틴이 말했다. 외메르는 식탁 위에 있는 세마와르의 작은 꼭지를 틀었다.

"가치가 없어! 내 생각엔……."

"그래, 네가 뭘 하고 싶은지 알고 싶어!"

무히틴의 손은 다시 안락의자 가장자리를 두드리며 트럼펫을 연주했다.

"시와스에 가서 돈을 벌 거야! 돈을 벌 거야! 그 돈으로 모든 걸 손에 넣고 말 거야! 모든 걸……."

외메르는 거의 고함을 지르듯 말했다. 그러다 자기 자신이 두려운 듯 갑자기 입을 다물었다.

"날 조롱하듯 쳐다보는구나. 내가 다혈질이라고 생각하는 거지, 그렇지? 아니면……. 그래, 맞아, 난 아주 다혈질이야."

반쯤 비운 찻잔을 곁탁자 위에 놓았다. 마치 손을 움직이지 않고는 마음속에 있는 걸 털어놓을 수 없다는 듯, 이상한 손짓을 몇 번 해 보였다. 그러고는 그걸 깨닫고 미소를 지었다.

"난 요즘 예민해. 이스탄불에서 목격하게 되는 나태하고 부드러운 가족의 분위기에 휩쓸리는 게 두려워!"

그러고는 레피크를 보며 말했다.

"절대 기분 나빠하지 마! 그런 데 휩쓸리면 내가 해야 할 일을 못한 채 슬리퍼나 신는 평범한 삶을 시작한 셈이 될 테니 하는 말이야!"

그는 이렇게 말하면서 곁눈으로 레피크의 발을 쳐다보았다. 그가 신발을 신은 걸 보고 안심하는 것 같았다.

"난 많은 걸 하고 싶어! 풍요롭고 충만한 삶을 살고 싶어! 누가 이렇게 말했지? 풍요롭게 사는 것, 진정으로 부유해지는 것, 모든 걸 손에 넣는 것!"

그는 외우고 있던 말을 지루하게 반복하는 것처럼 중얼거렸다.

"여자들, 돈, 모두의 선망을 얻고 싶어!"

그는 찻잔을 떠올리고 다시 집어 들었다. 그러고는 조금 전에 앉았던 자리에 다시 앉았다.

"그런데 왜 시인이 되는 걸 무시하는 거야?"

"시인이 되는 건 조용한 일이니까. 시로 뭘 깨부수고 뭘 손에 넣을 수 있지? 인내심을 가지고 그저 기다리는 것뿐이잖아……. 참, 옛말에 이런 게 있지. 인내의 끝은 구원이다. 난 이런 말을 믿지 않도록 배웠어! 인내하라고 가르치는 사람들의 말은 믿지 마! 난 나 자신만을 믿어!"

"새로운 생각도 아닌걸!"

"그래, 책에서 읽었을지도 모르지! 어쩌면 난 너만큼 독서를 못했을지도 몰라. 하지만 이런 건 알아. 나도 너처럼 어딘가에서 그걸 읽었다면 그저 그런 '생각들'이라며 넘겨 버렸을 거야. 하지만 난 그렇게 받아들이지 않았어. 내게는 모두 일어났던 일이야! 내게는 이런 게 전부야!"

"그래, 널 이해할 것 같아. 하지만 난 그게 옳다고는 생각지 않아. 그렇게 큰 야망으로 도대체 어디에 도달하려는 거야?"

"아직 생각 안 했어. 하지만 내가 말한 그곳으로 가고 싶어."

외메르는 레피크를 쳐다보았다.

"왜 술이 아니라 차를 마시는 거야, 우리, 이해가 안 돼!"

"넌 신경이 너무 날카로워졌어. 나보다 더 신경질적이야. 하지만 결국 그 야망은 널 태우고 무너뜨리고 마비시키고 말 거야!"

무히틴이 말했다. 레피크가 끼어들었다.

"리큐어 좀 갖다 줄까?"

"아냐, 아냐, 가져오지 마. 내가 무너질 것 같아? 그렇게 생각해?"

외메르는 의자에서 일어나 침착하게 거실을 오갔다.

"그래!"

무히틴은 이렇게 대답했지만 물건들 사이를 거니는 그를 보고는 다시 "모르겠어." 하고 말했다. 그의 몸은 마치 '봐, 내가 얼마나 잘생기고 영리한지! 이런 사람이 어떻게 무너지겠어?' 하고 말하는 것 같았다.

잠시 정적이 흘렀다. 무히틴은 일어나 새로 차를 따랐다. 외메르는 레피크에게 최근에 문을 연 서점에 대해 물었다. 레피크가 설명하기 시작했다. 무히틴도 대화에 끼어들었다. 그는 자히트 스트크*라는 시인 얘기를 했다. 갈라타사라이 고등학교를 다닐 때와 베쉭타시에 있는 술집에서 그를 만났다고 했다. 얼굴은 못생겼고 부끄러움도 많이 타는데, 페야미 사파** 의 찬사 덕분에 주목을 받는다고 했다. 베이올루의 술집은 좋아하지 않아서 다른 젊은 시인은 모른다고도 했다. 그들은 베이올루에 대해, 최근 사 년 동안 이 거리가 얼마나 변했는지에 대해 얘기하기 시작했다. 하지만 이 얘기가 아니라, 조금 전에 하던 얘기에 더 관심이 있다는 게 그들의 표정과 말투에 드러났다. 베이올루, 상점들, 변해 가는 이스탄불에 대한 대화는 한참 계속되었지만 아무 흔적도 남기지 못했다.

다시 정적이 찾아오자 무히틴은 자신이 내뿜은 담배 연기를 보며 중얼거렸다.

"그러니까 그렇게 생각한다는 거지, 응⋯⋯."

"그래, 바로 그런 걸 해야만 하는 거야! 평범한 것, 평범한 삶을 거부해야 해. 하지만 그걸로는 충분치 않아. 큰 논란을 불러일으켜야 돼. 모든 걸 손에 넣어야 해⋯⋯. 난 계속 똑같은 말만 하고 있어!"

외메르는 계속 똑같은 주장을 한 걸 사과한다는 듯한 표정

---

* 1910~1956. 터키의 시인.
** 1899~1961. 터키의 소설가.

이었다.

"일상의 매력을, 작은 행복을 피해야 돼!"

그는 가만히 앉아 있을 수 없다는 듯, 자기 말을 강조하려는 듯, 자리에서 일어나 세마외르에서 차를 따랐다.

"넌 호기를 부리고 있을 뿐이야!"

무히틴의 말에 외메르는 들고 있던 잔을 접시에 내려놓았다.

"솔직히 말해 볼까? 하지만 두려워하지는 마. 나는……. 초라하고 지저분한 터키인이 되고 싶지 않아!"

"어이쿠!"

"지금 네가 무슨 말을 했는지 알아?"

권총이 발사된 것 같았다. 무히틴은 레피크와 외메르를 번갈아 보며 말했다.

외메르도 자신이 내뱉은 말이 두려운 모양이었다. 세마외르의 꼭지와 다 채우지 못한 찻잔만 만지작거렸다. 그는 몸을 돌려 무히틴을 쳐다보았다. '방금 한 말은 농담이야!'라는 듯한 눈빛이었다. 그는 다시 찻잔을 바라보며 말했다.

"사이트 네딤 씨의 아내인 아티예 부인이 그렇게 말했어! 이스탄불로 돌아올 때 만났지. 레피크, 너한테 말했던가?"

"네가 한 말이나 설명해 봐! 무슨 뜻인지……."

무히틴이 소리를 질렀다.

"무히틴, 사랑하는 무히틴, 우린 진정한 친구 아냐? 넌 나의 오랜 친구야!"

"그래, 하지만 이 정도까지는 예상 못했어!"

외메르는 찻잔을 곁탁자에 내려놓고 무히틴 옆에 앉았다.

다정하고 아량 넓은 형처럼 무히틴의 어깨에 손을 올렸다.

"대단한 뜻이 있어 한 말은 아니야, 무히틴! 어떻게 하면 삶을 더 충만하게 살 수 있을지 그걸 고심하는 거야!"

이렇게 말하고 갑자기 그의 어깨에서 손을 내리고는 레피크에게 말했다.

"아, 터키엔 관용이라는 게 없어! 관용은 아주 중요한 거야. 넌 어떻게 생각해?"

"네가 말한 그 일상이라는 게 왜 피상적이고 단순하다고 생각해? 네가 작은 행복이라며 무시한 걸 왜 피해야 하지? 일상도 그 자체로 소박함과 시적인 면이 있어."

레피크는 무슨 말이라도 해야 할 것 같아 이렇게 말했다. 그러나 자신이 한 말이 부끄러웠다.

"넌 지금 페리한을 생각하지, 그렇지? 맞아, 페리한은 아주……."

외메르는 흥분하며 이렇게 말했다. 레피크는 얼굴을 붉혔다.

"아냐, 그녀를 생각하며 한 말이 아니야."

"이해해. 페리한 같은 여자는 쉽게 찾을 수 없지!"

"아냐, 그녀에 대해 한 말이 아니야. 겸손해야 한다는 말이야!"

갑자기 무히틴이 폭소를 터뜨렸다.

"겸손이라고? 그렇다면 이 거실은? 이 물건들은?"

그는 손으로 거실과 피아노, 자개 세트, 물건들을 가리켰다. 그리고 다시 한 번 폭소를 터뜨리며 말했다.

"이런 데서 살아온 사람이 어떻게 그게 가능하지? 하하하.

화내는 거 아니지, 그렇지? 만약 겸손이라면, 네가 원하는 그건 내가 사는 지역에서나 실현할 수 있을 거야. 난 그렇게 할 수 있어."

그는 자신의 의지를 좀 더 분명히 보여 주려는 듯 자리에서 일어났다.

"하지만 난 겸손이란 걸 좋아하지 않아. 내가 얼마나 영리한지 보여 주고 싶어. 이 점에 대해선 외메르와 생각이 같아. 단지 이 부분에서만!"

"넌 왜 나처럼 라스티냐크가 되려 하지 않는 거야?"

"뭐, 뭐, 뭐라고 했어? 라스티냐크! 발자크를 읽은 거야? 그놈을 선망하는 거야?"

"아냐, 그건 내 말이 아냐! 이것도 사이트 씨 아내 아티예 부인의 말이야……."

외메르는 변명하듯 말했다.

"대단한 가족이군! 너한테 많은 걸 가르쳐 줬구나!"

무히틴은 신경질을 내며 말했다. 외메르는 흥분하며 자리에서 일어났다.

"친구들, 날 이해 못하겠어? 난 이 삶을 충만하고 풍요롭게 살고, 모든 걸 손에 넣겠다고 말하는 거야. 날 이해하는 거야? 우린 십 년 지기야! 그런 눈으로 쳐다보지 마. 알아, 어쩌면 내가 좀 괴짜 같아 보일 수도 있어. 그래, 하지만 난 내가 뭘 원하는진 알아. 우리 앞에는 삶이 있어. 어떻게 살아갈지를 생각하자. 아무도 이런 걸 생각하지 않잖아!"

그는 무히틴을 쳐다봤다.

"넌 모든 일을 시인이 되는 것과 관련 지어 설명하려 하지. 그걸로 충분해? 인내와 시…… 그 정도뿐이야? 넌 네 능력을 보여 주겠지…… 기다리겠지. 왜?"

그런 후 레피크에게 시선을 돌렸다.

"너도 이 편안한 집과 일상에 휩쓸리기 시작했어. 거기에 대해선 할 말 없어. 그걸 바꾸라는 말이 아냐. 하지만 날 이해는 하는 거야? 가끔 너희들의 눈길이 두려워."

"우릴 누려워하진 마, 인마, 두려워하지 마."

"우리가 몇 년 지기인데!"

외메르는 이렇게 말하고 무히틴에게 다가가 그 앞에 멈춰 섰다.

"이리 와, 네 볼에 입을 맞추고 싶어!"

"넌 취한 것 같은데!"

무히틴은 이렇게 말하면서도 의자에서 일어났다. 마음이 찡했다. 그들은 서로 얼싸안고 웃으면서 볼에 입을 맞추었다.

레피크 역시 감동을 받은 기분이었다. 그들과 그 농담에 동참하고 싶었지만 자리에서 일어나지는 않았다. 조금 전에 자신이 한 말, 페리한, 친구들이 페리한을 어떻게 느끼는지를 생각하니 부끄러웠다.

"학창 시절처럼 해 보자!"

외메르가 소리치자 레피크가 자리에서 일어났다.

"기억나? 한번은 극기 수업에서……."

친구들이 문을 바라보자 그도 그쪽으로 고개를 돌렸다.

"아, 아버지!"

제브데트 씨도 그들을 보고 놀랐다. 푸른 줄무늬 파자마와 긴 가운을 입고 문 앞에 서 있었다. 처음에는 몸을 숨기려 했지만 그러지 못한 것 같았다. 이 늦은 밤에 신나는 일을 발견해 즐거운 모양이었다. 느리고 익숙한 발걸음으로 자신의 안락의자로 걸어갔다.

"이보게 청년들, 좋은 밤을 보내고 있군. 난 잠을 이루지 못했어."

"우리가 너무 크게 떠들었나요?"

외메르가 말했다.

"아냐, 아냐, 나이 때문이야. 배 속이 좀 이상해. 저녁을 너무 많이 먹었나 봐."

그러고는 부끄러운 듯 덧붙였다.

"내 파자마 멋지지 않나?"

"예, 정말 멋지네요!"

이렇게 대답하는 무히틴의 얼굴에는 조롱기가 배어 있었다.

"무슨 얘기를 하고 있었나?"

제브데트 씨는 이렇게 말하며 아끼는 안락의자에 조심스럽게 앉았다.

"무슨 얘기를 나누었는지 어디 말해 보렴!"

"인생에서 뭘 해야 할지 토론하고 있었습니다!"

외메르가 대답했다.

"오! 그래서 뭘 해야 하는데?"

"아직 완전한 결론에는 이르지 못했습니다."

"그것보다 쉬운 게 뭐 있어? 우린 인생에서 일을 해야 하고,

사랑을 해야 하고, 먹고 마셔야 하고, 웃어야 해!"

"하지만 목적이 뭐죠? 우리는 그 얘기하고 있었습니다."

"목적이라고?"

제브데트 씨는 손을 귀 뒤로 가져가면서 물었다.

"그러니까 뭐가 진정한 목표여야 하는지에 대해 말한 거예요, 아버지!"

"그들이 하는 말이구나. 하지만 넌 이런 일에 너무 끼어들지 마라. 결혼을 했잖니. 이제 너의 진정한 목표는 정해졌다. 가정과 직장…… 그건 그렇고 또 무슨 말을 했나?"

제브데트 씨는 엄한 태도로 말했다. 외메르는 갑자기 떠오르는 것이 있었다.

"사이트 네딤 씨 얘기를 했습니다. 그분 아버지인 네딤 파샤를 아실 거라고 하던데요. 게다가 결혼식을 네딤 파샤의 저택에서……."

"그래, 그래! 그의 저택에서 했지……."

그는 약간 지루해 보였다.

"레피크, 아래에 가서 과일 좀 가져오겠니! 오렌지 껍질을 까서 가져와."

"사이트 네딤 씨를 기차에서 만났습니다."

"그 사람 얘기는 됐고, 직장은 정한 거니! 빨리 일을 찾아라. 그리고 여자도. 넌 잘생기고 공부도 많이 했잖아! 그래, 좋은 직장과 좋은 여자. 너희 질문에 대한 답이다. 인생에서 중요한 건 바로 그런 거야."

레피크는 계단을 통해 부엌으로 내려갔다.

7

길을 나서기 전에

외메르는 낮잠에서 깨어나 시계를 봤다. '너무 많이 잤군! 나즐르의 집에 가는 데 늦겠는걸!' 그는 이렇게 생각하며 계단을 내려갔다.

창문 밖으로 저택 뒤뜰과 녹음에 생기를 불어넣어 주는 봄빛을 바라보았다. 멀리 바다가 보였다. 바크르쾨이 앞으로 바지선이 지나고 있었다.

'케마흐로 갈 거야!'

그는 시와스-에르주룸 노선에서 일하기로 했고, 한 회사와 케마흐와 에르진잔 사이에 있는 터널에서 일하겠다는 계약서에 사인을 했다. 그도 사업에 투자한다는 계약이었다. 지금은 투자할 자금이 있었지만 나중에는 부족할 거라는 생각이 들었다. 제밀레 부인이 세를 받고 있는 집, 그 지역의 땅, 카팔르차르쉬에 있는 상점을 팔고 싶었다. 그러려면 제밀레 부인을 찾아가야 했다.

이모부는 거실 한쪽에서 이웃과 베지크*를 하고 있었다. 외메르를 보자 "일어났니?" 하고는 이웃에게 "두 배로 올려야 할 것 같소!"라고 말했다.

이모는 뜨개질을 하고 있었고, 가끔 창밖을 바라보았다. 그녀 역시 "일어났니?" 하고 물었다.

"저 가요, 늦었어요!"

외메르는 이렇게 대꾸하며 하품을 했다. 그는 '이런 분위기에 휩쓸리지 않도록 아주 조심해야 돼!' 하고 생각했다.

"제밀레 부인에게 가니?"

"예, 그분과 집과 토지에 대해 얘기를 나누려고요!"

"네 이모부도 그 일은 봐줄 수 있을 텐데. 뭐 어쨌든 안부 전하렴. 제밀레 부인의 조카는 어때? 뭐였지, 걔 이름이?"

"나즐르요! 이모, 늦겠어요. 저녁때 올게요."

이모는 기회가 생겨 기쁘다는 듯 그의 볼에, 고인이 된 그의 어머니가 입을 맞추던 그 자리에 입을 맞췄다. 외메르는 흘러간 시간을 떠올렸다. 빠른 걸음으로 정원을 지나갔다. 마차에 올랐다가 역 앞에서 택시를 잡아탔다. 이스탄불을 떠날 수밖에 없어 슬펐지만, 자신의 계획을 되새겨 보니 안심이 되었다. 휴가 때건 언제건 매일 이웃과 베지크를 하는 이모부, 쉬지 않고 뜨개질을 하는 이모를 떠올리며 '그들처럼 되지 말아야지! 레피크처럼 돼서도 안 돼. 내가 무히틴처럼 인내심이 있는 것

---

* 두 사람이 하는 카드 게임으로 '베이직'으로도 불린다.

도 아니니…….' 하고 생각했다. 택시가 다리를 지날 때 나즐르를 생각했다.

'왜 그녀 얼굴이 가끔 붉어졌을까? 그녀는 국회의원의 딸이야. 파티흐가 되려는 사람에게 국회의원이 뭘 해 줄 수 있지?'

그는 자신이 나즐르의 남편이자 그 국회의원의 사위가 되는 걸 생각해 봤다. 앙카라에서 새로 입찰을 받고, 돈을 많이 벌고, 사람들은 그와 그의 아내를 부러워하며 뒤에서 "외메르 씨는 만족하는 법이 없어." 하고 말하겠지. 그는 자신의 생각이 부끄러워져 "정말 부끄럽고 터무니없는 생각이야!" 하고 중얼거리며 웃었다. 그런 후 상점과 땅에 대해 제밀레 부인에게 할 말을 궁리하기 시작했다.

제밀레 부인이 문을 열어 주었다. 역시나 기쁜 마음으로 외메르를 맞이하며, 왜 빨리 오지 않았느냐고 나무랐고, 이모와 이모부의 안부도 물었다. 날씨가 화창했는데도 오는 길에 춥지 않았느냐고 걱정하고, 커피를 어떻게 마실지 물었다. 그녀는 외메르의 대답을 주의 깊게 듣고 나서, 오늘은 가정부가 쉬는 날이라며 커피를 끓이려고 부엌으로 가기 전에 잠시 가정부에 대해 불평을 늘어놓았다. 외메르는 그녀의 뒷모습을 보며 '그런데 나즐르는 없나?' 하고 생각했다.

그들은 커피를 마시며 두서없이 얘기를 나누었다. 제밀레 부인이 이모와 이모부에 대해 묻기에 외메르는 그들의 건강과 일상에 대해 말해 주었다. 제밀레 부인은 자신의 건강에 대해 불평했다. 통통한 팔을 보여 주며 류머티즘 때문에 힘들다고 했다. 그런 후 외메르의 예상대로 정적이 찾아왔다. 부인은 긴 한숨을 내쉬었다.

그래서 외메르는 빠르게 설명했다. 자기가 케마흐에 가게
됐으며, 일 년 안에 꽤 큰돈이 필요할 것 같다고 말했다. 상점
과 공동 소유의 집, 토지 등을 살 사람을 찾도록 도와달라고
했다.

"하지만 어떻게 전부 판다는 거니?"

"지금 팔지는 않아요, 아주머니. 하지만 곧 팔 수밖에 없는
상황이 올 거예요!"

"파는 건 좋지 않아! 돌아가신 네 아버지는 한번 재산을 팔
기 시작하면 끝이 없다고 하셨단다."

"흥청망청 쓰려고 파는 게 아니에요. 자본금을 만들려고 파
는 거죠."

"좋지 않아, 좋지 않아!"

그녀는 이렇게 중얼거리면서도 최선을 다해 도와주겠다고
했다.

'내가 여기 왜 왔지? 이 여자는 절대 날 도와주지 않을 거
야. 난 여기……. 아냐, 안 도와줄 이유가 없잖아, 그녀는 에렌
쾨이를 아주 잘 아니까.'

"애, 케마흐가 어디니?"

"에르진잔에 있어요."

"거긴 추운데."

"곧 여름이 오잖아요."

"그래도 두꺼운 옷을 가져가는 거 잊지 마라!"

그런 후 에르주룸 출신의 먼 친척 얘기를 시작했다. 그곳 사

람들은 손에서 손으로 건네는 커다란 설탕 조각을 핥으면서 차를 마신다고 했다. 그녀는 차를 우려내러 부엌으로 갔다.

외메르는 방으로 들어온 잿빛 고양이를 보고 자리에서 일어났다. '난 이스탄불을 떠나!' 이렇게 생각했지만 택시 안에서처럼 울적하지는 않았다. 잠에서 덜 깬 몽롱한 상태에서 벗어나, 야망을 되찾고, 파티흐가 되어야 한다는 걸 다시금 떠올렸던 것이다.

"인생을 살면서 많은 걸 할 수 있어!"

그는 이렇게 중얼거렸다. 고양이가 곁눈질로 그를 보며 다가왔고, 안락의자 위로 단숨에 뛰어올라, 쿠션 냄새를 맡고는 몸을 동그랗게 말고 누웠다.

'이스탄불의 맛도 맘껏 즐기지 못하고 가는구나!'

그는 거실을 서성거렸다. 뭔가 깨부수고 싶어 안달하는 것 같았다.

"그런데 맛은 무슨 맛? 런던에 있을 때는 이스탄불을 하나도 좋게 기억하지 않았는데!"

그는 이렇게 투덜거리며 창밖으로 보스포루스를 바라보았다.

'그래, 애정을 갖고 이스탄불을 생각해 본 적이 없어. 하지만 지금 보니 우정이 있고, 사람들, 그래, 친한 사람들, 익숙한 냄새, 내 몸을 감싸는 포근한 분위기가 있어!'

맞는 말이었다. 창 쪽에서 맞은편 벽으로 걸어갔다. 책장과 층층이 쌓여 있는 책이 보였다. '예를 들면, 그 여자애는 어떤 책을 읽는 걸까?' 그는 고양이를 쳐다봤다. '하지만 여기 머문다면 잠들어 버릴지도 몰라. 나한테는 돈이 필요해!' 이것도 맞는 말이었다. 돌아서서 창문 쪽으로 걸어갔다. '난 돈을 벌기 위해 이스탄불에서 도망치는 거야. 하지만 결국 이스탄불을 정복할 거야.'

위스퀴다르 하늘에 구름 덩어리 둘이 떠 있었다.

'어쩌면 정복이라는 걸 과장하고 선망하는 건 아닐까. 내가 유럽에서 배웠다고 생각하는 것들이 터무니없는 건 아니겠지?'

그는 다시 돌아 벽 쪽으로 걸어갔다.

'아냐, 내게는 열정이 있어! 다른 사람들과 달라. 용기도 있어! 그런데 이 여자는 왜 안 오는 거야?'

그는 발소리를 듣고는 '차를 가져오겠지!' 하고 생각하며 문 쪽으로 멍하니 돌아섰다.

'아, 저건 나즐르잖아!'

"미안해, 나올 수가 없었어. 이웃 아이에게 영어를 가르치고 있었거든."

외메르는 얼굴이 붉어지는 걸 느끼며 미소를 지었다.

"괜찮아. 그런데 영어를 가르치는구나."

"거실에서 서성거리는 것 같던데."

"난 이스탄불을 떠나, 사흘 후에!"

외메르는 그녀의 긴 목을 보고 놀라면서 말했다.

"그래! 어디로 가는데?"

"케마흐!"

나즐르는 고양이가 누워 있는 안락의자에 앉더니 고양이를 품에 앉았다.

"그러니까 동부로 가는구나."

"몽테스키외처럼 동부에서 너한테 편지를 쓸까?"

이런 말이 튀어나와 외메르는 혼란스러운 듯 덧붙였다.

"아냐, 아냐, 그건 이란에서 쓴 편지지, 그렇지? 아냐, 그것도 아닌 것 같아. 어떤 이란인이 쓴 편지야……. 너도 읽어 봤어?"

"읽은 적 있어!"

이렇게 대답하는 나즐르의 얼굴에서는 아무 표정도 읽을 수 없었다.

"책을 많이 읽나 보네!"

외메르는 이렇게 말한 후 뭔가 기억해 냈다는 듯 "난 경험을 해야 한다고 생각해!"라고 중얼거리며 자리에서 일어났다. 그는 자신이 무척 바보 같다고 생각했다.

"그래, 넌 남자잖아!"

이때 부인이 들어왔다. 두 젊은이가 멋진 얘기를 하고 있는 것 같았는지 자신의 존재를 알리지 않으려고 하면서 그림자처럼 조용히 구석에 앉았다. 하지만 외메르는 그녀의 존재를 알아챘다. 그녀가 그들의 말을 주의 깊게 듣고 있다는 것도 알고 있었다.

"맞아! 네가 얼마나 힘들지 알아. 여긴 여자들에게는 지옥과 같아. 집 안에 가둬 두니 말이야!"

그는 제밀레 부인을 쳐다보지 않고 이렇게 덧붙였다.

"그 정도는 아냐. 그보다 좋지 않은 상황에 처할 수도 있어!"

'아, 정말 똑똑하구나! 개성이 있어…….' '그보다 좋지 않은

상황에 처할 수도 있어.'라는 저 말은 아무나 할 수 있는 말이
아냐. 게다가 아주 사랑스러워.'

이런 생각이 들자 자신이 평범하다고 느껴졌다.

"게다가 터키에서는 변화가 일어나고 있고, 어떤 면에서는
아주 발전적이야!"

"그래!"

"하지만 넌 변화를 무시하고 있지!"

"아냐, 아냐, 설대 그렇게 생각하지 마, 나는 야망을⋯⋯."

"아니 손님에게 어떻게 그런 식으로 말하니, 얘야?"

제밀레 부인이 나즐르를 꾸짖었다.

"나는 나 자신을 파티흐로 간주하고 있어!"

외메르는 이런 말을 던지고 말했다.

"하지만 그가 이스탄불을 정복했을 때는 너보다 젊었단다.
그는 정말 잘생기지 않았니? 너도 무척 잘생겼지만!"

제밀레 부인이 대답했다. 그녀는 신의 가호로 액운이 깃들
지 말라는 의미로 나무를 두드렸다.*

외메르는 대화가 평범해지는 게 싫었다. '그래, 나는 영리
하고 사랑스러운 사람이야!' 그는 이렇게 생각했다. 이야기를
더 하기가 싫어져서 차를 마시고 당장 도망치고 싶었다.

"이제는 아주 어른이 다 됐구나. 진지하게 얘기도 나누고.
하지만 난 너희들이 요만했을 때를 아주 잘 기억한단다!"

---

* 외모가 뛰어나거나 자랑할 만한 것이 있는 사람을 악귀가 시샘하지 않도
록 하기 위한 행동.

제밀레 부인은 웃으면서 나즐르의 어린 시절 이야기를 했다. 그리고 다른 이야기를 시작하려는데 나즐르가 화를 냈다.

"고모, 그만해요, 고모는 오는 사람들마다 붙들고 그런 얘기를 하잖아요."

"외메르가 어디 그냥 사람들이니. 알았다, 알았어, 차나 가져다주마."

부인이 나가자 외메르가 말했다.

"너무 지나친 것 같아!"

"그래! 그만 좀 했으면 좋겠어, 이제!"

나즐르는 신경질이 난다는 듯 손짓을 했다. 그녀의 손짓에 품에서 자던 고양이가 머리를 들었다.

"보다시피, 국회의원의 집에도 변화가 들어오지 못했네!"

"아냐, 아버지는 앙카라에 살아!"

그 후 침묵이 시작되었다.

잠시 후 제밀레 부인이 경쾌한 모습으로 차 쟁반을 들고 들어왔다. 잼이 든 빵을 만들었다고 했고, 즐거운 듯 자신의 젊은 시절을 얘기하고는, 빵을 안 먹는다며 나즐르를 나무랐다.

"얜 아무것도 안 먹어. 앞으로 어찌될지 나도 모르겠다. 너무 말랐어, 그렇지 않니?"

"아니요! 적당한데요, 뭐."

그는 또 말을 잘못한 건 아닌지 생각했다.

"너도 이것 좀 먹어. 널 위해 만든 거니까."

외메르는 빵 하나를 집어 가장자리를 뜯어먹었다. 자신이 경박한 손님이나 바보가 된 것 같은 느낌이었다.

'이 집에는 나를 옴짝달싹못하게 하는 뭔가가 있어! 어차피 이스탄불 전체가 이런 분위기야. 왜 내가 여기 앉아 있는 거지? 일어나야겠어!'

그는 이렇게 생각했지만 일어나지 않았다. 조금도 익숙하지 않은 무기력함을 더더욱 드러내려는 듯 그대로 앉아 있었다. 뭔가를 기다리는 것 같았지만 그게 뭔지는 몰랐고, 그게 뭔지 알기 위해 앉아 있는 것만 같았다.

'이스탄불에 있을 시간이 사흘밖에 안 남았는데 아직도 이 집에서 죽치고 있군. 베이올루로 가면 즐기면서 약간이나마 기분을 낼 수 있을 텐데.'

하지만 그는 베이올루에서 찾을 수 없는 걸 여기서는 찾을 수 있다고 느끼며 앉아 있었다. 두서없이 얘기를 하는 제밀레 부인의 말을 들으며. 그러다 갑자기 '나는 파티흐가 될 거야!'라고 생각하며 자리에서 일어났다.

"이제 가 봐야겠습니다!"

"가는구나. 진짜 가는구나! 저 멀리 케마흐로! 언제 돌아오니?"

"언제가 될지는 모르겠어요!"

외메르는 이렇게 말하며 자기가 또다시 혼자 사는 미혼 남자 특유의 분위기를 풍기는 것 같아 부끄러워졌다. 그는 이 집에서 계속 부끄러워만 하고 있었던 것이다.

"이모와 이모부에게 안부 전하렴!"

그들은 벌써 문 앞에 와 있었다. 외메르는 나즐르를 보며 표정을 읽으려 했지만, 자신이 원하는 건 찾을 수 없었다. 어쩌

면 찾지 못할 거라 생각했는지도 모른다. 다행히 마지막 순간
에 농담을 던졌다.

"이란에서 너한테 편지 쓸까?"

"응, 써 줘!"

그녀의 얼굴에 그가 찾는 게 나타난 것 같았다.

"너, 이란에도 가니?"

제밀레 부인이 물었다.

"아닙니다, 농담이에요!"

그는 이렇게 말하며 '어차피 책 이름도 그게 아니었어.' 하
고 생각했다. 야외로 나간 것처럼 마음이 편안해졌다.

부인은 그를 위로하는 목소리로 말했다.

"그 먼 곳까지 가다니. 부디 잘 가거라! 신이 너를 도와주시
길!"

"편지로 소식 전하겠습니다!"

외메르는 계단을 내려가면서 자신이 건강하고 영리하다고
생각했다.

8
베이올루의 여자들

니갼 부인은 계단을 오르며 땀을 흘렸다. 심장 뛰는 소리와 코 안이 울리는 걸 느끼며 투덜거렸다.

"10월이 아니라 여름 같군!"

여름이 끝나고 헤이벨리 섬의 새 집에서 니샨타쉬로 옮겨 온 지 한 달이 지났다. 지금은 10월 초, 베이올루의 하늘은 쨍쨍했다.

"여기였지, 맞지?"

페리한은 고개를 끄덕이고 벨을 눌렀다. 아이셰가 새로 피아노를 배우는 집이었다. 겨우내 일주일에 두 번은 여기 와야 했다. 일주일에 두 번 튀넬 바로 앞에 있는 이 건물로 와서 4층까지 계단을 올라가 곰팡이와 먼지 냄새가 나는 층계참에 서서 문이 열리길 기다리는 게 니갼 부인은 하나도 지루하지 않았다. 그래도 딸은 엄마를 고마워해 주었으면 싶었다.

지난번에도 봤던 가정부 여자가 문을 열어 주었다. 그들은 턱수염을 잘 다듬은 신사들 사진이 걸린 방으로 들어가 앉았다. 안에서 피아노 소리가 들려왔다. 니걍 부인은 시계를 봤다. 4시 오 분 전이었다. 페리한은 맞은편에 앉아 잡지를 뒤적였다. 잠시 후엔 지루한 듯 창밖을 바라보았다. 병원 대기실에 앉아 있는 듯한 느낌이었다. 안에서 흘러나오는 음악 소리는 곧 끝날 것 같지 않았다.

'저 애에게 피아노를 가르치려고 우리가 얼마나 애를 쓰고 있나!'

요즈음은 아무도, 특히 젊은이들은, 세상의 가치를 모른다고 생각했다.

1936년 10월, 그녀는 마흔여덟이었다. 삐걱거리는 의자에 앉아 며느리를 훑어봤다.

'쟤는 아직 어린애야!'

페리한은 유리창에 이마를 대고 밖을 내다보고 있었다.

'내가 저 나이 때는…….' 니걍 부인은 계산해 보았다. '페리한은 지금 스물둘이야. 그러니까 새 달력으로는 1910년에, 내가 저 애 나이 때 둘째를 낳았지!'

그녀는 자랑스러워하며 눈을 깜박였다. 인내심이 강한 자신이 부당한 취급을 받는다는 생각이 들 때도 있었다. 지금도 저 까다로운 셋째한테 시달리고 있고, 지루한 기다림을 견디고 있지 않은가. 그녀는 스스로를 위로하려고 이렇게 생각했다.

'아이셰의 교습이 끝나면, 함께 르봉에 갈 테니까!'

그녀는 레일라 부인과 4시 15분에 만나기로 미리 약속해 두었다.

피아노 소리가 멈췄다. 잠깐 바이올린 소리가 들리는 것도 같았다. 다시 고요해졌다. 잠시 후 헝가리 선생이 서툴게 터키어를 하는 말소리와 발걸음 소리가 들렸다. 열린 문으로 잘생겼지만 창백한 젊은이가 바이올린 케이스를 들고 먼저 나왔다. 그 젊은이가 누군지 생각하고 있을 때 아이셰의 모습이 보였다. 그녀 뒤로는 무슈 발라츠가 생각에 잠긴 듯 미소를 짓고 있었다. 벽에 걸린 사진 속 남자들처럼 그의 수염도 말끔하게 다듬어져 있었다. 니걍 부인과 페리한을 발견한 그의 얼굴이 밝아졌다. 악수를 하며 그는 뭐라고 중얼거렸다. 작은 키에 통통한 사람이었다. 피아노 선생 같은 외모는 아니었지만 말은 조심해서 했다. 니걍 부인은 문을 나서면서 '정중한 사람이야! 아무래도 유럽인이니까!' 하고 생각했다. 그러나 계단을 내려가면서 이런 생각이 머리를 스쳤다. '하지만 안됐어!' 고작 피아노 선생인 것이다.

그들은 베이올루로 갔다. 이제는 하늘이 쨍쨍하지 않았고, 안달하며 서두르는 듯한 구름이 떠 있었다. 화덕에서 불어 나오는 듯한 생기 없고 후덥지근한 바람이 그들의 얼굴을 뜨겁게 달구었다. 니걍 부인은 '폭풍이 다가오나 봐!' 하고 생각했다. 아이셰가 탁심 쪽으로 돌자 니걍 부인이 말했다.

"그쪽 아니야. 사탕 사야 돼."

"집에 안 가요?"

니걍 부인은 화가 날 것 같았다. 어린아이 같은 행동은 참아 주었지만 버릇이 없는 건 참을 수 없었다.

"먼저 르봉에 갈 거야. 레일라 부인하고 약속이 있어. 집에는 그다음에……."

그녀는 거친 목소리로 말했다. 아이셰가 얼굴을 찡그렸다. 페리한이 뭔가 말하려 했다. 니걍 부인은 다시 화가 치미는 것 같았다. 아이들은 세상의 가치를 모른다. 그녀는 진열장을 구경하기 시작했다.

별로 눈에 띄는 게 없었다. 섬에서 돌아온 뒤 침실 커튼용 옷감을 찾아보았지만 마음에 드는 게 없었다. 오늘 페리한과 수많은 상점을 들락거리고서야 푸른색 꽃무늬가 있는 미국산 옷감을 겨우 찾아냈다. 마음에 드는 게 거의 없었다. 어차피 터키에는 좋은 물건이 없었다. 그 유명한 흐리스토디아디스의 상점. 거기 진열장에도 바로 눈길을 사로잡는 게 없었다. 여기저기 줄로 매달아 놓은 형편없는 옷감, 얼마 지나지 않아 색이 바랠 국산 제품, 굳은 표정의 마네킹에 입혀 놓은 기성복들. 아무것도 없었다. 니걍 부인은 화가 난 것 같았다. 진열장에서 눈을 돌렸다. 그녀는 주위를 둘러봤다. 아이셰와 페리한이 안 보였다.

'사라졌어!'

그녀는 그 자리에 섰다. 튀넬로 가는 인도에도 그들은 보이지 않았다. 오가는 얼굴들은 모두 다른 사람이었다. 맞은편 인도를 쳐다봤다. 거기도 없었다. 그러다 자기가 서 있던 인도에서 멀리 떨어진 곳에서 아이셰의 땋은 머리칼을 보았다. 페리한은 그녀에게 기대 서 있었다. 자기들끼리 얘기를 나누고 있었다. 니걍 부인은 안중에도 없었다. 니걍 부인은 무시당한 기분이었다. 그러나 그런 감정에 휩싸이기 싫었다. 하지만 그들을 향해 다가갈수록 마음속에 다른 감정은 생기지 않았다. 그들은 곧 니갼 부인이 없다는 걸 깨달았다. 뒤쪽을 바라보며 몇 초쯤 두리번거리다가 그녀를 발견하고 기다렸다.

"무슨 얘기 중이었어?"

니갼 부인은 그들 옆에 가서 물었다. 그녀의 목소리에 나무라는 듯한 거친 기운이 배어 있었다.

"아무것도 아니에요!"

페리한의 대답에 니갼 부인이 눈살을 찌푸렸다. 아이셰는 뭔가 죄를 지은 듯, 그러나 신경질적인 모습이었다. 니갼 부인은 다그쳤다.

"뭐에 정신이 팔려서 가 버렸잖아! 무슨 얘길 하고 있었던 거야?"

"뭣 때문에 데리러 오는 거예요? 집에는 혼자서도 갈 수 있어요. 어차피 학교에서도 여기로 혼자 오는걸요!"

아이셰가 단호하게 대꾸했다.

이거란 말이지! 그러니까 엄마가 자기를 데리러 오는 게 싫단 말이지! 니갼 부인은 온몸으로 분노가 퍼지는 걸 느꼈다. 입술이 떨리는 걸 깨달았다. 이거란 말이지! 사람들이 인도를 지나고 있었다. 고래고래 소리를 지르고, 이해심도 없고 무례한 이 애가 명심할 말을 해 주고 싶었다. 노란 하늘엔 구름이 떠 있었다. 창문 앞으로 비둘기들이 날아다녔다. 그들은 제과점 앞까지 왔다. 갑자기 바람이 불었다. 니갼 부인은 거세게 가게 문을 열었다. 딸과 며느리가 따라왔다.

그들은 작은 테이블에 앉았다. 레일라는 아직 오지 않았다. 종업원에게 차와 케이크를 주문했다. 한동안 정적이 흘렀다. 니걀 부인은 케이크를 즐기지 못할 것 같았다. '그러니까 내가 자기를 데리러 오는 게 싫단 말이지!' 그녀는 이렇게 생각하며 딸에게 물었다.

"데리러 오는 게 왜 싫어?"

아이셰는 죄지은 사람처럼 말없이 앞만 바라보았다. 자기 잘못을 안다는 뜻이군.

"왜 싫은 거야? 왜?"

이 애한테 대답을 들으려면 대여섯 번은 물어보고 다그쳐야 했다.

"왜 싫은 거야, 왜, 말해 봐! 엄마하고 같이 걸어가는 게 부끄러워? 왜 그런지 말해!"

"안 부끄러워요!"

아이셰는 불평 섞인 목소리로 중얼거렸다.

"그러면 왜? 왜 널 데리러 오면 안 되는 거야? 그 피아노 선생을 찾으려고 내가 얼마나 애를 썼는지 알아? 모두 널 위해서야! 왜 싫은지 말을 해 봐! 말해 봐, 왜 그런지!"

아이셰는 울기 시작했다.

'아, 올 것이 왔구나. 그것도 사람들 많은 곳에서.'

니걀 부인은 주위를 둘러봤다. 창문 앞 테이블에서 말쑥하게 차려입은 신사가 신문을 읽고 있었다. 왼쪽 테이블에서는 여자 둘이 웃으면서 차를 마시고 있었다. 니걀 부인은 초조한 마음으로 그들을 곁눈질했다. 그들은 그녀의 시선을 눈치채지 못했다.

'내가 너무 심했나?'

그러다 이젠 질렸다는 생각이 들었다.

'결혼을 시켜야 돼. 최대한 빨리 결혼을 시켜야 돼. 결혼을 안 하면 신경질적으로 불평만 하고, 걸핏하면 우는 애가 될 거야. 저 꼴 좀 봐. 열여섯이나 됐는데…… . 결혼을 시켜야 돼.'

아이셰가 머리를 숙이더니 점점 더 아래로 내려갔다.

"얼른 눈물 닦아. 차가 나올 거야!"

차와 케이크가 나왔다. 하지만 이미 불쾌한 기운이 테이블을 뒤덮고 있었다. 아름다운 찻잔을 바라볼 여유도 없었다. 그들은 말없이 케이크를 먹기 시작했다. 니간 부인은 '레일라가 오기 전에 먹어 버렸네.' 하는 생각이 들었지만, 별로 신경 쓰지는 않았다. 그녀는 아이셰를 생각했다.

'누구하고 결혼시키지?'

제브데트와 이 문제를 의논해야겠다고 마음먹었다. 하지만 곧 마음을 접었다. 그의 유일한 약점이 이 버릇없는 아이였던 것이다. 결혼이라는 말이 나오면 분명 얼굴을 찡그릴 것이며, 슬퍼할 것이고, 아직 이르다고 할 것이다. 아이셰는 손수건도 꺼내지 않고 손으로 눈을 비볐다. 페리한은 미안한 표정을 지었다.

'누구하고 결혼시키지?'

친구나 지인의 아들들, 교육을 잘 받은 청년들을 떠올려 봤다. "레피크의 친구 외메르는 어떨까? 레잔의 큰아들은…… ."

그녀는 앞에 놓인 초콜릿 케이크를 자르고 차를 마시면서,

노래를 부르듯 중얼거렸다.

"누구에게 주지? 누구에게? 누스레트 씨의 작은아들…….
사비하의 아들은 파리에서 뭘 공부하더라?"

분노가 사라지는 것 같았다. 케이크도 맛있었고 머릿속에
떠오르는 생각도 그녀를 즐겁게 했다. 머리를 숙이고 앉아 있
는 아이셰를 보며 신랑 후보를 하나하나 따져 보는 게 재미있
고 가벼운 게임 같았다.

제과점 문이 열렸다. 레일라 부인이 씩씩한 걸음으로 들어
왔다. '아, 당연히 레일라의 아들이지! 렘지…….' 니갼 부인은
희생절에 보았던 그를 떠올렸다. 레일라가 미소를 지으며 다
가왔다. 니갼 부인은 '볼에 입을 맞춰야지!'라고 생각하며 얼
굴을 앞으로 내밀었다. 레일라의 뺨은 뜨거웠고 부드러운 향
기가 났다. 이어 페리한과 아이셰와 입을 맞추는 그녀를 지켜
보았다. 그래, 렘지가 가장 적당해. 레일라가 의자에 앉았다.
여느 때처럼 활달하고 흥겨워 보였다. 차와 케이크를 주문하
고 말을 시작했다.

레일라는 이야깃거리가 많은 사람이었다. 그녀 가족은 여
름 집이 있는 수아디예에서 쉬실리로 얼마 전에 옮겨 왔다. 여
름에 못 만났기 때문에 할 얘기가 많이 밀려 있었다. 그녀는
제일 먼저 여름 끝 무렵에 거행된 두 결혼식 얘기를 들려주었
다. 니갼 부인은 이 결혼식에 못 간 것이 못내 아쉬웠다. 하지
만 레일라의 얘기를 들으니 별로 중요한 사건이 없었던 것 같
아 마음이 놓였다. 그다음엔 9월 초에 왔던 영국 국왕 얘기를
했다. 모다에서 무스타파 케말 파샤와 함께 돛단배 경기를 구

경한 왕이 밝은색 운동복을 입고 있더라고 했다. 왕 옆에는 그와 함께 온 여자가 있었다. 부인은 아니었다. 이에 대해 뒷얘기가 돌았는데, 그녀는 그 이야기도 들려주었다. 니갼 부인도 왕을 봤기 때문에 이에 대해 할 말이 있었다. 방문 첫날 무스타파 케말 파샤와 함께 돌마바흐체 궁전에서 베이올루로 나갈 때 니샨타쉬에 있는 그녀의 집 앞을 지나갔던 것이다. 왕은 짙은 회색 바탕에 하얀 줄무늬가 있는 양복에 밝은 회색 와이셔츠를 입고 검은색 넥타이를 매고 있었다. 그녀 가족은 정원에 나와 기다렸다가 그들이 지나갈 때 박수를 쳤다. 레일라 부인은 왕이 신문에 나온 것보다는 잘생겼지만, 무스타파 케말 파샤가 더 잘생겼다고 했다. 그들은 차를 한 잔 더 마시기로 했다. 레일라는 베이올루에서 쇼핑한 얘기를 했다. 그녀도 마음에 드는 물건을 못 찾았다고 했다. 니갼 부인은 과장하여 한숨을 쉬었다. 그들은 한참 동안 터키엔 물건이 없다는 이야기를 나누었다. 레일라는 겨울이 끝날 무렵엔 유럽에 가고 싶다고 했다. 니갼 부인은 우울했다. 제브데트 씨는 오랜 세월 동안 유럽 물건을 수입해 팔고 있지만 유럽으로 여행을 떠나는 건 좋아하지 않았다. 수년 전 베를린에 간 것 말고는 어디에도 가지 않았던 것이다. 종업원이 새로 차를 가져왔다. 니갼 부인은 곁눈질로 아이셰를 쳐다봤다. 케이크를 먹지 않았고, 앞에 놓인 찻잔도 그대로였다. 그녀는 참지 못하고 말했다.

"얘, 차가 식겠다! 얼른 마셔!"

이렇게 말한 뒤 '내가 레일라의 말을 잘라 버렸네!' 하고 생각했다. 레일라도 아이셰를 보며 미소를 지었다. '결혼을 시켜

야 돼!' 아이셰에게 벌을 줘야겠다는 생각이 들었다. 서글프
다는 눈빛으로 아이셰를 가리켰다.

"조금 전에 저 애가 뭐라고 했는지 알아요? 피아노 수업이
끝날 때 자기를 데리러 오지 말라지 뭐예요?"

"그런 말을 할 애가 아니에요, 그럴 리가요!"

레일라는 이렇게 말하며 웃었다. 니간 부인은 답답했다. 진
지하게 생각을 안 하는구나. 말이 아무 가치가 없는 것 같았다.

"그렇게 말했어요, 그럼요. 페리한이 증인이에요."

무슨 말이라도 해야겠다 싶어서 한 말이었다. 이런 말을 입
밖에 내면서도 자기가 아주 순진하다는 생각이 들었다. '내 딸
조차 마음대로 혼내지 못하는구나!' 하지만 생각 없이 행동했
다는 것도 깨달았다.

'아이셰를 렘지에게 줘야 해!'

하지만 지금은 이런 생각을 할 상황이 아니었다. 제과점은
답답하고 침침했다. 잠시 이런 생각을 하다가 제과점에서 과
일 사탕을 사기로 했다. 어떤 과일 사탕을 살까? 돌아가신 어
머니와는 테시비키예에 있는 저택에서 겨우내 배 사탕을 먹
었다. 그 일을 떠올리자 기분이 좋아졌고 위로가 되는 듯했
다. 갑자기 번개가 치더니 푸른빛이 사방을 밝혔다. 비가 제과
점 창문을 두드리기 시작했다. '택시를 타고 가야겠는걸!' 그
녀는 자기가 눈을 깜박이고 있음을 의식했다.

9
하루의 끝

전차가 하르비예에 도착했을 때 레피크는 '지금 내리지 말자! 오스만베이에서 내려 니샨타쉬로 걸어가자!' 하고 생각했다. 에미뇌뉘에서 전차에 올랐을 때는 비가 조금씩 흩뿌리고 있었다. 카라쾨이에 도착했을 때는 빗발이 세졌고, 쉬시하네에서는 소나기로 변했다. 가끔 번개가 쳤고, 승객들은 창밖을 내다보며 번개 소리를 기다렸으며, 전차도 레일 속에서 가볍게 흔들리며 미끄러지듯 전진했다. 폭풍 치는 날에 바다를 항해하는 것 같았다. 오스만베이가 가까워졌을 때에야 레피크는 비가 그치지 않겠다고 생각했다.

'뛰어야 하나?'

전차에서 내려 걸음을 재촉하다가 뛰기 시작했다.

'난 예의를 지키려고 사무실로 가는 거야. 사무실로 돌아가는 길에 소나기를 만났고, 이젠 뛰고 있어!'

그는 뛰면서 한편으로는 화가 났다. 그는 일상에 만족하는 사람이었다. 예상하지 않았고 기대하지 않았던 달갑지 않은 일이 삶을 망치는 걸 원치 않았고, 비는 피하고 싶었다. 인도 여기저기에 생긴 웅덩이를 밟아 바지에 흙탕물이 튀지 않도록 조심하면서, 창문과 처마 밑에 모여 있는 사람들의 시선을 받으며 뛰어갔다.

그러다 갑자기 뭔가 기억이 난 듯 멈춰 섰다. 천천히 걸었다. 비는 더 세차게 내렸다. 잠시 후 "이건 말도 안 돼!"라고 투덜거리며 처마 밑으로 들어가기로 했다. 하지만 몸을 피할 처마가 없었다. 낮은 담만 이어지는 길이었다. 그는 빗소리를 들으며 텅 빈 거리를 바라보았다.

택시가 인도로 다가왔다. '택시라도 잡을 수 있으면 좋으련만!' 잠시 후 익숙한 목소리가 들리는 것 같았다. 돌아본 그는 놀랐다. 페리한이 택시 창문에서 몸을 내밀고 그를 부르고 있었다. 그는 뛰어가 택시로 들어갔다.

"흠뻑 젖었네!"

페리한이 말했다. 어머니도 대화에 끼어들어 설명했다. 아이셰를 데리러 베이올루에 갔고, 르봉에서 레일라와 만났고, 갑자기 비가 내리기 시작해 택시를 탔고, 레일라를 쉬실리에 내려 주었으며, 레피크를 보고 놀랐다고……. 그들은 얘기를 했고, 농담을 했고, 가끔 비에 젖은 레피크를 보며 웃었다. 행복한 가족이었다. 행복이 부드럽고 마른 이불처럼 온몸을 감싸는 것 같아 레피크는 기분이 좋아졌다. 그도 농담을 했다!

집에 도착해 페리한과 위층 방으로 올라가 어린아이같이

굴고 싶다는 생각이 들었다. 페리한이 수건으로 머리를 말릴 때, 그는 버릇없는 아이 같은 목소리로 잠시 불평하며 한숨을 푹푹 내쉬었고, 옷을 갈아입을 때는 농담을 했다. 페리한이 즐겁게 웃자 신이 났다. 침대 시트를 잡아당겨 몸에 감고는 한니발로 인해 곤경에 빠진 로마제국 원로원 의원들을 흉내 냈다. 그는 그러면서 화장대에 앉아 있는 페리한을 쳐다봤다. 그녀가 웃었다고 생각했다. '우린 장난을 치며 웃고 있어. 조금 전에는 빗속에서 짐짢게 뛰고 있었는데.' 그는 자신이 다시 쾌활해졌다는 걸 느끼고 있었다. 문 두드리는 소리가 나고 에미네 부인이 차를 가져오자 '끝났어! 이제 흥분이 가라앉겠지. 차를 마실 거고. 침착하고 점잖고 이성적인 사람이 되겠지!' 하고 생각했다.

레피크는 페리한과 마주 앉았다. 그는 창가의 안락의자에 앉았다. 페리한은 화장대에 팔꿈치를 댄 채 가끔 거울을 바라보았다. 레피크는 얌전한 고양이가 된 기분이었다. 얼마 가지 않았던 흥분은 이미 잊힌 것 같았다. '내가 평범한 시민이란 걸 기억하자! 아버지가 세운 회사에서 일하고, 사무실에 있는 걸 좋아하지 않고, 누구보다 일찍 사무실에서 나와 집으로 도망치는 시민. 지금은 아르누보식으로 꾸민 방에 아내와 함께 있지!' 부드러운 굴곡과 동그란 선이 배의 현창(舷窓)과 갑판을 연상시키는 장롱과 커다란 침대를 바라보았다. '난 시민이야…… 부유하고 건강한 사람이야. 불평할 건 없어. 난 진지하게 살아갈 거야!' 어딘가 가까운 곳에 번개가 떨어졌다. 그들은 창밖을 내다봤다. 뒷마당에 있는 커다란 밤나무가 바람에 몸을 떨었다.

"오늘 뭐 했어?"

페리한이 물었다

'저녁마다 놀리듯 묻는다니까!' 레피크는 이렇게 생각했지만 자신이 페리한에게 쉽사리 화를 못 낸다는 걸 알고 있었다.

"별거 없었어, 똑같지 뭐."

침묵이 시작되었다. '늘 똑같아!' 레피크는 생각했다.

"아침에 아버지와 형과 함께 집을 나갔어. 사무실에서 신문을 읽었고. 점심때까지 서류를 좀 검토했고. 그런 다음 다 함께 시르케지에 있는 식당으로 갔어. 점심을 먹고 나서 형하고 사업 얘기를 잠깐 했어. 회계원 사득하고는 커피를 마시며 일 얘기를 좀 했고. 그런 다음 회사에서 나와 다리를 건넜고 전차를 탔어. 갑자기 쏟아지는 비를 맞았고."

그는 페리한을 보며 그녀의 얼굴에서 뭔가 알아내려고 했다. 자신이 누구인지를 아내의 얼굴에서 읽으려는 듯! 페리한이 이마로 내려온 머리칼을 무심히 뒤로 넘기자 그는 정신이 들었다.

"그럼 당신은 뭘 했어?"

"나?"

페리한은 놀란 모습이었다. 레피크가 이런 걸 물은 적은 거의 없었던 것이다.

"말해 봐!"

"우린 아침에 산책을 나갔어. 날씨가 얼마나 좋았는지 몰라! 기분 전환을 했지! 저 멀리 토파아즈에 있는 찻집까지 걸어갔어!"

그녀는 남편의 얼굴을 보고 입을 다물었다. 레피크는 페리한이 더 설명하고 싶어 한다는 걸 알 수 있었다. 자신도 듣고 싶었다.

"자세하게 설명해 줘!"

"당신이 나간 다음 뒷마당에서 어머니와 네르민과 함께 아침 식사를 하며 이런저런 얘기를 나눴어."

"무슨 얘길 했어?"

"뭐, 항상 하는 얘기지. 처음엔 정원 얘길 했어. 어머니는 밤나무가 아주 많이 자랐다고 하시면서 이 집에 처음 왔을 때 그 나무가 얼마만 했는지 설명하셨지. 삼십 년 전 말이야. 참, 그런데 밤나무의 수명이 얼마나 돼? 이런 얘기도 했어. 정원을 잘 못 가꾸었다고……. 정원사 아지즈도 아예 안 오거든. 어머니는 아지즈 험담을 하셨어. 그가 정원을 잘 못 가꾸는 데다, 정원 일보다는 새로 연 청과물 가게 일로 바쁘니까 다른 정원사를 찾아야 한다고 하셨지. 그래도 결국엔 그가 제일 낫다고 결론을 내렸지만. 어머니는 차를 마시며 뜨개질을 하셨어. 네르민은 신문을 읽고, 난 어머니 뜨개질을 도와드렸어. 코를 세고, 내 몸에 대 보기도 하면서 말이야. 11시에 토파아즈까지 산책을 나가기로 하고 집 안으로 들어왔어. 난 우리 방으로 올라와서 침대하고 방을 정리했지. 이런 걸 다 하니 지루해져서 창밖으로 정원을 내다봤어. 네르민은 친구와 전화를 하고 있었어. 나도 누군가에게 전화를 하려다가 그만뒀어. 통화할 사람이 없어서. 더 말해 줄까?"

"말해, 말해 줘!"

"네르민이 통화하고 있을 때 난 아래층으로 내려갔어. 자개 방으로 가서 앉아 있었지. 잠시 아이셰의 피아노를 치며 놀았어. 피아노를 그만둔 게 무척 후회돼. 어쨌든 피아노를 좀 더 치다가 앞마당으로 나가서 좀 걸었어. 우리는 11시에 대문 앞에서 만났어. 어머니의 외출 준비는 그야말로 대단해. 현관 앞에 있는 거울 앞에서 떠나질 않으신다니까. 네르민도 어머니가 옷을 너무 두껍게 입었다고 했지만, 어머니는 신경 안 쓰셨어. 어차피 어머니는 늘 두껍게 입으시니까. 우리는 거리로 나갔어. 어머니는 다시 옛날 니샨타쉬 얘길 하셨지. 옛날엔 저기에 누가 살았고, 저 정원이 누구 소유였으며……. 이런 것들. 하지만 재미있었어. 네르민도 질세라 얘길 했지. 어렸을 때 사원 마당과 그 아래 정원에서 놀곤 했대. 우리는 경찰서 맞은편에서 아래로 내려갔어. 이런저런 얘길 하며 걸었지. 찻집에선 우리가 늘 앉는 자리, 주방 쪽의 작은 테이블에 앉았어. 두 사람은 홍차를, 나는 사이다를 마셨어. 병아리콩도 사고. 찻집에서는 별로 얘기를 안 했어. 나는 말을 안 했어. 우리는 그냥 시내를 내려다봤어. 돌아오는 길에 이브라힘 파샤가 살았던 저택 앞을 지났는데 어머니는 그가 미친 얘길 해 주셨어. 난 몰랐는데……. 아주 우스운 일이 있었대. 파샤의 손자 하나는 미국에 가서 기독교도가 됐대. 그러다 하인과 함께 걸어가는 노인을 봤어. 세이피 파샤라더군. 어머니는 그의 손등에 입을 맞추셨지. 그들은 잠시 얘기를 나눴어. 테시비키예 사원 아래에서 공사가 시작됐다고 어머니가 궁금해하셔서 가 봤어. 점심으로는 쾨프테하고 가지 요리를 먹었어. 저녁 식사에도 가지가 있어. 점심을 먹고 나서 레일라 아주머니한테 전화가 왔어. 어머니와 얘기를 나누셨지. 근데 당신 듣지 않잖아⋯⋯."

"아냐, 듣고 있어!"

"어차피 더 이상은 말할 게 없어. 난 점심을 먹은 뒤에 조금 잤고, 그런 후엔 3시쯤 베이올루로 나갔어. 어머니와 가게를 좀 돌아다녔는데, 아무것도 못 찾았지. 그다음엔 아이셰를 데리고 르봉에 가서 레일라 아주머니를 만났는데 바로 비가 내리기 시작했어."

그녀는 고개를 숙이면서 열어 놓은 서랍에 시선을 고정했다. 레피크는 그 안을 보고 싶지 않아서 안락의자에 기대 앉아 빗속에서 떨고 있는 나무를 바라보았다. 뭔가 생각하고 싶었던 건 아니었다. 그저 좀 불안했고 자기 자신을 생각하는 게 두려웠다.

침묵이 시작되었다. 그칠 것 같던 비가 다시 쏟아졌다. 그들은 함께 창밖을 바라보았다.

"저녁때 극장에 갈까?"

"그래, 가자!"

페리한은 약간 부끄러워하며 대답했다.

다시 정적이 흘렀다.

"어디로 갈까?"

페리한은 대답 대신 어깨만 으쓱해 보였다.

'별로 가고 싶지 않은가 보군!'

레피크는 이런 생각이 들었다.

"신문은 아래층에 있어? 이펙 극장에서 뭔가 하던데……."

페리한은 고개를 저었다.

"가서 신문이나 봐야지!"

레피크는 이렇게 말했지만 자리에서 움직이지 않았다. 자신이 게으르다는 생각이 들었지만 움직이고 싶은 마음은 들지 않았다. '극장에 가자니 그렇고, 안 가자니 그렇고.' 별생각이 없었다. 페리한이 한 얘기에도 별 감흥이 없었다. 자기 자신을 생각하는 것이 귀찮았지만 별로 끔찍하지도 않았다. 집 안에서도 이런 지루함에서 벗어날 방법은 쉽게 찾을 수 있었다. 자신, 페리한, 결혼 생활, 간단히 말하면 인생을 생각할 정도로 우울한 마음이 들면 어머니와 농담을 주고받고, 조카와 놀고, 그것도 아니면 아래층에 내려가 잡담에 끼면 되는 것이다. 그는 신문을 보려고 아래층으로 내려갔고, 거기서 아버지를 만났다. 아버지는 오스만에게 뭔가를 설명하고 있었다. 그들 말에 귀를 기울이면 지루함에서 벗어날 수 있을 것 같았다.

10
동부에서 온 편지

문을 열어 준 제밀레 부인은 학교에서 돌아온 나즐르를 보고 행복한 비명을 질렀다. 그녀는 대학 수업을 마치고 돌아오는 조카를 매일 이렇게 소란스럽게 맞이했다. 이제는 나즐르도 익숙해졌다.

"왔어? 왔니, 애야? 네가 추위에 떨까 봐 얼마나 걱정했는지……."

"안 추웠어요!"

나즐르는 외투와 신발을 벗었다. 슬리퍼를 꺼내려고 신발장을 열었다.

"아침에 양배추를 사러 탁심에 나갔는데 얼마나 춥던지. 이제 눈이 오겠지."

"그렇게 춥진 않아요."

나즐르는 이렇게 대답하고 '난 남자 같아! 고모를 위로하고 진정시킨다니까!' 하고 생각했다.

"넌 아침에 그 얇은 레인코트를 입고 갈 뻔했잖아!"

나즐르는 대답하지 않았다. 그녀는 옷을 갈아입으며 학교에서 보낸 반나절을 생각했다. 문과대학은 외즈네질레르에 있는 옛 제이넵 부인 저택에 있었다. 두 수업 모두 그냥 지나가 버렸다. 한 수업에서는 이야기를 나누고, 또 한 수업에서는 번역을 했다. 그런 후 저택에서 나와 오빠같이 구는 남학생들과 베야즈트에 있는 분수까지 걸어가서 전차를 탔다. 그녀는 전철 안에서 흔들리며 생각에 잠겼다.

씻고 옷을 갈아입은 다음 거실로 나갔다. 제밀레 고모가 뒤따라왔다. 고모는 차를 마시며 그날 일을 들려주었다. 고양이가 신발장에 들어갔는데, 아무도 눈치를 못 채서 몇 시간 동안 거기 갇혀 있었다고 했다. 어떤 신문에 나즐르 아버지 얘기가 나왔다고도 했다. 제밀레 부인은 즐거운 표정을 지으며 들뜬 목소리로 외메르에게서 또 편지가 왔다고 했다.

나즐르는 신문을 펼쳐 읽었다.

"마니사에서 문화 행사……. 마니사 복지관 주위가 문화 지역이 되었다. 지난해엔 연극 공연이 있었고, 봄에 학예회와 회의가 열렸던 극장 옆엔 도서관이 생겼다. 도서관 개관식 테이프는 마니사 국회의원인 무흐타르 라친이 잘랐다."

"읽었니?"

"읽었어요!"

"그렇다니까! 대단하지!"

제밀레 부인은 놀랍다는 듯 고개를 흔들었다. 신문 기사에 대해 얘기를 나누고 싶은 모양이었다. 어쩌면 기사에 대해 얘기를 나누면서 외메르의 편지에 대해서도 얘기할 수 있겠다고 생각했을지 모른다.

"마니사 지역 신문이 오면 사진도 볼 수 있겠죠!"

"그 광장도 이제 꽤 활기가 넘친대. 안타깝게도 거기 가 본 게 벌써 몇 년 전이구나."

"가고 싶음 가면 되죠, 고모."

그러고는 목소리에 신경 쓰면서 "편지 어디 있어요?" 하고 물었다.

"네 방에 뒀어. 잠깐, 잠깐만, 내가 가져오마……."

"제가 가서 볼게요."

나즐르는 이렇게 말했지만 일어나지 않았다. 편지 읽는 걸 고모가 보는 게 싫었다. 그녀는 신문을 뒤적이며 차를 마셨다.

제밀레 고모는 버릇없는 고양이 얘기를 하려 했지만 흥이 나지 않았다. 그럴 기분이 아니었다. 불쾌한 일이 생겨서 누군가 사과를 하길 기다리는 것 같았다. 나즐르는 고모도 자기처럼 편지 생각을 할 거라고 여겼다.

외메르는 4월 초부터, 그러니까 지난 칠 개월 동안 나즐르에게 편지를 보내왔다. 늦여름이나 가을에 이스탄불에 한 번 오겠다고 썼지만, 다시 겨울 내내 터널에서 일하며 보낼 예정이라 올 시간이 없다고 전해 왔다. 처음에는 주로 자신이 살고 일하는 곳, 사람들, 본 것들에 대해 비웃는 듯한 편지를 썼다. 한여름에 앙카라로 보내온 편지에서는 전에도 한번 말한 바 있는 파티흐가 되고 싶다는 생각을 피력했다. 가끔 가까운 건설 현장에도 가야 한다며 그곳에서 일하는 독일 엔지니어에 대해서도 썼다. 이스탄불을 떠나면서 제밀레 부인에게 도움을 구했던 가게와 땅을 파는 문제에 대해서도 썼다. 바크르쾨이에 있는 이모부의 도움으로 재산을 모두 처분했다고 해서 제밀레 고모를 기겁하게 하기도 했다. 모두 현금으로 전환했다고 했기 때문이다.

나즐르는 차를 마시고 방으로 갔다. 책상에서 편지를 집어 들고는 침대에 앉았다. 편지는 전보다 가벼웠다. 봉투 안에는 작은 종이 한 장만 들어 있는 것 같았다. 그녀는 머리를 스치는 생각에 걱정이 되어 몸을 떨었다.

요즘 외메르는 주로 자기 얘기를 했다. 겨울 내내 터널에서만 일하고, 주위 사람들은 떠나 버리고, 새로운 일이 없어서 그런지, 자기 얘기를 하는 방식이 당황스럽기도 했다. 자기는 외로운데, 독일 엔지니어와의 우정도 위로가 안 된다고 했다. 그는 마음을 털어놓고 싶지만, 그러면 추악하고 끔찍한 게 드러날 것 같아 미리 준비를 하는 것 같았다. 나즐르는 이 준비가 두려워서 요즘에는 조심스럽게 답장을 보냈다. 그에게 술을 마시지 말라고 충고도 했다. 그렇게 쓴 게 자랑스럽기도 했지만 약간 부끄럽기도 했다. 그녀도 문학과 삶에 대해 약간은 아는지라 유럽에서 온 외로운 엔지니어가 시골에서 긴 밤을 보낼 때는 술에서 위안을 찾을 거라고 추측했던 것이다.

볼펜으로 편지를 뜯고 읽어 내려갔다.

1936년 10월 30일

친애하는 나즐르

지난번 편지에 대한 답장을 받기도 전에 이 편지를 쓰고 있어. 지금부터 쓰는 얘기에 무척 놀랄 거야. 쓰다 찢다를 반복하다가 지쳐 버렸어. 이젠 어찌됐든 이 편지를 보낼 생각이야. 와인을 조금 마셔서 기분도 좋아. 방에는 가스램프가 켜져 있고, 난로는 타닥타닥 타고 있어. 옆방에서는 누군가 코를 골고 있지! 어쨌든, 당신에게 쓰고 싶은 말은 이거야. 오랫동안 생각해 봤는데 당신과 결혼하고 싶다는 결론을 내렸어. 어때, 좋을 것 같은데! 나의 거대한 계획에 어긋나지 않는다고 생각해! 답을 주었으면 해. 서둘러 대답해 달라고 하지는 않겠지만 그렇다고 너무 뜸을 들이지도 말아 주었으면 해. 당신의 답장을 받기 전까진 편지를 쓰지 않고 기다리겠어. 이게 얼마나 답답하고 형편없는 상황인지 알겠지! 하지만 당신이 연민을 느껴 주길 바랄게. 아주 형편없고 끔찍한 편지가 돼 버렸네. 하지만 어쩌겠어, 그래도 난 부칠 거야, 스스로에게 부치겠다고 수천 번 맹세했거든. 쓰고 또 쓰고 버리는 허튼짓을 몇 번이나 했는지 몰라. 어쨌든! 고모에게 안부 전하는 거 잊지 말아 줘.

외메르

그녀는 편지를 한 번 더 읽었다. 두 번째 읽을 때는 이 편지를 쓸 때 외메르가 어떤 모습이었을지 떠올려 봤다. 그런 후 '이제 어쩌지?' 하고 생각했다. 생각보다 두렵지는 않았다. 머리를 베개에 기댔다.

"아마도 그와 결혼할 것 같아!"

그녀는 이렇게 중얼거렸다. 이 생각 역시 두렵지 않아 오히려 걱정스러웠다. 왜 이렇게 빨리 일이 성사될 거라고 여겼는지 생각해 봤다.

'일이 이렇게 될 걸 난 바로 알았어, 그를 좋아하니까. 예전 희생절에 우리 집에 왔을 때 그를 좋아한다는 걸 알았어!'

그녀는 이렇게 생각했지만, 너무 평범하고 식상해서 자기에겐 어울리지 않는다고 생각했다.

'그는 똑똑하고, 야망도 있고, 진취적이며, 잘생겼어……'

그녀는 하나하나 따져 보았다. 이런 생각을 하자 흥분이 되었다. 이런 사람이 자기를 좋아한다는 게 자랑스러웠다. 그러다 갑자기 '아버지가 뭐라고 할까?' 하고 생각했다. 아버지는 외메르에 대해 아무 말도 하지 않았다. 전에 한 번 외메르가 앙카라로 보낸 편지를 아버지가 문 밑에서 꺼내 위층으로 가져다준 적이 있다. 편지 봉투를 딸에게 건네는 그의 얼굴에는 그림자가 드리워져 있었다. 엄마가 살아 계셨다면 뭐라고 했을까? 엄마는 미소를 지으며, 신중하게 생각하라고 조언해 줄 것 같았다. 그녀가 중매로 결혼하지 않아서 운이 좋다고 할 것이다. 아버지는 이런 기회를 놓치지 않고, 혁명가들을 칭찬하고, 마니사 주지사 시절에 했던 일을 설명할 것이다.

"별생각을 다 하네."

그녀는 이렇게 혼잣말을 했다. 다리를 가슴 쪽으로 끌어당기며 쥐며느리처럼 침대에서 몸을 웅크렸다.

"사랑."

그녀는 이렇게 중얼거렸다. 가족들 앞에서는 입 밖에 내지 않는 부끄러운 단어였다. 누군가, 모르는 사람이 이 말을 하면 못 들은 척했다. 가족들은 서로를 사랑했지만, 이 단어가 주는 꺼림칙하고 바스락 소리를 연상시키는 발음은 모두 꺼려했다. 방에서 혼자 읽은 소설들, 빨리 끝났으면 싶었던 영화 속 키스 신, 사람들이 무시하는 여자들을 연상시키는 소리였다. 이 수치스러운 것들은 다 잊어버리고 계속 그 단어를 중얼거리고 있는 스스로가 놀라웠다. 잠시 후 결혼식이 떠올랐다.

"사람들은 외메르에 대해 뭐라고 말할까? 유럽에서 공부한 젊은 엔지니어……."

그녀는 이렇게 중얼거렸다. "호감 가는 남자군, 잘생긴 엔지니어……."라고 할 것이다. 그녀는 그런 사람들은 머리가 비었다고 생각했다.

"이제는 학교도 가지 말아야지! 허망하게 흘러가는 수업, 평범한 분위기가 싫어. 그렇다면 난 뭘 좋아하지?"

그녀는 이렇게 중얼거렸다.

"모두들 행복했으면 해, 모두들 잘 지내고 웃고 똑똑했으면 해! 그는 그래! 그가 이런 삶을 살게 해 줄 거라고 믿어. 술 마시는 습관이 들지 않도록 당장 답장을 써야지!"

그녀는 침대에서 일어났다. 옷장을 열고 거울을 보고 싶었다. 왜 그러고 싶은지도 모른 채 옷장을 열었다. 자신이 아주 건강하고 쾌활한 사람인 것 같았다.

'이렇게 쉽다니!'

11
베쉭타시에서의 휴일

"외메르의 결혼도 우스울 거야, 그렇지?"

"왜?"

무히틴의 말에 레피크는 멍하니 바라보며 물었다.

'맞아, 쟤한테는 그 이유를 설명할 수 없지. 그는 결혼이란 걸 기꺼이 했잖아. 갈수록 게을러지는 행복한 남편에게 어떻게 그걸 설명하겠어?'

무히틴은 곁눈질로 옆에 앉아 있는 페리한을 바라보았다.

"근데 왜 우스울 거라고 하는 거야?"

그들은 베쉭타시에서, 부두 옆 찻집에서 차를 마시고 있었다. 1937년 첫 일요일이었다. 날씨가 화창해서 찻집에선 테이블을 밖으로 내놓았다. 바로 옆 테이블에서는 대머리 남자가 신문을 읽고 있었다. 찻집에는 중산층 가족 몇이 더 있었다.

"모르겠어, 그냥 그런 생각이 들었어!"

"아니, 아니, 하고 싶은 말이 있었잖아."

그들은 바다를 바라보며 얘기를 나누었다. 바다를 바라보며 수다를 떨고, 말린 씨를 먹으며 오가는 사람들을 쳐다보기 좋은 일요일이었다. 하늘을 청명했고 햇빛도 찬란했다.

"그냥 결혼이라는 게 이상하게 느껴져!"

레피크는 얼굴을 찡그렸다. 대화가 불쾌하게 흘러갈 것 같아 걱정이 되는 모양이었다. 게다가 그는 페리한이 있을 때는 이런 얘기를 하는 걸 좋아하지 않았다. 페리한은 위스퀴다르에서 온 배와 그 배에서 내리는 사람들을 바라보고 있었다.

"이해는 하는데 너무 과장하는 거 아냐?"

레피크가 다시 물었다.

"어쩌면……. 하지만 공대 시절을 생각하면……."

"그래서?"

"그때는 너네가 결혼할 것처럼 안 보였거든."

"정말?"

무히틴은 승객들이 내리고 있는 배를 바라보며 '아냐, 아냐, 이건 설명 못해! 게다가 그는 결혼해서 가정에 파묻힐 전형적인 남자였어. 왜 진작 그걸 몰랐을까?' 하고 생각했다. 그는 갑자기 레피크를 좀 골려 주고 싶었다. 사악하고 불필요한 생각이라는 건 알았지만 어쩔 수 없었다.

"어차피 넌 외메르나 나 같지 않았어. 가정과 일상에 매력을 느끼는 사람이었어. 지금 생각해 보니 우리와의 우정은 그저……."

그는 갑자기 부끄러운 듯 입을 다물었다. 그러고는 급히 덧붙였다.

"신경 쓰지 마, 신경 쓰지 마!"

"너도 결혼해, 남들 같은 삶도 살고. 결혼 문제는 이렇게 마무리 지어."

"쉽게 마무리할 수 있는 일이 아니야."

"시집은 어떻게 됐어?"

"다 됐어, 이제 나올 거야."

"그 사람이 또 시간을 끌면 안 될 텐데."

"아냐, 그렇지 않아!"

그들은 다시 입을 다물고 바다와 부두를 바라보았다. 배에서 내리는 사람들은 서두르지 않고 조금씩 걸으며 발밑의 땅을 느끼고 있었다. 청명한 겨울 해가 그들을 천천히 씻겨 주었다. 아무도 급한 일이 없어 보였다. 모든 자연, 모든 사람이 그걸 만끽하고 있었다. 과하지 않게, 자신에게 주어진 가치를 과장하지 않으면서, 서서히 시간을 흘려보내며 죽음을 기다리고 있었다. '외메르 말이 맞아, 나도 뭔가 해야 돼!' 무히틴은 생각했다. 하지만 외메르의 야심만만한 태도에는 뭔가 음흉한 욕망이 숨겨져 있을 거라 결론 내렸다. 다시 의심이 들자 '알아, 난 알아. 난 그저 좋은 시인이 되고 싶을 뿐이야. 집에 앉아 시를 쓰는 대신 여기서 게으름을 피우고 있는 게 잘못이지.' 하고 생각했다. 그는 일요일 아침마다 시를 썼다. 단어와 분노 사이의 거리 때문에 신경을 곤두세우며, 쓰고 쓰고 또 썼으며, 이제는 쓰지도 않고 찢어 버릴 지경이라 어머니의 걱정스러운 시선이 부담스러워 집을 나와 레피크에게 전화를 걸었던 것이다. "나도 페리한과 산책을 나가려던 참이야!" 레피크는 이렇게 말했다. 무히틴은 정해진 일상의 질서와 가정의 냄새가 나는 '산책' 같은 말도 좋아하지 않았다. 그들은 베쉭타시까지 걸어왔고, 무히틴은 그들을 부두에서 기다렸다. '참고 앉아서 시를 써야 했어!' 그는 이렇게 생각하며 다시 자신에게 화를 냈다.

페리한이 하품을 하다 손으로 입을 막았다. 레피크는 그녀를 바라보며 미소를 지었다. 그런 후 함께 바다를 바라보았다.

"근데 새해 첫날엔 뭘 했어?"

무히틴은 그저 이렇게 물었다.

"집에서 가족과 함께 보냈지!"

"뭘 했는데?"

"함께 식사를 하고, 톰발라*를 했지."

레피크는 페리한을 바라보았다.

"페리한은 작은 거울을 땄어! 어머니는 톰발라를 위해 선물을 사거든. 새해에 톰발라를 하는 걸 아주 좋아해. 아버지도 장난을 치고. 거울 갖고 있어?"

"응, 가방에 있어!"

페리한은 즐거운 표정으로 가방을 열었다.

'그녀의 가방에는 뭐가 있을까? 빗, 지갑, 어쩌면 열쇠나 손수건…….' 무히틴은 그런 게 궁금하면서도 한편으로는 조롱하고 싶은 마음도 들었다.

---

* 자루에서 나무나 돌로 만든 숫자를 뽑아 종이에 쓰인 숫자와 맞추는 게임.

"정말 귀엽죠, 그렇죠?"

페리한을 거울을 내밀며 미소를 지었다.

'난 저들처럼 순진해질 수가 없어! 난 죄에 파묻히고 싶어. 여길 왜 왔을까?' 그는 거울을 받아 들었다. 테가 은으로 되어 있었다. 가운데에 영양이 그려져 있었다. 다른 쪽으로 돌리니 자신이 보였다. '난 못생겼어! 하지만 다행이야! 그렇지 않았으면 운명에 쉽게 만족하는 사람이 되었을 테니. 시인도 되지 못했을 거야!'

"무슨 생각해?"

"응?"

"골똘히 생각에 잠겨 있었잖아! 무슨 생각을 그렇게 해?"

"나 자신을 생각했어!"

레피크는 고개를 저으며 웃었다. '아, 넌 시인이었지! 우리와 달리 흥미로운 생각을 하지!' 하는 눈빛이었다.

"저 남자 모자 좀 봐!"

페리한이 말했다.

셋은 다 같이 돌아봤다. 무히틴은 뭐가 흥미롭다는 건지 알 수 없었다. 다시 고개를 돌려 페리한의 옆모습을 바라보았다. 문득 '아름다운 여자야!' 하는 생각이 들었다. 페리한의 작은 코, 부드러운 피부를 바라보았다. 그렇게 십여 초 동안 그녀를 쳐다보았다.

그러고는 다시 '아름다운 여자야!' 하고 생각했다. 이런 생각을 하는 자신이 두려웠다. '너 지금 뭐 하는 거야! 제정신이 아니군. 그녀를 보고 있다니 우습군. 아름다운 여자는 사람을 파멸시키는데.' 그는 새로운 생각이 떠올랐다. 조금 전처럼 못생긴 외모가 마음에 들었다. '내가 잘생겼다면 혹은 아내가 아름다웠다면 시를 쓰지 못했을 거야. 레피크처럼 일요일마다 산책을 나오고 응접실에서 톰발라나 했겠지!' 눈앞에 으슥츠 가족의 행복한 집과 시끌벅적한 식탁이 떠올랐다. '반짝이는 그 집의 분위기, 열정도 없이 차분하고 평온하기만 한 영혼, 균형 잡힌 사람들이 마음에 들지 않아! 레피크도 그들 중 하나야. 하지만 레피크는 옛날에…….'

"해바라기 씨 좀 살까?"

그들은 해바라기 씨를 파는 사람에게 손짓을 했다. 등이 굽은 노인이 어깨에 배낭을 메고 다가왔다. 그는 젊은이들을 보고 기분이 좋아진 표정으로 해바라기 씨를 건넸다.

'레피크가 전에도 이랬나? 맞아, 이랬어……. 아니 변했나? 나도 그처럼 변할까?'

그는 오륙 년 전의 레피크를 떠올려 보려 했다.

'그는 항상 공과대학 복도에서 웃으면서 온갖 농담을 했지. 밤을 새우면서 우리와 포커를 치고, 수줍음도 많았어. 한번은 함께 사창가에 갔다가 나중에 아주 후회했지. 그는 기독교도에 더 가까워. 하지만 착하기도 하지……. 나의 오랜 친구…….'

"너 지금 어떤 눈으로 날 보고 있는지 알아?"

"어떤 눈인데?"

"이렇게!"

레피크는 눈을 가늘게 뜨고 목을 앞으로 쭉 빼면서 무히틴

을 흉내 냈다. 페리한이 처음으로 폭소를 터뜨렸다. 무히틴은
화를 내기는커녕 기분이 좋아 보였다. 다른 사람의 눈에 자기
가 어떻게 보이는지 알았기 때문이다.

"시력이 나빠지는 거야?"

"아니!"

그러자 레피크는 페리한을 보며 말했다.

"있지, 무히틴은 학교 다닐 때 '난 오 년 후에 장님이 될 거
야.' 하고 억지를 부렸어. 그게 무슨 무기라도 되는 양 굴었다
니까. '내 설계도 좀 완성해 줘, 난 세상 구경 좀 해야겠어.'라
고 했지."

"근시가 아주 심했거든⋯⋯."

무히틴이 중얼거렸다. '그때 우스꽝스럽게 군 것이 지금은
즐거운 얘깃거리가 되는군!' 그는 스스로에게 화가 났다. 페
리한이 자신의 두꺼운 안경알을 바라보자 "하지만 지금은 괜
찮아!"라고 말한 후, 시력이 괜찮다는 것을 증명하려고 주위
를 둘러봤다.

대머리 남자는 아직도 그 신문을 읽고 있었다. 무히틴은 멀
리서 신문의 제목을 읽어 보려 했다.

"하타이를 시리아 통치하에 둘 수 없다⋯⋯. 아타튀르크 대
통령은 어젯밤 페라팔라스에⋯⋯. 마드리드 폭격의⋯⋯. 시인
나즘 히크메트와 동료 열두 명이⋯⋯. 아르트윈에 눈이 1미터
50센티미터⋯⋯. 페네르바흐체(B조):5-귀네시(B조):2."

"대단한걸, 난 못 읽는데!"

대머리 남자는 누군가 자기 신문을 읽고 있다는 걸 알아채

고, 그들에게 웃어 보인 후 다시 신문으로 눈을 돌렸다.

"축구 경기가 어떻게 됐을까?"

레피크는 이렇게 말하며 하품을 했다. 대머리 남자는 신문을 내리며 "페네르바흐체가 이길걸요, 페네르가 이길 겁니다!" 하고 말했다.

그들은 우정과 친근함, 휴일의 분위기가 뒤섞인 편안함을 느끼며 마주 웃었다. 레피크는 무히틴에게 해바라기 씨를 주었다. 무히틴은 해바라기 씨를 테이블 위에 올려놓았다.

'죽을 걸 모르니 저렇게 다들 편안하고 느긋하고 평온하구나! 물론 알기야 알겠지만 생각은 하지 않고 사는 거지. 아무도 죽음을 생각하지 않아. 죽음을 생각하지 않으면 저들처럼 편안해지고, 두렵지도 않고, 걱정하지도 않고, 모든 걸 당연하게 받아들이지. 뭔가 해야 된다고 생각하지도 않지!' 그는 앞에 놓여 있는 해바라기 씨를 바라보았다. 언뜻 보기엔 똑같아 보였지만 점점 작은 차이가 보이기 시작했다. '그렇다면 나는 왜 이렇게 됐지? 시에는 죽음과 죽음에 대한 두려움이 아주 많이 묘사돼. 나는 내가 죽으리라는 걸 보들레르에게서 배웠어. 프랑스인들에게서 배웠어. 그런 걸 배우고선 이렇게 됐어, 난! 쓸데없는 생각이나 하며 시간을 보내느니 집으로 가야겠어!'

"외메르가 너한텐 뭐라고 써 보내?"

레피크가 물었다.

"별거 없어! 결혼을 결정한 다음부턴 편지도 자주 안 오고. 날 어려워하는 것 같아. 아냐, 농담이야! 하지만 의미 있는 얘기 별로 쓰지 않아. 여자에게 편지로 청혼을 했다는 것도 얼마 전에 알았어! 그 여자애 누구야?"

"친척뻘 된대. 아주 먼 친척……. 그 여자 아버지가 마니사 국회의원이라는 거 알아?"

"정말! 우리 라스티냐크가 과녁을 제대로 맞혔군. 그건 몰랐어!"

"너도 보통이 넘는구나? 국회의원이 뭐나 돼?"

"승리이거나 아무것도 아니거나!"

"그의 이모와 이모부가 곧 앙카라로 간대. 젊은 사람들은 결혼하기로 했다지만 그래도 순서가 있으니까, 언약을 한다더군……."

"아니, 넌 그게 우습지 않아?"

"그게 왜? 우리 부모님도 페리한을 며느리로 달라고 그녀 집으로 찾아갔는걸. 봐, 결과가 얼마나 좋은지."

그는 페리한을 바라보며 미소 지었다.

"그리고 그런 게 왜 우스워? 양가 부모는 만나고 싶어 해. 만나면 즐거워하고."

'아냐, 아냐, 이젠 그에게 이런 걸 설명할 수 없어. 안타깝지만 우정도 사라지고……. 그의 조롱하는 태도가 좋았는데. 하지만 알아, 그도 다른 사람이 될 거야. 벌써 잘생기고 부유한 엔지니어 노릇을 하고 있잖아. 난 사랑을 많이 받고 허세나 부리는 사람은 좋아하지 않아. 남들과 소통하지 않고 살며, 모든 것을 혐오하는 사람을 좋아해. 그러니까, 예를 들면 내가 아는 두 군인 같은!'

일드즈의 사관학교로 돌아가기 전에 가끔 베쉭타시 시장에서 술을 마시는 사관학교 학생 둘이 있었다. 그들은 문학을 좋아했다. 그들은 무히틴에게 약간 감동한 것 같았다.

'내가 왜 아직도 여기 있는 거지? 일어나서 가야겠어……. 그 군인들하곤 잡담이라도 나눌 수 있을 거야. 그들과는 공통점이 있어. 서로가 뭘 혐오하는지 알지…….'

카라쾨이 쪽에서 배가 들어와 부두로 접근하고 있었다. 사람들은 흔들리는 배와 출렁이는 바다를 바라보았다. 무히틴은 첫눈에 배의 번호와 이름을 알아봤다. 47, 할라스!

"어머니는 어떠셔? 넌 어머니에 대해선 말을 안 하네!"

"좋아. 집에 계시지. 다른 집에 가기도 하고 우리 집에 손님이 오기도 하고. 식사도 하고, 웃고, 주무시고, 숨을 쉬지. 화분에 꽃도 키우고……."

"건강은?"

"응, 좋아."

"전에 신장이 안 좋다고 한 것 같은데!"

"너 기억력이 대단하구나!"

"우리 아버지가 건강이 안 좋아."

레피크는 슬픈 표정을 지으며 입을 다물었다.

"어디가 안 좋으신데?"

"너도 알지, 심장 발작이 왔던 거. 폐도 별로 안 좋은 것 같아. 숨을 가쁘게 쉬셔. 귀도 갈수록 안 들리고. 사무실에서 일도 못 보게 됐어. 요즘엔 더 안 좋고. 심장이 예민해지고, 그러다 기침도 심하게 하지. 화도 잘 내시고. 기억력도 몸만큼 나빠져서 자꾸 잊어버리셔. 잊어버리니까 신경질을 내시고……. 경영을 못하게 됐어. 어쩔 수 없이 오스만도 아버지의 결정권을 줄였어. 아버지의 개인 비용도 오스만이 간섭하기 시작했다는 게 가장 슬픈 일이지. 마음이 아파서 너한테 이런 얘길 하는 거야! 너도 어머니 잘 돌봐 드려."

"늙으셨으니까!"

페리한이 말했다.

"아주 나쁘구나, 나빠!"

무히틴은 중얼거렸다. 그러고는 '나도 결국 그렇게 될 거야! 아버지도 그러다가 갑자기 돌아가셨지. 우린 모두 죽어. 좋은 시인이 못 되면 난 서른에 자살할 거야. 괜찮은 생각이지. 죽음이 무서워 발버둥 치고, 의치가 입에서 떨어지지 않도록 안간힘을 쓰며 사느니, 죽음에 저항할 거야. 또 흥분했군! 시를 쓸 시간인데 아직도 여기 앉아 있다니!' 하고 생각했다.

"아, 저 애 좀 봐!"

페리한이 이렇게 말하자 모두 그녀가 가리키는 쪽을 바라보았다.

12

작은아버지와 군인 조카

"얘, 난 이해가 안 된다! 뜬금없이, 게다가 곧 있으면 제일 좋은 계급으로 진급할 텐데 군복을 벗겠다니 말이 되니? 군대 말고 다른 곳에서 뭘 하려고?"

"사업이요! 사업을 한다고 하잖아요, 작은아버지!"

지야가 말했다. 그는 두 시간 동안 똑같은 말을 반복하고 있었다.

"하지만 사업을 하려면 경험이 필요하다. 그리고 너도 알다시피 이제 겨우 경기 침체에서 벗어났어. 게다가 곧 전쟁도 일어날 거야."

제브데트 씨도 두 시간 동안 똑같은 말을 하고 있었다.

지난 희생절에 카드를 보내 자신의 존재를 확인시켰던 지야는 두 시간 전에 갑자기 시르케지의 사무실로 와서 군에서 제대하고 사업하겠다며 제브데트 씨에게 돈을 요구하고 있었다. 제브데트 씨는 오랫동안 얼굴을 보지 못했던 조카의 예상치 않은 행동을 이해해 보려고 애썼다.

"하지만 왜? 그 나이에⋯⋯."

"난 아직 젊다고 생각해요, 작은아버지!"

하지만 젊은 모습이 아니었다. 오히려 어린애 같았다. 삼십이 년 전, 그의 아버지가 죽었던 그때 보았던 겁쟁이 어린애 같은 표정이 여전히 그의 얼굴에 어려 있었다. 거기다 제브데트 씨가 이해할 수 없는 자만심과 무모함이 더해져 있었다.

"하지만 시장이 침체돼 있어. 네가 더 잘 알겠지만, 전쟁이 일어날지도 몰라, 그렇지? 군인이 자신의 존재를 증명할 적기야. 전시는 군인의 시절이다."

"사업가에게는 아닌가요?"

"우리가 할 일은 없어. 우리는 여자들과 아이들과 함께 그저 기다릴 뿐이지."

"하지만 내가 알기로 작은아버지는 지난 전쟁 때도 손 놓고 있지 않고, 설탕을 수입했잖아요!"

"무례하구나! 무례하게 굴지 마. 누가 그런 말을 하더냐?"

"헛소문이 아닌걸요⋯⋯. 누구나 아는 사실이잖아요!"

"제발 솔직하게 말해 봐! 누가 뭘 안다는 거야? 내가 설탕 장사를 했고, 그게 전쟁과 맞아떨어졌다는 거 말이냐? 그걸 숨긴 적은 없어!"

"작은아버지가 설탕을 아주 비싸게 팔았다는 건 누구나 알아요⋯⋯."

지야는 손을 내저으며 덧붙였다.

"나하곤 상관없는 일이지만요!"

"잠깐, 잠깐만, 내 조카라는 녀석이 내 적들이 나를 겨냥해서 퍼뜨리는 뒷얘기에 휩쓸렸다니 유감이다. 물론 넌 화차 무역을 하는 사람들이 그런 소문을 냈다는 건 당연히 모르겠지. 하지만 너도 진실을 알아야 돼. 나는 무엇도 터무니없이 비싸게 판 적이 없어, 팔 수도 없고. 나는 내 물건을 시장 가격으로 판다. 장사치가 달리 무슨 방법이 있겠어? 하지만 넌 이해 못 하겠지. 무례하게 굴 줄이나 알고!"

지야는 대답하지 않았다. 낮은 지붕 사이로 보이는 갈라타 다리와 다리로 접근하는 배를 바라볼 뿐이었다. 제브데트 씨는 오후에 허락된 담배 한 개비를 이미 피웠지만 담뱃갑으로 한 번 더 손을 뻗었다.

갑자기 지야가 몸을 돌리며 말했다.

"작은아버지, 이제 피우지 마세요. 오스만이 말해 줬어요, 해롭다는 거 아시잖아요!"

제브데트 씨는 죄책감을 느끼며 담뱃갑에서 손을 거두었다.

"좋다, 무슨 사업을 하겠다는 거니?"

"그건 아직 생각하지 않았어요. 돈만 있으면 사고파는 물건은 쉽게 찾을 수 있으니까요!"

"그러니까 넌 사업을 그렇게 생각한단 말이지!"

"독일에서 철을 가져올 수도 있고, 그도 아니면 어디서 설탕을 가져오죠, 뭐!"

그는 웃었다. 정 떨어지는 거만한 태도였다. 작은아버지에게서 도움을 구하는 조카의 모습이 아니었다.

"설탕이나 옷감, 그것도 아니면 자동차……. 어차피 터키에는 늘 뭔가 부족하니 작은아버지는 걱정하지 않아도 돼요!"

"걱정하는 건 내 권리야!"

제브데트 씨는 엄한 표정을 지었다. 그러자 지야는 웃으며 대꾸했다.

"아, 정말, 그걸 잊고 있었네요."

"어떻게 그걸 잊지? 네 아버지가 내게 널 맡겼는데!"

제브데트 씨는 문득 자기가 말실수를 했고, 조카는 자기를 조롱하고 있다는 걸 깨달았다. '내가 이제 맛이 갔구나! 저 아이가 내 앞에서 거만하게 굴면서 제일 저질스러운 뒷얘기를 늘어놓는데 꼬박꼬박 대답을 해 주고 있다니.' 그는 자신의 심장 박동소리를 들으며 "어쩌지, 내가 어떻게 해야 하지?" 하고 중얼거렸다.

"그래요, 아버지가 날 작은아버지에게 맡겼죠. 그 끔찍한 시절에 나를 제이넵 부인에게서 데려와 마차에 태워 여관으로 데려갔던 날을 기억해요. 그렇지 않아도 나는 아버지의 유언과 작은아버지의 호의를 믿고 여기 왔어요!"

"아! 나 말고 널 지원해 주는 사람이 있었니?"

제브데트 씨는 화도 났지만 감동도 받았다.

"아무도 없었어요!"

"그러면 고마운 줄 알아. 봐라, 내가 지금 어떤 상태인지……."

그는 가슴 위로 손을 올렸다.

"여기가 얼마나 아픈지 네가 안다면! 나에게 무례하게 구는 건 네게 아무 득이 안 될 거다!"

"그걸 생각 못했군요. 어쨌든 나도 작은아버지하고 같은 생각이고, 유일한 후원자라는 걸 알아요. 그래서 용기를 내서 돈을 달라고 하는 겁니다. 그러니까 빚을 좀 내겠다는 거예요. 벌면 갚는다는 조건의 빚 말이에요!"

제브데트 씨는 문득 어떤 생각이 떠올라 흥분했다.

"왜 은퇴할 때까지 기다리지 않는 게냐?"

"이제 군복에 질렸어요!"

"아, 그게 무슨 말이니? 게다가 넌 훈장도 받았잖아? 그 군복 값을 하려고 오랫동안 싸우지 않았느냐! 그리고 그 어디지, 그러니까 사카르야에선 부상도 당했지! 넌 참전 용사야. 좀 전에 한 말이 참전 용사에게 어울린다고 생각하니? 은퇴할 때까지 기다려!"

"그렇겐 못 기다려요! 난 돈이 필요해요!"

지야는 절망적으로 말했다.

"얘, 어떻게 그런 말을 그리 쉽게 하니? 돈이 쉽게 벌리는 줄 알아?"

"돈을 어떻게 버는지 난 몰라요. 어떻게 알겠어요, 군대 생활 말곤 한 게 없는데! 하지만 내 권리예요! 내 권리를 어떻게 찾는진 알아요!"

지야가 갑자기 벌떡 일어나더니 고함을 질렀다.

"권리? 무슨 권리 말이냐?"

"무슨 권리인진 몰라요. 아니, 압니다. 아버지의 죽음 때문에 작은아버지가 번 건……."

"네 아버지가 지금 네 오만한 모습을 봤다면 정말 안타까워

했을 거다. 내 아들이 이렇게 되다니, 하고 말이야. 그는 이상
주의자였어. 돈은 생각하지 않았어. 안타까워, 안타까워…….
네 아버지가 무덤 속에서 탄식하고 있을 거야!"

"나는 바로 그 아버지의 권리를 찾으러 왔단 말입니다!"

"왜 그러니? 지금 와서 왜 그래?"

"지금, 지금, 난 많이 생각했어요. 마흔둘입니다. 은퇴는 십
이 년 후에나 하겠죠. 그다음엔 퇴직금으로 셋집 발코니에서
꽃을 가꾸겠죠. 인생을 살고 싶다는 생각이 들었어요. 이스탄
불에 정착하기로 결심했어요……."

"하지만, 그, 네 아내는 앙카라에 살지 않느냐!"

제브데트 씨는 '이름을 잊어버렸어!' 하고 생각했다.

"이혼할 거예요……."

지야는 이렇게 말하고 다시 안락의자에 앉았다.

"왜? 왜 그러는 거니! 게다가 그 여자는 어디가 아프다고
했잖아."

"아프죠!"

"아픈 아내를 버리겠단 말이야?"

제브데트 씨는 또 실수를 했다고 생각했다. 이젠 전처럼 자
신의 머리를 믿을 수 없었다.

"작은아버지가 내 아내나 가족에 관심이 있는 줄 몰랐네요.
관심이 있었으면 내가 전선에 나갔을 때 그녀를 도와줬을 텐
데요."

"도와주지 않았다는 거니? 신이 보고 계신다, 내가 도와주
지 않았단 말이야?"

"도와주지 않았어요! 떨궈 내려고 던져 줬던 한두 푼 말고는!"

제브데트 씨는 그 한두 푼을 따져 보려다가, 부끄럽기도 하고 힘도 딸려 그만두었다.

"안타깝구나, 안타까워."

그는 이렇게 중얼거렸다. 잠시 후 기침이 터져 나왔다. 기침을 하면서 생각했다. '얘가 지금 무슨 권리가 있다고 이러는 건까? 어렸을 때 돌봐 준 사람이 나야. 사관학교 학비도 내가 댔어. 방학 때면 가끔 우리 집에 와서 머물기도 했고. 기침이 너무 심한데.' 그는 이렇게 생각하며 기침을 가라앉히려 했고, 일부러 기침을 한다고 생각할까 봐 부끄러웠다. 한바탕 심한 고통이 지나가고 나서야 기침 발작에서 벗어났다. 얼굴이 새빨갛게 된 걸 깨달았다. 그는 죄책감이 들었다. 뭐든 생각할 수 있는 상태가 아니었다. 그저 이 일이 어떻게 매듭지어질지 궁금할 뿐이었다.

긴 침묵이 흘렀다. 제브데트 씨는 먼저 말을 꺼내는 걸 주저했고, 조카도 같은 생각일 것 같았다.

잠시 후 지야가 자리에서 일어났다. 제브데트 씨가 앉아 있는 커다란 탁자 끝에 손을 올리고 머리를 들이밀었다. 제브데트 씨는 걱정이 되었다.

"지금 말해요, 작은아버지. 돈을 줄 겁니까, 시간을 끌 겁니까? 어렸을 땐 날 충분히 도와주지 않았어요. 빚이 있는 셈이죠, 내게."

"난 네게 늘 의무를 다했다고 생각했다. 빚을 졌다곤 생각하지 않아. 오히려 과분하게 대해 주었지!"

제브데트 씨는 또박또박 천천히 말했다.

"과분하게 해 주셨다고요, 그래요? 아버지가 없었으면 이 사업을 어떻게 꾸리셨을까요, 정말 궁금하군요."

"네 아버지에게 무슨 공이 있단 말이냐?"

"아버지나 아버지 같은 사람이 없었으면 입헌 정부도 공화국도 없었을 겁니다!"

"지금 무슨 말을 하고 있는 거냐? 그런 허튼 생각을 누가 네 머릿속에 집어넣었어? 네 아버지는 입헌 정부가 출범하기 삼년 전에 돌아가신 거 잊었니? 정신 차려! 그리고 제발 옛날 일은 끌어들이지 마. 나는 네 아버지를 항상 도와줬다. 이것도 잊지 마, 네 아버지는 유흥을 좀 좋아했다. 술 때문에 저세상으로 일찍 간 셈이지. 그리고 목재 가게에서 시작해서 이 위치에 올라올 때까지 내가 얼마나 애를 썼는지 알기나 해? 대답 못하겠지? 넌 뭔가를 맹목적으로 믿으면서 온갖 버릇없는 짓을 저지를 준비를 하고 있구나."

말을 빠르게 쏟아 낸 후 그는 지쳐 버렸다. 제브데트 씨는 가쁘게 숨을 몰아쉬다가 물었다.

"갑자기 왜 이러는 거냐? 다른 여자한테 빠졌어?"

"예."

지야는 놀라고 부끄러워하는 것 같았다. 예상치 못한 질문이었던 것이다. 지야는 의자에 앉았다. 잠시 아무 말도 하지 않았다.

제브데트 씨도 놀랐다. '결국 저 아이에게 원하는 돈을 주겠다고 말할 것 같군!' 아내와 군대, 살아온 삶에 질려서 작은 아버지에게 돈을 뜯어내려는 젊은이를 쳐다봤다. 그 젊은이는 도덕이나 관습은 신경 쓰지 않는 것 같았다. 하지만 자신이 노인 특유의 슬픔과 증오심을 품고 그를 그렇게 보고 있는 것도 분명했다.

"이젠 돈을 주시겠어요?"

지야가 물었다. 조금 전의 죄책감은 온 데 간 데 없어 보였다. 제브데트 씨는 다시 불편해졌다.

"네가 얼마를 원하는지 모르겠구나. 게다가 이젠 네게 뭔가 내줄 상황이 아니야!"

"시간 끌지 마세요! 쉽게 떨쳐 낼 수 있을 거라고 생각하지 마시라고요!"

지야는 자리에서 일어나 소리를 질렀다.

"제발, 제발, 소리는 지르지 마!"

"나한테 벗어날 길만 찾았죠, 작은아버지는! 어차피 그래서 사관학교로 보낸 거잖아요!"

"하지만 군인이 되겠다고 한 건 너였어!"

"물론 작은아버지는 쾌재를 불렀겠죠. 나한테서 벗어나고 싶었으니까. 작은아버지와 결혼한 그 파샤 딸 옆에 내가 있는 건 어울리지 않았으니까요, 그렇죠? 사관 고등학교로 날 내몰았잖아요! 잠깐, 잠깐만요, 한 번만이라도 끝까지 말해 보고 싶으니까요. 한 달에 한 번 쿨렐리*에서 니샨타쉬로 올 때

_____

* 이스탄불의 보스포루스 해안에 있는 사관 고등학교.

면 얼굴을 찡그리며 주머니에 몇 푼 넣어 주셨죠. 식탁 가장자리에 놓인 내 접시 앞에 앉아 있으면 하인이 된 기분이었어요. 그러곤 이 집에 다시는 발걸음을 하지 않겠다고 맹세했어요."

제브데트 씨는 시체처럼 중얼거렸다.

"한 번도 널 친자식과 차별해서 생각한 적 없어!"

"거짓말! 그렇다면 왜 날 그 애들처럼 갈라타사라이 고등학교에 보내지 않았어요? 나도 그 우아한 자제들의 학교에 다닐 수 있었는데! 작은아버지는 날 내쫓듯 사관 고등학교로 보냈잖아요!"

"네가 군대에 대해 그렇게 생각하는진 몰랐다!"

"그럼 어떻게 생각해야 하는데요? 내 발가락이 사르카므시에서 얼고 있을 때 당신들은 여기서 설탕 사업을 했잖아요. 난 사카르야에서 죽을 뻔했는데 당신들은 회사를 확장했죠!"

그는 울먹이는 얼굴을 제브데트 씨 앞으로 들이밀었다.

"지금 내 앞에 그 여자가 나타났어요. 작은아버지, 그 여자는 내 마지막 운명이에요, 난 알아요! 다시는 그런 인연이 나타나지 않아요."

제브데트 씨는 그가 다급해하고 있다는 걸 알았다. 조카의 입에서 술 냄새가 났다. '용기를 내려고 술을 마셨군. 그러니까 이 모든 게 그 여자에게 돈을 먹이기 위해서구나. 그래서 나를 목표로 삼았고.' 그에게 연민을 느껴야 한다고 생각했지만 그럴 수 없었고, 오히려 혐오감이 느껴졌다. 전혀 부끄러워하지도 않고 가족과 아이들을 내팽개치겠다고 말하는 사람이 앞에 서 있었던 것이다.

"돌아가신 아버지였다면 신에게 기도하라고 하셨겠지. 하지만 나는 무슨 말을 해 줄 상황이 아냐."

그는 이렇게 중얼거렸다. 지야가 다시 고함을 질렀다.

"나한테 뭔가 주지 않으면 끝까지 따라갈 거예요!"

"얘, 의자에 앉아라, 앉아!"

제브데트 씨가 말했다. 지야는 붉으락푸르락한 얼굴로 여전히 흔들거리며 서 있었다.

"원하는 걸 줄게! 하지만 정신을 좀 차려. 그 오랜 세월 동안 작은아버지에 대해 생각하는 게 고작 그거였니?"

"담배 좀 피워도 돼요?"

지야는 놀란 것 같았다. 그는 허락을 기다리지 않고 탁자 위에 있는 담뱃갑을 집어 들었다. 손이 떨렸다. 제정신이 아닌 것 같았다.

제브데트 씨 자신도 지친 것 같았다. 담배를 피우는 조카를 보고 있었지만 생각할 힘도, 말할 힘도 없었다. 끝없이 깊은 잠에 빠지고 싶을 뿐이었다. 잠시 후 물어보았다.

"얼마를 원하니?"

"많이는 아니에요. 카라쾨이에 가게를 열 정도……. 아니면 탁심에 아파트를 살 정도……."

그는 단호하게 보이려고 애를 쓰며 신경질적으로 담배를 피웠다.

"세상에, 그 많은 돈을 어디서 구한단 말이냐? 난 그저……."

지야는 화를 내며 다시 말을 시작했다. 하지만 제브데트 씨는 듣지 않는다는 걸 보여 주려고 손으로 귀를 막았다.

"작은아버지를 끝까지 따라다닐 거예요. 유령처럼 따라다 닐 거라고요!"

지야는 다시 자리에서 일어나, 잘생긴 데라곤 없는 얼굴을, 술 냄새가 폴폴 나는 입을 제브데트 씨 앞으로 들이밀었다.

제브데트 씨는 다시 기침 발작을 일으켰다. 몸을 앞으로 숙이고 흔들거리며 몇 분 동안 기침을 했다. 그런 후 몇 초간 잠잠해졌다. 그러다 다시 심하게 기침을 해 대기 시작했다. 기침을 할 때 턱이 탁자를 칠 정도로 가까워졌고, 피가 얼굴로 몰렸으며, 눈알이 빠질 듯 아팠다. 이 와중에 자신의 심장 소리를 듣고는 '죽을 것 같아!' 하고 생각했다. 하지만 자신에게 무슨 일이 일어나진 않을 거라는 걸 알았다. 하지만 돈을 뜯어가려 하는 조카 앞에서, 이렇게 몸부림을 치며 죽을지도 모른다는 생각을 가라앉힐 수가 없었다. 두려운 듯 자신을 바라보는 지야에게 문을 가리켰다.

"나가, 나가!"

그는 이렇게 신음했다. 그러면서 곁눈으로 그를 쳐다보며 "다음에 얘기하자!" 하고 말했다.

조카는 탁자 옆에 서서 부들부들 떨었다. 무슨 말을 하려는 모양이었지만 제브데트 씨는 그의 입술이 들썩거리는 것밖에 알 수 없었다. 지야는 무례한 행동 때문이 아니라, 담배를 피우려다 꾸지람을 들은 것처럼 손에 든 담배를 감추려 했다.

제브데트 씨는 이번에는 더 격한 어조로 "나가라고 하잖아! 버릇없는 놈!" 하고 신음하듯 말했다. 그런 후 쓸데없이 기침을 참으려 한 것 같아 마음을 편히 가졌다. 지야가 방에서 나가는 걸 바라보았다. 그에게 무슨 말이라도 하고 싶었지만 그럴 힘이 없었다. 마치 폐에서, 호흡기에서 불이 타오르는 것 같았고, 신음을 하고 기침을 하며 그 불꽃을 뿜어내야 될 것 같았다. 잠시 정신이 든 것 같아 손수건을 꺼내 이마에 맺힌 땀을 닦았다. 그는 사무실에 혼자 남았다. 자신이 늙고 힘도 없다는 생각이 들었다.

"유령! 그게 뭔지 잘 알고 있군, 유령⋯⋯."

그는 이렇게 중얼거렸다. 그런 후 정신을 가다듬었다.

"유령이라고!"

그의 이성이 모든 걸 다시 정렬하고, 지난 삼십 분 동안 뒤죽박죽되어 무너진 것들을 다시 세워 보려 하고 있었다.

13
언약

이모부의 파이프 담배, 이모의 향수 냄새로 가득 찬 택시가 예니셰히르의 골목길로 접어들었고, 똑같이 생긴 집들 사이를 지나 외메르가 가리킨 집 앞에서 멈췄다. 외메르는 나무들 사이로 거실에 켜진 전등을 보자 흥분했다. 어제도 여기 와서 나즐르를 만났다. 오늘은 미리 결정한 대로 그 '언약'이라는 걸 하려는 참이었다.

초인종을 누르자마자 문이 열렸다.

"저는 쥐네이트고, 여긴 아내 마지데입니다!"

이모부는 이렇게 말하며 앞으로 나섰다. 하지만 문을 연 사람은 무흐타르 씨가 아니라 마르고 키가 큰 어떤 남자였다.

"저는 레페트입니다! 오실 걸 알고 있었습니다. 다들 위층에서 기다립니다. 제가 우연히 아래층으로 내려왔어요. 당신이 외메르 씨군요. 만나서 반갑습니다. 저는 나즐르의 삼촌뻘

됩니다. 들어오시죠, 들어오세요…….”

이모는 ‘마뜩지도 않고 말도 많군!’ 하고 생각하는 듯 얼굴을 찡그렸다. 그들은 계단으로 걸어갔다.

무흐타르 씨가 계단 끝에 나타났다. 그는 몇 계단 아래로 내려왔다. 그러다 길을 막는다고 생각했는지 뒷걸음쳐서 다시 위로 올라갔다. 어디에 서 있을까 생각하는 듯 주위를 한 번 돌아보다가 나즐르를 발견하고는 마음을 편히 가졌다. 그러면서도 “들어오세요, 들어오세요!” 하고 말했다.

“이모부, 나즐르예요!”

외메르가 말했다. 그들은 벌써 악수를 나누고 있었다.

“이분은 마지데 이모!”

“날 기억하니?”

마지데 이모가 물었다.

“기억나는 것 같아요!”

나즐르가 대답했다.

무흐타르 씨와 이모부도 악수를 했다. 둘 다 평소 같지 않았다.

“들어가세요, 먼저 들어가세요…….”

무흐타르는 이렇게 말하며 손님들의 외투를 받아 드는 가정부에게 이런저런 지시를 내렸다. 나즐르도 마지데 부인의 외투를 받으려 했지만 이모는 사양했고, 서로 걸겠다고 옷걸이 앞에서 실랑이를 했다.

“저희가 늦진 않았죠?”

마지데 부인은 거실로 들어가며 물었다.

"아닙니다, 아닙니다! 너무 구석에 앉으신 것 같은데 이쪽으로 오시면 어떨지…….”

"아니, 괜찮습니다.”

이모는 이렇게 중얼거렸다. 그녀가 앉은 안락의자는 구석에 있었지만 나즐르를 관찰하기에는 제일 좋은 자리였다. 그걸 간파한 외메르는 무흐타르 씨가 자신과 가까이 앉아 있는 게 걱정스러워졌다.

잠시 침묵이 흘렀다. 레페트 씨가 양해를 구하는 듯 말을 꺼냈다.

"오늘 또 다른 우연이 있었지 뭡니까. 여길 지나다가 무흐타르 씨 댁을 들러야겠다 생각했는데, 여러분이 오실 줄은 몰랐습니다.”

"무슨 말씀을. 그런데 저희가 늦게 온 건 아니죠?”

이모부가 말했다.

"아닙니다, 아닙니다. 부인께서도 조금 전에 그렇게 말씀하셨죠. 오히려 전 나즐르에게…….”

이모는 자기 얘기가 나오자 주의 깊게 관찰하던 나즐르에게서 급히 눈길을 거두며 말했다.

"그래요? 저희는 늦은 것 같아서 당황했답니다!”

그런 후 다시 나즐르를 관찰하기 시작했다.

나즐르는 얼굴이 조금 상기돼 있었다. 외메르는 그녀를 바라보는 게 조심스러웠다. 나즐르를 대놓고 바라보는 이모에게 화가 날 지경이었다. '이모는 지금 무슨 생각을 하고 있을까?' 이모가 예비 신부를 어떻게 평가하는지 궁금했다.

가정부가 들어오자 무흐타르 씨는 "커피를 어떻게 드시겠
어요?" 하고 물었다. 각자 커피에 설탕을 얼마나 넣을지 얘기
했다. 다시 정적이 흘렀다.

그곳은 퇴창같이 작게 튀어나온 곳이 있고 천장이 낮은 방
이었다. 맞은편 벽에는 두꺼운 테두리를 두른 베네치아 풍경
화가 걸려 있었다. 외메르에게는 식탁 뒤에 걸려 있는 금박 액
자도 보였다. 방을 둘로 나누는 벽의 한쪽 구석에도 자개로 장
식된 터번 보관함이 있었다. 물건들 모두가 제자리에서 마치
뭔가를 기다리는 듯했다. 정확하게 똑딱거리는 둔탁한 벽시계
소리가 들렸다. 이모는 주의 깊게 나즐르를 살피고 있었다. '결
국 양처럼 여기 앉아 있구나!' 외메르는 생각했다. 하지만 자
신이 안락의자에서 안절부절못하고 앉아 있다는 게 느껴졌다.

"앙카라를 어떻게 생각하십니까?"

무흐타르 씨가 물었다.

"앙카라가 어떤 곳인지는 아직 잘 모르겠어요! 어제 정오
쯤에 왔거든요. 하지만 정말 춥네요."

이모는 분위기를 밝게 해 보려는 것 같았다. 그리고 아주 놀
랍고 멋진 말을 했다는 듯 미소를 지었다.

"예, 우리 앙카라는 춥죠, 이맘때는 더 그렇고요. 오늘 모임*
에 갔다가 동료들하고 추위에 떨었답니다!"

"죄송합니다만, 무슨 모임에서요?"

이모는 이렇게 묻자마자 실수했다는 걸 깨닫고 "아, 물론,

---

* 국회의사당을 의미하는 터키어 'Meclis'에는 의회, 모임 등의 뜻도 있다.

물론 그렇지요!" 하고 큰 소리로 말했다.

"국회의사당, 의회에서요."

무흐타르 씨는 이모가 알아들었다는 티를 냈는데도 이렇게 설명했다. 아마도 먼 친척이라 잠깐 잊어버린 걸 별로 놀라지 않은 것 같았다.

"알죠, 물론, 아다마다요!"

이모는 얼굴이 새빨개졌다. 안다는 말을 너무 과장한 것 같아 얼굴을 더 붉혔고, 간신히 웃어 보이려고 했다.

외메르는 예비 장인도 웃는 걸 보았다. 이모는 국회의원이 웃어 주자 안심하고 더 웃었다. 그러자 이모부도 웃었다. 그들은 함께 웃기 시작했다. 가정부가 커피를 가져왔다. 정체를 알 수 없는 모호한 긴장감이 점점 부드러워지고 사라지는 게 느껴졌다. 국회의원은 손님들에게 커피와 함께 담배를 권했다. 하지만 외메르는 쳐다보지 않았다. 외메르는 이모부가 담배를 거절하지 않는 걸 보고 기뻤다. 파이프 담배를 피운다고 할까 봐, 그래서 방 안 분위기가 다시 서먹해질까 봐 두려웠던 것이다.

분위기는 이렇게 느긋해져 갔다. 잠시 후면 해야 할 말을 나누겠지만, 온기와 담소와 친근감이 좀 더 필요했다. 온기를 가져다줄 이야기는 친척들에 관한 것이었다.

이모가 이야기를 시작했다. 자기가 나즐르의 어머니와 자매간이라고 했다. 하지만 어머니가 다르고, 오랫동안 해결되지 않았던 상속 문제 때문에 서로 등을 돌린 지 오래됐다는 말은 하지 않았다. 무흐타르 씨를 이제야 만난 것도 그 때문이었다. 이모는 선을 넘지 않으면서 서로의 친척에 대해 얘기했다. 외메르는 먼 친척이 가까운 친척보다 얘깃거리가 더 많다는 생각이 들었다. 그들은 친척들의 이름과 질병, 사망, 생일, 비극과 행복을 상기하며 커피를 마셨다. '언젠간 나도 이들처럼 되겠지. 언젠간 나도 커피를 마시며 친척들 얘기를 하겠지. 나의 열정……. 결혼이 나를 제어해 줄 거야. 어차피 철도 일로 배운 게 있어. 이런 일을 할 준비가 된 거지.' 그는 다시 자신을 샅샅이 파헤치고 있었지만, 행동으로 옮기기 위한 힘은 없었다. '언젠가, 그리 멀지 않은 때에, 나도 슬리퍼를 신고 방에서 뜨개질을 하는 나의 아내와……. 나의 아내?' 이런 생각이 들자 깜짝 놀라 나즐르를 쳐다봤다. 맞은편엔 예비 남편과 이모의 시선을 받으며 편안해 보이려고, 얼굴을 붉히지 않으려고 안간힘을 쓰는 여자가 앉아 있었다! 그는 정신을 차리며 '그래, 그게 뭐 어때, 나의 아내야!' 하고 생각했다.

이모부는 자신의 삶과 사업에 관해 얘기했다. 그런 다음엔 약간 거칠고 비난하는 어조로 사업 여건이 빠듯하고 예전처럼 자유롭지도 않다고 했다. 무흐타르 씨도 자기가 살아온 얘기를 해야겠다 싶었는지 공무원 시절, 군수 시절, 주지사 시절에 대해 들려주었다. 그는 지난 팔 년 동안 정치에 몸담고 있었다. 사업, 정확히 말하면 수입수출에 힘든 점이 있다는 건 담담히 수긍했다. 나라가 발전하기 위해서는 아마 더 많은 어려움이 있을 거라고 했다. 하지만 육칠 년 전보다는 상황이 훨씬 더 좋아졌다고도 했다. 국회의원인 그가 이런 말을 아주 설득력 있고 온화하게 해서 약간 눈치를 보며 어렵사리 불만을 표시했던 이모부도 그의 말에 동의하기 시작했다. 자기로 된 난로가 훈훈하게 덥혀 주던 방은 점점 행복한 분위기로 바뀌었다. 이모도 나즐르와 얘기를 나누고 있었다. 이모는 그녀를 주의 깊게 관찰하고, 질문을 하고, 미소를 지어 보였다. 고등학교는 어디를 다녔는지, 어떤 외국어를 아는지, 어쩜 그렇게 옷을 멋지게 소화하는지 등을 물었다.

하지만 다시 긴장과 정적이 시작되었다. 모두가 기다리는 주제를 기다리는 정적이었다. 똑딱거리는 시계 소리만 들려왔다. '곧 진짜 얘기가 시작될 거야, 이모부가 말을 꺼내겠지!' 그는 생각했다.

"저희가 여기 왜 왔는지는 아마 아실 겁니다."

이모부는 거만하지 않게, 겸손하게 말을 꺼냈다.

"따님과 제 조카가 만났고, 이미 자기들끼리 얘기가 된 모양입니다……."

이모부는 부드럽지만 간결하게 말해야 하는 이런 긴장된 상황에서, 생각과는 반대로 거칠게 굴었고, 하지 말아야 할 얘기를 하곤 했다. 한번은 외메르에게 자기가 이중적인 걸 좋아하지 않기 때문이라고 털어놓은 적도 있었다. 하지만 외메르는 이모부가 사실을 말하려 할수록 이중적이 되어 버리는 것만 같았다.

"애들은 자기들끼리 얘기가 된 모양입니다. 둘 다 이성적이지요. 우리가 간섭할 일이 아닌 것 같습니다. 그게 옳겠지요. 우리가 간섭할 일이 아니겠죠, 그렇죠? 그들은 이성적이고……. 그리고 교육도 잘 받았으니 우린 그저 그들의 결정이 옳다고 인정해야겠지요."

이모부는 혼자 토론하듯이 생각에 잠겨 말한 다음, 자기가 너무 직설적으로 말한 것 같았는지 동의를 구했다.

"그래야 되겠죠, 그렇죠, 그렇지 않습니까?"

"뭐라고요? 아, 물론, 물론이죠!"

무흐타르 씨가 대답했다.

"그래서 묻고 싶습니다. 제 조카가 따님과 결혼하고 싶어 합니다. 동의하십니까?"

무흐타르 씨는 놀란 표정이었다. 전혀 예상치 못한 말을 들었다는 태도였다. 안락의자에서 몸을 움직이며 도움을 구하듯 나즐르를 바라보며 안절부절못했다. 외메르는 죄책감을 느꼈다. 당황스럽게 몸을 들썩거리는 저 남자에게 이런 못마땅한 상황의 원인을 제공한 것에 대해 사과하고 싶을 지경이었다.

결국 무흐타르 씨는 "아, 엄마에 이어 재도 내 곁을 떠날 건가?" 하고 중얼거렸다. 슬프고 외로워 보였다.

"하지만 결혼까지는 아직 시간이 많이 있습니다!"

이모부가 말을 이었다. 그러고는 무흐타르 씨를 위로하려는 게 아니라 계획한 걸 실행할 때가 왔다고 생각했는지 급히 이렇게 덧붙였다.

"저 애들이 행복해지면 좋겠습니다. 행복해져야죠."

잠시 아무도 말을 하지 않았다. 이모는 한숨을 내쉬었다.

이모부는 꼭 해야겠다 싶었는지 계속 말을 이어 갔다.

"아시겠지만 외메르는 철도 일을 하고 있습니다. 건설 시기가 오기 전인 초봄에는 결혼을 했으면 하고 얘기가 된 모양입니다. 결혼식은 이스탄불에서 하고 싶으시다고요?"

"내가 아니에요, 내가 아니에요! 이 세상 사람이 아닌 쟤 엄마가……. 앙카라를 좋아하지 않았어요. 그래서 그렇게 유언을 한 거죠."

국회의원은 지친 모습으로 중얼거렸다.

"원하시는 대로 하겠습니다."

이모부는 어려운 상황을 참는 것처럼 이렇게 투덜거리듯 말했다. 결혼 날짜와 구체적인 일들에 대해 몇 마디 더 하고 입을 다물었다.

방 안은 침묵에 싸였다. 모두 각자의 생각에 잠겼던 것이다. 외메르는 속으로 '각자 자기 삶, 자기 계획을 생각하는 거야. 자주 오지 않는 이런 시간을 만끽하면서 우리 덕분에 자기 생각에 잠긴 거야!' 하고 생각했다. 그는 이들이 자기 인생과 추억 혹은 자그마한 계획들을 점검하며 나즐르와 자신을 떠올리는 것 같아 견디기 힘들었다. 그는 화가 나서 '자기 생각에 너무 빠져 가지고 이런 이상한 정적을 깰 생각이 없는 거야!' 하고 생각했다.

"너무 감격해서인지 걱정이 될 정도예요."

이렇게 말한 사람은 이모였다. 궁금하다는 듯 국회의원을 바라보는 그녀는 약간 상심한 표정이었다.

"제가 뭐라고 하겠습니까, 뭐라고. 예상은 했죠. 하지만 그래도 기분이 이상합니다. 뭐라고 하겠습니까? 어쩌면 이런 일을 예상하지 못했는지도 모르겠습니다."

무흐타르 씨는 이런 관심이 반가운 듯 대꾸했다. 그러고는 외메르를 보며 덧붙였다.

"이 젊은이가 마음에 듭니다. 그래도 여전히 당황스럽군요!"

"요즘엔 그렇답니다. 나라도 변했고요. 당사자들끼리 합의를 하죠. 이런 게 더 낫지 않나요?"

이모부는 사회가 어떻게 돌아가는지 파악하고 있는 게 자랑스럽다는 듯 이렇게 말했다.

무흐타르 씨는 외메르를 쳐다봤다. 외메르는 '이제 나를 이리저리 훑어보며 평가하기 시작했어.' 하고 생각했다. 그 자리에 우연히 함께한 레페트 씨도 그를 바라보고 있었다. '무슨 생각을 하고 있을까? 나를 어떻게 생각할까?' 자리에서 일어나 나가 버리고 싶을 지경이었다.

"그렇죠, 그렇죠, 시대에 맞춰야지요."

국회의원은 외메르에게서 눈길을 거두며 중얼거렸다. 그러다 뭔가 기분 좋은 걸 떠올린 듯 갑자기 쾌활해졌다.

"지금은 이 세상 사람이 아닌 아내와 전 중매로 결혼했답니다."

하지만 이렇게 말한 다음에는 얼굴에 그늘이 드리워졌다.

"하지만 제가 그래서 당황하는 건 아닙니다……. 난 언제나 진보적이었거든요."

그는 흥분하며 레페트 씨를 쳐다보며 덧붙였다.

"그래서 레페트 씨와 국회에서 곤혹을 치르곤 했죠. 우린 이런 투쟁을 계속하고 있어요!"

그는 우울한 마음을 떨치고, 마니사 주지사 시절에 의상법*을 실행하기 위해 맹신자들과 투쟁한 얘기를 하기 시작했다.

무흐타르 씨가 생각 밖으로 우울해했다가 쾌활해졌다가 하는 바람에 이모부와 이모는 당황한 것 같았다. 그들은 한동안 국회의원이 즐겁게 설명하는 얘기에 귀를 기울였다. 무흐타르 씨가 하는 말보다는 그의 태도, 경쾌한 손짓, 단어에 더 주목했다.

'그가 지나치게 활기차다고 생각하겠는걸!' 외메르는 생각했다. 하지만 자신도 예비 장인이 그렇다는 생각이 들었다. '명랑하고 태평한 사람이야.' 그러다 나즐르를 쳐다봤다. 그녀는 아버지의 말에 귀를 기울이고 있었다. 레페트 씨도 멍하니 입을 벌리고 있었다. '나를 생각하지 말아야 해. 어느 정도는 그들처럼 되어야 해. 나도 이 쾌활한 분위기에 함께해야 해!' 마음속 야망과 열정을 잊어버리고 난로가 덥혀 주는 이 행복한 분위기에 휩쓸려 자의식과 자긍심은 잠시 지우고 싶었다. 그는 그렇게 할 수 있을 것 같아서 즐거운 마음으로 방 안을 둘러봤다. 하지만 가정부가 문틈 사이로 자신을 바라보는 걸 보고는 자신이 예비 신랑이라는 걸 새삼 떠올렸다. 그는 멋쩍어하며 무흐타르 씨가 들려주는 마니사 주지사 시절의 얘기를 들었다. '이럴 줄 알았어!' 그는 이렇게 생각했지만 더 이상 자기 내면을 파헤치지 않았다.

---

* 1923과 1934년에 재정한 '모자 의상법'을 말한다. 남자는 머리에 모자만 쓸 수 있었고 종교적 성향이 드러나는 옷을 입는 것이 금지됐다. 여자도 현대적인 의상을 입도록 권장했다.

"유럽에 가 보신 적 있습니까?"

"아, 아니요, 기회가 없었습니다. 하지만 꼭 가 봐야겠어요. 나즐르는 꼭 갔으면 합니다."

이모부가 진지하게 묻자 무흐타르 씨는 유감스럽다는 듯 대답했다. 그러곤 자기 말을 오해할까 봐 쟁반을 들고 들어오는 가정부를 가리키며 말했다.

"이제 슬슬 식탁으로 자리를 옮겨야 할 것 같습니다."

그들은 천천히 식탁으로 자리를 옮겼다.

14
깨끗한 공기를 마시며 산책하려고

'유령!'

지야가 찾아온 지 한 달이 지났지만 제브데트 씨는 여전히 그 생각을 했다. '입에선 술 냄새가 폴폴 나고, 가슴엔 훈장을 단 채 작은아버지에게서 돈을 뜯어 가려 하는 유령!' 그는 정원으로 나가는 현관 앞에서 거울을 보며 서 있었다. 그는 가끔 이 큰 거울에 비치는 자신을 바라보곤 했다. '또 언제 올까?' 기침 발작을 일으킨 작은아버지를 두고 나간 다음 날 다시 찾아왔지만, 제브데트 씨는 그에게 뭘 줄 수 있는 상황이 아니라고 하며 오스만을 불렀다. 오스만은 회사에 돈이 없으며, 안 그래도 시르케지에서 카라쾨이로 사무실을 옮기느라 돈이 필요한 상황이라고 설명했다. 지야는 뿌루퉁한 표정으로 이 말을 듣더니 나가기 전에 한 번 더 작은아버지의 귀에 대고 끝까지 쫓아다니겠다고 속삭였다.

'무슨 권리로? 그런 용기는 대체 어디서 나오는 거야?'

제브데트 씨는 거울 속 늙은 몸을 바라보며 생각했다.

"지금 간다, 지금 가!"

이렇게 말하는 사람은 니간 부인이었다. 손주들과 산책을 나가기로 했지만, 늘 그렇듯 늑장을 부렸다. 계단을 내려오는 손주들 소리가 들렸다.

제브데트 씨는 다시 거울을 바라봤다. 등이 더 휘고, 키도 더 줄어든 것 같았다. 이젠 거울 속에서 그런 것만 보였다. 그는 고집스럽게 '사람들이 날 고약한 노인네로 생각하는 건 싫어!' 하고 생각했다. 모자를 썼다. 마지막으로 한 번 더 거울을 봤다. 모자 쓴 늙은 얼굴에 익숙해진 지도 오래됐다. 페스를 쓴 젊은이는 이미 오래전에 잊어버렸지만 언제나 느껴지는 좌절감은 어쩔 수 없었다.

2월 말이었다. 사흘이 지났지만 희생절 때 내린 눈은 아직 다 녹지 않은 채였다. 제브데트 씨는 종이 달려 있는 대문과 집으로 올라가는 계단 사이, 돌이 깔린 길에서 서성거렸다.

'그렇게 세월이 흐른 후에 늙은 작은아버지를 위협하며 돈을 뜯어낼 용기는 도대체 어디서 나왔을까? 여자 때문에 얼이 나가서, 그 여자를 위해 뭐든 할 정도로 미쳤다고 치자. 그렇다고 왜 이런 식으로 돈을 구하려 했을까? 왜 나한테 돈을 뜯어낼 수 있을 거라고 생각했을까?'

그는 정원 한가운데에 멈춰 섰다. 잊어버린 이름이나 단어를 떠올리려고 애쓰듯 그렇게 안간힘을 쓰며 생각했다. "안간힘을 써도 이유를 모르겠어! 왜 이 방법을 택했지? 아, 이제

오는군!" 그는 이렇게 혼잣말을 했다

니걘 부인이 정원으로 이어지는 계단을 내려왔다. 낙타 색 코트를 입고 검은색 작은 모자를 쓰고 있었다. 손주들의 손을 잡고 있었다. 전염병이 돌아서 애들 엄마는 그들을 학교에 보내지 않았다. 올해 초등학교에 들어간 제밀은 계단을 내려와서 할머니의 손을 놓고 정원을 뛰어다니기 시작했다.

"애, 뛰지 마! 뛰지 말라니까, 넘어져!"

니걘 부인이 소리 질렀다. 아내의 목소리가 생기 없게 들렸다. 잠시 후 대문에 달려 있는 종이 딸랑거렸다. 그들은 마치 카 쪽으로 걸어갈 참이었다.

'내가 자기에게 마음의 빚이 있다고 생각하는 거야. 어떻게 그런 생각을 하지? 내가 그를 내쫓고 충분히 도와주기 않았다니!' 니걘 부인이 그의 팔짱을 꼈다. 제브데트 씨는 형의 죽음을, 결혼해서 니샨타쉬로 이사 왔던 일을, 그리고 그 시절 집 안을 돌아다니던 지야를 떠올렸다. '이 손주들보다 조금 더 컸지. 하지만 이상한 점이 있었어. 애 같지가 않았어. 어른이 키만 작아진 것 같은 느낌. 교활한 눈빛으로 쳐다보곤 했지. 심문하듯, 심판하듯 바라보는 그런 시선. 게다가 그런 시선으로 볼 때도 표정은 순진해 보였어. 한 달 전 회사로 와서 돈이 필요하다고 할 때처럼!'

그들은 전찻길에서 경찰서 쪽으로 걸어갔다. 제브데트 씨는 점점 화가 치밀었다. '난 그 애를 좋아하지 않았어!'

경찰서 모퉁이까지 왔다. 웬 가게에서 나온 사람이 그들에게 다가왔다. 제브데트 씨는 그를 알아보지 못했지만 남자가 존경을 담은 말투로 제브데트 씨를 부르며 손을 잡고 손등에 입을 맞추자 '이 사람이 누구더라?' 하고 생각했다. 남자는 니걈 부인의 손등에도 입을 맞췄다. 젊은 사람이었다. 깨끗한 인상에 작업복을 입고 있었다. 그는 제브데트 씨를 애정 어린 눈으로 바라보았고, 손주들도 사랑스럽다는 듯 바라보았다. '우리를 아주 잘 아는 사람인 모양이야, 그런데 누구지?'

제브데트 씨는 경찰서를 지난 후 답답해서 아내에게 물어보았다.

"못 알아봤어요? 정원사 아지즈잖아요! 청과물 가게를 연 다음엔 우리 정원을 방치하고 있어요!"

'그러니까 아지즈란 말이지! 전엔 정원사 일을 했는데. 우리 뒷마당을 근사하게 만들어 주었지!'

이 년 전 그가 청과물 가게를 열 때 제브데트 씨가 도와주었다. 그의 아버지와 정원을 구경할 때 옆에 있던 아이였다. 당시 그의 아버지는 채소밭을 가꾸며 살았다. 어린아이였던 그는 해바라기 씨를 먹고 있었다……. '어떻게 못 알아볼 수가 있지?' 그를 그의 가게 앞에서 본 건 오늘이 처음이었다.

그런 후 니걈 부인이 언짢은 듯 말했던 게 떠올랐다. "못 알아봤어요?" 제브데트 씨는 '이제 사람도 못 알아보는구나.' 하고 생각했다. 모든 게 헷갈렸다. 늙었다는 증거였다. 이제 회사는 일주일에 두 번만 나갔다. 뭐든 할 마음이 들지 않았던 것이다. 하고 싶어도 못하게 했다. 잠시 후 다른 생각이 떠올랐다. '하지만 도움을 청하는 사람은 다 도와줬어!' 약간 기분이 나아지는 것 같았다. 니샨타쉬에선 누구나 그를 알았다. 모두 그를 존경하고, 애정 어린 인사를 건넸다. 그는 모든 이에게 뭔가를 해 주었던 것이다. '난 삼십이 년 동안 여기서 살았어!'

테시비키예까지 거의 다 왔다. 제브데트 씨는 사원 맞은편에 새로 지은 아파트를 보았다. '누구 소유지?' 사흘 전 산책길에서 니걀 부인이 말해 준 것 같은데 기억이 나지 않았다. 잠시 후에야 생각났다. 이즈미르 출신인 연초상의 소유였다. 키가 큰 사람인데 이름은 생각나지 않았다. 테시비키예까지 가면서 입 안에서 맴도는 이름을 기억하려고 애를 써 봤다. 그러다 결국 이름을 떠올리려는 걸 포기했다. 날씨가 춥다고 생각했다.

그는 삼십이 년 동안 여기서 살았다. 삼십이 년 전 테시비키예의 저택에 와서 처음 니걀을 봤다. 삼십이 년 동안 니샨타쉬의 집에 살아왔다. 삼십이 년 전 어느 여름날 니걀 부인과 함께 그 집에 들어갔다. 가정부와 요리사도 고용했다. 심문하는 듯한 눈빛을 지닌 조용하고 창백한 아이는 아버지가 죽은 후부터 그들과 함께 살았다. 그 아이는 군인이 되고 싶어 했다. 제브테트 씨도 "지야, 그렇게 군인이 되고 싶어 했고, 시험에도 붙었으니 쿨렐리로 가거라."라고 했다. 오스만이 이제 막 태어나 집 안은 행복으로 가득했다. 음흉하고 겁에 질린 지야의 시선, 아무것도 만지지 않고 이방인처럼 조용히 돌아다니는 그의 모습은 언짢은 과거, 오래되고 차가운 지난 세월을 떠올리게 했다. 지야가 사관 고등학교에 간 다음부터 니샨타쉬의 집은 더 깊은 평온에 싸였고, 그 평온이 손에 잡힐 것만 같았다. 제브데트 씨는 다시 한번 "난 그 아이를 좋아하지 않았어!"하고 중얼거렸다. 자신이 죄책감을 느낀다는 걸 인정한 셈이었다. 그는 심호흡을 하며 깨끗한 공기를 들이마셨다.

그는 가끔씩 멈춰 서서 심호흡을 해야 했다. 최근에 의사 이자크가 와서 제브데트 씨의 폐에 이상이 있는 것 같다고 했다. 제브데트 씨에게는 깨끗한 공기가 필요했다. 사무실에 나가지 않을 핑계로도 적당했다. 어느 날 오스만과 레피크는 이젠 매일 회사에 나올 필요가 없다고 장황하게 설명했다. 제브데트 씨도 건강 문제가 그 자리에서 물러날 가장 영예로운 핑계라고 생각했다. 지금은 심호흡을 하면서 이런 걸 거리낌 없이 생각할 정도로 편안했다.

맞은편 인도로 몸집이 큰 남자가 지나갔다. 그들을 본 남자는 발걸음을 늦추고, 가장자리가 넓은 중절모를 과장된 몸짓으로 벗고는 가볍게 몸을 숙여 인사를 했다. 제브데트 씨도 모자를 벗고 화답하다 그를 알아보았다. 변호사 제납 씨였다. 변호사들은 일하는 시간이 일정하지 않다는 생각을 하며 시계를 봤다.

11시가 다 된 시각이었다. 이 시간에 남자가 마치카를 걷는 건 답답한 노릇이라고 생각했다. 주부나 은퇴한 사람, 할 일 없는 사람의 시간이었기 때문이다. 할 일 없는 사람들의 일 중에서 그가 하는 게 또 있었다. 라디오를 듣고, 손주들과 장난을 치고, 뒷마당에 이상한 식물을 심고, 이 식물들의 라틴어 이름을 외워서 식사 자리에서 말하는 것이었다! 하지만 중요한 일도 하나 있었다. 회고록을 준비하고 있었다. 아직 한 글자도 쓰지 않았지만 자료 수집은 시작했고, 책의 제목도 정해

놓았다. 반세기 동안의 나의 사업 인생! 장작을 팔던 시절부터 오늘날까지 해 온 모든 일을 사진과 서류와 글로 설명할 계획이었다.

군 초소 맞은편에서 아이들을 차에 태워 드라이브하는 여자 둘을 만났다. 옷을 잘 차려입고 있었다. 젊고 건강했으며 밝게 웃고 있었다. 제브데트 씨 일행을 보고는 차를 세웠다. 그들은 제브데트 씨에게 인사를 하고 니갼 부인과 한두 마디 얘기를 나누었다. 한 여자가 손주들에게 입을 맞췄고, 니갼 부인도 차 안으로 몸을 숙여 아이들을 어루만졌다.

나무 밑을 걸어가면서 니갼 부인이 그 여자들 얘기를 했다.

"큰 키에 마른 사람은 사페트 씨의 며느리고, 다른 여자는 동생이에요. 둘 다 이 년 전에 결혼했어요."

키가 크고 마른 여자가 전에 다른 사람과 약혼한 적이 있다는 얘기도 했다.

제브데트 씨는 문득 "유령!"이라고 중얼거렸다. 그들은 압뒬아지즈 시절에 기초공사를 했지만 아직 완공되지 못한 사원에, 이제는 타실륵이라고 불리는 한적한 정원에 도착했다. 니갼 부인은 아직도 그 젊은 여자들 얘기를 하고 있었다. 저 멀리 보스포루스와 섬들이 보였다. '유령! 그에게서 벗어날 수 없을 거야! 원하는 걸 줘도, 주지 않아도 벗어나지 못하리라는 건 그도 알고 있어. 그래서 돈을 달라고 오는 거야!' 차갑고 건조한 바람이 불었다. 제브데트 씨는 니갼 부인에게 기댔다. 아내도 고양이처럼 그에게 파고들었다. 손주들은 아직 진흙탕으로 변하지 않은 눈덩이를 파헤치고 있었다. 노는 데 정신이 팔려 할머니와 할아버지는 잊고 있었다. '이제 힘이 다 빠졌어!' 제브데트 씨는 니갼의 팔을 꼭 잡았다. 다 잊어버리려고 바다를 바라보았다. 그러다 갑자기 '벗어날 수 없어! 장작 가게에서, 하세키에서, 외파의 집에서, 형에게서, 유령에게서!' 하고 생각하고 말았다. 손주들이 보이지 않았다. 머릿속에서 장면들이 빠르게 지나갔다. 제재업을 하던 아버지가 돌아가시고, 제브데트 씨는 철물 가게를 성장시키고, 아나톨리아로 판매를 확장하고, 형이 병상에서 생사를 넘나들고, 어린 지야를 자기가 맡고, 니갼 부인과 결혼하고, 설탕을 수입하려고 이스마일 하크 파샤를 찾아가고, 그러면서 니샨타쉬의 집은 항상 평온하고, 프랑스어를 배우느라 읽었던 책에 나오는 가족 같았으면 하고 바랐다.

"버려라, 얘, 옷이 더러워지잖아!"

니갼 부인이 소리치자 제밀은 진흙이 묻은 나뭇가지를 땅에 내려놓았다.

"춥군. 돌아갑시다!"

제브데트 씨는 중얼거렸다. 니갼 부인은 남편에게 파고들었다.

돌아오는 길에도 머릿속에서 갖가지 장면들이 빠르게 스쳐 지나갔다. 제브데트 씨는 애써 떨쳐 버리려 하지 않았다. 가끔 유령을 생각했다. 지야에게 돈을 좀 주라고 아들에게 얘기해 보기로 했다. 하지만 오스만은 그렇게 해 주지 않을 거라고 생각했다. 추위를 이기려고 몸을 움직이고 손을 비볐지만 곧 지쳐 버렸다. 테시비키예 정거장 앞에서 지나가는 전차를 타려다 그만두었다. 점심을 먹고는 좀 자야겠다고 생각했다. 아무도 말이 없었다. 손주들도 피곤한 모양이었다. 할아버지와 할머니 곁을 떠나지 않았다. 제브데트 씨는 점심 식사를 생각하며 마음을 달래려고 했다.

테시비키예 사원 앞을 지나갈 때 작은 얼룩 하나가 느슨한 생각들 사이로 떨어졌다. '한 번 더 명절 기도를 올릴 수나 있을까?' 이번 명절 때도 사원의 차가운 양탄자 위에서 벌벌 떨었다. 고통스러웠지만 평온하게 견뎌 낸 후에는 행복했던 걸 떠올렸다. 얼룩은 다른 생각에도 번져 갔다. '살아생전 레피크의 아이를 볼 수 있을까?' 두 달 전에 페리한이 임신했다는 얘기를 들었다. '사무실을 카라쾨이로 옮기는 건 볼 수 있을까?' 그는 사무실 이전에 반대했지만 소용없었고, 이제는 그도 받아들였다. 경찰서 앞을 지날 때는 '최소한 회고록이라도 빨리 끝내야지!'라고 생각했다. '뒷마당에 히비스쿠스를 심으면 자랄까? 히비스쿠스, 히비스쿠스…… 뭐였지? 로니체라 카프리…… 이건 인동덩굴의 라틴어 학명 아닌가? 알테아 오피치날리스!'

"제브데트 씨!"

갑자기 그르렁거리는 거친 목소리가 들려와서 제브데트 씨는 돌아봤다. '아, 아이고, 세이피 파샤의 행색 좀 봐!' 압뒬하미트 시절에 런던 대사를 지냈던 분이었다. 니간의 아버지 쉬크뤼 파샤의 친구였다. 승승장구할 사람이었지만 입헌 공화정 때문에 앞길이 막히고 말았다.

"안녕하십니까, 어르신?"

제브데트 씨가 말했다. 세이피 파샤는 니걈을 바라보았다.

"얘, 니걈, 어떻게 지내느냐?"

니걈 부인은 남편의 팔에서 빠져나와 몸을 굽혀 존경 어린 태도로 파샤의 손등에 입을 맞췄다.

"네 아버지 같은 사람은 이제 남아 있지 않아! 쉬크뤼 파샤는 정말 좋은 사람이었다! 이제 그런 사람은 없어!"

세이피 파샤는 좀 더 그르렁거리는 목소리로 이렇게 말하고 나서도 계속 말을 이었다. 옆에 있는 하인에게 몸을 기대고 겨우 서 있을 정도였고, 얼굴은 늙고 밉상스러운 개의 얼굴 같았지만 그래도 아직 존경심을 불러일으켰다. 제브데트 씨에게는 아주 놀랍게 보였다.

'아흔 살은 넘었을 거야! 저런 사람들은 아주 오래 살지. 사업에 대해 고민하며 괴로워하지 않았으니까! 내가 저 사람보다 먼저 저세상으로 가겠지. 그런데 니걈은 뭐하러 저 사람 손등에 입을 맞춘 거야?'

"네 아버지는 정말 좋은 사람이었다! 그런 진지한 사람은 이제 남아 있지 않아!"

그는 이렇게 말하고는 제브데트 씨를 쳐다보았다.

"사업을 자제들에게 넘겨주었다고요? 타실릑 정원, 깨끗한 공기를 마시며 산책하려고, 응, 아하하!"

그는 고개를 좌우로 흔들었다. 그르렁거리던 파샤의 웃음소리가 그르렁거리는 기침 소리로 변했다.

"예, 어르신!"

제브데트 씨는 이렇게 중얼거렸다. 마음이 상할 것 같았지만 아무 말 할 수 없다는 것도 알았다.

세이피 파샤는 다시 니갼 부인을 보며 여동생들의 안부를 물었다. 친척과 지인에 대해서도 물었다. 그가 늘 안부를 묻고 '진지한 사람'이라고 평가하는 건 그가 아는 사람들이었다. 그는 곧 지루해했다. 그는 자기 팔을 부축하는 하인에게 몸이 흔들린다며 꾸중을 했다. 니갼 부인은 헤어질 시간이 왔다는 걸 알고 다시 몸을 숙여 파샤의 손등에 입을 맞췄다. 파샤는 제브데트 씨 옆에서 몸을 흔들며 서 있는 손주들에게 좋은 말을 해주려 했지만, 그르렁거리는 소리가 아이들을 무섭게 하고 말았다. 그는 하인을 밀치고 꾸중하며 멀어져 갔다.

"정말 많이 늙으셨어요!"

니갼 부인은 이렇게 말하며 한숨을 쉬었다.

'늙었지만 건강해!' 제브데트 씨는 생각했다. 한참을 아무 말 없이 아내의 팔짱도 끼지 않고 걸었다. 잠시 후 니샨타쉬 모퉁이에서 멈춰 섰다. '그런데 니갼은 뭐하러 그의 손등에 입을 맞췄지?' 전차가 삐걱대고 신음하며 그들 앞을 지나갔다. '왜 입을 맞췄지?' 자동차 경적이 울렸다. 손주들이 겁을 내며 할머니와 할아버지에게 파고들었다. 어쩌면 아이들은 세이피 파샤를 잊었을 테지만 여전히 겁을 내고 있었다. 조금 전에 니갼 부인이 파샤의 손등에 입을 맞춘 것 때문에 묘하게 신경이 쓰이면서 긴장감이 감돌았다. 뭔가가 깨진 것 같았고, 죄를 지은 것 같은 음흉한 바람이 부는 것 같았다. 제브데트 씨는 손등에 입 맞춘 일 때문에 점점 더 화가 났고, 비난하는 눈빛으로 니갼을 노려보고 싶었다. 하지만 아내는 전혀 신경 쓰지 않왔다. 그들은 천천히 맞은편으로 건너갔고, 집이 나타났다.

앞쪽 정원에는 밤나무와 보리수나무가 있었다. 날씨가 추웠지만 위층 창문은 열려 있었다. 옆쪽 발코니 난간에 하얀 천이 묶여 있었다. 물장수에게 물을 배달해 달라고 하는 표시였다. 굴뚝에서 푸른색 연기가 가느다랗게 피어올랐다가 금세 바람에 흩어졌다. 뒷마당에서는 앙상한 나뭇가지가 흔들리고 있었다. 벽 밑에서는 고양이가 자고 있었다. '배가 고파! 지금 집에 들어가서 배를 채우고, 담배를 한 대 맛있게 피워야지. 그러곤 달콤하고 긴 오수…….'

15

시인, 엔지니어의 약혼식에 참석하다

갑자기 방문이 열렸다. 페리테 부인이 들어왔다.

"아들아, 바깥 공기 좀 쐬라. 차도 준비했어. 방에서 좀 나와! 나하고 앉아서 얘기나 좀 하자. 안 그래도 일주일에 한 번 일요일에만 쉬는데, 그날도 종일 담배 연기 속에서, 내내 책 사이에 파묻혀 지내는 게 말이 되니? 얼굴 좀 봐. 정말 유령 같구나."

"어머니, 차는 나중에 마실게요. 어차피 좀 있다 나가요. 외메르가 약혼하거든요."

"아, 외메르가 약혼을 해? 왜 말을 안 했어? 누구하고?"

"웬 여자하고요!"

무히틴은 차갑게 대꾸했다. 하지만 그렇게 말한 것을 곧 후회했다. '신부가 누군지, 그녀 아버지는 무슨 일을 하는지 알고 싶어서 꼬치꼬치 물을 거야!' 그는 물어보는 게 싫다는 티를 내려고 얼굴을 찡그렸다.

"차를 준비했다는 말을 하려던 것뿐이야!"

무히틴은 방을 나가는 어머니의 뒷모습을 보며 '어머니를 언짢게 했군, 그러면 안 되는데. 궁금할 수도 있지. 그냥 하루 이틀 기분 좋게 생각할 거리로 조금 얘기할 수도 있었는데.' 하고 생각했다. 하지만 곧 어머니가 그가 해 주는 얘기에 만족하지 못하고, 외메르가 얼마나 행복하겠냐고 하면서 약혼하고 결혼도 한 행복한 사람들을 들먹일 거라는 생각이 들었다. 아들의 불행 때문에 얼마나 가슴 아픈지, 이런 불행에서 벗어나려면 무히틴이 어떻게 해야 하는지 등을 얘기할 것이다. '다른 일? 시도 못 썼고, 시간만 버리고 있어!' 닫힌 방문을 바라보며 멍하니 앉아 있었다.

5시가 가까워졌다. 베쉭타시 언덕의 이 방에서 아침부터 책상 앞에 앉아 있었다. 일요일은 시를 쓰는 날로 정해 놓았다. 주중에도 가끔 저녁에 시를 썼지만, 피곤해서 별로 나오는 게 없었다. 지금도 쓴 건 별로 없었다. 몇 시간 동안 똑같은 걸 쓰고 있었고, 전에 다 쓰지 못한 시도 원하는 대로 되지 않았다. 그는 책상에서 일어나 창문으로 갔다. 베쉭타시는 해맑은 봄 기운으로 가득했다. 세렌제베이 비탈길로 가는 골목에는 일요일에 나들이를 나갔다가 돌아오는 가족이 지나가고 있었다. 제비들이 잠시 후면 오후 하늘을 뒤덮으며 흥에 겨워 날아다닐 것이다. 멀리 잔잔하게 펼쳐진 바다 위로 작은 바지선 두 대가 지나갔고, 솔개 한 마리가 굴뚝 위를 빙빙 돌고 있었다. '결국 시는 못 썼어!' 이럴 때면 보통 베쉭타시로 내려가 술을 마셨지만, 지금은 약혼식에 가야 했다. 싸늘하고 엄격한 약혼식 분위기가 벌써 느껴지는 것 같았다. '이렇게 또 하루가 지나가 버리네. 서른 살까지 좋은 시인이 못 되면 자살하겠다고 결심했는데!' 젊은 날의 허세로 이해할 만한 이 다짐은 지금 보니 흥분해서 한 농담처럼 느껴졌다. 하지만 늘 그렇듯 계산해 보지 않을 수 없었다. '서른 살……. 그러니까 1940년……. 지금은 1937년 봄, 앞으로 삼 년 남았어. 아직 출판되지 않은 그 시집도 별로 가치는 없어. 삼 년 안에 많은 걸 해야 돼!'

삼 년이 남았다. 십 년 중 칠 년을 게걸스레 먹어치워 버렸지만 그 맛도 제대로 즐기지 못했다. 여기까지 이렇게 빨리 올 거라곤 그때는 전혀 생각하지 못했다. 그는 공과대학생이었다. 그때는 칠 년이 이렇게 쉽게 지나가리라는 것은 고사하고, 이 년 후면 졸업할 대학 생활도 언젠가 끝날 거라고 생각하지 못했다. 쉬는 시간엔 복도에서 공을 차고 제도대 위에다 돈을 올려놓고 게임을 하면서도, 베이올루로 영화 보러 가는 친구들은 아래로 봤으며, 자기가 도스토예프스키라고 떠들어 대며 즐거워했다. 레피크나 외메르는 자신과 생각이 같다고 여겼다. 그들은 늘 무시와 혐오가 뒤섞인 조롱하는 듯한 태도를 고수했기 때문이다. 자신들의 두뇌와 관용만 믿었다. 최소한 무히틴은 그렇게 생각했다. 베이올루의 한 술집에서 술을 많이 마신 날, 무히틴은 이 자살 결심을 밝혔다. 이 결심은 예상대로 받아들여졌다. 술자리에는 미세한 존경의 기운이 흘렀지만 놀라거나 우러러보는 것 같지는 않았다. 서른 살 이후의 삶을 지워 버리는 건 쉬운 일 같았다. 누구도 서른 이후에 삶이 있을 거라고 생각하지 않았다.

'서른 살! 삼 년 후!'

모자 쓴 남자가 거리를 지나갔다. 예순 정도 돼 보였다. 겨드랑이에 신문을 끼고 있었다. 시장 어느 찻집에 들어가 달그락달그락 타울라 하는 소리를 들으며 신문을 읽고, 자기 신문을 은퇴한 친구들이 가져온 신문과 바꿔서 그날의 기사를 하나하나 주의 깊게 읽어 보았을 것이다. 군인 출신인 무히틴의 아버지가 퇴역 후 그렇게 생활했다. 물론 사원에도 갔다. 무히틴은 거리를 지나가는 노인이 사원에도 갈지 궁금해하면서 그를 시장에서 본 적이 있는지 기억해 보려 했다. 잠시 후 창문에서 물러나 다시 책상에 앉았다. 이젠 아무것도 쓸 수 없으리란 걸 알았다. 그래도 책상에 앉아 있는 게 창밖을 바라보는 것보단 나았다.

책상에는 완성하지 못한 채 끼적거리기만 했던 종이와 신문, 잡지, 담배, 연필이 놓여 있었다. 꽁초가 수북이 쌓인 재떨이에서 역겨운 냄새가 났다. '이게 다야! 역겨운 재떨이 냄새! 만지고 또 만져서 너덜너덜해진 구겨진 종잇조각, 잡지……. 왜 스스로를 속이고 있는 거지? 경멸하는 이 세상에서 내게 남은 건 이것뿐이야……. 물론 돈을 벌기 위해 엔지니어로 일하고 있지…….' 책상에 놓인 신문을 펼쳤다. 시장에서 돌아오던 노인은 분명 이 신문을 처음부터 끝까지 다 읽었을 것이다. '우리 총리는 파리에서 고급 관리와 만났다……. 하타이 재판이 적당한 결론에 도달했다……. 프랑스 블룸 내각이 신임표를 380표 얻었다……. 사라이 극장에서 터키 영화 동시 상영……. 비누 가격 인상은 올리브 부족 때문이다……. 로크만 헤킴*의 비법……. 프랑코파의 비행기에 폭격당한 게르니카의 폐허……. 부를라 형제의 장갑 냉장 기구 프리즈데르……. 금융 시장 : 스털링 620, 달러 123, 금 1059, 로크만 헤킴의 비법……. 네르빈 : 신경통, 마른기침, 허약 체질, 불면 해소약……. 나도 똑같군, 이렇게 다 읽고 있으니 말이야!' 무히틴의 아버지도 그랬다. 그도 은퇴하고부터는 그날 하루의 활력을 찾는 듯 모든 신문을 처음부터 끝까지 읽었다. 무히틴은 공허하고 무심하게 "그렇다면 뭘 해야 하지? 어떻게 살아야 하지?" 하고 중얼거렸다. 하지만 그저 단어들일 뿐이었다. 시인이었지만 단어로는 절망이나 모색의 흥분을 느끼지 못했다. 단어 그 자체에 가치가 있다는 건 알았지만, 그 아래에 이렇다 할 만한 것은 발견할 수 없었다.

그는 다시 책상에서 일어나려고 했다. 하지만 맞은편 책장에 놓여 있는 아버지의 사진을 보고 마음을 접었다. 어머니가 오륙 년 전에 은으로 된 액자에 이 사진을 넣어 올려 두었는데, 무히틴도 그냥 그대로 두었다. 중위 하이다르 씨는 군복을 입고 검을 차고 있었다. 그의 아버지는 퇴역 전에 베이올루에서 이 사진을 찍었고, 얼마 후엔 이제 지쳤으니 자기만의 시간을 갖고 싶다며 앙카라로 가서 참전하지 않고 퇴역했다. 하이다르 씨는 제7부대 소속으로 팔레스타인에서 참전한 적이 있

---

* '현자(賢者) 로크만'으로 불리는 전설의 인물로 불사의 약을 발견했다고 전해진다.

고, 사격수로 이름을 날렸다. 무히틴도 삼 년 전에 성법(姓法)이 공표되었을 때, 아버지의 재능이 떠올리며 니샨즈*라는 성이 시인에게 어울릴 거라 생각했다. 무히틴은 사격수 하이다르 씨가 사색에 잠긴 포즈를 취하고 있는 게 우습다고 생각했다. 하이다르 씨는 자신감 넘치는 강한 남자처럼 자세를 잡고 약간 미소를 띠고 있었지만, 끝이 위로 올라간 긴 콧수염, 곁탁자 위에 장식품처럼 올려놓은 굵고 짧은 손가락 등 모든 게 가련해 보였다. 무히틴은 이 사진을 볼 때마다 아버지처럼 되지 않으려면 어떻게 해야 할까 생각했고, 가끔은 겁이 나기도 했다. 책장에 놓인 은 테두리 속에 있는 것은, 평범한 군인, 허비한 삶, 항상 뭔가 기다리고 걱정하며 살아온, 벽 뒤편으로는 가 보지 않은 가여운 사람이었다. 무히틴은 열여덟 살이 돼서야, 아버지가 돌아가시고 사 년이 지나서야 이것을 이해했고, 아버지에 대한 선망에서 벗어났다. 무히틴은 다시 '뭘 해야 하지!' 하고 생각했다. 그래도 기운이 나지 않았고, 이제는 익숙해진 초조함만 느껴질 뿐이었다. 한동안 맞은편에 놓인 사진을 보며, 앞으로 펼쳐질 세월과 인생에 대한 걱정이 조금씩 늘어나는 걸 느끼며 앉아 있었다. 잠시 후 시계를 보고 약혼식에 갈 준비를 하고, 베쉭타시 시장 안에 있는 이발소에서 면도를 하기로 했다.

옷을 잘 차려입고 부엌으로 갔다. 어머니는 부엌 창밖으로 몸을 내밀고, 새로 이사 온 이웃과 얘기를 나누고 있었다.

---

* '사격수'라는 의미.

새로 이사 온 이웃은 "꽃이 뿌리를 내렸네요!" 하고 말했고, 페리데 부인은 "뿌리를 내리긴 했는데, 꽃이 피지 않아요!"라며 창틀에 놓인 화분을 가리켰다. 잠시 후 무히틴이 부엌으로 들어온 걸 보고는 몸을 돌렸다. 무히틴을 살펴보고는, 아들이 차려입은 모습이 마음에 든다는 표정을 지었다. "가는구나, 이왕 간 김에 즐기고 오렴!" 그녀는 행복한 목소리로 말했다.

어머니는 아들이 파티에 가서 행복할 거라 여기며 기뻐하고, 아들이 참석한 오늘 저녁 파티에서 여러 사람들이 행복해할 거라 생각했으며, 그런 행복을 그려 보며 즐거워했다.

시장을 걸어갈 때는 걱정도 없고 마음이 편안했다. 아는 얼굴을 보면 인사를 건네며 '술이 나올까? 반지를 끼울 때 외메르는 어떤 표정을 지을까? 자세히 한번 봐야지, 그러려면 우리 파티흐의 얼굴이 잘 보이는 곳에 앉아야겠군!' 하고 생각했다. 그는 계속 인사를 하며 걸었고, 사람들이 자기가 엔지니어라서, 멋지게 차려입어서, 젊고 똑똑해서 좋게 봐 준다는 느낌이 들었다. 아버지의 지인들, 자신의 어린 시절을 알고 좋게 봐 주는 노인들도 있었다. 그가 똑똑하다고 부러워하는 젊은 군인들도 있었고, 오랫동안 알고 지낸 늙은 이발사도 있었다.

이발사는 한 달에 한 번 그에게서 소식을 들었기 때문에, 이 젊은 엔지니어의 인생을 하나도 빠짐없이 알고 있었다. 무히틴을 보자 애정 어린 표정으로 웃으며 말했다.

"수염 깎으려고요, 그렇죠?"

그는 서랍에서 목에 두를 깨끗한 보자기를 꺼내며 어머니의 안부를 물었다.

무히틴은 처음 여기 왔던 때를 떠올렸다. 거울에 그의 모습이 보이도록 의자 양쪽 팔걸이에 널빤지를 올리고, 발이 닿은 곳이 더러워지지 않도록 신문을 깔았다. 처음 왔을 때 무히틴이 울자 "군인의 아들은 울지 않아!"라며 그를 달래 주었다. 다음번에는 어머니가 그를 이발사에게 맡겨 놓고 풍성한 차르샤프* 안에서 작은 몸을 빠르게 움직이며 시장에 장을 보러 갔다. 나중에 한번은 아버지와 함께 왔는데 이발사가 무척 존경하는 태도로 아버지를 맞았다. 이발사는 하이다르 중위를 중요한 사람으로 여겼다. 지금은 엔지니어 무히틴을 중요한 사람으로 대했다. 존경을 다해 얼굴에 비누 거품을 바르고 그의 일에 대해 이것저것 물었다. 이 엔지니어가 전에는 이발소에서 울던 어린아이였다는 건 잊어버린 것 같았다.

무히틴은 하얀 보자기 안으로 손을 넣으며 '여기만 오면 어린아이가 되는 것 같아!' 하고 생각했다. 한참 동안 이발사에게 몸을 맡겼고, 그사이 이발사는 마치 진열장같이 넓은 거울 앞 의자에 손님을 전시하듯 앉혀 놓고 사람들과 소식과 소문을 주고받았고, 시장을 지나는 사람들은 곁눈질로 이발소 안을 들여다보았다. 무히틴도 이 앞을 지나갈 때마다 이발소 안을 들여다보며 '아, 서기관 휘사메틴 씨가 면도를 하고 있네!'라고 생각했다. 지금 일요일 오후에 시장을 지나는 사람들도 "아, 엔지니어 무히틴이 면도를 하고 있네!"라고 할 것이다.

---

* 터키 여성들이 외출할 때 입었던 의상으로 머리부터 발까지 온몸을 덮는다.

'그래, 엔지니어, 엔지니어 무히틴! 그게 바로 나야!' 그는
이렇게 생각했다. 이 엔지니어는 그리 잘생긴 편이 아니었다.
키가 작고 안경을 꼈으며, 표정은 공격적이었다. 두려움이나
선망 같은 건 불러일으킬 수 있지만 애정을 느끼게 하는 얼굴
은 아니었다. 그는 거울을 보았다. 깨진 병 바닥 같다고 생각
했던 안경을 보면서, 자기만의 고유한 정체성이 있기를 바랐
다. 가끔 이발사의 질문에 대꾸를 했다. '이게 바로 나야. 엔지
니어. 1937년 세상의 어느 도시에서, 이곳에서, 이스탄불 베
쉭타시의 이발소 의자에서, 조용하고 침착하게, 다른 손님들
처럼 하얀 보자기 아래서 온순하게 꼼짝하지 않고 있는 사람
이 나야. 나는 무히틴, 엔지니어……. 좋은 시인이 되려고 노
력하지만 의지와 강단이 부족하고, 미혼이며, 똑똑하고, 어느
봄날 친구의 약혼식에 가는, 아직 출간되지 않는 시집 때문에
조급해하고, 미래에 대해 걱정을 하는 무히틴 니샨즈…….' 그
는 거울에서 시선을 돌렸다. '아냐, 아냐, 지금은 생각하고 싶
지 않아. 약혼식을 즐기고 싶어. 내가 무엇이고, 누구이고, 앞
으로 어떻게 될지는 생각하기 싫어!' 그가 갑자기 깜짝 놀랐
고 귀 밑에서 윙윙거리던 면도기 소리도 멈췄다.

이발사는 무슨 일인지 걱정하고 궁금해하는 시선으로 거울
을 쳐다봤다. 무히틴도 거울을 바라보았지만 자신을 보고 싶
지 않았다. 얼굴에 비누 거품을 칠할 때도 거울을 보지 않았
다. 이발소에서 나올 때까지 아무것도 생각하지 않으려고 그
저 의자에서 꼼지락거렸다. 얼굴에서 면도기가 움직이며 윙
윙대는 소리만 들었다.

이발소에서 나온 후 곧장 택시를 탔다. 운전사는 베쉭타시 시장에서 알던 얼굴이었다. 운전사도 이 엔지니어의 얼굴을 알고 있었다. 무히틴은 생각에 잠기지 않으려고 가는 내내 운전사와 잡답을 했다. 고물가, 축구 경기, 부주의한 운전자들에 대해.

레피크가 아야즈파샤에 있는 아파트 위치를 알려 주었다. '늦었어!' 무히틴은 계단을 올라가며 생각했다. 꼭 봐야 하고 경험해야 할 것을 전부 놓쳐 버린 것 같아 끔찍한 기분이 들었다. 현관 벨을 누른 후 깜짝 놀랐다. '정말 사람이 많이 왔군!' 사람들이 그를 보고, 자세히 살피고, 웃고, 미소 지을 것이고, 그도 그들에게 그렇게 할 것이다. 처음 보는 여자가 그를 거실로 안내했고, 그는 사람들 사이로 들어가 앉을 자리를 찾았다.

거실 한쪽에는 여자들이, 다른 한쪽에는 남자들이 앉아 있었다. 이렇게 따로 앉아야 한다고 의식하지는 않았을 것이다. 섞여 앉는 게 맞고 문명적이라고 생각할 것이다. 하지만 누구도 관습을 깰 용기는 내지 못했다. 축음기에서 음악이 흘러나오고 사람들은 속삭이며 뭔가를 기다렸다. 무히틴은 레피크와 배가 부른 페리한을 보았다. 잠시 후 문에서 외메르가 나오며 손짓을 했지만 그의 곁으로 오지는 않았다. 나즐르를 보고 그녀가 아름답다고 생각했다. '그래, 난 늦게 왔어!' 잠시 후 축음기가 꺼졌고 다들 기대하던 일이 다가왔다는 듯 긴장감이 흘렀다. '저 문으로 들어올 테니 외메르의 얼굴을 더 잘 볼 수 있을 거야!' 그는 좋은 자리를 차지했다고 생각했다.

무히틴이 기다리던 곳에서, 복도로 열리는 문으로 외메르와 나즐르가 들어왔다. 국회의원 무흐타르 씨가 바로 뒤따라 들어왔다. 나즐르는 처음 봤을 때만큼 아름답지는 않은 것 같았다. 얼굴에 좀 못생긴 부분도 있는 것 같았다. 국회의원이 그들 뒤로 다가가 그들 사이에 서서 둘의 손목을 잡았다. 뭔가를 찾는 듯 좌우를 둘러보았다. 급히 손을 주머니에 넣어 리본으로 연결돼 있는 반지를 꺼냈다. 여기 모인 모든 사람들의 축복 어린 시선 아래 반짝거리는 반지 두 개를 서투르게 손가락에 끼워 주었다. 무히틴은 반지가 리본으로 연결돼 있어야 한다는 건 몰랐다. 국회의원은 누군가 건네 준 가위로 리본을 잘랐다. 마음이 벅차 오르는 모양이었다.

"사랑하는 내 딸과 내가 아주 사랑하는 이 젊은이가 이렇게 약혼을 했습니다. 이 아이들이 서로 사랑과 존경……."

'아, 지금 그의 얼굴이 상기되었어!' 무히틴은 외메르의 경직된 얼굴을 자세히 살펴보았다. '파티흐의 얼굴이 저런가? 순한 양 같군! 부끄러워하는 것 같아. 하지만 자기가 선택한 거니까. 그가 가는 정복의 길에 국회의원이 어떤 특혜를 줄 수 있을까?'

박수가 터져 나왔다. '빨리도 끝나네!' 무히틴도 옆에 있는 사람들과 함께 몇 차례 박수를 치고 미소를 지었다. '나도 이렇게 행동할 거야, 왜냐하면 이렇게 해야 하니까!' 그렇다고 자기가 이중적이라고는 생각하지 않았다.

국회의원은 약혼한 커플의 볼에 입을 맞췄고, 그들은 국회의원의 손등에 입을 맞췄다. 국회의원이 한쪽으로 물러나자 그들은 거기 그렇게 나란히 서 있었다. 잠시 당황한 듯 아무런 움직임이 없었다. 나즐르는 초조해하며 잠깐 외메르를 바라보았다. 이 서툰 눈길은, 이제 자신의 행동과 결정이 옆에 있는 남자에 달려 있다는 걸 모두에게 보여 주고 있었다. 잠시 후 그녀는 몸을 숙이고, 다리 사이를 돌아다니는 잿빛 고양이를 품에 안았다. 다들 행복하게 웃으며 자리에서 일어나 막 약혼한 커플에게 입을 맞추며 축하해 주었다.

무히틴은 외메르에게 입을 맞추며 울컥했다. 이런 건 예상하지 못해서 자신도 놀랐지만 준비해 온 말은 해 주었다.

"자, 라스티냐크, 시작을 잘했으니 끝을 봐야지!"

"내가 시작을 잘했다고? 아, 내 친구 무히틴! 아, 무히틴, 넌 변한 게 없구나, 하지만 난……!"

외메르는 큰 소리로 말했다. 술을 조금 마신 것 같았다.

"아냐, 아냐, 아주 좋아 보여!"

무히틴이 말했다. 외메르가 친척들을 껴안느라 자기 말을 듣지 않자, 레피크에게 "페리한도 배가 많이 불렀네!" 하고 말했다. 바보 같은 말이었다.

레피크는 사람들을 둘러보며 "저녁때 우리 집에 가자, 알았지? 모두 다 돌아간 다음에!" 하고 말했다.

거실엔 달콤하고 부드러운 사람들의 물결이 일렁거렸다. 사람들은 자리에서 일어나, 서로 볼에 입을 맞추고, 웃고, 바라보고, 덕담을 주고받았다. 행복한 소음이었다. 약혼식보다는 이런 따스한 움직임과 소음을 기대했던 듯 마음이 편해졌다. 무흐타르 씨는 외메르의 이모부와 이모 옆에 앉아 있었다. 나즐르와 외메르는 창가에 있는 젊은 여자들과 함께 웃고 있었다. 젊은 여자들 사이에 그 늙은 고양이도 있었다. 뚱한 고양이는 이 품에서 저 품으로 옮겨 다녔고, 목소리를 낮춘 웃음 소리가 들렸으며, 집주인인 나즐르의 고모는 거실에 모인 사람들 사이를 다니며 인사를 했고, 서로 소개해 주려고 즐겁게 여기저기 뛰어다니며 웃었다. 그녀는 가끔 농담도 했고, 일부러 서운한 표정도 지어 보였다.

'나도 저들 중 하나야. 나도 저들 사이에 끼어야 해!' 무히틴은 생각했다. 하지만 그들처럼 되려면, 소음 속으로 들어가려면, 먼저 뭘 해야 하는지 알 수 없었다. 농담이라도 해야겠다는 생각에 레피크에게 말을 걸었다.

"멋진 연극이지, 그렇지?"

그는 이렇게 말하며 웃으려 했지만, 웃지 못했다.

"응, 아주 재미있어!"

"식사할 땐 더 즐거울 거야. 술은 있을까?"

무슨 말이든 해야 할 것 같아서 한 말이었다.

어디선가 깔깔거리며 웃는 소리가 들렸다. 나즐르의 고모 제밀레 부인이 이야기를 하고 있었다.

'아냐, 난 저들처럼 될 수 없어!'

무히틴은 생각했다.

16
야망을 품은 약혼자

제밀레 부인은 외메르가 자기 품에서 오줌을 싼 애기를 구석에 앉아 있는 사람들에게 들려주고 있었다. 그에게도 전에 여러번 한 애기였다. 마지막에는 얼룩이 안 보이도록 어린 외메르를 품에 꼭 안았던 걸 설명하려고 두 손을 배 위에 포개고 키득키득 웃었다. 이야기를 듣는 사람들도 외메르를 보고 미소를 지으며 고개를 저었다.

"그때쯤 우리에게 맞는 식당이 튀넬에 문을 열어 얼마나 좋아했던지요!"

제밀레 부인은 말했다.

"유명한 클럽이 있었는데, 여자들이 거기 들어가려면 용기가 필요했지요!"

마지테 부인이 대꾸했다.

"한번은 나도 용기를 냈어요. 하지만 나중에 얼마나 부끄러웠는지 집에서 울었어요. 무흐타르가 데려갔는데."

무흐타르 씨는 하품을 했다. 하품을 하고 기지개까지 켜다 가 외메르에게 말했다. "이보게, 왜 앉지 않고?" 이렇게 말한 후 뭔가 떠올렸는지 "아직도 혁명에 대해 그렇게 생각하나?" 하고 물었다.

"무흐타르, 오늘은 좀 편하게 놔둬!"

제밀레 부인이 말했다.

"내가 뭘 어쨌다고!"

외메르는 미소를 지으며 '오늘은 그 누구도 나를 불편하게 하지 못해!' 하는 표정으로 다시 나즐르의 젊은 여자 친구들 에게로 갔다.

그사이 누군가 축음기에 독일 노래를 올려놓았다. 순간 모 두 입을 다물었다. 잠시 후 분위기는 다시 경쾌해졌다. 나즐르 의 어린 시절 친구가 옛 추억을 꺼냈다. 얘기를 들려주며 웃어 야 할 것 같은 부분에서는 친구들을 보며 함께 웃도록 부추겼 고, 가끔은 외메르도 바라보았다. 다른 여자들도 외메르를 쳐 다보았다. 그들의 시선은 '당신이 좋아하고, 조금 전에 약혼을 하고, 결혼도 하기로 한 이 여자가 얼마나 좋은 친구인지 알 아? 지금 그녀가 모든 관심을 한 몸에 받으며 교양 있게 행동 하듯이, 우리도 그랬고, 앞으로 그렇게 될 거야!'라고 말하는 것 같았다. 그녀들의 말을 들으며 품에 안은 고양이를 쓰다듬 고 있노라니 외메르는 마치 왕이 된 기분이었다. 축음기에 다 시 한 번 그 노래를 올려놓았을 때 미소를 지으며 고양이를 나 즐르에게 넘겨주었다. 지루하다는 걸 숨기지도 않고 자리에서 일어났다. 오늘은 그렇게 사소한 건 신경 쓰지 않을 정도로 대범한 사람이 된 것 같았다. 웅웅 울리는 거실을 한 번 둘러 보았다. '누구한테 가 볼까?' 후식을 뭘 먹을까 생각하는 버릇 없는 아이 같다는 생각이 들었지만 지금의 자신에게 어울리 는 행동이라고 생각했다. '친구들한테 가 봐야지. 레피크와 무 히틴이 무슨 얘기를 하고 있을까? 무히틴의 얼굴은 언제나처 럼 끔찍하군!'

"젊은이, 자네 정말 살생겼네!"

노인은 나즐르의 친척인 듯했지만 외메르는 모르는 사람이 었다. 그는 멋진 말을 들은 것처럼 미소를 지어 보였다. 그런 후 레피크와 무히틴 옆으로 갔다.

"그 사람이 뭐라고 했어?"

무히틴이 물었다.

"내가 오늘 잘생겨 보인다고."

"그럼, 그럼, 그렇고말고!"

레피크가 웃으며 말했다.

"모두가 널 아주 좋아해!"

무히틴도 이렇게 말했다.

"그래?"

"그런 넌 자신을 어떻게 생각하는데? 라스티냐크라는 거 기억해?"

"정말, 그걸 잊었지 뭐야!"

외메르는 웃으면서 대답했다.

"잊지 마……. 넌 일상을 무시했잖아!"

"무히틴이 오늘 아주 공격적이야! 왜 그래? 자신을 좀 편히 내버려 둬. 저 사람들처럼 즐기라고. 그런다고 뭐가 달라져? 저녁엔 우리 집에 가자, 알았지?"

"뭐 할 건데?"

"쟤는 세마외르를 놓고 싶어 해! 우리 옛날이야기를 끄집어내서 회상에 젖으며 즐기려는 거야."

무히틴이 대신 대답하며 웃었다.

"그거 괜찮은 생각이야. 세마외르를 놓고, 앉아서 얘기나 하자!"

외메르는 이렇게 말한 후 나즐르를 바라봤다. 기분이 좋아졌다. '난 약혼했어!' 새삼 깨달은 듯 약혼반지를 쳐다봤다.

"정말 조심해야 할 시기로 접어들었네! 약혼과 결혼 사이에 있는 시기는 가장 중요하거든!"

이렇게 말한 사람은 얼마 전에 결혼한 나즐르의 친척이었다.

"예, 예!"

외메르는 이렇게 대답했다. 그런 후 사람들에게 앉을 자리를 설명해 주는 제밀레 부인에게 말했다.

"저한테 가장 좋은 자리를 주셨군요!"

"오늘은 모두의 시선이 자네에게 가 있거든!"

가정부가 다시 뿌루퉁한 얼굴로 들어와 쟁반같이 커다란 접시를 식탁 가운데에 놓았다. 누군가 놀랐다는 듯 비명을 질렀다. 일부러 그런다는 걸 숨기지 않았기 때문에 모두 웃었다. 집주인인 나즐르의 고모는 접시에 음식을 담으면서 음식에서 발견한 불만을 하나하나 짚었다. 다들 그녀의 말에 손사래 치며 "음식은 아주 맛있었고 식탁 차림도 아주 좋았어요, 모두 다 좋았다고요!" 하고 말했다.

음식을 먹으면서 사람들이 졸라 대는 바람에 외메르는 케마흐의 철도 공사에 대해, 공사장의 임시 숙소에서 살았던 시절에 대해 얘기할 수밖에 없었다. 추운 겨울에 어떻게 거기서 살았는지 놀라는 사람도 있었고, 이 젊은이가 더 마음에 들게 되었다는 사람도 있었다. 한 노인은 그리 대단한 생활도 아니리면서, 사르카브시 지역에 관해 얘기했다. 그는 술을 마시며 아무도 관심 없을 얘기를 세세한 부분까지 다 설명했다. 한참 동안 옆에 앉아서 그의 얼굴을 바라보던 젊은이 말고는 그의 말에 귀를 기울이는 사람이 없었다. 그 젊은이는 장난삼아 노인의 설명에 맞추어 축음기에 이즈미르 행진곡을 올렸다. 무흐타르 씨는 행진곡을 흥얼거리기 시작했다. 몇이 함께했다. 라크 잔을 부딪치고, 서로를 보며 웃었다. 젊은 여자들도 편안해졌는지, 청년들과 얘기를 나누기 시작했다. 그녀들은 술은 마시지 않았지만, 청년들과 얘기를 하면서 얼굴을 붉히지도 않았다. 그들도 가끔 식탁 가운데에 앉아 있는 막 약혼한 커플을 바라보았다. 외메르는 사람들의 시선을 한 몸에 받는 걸 느낄수록 점점 왕이 된 것처럼 느껴졌다. 자신이 원하던 게 한편으론 이런 거였다는 생각에 부끄러웠고, 이렇게 느끼는 게 부적절한 것 같았다. 무히틴이 어떻게 생각할지 궁금해졌다. 이런 음흉한 생각이 불타오를수록 술을 더 마셨다.

축음기에서 흘러나오던 행진곡이 끝나자 레코드판을 뒤집어 올려놓았다. 이 음악도 끝이 나자 나즐르는 멋진 음악을 들고 싶다며 자리에서 일어났다. 외메르도 도와주겠다며 그녀를 따라갔다. 축음기는 거실 구석에 있었다. 나즐르는 레코드판이 꽂혀 있는 곳을 뒤적거렸다. '그녀가 내 약혼녀야!' 외메르는 생각했다. 축음기가 있는 구석은 식탁에서 보이지 않는다는 걸 알면서도 그는 뒤를 돌아봤다. 그런 다음 이렇게 조심하는 게 유치하다고 생각하며 나즐르의 볼에 입을 맞추고 '난 그녀에게 입을 맞췄어!' 하고 생각했다. 자기에게 더럽고 수치스러운 병이 있는데, 이 입맞춤으로 그녀에게도 그 병을 전염시킨 것 같은 죄책감이 들었다. 놀랍게도 오늘, 오늘 저녁, 아니 언제라도 왕처럼 느끼지 못할 거라는 생각이 들었다. 나즐르는 축음기 위에 레코드판을 올려놓았다. 잠시 지직거리는 소리가 나다가 뒤이어 상태가 좋지 않은 피아노 연주 소리가 들려왔다. 이 소리는 아무것도 변화시키지 못했다. 사람들도 아무도 몰랐다. 뭔가 달라진 걸 눈치채지 못했다. 웅웅거리는 소리와 포크와 나이프 소리만 들렸다.

외메르가 식탁 쪽으로 걸어가고 나즐르가 그를 따라왔다. 누군가 갑자기 식탁에서 박수를 쳤고, 몇몇이 동참했고, 뒤이어 모두가 박수를 치기 시작했다. '어쩌겠어, 이게 나아! 이렇게 됐어!' 외메르는 생각했다.

식사 후엔 한 청년이 가져온 최근 레코드판을 축음기에 올려놓았다. 젊은이들은 흥분해서 소리를 질렀고, 몇몇은 춤을 췄다. 모두 이들을 쳐다봤고, 춤 신청을 받지 못한 처녀들과 춤을 못 출 정도로 부끄러움을 타는 청년들은 구석으로 가서 이야기를 나누고 농담을 하며 웃었다. 젊은이들은 그들끼리 뒤야 한다고 생각하는 노인들은 식탁에 앉아 커피를 마셨고, 거실 저편에서 들려오는 소리를 너그럽게 받아들이며 서로의 인생 얘기를 했다. 외메르는 나즐르와 함께 식탁과 젊은이들이 있는 곳을 오갔다. 그는 아무것도 생각하지 않으려고 애쓰면서, 오늘 약혼을 해서 기분이 좋다는 것만 생각하며 모두에게 미소를 지어 보였다.

노인들이 식탁에서 일어난 후에 활기가 누그러지기 시작했다. 축음기에 올려놓을 때마다 아주 새로운 농담처럼 즐겁게 맞이했던 음악도 이제는 울려 퍼지지 않았다. 잠시 후 손님 몇이 약혼한 커플에게 한 번 더 축하의 말을 하고 집을 나갔다. 그러자 모두 하나둘씩 자리에서 일어났다. 무흐타르 씨는 하품을 하며 손님들을 문까지 배웅했다. 제밀레 부인은 부족한 점에 대해 사과했다. 문 앞에선 모두 감동한 듯 약혼한 커플에게 덕담을 해 주었다.

모두들 돌아간 후 무흐타르 씨는 하품을 했다.

"아, 잘 마쳐서 다행이야!"

"정말 잘 치렀어, 그렇지, 잘 치렀어!"

제밀레 부인도 말했다.

"잘 치렀어요, 고모!"

나즐르도 이렇게 말한 후 페리한에게 뭔가 설명하기 시작했다.

잠시 후 레피크와 페리한도 일어났다. 페리한의 부른 배를 본 무흐타르 씨는 걱정스러운 표정을 지었다. 무히틴을 보고는 답답해하는 것 같았다. 같은 표정으로 외메르를 쳐다보았다.

"저희는 이제 일어납니다. 친구 집에 가서 조금 있으려고 요."

외메르는 그에게 잘 보이려고 설명했다.

"왜? 여기서 있으면 되잖나?"

국회의원은 이렇게 말했지만 졸음이 쏟아지는 눈은 다른 말을 하고 있었다.

외메르는 그래야 할 것 같아서 먼저 국회의원, 그다음에는 제밀레 부인의 손등에 입을 맞추었다. 국회의원도 무척 감동 해서 외메르를 껴안았다. 그런 후 볼에 입을 맞추고 쓰다듬어 주는 게 익숙하고 편안한 아버지인 양 나즐르에게 입을 맞추 었다.

"내일 올 거지, 그렇지? 난 금방 앙카라로 돌아가 봐야 하 네. 철도 일을 하러 가기 전에 자네를 보고 싶네!"

"물론입니다, 어르신!"

외메르는 이렇게 대답한 후 나즐르를 쳐다보았다. 그녀와 자기 사이에 그들만의 친밀감과 사랑의 신호가 있어서 아무 도 눈치채지 못하게 인사를 나누고 싶었던 것이다. 하지만 그 런 건 없었다. 그저 서로를 바라볼 뿐이었다. 외메르는 나즐르 의 긴 초록색 드레스가 우습게 느껴질까 봐 두려웠다. 자기가 다른 것들, 그러니까 야망을 잃는 것, 가족이라는 삶 속에 파 묻히는 것, 일상생활로 만족하는 것도 두려웠다.

그들은 아야즈파샤에서 탁심까지 걸었다. 무히틴은 주변을 살피며 맨 앞에서 혼자 걸어갔다. 레피크와 페리한은 팔짱을 끼고 있었다. 외메르는 그들과 한 걸음 정도 뒤에서 걸으면서 팔짱 끼고 걷는 커플과 드넓은 군청색 하늘을 쳐다보았다. 비탈길 가운데, 나뭇가지에 새로 잎이 나서 하늘이 나눠져 보였다. '내가 야망이 많은 사람인가? 예전 열정이 남아 있기는 한가?' 외메르는 생각했다.

니샨타쉬의 집에 와서 페리한이 위층으로 올라간 후에, 외메르는 빈 거실에 앉아 무히틴에게 이걸 물어봤다.

"응, 나도 오늘 그 생각을 했어. 넌 전만큼 야망이 있는 것 같지 않아. 일 년 전, 케마흐에 가기 전에는 달랐어!"

"그래! 어떻게 알았어?"

"정말이지, 내가 어떻게 알았는진 모르겠어. 네가 약혼을 해서일 수도 있고, 네 태도와 행동 때문일 수도……."

"아냐, 네 생각은 틀렸어! 난 전보다 더 큰 야망을 품고 있어! 얼마나 큰지 전처럼 겉으로 드러내며 자랑하지도 않아. 너무 크기 때문이지……. 그래서 숨기려고 하는 거야……. 네 생각은 틀렸어!"

"내 생각이 틀렸다고 생각하지 않아!"

무히틴은 냉정하고 무심하게 말했다.

"아냐, 틀렸어! 올해 내가 돈을 얼마나 벌었는지 알아? 4만 리라! 그래! 4만 리라보다 더 많이 벌었어. 내년에는 두 배를 벌 거야. 공과대학을 졸업한 청년 둘과 얘기했어. 그리고 새로운……."

"무슨 얘길 하고 있어?"

레피크는 세마외르를 아래층에서 가져와서 설치하기 시작했다.

"자기가 아주 야망이 큰 사람이라네!"

"그래, 난 지금 그렇게 말했어. 무히틴에게 물어볼 게 있어! 서른 살에 자살을 할지 안 할지 말이야……."

"잠깐 기다려. 금방 찻잔을 가지고 올게!"

레피크는 이렇게 말했다. 모든 게 잘 돌아가고, 기대했던 논쟁이 벌어져서 기뻤다.

"두고 봐! 내가 좋은 시인이 되지 못했을 때, 그렇게 할지 안 할지 두고 보라고!"

"넌 못해! 난 널 잘 알아. 자신에게 시간을 좀 더 주겠지. 핑계도 찾고 말이야. 터키에선 사람의 가치가 쉽게 이해되지 못한다거나, 한두 해 늦었다고 바보짓을 할 필욘 없다고 생각할 거야!"

"잠깐, 잠깐만, 금방 올 테니 그때 계속해!"

레피크는 이렇게 말했다. 그는 한마디도 놓치지 않으려고 부엌으로 뛰어 내려갔다. 그러더니 찻잔을 들고 금방 나타나서는 "뭐라고들 했지?" 하고 물었다.

17
반세기 동안의 사업 인생

제브데트 씨는 뒷마당에 있는 밤나무 밑 골풀 의자에 앉아 있었다. 머리와 몸은 굽히지 않고 발밑에서 돌아다니는 개미 한 마리를 지켜보고 있었다. 아직 여름은 오지 않았지만 날씨는 더웠다. 5월 9일 청소년의 날이었다. 따갑지만 잔잔한 햇볕이 끈질기게 뒷마당을 덥혀 주었다. 좀 전에 점심을 먹었다. 가족 모두가 뒷마당 제브데트 씨 주위에 모여 있었다.

여느 때처럼, 먼저 니얀 부인이 와서 제브데트 씨 옆에 있는 의자에 앉았다. 남편이 뭘 보고 있는지를 알고 싶어서 그의 발밑을 살폈지만, 개미는 못 본 것 같았다. 그녀는 가정부가 신발 바닥을 닦지 않는다고 했다. 오스만도 어머니의 말을 듣고 평소처럼 의기양양하고 생각에 잠긴 태도로 신발을 보며 나무 아래로 걸어왔다. 그는 원하는 때에 원하는 만큼 피울 수 있는 담배를 입에 물고 있었다. 네르민은 오스만을 따라와서 아이들에게 무슨 말인가를 하고 의자에 앉았다. 손주들은 자두를 먹으며 정원을 돌아다녔다. 잠시 후 부엌문으로 페리한과 레피크가 나왔다. 커다랗게 불러 온 페리한의 배는 보는 사람을 초조하게 만들었다. 제브데트 씨는 그녀를 보면 쉽게 깨지는 걸 들고 있는 양 세심해졌고, 말과 행동을 조심했다. 페리한이 골풀 의자에 앉자 니간 부인은 마음이 편해져서 제브데트 씨를 돌아보며 말했다.

"당신이 심은 이상한 식물에 꽃이 피었어요, 봤어요?"

제브데트 씨는 고개를 끄덕였다. '오시뭄 뭐였지?' 하고 생각했지만 기억해 낼 수가 없었다. 그래서 "오시뭄 그라니무스!" 하고 아무 이름이나 지어 말했다. 아무도 꾸며 낸 이름이란 걸 눈치채지 못하자 마음이 편해졌다. 아침에도 이런 일이 있었는데, 그때도 니간 부인이 묻는 말에 아무 이름이나 댔던 것이다. 그는 식물들의 라틴어 학명을 외워서 기억력이 나빠지지 않았다는 걸 보여 주려 했다. 모두들 제브데트 씨가 대단하다고 여기거나, 그렇게 여기는 척했다. 하지만 아내와 아들들 이름을 기억하지 못하는 순간에는 웃지 못했다.

"아, 피곤해! 아침 내내 옷궤를 정리했어요!"

네르민은 이렇게 말하며 한숨을 내쉬고 오스만을 바라보았다. 늦봄 더위가 시작된 지 오래였지만 이제야 겨울옷을 옷궤에 넣고 여름옷은 옷궤에서 꺼내고 있었던 것이다. 게다가 여름 집이 있는 헤이벨리 섬으로 옮겨 갈 준비도 시작했다. 제브데트 씨는 난생처음으로 봄이 오는 걸 집 안에서 지켜봤다. 겨울 추위에 못 견디는 화분은 다시 밖으로 내놓고, 골풀 의자는 수리했으며, 아래층에 있는 방 몇 군데는 페인트칠을 했고, 집의 뒷면을 감싸 오르며 집에 벌레를 들이는 덩굴나무는 좀 잘라 냈으며, 정원은 전부 새로 손을 봤다. 한동안 집 안에는 제브데트 씨가 익숙해지지 않는 이상한 냄새와 나프탈렌 냄새가 났다.

"점심 먹자마자 피아노를 치다니 말이 돼?"

니갼 부인이 말했다. 집에서 따분하고 생기 없는 피아노 소리가 들려왔던 것이다. 니갼 부인은 아이셰에게 친구들처럼 탁심에서 열리는 기념식에 가라고 했지만, 아버지가 딸 편을 들어 주는 바람에 설득이 안 되었다.

제브데트 씨는 "그냥 뒤, 치라고 해!" 하고 말하려다 입을 다물었다. 조금 전에 관찰하던 개미를 찾았지만 보이지 않았다. 머리를 의자에 기댄 채 오가는 대화를 들었다. 하지만 무슨 얘기를 하는지 이해를 할 수 없었다. 레피크와 페리한은 둘이서 속삭거렸고, 오스만은 혼자서 뭔가 중얼거렸다.

커피가 오자 담배에 불을 붙였다. 그러자 니갼 부인이 나무라는 표정으로 불만스럽게 그를 쳐다보았다. 하루에 허락된 세 개비도 빼앗아 가고 싶어 했다. '왜 빼앗으려고 하지? 내 건강을 위해서겠지! 그렇다면 건강은 뭘 위한 거지? 더 오래 살기 위해……. 담배를 못 피운다면 오래 살아 뭐해?' 제브데트 씨는 이렇게 생각하며 혼자 웃었다.

"무슨 생각을 하세요, 아버님?"

이렇게 물은 건 네르민이었다.

제브데트 씨는 일단 우울하게, 연민을 느낄 만한 태도로, 뭔가 깊은 생각에 잠겨 있었던 듯이 대답했다.

"아무것도 아니다, 아무것도 아냐!"라고 하며 고개를 저었다. 그러다 자신의 이런 태도에 화가 나서 "아무 생각도 안 했어!" 하고 덧붙였다.

잠시 후 니걍 부인은 정원을 돌아다니는 아이들을 불렀다. 아이들의 엄마는 낮잠을 자라며 그들을 위층으로 올려 보냈다. 니걍 부인은 손주들에게 입을 맞추니 기분이 좋아졌다. 아이들은 할아버지의 품에도 안기려다가 그가 생각에 잠겨 있는 걸 보고 주저하는 것 같았다.

"아, 제발, 끝까지는 피우지 마요!"

니걍 부인은 제브데트 씨의 손에 들려 있는 담배를 가리키고 있었다. 하지만 남편의 화난 얼굴을 보고는 그를 달래려고 덧붙였다.

"가서 잘 거죠, 그렇죠?"

"아니, 안 잘 거야, 일할 거야!"

"알아서 해요."

'당연히 내가 알아서 하지!' 제브데트 씨는 생각했다. 사실은 자고 싶었지만 아내의 배려에 신경질이 나서 엇나갔을 뿐이다. '이렇게 말해 버렸으니 자면 안 돼! 잠이 달아나도록 정원에서 산책을 좀 하고 위층으로 올라가 일을 해야지.'

제브데트 씨는 두 달 전부터 회고록을 쓰려고 준비하고 있었다. 이제 사무실에, 회사에 가는 건 쓸데없다는 걸 알게 되었다. 회사에선 자기를 제외한 채 결정을 내렸고, 더 이상 그의 자존심을 지켜 주려고 뭔가 묻는 일도 없었다. 묻지도 않는 일에 대해 의견을 밝히면 방해한다고 생각했다. 제브데트 씨의 개인 지출도 오스만이 알아서 하게 되자, 이제는 집에서 일하겠다고 선언했고, 모두들 반색했다. 다들 그게 제브데트 씨의 건강을 위해 좋을 거라고 했다. 니간 부인은 남편이 사업에 대한 고민으로 지칠 일도 없고, 매일 엘리베이터도 없는 건물 6층까지 걸어 올라가지도 않을 것이고, 하루 종일 그녀 곁에 있을 거라며 즐거워했다. '하지만 종일 그녀 곁에 있는 건 아니지, 난 일하고 있으니까! 난 일을 해, 회고록을 써서 내 사업 경험을 다음 세대에게 전해 줄 거야!' 그는 마음이 들떠서 산책을 하려고 자리에서 일어났다. 나무 밑 골풀 의자에 앉아 있는 가족의 시선에서 벗어나려고 정원의 나무 사이로 걸어갔다.

므스르차르쉬* 옆에 있는 화원에서 씨를 가져오고, 이름을 뒤적이며 라틴어 학명을 외웠던 식물들 중 몇 가지는 금방 꽃이 피었다. 몸통에 글씨가 새겨져 있는 보리수나무 밑에서 걸음을 멈췄다. 몸을 돌려 밤나무를 쳐다봤다. 처음 이 집을 샀을 땐 여기서 정원이 끝났다. 입헌 공화국이 선포된 직후 옆정원도 구입했다. '아, 덧없는 세월! 그 당시 나는 어땠지? 니간은 아주 젊었지. 집도, 가재도구도 새것이었어, 우리의 영혼은…….' 그는 언짢은 일이 떠올라 기분이 상했다. '그 아이도 있었지. 지야! 그래, 사관 고등학교에는 원해서 간 거야!' 그런 후 마음을 편히 가지려고 "어쨌든 요즘은 안 보이는군!" 하고 혼잣말을 하며 정원 벽까지 걸었다. 이쪽 구석에는 마구 웃

---

* 이스탄불에 있는 양념 시장.

자란 풀들, 쌓아 놓은 장작들, 빈 화분들, 깡통들이 있었다. '그 아이가 정원을 제대로 돌보지 못하네.' 그 아이를 처음 본 건 그가 아이의 아버지와 함께 이 집을 둘러볼 때였다. 나중엔 청과물 가게를 열도록 도와주었다. 그는 얼마 전에 자신의 손등에 입을 맞추었지만, 정원은 이렇게 방치해 놓고 돌보지 않았다. "그 아이의 이름…… 이름이 거시기였는데!" 하고 혼잣말을 했다. 다른 생각을 하려고 말도 안 되는 라틴어 단어들이나 라틴어 비슷하게 지어낸 단어들을 중얼거리며, 어떻게 생각났는지 모를 동요를 흥얼거리며 벽을 따라 걸었다. 갑자기 인동덩굴 향기가 났다. '제이넵 아주머니! 누구였지? 여자였어! 체리 잼…… 젤리하 부인…… 부인, 부인! 아버지는 이렇게 말하곤 했어, 니갸 부인!' 그는 시계를 봤다. 2시 15분이 지나고 있었다. 오랜 습관대로 몇 시인지 알기 위해 육을 더해서 '8시 15분이 지나고 있어!'라고 생각하지는 않았다. '낮잠을 못 자니 아쉬워! 하지만 한번 입에서 나온 말이야. 제브데트는 아직 건재해. 한번 했던 말을 어길 순 없지! 하지만 낮잠을 자면 멋진 꿈을 꿀 텐데!' 그는 나무 사이에서 걸어나왔다. 밤나무 아래 앉아 있는 가족들에게 보이지 않도록 벽에 붙어서 앞마당으로 걸어갔다. 집의 벽으로 햇빛이 쏟아져 내렸다. 정원에서도 제일 바람이 없고, 제일 고요한 곳이었다. 부엌 옆으론 쓰레기통이 있었고, 뚜껑 위에는 고양이가 한 마리 앉아 있었다. 제브데트 씨를 보고는 도망쳤다. "도망치지 마, 내가 무슨 해를 입히겠니! 난 뛰지도 못하고, 심하게 움직이지도 못해." 하고 중얼거렸다. 그는 폐가 어떤지 확인해 보려고 일부러 기침을 해서 심장 소리를 들었다. 니샨타쉬 광장으로 눈길을 던졌다. '삼십이 년이 되었어!' 하고 생각했다. 아파트와 주택 창문에 국기가 걸려 있었다. '청소년의 날! 나에겐 노인의 산책!' 잠시 후면 올라갈 서재 밑을 지나갔다. 가볍고 시원한 바람이 느껴져 '수사는 끝났어! 수사는 끝났어, 경감은 본부로 돌아가고 있다, 하하하!' 하고 생각했다. 놀랍게도 문득 팔에 통증이 느껴졌다. 알통을 점검하듯 반대편 손으로 팔 윗부분을 잡아 보았다. '어디 부딪쳤나?' 그러다 정원 다른 곳을 보고 있는 니걀 부인의 이상한 턱을 바라보며 천천히 그녀에게 다가갔다. 신혼 초에 니걀이 아주 화를 냈던 장난이 떠올라 그녀의 어깨를 꽉 움켜쥐었다.

"아, 깜짝 놀랐잖아요, 제브데트! 정말, 아직도 어린아이 같군요, 당신은!"

하지만 제브데트 씨는 유쾌해지지 않았다.

"위층에 올라갈게!"

"가서 주무시지 그래요?"

"일한다고 했잖아."

"뭐가 그렇게 우습니?"

니걀 부인은 여전히 큰 소리로 웃고 있는 오스만을 보며 물었다. 그런 후 뒤도 돌아보지 않고 소리쳤다.

"여보, 왜 안 잔다는 거예요? 제발 내 말 좀 들어요, 조금이라도……."

제브데트 씨는 이미 부엌문으로 들어간 후였다. 설거지통에 몸을 숙이고 있는 요리사를 영웅이라도 되는 듯 바라보며

'내가 회고록을 왜 쓰는지 아무도 이해하지 못해!' 하고 생각했다. 부엌을 나가면서 요리사에게 말했다.

"3시에 차를 가져오게. 3시를 넘기면 안 돼!"

니간 부인은 그의 신경에 영향을 미칠까 봐 차를 못 마시게 하는 것 같았다.

그는 천천히 계단을 올라갔다. '다행히 난 아무 문제도 없어!' 그는 1층에서 이렇게 생각했다. 거실 문을 지나 2층으로 향하는 계단을 올라갔다. 똑딱거리는 커다란 시계 앞에 서서 잠시 숨을 골랐다. '팔을 어디서 부딪쳤을까?'라고 생각하며 서재로 들어갔다. 책상에 앉았다. 사진, 서류, 종이, 공책 사이로 서류철 표지가 보였다. '반세기 동안의 나의 사업 인생.' 두 달 동안 쓴 거라곤 이게 전부였다. 필요한 자료를 모으고, 쓴 걸 찢어 버리느라 시간이 흘러갔다.

갑자기 문이 열리고 레피크가 들어왔다.

"아, 아버지? 안 주무셨어요?"

"안 잘 거라고 했잖아……. 뭘 찾는 거냐?"

"제 담뱃갑……. 점심 먹기 전에 여기에……."

"어디 가게? 담배 저기 있다!"

"그냥 나가 보려고요. 클럽에 갈 수도 있고요……."

"어디? 뭐 어쨌든. 너한테 말해 둘 게 있다. 요즘 네 행동이 좋아 보이지 않아. 혼란스러워 보여. 회사에도 관심이 없고. 나한테 무슨 일이 생기면 회사를 운영할 사람이 오스만 혼자가 아니라는 걸 잊지 마라!"

"그런 일은 없어요!"

"알았다, 알았어! 아내가 애를 낳는다고 신경이 날카로워졌구나. 알았다, 가라, 잘 가! 담배 많이 피우지 마! 문은 조용히 닫고!"

문이 닫힌 후 제브데트 씨는 회고록 첫 부분에 필요한 공책을 뒤적였다. 잠시 옛날 신문에서 오려 둔 걸 보며 시간을 보냈다. 최근 신문에서 아주 마음에 드는 글을 오려 놓았다. 회고록을 쓸 때 참고하고 싶어서였다. 그중 하나를 읽다가 갑자기 고개를 들었다. '레피크는 어디로 갔을까? 산책, 클럽, 거기서 담배를 피우겠지!' 그는 점심을 먹은 후 떠오른 생각을 기억하며 "담배를 못 피우면 오래 살아 뭐해! 담배를 피우지 않으면…… 걔 담뱃갑에서 한 개비 꺼내 놓을걸…… 그럼 지금 아주 맛있게 피울 텐데……." 하고 중얼거렸다. 그는 습관적으로 옛날 사진들이 들어 있는 상자를 열었다. 사진을 하나하나 꺼내 펼쳐 놓았다. 사진과 관련된 추억을 회고록에 쓰겠지만 자기가 쓴 걸 누군가 읽는 게 부끄러워 찢어 버릴 것이다. 베를린 여행 때 찍었던 사진을 보며 생각을 가다듬으려고 애를 썼다. '이곳에 내 짝, 아니 내 아내 니칸과 함께 갔지. 베를린 여행은 아주 교훈적이었어. 독일 크루프*의 거대한 공장 한 곳을 견학했지. 우리도 꼭 공장을 세워야 돼. 그래, 그렇지…… 이 사진을 볼 때 또 무슨 생각을 하더라? 사진은 좋은 겁니다, 유용하게 쓸 수 있으니까요……. 사진 귀퉁이에 날짜를 써 놓으세요……. 아, 내가 이런 사람이 됐단 말인가? 내

---

* 독일의 철강, 무기 제조 회사.

가 이렇게 가련하고 허튼 짓으로 시간을 보낼 사람인가!' 갑자기 너무나 서글퍼서 자리에서 일어났다. '내가 어쩌다 이렇게 됐지? 내가 어쩌다 이렇게 됐지? 아, 난 사무실로 가고 싶어. 사무실로 갈 거야. 모든 일을 내가 지휘할 거야. 오스만은 아무것도 모르는 바보야. 레피크는 딴 데다 정신을 팔고 있어! 누가 회사를 경영하지?' 그는 창 쪽으로 다가가서 니샨타쉬를 내다보았다. '모두들 살아서 달리고 있는데 나만 여기 있구나. 산책이라도 나가야겠어.' 그는 갑자기 형이 떠올라 두려워졌다. 형은 죽음의 문턱에서 미친 듯 노래, 그러니까 행진곡을 불러 댔다. 이상한 말도 쏟아 냈다. 「라마르세예즈」도 불렀다. '그의 공화국이 설립됐어. 난 「라마르세예즈」도 들었어. 하지만 그의 기대처럼 혁명가가 아니야, 물론 연합 진보주의자*도 아니고, 프랑스 점령군이 부르는 걸 들었어!' 그는 점령 당시의 이스탄불을 떠올렸다. '정말 좋은 날이었지! 나는 설탕을 수입해 왔어. 배가 차낙칼레를 지났다는 소식이 전해지자 사람들은 나를 따라오기 시작했어. 하지만 다행히 화차 무역엔 손을 안 댔지. 푸아트가 그 일로 돈을 벌었어. 그는 이스마일 하크 파샤와의 우정, 연합 진보당의 덕을 봤지!' 멋지고 활기차게 승승장구하며 사업하던 시절이 떠오르자 기분이 좋아졌다. 방 안을 서성거렸다. '이게 인생이야! 성공, 멋진 일을 하는 것, 돈을 버는 것……. 그런데 지금은? 여기서 저 종이나

---

* 오스만제국 조정의 폭정에 반대하여 '청년 튀르크'라 불리는 불만 세력이 1889년에 '오스만 연합 진보 위원회'를 조직하는데, 이 위원회의 일원들을 '연합 진보주의자'라고 한다.

앞에 두고 끙끙거리고 있어! 형처럼 되었어! 아냐, 난 「라마르세예즈」를 듣고 싶지 않아! 그래, 난 늘 현실주의자였어. 현실주의자가 되는 것, 늘 현실주의자가 되는 건 아주 어려운 일이었지만 난 그렇게 했어! 팔을 어디서 부딪쳤을까? 혹시 이건?' 그는 갑자기 공포에 휩싸여 책상에 앉았다. '팔 여기가 아파! 팔에 전갈이 있어서 서서히 심장을 찌르는 것 같아.' 그는 신경이 곤두서지 않도록 "아냐, 아무것도 아냐, 아냐!" 하고 혼잣말을 했다. 시간을 흘러 보내려고 다시 사진으로 눈을 돌렸다. 레피크의 결혼식에서 찍었던 사진을 보았다. '레피크는 결혼식을 간소하게 하고 싶어 했지. 아들들이 나 없이 어떻게 회사를 경영해 나갈까. 그래, 이제는 공장이 필수야. 예를 들면 지멘스와 계약해서 여기 공장을 세우면 좋겠지……. 이젠 필수야. 우리가 하지 않으면 다른 사람들이 하겠지! 그런데 통증이 좀 이상해. 이 사진은 뭐지? 오스만이 결혼하던 해에 아래층에서 찍은 거군. 네르민! 얘는 별로 마음에 안 들어. 늘 우리 덕을 보면서도 우리를 사랑하지 않는 것 같아. 우리? 나, 니걐, 오스만, 레피크, 아이셰……. 손주들…….' 그는 사진을 주의 깊게 쳐다봤다. '그때 아래층에 있던 가재도구는 정말 달리 보이는군! 얼마나 빨리 변해 버리는지 아무도 몰라! 아래층에 있는 물건들. 자개 방……. 니걐은 침실 가구를 바꾸고 싶어 해. 삼십 년 만에 겨우 그 침대에 익숙해졌는데, 지금 이 나이에 어떻게 새 가구에 익숙해진담! 다른 사진을 봐야겠어!' 그 사진에는 많은 사람들이 있었다. 앞줄은 바닥에 앉거나 무릎을 꿇고 서로 기대 있거나 누워 있는 일꾼, 짐꾼, 판매원 들이었다. 뒷줄엔 제브데트 씨, 오스만, 회계원 사득, 상인 아나비 가족들 중 하나와 딸이 서 있었다. 제브데트 씨는 흥분하며 기억을 더듬었다. '보이보이 가(街)에 있는 상점과 창고 개업식 날! 새로 이웃이 된 아나비가 딸과 함께 왔지. 그 딸을 보고 난 놀랐어!' 다른 사진도 보려고 했지만, 상자로 뻗으려던 팔이 움직이지 않는 걸 깨달았다. '왜 움직이지 않지?' 창고에서 짐꾼들을 도와주려다가 저녁때 팔이 아팠다는 게 기억났다. '심장이구나!' 곧 다시 심장 발작이 일어날 것이며, 그걸 막으려면 약을 먹어야 한다는 걸 알았다. 지난번 심장 발작을 떠올리며 '그래, 침대에 누워야지! 오후엔 누워야지!'라고 생각했지만 자신이 숨을 쉬지 못한다는 걸 알았다. 어렸을 때 작은 방에 갇힌 적이 있었다. 밖에서 문을 잠갔던 것이다. '문이었던가, 이불이었던가?' 이불이 몸 위에 덮여 있었고, 이불 위에 형 누스레트가 올라가 있었다. 제브데트가 나오지 못하도록 이불을 꽉 누르고 있었던 것이다. 제브데트는 숨을 쉴 수가 없었다. '숨을 쉬어야 해!' 그는 약을 생각해 냈다. 잠시 후 계단을 올라오는 발소리가 들렸다. '차가 오는구나……. 잠을 잤으면 좋았을 텐데……. 숨……. 숨? 이건 발작이야……. 발작이 지나가면 내게 화를 내겠지……. 침대에 누워야지……. 자야지……. 자야지…….' 심장 발작을 무사히 넘긴 후 침대에 누워 있을 일을, 가족들이 주위를 둘러쌀 일을 생각하는데 갑자기 의자가 공중에 붕 뜨고 책상이 얼굴로 다가오는 느낌이 들었다. 머리를 책상에 부딪쳤는데, 이것이 나쁜 징조라는 것을, 자신이 숨을 쉬지 못한다는 것을, 이불 속에 있는 것처럼 숨이 막힌다는 것을 알았다. 머리를 다시 책상에 부딪치지 않으려고 온 힘을 다해 움츠렸지만 힘이 남아 있지 않다는 것을 알고 그는 생각했다. '이불 속 같아. 여자가 나를 보고 있구나. 소리를 지르고, 차 쟁반을……. 이불 속처럼 조용하고 어두워!'

18

장례식

"이제 됐어, 됐어 이제, 장례식 준비는 다 됐어."

오스만이 목을 죄고 있는 넥타이를 느슨하게 풀면서 앉을 자리를 찾았다. "몇 분이라도 좀 쉬어야지!" 애매한 일들에 대해 불평하는 말을 몇 마디 중얼거리며 의자에 몸을 던졌다. 의자에 기댔다가 머리가 뒤로 꺾어질 듯할 때 문득 깨달았다.

"아, 내가 어디 앉아 있는 거야!"

그는 익숙하지 않은 죄책감을 느끼며 레피크를 처다보았다. 놀라서 멍하니 웃고 말았다. 아버지가 돌아가신 지 아직 하루도 지나지 않았는데 웃었다는 게 적절하지 않은 행동이라 생각했는지 변명하듯 말했다.

"하도 피곤해서 아버지 안락의자에 앉은 것도 몰랐어!"

"그래, 형은 너무 지쳤어!"

레피크도 형 맞은편에 앉아 있었다. 둘은 좀 전에 어머니를 부축하여 제브데트 씨 옆에서 데리고 나왔다. 옷을 다 벗기고 몸을 씻겨 관에 넣는다고 어머니는 밤새 울었기 때문에 방에서 모시고 나올 수밖에 없었다.

레피크는 어제 저녁 무렵 집에 돌아왔고, 평상시와는 다른 분위기에 마음이 조급해졌다. 몇 번이나 물어도 대답을 안 하는 가정부에게 화를 내며 계단을 올라갔다. 열려 있는 서재 문으로 울고 있는 아이셰가 보여서 아버지에게 무슨 일이 일어났나 싶어 두려웠다. 잠시 후 서재 의자에 몸을 구부리고 있는 아버지가 보였다. 처음에는 그렇게 등은 의자에 기댄 채 상체를 앞으로 구부린 아버지의 몸이 불쌍했고, 그의 몸이 얼마나 왜소하고 안쓰럽고 말랐는지를 깨달았다. 전에는 그렇지 않았는데 죽음이라는 것이 몇 시간 만에 아버지의 몸을 작게, 마르게 만들었다는 생각이 들었다. 그는 어떻게 해야 하는지 생각하기 시작했다.

준비는 이제 다 끝났다. 국경일이 끝나기를 기다리지 않고 곧장 장례식을 치르기로 한 뒤 여러 신문사에 전화를 걸어 부고를 냈고, 오스만과 함께 친구들에게 전화를 걸었고, 겁에 질린 고양이처럼 집 안을 떠도는 두려움과 긴장감을 잠재우려고 노력했으며, 니간 부인과 아이셰를 위로했고, 어린아이들에게 잠자리에 들라고 했다. 하나둘 찾아오는 손님들을 아내와 함께 맞이했고, 밤새 담배를 피우며 여기저기를 뛰어다녔다. 길고 분주한 밤과 아침 사이, 조문객이 점점 늘어나는 시간에 처음으로 잠시 짬이 났고, 그래서 아버지가 아니라 지난날을 생각하며 담배를 피웠다.

오스만도 안락의자에 푹 기댄 채 담배를 피웠다. 그러다 뭔가 생각난 듯 뒤로 기댔던 머리를 들었다.

"사디 씨 가족에게 전화하는 거 잊지 않았지? 네슬리한 부인이 섭섭해할 거야!"

"해 봤는데 집에 아무도 없었어."

"한 번 더 해 볼까?"

오스만이 중얼거렸다. 그러고는 담배 한 모금을 들이쉬더니 다시 머리를 기댔다.

다시 정적이 찾아왔다. 요리사 누리가 부엌에서 내는 냄비소리와 중간층에서 시계가 똑딱거리는 소리만 들렸다. 니간 부인은 어제 저녁만큼 심하게 울지는 않았다. 아침에 조문 온 사람들을 맞으며 잠시였지만 조용해졌고, 통곡하는 대신 길게 한숨을 내쉬며 흐느꼈다.

대문에 달린 종이 딸랑거렸다. 오스만은 고개를 들고 망사 커튼 사이로 밖을 내다봤다. 레피크의 눈에는 형이 밖을 내다보는 모습이 아버지 같아 보였다. 하지만 안락의자에 앉아 대문을 보려면 그렇게밖엔 할 수 없었다.

"메브루레 아주머니가 왔어. 손자하고 같이."

메브루레 아주머니의 남편은 신장병으로 오래 고생하다 육개월 전에 죽었다. 레피크는 어머니가 메브루레 아주머니를 보면 함께 울음을 터뜨릴 거라고 생각했다.

"《라스트 포스트》에 나온 부고 봤어? 전부 잘못 썼다니까. 언제쯤이면 이런 데 좀 신경을 쓸까? 어떻게 부고에도 부주의와 무례함이 있을 수 있지?"

오스만은 신경질적으로 담배를 끄고 의자에서 일어났다. 대문을 들어온 사람들이 현관 벨을 눌렀고, 요리사 누리가 부엌에서 나와 계단으로 뛰어갔다.

오스만은 몇 초 동안 가만히 서 있었다. 아무것도 결정할 수 없는 듯 불안해 보였다. 결국 계단으로 뛰어가는 요리사의 뒷모습을 바라보다가 결정을 내린 모양이었다.

"아버지 명의의 은행 금고 열쇠를 받았어. 공증인과 세무 공무원은 끌어들이지 말고 우리끼리 해결하자!"

오스만은 이렇게 말한 뒤 계단을 내려가며 덧붙였다.

"이 말을 네게 해야 할 것 같아서."

그런 후 다시 몸을 돌려 죄를 지은 듯한 표정으로 레피크를 바라봤다.

"형이 알아서 해!"

레피크는 대답했다. 그러고는 '나는 여기 앉아 담배를 피우고 있어. 죄책감을 느껴야 한다는 생각은 들지만 아무 느낌이 없어.' 하고 생각했다.

계단에서 소리가 들렸다. 비명 소리, 한숨 소리, 알아들을 수 없는 말소리가 들렸다. 메브루레 아주머니는 자기 아픔을 떠올리려고 온 모양이었다. 주검이나 니간 부인도 보기 전에, 위층으로 올라가는 계단에서 울기 시작했던 것이다. 레피크가 그리로 가 보니, 그녀는 거기 있는 서랍 위나 그 속에 있는 무언가를 가리켰다. 그녀에게 가치 있거나 추억을 떠올리게 하는 게 있는 모양이었지만, 그로서는 뭔지 알 수 없었다. 아마 꽃병이나 무늬가 새겨진 접시나 물컵일 것이다. 형과 아주머니의 손자가 그녀의 팔짱을 끼고 올라갔다. 니꺈 부인이 조용히 흐느끼고 있는 방으로 들어가자, 메브루레 아주머니는 뭔가를 찾는 듯 주위를 둘러보다가, 원하는 걸 찾았는지 몸을 떨고 비명을 지르며 니꺈 부인을 껴안았다.

레피크는 방 밖으로 나가서 아버지의 주검이 누워 있는 방문 앞에 한참 서 있었다. 오스만이 아침에 수소문해서 고용한, 이런 때에 일을 처리해 주는 노인 둘이 그 방 안에 있다는 걸 알고 있었다. 그들이 거기서 뭘 하는지는 생각해 보지도 않았고, 눈앞에 떠올리지도 못했다. 이렇게 문 앞에 서서 처음으로, 그러나 주저하며 생각해 보았다. '아버지의 옷을 벗기고, 몸을 씻기고, 수의를 입히겠지!' 이 생각을 다시 하기는 두려워서 문을 열어 보았다. 침대 맡에서 하얗고 긴 뭔가 쪽으로 몸을 숙이고 서둘러 뭔가 하고 있는 두 남자가 보였다. 한 사람이 문 열리는 소리를 듣고 돌아봤다. 수염을 기른 노인이었고, 손에는 줄을 들고 있었다. 그는 급히 말했다.

"다 됐어요, 다 됐어, 지금 끝납니다!"

레피크는 고개를 끄덕이고 문을 닫았다. 페리한을 생각했다. 위층으로 올라가 방으로 들어갔다. 페리한은 침대에 누워 있었고, 옆에서 네르민이 신문을 보고 있었다.

네르민은 레피크를 보고 신문을 내려놓았다. 페리한을 가리키며 "별로 안 좋은가 봐요."라고 했다.

"별일 아니야! 그냥 좀 전에 토한 것뿐이야."

페리한이 말했다. 침대에 누워 있어서인지 배가 더 불러 보였다.

레피크는 끔찍할 정도로 부른 배를 보자 여느 때처럼 걱정이 되었다. 그러다 페리한의 눈이 붉어진 걸 보았다. "당신 울었구나!" 그는 신경질적으로 말했다. 페리한이 무슨 말을 하기도 전에 "제발, 당신은 장례식에 오지 마!" 하고 덧붙였다. 자기 편을 들어 달라는 의미로 네르민을 쳐다봤다.

"나도 그렇게 말했어요, 오지 말라고! 아이셰도 안 오는 게 나아요! 그 아이도 상태가 아주 안 좋아요. 우리 애들을 보내줬는데도 계속 울고만 있어요."

레피크는 험한 표정을 지으며 페리한에게 "당신은 오지 마, 알았어, 오지 말라고!" 하며 옆방으로 들어갔다.

아이셰가 침대에 누워 있었다. 머리를 베개에 묻고 가만히 있었다. 울다 지쳐 잠 든 것 같았다. 제밀과 랄레는 창밖을 보고 있었다. 삼촌을 보자 몸을 돌렸지만, 뭔가가 두려워 울었다는 게 얼굴에 그대로 나타났다. 제밀의 얼굴이 일그러지기 시작했다.

'아, 곧 울음을 터뜨리겠군!' 레피크는 생각했다. 그래서 아이들에게 웃어 보이려고 하며 "애들아, 정원에 나가 좀 놀아!"라고 했다.

제밀의 얼굴이 더 일그러졌다. 그리고 빠르게 두 걸음을 내딛더니 침대에, 아이셰 옆에 몸을 던졌다. 그러더니 "난 죽고 싶지 않아요, 죽지 않을 거예요!"라며 울기 시작했다.

에미네 부인이 방으로 들어왔다. 아이의 머리를 쓰다듬으며 "울지 마요, 도련님. 도련님은 어려서 죽지 않아요!" 하고 말했다. 그러고는 레피크에게 "오스만 씨가 아래층에서 부르십니다. 손님이 왔어요!" 하고 말했다. 레피크가 방에서 나갈 때 에미네 부인은 "아, 우리에게 이런 일이 닥치다니……."라고 중얼거리며 울기 시작했다.

레피크는 계단을 내려오면서 "우리에게 이런 일이 닥치다니?" 하고 중얼거렸다. 거실로 들어갔다. 오스만 맞은편에 웬 남자가 있었다. 손에 야구 모자를 든 채 의자 한쪽에 엉거주춤 앉아 바닥을 바라보고 있었다. 레피크는 그쪽으로 다가가다가 그를 알아보았다. 창고에서 일하는 일꾼이었다. 그 사람 옆에 몇 명이 더 있었다. 역시 손에 야구 모자를 든 두 사람이 구석 의자에 앉아 있었다. 창고는 국경일에도 일을 하기 때문에 소식을 듣고 온 모양이었다.

레피크를 보자 모두 자리에서 일어섰다. 그중 제일 나이가 많아 보이는 사람이 앞으로 나와 레피크를 껴안았고, 가슴을 울리는 굵은 목소리로 뭐라고 말했지만 레피크는 알아듣지 못했다. '나도 가슴이 아프지만 눈물은 나지 않을 것 같아!' 두 번째 남자는 얼굴이 기억나지 않았다. 좀 있다 담배를 피워야겠다고 생각했다. 세 번째 남자는 금방 알아보았다. 가끔 집안일 때문에 여기저기 보냈던 것, 땀과 담배 냄새가 났던 게 기억났다. 이런 생각이 들자 부끄러워져서 그를 더 꼭 안았고 뭔가 중얼거렸다. 그런 후 그들처럼 의자 한쪽에 앉았다.

"창고에서 일하는 친구들 대표로 조문하러 왔어! 다른 사람들은 사원으로 온다고 하네!"

"제브데트 씨는 훌륭한 분이셨습니다. 우리를 감싸 주셨고, 이십 년 동안 한 번도 옳지 않은 일은 하신 적이 없고, 부당한 일을 하셨다는 말도 들은 적이 없습니다."

일꾼 중에서 제일 나이가 많은 사람이 말했다.

"아버지는 여러분 모두를 아주 사랑하셨습니다!"

오스만이 대답했다.

긴 정적이 흘렀다. 오스만은 앙카라로 보낼 상품 상자를 포장했는지 물었다. 노인은 낮은 목소리로 대답했고, 오스만은 만족스럽다는 듯 고개를 끄덕였다. 다시 정적이 흘렀다.

일꾼들은 자신을 둘러싼 낯선 물건들을 바라보며, 어울리지 않는 행동을 하게 될까 봐 조심하며 앉아 있었다. 그러다 조용조용 조심스럽게, 발을 잘못 디딜까, 뭔가에 부딪치지 않을까 몸을 사리며 나갔다. 레피크는 담배에 불을 붙였다. 오스만은 에미네 부인을 불러 커튼을 열고 방을 환기시키라고 했다.

정오 무렵 영구차가 도착했다고 알려 왔다. 테시비키예 사원으로 운반할 관을 영구차에 실을 때 여기저기서 사람들이 몰려왔다. 이웃들, 정원사들, 청년들, 마을 친구들이 도와주었다. 여기저기서 훌쩍이는 소리가 들렸고, 청년 한둘이 레피크를 껴안았다. 니걍 부인이 500미터나 걸어갈 수는 없을 것 같아서 택시를 불렀다. 화창한 5월이었다. 휴일이었고, 지나가는 전차의 이마에 작은 국기가 걸려 있었고, 하늘은 청명했다. 니걍 부인은 넝쿨로 덮인 정원 벽에 기대어 큰아들의 팔짱을 꼈다. 검은 외투를 입고 검은 망사가 달린 모자를 썼다. 전에 한번 니걍 부인은 논쟁하기를 좋아하고 전통에 집착하는 친척에게 장례식에서 검은 옷을 입는 건 기독교도 같은 행동이 아니라 존경과 엄숙의 표시라고 말하며 자랑스럽게 눈을 찡굿한 적이 있었다. 레피크는 지금 어머니가 어떤 표정을 하고 있는지 볼 수 없었다. 망사가 얼굴을 가리고 있었기 때문이다. 오스만은 인내하는 표정이 역력했다. 머리는 약간 위로 쳐들었고 눈꺼풀은 내려와 있었다. 그는 그렇게 하늘을 보면서, 열린 창문 밖에서, 맞은편 인도에서, 광장에서 자신을 쳐다보는 니샨타쉬의 사람들에게 자신은 지금 죽음, 영원, 삶과 관련된 생각을 하고 있다는 것을 보여 주고 싶었는지도 모른다. 잠시 후 현관문에서 가냘픈 흐느낌 소리가 들려왔다. 무슨 일인지 알았지만 아무도 어떻게 할 수 없었다. 아이셰였다. 에미네 부인이 그녀의 팔짱을 끼고, 아이들과 함께 정원으로 나오고 있었다. 늦게 도착한 택시가 소리를 내며 인도에 다가오자 사람들이 비켜섰다.

레피크는 택시에서 내리는 어머니의 팔짱을 끼지 않았다. 오스만이 그녀의 팔짱을 끼고 있었다. 니걈 부인은 모자를 벗고 스카프를 쓰고 있었다. 그들은 천천히 사원을 향해 걸어갔다. 사원 마당엔 사람이 많았다. 나무는 싱그러웠다. 사람들은 마당에 흩어져 있었다. 입구에는 일꾼들이 서 있었다. 지금은 할 일이 없어서인지 지루해하는 것 같았다. 담배를 피우고 주위를 둘러보았다. 사무원들도 있었다. 회계원 사득 씨가 나무 밑에서 아내와 팔짱을 끼고 서 있었다. 아이들도 함께 와 있었다. 사득 씨가 니걈 부인의 손등에 입을 맞추고 그의 부인은 사려 깊고 존경 어린 태도로 그녀를 바라보았다. 레피크는 사람들 사이에서 무히틴을 보았다. 사원 벽에 기대어 조의 화환을 살펴보고 있었다. 그 뒤에는 하세키에 사는 제브데트 씨의 친척들이 있었다. 몇 명 되지 않는 그들은 테시비키예 사원과 사원을 찾은 사람들, 새로 지은 주위 아파트들을 조심스럽게 둘러보고 있었다. 사원을 둘러싼 집들의 발코니에는 국경일이라 내건 국기와 궁금해서 나온 사람들이 보였다. 이른 더위와 휴일이 겹쳐 창문은 열려 있었다. 전차가 한 대 더 지나갔다. 승객들은 전차 창문으로 사원에 모인 사람들을 바라보았다. 사원 입구에는 니걌 부인의 친척들이 있었다. 넥타이를 매고 짙은 색 재킷을 입은 채 엄숙하게 서 있었다. 그들을 보자 마음이 편안해져서인지 니걌 부인은 아들의 팔에서 벗어나 언니인 튀르칸 부인을 껴안았고, 주위는 조용해졌다. 잠시후 쉬크뤼 파샤의 또 다른 딸인 쉬크란도 다가왔다. 세 자매는 함께 껴안았다. 오스만은 이모들 곁으로 갔다. 잠시 후 세이피 파샤가 부축하는 하인을 잡아끌며 니걌 부인에게 다가갔다. 니걌 부인은 그의 손등에 입을 맞추려다가, 오늘은 이렇게 하지 않을 권리가 있다고 생각했다. 세이피 파샤는 레피크를 보고 습관적으로 얼굴을 찡그렸지만, 곧 친근하게 굴어야 한다는 걸 깨달았는지 미소를 지었다. 하지만 절제된 미소였고, 분위기와 어울렸다. 레피크는 사람들에게서 잠시 벗어나고 싶었다. 사이트 네딤 씨를 보았다. 옆에는 여동생 퀼레르가 있었다. 어떤 여자인지 궁금했다. 날씨는 꽤 더웠고, 태양은 이제 여름의 태양이었다. 사람들 얼굴에서는 땀방울이 보였지만 인내심도 보였다. 레피크는 사원으로 걸어가며 푸아트 씨를 보았다. 아내 레일라도 옆에 있었는데 아주 슬퍼 보였다. 그들이 얼마나 슬퍼하는지 보았고, 그래서 제브데트 씨를 얼마나 좋아했는지도 알게 되었다는 걸 드러내고 싶었지만 어떻게 해야 할지 알 수 없었다. '당신들이 우리를 그리고 아버지를 얼마나 좋아했는지 알았습니다. 이제 충분하니 그만 슬퍼하세요!'라는 뜻으로 고개를 끄덕였을 뿐이다. 아버지의 사업 상의 동료도 몇몇 보였다. 존경 어린 태도로 수염을 기른 노인과 얘기를 나누고 있었다. 이 노인도 파샤인 것 같았지만, 먼 친척이라 누구인지 기억이 나지 않았다. 레피크도 아는 시르케지의 상인들과 은행 사람들도 있었다. 약간 지루한 표정이었다. '이 휴일 아침에 뭐하러 신문 부고란을 읽었지!' 하는 표정 같았다. 태양은 사원 마당을 달구고 있었다. 상인들 뒤로는 화환이 있었다. 조금 전 무히틴이 거기 있었던 걸 떠올리면서, 화환에 적힌 글씨를 읽었다. 푸아트 귀벤치와 가족들…… 전기 설비…… 이시 은행 시르케지 지점…… 바자르 드 르방 주식회사…… 아나비 가족…… 무히틴이 다가와 레피크를 안았지만, 그가 얼마나 진지한지, 얼마나 슬퍼하는지는 알 수 없었다. 함께 화환들을 쳐다보았다. 마음이 불편해지는 것 같았다. 무히틴은 할 말을 찾는 것 같았지만 아무 말도 하지 않았다. 그러다 이젠 화환을 보내는 게 익숙한 일이 된 것 같다고 했다. 그것이 만족스럽지도 않았고 불만스럽지도 않았지만, 그냥 그렇게 말한 것뿐이었다. 그래서 레피크도 니샨타쉬에도 이 년 전에 꽃집이 생겼다고 대꾸했다. 등 뒤로 들리는 사람들 소리, 속삭이는 소리, 무슨 재앙이나 전쟁이라도 난 것처럼 걱정하는 소리를 듣고, 시선이나 태도, 옷차림으로 더 많은 것을 표현하는 사람들이 웅성거리는 소리를 들으며 입을 다물었다. 레피크는 무히틴 곁을 떠나 사원 입구로 걸어갔다. 그는 다시 파샤와 대사 들에게 인사했다. 어머니의 친척들이었다. 니간 부인은 그가 어렸을 때 이들의 저택으로 데려가곤 했다. 그들도 레피크를 좋아하며 쓰다듬어 주었고, 웃어 주었다. 하지만 한 번도 어머니를 방문하지는 않았다. 지금도 레피크에게 미소를 짓거나 애정 어린 시선을 보냈다. '어렸을 때는 나를 아주 사랑스럽게 대해 주셨지. 지금은 어떻게 생각하실까?' 자매들의 팔짱을 낀 어머니를 바라보며 한동안 가만히 서 있었다. 일꾼들도 나무들이 있는 마당 입구에서 가만히 서 있었다. 그는 사원 쪽으로 조금 더 갔다. 기둥 위쪽 대리석에 붙여 놓은 투라*가 보였다. 압뒬메지트의 투라였다. 사람들이 움직이기 시작했다.

오스만은 동생에게 다가와 "예배하러 갈 거야?" 하고 물었다. 레피크는 '예배?' 하고 생각하다 고개를 끄덕였다. 신발을 어떻게 벗을지 생각했다. 전에도 사원에 올 때마다 이 생각을 했다. 예전엔 하인들과 함께, 종교 축일에는 아버지와 함께 왔다. 그는 아무 생각도 하지 않고 서둘러 신발을 벗었다. 안은 서늘하고 어둑했고, 곰팡이와 카펫 냄새가 났다. '손발을 정갈하게 씻을걸!' 하지만 아마 오스만도 그러지 않았을 것이다. 잠시 후 사람들이 모여들었다. 모두 배 위에 손을 포개 올리고 기다렸다. 레피크는 자기 옆에 서 있는 오스만을 보았다. 역시 거만한 표정이었다. 머리를 똑바로 들고, 사람들이 아니라, 그

---

* 오스만제국 술탄의 서명.

들 위에 있는 한 지점, 미흐랍*의 대리석 조각을 보고 있었다. 하지만 신발을 신지 않아 양말이 보였기 때문에 거만한 태도는 어울리지 않았다. 레피크는 뒤를 돌아보았다. 뒷줄에 서 있는 정원사들, 아파트 경비원들의 양말 신은 발은 이상하지 않았다. '그들은 이곳에 어울려!' 곧 예배가 시작되었다. 레피크는 '아버지가 돌아가셨어!' 하고 생각하면서, 앞줄에 있는 남자의 목덜미를 바라보고 그가 하는 대로 따라 했다. 믿지도 않으면서 이렇게 하는 건, 즉 바닥에 몸을 숙였다 일어났다 하는 건 옳지 않은 일 같았다. 하지만 생각하고 싶지 않아서 "아버지가 돌아가셨어!" 하고 중얼거렸다. 이 말을 몇 번 더 중얼거리자 예배가 끝났다. 다시 밖으로 나갔다. 레피크는 관을 향해 물결처럼 다가오는 사람들 사이로 섞여 들었다. 태양은 쩡쩡하게 사원 마당을 달구며 내리쬐었고, 관은 그곳에 있었다.

---

* 이슬람 사원에서 이슬람의 성지인 메카의 방향으로 움푹 들어간 곳. 모슬렘은 이곳을 향해 기도한다.

19

더위와 아기

레피크는 발끝으로 계단을 오르며 기분 좋은 기대를 했다. '이 시간에 내가 오면 페리한은 뭐라고 할까?' 2층 층계참을 돌아 3층으로 올라갔다. 들리는 소리라곤 시계가 똑딱거리는 소리뿐이었다. '아직 내가 온 걸 아무도 눈치채지 못했어! 도둑이 이렇게 살그머니 들어와도 아무도 모를 거야!' 그는 땀이 나는 걸 깨닫고 멈춰 섰다. 방문을 살짝 열어 봤다. 페리한이 보였다. 아기 침대 옆 의자에서 신문을 읽고 있었다. 집중해서 읽는 것 같지는 않았다. 단어와 문장은 읽고 있어도 생각은 다른 데 가 있는 것 같았다. 그녀가 사랑스러웠다. 웃음이 나왔지만 마음을 정하고 "어이!" 하고 소리치며 들어갔다.

"놀랐어?"

"아니, 안 놀랐어! 아기 깨겠네!"

그녀는 이렇게 말하며 곁눈질로 침대를 보았지만 아기는

깨지 않았다.

"당신 회사 안 갔어?"

"갔다 왔지!"

"어디 아파?"

"아주 좋아!"

이렇게 말하고는 자신이 흥분한 것을 티 내려고 이렇게 말했다.

"나 왔어, 나 왔어, 나 왔어! 놀랐지?"

페리한은 별말을 하지 않고 궁금한 눈길로 바라보았다.

'나를 봐도 좋지 않은가 봐! 그냥 좀 놀라서 걱정할 뿐이야. 뭘 하다가 들킨 모습인걸. 내가 아기를 깨울까 봐 걱정하고 있어!'

"그냥 왔어! 형하고 사무실에 갔다가 너무 더워서 집에 가야겠다고 생각했을 뿐이야. 잘한 일 아냐?"

"잘했어! 정말 덥지, 그렇지?"

"말도 마, 펄펄 끓어. 사람들이 죄다 신경이 날카로워. 돌아오는 길에 전차를 탔는데 매표원과 어떤 여자 승객이 말다툼을 하더라고. 이 시간에 이렇게 신경과민이면 오후에는……."

"몇 시야?"

"10시 20분을 지나고 있어."

"정말 빨리 갔다 왔네!"

"빨리 왔지? 회사 내 방에 들어가는데 갑자기 생각이 났어. 형 방으로 가서 몸 상태가 별로 안 좋아 집에 가겠다고 했어. 좀 놀란 것 같아."

그는 웃으면서 "형 얼굴을 봤어야 했는데. 어디 아프냐고도 묻지 않았어!" 하고 덧붙였다.

"어디 아픈 거 아니지?"

"아니라고 했잖아……. 그냥 머리가 좀 어떻게 된 것 같아."

그는 침대에 누우면서 페리한의 볼에 입을 맞췄다.

"맞는 말인 것 같네. 그런데 당신 요즘 좀 이상해!"

'그래, 이제 알겠어, 내가 와도 좋아하지 않았어. 혼자 있고 싶었고, 하고 싶은 일이 있었던 거야.' 레피크는 이렇게 생각하며 물었다.

"당신 지금 할 일 있어?"

"아니, 무슨 일이 있겠어, 애도 자는데!"

그들은 침대에서 자고 있는 아기를 함께 바라봤다. 사십 일이 되었지만, 벌써 많이 컸다. 키와 덩치가 너무 커질까 봐 걱정이었다. '안 그래도 우리 둘 다 키가 큰데!' 이렇게 생각하며 걱정까지 할 정도였다. 아이는 제브데트 씨가 사망한 지 열흘이 지나 태어났다. 이 커다란 아기에게 멜렉*이라는 이름을 지어 주었다. 레피크가 옛날부터 생각해 둔 이름이었다. 아기의 다리에 붉은 반점이 보였다.

"왜 모기장을 안 쳐 줬어?"

"환기 좀 시키려고."

잠시 정적이 흘렀다.

레피크는 침대 가장자리에 앉았다. 그저 지나가는 말로 "정

---

* '천사'라는 의미.

말 덥네! 일주일 내내 이러네. 7월 내내 날씨가 이러면 ……."
하고 말했다.

"섬에 갔다면!"

"어떻게 가! 아기를 안고……. 게다가 아버지가 얼마 전에
돌아가셨는데!"

"맞아! 그냥 생각 없이 한 말이야!"

페리한은 고개를 숙였다. 다시 정적이 흘렀다.

레피크는 걱정이 되어 "정말 할 일 없었어?" 하고 물었다.

"없다고 했잖아! 당신 머릿속에 뭐가 있는지 정말 궁금해!"

"뭐가 있다니?"

"아냐! 내가 할 일이 뭐 있겠어! 무슨 생각해?"

"아, 아무것도 아냐!"

레피크는 이렇게 대답하고 페리한이 바닥에 던져 놓은 신
문을 집어 들어 뒤적거렸다. '아무것도 없네!' 그는 대충 넘겨
봤다. '장티푸스에 대해 공식적 조치. 러일 간의 불화 해결, 프
랑스의 장관이 곧 하타이에 갈 것…….' 아침에 출근할 때 읽
었다는 게 기억났다. 페리한을 쳐다보았다. 의자에 가만히 앉
아 있었다. 레피크가 말을 건네 보았다.

"그럼 이번 일요일에 섬에 가자!"

"아냐! 가는 데 세 시간, 오는 데 세 시간. 게다가 허둥대고
소란도 피우겠지. 누가 애를 볼 건데?"

"네르민이 보겠지. 에미네 부인도 있고. 이 집에 손이 모자
란 적 있어?"

"아냐, 아냐, 그냥 한 말이야! 어차피 아무것도 하고 싶지

않아! 이 더위에는 말하는 것도 지쳐!"

"그래! 아래층 냉장고에서 뭐 좀 갖다 줄까? 누리한테 말해서 레모네이드 만들라고 할까?"

"누리는 없을걸! 장 보러 갔거나, 찻집에 갔거나, 아무튼 어디로 갔을 거야. 별로 뭐 먹고 싶지도 않아!"

"있잖아, 내가 집에 온 걸 아무도 못 봤어! 종이 울리지 않도록 담을 넘었는데 뒷문하고 부엌문이 열려 있더라고. 도둑이 들어와노 아무도 모르겠어!"

레피크가 갑자기 신이 나서 말했지만 페리한은 아무 대답도 하지 않았다. 의자에서 일어나 화장대 앞 등받이 없는 의자에 앉았다. 이렇게 하는 데도 조심조심 발을 내디뎌야만 했다. 방 안에 작은 아기 침대를 들여놓자 물건들 위치를 바꿔야 했고, 안 그래도 크지 않은 방이 꽉 차고 말았다. 레피크는 페리한을 보며 무슨 말이든 하기를 기다렸지만, 좋았던 기분도 이제는 가라앉았다. 잠시 후엔 '하긴 이렇게 재미없고 지루한 농담을 하는 나도 우습지!' 하고 생각했다.

"조금 전에 했던 말 있잖아. 내가 요즘 이상하다고!"

"글쎄! 별거 아냐. 그냥 한 말이야!"

"그래도 말해 봐."

"모르겠지만 좀 이상해!"

페리한은 잠시 혼잣말을 중얼거리며 할 말을 찾았다.

"균형감! 예전의 균형감이 사라진 것 같아. 아닐지도 몰라, 그냥 한 말이니까!"

'그러니까 내가 균형감을 상실했다 이거지!' 레피크는 생각했다. 요즘 일들을 떠올려 봤다. '내가 뭘 했더라?' 술을 좀 많이 마신 것 같긴 했다. 짜증도 냈고! 쓸데없고 말도 안 되는 소리를 하기도 했다. 그게 뭐 중요한 일인가? 또 뭘 했지? 달리 떠오르는 것은 없었다. 그는 좀 부끄러워졌다.

"아버지가 돌아가셨잖아!"

"그래, 맞아!"

"그리고 내 딸도 태어났어! 아마 내가 좀 어리둥절한가 봐!"

"딸이 생겼는데 왜 어리둥절해?"

페리한이 물었다. 그녀는 머리를 약간 위로 쳐들었다.

"그냥 어리둥절해졌어! 내 애가 생긴다는 것에 대해 많이 생각해 보지 못했거든! 생기가 넘치는 아이! 좀 이상한 느낌이야……."

레피크는 이렇게 대답하며, 침대에 누운 아이는 보지 않고 "생각을 못했어, 모르겠어!" 하고 말했다. 어떻게 들릴지 두려웠지만 이렇게 덧붙였다. "수많은 책임감!"

페리한은 아무 말도 하지 않았다. 무슨 생각을 하는지도 알수 없었다. 레피크는 부당한 대우를 받았다고 생각하며 갑자기 "난 이제 일하러 안 갈 거야!" 하고 말했고, 스스로도 자기가 한 말에 놀랐다. '이렇게까지 할 생각은 없었는데!' 하고 생각했지만, 지금 이렇게 말하고, 그저 말만 하는 게 아니라, 실행에 옮길 권리가 있는 것 같은 느낌이 들었다. 이런 권리가어디에서 나온 건지는 몰랐지만 이런 감정이 존재하는 건 확실했다.

"이제 내 인생에 다른 것도 있었으면 해!"

그는 이렇게 소리쳤지만, 다른 말을 하는 건 두려웠다.

"제발 소리 지르지 마, 애가 깨겠어! 재우는 게 얼마나 힘든지 알아!"

페리한은 이렇게 말하면서 침대에 있는 아기를 바라보았다. 그런 다음 그에게 "다른 거 뭘 원하는데?" 하고 물었다.

"몰라! 아버지가 돌아가신 후에 많이 생각했어. 뭘 할까 하고, 하지만 별로 떠오르는 건 없어……. 이젠 이렇게 살 수 없어. 뭔가 해야겠어!"

"정말 일하러 안 갈 거야? 하루 종일 집에 있을 거야?"

페리한은 다시 물었다. 그녀는 의자에서 일어나 아기에게 다가갔다. 아기가 꿈틀거렸고, 페리한은 걱정스러운 듯 아기를 들여다보았다.

"물론 결국에는 일하러 가겠지!"

레피크는 아내의 어린아이 같은 옆얼굴을 쳐다보며 말했다. 그는 페리한과 눈을 마주치지 않고 덧붙였다.

"이 집에서 사는 한 난 그 사무실에 가야만 해. 하지만 다른 것도 하고 싶어. 알겠어? 날 좀 도와줘!"

페리한이 여전히 아기를 보고 있자 화가 났다.

"하지만 당신이 날 어떻게 도와주겠어! 당신은 아직 어려!"

"당신이 균형감을 상실했다고 말했지!"

'균형감을 상실했다, 균형감을 상실했다. 그녀 말이 옳아. 하지만 나도 옳아. 페리한은 영리하지만 어린아이야! 내가 균형감을 상실했다고……. 어떻게 해야 하지? 이 집, 예의상 오가는 사무실, 난 어떡해야 하지?' 레피크는 이렇게 생각하다

떠오르는 말을 던졌다.

"책을 좀 진지하게 읽고 생각하고 싶어!"

"당신 마음대로 해!"

페리한은 중얼거렸다. 또다시 침묵이 흘렀다.

"정말 덥다, 정말 더워!"

"그래!"

페리한은 조용히 대답했다. 그들은 다시 아무 말도 하지 않았다.

레피크는 생각하기 시작했다. '난 사무실에서 도망쳐 나왔어. 날씨는 무척 더워. 뭔가 해야 하지만 그게 뭔지는 모르겠어. 이런 걸 할 수는 있지. 하나, 한동안 계획적이고 규칙적으로 독서하기. 둘, 뭔가 써 보려는 시도. 셋, 회사 지분을 오스만에게 팔고 이 집에서 나가 엔지니어로 일하기. 넷, 페리한과 유럽 여행을 떠나기. 하지만 아기가 있으니까 마지막 것은 못하겠지. 그러면 다섯 번째는 이거야. 혼자 여행을 떠나기. 그러려면 핑계를 찾아야 해. 정말 덥군!' 그는 갑자기 턱을 벌리고 온몸으로 기지개를 켜며 하품을 했다.

"세상에, 벌써 잠이 오는 거야!"

페리한은 이렇게 말하며 웃었다. 레피크는 아내의 얼굴에서 애정이 보이자 기뻤지만 이미 기분은 가라앉은 후였다.

"내 인생에 의미를 부여할 거야!"

"그렇게 하는 게 좋을 거야!"

페리한은 또 웃으며 말했다. 이제는 기분이 좋아진 것 같았다.

"이렇게 살 순 없어. 이해하지? 내가 옳다고 생각하지, 그렇지? 이렇게 살 순 없으니까!"

"응, 옳아, 물론 옳다고 생각해!"

"그럼 뭘 해야 할까? 어떻게 생각해?"

"몰라!"

페리한의 대답은 절망적이지만 쾌활했다. 이 말은 방 안에서 공허하게 울렸다.

'모른다고! 뭘 해야 하지? 이렇게 할 일 없이 앉아 있느니 차라리 서재에 가 봐야겠다…….'

아기가 울기 시작했다.

"아, 깨 버렸어! 이렇게 될 줄 알았지!"

페리한은 이렇게 말했지만 짜증스러운 표정은 아니었다. 오히려 기다리고 바랐던 일이 일어났다는 듯 즐겁게 아기를 살폈다. 한동안 살펴본 후 고개를 들고 "알았어, 또 응가를 했구나!" 하며 아이를 안아 들어올렸다. 몇 번 위아래로 움직여 주자 얼굴을 찡그렸던 아기가 웃기 시작했다.

"봤어, 봤어, 날 보고 웃었어! 아빠를 알아봤어!"

"그럴 리가! 아직 엄마 말곤 아무도 못 알아봐!"

레피크의 말에 페리한은 이렇게 대꾸하고 아기를 침대 옆 작은 탁자에 눕히고 옷을 벗기기 시작했다.

"아냐, 날 알아봤어. 아빠처럼 아주 똑똑할 거야!"

"어머, 세상에, 많이도 쌌네!"

페리한은 아기 옷을 벗기고 작은 몸에 다시 얼굴을 가까이 가져갔다.

레피크는 자리에서 일어나 뭐가 그리 페리한을 활기차게

만들었는지 보려고 그쪽으로 갔다. 하지만 아기와 페리한이 함께 웃는 것을 보곤 다시 부당한 대우를 받은 것 같은 느낌을 받았다. 이런 느낌이 두려워 급히 말했다.

"아래층에 내려갈게. 서재에서 일할 거야!"

페리한은 기저귀를 갈고 아기의 작은 손을 흔들었다.

"자, 아빠한테 인사해, 아빠한테 인사해 봐!"

"서재에 내려가서 일한다니까!"

"하지만 서재엔 지금 어머니가 계실걸."

아버지가 돌아가신 후에 어머니가 대부분 서재에서 시간을 보내고 있다는 걸 떠올렸다. 하루 종일 거기 앉아서, 옛날 사진을 뒤적이고, 울고, 가끔 생각나면 기도를 했다. 니간 부인은 서재에 있던 물건들의 위치를 바꾸고, 벽에 걸려 있던 사진들도 없애서, 전에 레피크가 친구들과 함께 포커를 쳤던 그 작은 방을 예배소로 바꿔 버렸던 것이다.

"그렇군, 잊고 있었네."

레피크는 이렇게 말하며 지루한 듯 "하지만 이젠 외출도 하시지, 그렇지?" 하고 덧붙였다.

"오늘 아이셰하고 밖에 나갈 예정이었어."

레피크는 다시 침대 끝에 앉았다.

"난 어머니를 잘 알아. 그리 오래가진 않을 거야. 예전 생활로 돌아가실 거야. 그런데 기도를 하는 건 아주 이상해. 어머니는 믿는 거 없었거든. 누리가 금식하는 걸 조롱하곤 하셨는데!"

"그건 그래!"

페리한은 발가벗은 아기를 품에 안고 쓰다듬으며 웃었다.

"자, 내 딸아, 가서 목욕하자!"

페리한은 아기와 나갔다. '난 뭘 하지?' 레피크는 혼자가 되자 허탈했다. "내 딸, 내 딸!" 그는 이렇게 몇 번 더 중얼거렸다. '서재에서 책을 한두 권 가져와서 아래층으로 가서 읽지, 뭐. 이 큰 집에 앉아 있을 방 하나가 없나! 3층짜리 집에서 닭장 같은 방에 갇혀 있다니……. 게다가 이런 시절에 온 가족이 한 집에 사는 건 옳지 않아. 다들 서로를 주시하고 있으니 뭔가 좀 하려고 하년 바로 냄새가 나지. 이 더위에 이 방에 들어와 앉아 있다니!' 그는 생각하는 게 싫어서 한동안 가만히 있었다. '상인의 아들……. 걱정도 없고 고민도 없는 한심한 놈……. 난 결혼했고……. 아이가 태어났어……. 지금에 와서야 삶에 의미가 있었으면 하는군. 약간의 고투, 답답함과 무료함을 없애 줄 약간의 생각 그리고 아주 작은 폭풍……. 상인의 아들이 삶의 방향을 설정하고 싶어 하는군. 아르누보식 침실에 게으르고 나태하게 앉아서, 더위에 지쳐 하품을 하고 있어. 이제 늦었어, 아이가 생겼어……. 야망이 사라졌어! 열정이 사라졌어! 근심도 사라졌어! 행복에 겨워 기분을 좀 내고 싶었던 거야. 파샤의 손자인데 당연한 거 아냐! 내 혈관에 상인의 피가 더 많이 흐른다 하더라도, 숭고한 목표를 찾아야 한다는 건 알아……. 뭘 찾아야 하지? 책을 좀 읽을까, 여행을 떠날까? 아버지가 돌아가신 후에 술을 너무 마셨어. 술을 줄여야 해. 계획을 짜야지! 고민을 하며, 내 인생을 좀 정돈해야지.' 자기 자신을 조롱하고 있다는 걸 깨닫고 그는 자리에서 일어났다. 무히틴을 보며 조롱과 불행과 몰락의 징후가 있다고 생각한 적이 있다. 창밖을 바라보았다. 뒷마당이 끝나는 곳에 넓은 공터가 있었다. 쏟아지는 태양 아래 아이들이 등을 짚고 뛰어넘는 놀이를 하고 있었다. '그리 먼 과거가 아냐. 십 년, 십이 년 전엔 나도 저랬어!'라는 생각이 들자 두려웠다.

"우리 씻고 왔어! 우리 딸 멜렉은 물을 아주 좋아해. 목욕을 하면 기분이 좋아져!"

페리한이 방으로 들어오며 말했다.

레피크가 돌아서니 페리한이 웃는 게 보였다. '그녀를 위해 뭘 해 줬지?' 하고 생각했다.

"당신 이상해! 왜 그런 눈으로 보는 거야?"

그녀는 수건으로 아기를 닦으며 물었다.

"너무 더워, 너무 더워." 레피크는 이렇게 불평하다 갑자기 "내가 당신을 홀로 남겨 둔 적 있어?" 하고 덧붙였다.

"날?"

페리한은 순간 멈칫했다. 레피크의 얼굴에서 긍정의 표정을 읽고는 약간은 놀라고 약간은 자랑스러운 듯 "아니!" 하고 대답했다. 그런 후 잠시 더 생각하더니 덧붙였다.

"난 불만 없어! 당신 괜찮아? 당신이 괜찮으면 돼!"

"난 괜찮아, 난 좋아! 그냥 좀 답답할 뿐이야……. 생각하고 싶은 거 이해하지, 그렇지? 뭘 해야겠다 싶긴 한데 그게 뭔지는 나도 모르겠어, 그냥 멍해. 지독하게 덥네!"

레피크는 미소를 지어 보이려 하며 말했다.

"당신이 괜찮아야 돼. 그게 가장 중요해!"

페리한이 조심스럽게 말하자, 레피크는 '그녀는 날 사랑해!' 하고 생각했다. 페리한을 껴안고 싶었지만 참았다. 그러면 사과하는 의미가 될 것 같아서였다. '그녀는 나를 사랑해, 우리는 방에 앉아 있어……. 그리고 이제 우리 딸도 생겼어! 마음이 답답하면 그녀가 어리다고 하지……. 그만해, 그만 생각해야 해.'

"나 서재로 내려가. 어머니가 외출했을지도 모르잖아."

"난 애를 좀 재울게."

페리한은 말했다. 레피크가 방문으로 가는데 문이 열렸다. 네르민이었다. 레피크를 보고도 놀라지 않았다.

"아, 여기 있었군요? 오스만이 전화했어요. 도련님 몸이 좋지 않다고 걱정하던데! 어때요?"

"좋아요, 좋아, 아래층에 내려갑니다!"

레피크는 당황해서 이렇게 말했다.

20

우리는 왜 이럴까?

"자네들 아버지! 자네들 아버지! 자네들 아버지……. 내가
이런 말을 하는 게 주제넘는다고 여기지 않는다면……."

사이트 네딤 씨가 말했다.

"천만의 말씀입니다!"

"그래, 내가 이런 말을 하는 게 주제넘는다고 생각하지 않
는다면, 그리고 술도 좀 마셨으니 허락해 주시오, 나는 자네들
아버지를 아주 높이 평가하오. 이걸 말해 두고 싶었소. 작고한
자네들 아버지에 대해 얘기하며 과거를 떠올리고, 우리들 생
각을 하고 싶소. 그래 봅시다."

사이트 네딤 씨는 파샤였던 아버지의 유산인 니샨타쉬 저
택의 식탁에서 거하게 저녁 식사를 한 후 과일을 먹으며 이렇
게 이야기를 시작했다. 제브데트 씨와 니간 부인이 결혼식을
올렸던 저택이었다.

"우리 나라에 자네들 아버지 같은 사람이 필요하다는 말을 하고 싶소!"

사이트 씨는 뭔가 호소하듯이 말했다.

"그러니까 어떤 사람 말씀이신가요?"

레피크가 물었다.

식탁에 정적이 흘렀다. '그것도 질문이라고 해? 우리 아버지가 어떤 사람인지는 분명하잖아! 게다가 사이트 씨는 몇 시간 동안 그걸 설명하고 있었는데!' 오스만은 이렇게 생각하며 레피크를 쳐다봤다. 사이트 네딤 씨는 설명을 하기 전에 입 안에 포도 알 몇 개를 던져 넣었다. 퀼레르는 오빠의 대답을 기다리면서 궁금하다는 듯 눈썹을 치켜떴고, 나이프와 포크로 조심스럽게 복숭아를 자르기 시작했다.

사이트 네딤 씨는 미소를 지었다.

"자네들 아버지처럼, 돈과 가족이 어떤 의미인지 아는 사람들……."

그는 자기 말이 만족스러웠는지 먼저 자신의 아내, 다음에는 페리한과 네르민을 쳐다봤다. 그들 얼굴에 자신이 원하던 표정이 나타나지 않자, 설명을 좀 더 해야겠다고 생각한 모양이었다.

"내가 설명을 잘 못한 것 같군! 다시 애를 써 보지. 하지만 차를 마시고 담배를 피울 때 얘기를 하고 싶군. 나의 수다가 여성들을 지치게 한 것 같으니까."

예상대로 여성들은 이의를 제기했다. 사이트 씨는 아주 흥미로운 주제를 꺼냈을 뿐만 아니라 이야기를 아주 재미있게 할 줄 알았기 때문이다. 네르민은 그가 꺼내는 주제는 누구나 아주 궁금해하는 것이라고 했다. 사이트 씨는 자연스럽지는 않았지만 겸손해 보이려고 했다. 그렇다, 그의 말이 사람들의 관심을 끌기는 했지만, 그는 절대 입을 다무는 법이 없었다. 조금 전엔 한 여성이, 당연하지만, 하품하는 걸 보았다. 그래도 그 자리에 모인 사람들은 그의 말에 반대하면서 어서 얘기를 하라고 부추겼다. 하지만 그도 이제 약간 초조해 보였다. 레피크는 페리한의 얼굴이 붉어진 걸 알아챘다. 조금 전에 하품한 사람이 페리한이었던 것이다. 하지만 관심이 없어서가 아니라 무의식중에 나온 거였다. 페리한은 가끔 식탁 가장자리에 누워 있는 세터 견(犬)도 바라보았다.

그들은 식탁에서 일어나 가운데에 무늬가 새겨진 놋쇠 화로가 있는 넓은 방으로 자리를 옮겼다. 높은 창과 넓은 퇴창이 있는 이 방은 정원 쪽을 향하고 있었고, 천장에 매달린 샹들리에 불빛이 보리수나무에 비치고 있었다. 니샨타쉬의 다른 저택처럼 이 저택의 정원에도 보리수나무와 밤나무가 있었다. 사이트 씨는 작고한 제브데트 씨를 회고하고 과거로의 달콤한 여행을 떠나 대화를 나누기 위해, 식사 전 날이 어두워질 때, 답답한 비구름이 모여들 때, 이 나무들의 역사에 대해 몇 마디 했다. 지금은 저택의 역사에 대해서, 작고한 그의 아버지의 유산인 이 건물을 개조한 이야기를 하는 중이었다. 남자들 구역의 이 넓은 홀을 거실로 바꾸는 데 비용을 많이 들여서, 바닥은 완전히 새로 깔고, 어떤 벽은 아예 허물었다. 하지만 예전 모습은 그대로 유지했다. 대부분의 사람들이 생각하는 것처럼 옛것을 새롭게 바꾸지 못하는 건 아니었다. 잠깐 지나가는 흥분에 휘말리지 않고 차분한 데다 조금만 감각이 있으면, 옛것을 약간 손봐서 새롭게 바꿀 수 있으며, 모두들 완전히 뜯어고치려 하던 것도 사소하지만 지혜롭게 절충해서 시대에 어울리게 만들 수 있다. 사이트 씨는 이렇게 말하고 자기가 말을 너무 많이 한다고 자책하면서, 이 주제로, 즉 이 저택에서 결혼한 제브데트 씨에 대해 언급할 용기가 생기면 다시 돌아오겠다며 이젠 손님들이 말할 차례라고 선언했다.

잠시 정적이 흘렀다. 세터가 안으로 들어왔다. 사람들은 '무슨 얘길 하지?' 하는 시선으로 서로를 쳐다봤다. 식사 전에 약간 흩뿌린 비와, 8월 말의 더운 날씨에 대해 잠깐 얘기가 오갔다. 니갼 부인이 얼마나 상심했는지에 대해, 제브데트 씨가 작고한 후 개편된 회사 조직에 대해, 레피크와 페리한의 두 달 된 딸에 대해서도 얘기가 오갔다. 신문에 실린 국제 소식과 국내 소식도 언급되었다. 누구도 건강에 문제가 없는 상황에서 달리 무슨 얘기가 오가겠는가? 개는 방 안의 정적이 이상하게 여겨졌던지 주위를 둘러봤다. 그런 후 화로 옆으로 가서 누웠다.

'우리가 여기 왜 왔지?' 레피크는 생각했다. 요즘 점점 답답해져서 페리한과 늘 나누었던 삶의 목적과 관련된 언짢은 얘기는 잊어버리고, 맛있는 식사와 사교적인 상인의 수다에 몰두할 수 있을 거라고 기대했다. 하지만 다시 자신, 자신의 삶, 페리한, 게다가 저 이혼녀 퀼레르를 생각했다. 그녀가 어떤 여자일까 생각하는 자신이 염려스러웠다. 음흉하고 차가운 고민이었다. 두려워하지 말아야 했다. 건전하고 균형감 있는 의식에 접근시키지 말아야 할 것을 접근시키려 한다고 느꼈다. 주의 깊고 세심하게 다가가야 했다. '여름 내내 아무것도 하지 않았어, 난! 새로운 걸음을 내딛지 않았어. 여느 때처럼 사무실에 가고, 페리한과 찌는 듯한 더위에 대해 불평하고, 결정은 내리지 못하고 그저 앉아만 있었어. 책도 좀 읽었지만, 왜일까? 지금은 저 이혼녀에 대한 생각이 떠나지 않아!' 레피크는 생각했다.

커피가 나오자 사이트 씨는 갑자기 말을 꺼냈다.

"저기, 저 개를 보고 뭐가 떠올랐는지 말해 볼까요? 아무도 얘기를 안 하니, 내가 할 수밖에 없어 하는 말이오!"

"부탁드립니다!"

오스만은 자신의 정중함과 배려가 자랑스러운 듯 말했다.

"저 개는 이 집에서 편히 살고, 돌아다니고, 제 몸을 긁기도 하오……. 돌아가신 아버지 시대에는 정원에도 들어오기 힘들었소. 모슬렘의 집에 개라니 말이나 되오?"

사이트 씨는 개에게 소리쳤다.

"이리 와 보렴, 백작!"

개는 누웠던 자리에서 점잖게 일어나 기지개를 켜고, 꼬리를 흔들며 주인에게 갔다.

사이트 씨는 자기 생각을 농담처럼 말할 수 있다는 게 즐거운 듯 "넌 모슬렘 집에 어울리지 않아." 하고 말했다. 그런 후 커피를 마시는 손님을 향해 웃어 보였다.

"하지만 보시다시피 지금은 이렇게 되었소. 우리는 개에게 익숙해졌고, 개도 우리에게 익숙해졌소. 시대에 맞춘 거요. 우리 어머니가 보셨더라면 집 전체를 말끔하게 청소하셨을 거요."

그런 후 다시 개를 보며 "자, 됐다, 넌 네 자리에 가서 앉아!" 하고 말했다.

자기를 왜 불렀는지 이해하지 못한 개는 잠시 망설였다. 그런 후 주위를 둘러보고, 손님들 냄새를 맡고, 촉촉한 코를 레피크의 손에 갖다 댔다. 모든 게 여느 때처럼 차분하고 질서정연하다는 걸 확인한 후 안심이 된다는 듯 다시 누웠다.

"바로 이런 걸 말하고 싶소! 우리는 모든 걸 시대에 맞추고 있지만 그걸 인식하진 못하고 있소. 내가 말했던 것처럼 왜 옛것을 새것에 적용시킬 수 없다는 거요? 이 방을 보시오. 거실 아니오? 과거에는 남자들 구역의 홀이었소. 날 보시오. 나는 평범하고 말 많은 상인 아닙니까? 허락해 준다면 이제 설명하겠소……. 나는 예전 파샤의 아들이오……. 아시겠소? 돌아가신 아버지는 '우리는 커다란 변화를 감행할 수 없단다. 모든 건 사소하지만 무한한 절충의 결과이기 때문이야.'라고 하셨소……. 이 생각을 어떻게 보시오? 그렇소, 절충……. 사소하지만 지혜로운 절충들이 역사라는 고요한 흐름을 가능하게 했소! 아버지께서는 바로 그렇게 말씀하셨소. 내가 상인이 될 것이며, 땅은 모두 팔아 사업에 투자하고, 퀄레르가 보잘것없고 평범한 공화주의자 군인과 결혼할 것을 아셨다는 듯……. 유럽, 아, 유럽! 난 항상 생각하오, 그곳에 갈 때마다 생각하오. 그들은 왜 그렇고 우리는 왜 이럴까? 음, 지금 묻겠소. 그들은 왜 그렇고 우리는 왜 이런 걸까? 잠깐! 리큐어를 내올까요? 커피와 잘 어울리는데."

사이트 씨는 이렇게 말하고 누구의 대답도 기다리지 않고 벌떡 일어나 장식장으로 걸어갔다. 몇 병을 들고 와서 아내에게 "그 앨범 좀 가져와! 유럽 앨범!" 하고 말했다. 그는 약간 부끄러워하는 듯했지만 흥분을 가라앉히려 하지는 않았다. 더 많은 말을 하여 속을 털어놓고 싶었던 그는 레피크와 오스만을 보며 용기를 얻었다.

잠시 팽팽한 긴장감이 흘렀다. 네르민과 퀼레르는 커피와 리큐어를 마시기로 했다.

"옳은 말씀이십니다. 아주 옳으십니다!"

오스만은 이해한다는 듯 말했다. 품위 있고 관대한 태도로 껄끄러운 분위기를 부드럽게 하려는 것 같았다.

아티예 부인이 앨범을 들고 왔다. "우리 애 사진도 가져왔어요!"라고 하며 '유럽 앨범'을 레피크에게 건네주었다.

"나는 과거로의 여행만큼이나 유럽으로의 여행도 좋아하오! 우리는 자주 사진을 찍고 앨범에 정리해 놓소. 지금 어디를 보고 있소?"

사이트 씨는 앨범을 뒤적이는 레피크 옆으로 다가왔다. 비록 사진과 엽서라 해도 유럽을 보는 즐거움을 젊은 손님과 나누고 싶었던 것이다. 그는 레피크의 어깨 너머로 앨범을 봤다.

"아, 보시오, 거기는 파리요, 사 년 전 1933년의 파리, 어떻소? 그 시절, 이건 같은 해……. 베를린에서 찍은 사진들이오. 파리와 베를린! 유럽을 여행하는 사람이, 세계가 어떤 곳인지 알게 된 터키인이 어떻게 저런 곳에 안 가겠소? 비엔나도 거

기 포함시킬 수 있겠지만 난 음악엔 조예가 없소……. 아, 이
건 지난해 여행이오. 파리! 너무 빨리 넘기는군, 잠깐, 이 사람
누군지 알아보겠소?"

물론 알아봤다. 외메르였다. 여행 가방을 들고 기차 객실에
서 얼굴을 찡그리고 있었다.

"물론 우리의 라스티냐크요!"

사이트 씨가 큰 소리로 말했다. 그는 레피크의 대답을 기다
리지 않고 말을 이었다.

"돌아오는 길에 기차에서 만났다오. 지금 뭘 하고 있소? 이
사진도 같은 해에 찍은 거라오……. 베를린에서 알게 된 프랑
스인 가족……. 그렇소, 프랑스인 가족, 현실적이고 고상하고
농담도 잘하는 프랑스인 가족……. 와인, 치즈, 에펠탑…… 그
리고 여자에 대해 아는 남자! 내가 말을 너무 많이 하나? 가족
이란 이런 거요! 이 사진도 좀 보시오. 우리는 베를린에서 같
은 호텔에 머물렀소. 방이 나란히 있었소. 아침 식사를 함께
했소, 농담을 잘하는 사람들……. 다음 페이지를 넘겨 봐요.
봐요, 진정한 가족이오……. 내가 제브데트 씨를 이해하는 건
바로 이런 것 때문이라오. 이런 것 때문에. 그래요, 제브데트
씨는 완벽한 가족을 만들었소. 우습게 생각할지도 모르지만
나는 당신들 가족, 으슥츠 가족을 선망하오. 성공한 아버지,
부지런한 자녀들, 아름답고 선한 어머니, 건강한 손주들…….
가족이 어떠해야 하는지 보여 주는 좋은 예라오. 시계 같지만
다양하고 활기차요, 바로 그들처럼!"

그는 갑자기 크게 웃었다. 하지만 진심에서 우러나온 폭소

같지는 않았다. 자신이 한 말을 부드럽게 만들고, 부적절한 말을 했다면 그걸 인식하고 있다는 걸 느끼게 하려는 웃음이었다. 그런 후 레피크 곁을 떠나 리큐어가 가득 든 작은 잔을 허공에 들어올렸다.

"우리도 이제 뭔가 시작했소! 리큐어를 생산하오, 리큐어 산업! 메지디예쾨이에 있는 리큐어 공장……. 거대한 회사! 하하! 웃기라도 해야지……. 말해 보시오, 지금 말해 보시오, 왜 우리는 이런데 그들은 그렇소? 왜겠소? 이 비밀을 누가 아오? 말해 보시오! 우리는 왜 이렇소? 우리는 왜 우리이고, 왜 이렇소? 말해 보시오!"

"오빠, 너무 흥분한 것 같은데! 앉지그래!"

퀼레르가 말했다. 사이트 씨는 손에 든 리큐어 잔을 모두에게 흔들었고, 여동생의 말은 못 들은 척하며 그대로 서 있었다. 수치심이나 당혹감 비슷한 기운이 감돌았다. 그가 얼마나 진지한지, 얼마나 진심인지는 아무도 알지 못했다. 모두들 흥분한 것 같았다. 음식을 거하게 먹은 후 긴장이 풀어진 얼굴에 예기치 못한 팽팽한 긴장감이 전염되어 갔다. 모두들 사이트 씨가 반복해 던진 질문에 대한 답을 찾고 있었고, 답을 발견 못해 난감한 표정들이었다. 사이트 씨의 조롱에 웃은 것도 같기도 했고, 우리가 왜 이런지 궁금해하는 것 같기도 했다.

"우리는 왜 이렇소? 우리는 이래, 이렇다고! 오늘 저녁은 내 행동에 제동을 걸지 말았으면 하오. 난 마셨고, 흥분했소! 가끔은 이렇게 될 수도 있소. 마음의 진정한 흥분에 자기 자신을 내맡겨야 하오. 난 질렸으니까, 맹세컨대, 질렸소, 나 자신을 제어하고 움츠리는 데 질렸소!"

그는 레피크가 품에 안은 앨범을 가리켰다.

"그들처럼 되기 위해, 그들처럼 되기 위해 움츠리고, 마음에서 우러나오는 대로 행동하지 못하는 것에 질렸소. 오늘 저녁엔 나 자신을 내버려 두겠소. 타협하지 않고 소리치겠소!"

결국 리큐어를 단숨에 비우고, 다시 한 잔을 더 비웠다. 그런 후 터뜨린 폭소는 사람들의 신경을 곤두서게 했다.

귈레르는 처음으로 석성스러운 표정을 지었다. 굵고 신경질적인 웃음소리는 이 저택에서 자주 들을 수 있는 소리가 아님이 틀림없었다. 개도 누워 있다가 머리를 들고, 수상쩍은 행동을 하는 주인을 바라보았다.

사이트 씨는 개가 머리를 든 걸 보고는 "아, 내가 지나쳤군! 백작마저 초조하게 만들었으니 말이야."라고 한 후 한동안 개를 바라보며 가만히 서 있었다. 그런 후 "백작! 백작, 앉아, 널 부르는 게 아냐." 하며 자신을 보고 있는 사람들을 둘러봤다.

"파리에서 어떤 여자를 본 적이 있소! 전봇대 아래서 오줌을 싸는 개를 끌어당기고 있었소. '자, 파샤, 가자, 자, 파샤, 가자.'라고 하더군. 파샤의 아들로서 불쾌하지 않을 수 없었소. 나도 저 개에게 백작이라는 이름을 붙여 줬소. 뭐 어쨌든! 이 상인의 수다가 지겹소, 그렇소? 이제 우리는 모두 상인이오. 설탕, 철, 자동차, 연초, 무화과를 팔고 있소. 이젠 더 말하지 않겠소. 입을 닫겠소, 닫고말고. 이 주제를 그만 덮도록 앨범을 내게 주시오. 아직 보고 있소? 우리의 라스티냐크를? 파티흐 같은 사람이오. 그는 지금 어때요, 뭘 하고 있소? 그는 나나 당신들 같은 사람이 아니오. 하지만 결국에는 불행해질 거요……. 타협을 해야 하거든. 내 아버지 말이 옳소. 타협이 필요해요. 우리 파티흐는 자존심이 대단한 사람 같더군. 하지만 이 문제는 그만 얘기하기로 하겠소. 그런데 외메르 씨는 지금 뭘 하고 있소? 분명 불행할 거요. 아, 타협이 필요해, 타협이 필요해, 마음을 누르고, 상인이 되고, 침착하고, 신중하고, 균형을 잡고, 약삭빨라야 해. 기분이 상하진 않았소? 우린 모두 상인이오. 이게 중요하오? 사고팔지, 사고판다고……. 하지만 그래도 이렇게 저택에서 살고 있잖아요. 보시다시피 이게 중요하오! 난 제자리에 앉았고, 개도 머리를 파묻고 있소. 나도 이제 입을 다물겠소, 입을 다물겠소. 수치심, 수백 년이 걸릴 수치심을 기다리며 입을 다물겠소."

그는 안락의자 등받이에 환자처럼 머리를 기대고 입을 다물었다.

정적이 시작되었다. 레피크는 처음부터 이 흥분된 상태가 지나면 집주인이 무척 부끄러워할 거라고 생각했다. 조금 전에 누군가가 죽었다거나 수년 전에 누군가를 죽였다고 자백한 듯한 수치심과 경악이 느껴졌다. '누구든 말을 하면 좋을 텐데.' 레피크는 생각했다. 퀼레르를 쳐다봤다. '그녀는 무슨 생각을 하고 있을까? 보잘것없는 공화주의자 군인이라…… 혹시 그녀도 이혼한 남편에 대해 그렇게 말할까? 누구라도 말을 하면 얼마나 좋을까…….'

"아, 제브데트 씨, 우리를 어디로 데려온 겁니까, 어디로!"

이렇게 말한 사람은 다시 사이트 씨였다. 그는 머리를 들고,

숨이 넘어가는 지휘관같이 너그럽게 미소 짓고 있었다.

집주인이 취해서 짓고 있는 너그러운 미소 덕에 팽팽하던 분위기가 좀 풀어졌다. 레피크는 외메르에 대해 말할지 말지 생각하고 있었다. 그러다 페리한을 바라보았다. 페리한은 지금까지 일어난 일에 별로 영향을 받지 않은 것 같았다. 레피크는 그녀가 편안해하는 걸 보자 마음이 놓였다.

"아, 여보, 당신은 정말 말을 잘하는군요! 저기, 그 얘기도 해 줘요. 늘 흥분하면 그 얘기도 잘해 주잖아요! 돌아가신 당신 아버지도 그랬잖아요! 그러니까 압뒬하미트가 캬밀 파샤를 꾸중하고 있을 때, 환관이 들어왔다고……. 그 이야기도 좀 해 줘요!"

아티예 부인이 갑자기 이렇게 말했다.

"말하지 않겠다고 했잖아! 이젠 말하지 않겠어!"

사이트 씨는 하품을 하고는 파도치는 의식 안으로 파묻혔다.

21

베쉭타시의 술집

"그렇다면 야흐야 케말은 시인으로서 테브피크 피크레트보다 우월해요?"

"둘 다 같아! 누구도 더 중요하지 않아! 보들레르와 비교하면 별 볼일 없는 사람들이야."

무히틴이 대답했다. 잠시 정적이 흘렀지만 그는 이 정적에 그다지 신경 쓰지 않았다. 이젠 이런 사소한 침묵에는 익숙해졌던 것이다. 하지만 침묵이 길어지자 자기가 이 상황을 즐긴다는 걸 인정할 수밖에 없었다. '지금 내가 한 말을 곰곰이 생각하고 있는 거야. 시에 관심이 있는 이 두 사관생도가 내 말을 곰곰이 생각하고 있다고. 나처럼 멋진 말을 할 수 없어서 상심했고, 그래서 나를 더 선망하게 됐어!' 그들은 베쉭타시 시장에 있는 술집에 앉아 있었다. 이발소 맞은편의 술집이었다. 직장인, 가게 주인, 어부, 운전사 들로 가득했다. 무히틴은 일주일에 한두 번 일드즈의 사관 고등학교에서 도망치듯 나오는 젊은 군인들을 만나 형 노릇을 하고 있었다.

"아, 정말 안타까워요! 유감스럽게도 우린 프랑스어를 못 배웠어요! 보들레르도 읽을 수 없다니까요!"

"프랑스어는 필수야. 너희들은 너무 게을러! 터키의 젊은 시인이라면 외국어 하나쯤은 반드시 알아야 해."

무히틴이 젊은 군인을 놀리듯이 말했다.

나시 정적이 흘렀다. 무히틴은 이번에도 그들이 자기 말을 되새기고 있다고 생각했다.

"저녁때 숙소로 돌아가기 전까지 약간 시간이 있어요. 하지만 그 정도 시간으로는 충분하지 않은걸요!"

이렇게 말한 사람은 투르가이였다. 친구인 바르바로스보다 적극적이고 더 잘생겼지만, 머리는 그보다 좋지 않았다. 그는 얇은 셔츠를 입고 있었다. 그들은 일요일 오후 사관 고등학교로 들어가기 직전에 평상복을 벗고 군복으로 갈아입었다.

무히틴은 아무 말도 하지 않았다. 그렇게 함으로써 외국어를 배우지 않는 그들의 나태함과 불안을 꾸짖었던 것이다.

"게다가 물어볼 사람도 없어요……. 뭔가 물어보면 바로 우리를 비난하거든요!"

무히틴은 역시 대답하지 않았다. '책임은 각자에게 있어. 내가 안타까워할 일이 아니지!'라는 눈빛이었다.

"《존재》에 나온 자히트 스트크의 시 읽었어요?"

바르바로스가 물었다.

"아니!"

"읽었으면 어떻게 생각하는지 물어보려고 했죠."

사관생도는 약간 망설인 후 덧붙였다.

"형의 시집에 대해 아직 비평이 안 나왔어요!"

무히틴은 짜증이 났다. 시집이 나온 지 한 달이 지났지만 언론에서는 아무런 반응을 보이지 않았다. '무슨 말이든 해 보란 말이야!'

"이젠 아무것도 쓰지 않겠어! 내 책은 이해하기 힘드니까!"

그는 종이에 적어 둘 만한 말이라고 생각했다. 거만한 표정을 짓다가 갑자기 자신에게 화가 났다. '지금 여기 이 불쌍한 애들 앞에서 으스대고 있구나!' 점점 더 화가 나려는 차에 갑자기 뭔가 떠올랐다.

"잠시 후에 손님이 올 거야, 얘들아!"

레피크가 오기로 되어 있었다. 그는 무히틴이 일하는 건설 회사에 전화를 해서 얘기를 좀 나누고 싶다고 했다. 수화기 너머로 들려오는 목소리는 떨렸고, 망설이고 있었으며, 답답해하는 것 같았다. 레피크에게서 좀처럼 볼 수 없는 태도였다.

"그 친구분은 문학가예요, 형?"

"아, 아냐! 엔지니어야! 문학가는 베쉭타시 술집에 오지 않아. 그들을 보고 싶으면 베이올루로 가! 이 친구는 엔지니어야. 공과대학 동창이지. 사실 그도 베쉭타시엔 별로 오지 않아. 니샨타쉬 출신이거든!"

그는 이렇게 말하고 웃기 시작했다. 사관생도들도 따라 웃자 초조해졌다. 그들이 이해도 하지 못한 채 웃는 데다, 레피크를 조롱한 셈이었기 때문이다. 누가 됐든 무히틴의 친구를 두고 그렇게 웃으면 안 된다. 레피크를 조롱하는 건 무히틴이어야 했다, 그들이 아니라.

"근데 너희는 왜 웃는 거야?"

그는 얼굴을 찡그리며 물었지만 곧 그들에게도 실수를 했다는 생각이 들었다.

"그래, 그는 베쉭타시엔 안 와. 니샨타쉬 출신이거든. 그러니까 위에서 온다는 거지. 어차피 이 베쉭타시는 늘 아래에 있었어. 옛날에 귀족들은 일드즈 궁전에 살았고, 지금은 니샨타쉬에 살지!"

그는 큰 소리로 웃었다. '방금 한 말은 금언인걸!' 그는 어떻게 하면 말을 더 잘할 수 있을지 생각했다. '이렇게 말할 수 있겠지. 일드즈에 살던 귀족이 니샨타쉬로 이사하자 공화국이 되었다! 아냐, 별로 좋지 않아. 어떻게 말할 수 있을까?' 그는 갑자기 미심쩍은 생각이 들었다.

"너희들 지금 웃고 있는데, 내가 한 말을 이해했는지 한번 말해 봐."

"옛날에는 술탄이 있었고, 지금은 상인이 있다. 하지만 이 베쉭타시는 변한 게 없다!"

이렇게 말한 건 바르바로스였다.

"아, 엉망이군! 고등학교 책에 나오는 말 같아!"

그는 바르바로스가 상심하여 앞만 바라보는 걸 봤지만, 신경 쓰지 않았다. 그는 와인을 마시면서 금언을 생각했다. '일드즈 궁전에 살던 사람들이 니샨타쉬로……. 아, 그가 왔어, 이제!'

레피크가 술집에 들어와서 무히틴을 찾고 있었다. 무히틴
은 손짓을 하지 않고 한동안 그를 관찰했다. 레피크의 얼굴에
는 희미하게나마 역겨움과 망설임 그리고 우울함이 배어 있
었다. 어쩌면 보잘것없는 술집에 와야 하는 스스로에게 화를
내고 있는지도 모른다.

'여기서 만나자고 한 건 잘한 일이야. 내가 사는 쓰레기장
에 와서 한번 지껄여 보라지! 그의 거실이 지겨웠던 참인데.'
그는 이렇게 생각하면서 친구에게 손짓을 했다. 그리고 다가
오는 레피크의 얼굴을 보며 놀랐다. '이 친구에게 무슨 일이
있군!' 마음이 아팠다. '다른 데서 만나자고 할걸 그랬어. 무슨
일이 있는 걸까.'

그는 레피크에게 자리를 가리키며 젊은 사관생도들을 소
개하고, 뭘 마실지 물었다. 그러면서도 주의 깊게 그의 얼굴을
관찰했다. '무슨 일이 있어, 걱정이 있는 게 확실해!'

그들은 한동안 이런저런 얘기를 나누었다. 와인이 나왔다.

"참, 나한테 시집 준다고 했잖아!"

레피크가 전화로 했던 말이었다.

무히틴은 재킷 주머니에서 시집을 꺼냈다.『예기치 않은
비』. 그는 첫 페이지를 펼치고 '사인을 해 줘야지. 내가 뭐라고
쓸지 궁금해들 거야. 대단한 의식이군그래!' 하고 생각했다.
잠시 후 다른 생각이 떠올라 그들에게 설명했다.

"내 책이 나온 출판사에 자비로 책을 출간한 늙은 공무원이
왔어. 자기 책에 서명을 해서 사람들에게 나눠 주고 있었지.
그는 나를 보며 '자넨 무슨 일을 하나?' 하고 묻더군. 내가 시

인인 걸 알자 으스대며 이렇게 사인을 했어. '시인 친구 무히 틴에게, 당신 시를 읽고 즐거웠소.'라고."

무히틴은 폭소를 터뜨렸지만 레피크가 우울해하는 걸 보고 는 다시 진지해졌다. '오늘 기분이 좋지 않나 보네. 내가 즐겁 게 해 줘야겠어!' 그는 이렇게 생각하고는 시집에 사인을 했 다. '네 삶을 즐거이 주시하고 있는 젊은 상인 친구 레피크에 게.' 이렇게 쓰자마자 평범한 농담 같다는 생각이 들었지만 어 쩔 수 없이 시집을 레피크에게 건넸다.

레피크는 시집을 잠시 살펴보고, 표지를 보고, 내부 구성에 대해 몇 마디 했다. 그런 후 첫 페이지에 쓴 그 문장을 읽고 얼 굴을 찡그렸다.

"휴, 이봐, 형제, 내 인생! 내 인생은 궤도를 이탈했어!"

"무슨 말이야?"

무히틴은 신음하듯 물었다. 놀라서 어리둥절했기 때문이 다. 약간은 마음의 준비를 한 상태였지만, 이 정도까지는 예상 하지 못했다. 술집의 소음이 들려올 뿐이었고, 레피크의 얼굴 을 볼 용기가 나지 않았다.

"형제, 내 인생은 궤도를 이탈했어. 형제…… 형제……."

레피크는 어제 전화로도 이렇게 말했다. 오랫동안 들어 보 지 못한 말이었다. '내가 너무 감상적이 되는 것 같아. 형제, 네 게 무슨 일이 있는 거야? 넌 행복했잖아! 나완 달랐어. 무슨 일이 있는 거야, 형제? 자, 얘기해 봐. 얘기해 보라고. 하지만 이 아이들 앞에선 할 수 없지…….' 그는 이렇게 생각했다.

"참, 어린 딸은 잘 있어?"

그는 그저 무슨 말이라도 하려고 이렇게 물었다.

"응, 아주 빨리 자라!"

"그래, 기쁘다. 난 결혼하지 않기로 했어. 그 애가 크길 기다릴 거야."

"결혼하지 마! 결혼은 하지 않는 게 좋아!"

레피크는 천천히 와인을 마시면서 말했다.

"아냐, 난 네 딸과 결혼할 거야. 네 딸은 분명 아주 예쁠 거야. 분명히 그럴 거야!"

그는 다른 말을 더 하려다가 입을 다물었다. '페리한이 아주 아름답다고 말할 뻔했어!'

"안 돼! 내 딸은 너하고 안 어울려. 걔는 키가 크고 덩치도 좋을 거야. 벌써 이렇게 많이 자랐는걸!"

무히틴은 놀랐다. '나한테 난쟁이라고 할 기세군.' 하고 생각하며 "아니, 내가 그렇게 키가 작아?" 하고 물었다. 하지만 이렇게 말한 게 금방 후회가 되어 사관생도들을 볼 용기가 나지 않았다.

"아냐! 누가 너한테 키 작다고 했어?"

무히틴은 이 얘기가 길어지는 게 못마땅했다. 시계를 보며 사관생도들에게 말했다.

"얘들아, 늦지 않았어?"

"아직 시간 있어요, 늦지는 않을 거예요."

투르가이가 대답했다. 그러자 바르바로스가 투덜거렸다.

"이제 그만 일어나는 게 좋겠어! 비탈길을 뛰어 올라가긴 싫거든."

무히틴은 아무 말 하지 않았다. 군인들이 자리에서 일어났다. 군복을 맡겨 놓은 사진사의 집에 가서 옷을 갈아입어야 했다. 무히틴은 그들이 좋아할 만한 말을 몇 마디 해 주었다. 수요일에 다시 여기서 만나자고 덧붙였다. 그들이 문을 나설 때 등 뒤에 대고 이렇게 소리쳤다.

"지각하지 마! 지휘관이 혼낼 테니까. 공부도 열심히 해. 부모님께 편지도 쓰고. 좋은 군인, 좋은 자식, 좋은 국민이 돼야 해!"

그가 항상 하는 말이었다. 군인들은 약간 의기소침해진 듯 미소를 지었고, 기가 죽어 어색하게 걸어갔다.

무히틴은 레피크에게 "쟤들 어때?" 하고 물었다.

"더 있고 싶어 했던 것 같아."

"더 있을 순 없었어, 귀교 시간이 늦어질 테니."

무히틴은 짜증스럽다는 듯 말하고는, 손을 내저었다.

"아, 신경 쓰지 마! 네 얘기나 해 보자. 와인 좀 더 마실까?"

레피크가 고개를 끄덕이자 와인을 주문했고, 잠시 아무 말도 하지 않았다. 긴 침묵이 흘렀다.

"너 무슨 일 있구나!"

와인이 나오자 그제서야 무히틴이 물었다.

"그래, 일이 있어!"

"안 좋은 일이야?"

"말했잖아, 좀 전에. 내 인생이 궤도에서 이탈했다고!"

"그 말만으론 감을 잡을 수 없는걸……."

"맞아……. 나 자신에게 늘 하던 말이야……. 이젠 익숙해졌어. 달리 뭐라고 해야 하지?”

“생각 좀 해 봐……. 무슨 일이야?”

“예전의 내가 아냐. 예전처럼 살 수가 없어. 이것도 정확한 말이 아니야.”

레피크는 한동안 적당한 말을 찾았다.

“다른 게 뭔가 더 있었으면 해. 그냥 예전처럼 될 수 없다니까!”

“흠……!”

무히틴은 이런 소리를 내면서 생각해 봤지만 이해할 수 없다는 표정만 지었다.

“페리한은 예전의 균형감이 없어졌대…….”

“그 말이 맞는 것 같아?”

“약간……. 균형감이라는 게 삶이 흘러가는 대로 몸을 맡기는 거라면……. 균형감이라는 게 쉽게 행복해지는 거라면, 아마 난 균형감을 약간 잃은 것 같아.”

“최악이군!”

무히틴은 이렇게 말하고는 잠시 생각한 뒤 덧붙였다.

“넌 전에는 그 균형감을 자랑스러워했잖아! 넌 건강하고 행복했어. 하지만 솔직히 말하면 그게 널 약간 나태하게 만들기도 했지. 아냐, 균형감을 잃는다는 게 그렇게 나쁜 일만은 아닐 거야…….”

“그럼 다시 활달해지려면 어떻게 해야 하지? 내가 뭘 해야 하지?”

‘아주 상태가 안 좋군!’

"네 고민을 이해할 수 없어."

그의 입가에 희미하게 분노가 쌓였다.

"네 고민을 이해할 수 없어, 좀 더 설명해 봐!"

"달리 말할 게 없어!"

레피크는 잠시 생각하더니 부끄러워하며 말했다.

"직장에도 가고 싶지 않아. 사무실에도 가지 않으려고!"

"그럼 뭘 할 건데?"

"몰라……. 너하고 그걸 얘기하러 왔어……."

"이봐, 넌 결혼했어, 애도 있고. 엔지니어야. 스트레스를 받을 만큼 어려운 일도 없잖아. 행복한 가정에서 살고 있고. 사랑스러운 아내, 친구들, 가까이 지내는 사람들, 차분한 일상이 있어……. 내가 꼭 상기시켜 줘야 되는 거야? 이런 건 너도 잘 알고 있을 거 아냐."

"알아! 그것도 아주 잘!"

그의 얼굴에 이상하고 우울한 미소가 어렸다. 그런 뒤 서둘러 덧붙였다.

"아마 그것 때문에 이런 일이 벌어진 것 같아!"

무히틴은 자신의 입가에 쌓여 가던 분노가 더 커지는 걸 느꼈다.

"다른 일……. 다른 일이 없는 거 확실해? 네 고민이 그것 때문에 생긴 거야? 그런 것 중 하나가 삐끗해서 안 좋은 일이 생긴 거 아냐?"

"아냐, 그랬다면 얘기했겠지!"

"흠……. 그렇다면 아버지의 죽음, 새로 태어난 아기, 어쩌면 이런 일들이 널 어리둥절하게 만들지 않았을까?"

"어쩌면."

"모든 게 예전 같지 않다면, 예전에는 했지만 지금은 못하는 게 뭐야?"

"예전에는 균형감이 있었어. 어쩌면 페리한의 말이 맞을지 몰라. 너도 비슷한 얘길 했지. 균형감이 사라지자 예전의 조화를 못 찾게 됐어. 예전에 했던 일은 지금도 할 수 있지만 이 세계와 나 사이에 조화가 없어. 이렇게 계속 간다면, 결국엔 전에 했던 일도, 이 일상도 지속하지 못하게 될 거야."

"쯧쯧쯧."

무히틴은 이렇게 혀를 찼지만 놀리는 것처럼 보일까 걱정되었다.

"그러니까 사무실에도 가고 싶지 않다 이거지!"

"그렇다니까! 보면 몰라!"

"그러니까 불행하다는 거야?"

"불행해, 형제, 아마 불행한 것 같아. 게다가 아주 이상해!"

레피크는 '형제'라고 했지만 지금은 그 말이 무히틴에게 그리 감동을 주지 못했다. 삼키려 했던 분노가 다시 입가에 모였다.

"여행을 떠나 보는 건 어때? 어쨌든 돈도, 시간도 있잖아."

"아냐, 아냐, 그걸 생각해 보지 않은 건 아냐. 하지만 안 돼."

그런 후 주저하며 덧붙였다.

"철도 건설 현장에 있는 외메르에게 갈까 생각 중이야."

"어쩌면 네가 사는 집이 작게 느껴진 걸 수도 있어."

무히틴은 입가에 미소를 지었다.

"아이도 있으니 페리한과 다른 집으로 이사하지그래."

"그런다고 뭐가 달라지겠어? 와인을 더 달라고 할까?"

"그러자. 어쩌면 더위 때문일지도 모른다고 말하고 싶지만, 이미 10월이잖아……."

"너 지금 날 놀리는 거야! 불행하다고 하잖아, 균형을 잃었다고 하잖아……."

"이봐!"

무히딘이 갑자기 말했다. 이번에는 분노를, 입가에 피처럼, 혹은 독처럼 쌓인 분노를 삼킬 수 없다는 걸 알았다.

"너는 불행할 권리가 전혀 없어. 알아들어? 그럴 권리가 없다고! 지금 무슨 생각이 드는지 알아? 이 년 전 이런 9월에 너희 집에 간 적이 있었지. 난 취해 있었어. 넌 내게 충고를 했어. 난 자존심이 상했지. 가만 좀 들어 봐. 이젠 내 차례야. 그래, 넌 불행할 권리가 없어. 불행은 시를 쓰며 시간을 보내는, 좀 전에 돌아간 저 아이들의 일, 시인들의 일, 어부들의 일, 운전사들의 일이야. 우리는 불행의 맛을 실컷 보고 있다고. 뭘 그렇게 봐, 내가 허튼소리라도 한다는 거야? 그래, 좋아, 내가 허튼소리를 한다 쳐도 너 역시 허튼소리를 하고 있어. 난 아무것도 이해가 안 되니까."

"나도 이해가 안 돼! 네 말에 정말 놀랐어!"

레피크는 무히틴의 분노가 두려운 듯 이렇게 말했다.

"나도 너한테 놀랐어."

분노는 여전히 그곳에서, 입안에서 활활 타고 있었다.

"어제 통화할 때 네 목소리를 듣고 놀랐어. 네가 이곳으로 들어오자마자 네 얼굴을 보고 또 놀랐지. 무슨 안 좋은 일, 나쁜 일, 재앙이 닥쳤다고 생각했지. 그런데 아무 일도 없는 거군!"

"그럼 뭘 기대했는데?"

"너한텐 아무 문제 없어. 난 정말로 불행한 일이 생긴 줄 알았어. 그러니까, 아이가 아프다거나, 다른 여자에게 빠졌다거나, 회사가 파산한다거나, 아내가 바람을 피운다거나⋯⋯. 이런 거 말이지. 하지만 네가 불행할 진짜 이유는 없어⋯⋯. 어제 통화할 때 목소리, 오늘 본 네 얼굴은 불행한 사람 같아. 그건 의심할 바 없어. 하지만 알고 보니 네 삶은 행복하고, 굴곡도 없어. 이 상황에서⋯⋯."

무히틴은 입안에서 맴도는 말을 내뱉기로 했다. 잠시 어렵사리 침묵을 지킨 후 말했다.

"이 상황에서 내가 뭐라고 하겠어? 너무 복에 겨워 어디가 근질근질하구나!"

"그러니까 해 줄 말은 그거란 거지!"

레피크는 얼굴을 붉으락푸르락하며 중얼거렸다.

"어쩌겠어, 이미 그렇게 말해 버린걸! 하지만 다른 사람들도 그렇게 말할 거야. 왜냐하면 너의 상황을 아무도 이해하지 않을 테니까. 모두들 너처럼 행복하고 싶어 해. 아무도 네 상황을 이해하지 못할 거야. 넌 모든 걸 가지고 있으면서 불평을 늘어놓고 있으니까. 누구도 이해 못해. 아무도 관심 갖지 않을 얘기라고⋯⋯."

"너도 관심 없다고 말하는 거야?"

"어떻게 그런 말을 해! 우리가 보통 친구냐!"

무히틴은 소리쳤지만 진심으로 보이지 않을까 두려웠다.

"하지만 넌 내게 가치 있는 말은 해 주지 않았어. 너한테 오면서 '무히틴은 시인이니까, 무슨 말이든 해 줄 거야.'라고 생각했어."

"새로운 일을 해 봐."

무히틴은 어쩔 수 없다는 듯 말했다.

"하고 있어! 책을 읽어. 요즘엔 루소를 읽고 있어.『고백록』을 읽고 감동을 받았어……."

그는 잠시 입을 다물었다가 부끄러운 듯 말을 이었다.

"난 비망록을 쓰고 있어."

무히틴은 웃지 않으려고 애쓰면서 '비망록! 불행한 말들, 궤도에서 이탈한 인생, 조화……. 지금 무슨 말을 하는 거야? 그의 고민은 알겠어. 결혼했고, 아이가 생겼고, 아버지가 돌아가셨어. 아마도 자신이 늙었다고 생각하나 보지. 인생을 허비했다고 생각하는 거야.' 하고 생각했다.

"어쩌면 넌 자신이 늙었다고 생각하는지도 몰라!"

"어쩌면……. 너처럼 시인이 되고 싶었어."

"아무도 말리는 사람은 없어!"

"네 말이 맞아!"

무히틴은 다시 마음이 움직이는 걸 깨달았다. 애정 어린 시선으로 레피크를 바라보았다. 하지만 이제는 쉽게 그런 시선으로 볼 수 없다는 것을 알았다. 그의 머릿속에 있던 레피크의 모습은 더럽혀지고 얼룩이 지고 말았다. '대가도 지불하지 않고 심오한 걸 찾고 있어!' 하는 생각이 들었다. 그를 벌하고 싶은 생각이 들 정도였다.

"이봐, 레피크! 넌 그냥 마음이 답답한 거야. 책 말고 시간을 보낼 걸 찾아봐. 우표를 수집하고, 체스를 두고, 포커를 칠 친구를 찾아보고, 축구 경기에 가고, 사진도 찍고, 뭘 수집해 봐, 뭐든 하란 말이야!"

"네가 해 줄 말이 그런 거야? 우표 수집이나 하라고. 다른 말은 없어?"

레피크는 화를 냈다.

"없어. 와인이나 더 마시자. 이봐요, 여기 두 잔 더……."

22
비망록 I

1937년 9월 13일 월요일

어제 베쉭타시에 갔다. 무히틴을 만났다. 우리는 술집에서
이야기를 나누었다. 그는 내게 아무 말도 해 주지 못했다. 게
다가 조롱하는 듯한 태도도 여전했다. 그와 얘기를 나누고 나
니 일상생활이 내게 금지된 것처럼, 매 순간 저지르는 범죄처
럼 보이기 시작했다.

사무실에 갔다. 하루 종일 거기 앉아 있었다. 저녁때 집에서
라디오를 들었다. 루소의 『고백록』을 읽었지만 생각보다 좋지
않았다. 어쩌겠는가? '신을 믿을 수 있다면 얼마나 좋을까.' 하
고 가끔 생각한다. 무히틴의 시를 한 번 더 읽었다. 사실을 말
하자면 별거 없었다.

9월 23일

사무실에 나갔다. 답답한 마음으로 귀가했다. 『고백록』을 중간부터 조금 읽었다. 기분이 좀 나아졌지만 이것도 이상하게 생각되었다. 잠을 자려고 위층으로 올라가기 전에 신문을 뒤적거리다가 이 비망록을 쓰고 있다.

이스메트 파샤가 건강이 좋지 않아 정치에서 물러났다. 이제 총리는 젤랄 바야르*이다.

9월 29일 목요일

명절! 오후에 페리한과 탁심까지 걸어갔다. 돌아오는 길에 다투기 시작했다. 내가 늘 인상을 찡그리고 불평을 하지만 왜 그런지 솔직하게 말하지 않는다는 것이다. 그녀는 길 한가운데서 울었다. 나는 그녀 탓이 아니라고 설명하려 애썼지만, 별 효과가 없었다. 이런 다툼과 이상한 태도 때문에 내가 다른 남편들과 다르다는 걸 알고 있다.

11월 7일

사무실에서 오스만과 회사 상황에 대해 이야기를 나누었다. 오스만은 올해는 지난해보다 훨씬 이윤이 많이 날 것이며, 새 창고 건축이 가능한 한 빨리 끝나야 하고, 아버지의 죽음 이후 회계원 사득이 자기에게는 이롭지만 회사에는 피해를 주는, 작지만 주의해야 할 잘못을 저지르고 있다고 했다. 또한

---

* 1883~1986. 터키 정치인으로, 총리와 대통령을 지냈다.

수입 건도 잘 버텨야 한다고 했다. 나는 사업이 이렇게 시계처럼 정확하게 잘 돌아가는 게 중요하다고 했다. 이제 사무실에 나오지 않을지도 모른다는 점을 암시했지만, 그는 아무것도 이해하지 못했다. 오스만은 사무실 입구와 자기 방에 아버지의 사진을 걸어 놓았다.

11월 23일 수요일

나는 물밖에 나온 물고기 같다. 어쩔 수 없이, 그래야만 한다는 생각에 억지로 사무실로 출근했다. 사무실에서는 전력을 다해 일하며 나 자신을 잊었다. 내가 무엇이며, 무엇을 해야 하는지 잊으려고 노력했다. 하지만 양심의 가책과 불편함은 더 커졌다……. 집에서도 취한 사람처럼 돌아다녔다. 책을 읽으려 했지만 집중할 수가 없다.

11월 23일

나의 양심과 책임감 그리고 죄책감은 아마 기독교도와 비슷한 듯하다. 예전의 균형감을 되찾으려면 다 잊어야 할 것 같다. 사무실에 나갔고, 지쳐서 귀가했다. 매일 저녁 집으로 돌아오면서 '이게 마지막이야, 내일은 가지 않겠어!' 하고 생각했다. 아침에는 '사무실에 조금 있다가 돌아가야지!' 하고 생각했지만, 집에선 할 일도 없고 생각할 것도 없었다. 그래서 나는 일에 열중했다.

12월 4일 토요일

저녁때, 페리한과 함께 가다가 경찰서 모퉁이에서 사이트 네딤 씨를 만났다. 개를 산책시키고 있었다. 우리를 보자 약간 지루한 표정을 지었다. 길에 서서 이런저런 얘기를 나눴다. 여름에 그의 집에서 먹었던 음식과 리큐어를 생각했다. 우리는 왜 이럴까? 그들은 왜 그렇고 우리는 왜 이럴까? 나는 왜 루소나 볼테르는 좋아하면서, 테브피크 피크레트나 나믁 케말은 좋아하지 않는 걸까? 나는 왜 이럴까?

12월 13일 월요일

사무실에 갔다. 외메르한테서 편지가 와 있었다. 겨울을 케마흐에서 보낼 거라고 했다. 결혼은 가을로 미루었고……. 터널에서 일하고 있으며 아주 피곤하고 '세상을 잊었다.'라고 했다. 외메르에게 답장을 쓰려고 했지만 아무것도 쓰지 못했다. 비관적이고 나쁜 얘길 쓰고 싶었다. 그래서 편지는 그만두고, 비망록을 쓰기로 했다. 지금 서재에서 이 글을 쓰고 있다. 어머니는 아버지가 돌아가신 후 이곳을 기도 장소로 바꾸었지만 지금은 예전과 같다. 나는 저녁마다 여기 틀어박혀서 졸거나, 글을 쓰거나, 계획을 세우거나, 가끔 책장에서 책을 한 권 꺼내 읽는다. 볼테르,『적과 흑』, 오늘도 조금 읽은『고백록』을 펼치면 느껴지는 영혼이 밝아지는 기분을 왜 나 자신이나 내가 아는 누군가에게서, 터키 작가에게서는 찾을 수 없는지 생각했다. 나는 절망적이고, 추레하고, 한없이 느리다. 그런데 왜 터키에서는 모든 게 이럴까? 모든 게, 모든 사람이 잠들어 있는 것 같다……. 비가 내리기 시작했다.

12월 17일 금요일

나는 예전의 균형감을 찾고 있다. 무히틴은 균형감이 나를 행복하게 하지만 한편으론 나태하게 만들기도 한다고 했다. 사무실에서 열심히 일했다.

12월 19일 일요일

새벽 3시. 아기가 갑자기 울기 시작해서 페리한과 나는 잠에서 깼다. 페리한은 아기를 재우고 있고, 나는 이곳으로 내려왔다. 잠이 달아났기 때문이다. 집 안에서 파자마를 입고 추위에 떨며 돌아다녔다. 나중에 옷을 걸쳤다. 아래층으로 내려가 난로에 석탄을 넣었다. 여기 있는 작은 난로도 피웠다. 그러면서 생각을 하려 했다. 하지만 이건 생각이 아니다. 내 머릿속에서는 생각 대신 장면이 나타났다. 비가 온다. 이틀 동안 계속 내리고 있다. 생각을 쓰려 하면 이런 게 떠오른다. 난 지금 여기 앉아 추위에 떨고 있다. 내일은 사무실에 갈 것이다. 이 공책에 써 놓은 걸 읽어 본다. 무히틴에게 비망록을 쓴다고 하자 그는 웃음을 터뜨릴 뻔했다. 그에게 내 인생이 궤도에서 이탈했다고 말했다. 초여름부터 지금까지 뭘 하고 있나? 사무실을 오간다! 가끔 페리한과 극장에 간다. 신문을 읽는다. 신문을 읽으면서 이런 걸 생각한다. 여기서 읽은 게 내 인생에 영향을 미칠까? 매일 아침 내 인생을 바꾸고, 내 인생에 영향을 미칠 새로운 뭔가를 볼 거라는 희망을 품고 신문을 읽는다. 어쩌면 세계대전이 일어날지도 모른다고 생각했다. 아니면 어떤 사건이라도. 전쟁이 일어나는 건 원치 않는다. 내가 기다리는 건 내 인생을 바꿔 줄 어떤 사건이다. 나 자신에게서는 내인생을 바꿀 힘을 찾을 수 없다. 내가 아는 건 이 집과 회사에서의 삶이 명예로운 사람에겐 어울리지 않고, 게으르고 추레하고 더럽고 편협하고 가련하다는 것이다. 나는 행복해야 한다고, 나는 모든 것을 갖추고 있다고 무히틴은 말했다. 그의 말이 옳다! 이 말을 생각할 때마다 얼굴이 달아오른다……. 하지만 부족한 게 있다는 생각도 한다. 이런 걸 '균형감'이나 '조화'라고 하지만 그게 뭔지는 말할 수 없다. 무히틴이 "복에 겨웠군!"이라고 한 걸 생각하면 신경질이 난다……. 여기서 몸을 떨며 이런 걸 쓰고, 아침까지 어떤 책을 읽을지 생각한다. 어쩌면 외메르에게 편지를 쓸 수도 있겠지.

1937년 12월 22일 수요일

이틀 동안 집에서 누워 있다. 아주 아프다. 열이 났다. 월요일에 너무 추위에 떨었나 보다. 저녁때 집으로 와서 잤다. 열이 39.5도였다. 어젯밤도 이랬다. 눈물이 나고, 머리가 아프고, 기침이 난다. 죽은 사람 같은 기분이 든다. 페리한은 병이 옮기지 않도록 아이를 아이셰 방으로 데려갔다. 난 이곳 아르누보식 침실에 혼자 있다. 뭔가를 읽을 힘도 없다. 『고백록』을 읽으며 나 자신을 잊어 보려 했지만 이 책은 자기 자신 외에 다른 건 생각하지 못하게 만든다……. 신문을 뒤적였다. 혹독한 추위가 전국을 강타. 새로운 국회의원 후보에 대한 광고.

폭풍 때문에 배 두 척 실종. 최소한 열 번은 읽은 기사들이다.

12월 24일 금요일

여전히 아프다. 열은 계속 똑같다. 침대에 누워 있느라 등이 아플 지경이다. 하루 종일 하는 일이라곤 신문을 읽고, 오블로모프*처럼 게으르게 누워 있는 것뿐이다. 볼테르나 루소의 책에서 늘 같은 부분을 읽고 신문을 뒤적인다. 살짝 열린 창문 밖으로 보이는 나무와 하늘을 나른하게 바라본다. 이게 전부다……. 아프고 허약한 몸, 나태하며 결단력 없이 썩어 가는 영혼이 부끄럽다…….

12월 27일 월요일

아침에 일어났다. 열을 재 보았다. 38도. 계속 '월요일 아침에는 회사에 갈 수 있겠지!' 하고 생각했는데. 이젠 더 이상 침대에 누워 있을 수 없다고 생각하며 일어났다. 옷을 단단히 껴입고 산책을 나갔다. 타실륵까지 걸어갔다. 찬 바람이 불었다. 월요일 아침의 니샨타쉬를 구경했다. 구멍가게, 청과물 가게, 쇼핑하러 나온 부인, 하인, 아이, 나무, 드문드문 지나가는 자동차……. 저 멀리 마치카 정거장까지 걸었다. 돌아오는 길에는 전차를 탔다. 우리 집 모퉁이에서 네딤 씨의 여동생 퀼레르를 만났다. 개를 산책시키고 있었다. 그녀를 보자 내 얼굴

---

* 러시아 소설가 이반 곤차로프(1812~1891)의 소설 『오블로모프』의 주인공으로, 무기력하고 게으른 사람을 상징한다.

이 약간, 그렇다, 난 알고 있다, 이상해졌다. 걱정, 답답함, 불안감 비슷한 기분이었다. 이런 걱정을 하는 건 아주 나쁘지만, 일주일 동안 면도를 하지 않아 턱수염이 텁수룩해서 기분이 언짢았다. 그녀는 나를 보더니 "수염을 기르는 건가요?" 하고 물었다. 아, 내가 왜 이 말에 이렇게 신경을 쓰지, 기가 막히는군! 난 뭘 하고 있는 거지? 어떻게 이런 성격이 됐지? 예전의 균형감은 어디로 갔지?

29일 수요일

월요일 저녁에 열이 40도까지 올라갔다. 다시 침대에 누웠다. 의사 이자크 씨가 왔다. 내가 독감에 걸렸다고 했다. 이렇게 침대에 속수무책으로 누워 있는 건 재앙이다.

31일 금요일

열이 내리지 않았다. 연말 저녁. 아래층에서는 톰발라를 하고 있다. 잠도 오지 않고 그렇다고 다른 걸 하지도 못하는 상태다. 나 자신이 빈, 텅 빈, 과거도 미래도 없는, 개성 없는 물건, 화분이나, 뭐랄까, 문손잡이 같은 기분이다. 그렇다, 나는 문손잡이다.

1938년 1월 2일 일요일

열이 내리지 않는다. 나는 누워 있고, 아무것도 생각하고 싶지 않다.

1월 17일

사흘 전부터 자리에서 일어났지만, 사무실에는 나가지 않았다. 의사 이자크 씨와 만났다. 일주일이나 열흘 정도 집에서 쉬는 게 좋겠다고 했다……. 나는 담배를 피운다. 하루 종일 서재에서 책을 읽으며 보낸다. 수염이 한 뼘이나 자랐다.

1월 21일

책을 엄청나게 읽고 있다. 경제와 철학 책을 읽었다. 하지만 이제 다시 볼테르와 루소를 읽는다. 하지만 전처럼 흥분되지는 않는다. 오늘 아침 외메르에게 편지를 한 통 더 썼다. 전에 보낸 편지에 대한 답장에서 그는 "봄에 페리한과 여기로 놀러 오든지, 그녀가 여의치 않으면 너라도 와!"라고 했다. 그때 진지하게 이 초대에 대해 생각했다. 여전히 생각하고 있다. 분위기를 바꾸면 내게도 좋을 것 같았다. 오스만도 비슷한 말을 했다. 하지만 그는 내가 최대한 빨리 사무실에 나오기를 바라고 있다. 내가 걸린, 걸려 있는 병은 어쩌면 감기가 아닐지도 모른다. 폐는 여전히 답답했다……. 기침할 때 그르렁거리는 소리도 건강하게 들리지 않았다. 기침 소리를 들으면 페리한은 얼굴을 찡그린다. 그리고 이것도 써야겠다. 요즘 들어 놀랍게도 몇 번이나 퀼레르를 생각하는 나 자신을 깨달았다. 그녀가 뭘 하는지, 그녀의 일상과 모든 삶이 궁금하다. 그녀가 어떤 사람인지, 사고방식은 어떤지에 대한 궁금증 이상은 아니었다. 그렇다는 걸 알면서도, 어쩐지 이 공책에 써 두어야겠다는 생각이 들었다. 눈이 지독하게 내리고 있다.

1월 27일

월말이 다가왔지만 나는 여전히 사무실에 나가지 않는다. 폐도, 건강도 좋아졌고, 기분도 그만하고, 하루 종일 서재 책상에 앉아 책을 읽는다. 가끔 페리한과 산책을 나가고, 영화를 보러 간다. 예전 생활로 돌아갔지만, 내 생활에 큰 구멍이 생겼다. 회사에 가지 않는 것이다. 오스만과 어머니는 왜 회사에 나가지 않는지 몇 번 물었다. 우물거리며 건강 문제와 피곤함을 핑계로 댔다. 2월 첫 주부터 사무실에 나가기로 했다. 오스만에게 내가 원하는 책을 고서점에서 사다 달라고 부탁했다. 지금 그 책을 읽으며 흥분하고 있다. 『경제 국가주의』, 『혁명과 조직』, 『국가와 개인』, 『세금 정책』, 잡지 《조직》 여러 권. 기분이 좋다. 예전의 건강과 균형감을 거의 회복한 것 같다. 이젠 여기 뭔가 쓰고 싶은 생각도 별로 들지 않는다.

1938년 2월 5일

여기 쓴 걸 읽어 보았다. 내 일상을 사실적으로 반영하고 있지 않다. 내 일상은 대부분 페리한, 조카들, 아이셰 그리고 어머니와 수다를 떠는 것 같은 사소하고 단순한 일로 가득하다. 여기엔 그런 게 전혀 반영되어 있지 않다. 그리고 나의 생각, 고민, 문제도 그렇다……. 어쩌면 사소한 것일지도 모르지만, 나는 수백만 가지 더 복잡하고 지루한 걸 생각하고 있다. 여전히 사무실에는 나가지 않는다. 명절이 지나면 가야지, 하고 생각한다. 희생절이 지나면……. 덥수룩한 수염도 그때 잘라야지……. 이 공책에 사실이 없기 때문에 이젠 그만 쓸 생각이다. 어차피 글을 쓸 때도 이중적이라는 생각이 들었다. 명절에 희생시킬 양들을 뒤뜰 나무에 묶어 두었다. 가끔 메- 하고 우는 소리가 들린다. 오늘 오스만과 네르민이 다퉜다……. 집안 분위기가 좋지 않다. 이제 그만 써야 할 것 같다……. 새로 쓸 만한 사건이 없다.

23
또다시 명절

요리사 누리는 조심조심 접시를 나르고 있었다. 니갼 부인은 그를 보지 않고도 훤히 알 것 같았다. 누리는 또 발가락 끝으로 걷고 있을 것이다. 식탁에서는 소란스러운 움직임과 안달하는 모습이 보였다. 누리는 몸을 뻗어 식탁 위에 접시를 올려놓았다. 니갼 부인이 이 년 전에 장식장에서 꺼내게 했던 금박 장식의 서비스용 접시였다. 접시에는 밥이 수북히 쌓여 있었고, 완두콩도 빠지지 않고 놓여 있었다. 제브데트 씨를 제외하고는 빠진 게 없었다. 제브데트 씨의 사진은 식당 벽에 걸려 있었다. 거실, 자개로 된 물건들이 가득한 방, 서재에도 걸려 있었다. 오스만이 사무실 벽에도 걸어 놓았다고 했다. 니갼 부인은 따스함이 넘치는 식탁 쪽으로 얼굴을 돌렸다. 식탁에 올려놓은 접시, 명절의 활발한 분위기, 건강, 조심해서 지켜야 할 행복, 가족의 따스함이 있었다. 니갼 부인은 모두 함께 이 분위기를 느끼길 바랐고, 모든 게 완벽하다고 믿고 싶었으며, 눈을 깜박일 완벽한 순간을 기다리고 있었지만, 이미 그렇게 했다는 것도 알고 있었다. 하지만 레피크의 지저분한 수염이 보였다.

"누가 음식을 나눠 줄 거지?"

오스만이 물었다. 밖은 추웠지만 건조하고 화창했다. 2월 첫 주였다. 니갼 부인은 앉아서 네르민을 보고 있었다. 큰며느리의 얼굴에는 자부심과 단호함이 보였다. 약간은 답답하고 불만스러워하는 기미도 보였다. 네르민과 오스만은 그저께 말다툼을 했다. 네르민 옆에는 열 살짜리 랄레가 앉아 있었다. 랄레 옆자리에는 여덟 살짜리 제밀이 있었다. 제밀 옆에는 아무도 없었다. 전엔 제브데트 씨가 거기 앉았지만 지금은 의자도 없었다. 제브데트 씨가 앉던 자리 옆에 아이셰가 앉아 있었다. 니갼 부인은 곁눈질로 아이셰가 접시에 담은 밥을 쳐다보았다. 양이 적었지만 아무 말 하지 않았다. 니갼 부인의 한쪽에는 페리한이 앉았다. 페리한 맞은편에는 오스만이 앉았고, 둘 사람 옆에 레피크가 앉았다. 레피크의 수염이 아주 지저분해 보였다.

레피크의 수염을 볼 때마다, 니갼 부인은 '안 돼, 사람을, 게다가 자기 아들을, 수염이 있다고 지저분하다고 생각하면 안되지! 파샤였던 아버지 집에선 남자들이 모두 수염을 길렀어. 하지만 그때는 시대가 달랐잖아. 사람들도 달랐고. 지금은 다른 시대야.'라고 생각했다. 요즘엔 이 생각이 머리를 떠나지 않았다. 집 안을 돌아다닐 때, 오후에 차를 마실 때, 베이올루로 나갈 때, 누군가의 집을 방문할 때도, 저 지저분한 수염이 떠올라 화를 내며 이렇게 중얼거렸던 것이다. 지금 또 화가 나려고 해서 다시 한 번 이런 생각을 떠올린 것이다. 명절 식사는 차가운 분노가 아니라 따스하고 달콤한 행복이 함께해야 할 자리라는 걸 기억하며, 왠지 식탁이 조용하다는 생각을 했다. 모두들 입을 다물고 있었다. 음식을 먹으며 자신만의 세계에 파묻혀 있었다. 예전엔 제브데트 씨가 음흉하고 교활한 농담으로 이런 정적을 깼기 때문에 누구도 자신만의 세계에 머무를 수 없었다. 이제 오스만이 그 임무를 맡게 되었지만, 그는 그런 책임감은 제쳐 두고 다른 생각에 잠겨 있었다. '저 애가 무슨 생각을 하는지 궁금해. 아버지처럼 말을 많이 하지 않지만, 자상하지도 않고, 앞으로도 그럴 거야. 저 애가 무슨 생각을 하는지 궁금하고 두려워!' 오스만은 아침 예배를 보러 사원에 가지 않았다. 니간 부인도 신실한 믿음을 가진 사람은 아니었지만 가족 중 한 사람은 명절 예배에 가는 게 좋다고 생각했다. 사탕절에는 가더니 이번에는 왜 안 갔을까? 게다가 그저께는 아내와 다투기까지 했다. 니간 부인은 큰아들에 대해 걱정하다가, 작은아들이 더 큰 걱정거리라는 걸 떠올리고 낙담했다. 아니다, 그녀가 화가 나는 건 수염 때문이 아니었다. 수염 뒤에 다른 게 있었다. 하지만 지금은 그걸 파헤칠 때가 아니었다. 그녀는 정적을 깨고 싶어서 음식을 삼킨 후 질문을 던졌다.

"고기가 어떠니?"

다시 정적이 흘렀다. 잠시 후 속삭이는 듯한 소리가 들렸다.

"너무 기름져요."

이렇게 말한 건 아이셰였다. 여느 때처럼 또 어머니 심기를 불편하게 할 거리를 찾은 것이다. 니캰 부인은 아이셰를 나무라고 싶었지만, 물어본 건 자신이었다. 게다가 아버지가 돌아가신 후 입을 꾹 다물고 있었던 저 아이에게 말을 하도록 만들어야 했다. 니캰 부인은 딸에게 아무 말도 하지 않았다. 다른 누구도 말을 하지 않았다. 다시 음식 먹는 소리, 나이프와 포크와 접시 소리만 들렸다.

'우리가 왜 이렇게 됐을까? 제브데트가 죽고 나서 이렇게 돼 버렸어!' 니캰 부인은 이 답이 만족스럽지 않았다. '우린 왜 이렇게 조용해졌지? 왜 모두 이렇게 자기 세계에 파묻힌 걸까?' 레피크를 쳐다보지 않고, 보지 않았지만 천천히 움직이는 턱과 함께 상하로 움직여서 신경 쓰이게 하는 검은 얼룩의 존재를 느끼며, 생각했다. '왜 저 애는 사십 일 동안이나 회사엔 가지 않고, 얼굴만 찡그리고, 재미있게 살지 않는 걸까? 건강이 안 좋았지만 다시 회복됐어…… . 지금은 괜찮은 걸까? 명절이 지나도 수염을 깎지 않고 사무실에 나가지 않으면 어쩌지?'

그녀는 안간힘을 다해 "얘, 레피크, 너 괜찮지?" 하고 물었다. 그러나 곧 명절 식사 자리에서 할 질문은 아니란 걸 깨달았다.

"괜찮아요, 좋아요!"

레피크는 거칠게 대답했다. 수염이 아래위로 움직였다.

'사무실에 나가겠군!' 니캰 부인은 생각했다. 올리브유가 들어간 시금치 요리가 천천히 식탁 쪽으로 날라져 왔고, 금박 접시를 들어 올리고 그 자리에 놓이는 게 보였다. 식구들은 접시를 바꿨다. 광장을 천천히 도는 전차 소리가 들려왔다. '우리는 아무 말도 하지 않아!' 니간 부인은 다시 생각했다. 그러다 이 정적을 필요 이상으로 심각하게 여기는 것 같아 그녀도 자기만의 생각에 잠겼다. 오후에 제브데트 씨 산소에 갈 것이고, 내일은 자매를 만날 것이다. 명절 때마다 세 자매는 돌아가신 아버지의 저택에서 만났다. 쉬크란과 튀르칸은 가족과 함께 왔지만, 니간 부인은 제브데트 씨와 같이 갈 수 없었다. 제브데트 씨는 그 파샤 저택이 마음에 안 들고, 그 저택에서도 자기를 좋아하지 않는다고 몇 번이나 중얼거리곤 했던 것이다. 한번은 어느 명절 때, 리큐어를 많이 마시고는 "난 평범한 상인이야, 거긴 안 갈 거야!" 하고 말하고 토한 적이 있다. 점심을 먹고 나서 구토를 하고도, 막 잡은 고기를 먹은 탓이라고 하던 술 취한 상인 남편이 역겨워서, 혼자 아버지 집으로 뛰어가서 운 적도 있다. 이런 생각을 하자 답답해졌다. 자기 삶에도 즐겁고 흥분되는 일이 있었으면 싶었다. 그런 게 하나도 없다 해도, 즐거움과 흥분과 행복에 대한 기대만 있어도 충분했다. 똑딱똑딱 시계처럼 흘러가는 기다림이, 어쩌면 기다리고 있는 그것보다 더 아름다울 수도 있다. 하지만 아무 일도 일어나지 않는데 기다리는 척할 수는 없는 노릇이다. 지금 이렇게 기다리고 있지 않은가 말이다. 그녀는 아무 말도 하지 않고, 누군가 말을 시작하기를, 기분 좋은 멋진 말을 하기를, 요리사 누리가 오렌지를 넣은 카다이프를 가져오기를 기다렸다. 그러면서 오늘 옷은 잘 선택했다고 생각했고, 푸른 장미가 그려진 찻잔 세트 중 찻잔 하나가 올해 깨졌다는 걸 떠올렸다. 잠시 후 누리의 발소리가 들렸다. 후식을 보려고 몸을 돌렸다. 그런데 누리가 봉투 두 개를 가져와 그녀에게 내밀었다.

그녀는 봉투 하나를 다급히 뜯어 보았다. 회계원 사득 씨에게서 온 터키 항공 재단의 축하 카드였다. 그녀는 읽지 않고 오스만에게 건넸다. 다른 봉투는 군인인 조카에게서 왔을 거라 생각하며 열어 보았다. "사랑하는 숙모님, 돌아가신 작은아버지가 제게 남겨 준 돈이 있다고 아는데, 아직 보내 주지 않으시는군요. 돈에 대해서도 부동산에 대해서도 제게 알려 주지 않으셨어요. 저의 이 권리는 언제까지나 유효합니다. 신성한 명절을 축하드리며, 모두에게 존경과 사랑을 보냅니다." 그녀는 화가 났다. '이 녀석이 미쳤군!' 지난번 사탕절에도 이런 카드를 보내 모두를 놀라게 했다. 제브데트 씨의 유언은 명확했다. 조카에겐 아무것도 남긴 것이 없었다. 어차피 있을 수도 없었다. 그래도 오스만은 지야에게 정중하게 편지를 써서 그 권리의 근거를 물었다. 물론 그는 아무것도 제시하지 못했다. '이 녀석이 미쳤어!' 그녀는 다시 한 번 읽었다. 지난번 편지에서는 돈 얘기만 하더니 이번에는 부동산도 언급했다. 꾸며 낸 게 분명했다. 하지만 이런 무례를 저지를 용기는 도대체 어디서 나온단 말인가? 니갼 부인은 봉투를 오스만에게 내밀었다. 그러고는 편지를 읽는 아들의 얼굴을 살폈다. 오스만도 화를 내는 걸 보고 '입맛이 떨어지는군!' 하고 생각했다. 하지만 오렌지가 들어간 카다이프는 벌써 식탁에 올려져 있었다.

오스만은 편지를 읽었다. 하지만 예상과 달리 그걸 레피크에게 건네진 않았다. 대신 두 손에 움켜쥐고 있던 봉투를 갑자기 찢어 버렸다. 자기 쪽으로 오는 누리에게 쓰레기를 주면서 "제정신이 아냐! 이놈 이제 제정신이 아냐!" 하고 말했다.

"누구? 지야 말이야?"

레피크가 물었다.

"우리를 자극하는 군인들에게 뭔가를 내줄 사람들이었다면, 우리는 이 회사, 이 가정, 이 질서를 지킬 수 없었을 거야!"

니갼 부인은 아들의 분노와 말이 마음에 들었다. 그녀가 바라던 멋진 말과 행복이 기대하지 않았던 형태로 이렇게 온 것이다. '성격이 어떻든 큰아들은 가정과 삶에 제 아비만큼 집착하고 있어!' 그런 후 지야를, 그가 이 집에 처음 왔던 시절을 생각했다. 그들이 결혼한 지 삼 년이 되었을 때였다. 압뒬하미트가 폐위되고, 제브데트 씨가 압뒬하미트를 반대하는 사람들과 사이가 좋다는 소문이 났다. 어느 날 군인이자 정치인이었던 남자가 집으로 찾아왔다. 식사를 할 때 지야도 구석에 앉아 끊임없이 그 군인을 쳐다보았고, 군인이 되겠다고 결심했다. 그때 니갼 부인은 자신을 두려운 시선으로 바라보던 그 소심하고 겁 많던 아이, 주인답게 행동하는 걸 배우지 못하고 하인이나 종처럼 행동하면서 그들 주위를 비굴하게 눈치를 보며 맴돌던 아이가 집에서 나간다는 사실에 기뻐했다. 하지만 지금은 그런 생각을 하고 싶지 않았다. 그 아이를, 장성해 군인이 된 그 아이를, 예전 시절을 떠올리는 게 싫었다. 식탁 위에는 손도 대지 않은 오렌지 카다이프가 놓여 있었다.

"우리를 자극하는 군인들에게 뭔가를 내줄 사람들이었다면!"

오스만은 다시 한 번 말했다. 하지만 이번에는 가까운 곳에 자기 말을 듣는 사람이 있기라도 한 듯 목소리를 낮췄다. 그런 후 한동안 아무 말도 하지 않았다. 모두가 자기 말에 귀를 기울이고, 단호하면서도 분노한 자신의 모습을 존경스럽게 바라보는 걸 깨닫고는 덧붙였다.

"돈을 쉽게 번다고 생각하지……. 돈을 벌기 위해, 이 식탁에 앉기 위해, 이 집을 유지하기 위해 얼마나 안간힘을 쓰는지는 아무도 몰라……."

'제 아비보다 단호해! 얼마나 단호한지 모든 걸 자기가 한 것처럼 흥분하고 있어……. 하지만 이제 이 문제는 여기서 그만…….'

"돈을 어떻게 버는지 아무도 몰라!"

오스만은 다시 말했다. 그런 후 갑자기 레피크에게 물었다.

"명절이 지나면 회사에 나올 거지, 그렇지?"

"응, 가야지, 갈 거야!"

레피크는 놀라서 퉁명스럽게 대답했다.

니걀 부인은 이 문제도 좋게 결말이 나서 기뻤다. 한 가지가 더 있었는데, 지금이 바로 그 말을 할 때였다. 그녀는 지체하지 않고 말했다.

"오후에 아버지 산소에 가기 전에 그 수염도 좀 잘라! 수염 좀 자르면 안 되겠니, 얘야?"

가장 자애롭고 달콤한 목소리였다.

"자를게요!"

레피크는 차갑게 대답했다.

니갼 부인은 '됐어! 이제 다 됐어! 후식도 우릴 기다리고 있군!' 하고 생각했다.

"왜 후식 안 먹니?"

그들은 후식을 먹기 시작했다. 하지만 니갼 부인은 아직 뭔가 부족하다고 생각했다. 제브데트 씨는 아니었다. 그건 분명했지만 정확히 뭔지는 알 수 없었다. 돌아가신 어머니가 "니갼, 얘, 내 딸아, 뭔가 먹고 싶구나, 그런데 그게 뭔지를 모르겠어!"라고 했던 것처럼, 니갼 부인은 뭐가 부족한지 알 수 없었다. 후식을 즐기려고 했지만 다시 마음이 답답해졌다. 잠시 후에, 자기가 늘 같은 생각을 한다는 걸 떠올렸다. 식탁에 앉아 있는 사람들을 하나하나 바라보았다. 평범한 명절 식사였다. 식사가 거의 끝나 갔다. 오후에는 제브데트 씨의 산소를 찾을 것이고, 잠시 후엔 커피를 마실 것이다. '하지만 이 정적은! 모두 자기 자신에게 빠져 있어……. 좋지 않은 정적이야!'

갑자기 짧은 비명 소리가 들렸다. 에미네 부인이 뛰어 들어왔다. 위층에서 아이가 우는데 그칠 기미가 안 보인다고 했다. 페리한은 양해를 구하며 식탁에서 일어났다. 하지만 찡그린 얼굴이었다. 아이가 있어서, 이 명절 식사를 즐길 수 없어서, 얼굴을 찡그릴 권리가 있다고 생각하는 것 같았다.

니갼 부인은 '나는 아이가 셋이나 있었지만 한 번도 그런 권리를 누린 적이 없어!' 하고 생각했다.

후식도 끝났다. 모두 하나둘씩, 서로에게 신경 쓰지 않고 식탁에서 일어났다. 누구도 정적에는 관심을 두지 않았다.

"자, 우릴 위해 뭔가를 좀 연주해 줘! 정말 너무 조용하구나……."

니간 부인은 식탁에서 일어나는 아이셰를 보며 말했다. 아이셰는 얼굴을 찡그렸다.

"자, 한 곡 연주해 봐……. 이런 걸 주문할 권리도 없는 거니? 돌아가신 네 아버지가 좋아하던, 그 터키풍으로 한 곡 좀 쳐 주렴, 자, 얘야!"

24

폭풍

"사이트 씨에게 전해 줄 게 있어요!"

레피크는 문을 열어 준 하인에게 말했다.

"사이트 씨는 안 계십니다. 아티예 부인과 외출하셨어요. 아가씨만 집에 있습니다."

"이 봉투만 전하고 가면 돼요."

그는 주머니에서 오스만이 준 봉투를 꺼냈다.

"잠깐만요, 아가씨를 부르겠습니다!"

하인은 이렇게 말하고 레피크의 외투를 받으려 했다. 그는 외투를 벗지 않고 무슨 말인가 중얼거렸지만, 봉투를 주고 돌아서지는 않았다. 하인도 이미 위층으로 올라가고 없었다. '그냥 봉투를 놓고 가면 되잖아?' 그는 문 앞에 서 있었다. 시계를 봤다. 6시가 조금 지나고 있었다. 사무실에서 일찍 나왔지만 베이올루에서 시간을 보내고 왔다.

"귈레르 아가씨가 내려오십니다. 들어오시지요!"

"아니, 아니요, 불편을 끼치고 싶지는 않아요. 들어갈 생각
이……. 부르지 말지 그랬어요!"

레피크는 외투를 벗고 안으로 들어갔다.

여름이 끝날 무렵 사이트 네딤 씨가 리큐어 잔을 들고 정신
을 잃었던 방이었다. 레피크는 물건들을 구경했다. 금박으로
테를 두른 거울이 있어 주저하며 자신의 모습을 바라보았다.
얼굴은 하얗고 건강해 보이지 않았지만 콧수염은 마음에 들었
다. 사흘 전, 명절 식사가 끝난 후 묘지에 가기 전에 턱수염을
깎으면서 콧수염은 그대로 두었던 것이다. 콧수염은 무질서하
고 의미 없어 보이던 그의 얼굴에 '정돈된' 느낌을 주었다. 페
리한의 말이었다. 레피크는 거울을 보며 페리한을 생각했다.
그런 후 착잡한 마음으로 귈레르를 떠올렸다. 계단에서 발소
리가 났다. "내가 제정신이 아니군!" 레피크는 중얼거렸다.

귈레르가 방으로 들어왔다. "내가 제정신이 아냐!" 레피크
는 다시 한 번 중얼거렸다. 그들은 인사를 나누고, 몇 마디를
더 주고받았다. 레피크는 주머니에서 봉투를 꺼내 설명하기
시작했다. 사이트 씨가 오스만에게 부탁한 상용 편지 견본이
었다. 준비가 덜 되어 아침에 보내지 못했던 것이다. 독일 지
멘스 사로 보내는 편지였지만 다른 회사에도 보낼 수 있는 견
본이었다. 그는 이런 걸 자세히 설명하면서 곧 이 집에서 나갈
거라고 생각했다. 귈레르도 오빠에 관한 이야기를 하기 시작
했다. 레피크는 그녀가 하는 말을 듣지 않고, 들고 있는 봉투
를 건네 주고 나갈 생각만 했다. 귈레르가 잠시 말을 멈춘 틈

을 타서 봉투를 건넸다. 그러고는 조금 전에 했던 편지 견본 얘기를 한 번 더 했다.

"왜요? 그냥 가려고요?"

퀼레르가 물었다. 그러고는 달려가 하인에게 차를 내오라고 했다. 그녀는 레피크에게 잠시 앉으라고 하면서 그의 대답도 듣지 않고 의자로 가서 앉더니 딸이 어떤지 물었다.

레피크는 무슨 말인가를 중얼거리며 순순히 그녀를 따라가, 그녀가 앉은 긴 의자 맞은편의 안락의자에 앉았다. 달리할 말이 없어서 일부러 열을 내어 딸 얘기를 했다. 영특한 어린 딸은 레피크와 페리한의 자랑이었다. 영특하다는 징후는 여러 번 나타났다. 레피크는 그중 몇 가지를 설명했고, 그러다 죄책감을 느꼈다. 페리한과 딸에 대해 이 여인에게 얘기하는 게 따분했기 때문이다. 왜 따분하게 느끼는지 생각해 보았다. 그러다 '그녀는 이혼녀니까 그렇지!' 하고 결론지었다. 그러고는 더 이상 생각하는 게 두려워져서, 다시 한 번 자신이 가져온 편지 견본 얘기를 했다. 하인이 차를 가져왔다. 잠시 침묵이 흘렀다. 하지만 오래가지는 않았다. 개 한 마리가 들어왔다. 개는 레피크를 보고 의심스러운 듯 잠시 멈췄다가, 경계하는 듯 다가와 냄새를 맡더니 낯선 사람이 아니라는 걸 알고 화로 옆으로 가서 누웠다.

"당신을 알아봤네요."

"예, 그렇군요."

레피크는 이렇게 대답하며 급히 차를 마셨고 '더 이상 할 말이 없어.' 하고 생각했다. 그는 죄책감을 느낄까 봐 두려워서 귈레르를 쳐다볼 수가 없었으며, 이 상황이 왠지 꺼림칙했다. 가운데에 이상한 화로가 놓여 있는 이 방은, 그에게는 익숙하지 않은 좌절감과 패배감을 안겨 주었다.

"콧수염은 남아 있군요! 턱수염은 깎으셨고요."

레피크는 귈레르의 말에 대답할 말을 찾았지만, 고개만 끄덕였을 뿐 아무 말도 하지 못했다. 그녀는 콧수염이나 턱수염이 있는 그의 모습에 대해서는 더 이상 언급하지 않았다. 차를 다 마시고 일어나기 전에, 예의상 무슨 말이든 하는 게 나을 것 같아서 그녀에게 물었다.

"당신은 무슨 일을 하며 지내나요?"

"아무것도 안 해요!"

귈레르는 이렇게 말한 후 뭘 묻는지 잠시 생각했다.

"집에 있어요. 오늘은 방에 있는 물건들의 위치를 바꿨어요……. 예……. 다른 거요? 파티를 할까 생각하는 중이고……."

"그래요? 흥미롭군요!"

"당신은 뭘 하는데요? 그날 니샨타쉬 거리에서 봤을 때는 안색이 안 좋아 보이던데……."

"예, 아팠습니다. 한동안 집에 누워 있었지요. 오늘 오랜만에 사무실에 갔습니다."

그런 후 갑자기 이런 말을 하고 싶은 생각이 들었다.

"난 좋지 않아요. 좋지 않아요. 내 인생은 선로를 이탈했어요. 어떻게 해야 할지 모르겠습니다."

하지만 이런 생각을 하자마자 두려움을 느끼며 일어났다. 그녀는 그가 일어나자 놀란 것 같았다. 차를 아직 다 마시지도 않았는데, 갑자기 벌떡 일어났기 때문이다. 개도 놀랐는지 레피크를 쳐다보았다. 무슨 말이든 해야 한다는 생각에 자신이 가져온 봉투에 대해 한 번 더 얘기했다. 그런 후 현관으로 걸어갔다. 문을 향해 가면서, 오랜 세월 동안 자부심을 갖고 있었으며, 자랑스럽게 생각했던 균형감을 이제는 쉽게 찾지 못하리란 것을 깨달았다. '뭔가 잘못된 행동을 하면 안 돼! 여기서 나가야지, 저 이혼녀에게서 벗어나야지!' 하고 그는 생각했다.

그들은 현관 앞에 섰다.

"안녕히 계세요! 사이트 씨와 아티예 부인에게 안부 전해주세요!"

그녀의 얼굴에서 조롱하는 듯한 표정을 읽은 것 같기도 했다. '보잘것없는 공화주의자 군인과 이혼한 여자! 어린 딸을 가진 여자의 남편!' 그는 생각했다.

막 나가려는데 퀼레르가 물었다.

"파티에 초대하면 페리한과 당신도 올 수 있어요?"

"오겠습니다, 안 올 이유가 없지요!"

그는 퀼레르가 아니라 현관문까지 따라온 개를 바라보았다.

"즐겁게 얘기나 나누자고요!"

퀼레르가 말했다.

'예, 얘기나 나누지요! 얼마든지요, 이혼한 여자와 얘기를 나눌 필요가 있어요, 난. 내 인생은 궤도를 이탈했거든요!' 레피크는 생각했다.

"좋을 것 같군요! 당신 같은 분과 얘기를 나누고 싶습니다!"

그는 이렇게 말하면서, 여전히 개를 쳐다보았다. '내가 무슨 말을 한 거야!' 그는 퀼레르의 얼굴을 보지 않고 계단을 내려왔다 '내 인생은 궤도를 이탈했어요! 조금 전에 내가 무슨 말을 한 거지?'

밖에는 차가운 바람이 부드럽게 불고 있었다. 마르마라 해쪽에서 불어오는 바람이었다. 남서풍이 불기 전에 다가오는 부드러운 겨울 추위를 레피크는 잘 알고 있었다. 니샨타쉬에선 이끼와 바다 냄새가 났다. 이 냄새는 보리수나무, 가게, 오래된 아파트나 새로 지은 아파트들, 오래된 집, 넥타이를 맨 남자 등 모든 곳에 배어 있었다. 경찰서 앞에서 대로로 올라갔다. 사람들이 집으로 돌아가고 있었다. 수입상, 건설업자, 죽음을 기다리는 압뒬하미트 정권의 파샤, 가게 점원, 정원사, 여자 잡부, 은행원, 공무원, 전차 승객 등 모두 집으로 돌아가고 있었다. 공기에서 이끼 냄새가 난다는 건 아무도 모르는 것 같았다. 모두들 평범한 일상 속에서 아무 냄새도 맡지 못하고 살아가는 것 같았다. 레피크는 니샨타쉬 모퉁이에서 멈춰 섰다. '난 지금 집으로 가서 저녁을 먹을 거야! 그런 뒤 책을 읽을 거고. 내 인생이 정말로 궤도에서 이탈했을까?' 맞은편 집의 불빛이 보였다. 공기에선 여전히 그 냄새가 났다. 집 안에서는 가족들 냄새, 페리한의 피부에서 나는 냄새, 어린 딸의 땀 냄새, 아기 냄새, 음식 냄새가 났다. 그는 속으로 이혼녀를 생각했다. 그는 자신이 두려웠다. '내가 과거와 미래도 없고, 개성도 없는 물건, 화분이나 문손잡이처럼 느껴져!' 그는 턱수염을 잘랐다. 턱수염은 레피크 같은 남자가 기를 것이 못 되였기 때문이다. 하지만 어떤 해결책, 작은 타협은 항상 존재하는 법이다. 콧수염은 자르지 않았던 것이다. 그는 대문 앞으로 갔고, 대문에 달린 종이 딸랑거렸다. 집으로 들어갔다. 집 안은 따스하고 삶으로 충만했다. 위층으로 올라갔다. 페리한은 아이 머리맡에 서 있었다. 군청색 옷을 입고, 화장도 한 모습이었다.

"당신이 출근한 기념으로 화장도 하고 이 옷도 입었어!"

"잘 어울리는걸!"

그는 자신이 건강하다고 느꼈다.

함께 저녁을 먹으러 내려갔다. 식사를 하면서 오스만이 말을 많이 했다. 동생이 몇 달 만에 사무실에 나와서 기쁜 모양이었다. 니간 부인도 기분이 좋아 보였다. 네르민도 얘기를 했다. 남편과의 보이지 않는 신경전이 끝난 모양이었다. 그들은 사이가 안 좋을 땐 서로 말을 하지 않았지만, 가족이나 다른 사람들 앞에서는 필요한 말을 하는 사람들이었다. 식사 중에 니간 부인은 제브데트 씨에 관한 추억을 한 가지 얘기했다. 손주들이 약간 버릇없이 굴었지만 귀엽게 봐 주고 넘어갔다.

식사 후에 레피크는 조카 제밀의 산수 숙제를 봐줬다. 그런 후 서재로 올라갔다. 비망록을 쓰려 했지만, 그럴 마음이 들지 않았다. 한동안 책을 읽었지만 읽고 있는 것에 집중할 수 없었다. 담배를 피우며 방 안을 서성거렸다. 그런 후 다시 거실로 내려갔다. 신문을 펼치고 읽기 시작했다. 라디오에서 흘러나오는 소리를 들으며 신문을 읽고, 이것저것 얘기하는 니간 부인과 페리한의 대화에 귀를 기울였다. 그녀들의 말과 밖에서 들려오는 소리로 남서풍이 불어온다는 걸 알게 되었다. 그러다 다시 신문에 집중하려 했다. 신문을 읽다가 문득 '페리한이 날 보고 있어!'라는 생각이 들었다. 어떻게 깨달았는지 몰라도, 그녀가 니걋 부인과 얘기할 때나 다른 사람들과 얘기할 때, 가끔 곁눈질로 레피크를 보면서, 마치 그가 거기에 있는지 점검하는 것처럼, 안락의자에 앉아 있는 남편의 그림자를 쳐다본다는 걸 그는 알고 있었다. 그가 요즘 기분이 나아졌고, 턱수염을 깎있고, 사무실에 나가기 때문에 페리한이 좋아하는 걸 느낄 수 있었다. 하지만 지금, 자신을 쳐다보는 시선에는 기쁨보다는 불안감이 담겨 있다는 것도 알 수 있었다. 그는 신문을 접고, 자신이 느낀 대로 페리한이 자신을 보는 걸 포착했다. 페리한은 미소를 지어 보이려고 했다. 레피크는 다시 신문을 펼쳤지만 이번에는 집중이 되지 않았다. 어머니와 네르민은 얘기를 나누고 있었다.

"바람이 거세지는걸!"

니걋 부인이 말했다.

"그러게요, 그러게 말이에요, 남서풍이 부는군요."

네르민이 대답했다.

레피크는 신문에 나온 독일과 오스트리아에 대한 기사를 몇 번이나 읽으면서 그들의 대화를 들었다. 신문에선 "독일이 오스트리아에 굴복할 것인가?"라고 묻고 있었고, 바깥에서 부는 바람은 더 거세지고 있었다. '아마 내가 미쳐 가나 봐!' 레피크는 신문을 가지고 거실을 나갔다. 계단을 올라가며 '안 돼, 옛날처럼 되지가 않아, 어떻게 해야 하지? 아무것도 할 수 없어, 정말 지긋지긋해!' 하고 생각했다. 침실로 들어갔다. 화장대 위에 작은 램프가 켜져 있었다. 어린 딸은 침대에서 자고 있었다. 열흘 전, 레피크의 병이 나았다고 믿고 침대와 아기를 아이셰의 방에서 이 방으로 옮겨 온 것이다. 레피크는 신문을 든 채 침대 옆에 서서 자고 있는 아이를 바라보았다. 딸은 잠을 자면서 꿈틀거렸고, 뭐라고 중얼거리는 것 같았으며, 얼굴을 찡그렸고, 그러다 다시 편안한 듯 이전으로, 걱정 없는 꿈속으로 돌아갔다. 레피크는 침대 머리맡에 앉아 신문을 읽기 시작했다. 잠시 후 계단을 올라오는 발소리가 들렸다. 특유의 부드럽고도 단호한 소리로 누구인지 알았다. 페리한이 오고 있었다. 레피크는 오늘 하루가, 몇 달 만에 사무실에 나가고, 이혼녀에게 계속 신경 쓰고, 깊이깊이 자신의 삶을 생각했던 오늘 하루가 지나가고 끝이 나기를 바랐다. 하지만 페리한의 발소리를 듣고는 그렇게 되지 않으리란 것을 알았다. 아직 하루가 다 끝나지 않았던 것이다. 페리한이 방으로 들어왔다. 레피크는 다시 신문을 읽으려 했지만, 방 안을 돌아다니며 커튼을 닫고 서랍을 열고 옷장을 뒤적이고 반짇고리를 만지작거리는 페리한에게 신경이 가 있었다. 드디어 페리한이 의자에 앉았고, 셔츠를 들고 떨어진 단추를 달기 시작했다. 레피크는 단추가 떨어진 이 셔츠 때문에 아침에 페리한과 말다툼을 했던 걸 기억해 냈다. 말다툼의 원인이 되었던 단추를 그때까지도 달지 않고 있다가, 이제야 그 셔츠를 손에 들었다는 생각이 들었다. 그는 신문을 읽을 수 없겠다고 결론짓고 방바닥에 던져 버리고 페리한을 바라보기 시작했다.

페리한은 남편이 자신을 보고 있다는 걸 깨닫고는 셔츠에서 눈을 들었다.

"잘 거야?"

"지금?"

레피크는 이렇게 물으며 시계를 봤다. 9시 반이 다 되어 갔다.

"아니, 안 잘 거야. 나가서 산책 좀 하려고. 별로 안 좋네."

그럴 생각은 없었다. 그저 지금 입 밖으로 나온 말이었다. 하지만 그는 앉은 자리에서 움직이시 않았다. 바늘을 쥐고 있는 페리한의 가느다란 손가락을, 올라갔다 내려가는 하얀 손을 바라보았다. 하루가 끝나지 않았다는 걸 알고 있었고, 끝을 내려면 뭔가 필요하다는 걸 알고 있었으며, 그걸 기다리고 있었다. 불확실한 뭔가를 기다리며 그는 한동안 가만히 앉아 있었다. 긴 정적이 흘렀다. 레피크는 뭔가 말하고 싶은 생각이 들었다.

"오늘 퀼레르 부인 집에 갔어. 파티를 열 계획이라며 우릴 초대하더군."

페리한은 실을 이로 끊으며 고개를 들었다.

"좋아, 가요."

"간다고? 가서 뭘 하게?"

"왜? 가서 즐기면 되지!"

"아냐, 아냐, 우리가 거길 왜 가?"

"왜? 우린 할 거 없잖아! 사람들 얼굴이나 좀 보자."

"됐어, 게다가 거기 오는 사람들의 얼굴! 난 그 사람들 안 좋아해. 사이트 네딤 씨도 안 좋아해! 그날 저녁 광대 같은 모습은⋯⋯. 고통당하는 파샤의 아들, 상인의 양심이 견딜 수 없다는 비열한 놈이야. 아버지가 파샤라면 아버지의 아버지는 목동이야! 게다가 잘난 척하는 여동생까지⋯⋯. 그 집안에는 뭔가 추잡한 것이 있어! 우린 안 갈 거야!"

"난 가고 싶어, 하지만⋯⋯."

그녀는 단호해 보였다.

"재미있는 사람들이잖아⋯⋯. 집 안에만 있는 게 지겨워!"

"재미있다고!"

레피크는 고함을 질렀다. 그런 후 사이트 네딤 씨를 흉내 내기 시작했다.

"유럽, 아, 유럽! 부탁이오, 제발! 아, 감사하오! 아, 파리! 아, 내 아버지는 파샤였소! 휴, 나한테는 안타까운 일이었소!"

그는 이렇게 말하면서 몸을 구부렸고, 사이트 씨는 그렇게 하지 않았지만, 여성스럽게 여자들 손등에 입을 맞추듯 허공에 키스를 해 댔다.

"그건 사이트 씨가 아니라 당신을 더 많이 닮았어!"

페리한이 신경질적인 웃음을 터뜨렸다. 그러면서 그녀가 흉내를 내기 시작했다.

"휴, 난 정말 아파! 아, 지루해! 아, 사무실에 못 가!"

그녀는 흉내 내는 건 그쯤 하고, 좀 전처럼 단호한 태도로 덧붙였다.

"나는 거기 가서 즐기고 싶어!"

그러다 갑자기 침대에 있는 아이 쪽으로 몸을 돌렸다.

"우리가 애를 깨웠지 뭐야!"

"그러니까 나에 대해 그렇게 생각한다는 거지!"

레피크가 소리를 질렀다. 그는 아무것도 생각할 수 없었고, 페리한이 조금 전에 흉내 냈던 것밖에 머리에 떠오르지 않았다.

"그러니까 나에 대해 그렇게 생각한다는 거지!"

"난 그 파티에 가고 싶어!"

자기 고집과 자존심을 지키려고 페리한이 이렇게 말한다는 걸 알면서도 레피크는 소리를 질렀다.

"지금까지 당신이 원한 게 그런 거야, 유희…… 셔츠의 단추도 달지 않고, 재미있게 즐길 생각만 하지!"

페리한이 그의 말에 신경 쓰지 않는 척하면서 아이를 살피자 그는 더 크게 소리쳤다.

"당신은 멍청하고, 얄팍하고, 가련한 사람이야!"

페리한이 몸을 돌려 자신을 바라보자 그는 다시 소리를 질렀다.

"깊이도 없고, 둔하고, 쓸모없는 사람이야, 당신은, 알아? 한 번도 날 이해하지 않았고, 이해하려고 노력하지도 않았어."

페리한은 마치 환자를 보는 듯한 시선으로 걱정스럽게 레피크를 바라보았다.

레피크는 방을 나가면서 꽝 소리가 나게 문을 닫았다. 문 앞에 서서 방 안에서 들려올 소리에 귀를 기울였지만, 아무 소리도 들리지 않았다. 그는 서재로 내려가 조금 전에 읽던 책을 마저 읽으려고 했다. 안간힘을 쓰며, 다른 행동을 하려는 손과 팔을 억누르며, 그 책, 루소의 『고백록』을 읽고 이해하고 싶었다. 하지만 같은 문장만 몇 번씩 읽게 될 뿐이었다. 의자에서 일어나 담배에 불을 붙였다. 손이 떨리는게 느껴졌다. 담배를 피우며 방 안을 서성거리기 시작했다. 조금 전에 자기가 한 말과 페리한이 자기를 흉내 냈던 걸 생각했다. 아내가 자신을 이렇게 조롱할 수 있고, 자기도 아내에게 거칠고 난폭한 말을 할수 있다고 누군가 말했다면, 말도 안 된다고, 그런 건 나약하고 부도덕한 사람들의 결혼에서나 있을 법한 일이라고 했을 것이다. 그가 놀란 건 바로 그 때문이었다. 나약한 사람들의 삶에서나 볼 수 있다고 생각한 그런 것들이 어떻게 자기 삶 속으로 들어왔을까? '어떻게 그런 일이 일어났을까? 그 이혼녀에게 내가 무슨 말을 한 거지? 페리한에게는 무슨 말을 한 거야?' 하지만 이런 걸 자세히 생각하고 이해할 상황이 아니었다. 커다란 분노 덩어리가 목에 걸려 있었다. 분노는 생각하는 데 걸림돌이 되었고, 재앙이 다가오고 있다는 느낌은 점점 부풀어 올랐다. 뭔가 해야 할 것 같았다. 방 안을 걷다가 안락의자에 부딪쳤고, 책상 가장자리에 있던 재떨이가 뒤집어졌다. 그는 분노를 억누르고 떨리는 손을 진정시키려고 애를 썼다. 잠시 후 서재에서 나왔다. 아무것도 생각하지 않고 빠르게 계단을 올라갔다. 술 취한 사람처럼 방으로 들어갔다. 페리한은 침대에 앉아 울고 있었다. 아기도 울고 있었다.

"당신은 한 번도 날 이해하지 않았어! 나한테 관심도 없었어!"

그는 거칠게 옷장을 열고, 재킷과 스웨터, 양말을 침대 위로 던지기 시작했다. 자신이 뭘 하는지 페리한이 보기를 바랐지만, 그녀는 얼굴을 가린 채 울고 있었다.

"당신은 한 번도 날 이해하지 않았어!"

그는 다시 한 번 소리 질렀다. 하지만 그의 목소리는 숨이 막힌 듯 작아져 있었다. 그는 낮은 목소리로 급하게 덧붙였다.

"이제 난 이 집에 있을 수 없어, 나갈 거야!"

"아, 하느님, 내가 뭘 했다고 그래요!"

페리한이 울먹였다.

레피크는 옷장에서 꺼낸 여행 가방에 속옷과 양말을 쑤셔 넣으면서 가끔씩 "한 번도 날 이해하지 않았어!"라고 말했다. 그런 후 잠시 멈춰 서서 '그런데 어디로 가지?' 하고 생각했다. 속으로는 페리한을 껴안고 싶었지만 두려워서, 다시 한 번 "이제 난 이 집에 있을 수 없어!" 하고 말했다. 그 누구도 아닌 스스로가 믿도록 몇 번이고 되풀이했다. 가방을 닫고 서랍에서 돈을 집어 들고는, 페리한의 얼굴을 보는 게 두려워 방을 나갔다. 계단을 내려가 서재로 들어가서 책상 위에 있는 책과 공책을 가방에 쑤셔 넣었다. 그 책으로는 충분할 것 같지 않아 책장으로 가서 몇 권을 더 꺼냈다. 더 가져가고 싶었지만, 가방에 들어가지 않았다. 넣어 보려고 애를 쓰다가 화를 내며 가방을 낚아채듯 집어 들고 서재에서 나왔다. 빠르게 계단을 내려갔다.

거실에서는 라디오 소리가 들렸다. 어머니와 네르민은 수다를 떨고 있었고, 오스만은 담배를 피우고 있었다. 레피크는 단호하고 빠른 걸음으로 거실 한가운데로 걸어가 가방을 바닥에 내려놓았다.

모두들 어리둥절해했다. 오스만이 자리에서 일어났다.

"뭐야, 무슨 일이야?"

"난 나가!"

레피크는 이렇게 말했지만 마음이 답답했다. 어떻게 이 일을 해결해야 할지 몰라 그냥 그렇게 서 있었다. 상황을 파악하지 못하고, 무슨 일인지 알고 싶어 하는 그들에게 화가 났다.

"무슨 일이냐?"

니걔 부인이 물었지만 레피크는 오스만을 보고 말했다.

"페리한과 싸웠어!"

"아니, 그것 때문에 가방을 들고 집을 나간다는 거야! 오늘 밤엔 아래층에서 자. 아니면 내 방으로 오고. 네르민이 네 방으로 올라가면 되니까!"

"아냐, 아냐, 난 어차피 심신이 좋지 않아!"

"어디로 가는데, 어디로?"

니걔 부인이 소리를 질렀다. 재앙에 익숙하고, 재앙에 준비가 된 목소리였다. 곧 울음을 터뜨릴 것 같았다.

레피크는 어찌할 바를 몰라 아무 말도 하지 못했다. 자개 장식품이 있는 방에서 아이셰와 아이들이 나왔다. 궁금한 듯 무슨 일이 일어나고 있는지 쳐다봤다.

오스만은 네르민에게 "당신은 애들 재워!" 하고 말했다. 아이셰에게는 위층으로 올라가라는 눈짓을 했다. 네르민과 아이들이 거실에서 나갔다.

니걔 부인은 울기 시작했고, 중간중간 "알고 있었어, 이렇게 될 줄 알고 있었어!"라고 했다.

"어머니, 잠깐만요, 무슨 일인지 알아는 봐야죠! 울 일이 뭐 있어요!" 오스만은 이렇게 말한 후, 레피크에게 "그래, 페리한 하고 왜 싸웠어? 네 잘못일 수도 있어. 너 요즘 좀 이상해." 하고 말했다.

레피크는 오스만의 질문에 대답하지 않고, 어머니에게 "어머니, 울지 마세요." 조용히 말했다.

오스만은 자신이 하지 말아야 할 말을 했다는 걸 깨달았는지 레피크에게 말했다.

"제발, 이리 와서 좀 앉아 봐!"

"아냐, 나갈 거야!"

"난 도저히 이해가 안 된다! 이해가 안 돼!"

레피크는 여전히 바닥에 놓여 있는 가방 옆에 서 있을 뿐, 가방을 들고 나가지도 않았고, 어머니 곁에 가서 앉지도 않았다. 밖에선 갈수록 거세지는 남서풍에 나뭇가지가 흔들리는 소리가 들려왔다. 정원이 내다보이는 창문은 가끔씩 덜컹거렸고, 어두운 창에 비치는 모습도 일그러져 보였다.

"넌 아무데도 못 가. 이 폭풍 속에서 어딜 간다는 거야!"

니간 부인이 갑자기 이렇게 말했다. 하지만 그 어조가 절망적이었기 때문에 끔찍한 분위기만 더할 뿐이었다.

"갈 거예요. 갈 거라고요!"

레피크는 이렇게 말하며 '페리한이 아래로 내려올 생각은 하지 않겠지.' 하고 생각했다.

오스만은 두 걸음을 내디뎌 레피크에게 다가갔다. 자상하게 대하려고 애를 쓰면서 손을 동생의 어깨에 올려놓았다. 하지만 아주 부자연스러웠다.

"레피크, 근데 정말 어디로 간다는 거야?"

"외메르에게 갈 거야!"

레피크는 어깨 위에서 형의 손을 느끼면서 대답했다.

"외메르? 이스탄불에 왔어?"

"아니, 안 왔어!"

오스만은 손을 거두었다.

"혹시 거기로 간다는 거야? 어디였지, 그 철도 공사 한다는
곳……. 거기로 간다는 거야?"

"그래, 거기로 갈 거야!"

그 역시 '케마흐'라는 단어는 입 밖에 내고 싶지 않았다. '다
말해 버렸어!'라고 생각하며 바닥에서 가방을 집어 들었다.

"어머니, 저 가요!"

얼굴이 상기되었지만 행복하고 침착하게 보이려고 애를 썼다.

"갈게요, 한 달 후에 올게요! 제발, 울 일이 뭐 있어요? 한
달 후에 온다잖아요. 입을 맞추고 갈게요."

그는 가방을 내려놓고 어머니를 껴안으며 볼에 입을 맞췄
다. 그런 후 잠시 주저하다가 순간적으로 그녀의 손등에도 입
을 맞췄다. 그러고는 곧 후회했다. 손등에 입을 맞추는 건 성
대하고 감격적인 의식에서나 어울리는 행동이었기 때문이다.
심각한 상황이라는 것만 증명한 셈이었다.

"그런데 지금은 어디로 가니?"

"호텔로 갈게요. 일어나지 마세요, 제발 일어나지 마세요."

"호텔로 간다고!"

니갼 부인은 다시 물었지만, 레피크는 이미 가방을 들고 나간 후였다. 레피크는 어머니가 오스만에게 한 번 더 "호텔에 간다는 거냐?" 하고 묻는 걸 들었다.

"너 지금 잘하는 짓이 아니야, 잘하는 짓이 아니라고! 내일 사무실로 전화해. 금방 떠날 건 아니잖아. 생각 좀 해 봐……."

오스만은 현관까지 나와서 말했다. 그러고는 자기가 형이라는 걸 과시하려는 듯 거친 말투로 덧붙였다.

"정신 차려!"

"내일 전화할게!"

레피크는 이렇게 말하며 나갔다. 대문에 달려 있는 종이 딸랑거렸다. 폭풍이 불었지만 니샨타쉬는 잠잠했다. 나무 사이로 웅웅 소리가 났다. 몇 시간 전에 나던 이끼와 바다 냄새는 사라지고 없었다. 저녁의 분주한 모습도 없었다. 폭풍은 니샨타쉬의 차분한 불빛을 떨게 했고, 창문에서 밖으로 번져 나오는 평온함과 질서정연함은 공중에서 녹아 흩어졌다.

25
라스티냐크의 방

"조금만 더 늦었으면 어둠 속에 갇혔을 거야!"

외메르가 말했다.

"그래! 40킬로미터가 이렇게 오래 걸릴 거라고는 생각하지 못했어!"

레피크는 이렇게 대답하고 사흘이 걸린 여행에 대해 다시 한 번 설명하기 시작했다. 앙카라에서 시와스까지는 기차를 타고 왔다. 시와스에서는 에르진잔행 버스를 탔다. 정확히 하루 동안 모험을 거친 후, 어젯밤엔 에르진잔에서 잤다. 아침에 40킬로미터 거리의 에르진잔-알프 간 여정에 나서서 한나절을 보냈다. 여기 도착한 건 삼십 분 전이었다. 외투를 벗고 막사의 커다란 난로 옆에 앉았다. 하지만 외메르는 친구의 가냘픈 몸에서 아직도 한기가 뿜어져 나오는 것 같았다. 동부의 추위가 니샨타쉬 출신의 가녀린 뼛속까지 파고든 것 같았다.

"춥구나?"

"춥지만 견딜 만해."

"좀 있다 식사하자. 수프를 먹으면 몸이 따뜻해질 거야. 그보다 먼저 여길 좀 보여 줄게."

그들은 함께 일어났다. 외메르는 앞에 있는 첫 번째 문을 열었다. 집주인이 세 들려는 사람에게 집이 마음에 들도록 설명하듯 "여긴 화장실! 좌식이지만 이 정도는 감수해. 네 니샨타셔 집에도 이런 화장실 있었잖아, 하인들이 쓰던……." 하고 말했다.

"아버지도 그 화장실을 쓰곤 했어. 집을 살 때부터 그런 화장실이었다는데 아버지가 나중에 바꾼 거야."

레피크는 미안한 듯이 말했다.

'그냥 재미없는 농담 한번 해 본 건데.' 외메르는 이렇게 생각하다 그의 아버지가 돌아가셨다는 걸 떠올렸다.

"나도 아주 유감이야. 명복을 빌어 드릴게."

잠시 정적이 흘렀다. 그들은 아직 볼 게 남았다는 듯 화장실의 차가운 돌을 응시하고 있었다.

외메르는 다시 한 번 "명복을 빌게."라고 한 후 레피크를 껴안았다.

"네가 와서 아주 기뻐. 네 전보를 받고 너무나 기뻐서 믿을 수가 없었어. 정말 기뻤어."

그는 자신이 아주 감격했다고 생각하며 레피크의 시선을 피해 얼굴을 돌렸다.

"잠깐, 네 방도 보여 줄게."

그는 화장실 옆에 있는 문을 열었다. 텅 비어 있는 커다란 방이었다. 작은 창문으로 밖에서 흩날리는 눈이 보였다.

"정말 큰걸! 게다가 아주 춥군!"

"그래, 난방이 어려워. 네가 큰 방을 좋아할 거라고 생각했거든. 겨울에는 터널에서만 일을 할 수 있어서 막사는 비어 있지. 그럼 내 방을 한번 볼래? 하지만 거기서도 책을 읽을 수 있을진 모르겠어."

레피크는 주저하며 발걸음을 내디뎠다. 외메르는 레피크 뒤에서 자기 방을 쳐다봤다. 레피크가 그 방에서 뭘 눈여겨볼까 생각하며, 익숙해진 물건들을 주의 깊게 바라보았다. 침대 하나, 침대 매트리스 몇 개, 설계도와 모눈종이가 놓여 있는 책상, 투박한 옷장, 연통이 방 안에서 둘러 나가는 커다란 난로, 작은 탁자 위에 말려 놓은 담배, 창문 가장자리에 쑤셔 놓은 신문, 바닥이 나무로 된 더럽고 오래된 방.

"여기가 더 좋은데. 더 따뜻하고."

"그럼 여기에서 지내."

"널 불편하게 하고 싶진 않은데."

"무슨 말이야! 더 좋을 거야. 얘기도 많이 나누고."

"그러게, 얘기를 나누자! 얘깃거리가 많아!"

외메르는 고개를 끄덕이며 '얘깃거리가 많다고? 벌써 불편해지기 시작했는걸, 왜 왔을까? 하지만 쟤가 와서 좋아. 내가 얘기하지, 뭐. 정확히 말하면 우리가 얘기를 나눠야지, 얘기해 봐야지.' 하고 생각했다. 여전히 방을 살피는 레피크를 보며, 갑자기 "그래, 어떻게 지냈어?" 하고 물었다. 하지만 목소리가 무척 이상하게 들려서 스스로도 놀랐다.

"잘 지냈지, 뭐!"

레피크는 이렇게 대답했지만 그도 놀란 모양이었다. 얼굴은 하얗고, 살이 빠져서 둥그런 얼굴선이 사라져 버렸다. 시선에서도 전과 같은 행복한 안정감이나 편안함이 보이지 않았다. 대신 불쾌한 것들과 분투하는 근심과 의심이 배어 있었다. 하지만 이 모든 걸 부드럽고 편안하게 만드는 호의도 보였다. 레피크에게서 언제나 볼 수 있던 호의였다. 게다가 오래 떨어져 지내는 동안 더 강해져서, 그들 사이의 앙금마저 없애 줄 우정으로 반짝반짝 빛나고 있었다.

"정말 잘 왔어, 잘 왔어!"

외메르의 말이 지나치게 감상적인 것 같아서 이번에는 레피크가 불편해졌다.

"가방을 가져와서 짐을 정리해야겠어."

레피크가 나가자 외메르는 방을 자세히 둘러보며 '내가 이 년 동안 여기서 지냈구나!' 하고 생각했다.

레피크가 가방을 들고 다시 방으로 들어왔다. 외메르는 웃어 보이려고 애를 썼다. 그런 후 쌓여 있는 침대 매트리스 하나를 내려서 냄새를 맡아 봤다. 더러운 냄새가 났다. 다른 것도 점검해 봤지만 마찬가지였다. 세 번째 것을 꺼내 레피크에게 어디서 잘지 물었다. 레피크는 머뭇거렸다. 집을 꾸미는 신혼부부처럼, 막사의 커다란 방을 재는 시늉을 했다. 그런 후 매트리스를 깔았다. 침대보도 있었고, 여분의 이불도 있었다. 그것도 깔았다. 그러면서 외메르는 '우리가 몇 년 된 친구지?

십 년이지. 어차피 난 그 야망이라는 것도 잊었어, 잊고 있었어…….' 하고 생각했다. 난로에서 나무가 타는 소리가 들렸다. 그는 레피크가 연 가방에서 스며 나오는 이스탄불 냄새를 들이마셨다. 가방에서 나온 책과 물건을 살폈다. 그런 후 침대에 앉아 담배를 피우며 레피크를 바라보았다. 레피크는 가방에서 꺼낸 물건들을 작은 궤짝 위에 올려놓았다. 외메르는 문득 레피크가 낯설게 느껴져서 깜짝 놀랐다. 몇 년 동안 계산대 뒤에서만 보곤 했던 푸주한이 거리를 걷는 광경을 그리고 그의 다리를 놀랍게 바라보듯이, 니샨타쉬에서, 공대에서, 이스탄불에서밖에 보지 않았던 레피크를 바라보았다. 맞은편에 앉아 있는 사람이 레피크가 아니고, 자신도 다른 장소에 있는 다른 사람처럼 느껴져서 '내가 무엇이 되었어야 했지? 영국에서 돌아온 후에 뭘 할 수 있었지?' 하고 흥분하며 생각했다. 이 년 동안 끊임없이 세 본 것을 다시 한 번 손가락을 꼽으며 세기 시작했다. '대학, 엔지니어링 회사, 작은 건축회사, 이스탄불에서의 삶…….' 그는 갑자기 화가 났다. "아무것도 아니야! 그렇다면 내가 옳았어!" 하고 낮은 소리로 중얼거렸다. 갑자기 레피크가 고개를 돌리며 물었다.

"참, 나즐르는 어때?"

"잘 지내. 여름과 봄에 앙카라에 몇 번 가서 만났어. 지금은 편지로 연락하고 있어."

외메르는 갑자기 속을 털어놓고 싶어져서 덧붙였다.

"편지로 연락하고 있는데, 쓸 얘기가 점점 없어져! 그녀는 일상에 대해 쓰고, 나도 일상에 대해 쓰지……. 그런데 그게 무슨 의미가 있을까?"

레피크는 미소를 지었다. '그게 무슨 의미냐고? 약혼자들이 편지를 주고받는 건 좋은 의미지. 그런 걸 왜 물어봐!'라는 듯한 미소였다.

"페리한은 잘 지내?"

"응."

"정말, 네 딸 얘긴 전혀 하지 않았잖아. 이름이 멜렉 아니었던가?"

"맞아."

"어떤 애야?"

"천사 같긴 한데 몸집이 좀 커질 것 같아."

"그 이름은 누가 생각해 냈어?"

"내가!"

그는 약간 주저하며 덧붙였다.

"항상 천사 같은 딸이었으면 해서."

그는 가방을 놓고 침대에 누웠다.

외메르도 침대에 누웠다. 담배를 피우며 천장을 바라보았다. 마지막 부스러기도 사라져 가는 그와의 첫 순간을 만끽하려고 노력했다. 오랫동안 불타오르던 형제애와 우정도 마지막 반짝임을 남기며 잠시 후면 사그라질 것이고, 기숙사의 두 학생처럼, 군대 막사의 두 군인처럼, 공유할 얘기도 없어지면 그 자리에는, 삶에서 부딪치고 서로를 평가하는 두 어른의 냉정함이 자리 잡을 것이다.

"천사 같은 딸이었으면 해서!"

레피크가 다시 한 번 말했다. 그런 후 신경질적으로 웃음을 터뜨렸다. 외메르는 놀랐다. 전혀 예상하지 못한, 레피크에게서 들어 보지 못한 웃음소리였다.

"야, 너 정말 신경이 예민해져 있구나!"

"피곤해! 며칠 동안 길에서 지냈잖아."

"눈 좀 붙여. 식사는 한 시간 후에 하자. 자고 나면 좀 좋아질 거야."

"아냐, 아냐⋯⋯. 어차피 여기서 한 달 동안 충분히 잘 텐데, 뭐. 지금은 얘기나 나누자."

"한 달 동안 머물 생각이야?"

"한 달, 그래⋯⋯. 집에다 한 달이라고 말하고 나왔어!"

'집에다 한 달이라고 말하고 나왔다! 한 달이라고 말하고 나와서 이리로 왔어. 여기서 자면서 가져온 책을 읽을 것이고, 여느 때처럼 행복하고 균형 잡힌 영혼을 방 안에 퍼뜨릴 거야. 그러면 난 다시 내가 야망이 크고, 열정적이고, 불안하고, 나쁜 놈이라는 생각을 하기 시작할 거야⋯⋯. 아무것에도 관련되지 않고, 지조 있고, 도덕적이며, 행복해 보이는 건 쉬워! 하지만 지금 그는 신경이 예민해져 있군. 아, 내가 또 생각을 하기 시작했어! 쟤가 가져온 신문이나 좀 읽어야겠다⋯⋯. 내가 여기서 파티흐 행세를 하고, 돈을 벌기 위해 애를 쓰고 있을 때 세상에선 무슨 일이 일어났는지 알아봐야지.'

세상에서 무슨 일이 일어났는지 모른다고 할 수는 없었다. 독일 엔지니어에게 모든 유럽 방송이 다 잡히는 고성능 라디오가 있었다. 외메르는 그의 집으로 가서 라디오를 듣곤 했다. 하지만 앙카라에서 가져온 막 나온 국내 신문은 달랐다. "총리 젤랄 바야르의 성명서. 정부 법에 새로운 국면이 열리다……. 하타이에서 프랑스와 시리아의……. 이집트 왕 파룩의 터키 방문……. 유럽의 위기……. 오스트리아, 히틀러의 최후통첩에……. 스탈린이 침략에 대해……." 더 읽고 싶었다. 하지만 신문을 내려놓았다.

'레피크는 뭘 하고 있지?' 레피크의 존재가 그의 의식에 다시 자리 잡았다. 베개에서 살짝 머리를 들고 방 한쪽 침대에 누워 있는 얼룩을 보고는 '좋아! 한 달 정도 불편하겠군……. 한 달 동안 행복하지만 섬세하고 생각 많은 저 사람의 낯선 시선이 나를 관찰하겠지. 그렇다면 내가 먼저 시작하지!'

베개로 떨어지는 머리를 다시 들고 레피크에게 물었다.

"못 만난 동안 또 뭘 했어?"

"그건 관두고, 이곳 생활이나 말해 줘."

"이곳 생활?"

"어떻게 사는지, 터널에서 일하고 남은 시간엔 뭘 하는지, 사람들은……. 그냥 삶 말이야!"

"어두워지면……. 우리는 여기서 식사를 해. 가스램프를 켜고. 너한테 썼잖아. 사 년 후배 두 명이 나와 함께 일하고 있어. 그들하고 카드 게임을 해……. 그리고 내가 말했던 그 하즈*가 음식을 하고, 막사를 청소하고, 빨래를 하고, 심부름을 해……. 올겨울엔 이 커다란 막사에서 네 명이 지내. 케마

----

* 성지순례를 다녀온 사람에게 부여하는 칭호.

흐에, 여기서 2킬로미터 서쪽에 큰 건설 현장이 있어. 거기도 거대한 숙소가 있고, 독일 엔지니어와 발전소가 있어. 가끔 얘기나 나누러 그 사람에게 가지. 그러다 보면 잘 시간이 되고……. 저녁은 이렇게 지나가! 여기선 시간이 아주 천천히, 서서히 흘러……. 눈이 내리지……. 아침에 창밖을 보면 일어나고 싶지 않아……. 담배를 피우고……. 가끔 술도 마셔……. 뭐 이런 것들이야……. 이곳의 삶은 그래. 좀 있다 일어나서 수프를 먹자. 라스티냐크, 파티흐의 방도 이래……. 자, 일어나, 수프 먹자……. 그런 다음에 편히 자!"

26
첫날 아침

레피크는 나무 바닥 위를 돌아다니는 발소리를 들었다. 누군가 난로 뚜껑을 열고 장작을 던져 넣기 시작했다. 그에게는 익숙하지 않은 소리였다. 그는 눈을 떴다. 그는 여기 있었다. 에르진잔과 케마흐 사이에 있는 건설 현장의 막사. 햇빛이 들어왔다. 밖으로는 눈 덮인 언덕이 보였다. 그때 외메르가 물었다.

"아, 일어났어? 내가 깨운 거 아니지?"

"아냐, 그렇지 않아도 일어나 있었어!"

레피크는 기지개를 켜며, 침대와 자신의 상황에 만족하는 것처럼 편안하게 하품을 했다. 그런 후 '난 벌써 균형감을 찾았어!' 하고 생각했다. 조금 전에 꾼 꿈을 생각했다. 꿈에서 니간 부인과 제브데트 씨가 페리한을 꾸짖고 있었다. "너 때문에 애가 나갔어!" 페리한은 니샨타쉬 광장에서 자전거를 타면서 계속 웃었고 "아무도 레피크에게 화를 내지 않아! 모두 그

를 좋아해!"라고 했다. 그는 그들 집 정원 벽 뒤에서 몰래 구경
하며 즐거워하고 있었다.

"잘 잤어?"

"응, 잘 잤어. 힘이 팔팔 나는걸!"

레피크는 기지개를 켜며 침대에서 일어났다. 방이 생각보
다 춥진 않다고 생각했다. 시계를 봤다. 7시 반. "열두 시간이
나 잤어!" 외메르에게 푹 잤다고 말하려다가, 늑대 울음소리
를 들은 게 생각났다.

옷을 입으며 외메르에게 이 얘기를 했다. 외메르는 주위에
늑대가 아주 많아서 무기 없이 밤에 외출하는 건 위험하다고
하며 밖으로 나갔다. 레피크는 면도기를 집어 들었다. 방 한쪽
에 거울이 있었다. 추운 화장실에서 물을 한 대접 가져와서 거
울 앞에 섰다. 얼굴은 하얗고 핏기 없어 보였다. 하지만 우울
하거나 착잡하진 않았다. 집에서 나온 그다음 날 베이올루에
서 산 새 면도기로 면도를 하면서 이미 균형감을 되찾았고, 행
복하고 편안하다고 생각했다. '어제는 신경이 좀 곤두서 있었
지만 지금은 좋아졌어!' 동그랗고 하얀 얼굴과 눈 밑의 다크
서클을 바라보았다. 한시라도 빨리 반짝이는 푸른 하늘 아래
로 뛰쳐나가기 위해, 끝없는 자유를 느끼기 위해, 살기 위해,
꼭 해야 할 일을 하기 위해, 기분 좋게 급히 면도를 끝냈다. 그
런 후 방에서 나가서 어제 외메르와 처음 만났던, 현관 역할을
하는 넓은 방으로 갔다.

방 한가운데에 있는 커다란 식탁에 아침 식사가 차려져 있
었다. 외메르는 한쪽 끝에 앉아 빵을 먹고 있었다. 그는 음식

을 한입 물고 있었다.

"아, 이제 왔어!"

레피크를 보고는 식탁 양쪽에 앉아 있는 젊은이들을 가리켰다.

"여긴 나하고 건설 파트에서 일하는 친구들이야. 저쪽은 나처럼 너희들 형뻘이고!"

그들은 웃었다. 키가 크고 피부가 어두운 사람은 살리흐였다. 뚱뚱한 사람은 엔베르였다. 식탁에는 치즈와 잼과 생크림이 놓여 있었다. 난로 위에 놓인 찻주전자에서는 차가 우려지고 있었다. 레피크는 차를 따라서 식탁에 앉았다. 살리흐가 레피크의 얼굴을 기억한다고 했다. 레피크는 자랑스러운 기분에 뭔가 물어봐야 할 것 같아서 살리흐에게 물었다. 뮈닙 씨가 정년퇴직을 한 다음에 입학했나? 다른 교수들 얘기도 했다. 철도 수업을 받은 교수가 같았다. 배웠던 걸 기억하는구나, 하고 외메르는 레피크에게 말했지만, 레피크는 별로 기억나는 게 없다고, 있다 하더라도 이 일에 대해 뭔가 떠올릴 수 없을 정도로 멀어졌다고 대꾸했다. 레피크가 다시 차를 따를 때 뚱뚱한 엔지니어 엔베르가 입을 열었다.

"당신이 일하러 온 줄 알았어요!"

"아, 아냐, 아냐! 난 엔지니어로 일하는 게 아니라 상업에 종사하고 있어. 여긴 한 달 동안 휴가를 왔어!"

그런 후 몇 초쯤 후에 덧붙였다.

"이스탄불에서, 대도시에서 도망쳤어, 좀 쉴 거야!"

"사람들은 휴가를 유럽으로 가던데."

엔베르는 이상하다는 듯 말했다. 그런 후 왠지 부끄러워하면서 식탁에서 일어났다. 그를 따라 살리흐도 일어났다.

"네가 일을 할 거라고 생각했나 봐!"

젊은이들이 나간 후 외메르는 웃었다. 별로 좋아 보이진 않았다.

"저들과 계약을 아주 잘했어. 저들은 임금이 아니라 지분을 받고 일해. 너도 동업자가 될 줄 알고 두려웠나 봐. 쟤네들 어떻게 생각해?"

레피크는 무히틴을 떠올렸다.

"좋은 애들이야. 둘 다 명석해. 반에서 가장 우수했던 친구들이라더군. 돈도 필요하고!"

외메르는 레피크의 대답을 듣지 않고 말했다. 그는 레피크가 한 번도 본 적 없는 노련한 상사 같은 태도로 웃었다.

"응, 좋은 애들 같아!"

레피크는 무슨 말이든 해야 할 것 같아서 말했다. 그런 후 다시 차를 마시려고 일어나면서 외메르에게 "너도 마실래?" 하고 물었다.

"한 잔 더 마신다고?" 외메르는 이렇게 대답하고는 기지개를 켜고 하품을 하면서 "마셔 보지, 뭐." 하고 말했다. 그는 한 번 더 하품을 했다.

레피크는 찻잔에 차를 따라 식탁에 놓으며 말했다.

"아주 화창한 날씬걸!"

"그러게! 2월에 이런 햇빛은 이스탄불에서도 볼 수 없을 거야!"

그들은 함께 창밖을 내다보았다. 식탁 가장자리로 햇빛이 비쳐 들었다. 레피크는 생크림을 더 먹었다.

"생크림 맛있지, 그렇지?"

외메르는 물었다. 그런 후 놀란 듯이 덧붙였다.

"아, 너 면도했구나! 헤르* 루돌프가 무척 놀라면서 화를 낼 거야. 너한테 헤르 루돌프에 대해 말한 적 없지, 그렇지? 저녁 때 가 보자. 널 보면 좋아할 거야. 터키어를 아주 잘하는 독일인이야. 티키에서 십육 년 있었대. 시와스-삼순 구간에서도 일했고…… 쓸데없이 면도를 하는 사람에게 화를 내지. 그는 규율을 반대하거든."

레피크 뒤쪽 문이 열렸다. 하즈가 들어왔다. 그와는 어제 인사했다. 편안하고 소박한 사람이었다. 그는 아무 말도 하지 않고 밖으로 나갔다. 레피크는 눈밭을 천천히 걸어가는 노인을 창밖으로 바라보며 빨리 나가고 싶다고 생각했다. 막 일어나려는데 외메르가 그에게 말했다.

"앉아서 아침 첫 담배를 피우자! 그런 다음에 함께 터널로 가자. 거기에 일이 있어. 넌 혼자 돌아와. 주위도 둘러보고 돌아다니면 돼."

그들은 함께 담배를 피웠다. 아무 말도 하지 않았다. 레피크는 창밖을, 사람들에게 손짓하는 산과 하늘을 바라보았다.

밖으로 나가자 눈 위에서 반짝이는 햇빛 때문에 눈이 부셨다. 전에는 본 적이 없는, 강하지만 잔잔한 햇빛이었다. 그는

---

* herr. 독일어에서 '씨', '님', '선생'을 뜻한다.

고개를 들 수 없었지만, 눈과 의식을 채우는 기이한 찬란함에 익숙해지도록 애를 썼다. 날씨는 추웠지만, 뼛속까지 스며드는 혹독한 추위는 아니었다. 사람을 강하고 활동적이며 단호하게 만드는 추위였다. 그들은 함께 터널을 향해 걸어갔다. 발밑에서 뽀드득 눈 밟는 소리만 들려왔다. 약간 가파른 길을 따라 언덕을 올라갔다. 레피크는 눈이 빛에 익숙해지도록 하늘을 향해 고개를 들었다. 거기에, 모든 것을 감싸는 깨끗하고 넓고 반짝이는 하늘, 푸르고 잠잠하고 깊은 하늘이 있었다. '난 어쩌면 저것 때문에 여기 왔는지도 몰라. 산산이 부서져서 내 머릿속에 흐트러져 있는 뭔가를 저 빛, 저 하늘이 합치시켜 줘서 내가 편안하고 평온하게 느끼는 것 같아. 평온함!' 앞으로 솟아 있는 언덕, 아래로 남겨진 막사, 먼 곳에 있는 시내를 바라봤다. 외메르는 보이는 것들을 설명해 주었다. 그는 이따금 미소를 지으며 얘기를 했고, 입에서 나온 입김이 한동안 사라지지 않고 코끝에 머물렀다. 아래로 보이는 크고 넓은 막사는 일꾼들 막사였다. 외메르는 그들이 열두 시간씩 2교대로 일하는데, 막사와 침대는 다 찼다고 했다. 다시 한 번 뭔가 해야 한다는 생각이 레피크의 마음속에서 솟아올랐고, 멀리 보이는 구불거리는 시내, 터널이 가까워질수록 험해지는 암석, 암석 사이로 펼쳐진 눈 덮인 평원을 바라보았다.

그들은 시내 쪽으로 난 입구를 통해 터널로 들어갔다. 사람들과 장비 소리로 가득했다. 터널 안은 습했고, 곰팡이와 젖은 흙 냄새가 났다. 터널 안쪽 외벽 공사를 하고 있었다. 외메르는 조심스럽게 자신을 바라보는 일꾼들을 곁눈질하며, 석

공인지 목수인지 모를 누군가에게 입꼬리와 머리를 살짝 움직여 인사를 했다. 그런 후 격앙된 어조로 레피크에게 설명하기 시작했다. 저기서 벽을 쌓고 있는 전문가는 흑해 지역 출신이다, 저 사람들, 땅을 파는 사람들은 으스피르 출신이다…… 흙과 바위를 가득 실은 광차(鑛車)가 밖으로 나갔다. 터널 길이는 600미터였다. 양끝에서 200미터씩 파 들어왔다. 반대쪽에서 바위가 나오는 바람에 어려움을 겪었다고 했다. 벽에는 카바이드등이 켜져 있었다. 발전기를 주문했지만 아직 오지 않았다고 했다. 9월 초까지 터널 벽 공사를 끝내고, 철로 설치 공사 준비를 해서 양도해야 했다. 저 안쪽에서 돌을 깨는 소리가 들려왔다. 점심 휴식 시간에는 다이너마이트를 터뜨린다고 했다. 다이너마이트를 터뜨리기 위해 구덩이를 파고, 어제 다이너마이트로 깨뜨린 돌을 광차에 담고, 벽 쪽에서는 돌을 깨고, 목수들은 주형을 자르고 있어서, 터널 안은 웅웅거리는 소리로 가득했다. 외메르는 연신 인사를 건넸고, 가끔 멈춰 서서 기술자들과 이야기를 나눴다. 그런 후 화산 입구처럼 웅웅거리는 터널에서 조용한 하늘 아래로 나왔다. 해는 여전히 눈 위에서 빛나고 있었다.

"난 반대쪽 입구에도 가야 돼. 너도 와. 다른 건설 현장과 커다란 터널과 다리도 볼 수 있을 거야."

이때 중년쯤 돼 보이는 시골 사람이 모자를 들고 다가왔다. 무슨 말을 하려고 하는데 뒤에서 누군가가 "안 돼, 안 돼, 그분을 귀찮게 하지 마!"라고 했다.

모자를 든 사람은 놀란 모양이었지만, 용기를 내서 말을 시작했다.

"제가 뭘 어떻게 하겠습니까? 십장에게 얘기하세요!"

외메르는 급히 대꾸했다. 그는 몇 걸음 걸어간 다음 레피크에게 말했다.

"대여섯 사람인데, 시골에서 일자리를 찾으러 여기로 왔어. 저 사람 같은 대표를 뽑아 건설 현장을 돌아다니지. 봐, 봐, 진짜 큰 건설 현장은 저기야! 케림 나지 씨의 터널에서 1200명이 일하고 있어."

그들은 아래로 구불거리며 흐르는 시내가 만든 곡선을 바라보며 터널을 뚫어 놓은 바위투성이 언덕을 걸어갔다. 시냇가에는 좀 전에 본 막사보다 더 큰 막사들이 있었다. 그 앞으로 작은 가게, 찻집, 정부 파견 감사관들이 일하는 작은 막사, 외국인 엔지니어들이 사는 주택이 보였다. 위로 솟아오른 높은 산 사이에 둘러싸여, 넓고 깊은 하늘 아래에서, 이 모든 게 확연한 윤곽을 드러내며 깨끗한 얼굴처럼 반짝거렸다. 모든 게 사방으로 퍼지는 순수한 빛 속에서 소박하고 조용하게 서 있었다. 사람들도 겸손했다. 이런 빛 아래에서 어떻게 그러지 않겠는가? 레피크는 그들을 내려다봤다. 그들은 막사 사이를 돌아다니고, 가게에 가고, 앉아서 담배를 피우고, 뭔가를 옮기고, 언덕으로 올라가고, 눈 속에서 개미처럼 천천히 움직였다.

"점심 휴식 시간을 봐야 해! 가게 앞이 사람들로 들끓어. 찻집 문은 닫히는 법이 없고!"

"이 빛, 이 움직임! 그런데 나는 뭘 하고 있지?"

레피크는 중얼거렸다. 그의 의식은 강건했고, 모든 게 제자리를 찾아 평온했다. 하지만 깊은 곳에서, 더 깊은 곳에서 뭔가 꿈틀거렸고, 여기서 벗어나려면 다른 것, 어쩌면 절대 찾을 수 없는 어떤 것이 필요하다는 걸 깨달았다. '생각하지 말자!' 터널 반대편에 도착했다. 들어가고 싶은 마음이 들지 않았다. 그는 외메르와 헤어져 막사 쪽으로 걸어갔다.

조금 전 외메르와 함께 걸었던 길을, 시내와 막사와 움직이는 사람들을 바라보며 다시 걸었다. 그러다 멀리서 자기가 머무는 막사가 보이자 걸어온 길을 따라 돌아가는 걸 그만두고 비탈길 아래로 내려갔다. 몇 걸음밖에 내딛지 않았는데 발이 눈에 파묻혔다. 막사가 있는 평지까지 이어지는 비탈길이 전부 이렇게 부드러운 눈으로 덮여 있어서, 이렇게 눈을 헤치며 200~300미터를 내려가야 한다는 걸 깨달았다. 하지만 다시 돌아가 굳어 버린 눈길을 걷기는 싫었다. 해가 맞은편에서 바로 비치진 않았지만 그래도 눈이 부셨다. 레피크는 발걸음 수를 세며 걸었고, 그때마다 몸의 움직임을 의식했다.

평지로, 딱딱한 땅으로 내려오고서야 몸이 피곤해진 걸 깨달았다. 숨이 찼다. 돌아서서 자신이 남겨 놓은 발자국을 쳐다봤다. 그런 후 막사로 곧장 걸어갔다. 몸이 약간 지치고, 땀이 차서 셔츠가 달라붙는 게 기분 좋았다. 터널에서 일하는 일꾼들, 연장들, 산이 뚫리는 소음을 생각했다. 레피크는 "나도 몸을 지치게 만들고 싶어!" 하고 중얼거렸다. 막사를 향해 걸으면서, 약간은 어색해하며 계획을 세웠다. 매일 아침 운동을 해서 조금이지만 부끄럽게 나온 뱃살과 몸의 긴장을 없애고, 가져온 책을 다 읽고 나서 뭐든 쓸 것이며, 생각을 하고, 예전처럼 건강하고 균형감 있고 행복한 사람이 되어 니샨타쉬의 집으로 돌아갈 생각이었다.

막사 앞에서 하즈를 보았다. 햇빛 아래에 의자를 내놓고 앉아 감자 껍질을 벗기고 있었다. 옆에는 털이 풍성한 새끼 양치기 개가 신나게 놀고 있었다. 하즈는 개와 무슨 얘기를 하고 있는 것 같았다. 하지만 레피크를 보고는 입을 다물었다. 레피크는 막사로 다가가면서 하즈의 눈을 바라보며 미소를 지었다. 하즈는 레피크의 시선을 보고도 표정을 바꾸지 않았다. 그저 '나를 다정하게 바라보는 거 봤소!'라고 하는 듯 고개를 한번 끄덕였다. 레피크가 다가가자 눈 위를 구르며 뛰어놀던 개도 얌전해졌다. 옆으로 지나가자 주의 깊고 책임감 어린 시선으로 낯선 남자를 주시했다. 레피크는 막사로 들어가 창밖을 내다봤다. 개가 전처럼 신나게 뛰어다녔다. 하즈도 다시 개에게 말을 하기 시작했다. 둘이서 함께 만들어 낸 친근감이 있었다. 하늘과 햇빛이, 미동도 하지 않는 저 세계의 일부가 자신들 것이라고 말하는 듯했다.

'하즈는 나에 대해 어떻게 생각할까?' 레피크는 이렇게 생각하며 "이제 뭘 하지?"하고 혼잣말을 했다. 찻주전자는 여전히 난로 위에 있었다. 그는 외투를 벗고 차를 한 잔 따랐다. 식탁에 앉아 차를 마셨다. '이젠 뭘 하지? 바람도 쐬고 왔고, 주위도 둘러봤어. 기분이 좋아. 당장 책을 읽어야겠어.' 그는 차를 한 잔 더 마시고 방으로 들어갔다.

어제 자기 전에 침대 가장자리에 있는 궤짝 위에 책을 늘어놓았다. 『혁명과 조직』을 집어 들어 진지하게 외메르의 책상 앞에 앉았다. 한참을 읽었다. 잠시 후 자기가 책에 집중하지 않았다는 걸, 다른 생각을 했다는 걸 깨달았다. 책에서 고개를 들었다. '바깥은 정말 멋졌어! 터널이 어찌나 웅웅거리던지……. 물론 이런 햇빛이 매일 있는 건 아니겠지……. 지금 페리한은 뭘 하고 있을까? 몇 시지? 아직 11시. 하지만 배가 고픈걸. 멀리서 본 막사와 시내는 정말 멋졌어! 하품이 나와, 졸려! 그런데 막사 내부는 어떨까? 실업이 만연해. 이 책은 못 읽겠어. 다른 걸 읽어야지!' 그는 루소의 『고백록』을 집어 들고, 집중해서 읽으려고 했다. 이스탄불에서 그가 제일 좋아했던, 시골 생활과 자연과 관련된 부분을 펼치고 읽었다. 하지만 마음속에서는 아무것도 일지 않았다. 조금 전에 보고 온 걸 떠올리자 다시 나가고 싶었다. 한 번 더 하품을 하고서야 잠이 쏟아진다는 것을 깨달았다. 다시 시간을 봤다. 점심을 먹은 다음에 자기로 했다. 하지만 여기서도 정해진 시간에 점심을 먹는지 궁금했다. 이스탄불에서는 식사 시간이 규칙적이었고, 하루가 거기에 맞춰진다. 루소의 책도 다른 책과 함께 내려놓았다. 담배에 불을 붙였다. 방 안을 서성거렸다. '점심 먹고 읽어야지, 열심히 읽어야지!'라고 생각했고, 결심이 확고하다는 생각이 들어 기뻤다.

27
시인, 베이올루에서

무히틴은 전차에서 내렸다. 화장실 앞을 지나 천천히 광장을 돌아서 가야 한다. 그는 사무실에서 엔지니어로 일하며 하루 종일, 천천히 광장을 돌아 경쾌하게 걸으며 사람들을 바라보고, 지금처럼 담배를 피우고, 담배의 독이 희열과 함께 가져오는 고통을 느끼고, 저녁에 베이올루로 갈 거라고, 베이올루를 거닐고, 급히 술을 마시고, 그런 다음엔 사창가에 가고, 다시 그다음엔 극장에 갈 거라고 생각했다.

탁심 광장을 지날 때는 이런 일들에 가까워진다는 생각이 들어 기분이 좋았다. 그는 분명하고 확실하면서도 수치스럽고 어린애 같은 흥분을 느꼈다. '아버지와 극장에 가는 기분이야.' 하이다르 중위는 지나치게 신실한 모슬렘이었다. 하지만 자기 딴에는 너그러운 때도 있었다. 은퇴하고 사망할 때까지 몇 년 동안 한 달에 한 번 아들과 함께 베이올루로 나가서 극장에 데려가곤 했다. '너그러웠던 게 아니라 그저 자기가 좋아서 나를 데려갔을 거야.' 무히틴은 이런 생각이 들어 기분이 좋지 않았다. 그래서 "하이다르 중위는 엔지니어 무히틴에게 탐탁찮은 주제야!" 하고 중얼거렸다. 몇 분 더 걷자 기분이 편안해졌다. '사랑하는 베이올루에 도착했어! 나를 지나쳐 흘러가는 사람들의 얼굴……. 하루 종일 기다렸던 것이지. 내가 사랑하는, 더럽고 피비린내 나고 음흉한 베이올루. 난 시인이야! 추위에 빨개진 얼굴들을 바라보며 걷고 있어!' 3월의 추위가 맹위를 떨쳤다. 가끔 세찬 바람이 대로로 불었고, 외투 자락이 펄럭거렸다. 하지만 이제 여자들은 보이지 않았다. 가끔 남자의 팔짱을 끼고 걸어가는 여자는 보였다. 그녀들을 보는 것도 귀찮았다. 남자와 함께 있는 아름다운 여자를 보는 건 고통스러운 일이었다. 하지만 그래도 아아 사원 옆에서는 어떤 여자를 쳐다봤다. 아름답다고 생각했다. 남자의 팔짱을 낀 채 얌전하고 조심스럽게 걷고 있었다. 레피크와 페리한을 떠올렸다. 웃음이 났다. 오스만에게 전화를 하고서야 레피크가 외메르에게 간 걸 알았다. 수화기로 흘러나오는 오스만의 목소리는 고민스러운 듯했다. 동생의 미친 짓에 대해 무히틴에게서 뭔가 알아내고 싶은 것 같았지만, 무히틴은 무슨 말을 해 줄 마음이 들지 않았다. "당신 동생은 삶에 의미를 부여하고 싶어 합니다!"라고 했어야 하나? "당신 동생은 나처럼 시인이 되지 않아서, 삶에 목표를 정해 놓지 않아서 후회하고, 지금 그걸 찾고 있습니다!"라고 했어야 하나? 진지한 상인의 마음을 아프게 해 주려면 그런 말을 할 수도 있었다. 과장해서 조언

해 줄 수도 있었을 것이다. 하지만 그러고 싶지 않았다. 게다가 전화상으로 "동생은 시인이 되지 않아서 후회하고 있습니다!"라고 해 봐야, 자기 가족 중에 그런 생각을 하는 사람이 있다는 게 수치스러워서 붉으락푸르락하는 오스만의 얼굴도 볼수 없다.

레피크가 "너처럼 시인이 되고 싶어!"라고 했던 걸 무히틴은 떠올리곤 했다. 남는 시간에 루바이*를 쓰는 자기 할아버지가 시인이라고 생각하는 사람이 이렇게 말했다면 무히틴은 신경 쓰지 않았을 것이다. 그러나 레피크의 말투에는 분명하고 확실한 불만이 배어 있었기 때문에, 이 말을 떠올릴 때마다 그가 자기 삶을 부러워하는 것 같아 위안을 받았다. 위안이 필요했다. 자신도 삶의 밖에 있었으며, 시인으로 성공하지 못했다고 생각했기 때문이다. 시집이 출간된 지 여섯 달이 지났지만, 신문에 실린 거라곤, 자상한 아버지같이 보이지만 사실은 적의가 가득한 음흉한 짧은 글뿐이었기 때문이다. 지금까지 250권밖에 팔리지 않은 시집을 생각할 때마다 위선적이고 무시하는 듯한 그 글이 떠올랐다. 어떤 술집에서 본 적이 있는 늙은 작가가 왜 화를 내며 그런 글을 썼는지 조사해 봤지만 아무것도 알 수 없었기 때문에, 시인으로서의 재능과 삶은 망쳤다고 결론지었고, 몇 달 동안 머릿속을 떠돌던 이 생각이 점점 깊어져서 하루 종일 베이올루로 나갈 생각만 했다. 1938년 3월, 그는 스물여덟 살이었다. 시인이라는 것과 자살에 대해 결심

---

* 4행 연시.

한 걸 실행에 옮길지를 생각하기 시작해야 했다.

'이 년 후엔 서른이 돼!'

무히틴은 이렇게 생각하며 습관적으로 들르던 술집으로 들어갔다. 아는 얼굴들과 인사를 나누지 않으려고, 평범한 술집 분위기에 휩쓸리지 않으려고, 냉정한 표정을 지었다. 그가 항상 마시는 라크와 병아리콩을 웨이터가 가져와 앞에 놓았다. 고개도 들지 않고 빨리 술을 마셨다.

그는 스물여덟 살이었다. 시인으로서 기대했던 걸 얻지 못했고, 시와 베이올루 말고는 아무런 안식처가 없었다. 하지만 지금은 베이올루도 역겨웠다. 그의 뒤에서, 옆에서, 오가는 얘기에 귀를 기울였다. 목소리를 듣고 누군지 알아챘던 한 신문기자가, 말만 들어 봐도 존경스럽지 않은 어떤 여자에게, 자기가 얼마나 가혹한 말을 하는지 설명하고 있었다. 그들 옆에 앉아 있는 사람은 "그는 지독하게 탐욕스러운 놈이야, 지독하게 탐욕스러운 놈이라고!"라는 말을 하고 있었다. 뒤쪽 테이블의 누군가는 그도 잘 아는 정치인이 어렸을 때 얼마나 불행했는지 설명하고 있었다. 무히틴은 베이올루가 아니라 소박한 베쉭타시 술집에 갈걸 그랬다고 생각했다. 하지만 베쉭타시 근처엔 여자들이 없었다. 게다가 거긴 사관 고등학교 학생들을 만날 때 가는 곳이었다.

무히틴은 술을 다 마시고, 계산을 하고, 자리에서 일어나면서 '난 서른에 자살할 거야!'라고 생각했다. 막 나가려다가 자기 사무실에 자주 들르는 늙은 시계공과 눈이 마주쳤다. 따스한 시선으로 자신을 바라보는 노인을 향해, 아무 생각도 하지 않고 그저 그래야 할 것 같아서, 미소를 지어 보였다. 그런 후 마음속에서 생겨나는 감정 때문에 스스로에게 벌을 주고 싶다는 생각이 들었고, 외메르가 '넌 자살할 수 없는 사람이야!'라고 했던 걸 떠올렸다.

그는 다시 거리로 나왔다. 급히 마신 라크가 피와 섞이고 있었다. 사람들의 얼굴이 흘러갔고, 진열장과 영화 포스터, 식당 불빛에서 뿜어져 나오는 형형색색의 활기 없는 빛이 그의 얼굴을 비추었다.

'내가 정말 서른에 자살할까?'

골목 안으로 들어갔다. 이 골목으로 들어갈 때마다 역겹기도 하고 두렵기도 해서 마음이 불편하다는 걸 다시 깨달으며, 인도, 네모난 돌이 깔린 길, 붉은 불빛이 비치는 물웅덩이가 더럽고, 베이올루가 추하고, 자신은 불쌍한 겁쟁이에다 무너져 내리기 직전이라고 생각하며 걸었다. 오래된 3층 집이 보였다. 여느 때처럼 무심하고 침착하게, 자기 집 대문으로 들어가듯, 안으로 들어갔다. 문을 열어 준 늙은 여자를 공허하게 바라보고, 계단을 올라갔다. 작고 환한 현관에 여자들이 앉아 있었다. 여자들이 자기를 쳐다보는 걸, 그중 하나가 기쁜 듯이 가식적이고 유혹적인 신호를 보내는 걸, 다른 여자들이 웃는 걸 보았다. 하지만 생각하고 싶지 않았다. 생각이라는 건 바라지 않으면서, 술이 더 빨리 피에 섞이길 기대하며 어떤 여자에게 돈을 주고 계단을 올라갔다. 붉은 전등이 밝히고 있는, 창문도 없는 숨 막히고 더러운 방으로 들어갔다. 잠시 기다리라고 하는 여자를 다시 무심하게 바라보며 팁을 주고 침대 옆에 있는 안락의자에 앉았다.

'잠시 후면 오겠지!'

머리를 뒤로 기대고, 짧은 팔을 아래로 떨어뜨리고, 심장마비를 일으킨 노인처럼, 자기 마음에 귀를 기울이며, 안락의자에 앉아 있었다. 답답하고 역겨운 냄새가 나는 방의 높은 천장에서 늘어져 있는 빨간 전등을 바라보았다. 불이 켜져 있지만 어쩐지 차가운 느낌이 들었다. 무히틴은 「붉은 전등」이라는 시를 쓰려고 했지만, 솔직함과 진심이 필요하다는 걸 알고는 그만두었다. 자기가 위선적이고 숨기려 했기 때문이 아니라, 그런 진심을 괴상하게 여기는 사회에서 산다고, 그 시가 이 사회에서는 스캔들만 일으킬 뿐 달리 해석되지 않을 거라고 생각했기 때문에 그만두었던 것이다. 하지만 지금, 여기 혼자 앉아서, 스스로에게 가혹해야 한다는 걸 다시 한 번 느꼈으며, 두려움과 위선 때문에 그런 시를 쓰지 못한 거라고 생각했다. 지금 그는 스스로에게 가혹했다. 자신이 서른에 자살하지 못할 것이고, 위선으로 똘똘 뭉쳐져 있고, 형편없는 시인이며, 곧 들어올 여자에게서 병을 옮을까 두려워한다고 생각했다. 하지만 병에 대한 두려움을 잊게 해 줄 만한 생각도 있었다. 이런 두려움을 느낄 때마다 보들레르를 떠올렸다. 비사회적인 중산층이었던 그 가련한 프랑스인을 보들레르로 만든 건 두 가지였다. 외로움과 매독! '나는 보들레르처럼 외롭고, 비관적이고, 영리하고, 사랑에 목마른 시인이야! 보들레르처럼 창녀가 유일한 친구야. 그에겐 있지만 내겐 없는 건 매독뿐이야. 이 병에 걸린다면 완전히 똑같아지지! 똑같아져!' 그는 붉은 전등을 바라보면서, 점점 다가오는 근심에서 벗어나기 위해 이렇게 생각했다. 잠시 후 어떤 여자가 노래를 흥얼거리며 계단을 올라오는 소리가 들렸다. 발소리가 들렸지만 노랫소리는 방문 앞에서 멈추지 않고 지나쳐 갔다. 그런 후 옆방 문이 삐걱거리며 열렸다. 자기 같은 사람이 있었던 것이다. '나의 유일한 친구는 그들이야!' 여자의 얼굴을 떠올려보려고 애를 썼다. 하지만 별로 기억나는 건 없었다. 다른 여자들 얼굴이 떠올랐다. 오늘 사무실에 동업자의 아내가 들렀다. 쇼핑을 하고 오는 길이었다. 서른 살 정도에 머리가 검은 평범한 여자였다. 마음속에서 무시하는 마음이 일었다. '난 지금 동업자의 아내를 생각하고 있어. 그녀는 내 꿈속의 공주와 닮지 않았지!' 하고 생각하며 웃었다. 그는 꿈속의 공주와 닮지 않은 여자는 다 무시했다. 무히틴을 결혼시키려고 달갑잖은 노력을 하는 동업자는 농담조로 그가 여자의 적이라고 한 적이 있었는데, 무히틴은 자기가 꿈속의 공주를 얼마나 존경하는지를 얘기하며 전력을 다해 반박했고, 그렇게 한 다음엔 스스로에게 화가 났다. '나의 유일한 친구는 그녀들이야.' 그녀들을 다른 여자들보다 얼마나 더 존경하는지 생각했다. 이런 생각이 들 때마다 그녀들은 가난 같은 어쩔 수 없는 이유 때문이 아니라, 다른 사람들이 하는 일은 하고 싶지 않기 때문에, 사회 규율에 가치를 두지 않기 때문에 의식적으로 선택해서 이런 상황 속으로 들어왔다고 생각했다. 누군가 계단을 올라오는 걸 깨닫자 흥분이 일었다. 흥분과 함께 걱정도 찾아왔다. 언제나 생각하는 걸 다시 한 번 재빨리 생각했다.

'다신 여기 오지 않을 거야! 더 열심히 일할 거야! 다신 여기 오면 안 돼!'

발소리가 문에서 좀 떨어진 곳에서 멈췄다. 무히틴에게도 익숙한, 낮고 허스키한 여자 목소리가 스스로를 숨기지 않고 누군가에게 물었다.

"나의 작은 눈, 여기 있어?"

어떤 남자가 대답했다. 무히틴은 익숙해져서 신경도 쓰지 않았다. 전에도 들은 적이 있는 말이었다. 육 개월 전 여기 처음 왔을 때⋯⋯. 신경 쓰지 않는다기보다는 오히려 좋아한다고 하는 편이 맞을 것이다. 여자의 목소리에 희미하게나마 연민이나 모성애가 묻어 있다고 생각했다.

"나의 작은 눈!"

문이 열렸다. 여자의 얼굴에 붉은 빛이 비쳤다. 여느 때처럼 가식적인 표정을 지으며 "아, 이 바람둥이!"라고 했다. 무히틴은 부끄러운 표정을 지었다. 이제 여자는 안부를 묻고, 그런 후엔 옷을 벗으면서 "날 기다렸어?"라고 할 것이다. 무히틴은 갑자기 자리에서 일어나 여자의 어깨를 잡고 물었다.

"내가 자살할 수 있을까?"

"날 죽일 거야?"

여자는 깜짝 놀랐다. 그녀는 두려운 듯 몸을 빼고 무히틴의 팔에서 빠져나갔다.

"그게 무슨 말이야?"

그녀는 미친 사람을 보는 것처럼 무히틴을 바라보았다. 하지만 그리 무서워하는 것 같진 않았다. 이러한 일엔 익숙한 모양이었다.

"아니, 네가 아니라 나!"

무히틴은 이렇게 말하지 않았다. 그저 고개를 떨어뜨렸을 뿐이다.

28
시간을 보내려고

밖에선 눈보라가 쳤다. 바람에 창이 떨렸고, 굴뚝이 웅웅거렸고, 폭풍 소리가 라디오에서 흘러나오는 소리를 덮어 버렸다. 휘몰아치는 소리가 심해질수록 헤르 루돌프 혹은 헤르 폰 루돌프는 눈살을 찌푸리며 라디오에서 흘러나오는 히틀러의 열띤 목소리에 귀를 쫑긋 세웠다. 히틀러가 하는 말이 사람들에게 통역해 줄 수 없을 정도로 심해지자 독일인 엔지니어는 수치스럽다는 표정으로 무릎 위에 올려놓은 자기 손만 바라보았다. 레피크 역시 걱정스러운 말이 라디오에서 흘러나온다는 걸 알게 되었다. 히틀러는 비엔나에 있었다. 헤르 루돌프는 손님들에게 라디오에서 흘러나오는 그의 말을 통역해 주고 있었다. 외메르는 창문을 때리는 눈보라를 바라보며 가끔 하품을 했고, 레피크는 헤르 루돌프의 얼굴을 살피고 있었다. 헤르 루돌프는 다시 수치스럽다는 표정으로 손을 내려다보았고, 마침내 히틀러의 목소리는 끊어졌다. 존경을 듬뿍 담은 아나운서의 목소리가 들려왔다. 그러다 이 독일인 엔지니어가 특별한 기구로 강력하게 만든 수신기가 직직거리고 웅얼거렸고, 왈츠가 흘러왔다. 「아름답고 푸른 도나우 강」.

"끝났어! 독일이 오스트리아를 삼켰어. 히틀러는 빈에서 열광적인 환영을 받았어……."

헤르 루돌프는 십 년 동안 익혀 온 완벽한 터키어로 뉴스를 통역해 주었다. 스페인에서는 프랑코파의 승리가 점점 더 가까워졌고, 프랑스 정권은 위기 상황이었고, 체코슬로바키아에서도 긴장감이 맴돌았다. 레피크가 물었다.

"그렇다면 이제 어떻게 되지요?"

"아무 일도 없을 거야! 우린 체스를 둘 거야, 그렇죠, 헤르 루돌프?"

외메르는 이렇게 말하며 일어났다. 그는 서랍 위에서 체스 판을 들고 와 작은 탁자 위에 올려놓았다.

"보시다시피 당신 친구는 아주 현실적이오. 유럽을 덮친 공포에는 관심이 없소. 그가 관심 갖는 건 체스뿐……."

헤르 루돌프는 이렇게 말하다 부끄럽다는 듯 웃으며 덧붙였다.

"하지만 사실 나도 체스에 관심이 없다고 할 순 없소."

"둘이서 해요! 진심이에요, 어서요!"

"한 판만!"

독일인은 얼굴을 붉혔다. 그는 흥분하며 자리에서 일어나 체스 판 앞에 앉았다. 한 시간 전에 여기로 들어오면서, 레피

크는 체스가 아니라 얘기를 하고 싶다고 농담처럼 말했던 것
이다.

"패배한 레슬러는 레슬링에 목말라한다!"

외메르는 이렇게 말했다. 이틀 전 게임을 두고 하는 말이
었다.

이삼 일에 한 번쯤 외메르와 레피크는 저녁때 독일 엔지니
어를 방문했다. 그도 그들이 오면 아주 좋아했다. 그는 외로운
사람이었다. 십 년 전, 시와스-심순 철도 건설 현장에서 일하
려고 독일에서 왔고, 그 후에는 시와스-에르주룸 구간에서 일
했다. 히틀러가 독일을 장악하자 귀국하지 않기로 결심했다.
다른 이유도 있을 것이다. 장군인 아버지를 좋아하지 않았고,
독일인의 편견을 혐오한다고 한 적도 있다. 독일로 돌아가지
않는 또 다른 이유는 터키에서 돈을 많이 받기 때문이었다.

레피크는 체스 판 옆으로 의자를 당겨 앉으면서 다시 물었다.

"어떻게 할 거예요?"

"난 이제 절대 고국으로 돌아가지 않소! 독일이 히틀러가
원하는 걸 갖게 해 주면 그는 전쟁을 하지 않을 거요. 하지만
독일을 내버려 두지도 않겠죠."

"잘됐네요! 여기서 살아요. 십 년이나 지났는데 어떻게 가
요! 이제 반은 터키인이 됐잖아요!"

외메르가 말했다.

"하, 날 웃게 만들지 마시오. 웃으면 지게 되거든."

긴 정적이 흘렀다. 「아름답고 푸른 도나우 강」과 폭풍 소리
만 들려왔다. 레피크도 체스 판을 들여다보고 있었다.

서로 열두세 번씩 공격을 하고 나서, 헤르 루돌프의 공격 직후 외메르가 예상치 못한 말을 움직였다. 독일 엔지니어의 공격을 예상하고 그에 대해 미리 고심한 게 확실한 수였다. 독일 엔지니어는 반은 터키어로 반은 독일어로 불평했고, 한숨을 푹푹 내쉬며, 항상 들고 있는 파이프 담배를 만지작거렸다. 하인이 차를 가져올 즈음에는 자신이 졌다는 걸 인정하고는 슬프고 의기소침하고 부루퉁한 표정으로 체스 판을 쳐다봤다.

"코냑 좀 마셔요, 헤르 루돌프!"

외메르는 일어나서 집주인의 대답도 기다리지 않고 술병을 가져왔다.

"반은 터키인이라는 게 왜 그렇게 우스운지 말해 봐요."

"터키인과 나는 다르기 때문이오."

독일인 엔지니어는 이렇게 말했다. 패배의 흔적이 남은 얼굴이 전투적으로 변했다.

"터키를 떠나 어디로 가려고요?"

레피크가 물었다.

"미국으로!"

"왜 여기 있지 않고요?"

외메르가 쾌활하게 물었다.

"이 나라는 나하고 안 맞소!"

"왜요? 십 년 동안 있었잖습니까? 이제 익숙해졌잖아요."

"어쩌면 몸은 익숙해졌겠지. 하지만 영혼은 아니오."

그는 감상적으로 손을 가슴 위에 올려놓았다.

"왜 익숙해지지 않는다는 거죠? 이스탄불에는 당신처럼 독일에서 도망친 사람이 많아요. 왜 그들처럼 못 된다는 거죠?"

"난 내 영혼에 대해 말하는 거요."

"영혼이라고요! 당신은 이곳 삶을 좋아하지 않아요. 이젠 평온을 원하죠. 어렸을 때 아버지와 함께 왔던 터키를 다시 찾았다가 여기 살게 됐고, 돈도 벌었죠. 이젠 편한 곳으로 도망치는군요."

"아니오, 아니에요!"

그의 얼굴이 더 붉어졌다.

"당신이 잠깐이라고 한 세월이 십 년이오. 날 화나게 하는군. 말해 보겠소. 나는 동양을 좋아하지 않소. 나는 이곳 분위기를, 내 영혼과 전혀 맞지 않는 이질적인 영혼을 좋아하지 않소! 당신에게 몇 번이나 읽어 주고, 번역해서 써 주고, 그래서 당신도 읽은 글이 있지 않소?"

그는 전에 레피크에게도 읽어 주었던 횔덜린*의 시를 흥분하며 다시 읊어 주었다. 그런 다음 한 문장 한 문장을 터키어로 번역해 주었다.

"마치 위대한 폭군처럼, 동양은 힘과 눈부신 빛으로 사람들을 넘어뜨린다, 사람들은 걷는 걸 배우기 전에 무릎을 꿇고, 말하는 걸 배우기 전에 기도를 해야 한다! 몇 번이나 읽어 준 시 아니오? 그땐 당신도 동감하더니, 지금은 왜 그러오?"

"우린 지금 얘기를 나누고 있잖아요, 헤르 루돌프! 시간을 보내려고 얘기를 나누고 있어요. 화낼 이유가 없죠, 얘기를 하

---

* 1770~1843. 독일의 시인.

는 건데. 하지만 당신은 우리를 경멸하고 있어요······. 아닌가요? 그 미친 시인의 글을 되풀이해 읽으면서 우릴 경멸하는 거예요. 이렇게······."

"난 아무도 경멸하지 않소. 단지 동양의 영혼과 내가 맞지 않는다고 말하고 있을 뿐이오. 항상 하는 얘기지만······."

"하지만 나하곤 잘 맞는다고 말하곤 했잖습니까?"

"물론. 당신은 그들 중 하나가 아니니까! 당신은 자신이 라스티냐크와 닮았는지 묻지 않았소? 당신도 이 나라의 영혼과 맞지 않소······."

헤르 루돌프는 흥분하며 레피크를 가리켰다.

"물론 당신도 맞지 않소, 당신도! 당신들 중 누구도 당신들이 살고 있는 이 땅과 맞지 않소. 악마가 당신들 속으로, 영혼으로, 이성의 빛을 던졌고, 그래서 이젠 이질적인 사람이 되었소. 안간힘을 써도 당신들은 이방인이오. 당신들이 사는 세계와 당신들 영혼 사이에는 불협화음이 있어요. 난 알아요, 아주 분명히 보인다오. 당신들이 세상을 바꾸든지, 그러지 못하면 외부에 남아 있어야 할 거요."

그런 후 다시 레피크를 바라보며 물었다.

"그런데 당신 공부는 어떻게 돼 가오? 끝내고 이스탄불로 돌아가기로 했소?"

"아직 아무것도 결정한 게 없습니다!"

"봐요, 보라고! 이성의 빛은 동양의 영혼과 맞지 않소······. 당신들은 주위 사람들처럼 되지 못했소. 루소에 대해 언급했지만······. 당신이 사는 세계는 아주 딴판이오······."

"그렇다면 우린 어찌해야 되죠?"

"잠깐! 난 빼 줘. 난 뭘 해야 할지 잘 알아…… 목표를 정하고, 계획을 세우고, 신념을 갖고 나아가는 것. 이게 다야. 모두 자기 의견만 얘기하기로 합시다."

외메르가 끼어들었다.

"알았어, 알았어. 난 아무것도 결정하지 못했어."

레피크는 중얼거렸다. 그는 사 주 내내 이스탄불에서 가져온 경제 관련 책을 읽고, 터키 경제와 국가주의와 혁명에 대해 생각하고, 뭔가를 쓰고, 자신이 생각하고 쓴 걸 가지고 헤르 루돌프와 논쟁했으므로, 이제 결론에 이르고 싶었다. 하지만 아직 생각을 다 정리하지 못했고, 쉽게 할 수도 없으리란 걸 알고 있었다.

"합리주의를 포기하지 마시오! 합리주의를 포기하면 당신은 무너지고 말 거요!"

헤르 루돌프는 이렇게 말하며 코냑이 들어간 차를 외메르처럼 급히 들이켰다.

'합리주의라는 게 뭐지? 건전하고 균형 잡힌 것, 나의 생각에 흥분과 열정을 뒤섞지 않는 것. 이런 걸 거야…… 왜 저런 말을 하지? '합리주의'라는 게 내가 니샨타쉬의 집에서 예전같은 평온을 찾는 데 도움이 될까? 양심 한구석에서 묵직하게 느껴지는 불편함에서 벗어나게 하고, 과거의 일상을 지금의 의식으로 지속하게 할까? 아냐!' 레피크는 이렇게 생각하다 문득 니샨타쉬의 가족을 떠올렸다. 페리한과 아이를 생각했다. 계단에 있는 시계가 똑딱거리는 소리, 그 집만의 평온한 냄새가 느껴지는 것 같았다.

"하지만 당신은 횔덜린에게 동의했잖소?"

헤르 루돌프는 여전히 같은 지점에 있었다. 외메르가 그동안 반대하지 않던 횔덜린의 말에 지금은 이의를 제기하는 것처럼 말하자 분개하고 있었다. 차를 가져오려고 방을 나가면서 "뒤통수를 치는군!"이라고 했다. 쟁반을 들고 들어오면서 말을 이었다.

"게다가 당신은 내가 편한 삶을 원한다고 쉽게 말했소. 여기서 부족한 게 뭐요? 발전기가 있고, 부엌에는 내 분부를 기다리는 하인이 있소……. 편한 삶이라고? 그런 당신이 또 다른 라스티냐크요!"

밖에서 늑대가 울부짖는 소리가 들렸다. 헤르 루돌프는 창쪽으로 걸어가, 창에 얼굴을 붙이고 두 눈가에 손바닥을 대고 어둠 속을 바라보았다.

"오늘 밤엔 여기서 자고 가시오!"

"우리는, 우리 터키인을 경멸하는 사람 집에서 머물 수 없어요!"

외메르의 말이 진심인지 장난인지 알 수 없었다. 레피크는 이해할 수 없었다. 하지만 헤르 루돌프가 몹시 화가 난 건 알수 있었다. 독일인은 창가에서 물러나, 화가 나서 새빨갛게 변한 얼굴로 외메르를 바라보았다. 얼굴이 새빨개진 건 그의 영양 상태가 좋아서가 아니라 화가 났기 때문이었다.

"당신은 자신을 라스티냐크라고 하는 걸 좋아하지만……. 아니, 절대 그렇게 되지 못할 거요……."

독일인은 짜증스럽게 안락의자에 앉았다. 파이프 담배를 만지작거리다 불을 붙였고, 한동안 자기 손만 바라보며 침묵했다. 그런 후 다시 말을 시작했다.

"내 말해 두는데, 그렇게 되지 못할 거요. 내 조국과 내 영혼은 길 끝에 와 있소. 당신들의 조국과 영혼은 길 앞에 있고……. 당신들 영혼은 좀 전에 내가 언급한 빛이 새로 떨어졌기 때문에 젊다오. 하지만 성숙할 기회를 찾지 못할 거요……. 당신을 라스티냐크로 만든 그 씨앗이 이 땅에 있기 때문이오. 동양의 거칠고 가혹한 땅에서 어떻게 싹이 틀지 모르겠소……. 아니, 그건 라스티냐크와 비교할 수 없는 거요……. 아니, 왜들 그렇게 보고 있소?"

"아직도 우리를 경멸하고 있군요! 더 이상 당신 말은 듣지 않겠어요. 내가 실수로 당신에게 '폰'이라고 했다고 해서 머리에 떠오르는 건 뭐든 말하는군요."

외메르가 거칠게 쏘아붙였다.

"내 머릿속에 떠오른 건 이게 전부가 아니오. 당신들이 걱정스럽소. 나는 마흔이 넘었소. 난 앞으로 뭘 할지 알고 있소. 미국의 한 도시에서, 엔지니어로 일하고, 책을 읽고, 음악을 들을 거요……. 하지만 당신들은……. 당신들의 야망에 이 땅은 적합하지 않소……. 왜냐하면 이 땅은 오래된 잡초와 가시를 제거하지 않았기 때문이오. 발자크의 라스티냐크 뒤에는 유혈의 프랑스혁명이 있었소. 이곳에는 뭐가 있소? 이곳에서 가장 영향력 있는 사람은 여전히 케림 나지 씨요……. 이곳 철도 공사에서 가장 영향력 있는 사람은 지주란 거요. 지주이자 철도 건설업자이자 국회의원……. 그가 다 해 먹으니 당신들에겐 남은 게 없소……. 하하하……. 오래된 풀과 가시가 사방을 뒤덮고 있는데 당신이 뭘 정복하겠소, 헤르 파티흐?"

"난 내가 해내리란 걸 알고 있어요! 난 알아요. 당신은 상관 말고 입 다물어요!"

헤르 루돌프는 입을 다물었다. 하지만 얼굴에는 흥분과 분노가 남아 있었다. 잔에 차를 따르지 않고 곧장 코냑을 따라 급히 들이켰다. 잠시 주위가 잠잠했다.

"폭풍이 그치질 않네요!"

외메르가 말했다. 그는 아무 얘기도 나누지 않았던 사람처럼 편안하게 하품을 했다. 자리에서 일어났다.

"음악이나 좀 듣죠! 늦었나요? 그럼 우린 가겠습니다!"

"제발, 좀 더 있어요!"

헤르 루돌프는 아직 흥분이 가라앉지 않은 얼굴이었다.

"잘하면 베를린 라디오를 찾을 수 있을 거요. 요즘은 왈츠를 들려주더군……."

외메르는 라디오 주파수를 찾기 시작했고, 잠시 후 찾아냈다. 달콤하고 졸릴 정도로 느린 왈츠가 방을 채웠다.

"내가 당신들을 경멸했다고 생각하는 건 아니오?"

헤르 루돌프는 이렇게 물었다.

"아니에요. 하지만 나에게 상처를 줬습니다."

외메르는 이렇게 말하고 한동안 침묵하다가 덧붙였다.

"하지만 인정해요, 당신이 경멸하는 게 하나는 있다는 걸."

"그래요, 있소! 케림 나지 씨. 그를 혐오하오. 일꾼들, 장인들, 하청업자들이 모두 그를 숭배하오. 모두 그 사람 얘기를 하죠. 장군이었던 나의 아버지처럼. 모두 그를 좋아하오……. 그의 재산, 그가 말 타는 모습, 그가 걷는 모습, 잘생긴 얼굴을 찬미하오. 그의 노예이면서도 그를 좋아하오. 그가 뭘 하오? 아무것도 안 하잖소! 그는 아무리 걸어도 끝나지 않을 땅을 에스키셰히르에 갖고 있소! 좋은 사람이라고요! 국회의원이라고요! 명사수라고요! 훌륭한 사수에디, 노예의 머리를 쓰다듬는 좋은 주인! 사람들은 그에 대한 전설을 만들어 내오. 빌어먹을 전설 같으니라고! 우리는 이성의 시대에 살고 있소. 사람들은 왜 아직도 어둠의 힘을 숭배하는 거요?"

"난 숭배하지 않아요! 자만심만 가득해서 자상한 척하는 그놈은 나도 혐오합니다!"

"내 영혼이 이질적으로 느끼는 게 바로 그거요! 내 이성은 도저히 받아들일 수 없소. 열두 시간 동안 그를 위해 일하면서, 그를 숭배하다니! 그가 말 타는 모습이나 겸손함에 대해 말들을 하더군요……. 그를 믿고……. 그를 위해 기꺼이 신념을 품고 일을 하는 거요……. 그걸 이해할 수 없소……. 미국엔 그런 게 없소! 거기서도 사람들은 일을 하오. 하지만 사장을 믿고 숭배하는 건 아니오! 거기선 일하지 않고는 살 수 없다고 생각하기에 일을 하는 거요. 어쩌면 여기서 일하는 사람들은 믿기 때문에 더 행복할 수도 있소. 하지만 내 이성은 그들의 전설과 거짓말에 익숙해지지가 않소. 이해가 되오? 나는 이성이 지배하길 바라는 사람이오. 당신들을 경멸해서가 아니란 말이오! 어떻게 경멸할 수 있겠소? 나는 케림 나지 씨를 경멸하오!"

"당연히 그렇겠지요!"

"웃어요, 웃으라고요. 당신은 스스로를 아주 신뢰하고 있소
만⋯⋯."

"알아요, 압니다. 조금 전 당신 입에서 튀어 나오고 말았
죠. 당신은 내 영혼이 젊다고 질투하고 있어요⋯⋯. 이제 당신
은 이렇게 될 수 없으니까요⋯⋯. 하지만 당신은 갈망하고 있
죠!"

"에이, 그렇게까지!"

레피크는 달아오르는 논쟁을 진정시키려 했다.

"걱정 마시오, 난 화나지 않소. 나한테 '폰'이라고 해도 화
내지 않을 거요. 왜냐하면 그를 아니까⋯⋯."

헤르 루돌프가 말했다.

"물론 난 당신에게 '폰'이라고 할 수 있어요."

외메르는 이렇게 말했지만 화난 표정은 아니었다. 갑자기
그에게 물었다.

"체스 한 판 더 둘까요, 어때요?"

독일인이 레피크를 쳐다보았다.

"저 친구는 신경 쓰지 않아도 돼요. 그는 자기 생각에 빠
져 있으니까요. 술도 마시고 있고요⋯⋯. 우리는 게임이나 하
죠⋯⋯. 그는 술을 마시고, 깊은 생각에 빠질 겁니다. 사랑하
는 집과 사랑하는 나라 사이에서 고뇌할 겁니다. 우리도 우리
일이나 봅시다!"

외메르는 레피크에게도 말했다.

"화나지 않았지?"

"아냐, 무슨 말이야, 두 사람은 게임이나 해!"

"그래, 여기서 자고 갈 거지, 그렇지?"

"좋소!"

헤르 루돌프가 갑자기 소리쳤다. 그런 후 적절하지 않은 행동을 하는 게 걱정스럽다는 듯 가만히 앉아 있었다.

"세상은 들끓고 있는데 우리는 체스를 하는군. 좋소, 뭐, 어쩌겠소, 오스드리아에서 일어난 일인데! 우리가 뭐 어떻게 하겠소!"

29
비망록 II

1938년 3월 14일 월요일

어제 저녁에도 우리는 헤르 루돌프에게 갔다. 늦게까지 술을 마셨다. 폭풍도 불었다. 거기서 자고 왔다. 외메르와 루돌프는 체스를 했고, 언제나처럼 서로에게 가시 돋친 말을 해 댔다. 그런 후 우리는 함께 얘기를 나누었다. 루돌프는 휠덜린의 시를 또 읊었다. 동양의 영혼이나 외메르가 하는 일에 관한 자신의 생각을 얘기했고, 나에 대해서도 자기 생각을 말했다. 내게 합리주의를 포기하지 말라고 충고했다. 합리주의라는 게 뭘까? 내 생각을 감정과 흥분으로부터 분리하는 것? 그는 루소를 선망하는 나를 비꼬는 것 같다……. 하지만 그가 광명이라고 했던 걸 나는 잘 이해했고, 내가 사는 땅과 내가 맞지 않는다고 했던 말도 맞는다고 본다. 이 독일인과 얘기하면 즐겁다! 어제부터 계속 폭풍이 불고 있다……. 나는 똑같은 고민을 계속하고 있다. 집에는 언제, 어떤 식으로 돌아갈 것인가?

3월 19일

폭풍우는 어제 잦아들었다. 나는 책을 읽는다. 집을 떠난 지한 달이 넘었지만 돌아가지 않았다. 편지를 쓰든지, 마음을 먹고 돌아가야 한다. 이런 생각이 들었다. 나는 왜 여기 있나? 한 달쯤 사는 곳을 바꿔 보는 게, 집을 떠나 있는 게 좋을 것 같았다. 이스탄불에서 예전처럼 계속 살아갈 순 없었다. 이건 알고 있었다 해도, 난 뭘 기대한 걸까? 모르겠다. 지금 생각해 보면, 길을 나설 때는 한 달이면 모든 게 해결되고, 예전의 평온함을 찾을 거라고 믿은 것 같다. 지금은 그게 쉽게 되지 않으리란 걸 알고 있다. 계속 불안하고, 불편하고, 답답할 것이다. 그렇다면 여기 와서 좋은 점은 두 가지다. 1. 집에서 떨어져, 모든 걸 멀리서 볼 수 있다는 것. 다른 세계도 있다는 걸 직접 보게 된 것. 2. 읽고 있는 책에 몰입할 수 있는 에너지와 편안함을 찾게 되었다는 것.

3월 22일 화요일

한 달 후에 집에 돌아가겠다는 편지를 보냈다. 여기서 계획을 세우고 공부를 하고 있다, 읽고 생각하며 하루를 보낸다, 지금 집에 돌아간다면 시작한 걸 끝마칠 수 없을 것 같다, 라고 썼다. 페리한에게도 편지를 쓸 생각이다. 한 달이나 그녀에게 편지를 쓰지 않는 건 말도 안 되는 행동이라고 생각했다. 잘못한 사람은 나였다. 어차피 말다툼은 핑계일 뿐이다. 어제 외메르와 이런 얘기를 했고, 그는 내 생각이 옳으니 당장 페리한에게 편지를 써야 한다고 했다. 외메르와는 다른 얘기도 했다. 나의 목표가 뭔지 물었다. 지금 읽고 있는 책에서 쓸모 있는 걸 발견할 때까지 연구할 것이고, 농촌 개발을 위해 할 일을 찾는 거라고 대답했다.

3월 26일

페리한에게도 편지를 쓰고 나니 마음이 편해졌다. 우리의 다툼에서 잘못은 내게 있으며, 그녀보다는 나 자신을 생각했다는 걸 깨달았다고 썼다. 여기서 공부할 시간을 조금만 더 달라고 했으며, 나를 이해해 달라고 부탁했다. 언젠가부터 느끼지 못하고 있던 평온한 마음으로 이런 편지를 썼다. 마음이 편해졌다. 생각은 명백했다, 그렇게 생각한다. 미래를 가늠할 수 있다. 정확히 말하면, 미래는 내 손에 달려 있다는 걸 알게 되었다. 좋은 일이나 나쁜 일이 생기는 것, 행복하거나 불행한 것, 평온하거나 답답한 것, 이 모든 건 내게 달려 있고, 내 처신에 달려 있다는 걸 알게 되었다. 나 말고 내 인생을 결정하는 데 영향을 미치는 다른 힘은 없다. 이제는 내가 그렇게 영리한 사람이 아니라는 것도 알았다.

4월 2일 토요일

여기 온 첫날만큼 화창하다. 외메르도 일이 없었다. 하즈가 주변을 구경시켜 주었다. 우리는 에르진잔 쪽으로 4~5킬로미터 떨어진 알프 역까지 걸어갔다. 역에서 약간 들어간 곳에는 하즈가 관리하던 농장이 있었다. 하즈가 부인과 아름다운 딸, 장성한 아들과 거기 살고 있었다. 농장과 땅은 압뒬하미트가 케마흐로 유배를 보내 군수직을 주었던 사람의 소유였다. 그가 죽자 상속자들이 재산을 나눠 가졌고, 일부는 팔았다. 나머지를 하즈가 관리하다가 나중에는 그만두었다고 한다. 아주 섬세하고 감각적으로 꾸민 오래된 목조 저택은 썩어 가고 있었다. 맨 아래층에 하즈와 가족들이 살고 있었다. 돌아오는 길에는 짐승을 보았다. 쇼리가 커다랗고 두꺼운 짐승이었다. 여우라고 했다. 하즈가 총을 겨누자 도망쳐 버렸다. 하즈라는 사람은 이상해서, 그를 아직 이해하지 못했다. 그는 얼마 안 있어 교각 현장에서 일할 거라 했다. 준비 작업이 시작되었다고 했다. 외메르와는 좀 전에 얘기를 나누었다. 공사를 제때 마치지 못할 것 같아 걱정이라고 했다. 하지만 아직 시간이 남아 있다. 달콤한 피로가 몰려온다. 연신 하품이 나오는 걸 보니 자야 할 것 같다…….

4월 8일 금요일
루돌프의 거처로 갔다. 잡담을 나누고, 그와 체스를 뒀는데 내가 졌다. 그는 아주 즐거워했다. 그런 후 다시 같은 얘기를 나누었다. 루돌프는 나와 외메르의 미래가 걱정된다고 했다. 난 바보인가?

4월 12일
내가 읽은 책과 남겨 둔 메모에서 뭔가 도출해 낼 수 있을 것 같았다. 터키의 농촌문제를 해결하려면 어떻게 해야 하나? 농촌을 중세의 암흑에서 구해 내고, 도시 그리고 혁명과 관계를 맺도록 해야 한다는 생각을 하다가, 지금까지와는 다르게 접근해야 한다는 걸 깨달았다. 국가주의라는 틀 안에서 해야 할 것들이 있다! 하지만『혁명과 조직』은 모든 걸 해결하기엔 충분치 않다.『국가와 개인』에 나오는 자유주의도……. 나는 고유하고 특별하며 복잡한 것을 생각하고 쓰고 발전시키고 있다. 뭔가를 발견했다고 생각하자 너무 기쁘고 흥분이 되어 책상에서 일어나 방 안을 서성거렸다. 잠시 후 다른 것들이 생각나 머릿속은 더 복잡해졌다. 그러다 눈앞에 어떤 장면이 떠올랐다. 페리한과 결혼하는 장면, 어느 날 어느 장소에서 예상치 못하게 만난 사람. 농촌문제에 관한 내 생각을 끝까지 연구해서 언젠간 누군가에게 써서 주고 싶었다. 이스메트 파샤에게 보여 주면 될까? 헤이벨리 섬에서 그를 만날 수 있을 테니까. 아니면 다른 누군가에게……. 쉴레이만 아이첼릭? 이런 생각을 한다고 내가 몽상가라고는 여기지 않는다. 아침에 일어나면 마음이 좀 착잡할 뿐이다.

4월 16일

페리한에게서 답장이 왔다. 두 장짜리 편지였다. 하루 종일 몇 번을 읽었는지 모른다. "당신은 원하는 때에 돌아와도 돼. 그건 당신이 알아서 해. 하지만 가능한 빨리 돌아왔으면 해. 아이와 나만 여기 남겨 두는 건 싫어!" 그녀는 친정으로 가는 건 생각도 안 해 봤다고 했으며, 자기 잘못으로 다툼이 일어난

게 아니라는 것도 안다고 했다. 내가 부당하게 행동했다는 걸 알아서 다행이라고 했다. 아이 얘기도 조금 했다. 누구의 잘못도 아니라고 했다. 서로의 자존심을 지키려고 무척 애쓴 흔적이 역력했다. 당장 이스탄불로 돌아가고 싶었지만, 그러면 모든 걸 도중에 그만두는 셈이다. 그럼 언제 돌아가지? 여기 온 지도 두 달이나 됐지만, 별 진전이 없다. 아침 7시에 일어난다. 8시까지 아침을 먹고, 날씨에 상관없이 산책을 한다. 오후 1시까지 공부를 하고, 점심을 먹고는 낮잠을 잔다. 그런 후 6시나 해가 질 때까지 공부를 한다. 그런 다음엔 저녁 식사. 루돌프에게 가든지 오늘처럼 책을 읽는다. 볼테르, 루소……. 페리한은 내가 원하는 책을 사서 보내겠다고 했다. 사실 염치가 없기는 하지만 어쩌겠는가?

4월 26일

봄! 다리 공사가 시작되었다. 내가 사는 막사에도 새로 엔지니어들이 왔다. 이제는 전처럼 방을 편히 쓸 수가 없다. 세 명이 왔고 인사를 나눴다. 내가 공사와는 관계가 없다고 하자 놀라는 눈치였다. 여기서 뭘 하는지 궁금해했다. 설명하는 게 내키지 않았다. 불편하다. 엔베르와 살리흐는 아마도 비아냥거리는 투로 내 상황을 설명하는 것 같다.

4월 27일

그 유명한 케림 나지 씨를 알게 되었다. 그는 말을 타고 다닌다. 듣던 대로였다. 그는 말을 탄 나폴레옹 같은 대접을 받왔다. 모두 입을 딱 벌리고 부럽다는 듯, 손을 앞으로 다소곳이 모은 채 그를 바라보았다. 그도 군대를 시찰하는 지휘관처럼 고개를 끄덕였다. 그는 외메르의 결단력과 진취성에 대해 놀리듯 말했다. 장교를 칭찬하는 장군 같았다. 정부 파견 감사관들도 말을 타고 그의 뒤를 따랐다……. 나도 말을 탔다. 떨어질 것 같았는데 그러진 않았다. 말이 알아서 혼자 잘 걸으니 그저 그 위에 타고만 있으면 된다.

나의 계획이 착착 진행되고 있다. 기쁘다.

30
음악 애호가들

"여름방학 때 뭘 할 거야?"

제즈미는 대로 한가운데 있는 나무를 뭔가 주목할 게 있다는 듯 바라보며 물었다. 그들은 탁심에서 하르비예 쪽으로 걷고 있었다. 넓은 대로 한가운데에 잎이 풍성한 나무가 늘어서 있었다. 5월 초였다. 무슈 발라츠의 음악 수업을 마친 후 튀넬에서 하르비예를 향해 함께 걷고 있었다. 제즈미는 니샨타쉬까지 오고 싶어 했다. 하지만 아이셰는 허락하지 않았다. 그들이 문명과 남녀 관계에 관해 논쟁하는 것도 그래서인 것 같았다. 올해부터 니간 부인은 음악 수업을 마친 아이셰를 데리러 베이올루로 오지 않았다. 아이셰가 이 허락을 얻어 내기까지 집 안에선 긴 침묵의 전쟁이 있었고, 결국 니간 부인은 딸이 자기가 원하는 대로 되지 않을 것 같고, 자신도 이 괴로운 삶에 진력이 났다는 걸 보여 주려고 얼굴을 찌푸리며, 질렸다는 듯 이 얘기를 더 이상 하지 않았다.

"여름방학 때 뭘 할 거야?"

제즈미는 들고 있던 바이올린 케이스를 흔들며 다시 물었다.

그녀 가족은 이번 여름휴가 때, 지난해에는 제브데트 씨가 세상을 등지는 바람에 가지 못한 헤이벨리 섬으로 갈 계획이었다. 하지만 어머니와 오빠는 올해 고등학교를 졸업하는 아이셰가 프랑스어를 좀 더 익히길 바라며 스위스에 있는 이모에게 보내려고 했다. 스위스에 가면 이곳의 음악 수업도, 튀넬에서 하르비예까지의 산책도, 이 아이와 함께 있는 일도 없을 것이다. '스위스에 가고 싶지 않아!' 잠시 후 제즈미가 다시 바이올린 케이스를 신경질적으로 흔드는 걸 눈치채고 대답했다.

"모르겠어. 넌 뭘 할 생각이야?"

이렇게 묻고 나니 부끄러워졌다. 전에 제즈미가 둘 사이에 큰 차이가 있다는 걸 강조하기 위해, 그와 그 주위 사람들은 "뭘 할 거야?"라고 묻지만, 많은 걸 선택하고 뭔가를 할 시간이 많은 아이셰와 그녀 주위 사람들은 "뭘 할 생각이야?"라고 묻는다고 한 적이 있었던 것이다.

"부모님이 있는 트라브존에 갈 거야, 아마도!"

제즈미는 이렇게 대답했다. 그는 겨울에는 이스탄불에 남아 법학을 공부했다.

"좋겠다! 좋아하는 책도 읽고 바다에도 들어가겠네."

"참, 거기선 아무도 바다에 안 들어가. 이스탄불에서, 이 도시 근처의 섬에서, 수아디예에서만 바다에 들어가지. 물론 유럽에서도!"

제즈미는 신경이 곤두서면 자기가 문명 찬양자라는 건 잊어버리고, 가난한 집 자식이라는 것만 떠올렸다. 그의 아버지는 트라브존에서 음악 선생으로 일하고 있었다.

아이셰는 다시 부끄러워졌다. '일 분 동안 두 번이나 부끄러워지다니.' 그러다 뭔가를 떠올리고는 기뻐했다.

"잘됐네! 네가 그들에게 문명이 뭔지 가르쳐 주면 되잖아. 바다에 들어가는 게 부끄러운 일이 아니라는 걸 가르쳐 줘!"

"가르쳐 주지!"

제즈미가 거칠게 대답했다.

그들은 아무 말도 하지 않았다. 천천히 하르비예로 걸었다. 굴절된 5월의 태양은 길 한가운데의 나무 꼭대기를 비추고, 멀리 있는 아파트 벽을 비추었다. 길과 나무와 아파트는 그늘 속에 있었다. 이따금 쉬실리 쪽에서 가벼운 봄바람이 불어와 보리수와 인동덩굴 향기를 날라다 주었다.

"나한테 화난 거 아니지?"

제즈미가 갑자기 걱정스러운 듯 물었다.

'그럼, 너에겐 화를 낼 수가 없어!' 아이셰는 이렇게 생각했다. 곁눈질로 옆에서 걷고 있는 그의 가냘프고 아름다운 몸을 보자 가슴이 뛰었다. 거리에선 보리수 향기가 났다. 마음속에서 사랑하는 마음이 우러나오는 게 느껴졌다. 하지만 억눌렀다.

"오늘 수업 좋았지, 그렇지? 무슈 발라츠의 연주도 아주 좋았고!"

이번 수업에서도 헝가리 선생은 학생들 한 명 한 명을 가르치고, 그런 다음 한동안 레코드를 듣게 했으며, 그다음에 학생들이 요청하자 짧게 바이올린을 연주해 주었다.

제즈미는 코끝으로 내려오는 안경을 밀어 올리며 대답했다.

"늘 그랬지, 뭐!"

"발라트의 바이올린 연주가 별로였어?"

"그렇게 좋지는 않았어!"

"난 아주 좋았는데……. 피아노 반주와 함께할 때가 특히 좋아! 위대한 음악가가 될 수도 있었을 거야!"

"나도 당신에게 그 정도 반주는 해 줄 수 있어!"

제즈미는 신경이 몹시 곤두서서 감정적이 됐을 때는 아이셰에게 '너' 대신 '당신'이라고 했다.

"「크로이체르 소나타」를 함께 연주할 수 있어. 같은 제목의 소설 읽었어?"

"안 읽었어!"

아이셰는 자기도 모르게 두려움과 분노가 동시에 치미는 걸 느끼며 대꾸했다.

제즈미는 그녀가 소설을 전혀 안 읽는다는 걸 뒤늦게 떠올렸지만 아무 말도 하지 않았다. 그들은 한동안 말없이 걸었다.

"그럼 하타이 문제*는 어떻게 생각해?"

---

* 하타이 지역은 1918년 오스만제국과 연합군이 무드로스 협정을 맺은 후 프랑스가 점령했고, 1921년 터키와 프랑스가 앙카라 협정을 체결한 후에는 프랑스의 통치를 받았으나, 시리아 역시 하타이 일부 지역을 통치하는 상황이었다. 1936년 프랑스가 시리아에서 철수하자 터키는 하타이도 시리아처럼 독립할 것을 주장했다. 프랑스가 터키의 요구를 받아들여 하타이의 독립을 인정하여, 하타이는 1938년에 독립하였으나, 결국 1939년에 터키에 귀속되어 그해 7월에 터키의 한 주가 되었다.

"아무 생각 안 해!"

"하지만 너만의 생각은 있어야 할 텐데!"

아이셰는 아무 말도 하지 않았다. 그들 옆으로 버스가 먼지를 일으키며 지나갔다. 머리에 스카프를 쓴 부인이 버스 창문 밖으로 유심을 그들을 바라보는 걸 보았다. 아이셰는 그녀가 뭘 봤는지, 무슨 생각을 할지 궁금했다. '못생긴 여자애하고 손에 이상한 케이스를 든 잘생긴 남자애라고 하겠지!' 이렇게 생각하자 짜증이 났다.

"여름에 뭘 할지 아직 말 안 했잖아!"

"오빠와 엄마는 내가 스위스에 가길 바라!"

아이셰는 이렇게 말해 버렸다.

"넌 가고 싶어?"

"몰라!"

제즈미는 여느 때처럼 질문을 시작했다. 그녀의 오빠가 무슨 생각을 하는지, 어머니의 의도는 뭔지, 그녀를 왜 보내고 싶어 하는지, 가족들은 이 문제를 어떻게 생각하는지, 집에선 어떤 얘기가 오가는지, 레피크에게는 소식이 오는지. 아이셰는 마지못해 짧게 대답했다. 이 아이에게서 유일하게 마음에 들지 않는 점이 으슥츠 집안에서 어떤 일이 벌어지는지 궁금해한다는 거였다. 그는 주의 깊게, 혐오감과 지나친 호기심을 드러내며, 야심에 찬 표정으로 그녀의 대답을 들었다. 마치 먼 천국을 꿈꾸는 것처럼 한숨을 쉬고 비판적인 생각을 늘어놓기도 했다. 이런 비판적은 생각은 항상 두 가지 관점으로 전개되었다. 그녀의 집안에서 일어나는 일은 문명국가의 집안이

나 문명인들과는 거리가 있다고 지적하거나, 그녀 집안의 삶과 부유함이 터키에 사는 사람들 대부분의 삶과 거리가 있다고 지적했던 것이다. 그러다가는 다시 여느 때처럼 아이셰와 돌아가신 그녀의 아버지, 오빠들, 게다가 그녀의 어머니조차 사실은 좋은 사람들이라고 얘기했다.

그들은 하르비예 병영 근처까지 왔다. 제즈미는 습관처럼 아이셰의 말에 반대하고 있었다

"그들이 나쁜 사람들이라는 게 아니야! 그들이 왜 그런지 궁금할 뿐이야. 그들이 문명의 원리를, 더 합리적이고 더 이성적인 삶을 왜 받아들이지 않는지 이해할 수 없는 거야. 트라브존에 하즈 을야스 씨라는 사람이 있어. 상업에 종사하고, 부유하고, 신실하고, 고리대금업도 하고 있어! 아, 그래, 그러니까 높은 이자를 받고 돈을 빌려 주는 거지…… 그런데 너희 가족은? 물론 그들이 혁명에 반대한다는 건 아니고, 일어난 일들을 좋게 받아들인다는 것도 알고 어떻게 생각하는지도 알아. 그런데 그런 일들을 받아들이면서 약간은 의심을 하는 것 같아…… 충분히 환영하지 않는다는 거지! 도시에 사는 부자들, 그러니까 유럽을 아는 부자들, 무슨 말인지 알겠지, 그러니까 훌륭한 부자들은 혁명을 받아들여야 한다고 생각해! 하지만 그들은 환영하는 것 같지 않아. 무식한 국민은 어차피 아는 게 없고. 그렇다면 아이셰, 그렇다면 누가, 누가 혁명을 이끌고 가지? 평범한 직장인이나 트라브존에서도 조롱받는 불쌍한 우리 아버지 같은 사람이? 음악을 좋아하고, 이런 우스운 케이스나 들고 다닌다고 기숙사에서 조롱이나 받는 내가? 게다

가 평범한 직장인들은 무례한 부자들을 부러워하고, 그들처럼 되고 싶어 하지. 넌 어떻게 생각해?”

그는 흥분하여 땀이 나서 벌개진 얼굴을 아이셰 쪽으로 돌리고 말을 이었다.

“너도 트라브존 사람들에게 해수욕하는 걸 가르쳐 주라고 하면서 날 조롱하고 있어. 그곳에선 해수욕 같은 건 안 한다고 하면, 넌 내가 부자들을 좋아하지 않는다고 생각하지. 난 부자들을 좋아하지 않는 게 아냐! 부자들 중에서 무례하고 교양 없고 무식한 데다 나라와 혁명 같은 건 안중에도 없는 사람들을 좋아하지 않는 것뿐이야!”

“그러니까 우리 가족이 무례하고 교양 없고 무식하다고 생각하는구나!”

아이셰는 이렇게 말했지만 진심은 아니었다.

“아냐, 오해하지 마……! 너희 집안 얘기가 아냐……. 너희 집 사람들이 왜 그렇게 행동하는지에 대해 말하는 것뿐이야. 널 유럽에 보내려 하고, 게다가 당신은……. 너는 나하고 니샨타쉬까지 같이 가고 싶어 하지 않잖아…….”

그는 숙이고 있던 고개를 갑자기 들었다. 뭔가 찾는 듯 주위를 둘러봤다.

그들은 하르비예 병영 앞까지 왔다. 길은 여기서 갈라졌다. 아이셰는 걱정스러운 듯 한 번 더 남자애를 쳐다보았다. 그의 얼굴에는 초조함과 슬픔이 어려 있었다. 그가 니샨타쉬까지 가는 걸 막을 수 없을 것 같았다. 함께, 늘 헤어지던 곳이 여기가 아니라는 듯 함께 걷기 시작했다. 병영의 마구간과 길 한쪽에 있는 양철 화장실에서 퍼져 나오는 오물 냄새가 보리수 냄새와 섞이고 있었다.

"고마워!"

제즈미가 갑자기 말했다. 그런 다음엔 말을 잘못한 것 같은지 "나한테 화난 거 아니지?" 하고 중얼거렸다. 하지만 얼굴에서는 승리의 빛이 역력했다.

아이셰는 또다시 마음속에서 사랑이 퍼지는 걸 느꼈다. 하지만 이번에는 조심스럽게 물었다.

"내가 왜 너한테 화났을 거라고 생각해?"

"내가 바보 같은 말을 해서. 가족에 대해 한 말 때문에. 너희 가족이 어떻게 행동하든 난 그들을 존경한다고 말하고 싶어. 어쩌면 그들이 아주 부자라서, 너도 그중 하나라서 가시 돋친 말을 하는 걸 거야. 왜냐하면 난 믿는 게 있거든……. 내가 가치를 두는 게 따로 있어……. 근데 너 내 말 듣는 거니?"

"듣고 있어!"

아이셰는 이렇게 말하며 거리를 둘러보았다. 모퉁이에 신문을 파는 담배 가게가 있었다. 그 앞에 자동차가 멈춰 섰다.

"난 여름에 트라브존에 안 갈 거야! 이해심도 없고 무식한 사람들 사이에 있으면 숨이 막혀. 호텔에서 일을 찾았어. 난 여름에, 아이셰 내 말 듣고 있어? 내가 널 지루하게 만드니? 난 이번 여름 너의……."

'저 사람 우리 오빠잖아! 우리 자동차야! 새로 산 진한 체리색 자동차! 왜 지금까지 못 알아봤지?' 아이셰는 재앙 앞에서 겁에 질려 얼어붙은 채 앞만 응시하는 사람처럼 자동차를, 그 자동차에서 나오는 사람을, 오빠를 바라보았다.

"저기 있는 사람, 우리 오빠야!"

아이셰는 이렇게 중얼거렸다.

"어떤 사람? 신문 들고 있는 사람?"

그들은 스무 걸음 정도 떨어져 있었다. 아이셰는 이렇게 겁에 질리고 놀랄 거라고는 생각하지 못했다. 그들은 골목으로 들어갔고, 아이셰는 겁에 질리다니 말도 안 된다고, 제즈미가 옳다고 생각하려 했디.

"신문을 들고 있는 사람이야?"

제즈미가 다시 물었다. 잠시 후 아이셰의 얼굴을 보고 맞는다는 걸 알았다. 제즈미는 그에 대해 이야기를 많이 들어서 그를 궁금해하던 차라 자세히 관찰하기 시작했다. 아이셰는 그 호기심에 화를 냈다.

"가, 너, 빨리 가, 가, 가!"

"왜? 난 아무도 무섭지 않아. 안 갈 거야. 저런 사람들은 이제 남녀 관계를……."

오스만도 이제 그들을 알아보았다. 자동차에 오르기 전에 고개를 들어 주위를 휙 둘러보다가 그들을 발견한 것이다. 자동차에 타지 않을 것처럼 그대로 서 있었다. 그리고 몇 초 후에 길을 건넜다. 그들을 향해 걸어왔다. 아이셰는 두려움, 그리고 약간은 호기심을 느끼며 주지사 저택 앞에서 길을 건너오는 오빠를 기다렸다.

오스만은 아이셰 앞으로 다가오다가 제즈미를 쳐다봤다. 아이셰에게 "집에 가니?" 하고 묻고는 여동생이 대답하기도 전에 "그럼, 차에 타, 집에 데려다 줄게!" 하고 말했다. 아이셰의 놀란 표정은 못 본 척했다. 그런 후 무시하는 시선으로 제즈미를 한 번 더 훑어봤다. "이 젊은이가 너와 함께 있는 거야?" 하고 물었다.

제즈미는 화가 난 표정이었지만 단호하고 확실한 태도로 "예!" 하고 말했다. 그러고는 자신 있게 앞으로 한 걸음 내디뎠다. 하지만 오스만은 손을 내밀지 않았다.

오스만은 "이봐, 젊은이, 당신의 이 행동은……." 하고 말하다 제즈미의 손에 들려 있는 바이올린 케이스를 바라봤다. 짜증나는 뭔가를 본 것처럼 얼굴을 찡그렸다. "뭐, 어쨌든……. 자네도 음악에 관심 있나?"

"제 이름은 제즈미입니다……. 법학을……."

"내 여동생을 여기까지 데려다 줬군. 하지만 다시는 이런 수고를 하지 말게!"

그는 모든 수치스러운 말과 행동을 한 게 바이올린 케이스라는 듯 다시 한 번 얼굴을 찡그리며 쳐다보았다.

"이제 내가 동생을 데리고 가지!"

그러고는 그들이 작별할 시간을 준다는 듯 몇 초 동안 주위를 둘러보았다. 누군가 보는 사람이 있는지 살피는 것도 같았다.

아이셰는 조심스럽게 남자애의 얼굴을 쳐다봤다. '봤지, 잘못은 네게 있어. 내가 어떻게 하겠어…….'라는 듯한 시선이었다.

제즈미는 자신만만하고 거만한 태도를 보이려고 애썼다. 그러나 놀란 모습은 지울 수 없었다. '나는 아무도 두렵지 않아. 그러니까 이 사람이 네 오빠구나! 내가 그에게 어떻게 행동한 것 같아?'라고 묻는 듯한 시선으로 그녀를 바라보았다. 오스만은 아이셰의 팔을 잡고 "자, 가자!"라고 했다. 그런 후, 제브데트 씨의 자상한 행동을 연상시키지만 훨씬 더 차갑고 가식적으로 아이셰의 머리를 쓰다듬으며 학교와 수업에 대해 묻기 시작했다. 그들은 남자애에게 등을 돌리고 자동차를 향해 밤나무 아래로 걸어갔다.

31

각성인가?

그는 다시 베이올루의 그 허름한 술집에서, 사람들과 소음 속에서, 라크 잔과 병아리콩이 담긴 작은 접시 앞에 앉아 있었다. 잠시 후 사창가로, 그다음에는 극장으로, 이 년 후에는 죽음으로 갈 거라고 생각했다. 긴 겨울이 지나갔기 때문이다. 5월이 왔다. 하지만 인생을 전부 걸었던 시집은 진지한 반응을 전혀 불러일으키지 못한 채 잊혀 버렸다. '넓은 바다에 던져진 돌멩이처럼!' 무히틴은 이런 생각에서도 시인의 흔적을 발견하자 화가 났다. 이 년 후엔 자기 삶도 넓은 바다에 던져진 돌멩이처럼 아무런 메아리도 없이, 아무것도 바꾸지 못하고 잊혀 버릴 것 같았다. 다른 사람들은 하지 못할, 이렇게 젊은 나이에 잊혀 사라진다는 생각에 용감하게 맞서는 건 영웅적인 행동이라고 생각하려던 차에, 맞은편 어떤 테이블에서 한 노인이, 아니, 마흔다섯이나 쉰쯤으로 보이는 남자가 자신을 신중하고 호의적으로 한참 동안 바라보는 걸 보고 호기심이 생겼다.

처음에는 노인 같은 인상을 주었다. 얼굴에 노인 특유의, 많은 경험에서 나오는 너그러운 미소가 어려 있었기 때문이다. '난 널 아주 잘 알아. 네 영혼을 어루만져 주겠어. 너 때문에 마음이 아프구나.'라고 말하는 듯했다. 이런 단호하고 분명하며, 깊은 곳까지 가 닿는 시선이 익숙하지 않은 무히틴은 불편했다. 게다가 그는 벌써 세 번째로 자신을 대놓고 바라보았다. 자기가 거기 있는지 확인하려는 듯 여기저기 둘러보다 다시 그를 바라보았던 것이다. 무히틴은 이 술집에서 흔히 보이는 거칠고 적의가 담긴 표정으로 그를 바라보았다. 하지만 그에게서는 처음처럼 부드럽고 너그러운 미소가 보였고, 무히틴도 미소로 답하고 말았다. 그러자 남자는 자리에서 일어나더니, 가늘고 긴 몸이 얼마나 가볍고 얼마나 젊은지 보여 주려는 듯, 깃털처럼 가벼운 걸음으로 자기 앞에 와 앉았다. 그는 너그러웠던 미소 대신 진지한 표정을 지어 보였다.

"무히틴 니샨즈 씨죠, 그렇죠? 난 당신을 알고 있습니다!"

무히틴은 주머니를 뒤지듯 다급하게 자신의 의식을 점검했다. 하지만 맞은편의 얼굴은 아무런 연상을 불러일으키지 못하고 라크 때문에 풀려 버린 긴장 속으로 사라졌다.

"물론 나를 알아보지 못하겠죠. 당신은 나를 모르니까요. 하지만 난 당신을 압니다. 당신 아버지를 알거든요. 그리고 당신을 할리트 야샤르의 출판사에서 본 적이 있습니다. 당신은 나가는 길이었지요. 할리트 야샤르 씨가 나중에 당신 얘길 하더군요. 그러면서 당신 책을 한 권 줬답니다. 예, 당신 시집을 읽었습니다. 그런데 내 소개를 안 했군요. 마히르 아사프 또는 마히르 알타일르라고 합니다……."

그는 겸손하게 손을 내밀었다.

"반갑습니다!"

무히틴은 이렇게 말하면서 남자의 거칠고 커다란 손을 잡았다.

"내가 작고하신 아버님을 안다고 했죠? 7부대에서 알고 지냈습니다. 팔레스타인에서 함께 근무했지요. 당신은 니샨즈라는 성을 쓸 권리가 있습니다!"

"어쩌면 니샨즈올루*가 돼야 했겠죠."

사소하고 터무니없지만 오랜 고민을 떠올리듯, 그냥 한 말이었다.

"무슨 상관 있나요? 여기서 중요한 건, 당신이 터키 군인의 아들이라는 것과 그걸 인식한다는 거죠. 예, 당신이 무슨 생각을 하는지 알겠습니다!"

그는 얼굴을 찡그리며 손으로 술집 안을 가리켰다.

"이런 곳엔 몇 년 만입니다. 무히틴 씨, 몇 년 만이에요! 내가 본 광경과 사람들이 나를 슬프게 하는군요. 말씀드리죠, 그런데 당신을 불편하게 하는 건 아닌지……."

무히틴은 어쩔 수 없이 "별말씀을요!"라고 말했다. 하지만 이미 그는 불편했다. 엄격한 도덕주의자나 선생을 만날 준비

—————————————

* '니샨즈(사격수)의 아들'이라는 의미.

를 할 때처럼 신경이 예민해졌다. 하지만 남자의 말에는 호기심을 불러일으키는 뭔가가 있었다. 게다가 자기 시집을 읽은 250명 중 하나가 아닌가.

"그렇다면 저기 있는 친구에게 말 좀 하고 오겠습니다!"

마히르 알타일르는 이렇게 말하고는 조금 전에 앉아 있던 테이블로 갔다. 거기 있던 누군가에게 무슨 말인가를 하고 돌아와 앉았다.

"나를 억지로 여기 데려왔습니다. 학교에서 집으로 가는 길이었지요. 내 건강은 군대 생활에 적합하지 않았습니다. 결국 군대를 나왔고, 지금은 카슴파샤 고등학교에서 터키어를 가르치고 있습니다. 당신은 엔지니어죠, 그렇죠?"

그는 모든 걸 안다는 듯한, 사람의 마음을 꿰뚫어 보는 듯한 미소를 지어 보였다.

"예, 엔지니어입니다!"

무히틴은 이렇게 대답하고 '나에 대해 또 뭘 알고 있을까?'라고 생각했다. 그러다 시집 뒤에 자기가 엔지니어라고 쓰여 있다는 걸 기억해 냈다.

"그래요, 나는 여기 있는 사람들을 보고 마음이 아팠습니다. 절대 나를 광신도라고 생각하진 마세요. 나도 젊었을 땐 술을 마셨습니다······. 하지만 영혼도 신념도 없는 이곳 분위기에 터키인의 한 사람으로서 마음이 아프군요!"

'터키인의 한 사람으로서!' 무히틴은 생각했다. 놀랍게도 뭔가 떠오를 것 같았다. 여기서 일어나 붉은 전등이 있는 방으로 들어가 혼자 있고 싶었다.

"그런데 여기서 당신을 봤답니다. 당신을 보며 '강철 같고 활기찬 젊은이야, 하지만 불행하군.' 하고 생각했지요. 웃어요, 웃고 싶으면 웃어요, 참지 말고. 그런데 당신은 불행하죠, 그렇죠?"

남자가 너무 자신만만해서 무히틴은 짜증이 났고 "아니요!"라고 대답하려고 하다가 입을 다물어 버렸다.

"예, 알고 있었습니다, 당신은 불행합니다!"

마히르 알타일르는 이렇게 말하며 미소를 지었다. 잠시 후 그런 말을 하고 미소를 지은 게 실수였다는 걸 깨달은 듯, 진지하고 침울한 표정을 지었다. 울먹이는 듯한 목소리로 "그런데, 젊디젊은 사람이 왜 그런가요?"라고 신음하듯 말했다. 하지만 별로 우습게 보이지는 않았다.

무히틴은 문득 걱정이 되었다. 이런 데서 이 남자가 도덕주의자 선생처럼 하는 얘기를 듣고 있으면 자신감을 잃을 것 같았다. 누굴 만나기로 했다거나 다른 거짓말을 하고 술집에서 나가고 싶었다. 하지만 알 수 없는 귀찮음과 호기심이 그를 가로막았다.

"당신의 시를 읽었습니다. 당신의 시를 읽고 출판사에서 본 당신의 얼굴을 떠올리고는 불행한 사람이라는 걸 알게 되었습니다. 재능이 있지만 불행한 시인……. 좋은 시를 쓸 수 있는 조건을 모두 갖추고 있는 듯했지만 한 가지가 부족하더군요! 바로 이상(理想)입니다! 당신에게는 이상이 없습니다!"

'이상?' 무히틴은 이 단어가 뭘 연상시키는지 곰곰이 생각해 봤다. '지야 괴칼프……. 옛날 시들……. 중학교에 다니는 고모 아들의 교과서……. 가식적이라는 걸 숨길 수 없을 정도로 바보 같은 작가들이 쓴 신문 논설……. 우스운 것들…….'

"당신이 터키인이라는 걸 한 번이라도 생각해 본 적이 있습니까?"

마히르 알타일르의 물음에 무히틴은 미소를 지어 보였다. 남자에게 처음으로 무례하게 대했다는 생각이 들었다. 그의 마음에 들 만한 대답을 생각해 봤지만 찾을 수가 없었다. 그래서 잠시 생각한 후 이렇게 말했다.

"난 한 잔 더 마시겠습니다!"

그는 웨이터를 불렀다. 여기 올 때마다 병아리콩 한 접시와 함께 라크 한 잔을 마셨기 때문에 웨이터는 두 번째 잔을 주문하자 놀라면서도 자연스럽게 고개를 끄덕였다.

"당신이 터키인이라는 걸 한 번이라도 생각해 본 적이 있습니까?"

남자는 다시 물었다. 하지만 이번에는 '당신에 대한 판단은 앞으로 당신이 할 대답에 달려 있소! 당신의 말에 따라, 조금 전처럼 당신을 칭찬할 수도 있고 무시할 수도 있소!'라고 생각하는 것처럼 신중하고 진지해 보였다.

무히틴은 이 교사에게 굴욕감을 주고 짜증나게 할 대답, 그가 화가 나서 자리에서 일어날 정도의 대답을 해야 한다고 생각했다. 하지만 아무 말도 나오지 않았다. 그래 결국 "생각해 봤습니다. 그런데 그게 무슨 의미가 있습니까!" 하고 중얼거렸다.

마히르 알타일르는 유감스럽지만 용서하겠다는 듯 "그렇

게 생각할 줄 알았습니다!"라고 했다. 그는 다시 경험 많은 너그러운 노인처럼 보였다.

"당신이 불행한 이유도 바로 그겁니다. 당신이 터키인이라는 걸 진지하게 생각하지 않는다는 거죠. 하지만 당신은 터키인입니다. 난 당신 아버지를 압니다. 이건 아주 중요합니다. 당신이 껴안아야 할 이상은 바로 여기 있습니다!"

그는 검지로 탁자 위 어느 지점을 눌렀다. 무히틴은 남자의 통통한 검지가 누른 지점을 바라보았다. 그런 후 고개를 들고 맞은편에 앉아 있는 자상하고 너그럽지만 우스운 얼굴을 바라보았다. 자신이 남자에게 화를 내지 못할 것이며, 기껏해야 무시나 할 수 있을 것임을 깨달았다. 하지만 이 무시라는 것도, 우스운 대접을 받을지도 모르는데 갑자기 자리에서 일어나 자기 앞으로 와서는 뭔가를 말하려 하는 이 남자, 게다가 자기 시를 읽은 이 남자에게 느끼는 친근감과 비교하면 별로 중요해 보이지 않았다. '알겠어, 이 사람은 투란주의자*군!' 투란주의나 민족주의에 대한 판단이나 이 문제에 관해 경멸하고 조롱했던 일들과, 지금 이 남자에게 느끼는 친근감 사이에서 혼란을 느꼈다.

"당신은 지금 여기 앉아 불행한 삶을 살고 있고, 술로 자신을 중독시키고 있습니다! 당신의 삶에 이상이 없기 때문이죠! 인생을 거는 게 있습니까? 종교요? 아니죠! 가족입니까? 아니죠! 엔지니어 일? 아니죠!"

---

* 터키인이 하나의 조국과 하나의 깃발 아래 통합되는 것을 목표로 한 주의.

그는 손가락을 꼽아 가며 이렇게 물었고, 무히틴의 공허한 시선을 보면서 스스로 대답했다.

"여자요? 아니죠! 유희와 즐거움? 아닙니다! 당신 또래들처럼 혁명? 그것도 아닙니다! 그렇다면 시? 예, 이건 아니라고 하지 못하는군요. 하지만 다른 게 없는데 시가 무슨 소용 있나요! 다른 걸 무시하는 건 옳을지도 몰라요. 하지만 뭔가가 있습니다, 뭔가. 당신은 터키인입니다!"

그는 손가락으로 탁자 위 그 지점을 다시 눌렀다.

무히틴은 통통한 그의 손과 손가락을 바라보았다. '근데 나한테 뭘 원하는 거지? 내가 옳은 길로 들어서길, 그리고 자기의 신념을 받아들이길 원하는 것 같아. 나를 이 술집에서 보고, 내가 불쌍해져서 곁으로 왔어. 그러니까 내가 다른 사람에게 불쌍해 보이는군!'

"터키인이 되는 것! 이걸 생각해요. 터키인으로서, 터키인 공동의 이상을 위해 투쟁하면서 공동체 속으로 녹아드는 것. 공동체, 모든 동포들과 함께하는 것, 모두 함께 행복해지기 위해 우리 자신을 잊는 것……. 당신이 믿는 건 시와 자신뿐이죠. 좋아하는 시라는 것이, 당신 시를 보고 알았지만, 유럽인들이 쓴 추한 글이죠. 보들레르 맞죠? 썩어 빠진 마약쟁이 프랑스인! 하지만 당신은 터키인이에요. 프랑스인이 하타이에서 우리 동포에게 어떤 짓을 하는지 알고 있습니까?"

그는 갑자기 흥분해서는 거의 고함을 지르듯 말했다.

"프랑스인들이 하타이에서 우리 동포를 죽이고 있는데, 당신은 프랑스 시인이나 선망하며 재능을 허비하고 있어요. 아,

터키 민족! 아, 나의 민족은 언제 깨어날 것인가?"

무히틴은 걱정이 되었다. 조금 전에는 그 사람 의견에 동의하지 않는다고 말하려 했지만, 이제는 쉽게 말이 나올 것 같지 않았다. 남자의 기분을 맞춰 주려고 부끄럽고 죄스럽다는 듯앉아 있었다. 그를 진정시킬 만한 말을 하고 싶었지만, 조롱하는 말이 나오거나 조롱하는 것처럼 보일까 봐 두려웠다.

무히틴은 두 번째 라크를 다 마시고 중얼거렸다.

"예, 당신 말이 맞는 것 같습니다. 내 처지가 달갑지는 않아요. 하지만 어쩌겠습니까, 다른 종류의 사람이 될 순 없는데!"

마히르 알타일르는 대답하지 않았다. 조금 전 흥분해서 쏟아 낸 말과 분위기를 진정시키려는 것 같았다. 잠시 침묵이 흘렀다.

'그에게는 신념이 있어. 그게 터무니없고 잘못되었다 할지라도, 난 그런 신념을 지닌 사람에게 추하게 보일 수밖에 없는 사람이야!' 무히틴은 생각했다. 하지만 곧 그 신념과 남자의 분노가 터무니없고 공허해 보여서 화가 날 지경이었다. '왜 저렇게 흥분하지? 저렇게 흥분할 게 뭐가 있지?' 그는 하타이에서 일어난 일을 떠올렸다. 신문에서 읽었다. 선거를 하려 했는데 선거 전 인구 조사 과정에서 사건이 일어났고, 기사가 맞는다면, 거기 사는 터키인들이 괴롭힘을 당하고 있다. '근데 그게 나하고 무슨 상관이야?' 하지만 이런 생각과 자기 자신이 너무나 평범하게 느껴졌다. 사창가, 붉은 전등, 여자를 생각했다. 이런 것에 부여했던 가치, 외로움과 삶을 포장하려 했던 것, 자신의 불행을 위대한 연극으로 만든 것, 이 모든 게 가식적이고 추해 보였다. 신문에서 읽었던 기사가 문득 떠올랐다.

"소름 끼치는 사건이 일어났다고 하더군요!"

그는 다시 중얼거렸다.

"예, 프랑스인들이 터키 찻집에 발포했다고 합니다. 터키 헌병도 죽었고요. 베이루트에서 트럭 가득 아르메니아인들을 데려온다고 합니다……. 뭔가 해야 돼요. 이 년 전처럼 이스탄불에서 뭔가를 해야 합니다……."

마히르 알타일르는 이번에는 그렇게 흥분하지 않고 혼잣말처럼 말했다.

무히틴은 기억해 냈다. 이 년 전에도 하타이 문제로 가두시위가 있었다. 학생들과 많은 사람들이 베야즈트에서 탁심까지 가두 행진을 했고, 경찰과 대치하는 상황도 벌어졌다.

"정부가 이런 일을 허락할까요?"

무히틴은 이렇게 묻고 웨이터에게 술을 한 잔 더 주문했다.

"아, 정부 측! 그들은 이 문제를 프랑스와 협상해서 풀어 나가려고 하지요. 적과 협상을 하다니요! 평화적 해결……. 이걸 믿는 건 바보짓 아니면 배신이죠!"

터키주의자 선생은 아주 과장된 몸짓을 하며 이렇게 말했다. 그런 후 속삭이듯 덧붙였다.

"그분도 메르신에 갔어요. 하지만 아무 일도 하지 않을 거예요. 당신을 믿고 이런 말을 합니다만 다른 사람에겐 쉽게 하지 않아요!"

무히틴은 자신을 믿는다는 말이 우습게 여겨졌다. '그런 게 나하고 무슨 상관이지? 모든 터키인이 한 깃발 아래 모이는 것에 내가 왜 흥분해야 하지?' 정직하고 솔직해지고 싶어서, 약간은 친근감마저 느껴지는 남자에게 털어놓았다.

"하지만 난 이런 걸 믿지 않습니다! 터키인이 하나가 되는 게 왜 중요하죠? 나는 투란주의, 인종주의, 민족주의가 옳다고 생각하지 않습니다!"

"당신이 뭔데 그런 말을 해! 당신이 뭔데 터키주의를 무시하는 거야!"

그가 갑자기 고함을 지르는 바람에 무히틴은 깜짝 놀랐다. 좌우를 살폈지만 아무도 신경 쓰지 않았다. 술집은 여느 때처럼 나른하고 더러운 공기로 썩어 가고 있었다.

"당신이 뭔데 터키 민족주의를 옳다고 보지 않는다는 말을 하는 거요? 그런 용기는 어디서 나오는 거요? 술에서, 썩은 영혼에서, 아무 곳에도, 어디에도 뿌리 내리지 못하고 사라져 가는 불행한 삶에서? 제발 정신 차리시오! 당신 자신을 생각해 보시오. 당신이 무엇이고, 무엇을 했는지, 누구인지 생각해 보란 말이오! 당신은 당신 자신을, 다른 사람들을, 모든 것을 혐오하고 있소! 당신은 이 사회의 적이오! 당신의 시에, 당신의 환상에, 당신의 말에 묻어 있는 자만심을 부끄럽게 여겨요! 그렇게 대단한 자만심을 갖기 위해 뭘 했지? 아무것도 안 했잖소! 하지만 당신은 재능이 있고 똑똑한 사람이오, 그건 나도 알고 있소. 괜히 내 자리에서 일어나 여기로 온 게 아니오. 정말 안됐군. 가련한 사람이오, 당신은. 당신과 우리 민족에게 안타까운 일 아니오? 작고하신 당신의 아버님을 아는데. 부끄럽지 않소? 내 말 이해하겠소?"

무히틴은 실수로 화병을 깬 사람처럼 죄책감을 느끼며 남자를 쳐다봤다. '맞아, 맞아, 나는 나 자신 말곤 아무것도 생각하지 않아!' 하지만 재능이 있고 똑똑한 사람이라는 작은 칭찬에 더 신경이 쓰이는 자신을 발견했다. 터키주의자 선생은 말을 마치고 다시 놀라울 정도로 너그럽고 자상한 미소를 지어 보여서, 무히틴은 그에게 아무 죄 없고 깨끗한 사람으로 보이고 싶었다.

"내게 그런 말씀을 하시지만, 내가 내 처지에 만족한다고는 생각지 마십시오. 내 상황은 나도 마음에 안 듭니다. 하지만 좋지 않은, 당신 말처럼 부끄러운 처지에서 벗어날 수 있다고 믿으며 부여잡을 것이 없습니다."

"터키주의! 당신의 민족에게 당신을 바치시오! 바로 터키주의요!"

남자는 이렇게 말했다. 이 젊은이가 자신에게 건네진 구원의 과일을 따지 않고 왜 저런 말을 할까 생각하는 듯 머리를 좌우로 흔들며, 다시 손가락으로 탁자를 눌렀다.

'난 나쁜 사람이 아냐! 나쁜 사람이었다면 자살할 결심도 안 했겠지. 내 머리를 높이 평가해서, 어쩌면 그래서 나쁜 사람처럼 보일지도 몰라. 모든 걸 생각해서 이런 거야, 난······. 그런 생각을 하기 때문에 터키주의라는 걸 믿을 수 없는 거야. 하지만 이젠 그렇게 됐으면 하는 생각이 들어. 좋은 시인이 되지 못하면 서른 살에 자살하기로 결심했다는 말을 해 볼까?'

"당신을 이해합니다!"

마히르 알타일르는 이렇게 말했다. '나는 당신 마음을 잘 알고, 이해합니다.'라는 시선이었다.

"당신을 이해합니다. 당신은 믿기 전에 생각하고 이해하려 하기 때문에 믿을 수 없는 거죠. 하지만 그런 식으로는 불행에서 벗어날 수 없어요! 먼저 자신의 감정에 귀를 기울여요! 먼저 믿어요, 흥분을 해야 돼요. 그런 후에 이성을 생각해야죠. 깊은 생각은 사람을 불행하게 만듭니다. 터키에서 그렇게 생각했다가는 스스로를 사회 밖으로 밀어내게 되죠. 이 땅에서 감정에 빠지지 않고 생각하는 건 비정상이에요. 게다가 모든 걸 어떻게 이성으로만 파악합니까? 창조주는 이성만을 주신 게 아닙니다! 감정도 줬어요! 터키 국기를 보면서, 하타이에서 일어난 일을 알고서, 흥분되지 않았나요? 약간의 흥분이면 충분합니다. 흥분해요, 믿어요, 공동체 안으로 들어와요, 이성은 지우고. 그러면 당신은 행복해질 겁니다."

"알아요!"

무히틴은 절망적으로 말했다. 그에게 구원의 길을 보여 주는 저 남자는 그의 마음에서 흥분이 일기를 기대하고 있다.

"안다면 왜 가만히 있는 거예요? 모든 걸 이성으로 파악해선 안 된다는 걸 알게 됐다면 이제 당신을 가로막는 건 아무것도 없다는 뜻입니다. 잠시라도 마음의 소리에 귀를 기울여 봐요. 당신의 가슴은 뭐라고 합니까? 확실하죠. '지금까지의 삶에서 나는 죄인이었어! 난 내 말을 안 들어서 불행해진 거야. 나는 터키인을 위해 투쟁하고 싶어!'라고 할 겁니다. 바로 그 소리를 들어요. 당신의 마음은 당신의 적이 누구인지도 말해 줄 겁니다. 당신의 적은 다른 민족들, 유대인들, 지금은 프랑스인들, 아랍인들, 내일은 또 다른 사람들, 프리메이슨, 공산주의자들, 나라 안으로 스며든 이방의 요소들, 당신 아버지가 맞서 싸운 모든 이방인들입니다!"

터키주의자 선생은 적이 아니라 친구의 이름을 나열하듯 너그러운 미소를 지어 보이며 말했다.

'내가 그렇게 할 수 있을까? 터키주의자가 될 수 있을까?' 무히틴은 이렇게 생각하며 마히르 알타일르의 말을 되새겨 보았다. 그를 감동시킨 건 그의 말이 아니있다. 남자의 태도, 자신감, 때로는 격해지며 분노하고, 때로는 부드럽게 미소 짓는 얼굴에 매료되었던 것이다. 자신에겐 없는, 다른 사람들에게도 보지 못했던, 첫눈엔 알 수 없는 질서를 발견했기 때문에 놀랐던 것이다. 이런 질서의 태엽은 터키주의라는 신념이 만들어 낸 것이었다. 마히르 알타일르는 정확한 시계처럼, 분노가 필요한 곳에서는 분노, 관용이 필요한 곳에서는 관용을 보여 주었다. 그럼에도 불구하고 시계처럼 기계적이거나 메마른 사람으론 보이지 않았다. 무히틴은 갑자기 '나도 그처럼 돼야겠어!' 하는 생각이 들었다. 하지만 그러기 위해 무엇을 먼저 해야 할지 알 수 없었다. 이걸 설명해 달라고 어떻게 부탁할까 생각하는데, 갑자기 마히르 알타일르가 자리에서 일어났다.

"가시게요?"

"갑니다. 더 이상 이런 곳에 있다간 사람이 더러워지죠!"

"잠깐만요. 나도 나갈 참이었어요. 나한테 더 할 말은 없습니까?"

무히틴이 중얼거렸다.

"당신에게 하고 싶은 말은 다 했어요. 내 의무는 끝났습니다."

그는 자상한 표정으로 웃으며 말했다.

"이제 남은 건 당신 몫이에요. 나를 만나고 싶으면 고등학교로 와요. 화요일이나 목요일에 외튀켄 출판사로 오거나!"

그는 지갑에서 명함을 꺼내 무히틴에게 건넸다.

"이제는 당신이 할 바에 달렸어요!"

그는 이렇게 말하며 무히틴의 손을 꽉 쥐었다. 그런 후 고개를 끄덕이며 '이젠 당신을 칭찬할 수도 있고 경멸할 수도 있소!'라고 말하는 듯한 시선으로 무히틴을 물끄러미 바라보았다. 그러고는 그 마른 몸에 더 이상 더러움을 묻히고 싶지 않다는 듯 급하게 걸어 나갔다.

무히틴은 손에 들려 있는 명함을 바라보았다. 마히르 알타일르, 카슴파샤 고등학교 국어 교사, 케메르알트 거리 14번지. 외즈네질레르……. 무히틴의 눈에는 이 명함이 우습게 보이지 않았다.

(2권에서 계속)

세계문학전집 **295**

제브데트 씨와 아들들 1

1판 1쇄 펴냄 2012년 9월 14일
1판 9쇄 펴냄 2023년 6월 12일

지은이 오르한 파묵
옮긴이 이난아
발행인 박근섭, 박상준
펴낸곳 (주)민음사

출판등록 1966. 5. 19. (제 16-490호)
서울특별시 강남구 도산대로1길 62(신사동) 강남출판문화센터 5층 (우편번호 06027)
대표전화 02-515-2000 팩시밀리 02-515-2007
www.minumsa.com

한국어 판 ⓒ (주)민음사, 2012. Printed in Seoul, Korea

ISBN 978-89-374-6295-5 04800
ISBN 978-89-374-6000-5 (세트)

세계문학전집 목록

세계문학전집은 계속 간행됩니다.